ちくま文庫

父の乳

獅子文六

筑摩書房

目次

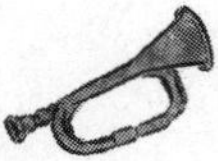

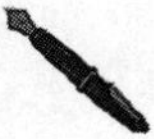

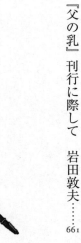

カバー装画・挿絵　河村怜

「父の乳」

獅子文六

息子におくる

その時、私は、日本橋の叔母《おば》の家へ、遊びに行っていた。

叔母の良人《おっと》は、医師であり、医院は、賑《にぎ》やかな下町にあって、そこの家へ遊びに行くのは、私の大きな愉《たの》しみだった。横浜の私の家は、父の経営する商店と、住宅が、別になっていたので、店の方は賑やかであっても、家の方はそれほどでなかった。そして、場所も、丘陵区域の住宅地にあって、夜なぞは、まっ暗になり、梟《ふくろう》の声が聞えた。しかし、叔母の家は、すべて反対だった。それに、医院というものは、人の出入りが多く、家に住む人の数も多く、薬局生の青年なぞは、よく、リモナーデをつくって、私を喜ばしてくれた。

その上に、叔母の家の一粒種の男の子が、私と同《おな》い年だった。正治《まさはる》という名だったが、ハルちゃんと呼んでいた。私の家は親類が多かったので、従兄弟《いとこ》も大勢いたが、その中でも、ハルちゃんが、最も親しかった。ハルちゃんは、私とちがって、学校もよくでき、性質も、温良で、暁星《ぎょうせい》小学校の優等生だった。両親も、周囲も、〝よい子〟として扱うので、当人も、その意識が強く、小さいスマシ屋のところがあった。私の方は、我儘《わがまま》で、札つきの乱暴者だったが、不思議と、気が合った。私も、ハルちゃんに対しては、腕力なぞふるったことはなかった。それなのに、ハルちゃんの乳母《うば》（彼は、その時、十歳だったのに、赤ン坊の時からいる乳母が、まだ雇われていた）が、私を乱暴者視して、私がハルちゃんに相撲なぞいどむと、す

ぐ、分けて入った。そして、

「坊ちゃん、顔をひっかかれないように、手で抑えていらっしゃい」

と、いった。私は、それが、癪《しゃく》でならなかったが、乳母は憎らしくても、ハルちゃんに反感は持たなかった。


とにかく、私にとって、横浜から、叔母の家へ遊びに行くのは、大変な魅力だった。汽車に乗って、東京へ行くというだけでも、うれしいのである。そして、新橋駅へ着いて、日本橋の叔母の家へ行くには、鉄道馬車という乗物を利用するのが、常だったが、これが、とてつもなく、好奇心をそそった。車体は、電車に似て、それよりずっと小型だが、レールの上を走るという点で、人力車とは、まるで、乗心地がちがうのである。そんな小さな車体でも、座席は、上等と並等《なみとう》に分れていて、上等の方は前方であるから、二頭の馬を御者《ぎょしゃ》が走らせる様子が、よく見えた。本石町あたりの大きな停車場へくると、豆腐屋の余り水だという濁った水を、馬に飲ませた。また、走ってる間に、馬の尻《しり》の様子がおかしくなったと思うと、立った尾の下から、馬糞を吐き出すのが、アリアリと見えた。当時の東京の目抜き通りは、恐らく、馬糞だらけだったろう。鉄道馬車は、銀座、日本橋、浅草、上野の大通りを走ってたのである。当時、これ以上の速い乗物はなく、また、全国で鉄道馬車のあるのは、東京だけだった。しかし、私がよく乗ったのは、もう末期の頃で、間もなく、東京市営の電車が、同じコースを走るようになった。(私が、冒頭《ぼうとう》に、〝その時〟と書いたのは、明治三十五年の夏のことであって、東京市電の走り出したのは、翌年の七月であると、「明治事物起原」に出ている)

そういうことは、調べればすぐわかるが、どうしても、未だに腑《ふ》に落ちないのは、なぜ、私が、その時に、叔母の家に遊びに行ってたか、ということである。また、その日は、七月の五日であることが、明らかであって、小学四年生だった私は、まだ暑中休暇前で、授業があったはずである。それなのに、なぜ、私は学校を休んでまで、東京の叔母の家へ遊びに行っていたのか。勿論《もちろん》、私一人で、東京へ出かけられる年齢ではなく、誰《だれ》かが連れて行ってくれたのにちがいないが、私の家で、よく、許してくれたと思うのである。

というのは、その頃、私の父は、死の床についていた。脳神経の病気で、最初、視力が悪くなり、やがて、中気患者《ちゅうきかんじゃ》のように、四肢《しし》の自由を失い、ずっと、寝ていた。何か、西洋に多く、日本人に珍らしい病気であると、母が、医者の受売りをしていた。とにかく、恢復《かいふく》の見込みはない病気で、もう一年も寝たきりなので、褥創《とこずれ》ができ、リゾールとコロジュームとかいう薬を、毎日塗るので、その臭《にお》いが、いつも、部屋にたちこめていた。

その臭いを、私は嫌悪《けんお》しなかった。むしろ、父の臭いのような気がしていた。私は、父が好きであった。私を、可愛がってくれたからである。それも、手放しの可愛がり方であって、親類の間の笑い草になってるということだった。そんな父が、病気になったことは、悲しさの形で感じる年齢ではなかったが、不安の感情はあった。不安は、子供の本能が味わうのだろう。

私が父の病気を知ったのは、明治三十四年の二月である。なぜ、そんなことを、正確にいえるかというと、その時に、福沢諭吉が死んだことが、明らかだからである。

父は、福沢の同郷人であり、また、その門下生だった。それで、福沢の葬式の時には、もうすでに体の不調が始まっていたのを、押して出席したのである。もっとも、単独ではなく、親友の吉井という人が、介添えに蹤《つ》いていった。私は、まだ、数え年九つであったのに、アリアリと、その日の父の紋服姿が、眼に残ってる。その日が、寒い、雪催《ゆきもよ》いの曇天だったことも、覚えてる。

父は、葬儀の帰途、横浜へ帰るために、品川駅から、汽車に乗ろうとしたらしい。ところが、もう、冬の日の暮れ方で、品川駅の燈火が輝き出したのに、それが、よく見えないことを、吉井という人に訴えたらしい。

父の視力の衰えは、その時から、格段となったのだろう。父が家へ帰ってきて、吉井という人が、品川駅のことを、母に報告したにちがいない。夜食の膳についた父に向って、

「あなた、これが、見えますか」

と、母が赤ブドー酒を充たしたグラスを、ランプの灯に、透《す》かして見せたことを、私は覚えている。

その頃は、わが家の燈火は、石油ランプだった。居留地にあった店の方では、ガス燈をつけていたが、一般の家庭は、どこも、石油ランプだった。長い台がついて、ホヤが二重になったのを、座敷用につかっていたが、その光りの側に、母は、グラスを持ってった。父の視力が弱ってから、見易《みやす》いようにと、日本酒をやめて、赤ブドー酒に替えたらしい。父は、酒飲みというほどの酒量ではなかったが、晩酌はやっていたらしい。その上、摂生家《せっせいか》だったか

ら、薬酒とされていたブドー酒に切り替えることに、不服はなかったのだろう。石油ランプの光りは暗く、また、その場の空気も、ひどく、暗澹《あんたん》としていた。なぜなら、ブドー酒の赤い色が、ついに、父に識別できなかったのである。

父が福沢諭吉の葬式に列したことを、母は、後々まで、グチをこぼした。

「あの時、出かけさえしなけれア、お父ッァんの病気も、あんなに悪くなれアしなかったんだよ……」

しかし、そんなこともあるまい。福沢の葬式に、出なかったとしても、遅かれ早かれ、父の病気は、悪化の一途をたどったろう。根の深いところで、蝕《むし》ばんでいた病気らしいからである。

その時分から、父は、病床につくことになったと思うのだが、それまでは、時には、居留地（今の山下町界隈《かいわい》）にあった店に、出勤していた。距離からいっても、昔の横浜の西の果てから東の果てにあって、人力車を用いて、通《かよ》っていたようだったが、健康が衰えてから、特別の人力車が必要だった。それは、普通の人力車の座席の前側に、赤いビロードのついた鉄のワクをとりつけたもので、車の梶棒《かじぼう》をおろした時に、父の体が転び落ちないための用心だった。だから、父は、単に視力の衰えばかりでなく、その時分から、もう運動神経の方も、犯されていたのだろう。

私の家は、特製人力車を買うことはできても、常雇いの車夫を置くほど、富んではいなかったのだろう。その車を輓《ひ》きにくるのは、野毛坂《のげざか》下の岩田屋という、私の家と同姓の車屋の車夫だった。父は巨体であったので、野毛坂を登る時には、車の後押しを要した。それを煩《わずら》わしがって、健康の時は、坂の下で、車の乗り降りをしてたようだが、発病してからは、それができなくなり、わが家から乗って出るようになった。

ある日、威勢のいい、若い車夫が輓きにきて、私も一緒に乗せてくれた。恐らく、小学校の早退《はやび》けの日で、父のおそい出勤の時間に、間に合ったのだろう。私は、家の車に、父と同乗することができて、大得意だったと思うが、店へ着くと、以前とちがった父の様子に、驚かされた。

父の店は、絹製品の海外輸出や、外人を顧客とするシルク・ストア（絹物小売店）をやっていたから、商品を陳列する部分と、事務をとる部分と、分れていたが、事務室の方は暗く、殺風景だった。そこに、大きな石炭ストーブがあり、父専用のひじかけイスが、側に置いてあったが、健康な時の父は、陳列場の方を歩き回り、滅多に事務室には来なかった。

ところが、その日の父は、ストーブの側のイスに、腰かけたきりだった。そして、洋服をやめて、和服に袴《はかま》をはいて（武士出身の父は、商人のくせに、そんな服装を好んだのだろう）、ステッキを脚の間に立て、それに凭《も》たれるようにして、眼を閉じ、いつまでも、いつまでも、口をきかなかった。周囲の店の人たちも、そういう父を怖れるように、黙《だま》っていた。父は、一体、口数の少い人で、沈黙院というアダ名をつけられるほどだったが、その時の様子は、まるで、平常とちがっていた。心の中で、病気と闘ってるのか、それとも、もう、力尽き果てて、茫然《ぼうぜん》としてるのか、とにかく、とても、暗い印象だった。子供心にも、私は、父の変り方を知った。

しかし、それで孝心を起すほど、私は、感心な子供ではなかった。その日の帰途に、車の上で、私は、衰えた父につけ込んで、空気銃をネダったのである。父は私に甘く、ネダリゴトは、大てい肯《き》いてくれるのだが、それにしても、多少の抵抗は示すのに、その日は、実に他愛がなかった。

「ああ、いいよ」

本町通りの横に、金丸銃砲店という店があった。そこへ車をとめて、私の好むままに、一挺の空気銃を買ってくれた。その時、父は、代金を払わなかったと思う。横浜で、父の顔は広かったから、買物は後勘定《あとかんじょう》の習慣だった。

私は、大喜びで家に帰ったのだが、空気銃を見て、母が、非常に怒った。第一に、高価な買物だというのである。そして、弟には何も買わないで、私にばかり買ってやったということを、怒るのである。私を叱るよりも、父を叱るのである。

その見幕《けんまく》は、ずいぶん、強かった。それなのに、父は、一言の弁解もせず、母のいうに任せてるのである。どちらかというと、父は気むずかしく、妻の尻に敷かれるという方の人ではなかったのに、その日は、全然、無抵抗なのである。よほど、気力も、体力も、衰えていたのだろう。

私は、母が憎く、父が可哀そうになった。また、父の衰弱につけ込んで、そんなものを買わした、気の咎《とが》めもあった。

「こんな空気銃、いらないよ」

私は、母のところへ持ってった。

「いらなきゃ、お返し」

空気銃は、とりあげられてしまった。

無論、後になって、空気銃は、私の手に返ったけれど、何か、ケチのついた空気銃になってしまった。射撃しても、ちっとも当らないし、そのうち、バネをかけ損《そこな》って、左手の親指を、深く切った。ずいぶん血が出て、痛かった。そして、癒着《ゆちやく》するまでに、長い時間がかかった。

しかし、その空気銃は、父の生涯の最後の贈物《おくりもの》として、私の記憶に残ってる。その時から六十年以上経ち、私が古稀《こき》を過ぎた今日でも、その空気銃の型や、銀色の鋳鉄の手触《ざわ》りや、重さまで、思い出すことができるのである。

その日から、父が福沢諭吉の葬式に出るまでに、長い距《へだた》りはなかったと思われるが――或いは、どっちが先きか、今となっては、見当もつきかねるが、やがて、いつ見ても、病床に寝てる人になってしまった。

病床の掛け布団は、黄八丈のようなものであったが、黄色い色が、眼に残ってる。巨体であるから、布団も、ずいぶん大きかった。そして、布団から、仰向きの顔だけ出して、まるで、仏《ほとけ》の臥像のように、いつも、同じ姿勢だった。視力は、まったく、失われていたのだろう。その上、四肢の自由まで奪われて、それで、身動きをしなかったのだろう。また、父は、何も、ものをいわず、いつも、眼を閉じていた。それは、眼が見えないから、瞼《まぶた》を閉じるのか、昏睡なのか——子供の私には、父が癈人になったということは信じられず、わざと、眠ったフリをしてるのではないかと、考えられた。私は、父に対して、その試験をしたことが、何度かあった。もっとも、側に誰かいては、恥かしくて、やれなかったが、父と二人きりの時を見計らって、

「お父つァん……」

と、呼ぶのである。

微かに返事をしてくれたことが、一、二度あったので、その後も、数回、試みたのだが、しまいには、無反応だった。それでも、父の病気が進んだのだとは、考えられず、面倒くさいから、返事をしないのだと、思っていた。子供は、親の生命が絶望だというような思考が、決して、できないものなのである。

それは別として、私自身が中年を過ぎてから、人と対坐してる時に、眼をつぶる癖が出てきた。何か、眩《まぶ》しいような、眼を開けてるのが面倒のような気持で、そうなるのだが、自分では、気がつかず、人にいわれて、その癖を確認するようになった。私には、それが、父の遺伝のような気がしてならないのである。父は、発病してから、いつも、眼を閉じていた。しかし、健康な時でも、カッと、眼を見開くような人ではなかったのではないか。やはり、何か、眩しいような、そして、眼を開けてるのが面倒のような気持が、あったのではないか。病気になったら、一層、眼をつぶってる方が、気楽になったのではないか。実際、人間とい

うものは、生きてる限り、眩しいような、眼を開けてるのが面倒のようなことが、ずいぶん多いではないか――

私が、日本橋の叔母の家へ行った時には、父は、コンコンと、眠り続ける容態だったにちがいない。

といって、それは、危篤《きとく》というわけではなく、もしそうだったら、母が私を手放して、東京へ遊びにやる筈《はず》はない。恐らく、父は、数カ月間も、同じような容態を続けていたので、急変ということは、誰の頭にも、浮かばなかったろう。

それにしても、私が一人きりで、東京へ遊びに行くわけもないので、誰が私を連れてったか、ということになるが、それは、多分、叔母の良人の安藤医師ではないか。

安藤医師は、商売柄、よく横浜の家へ、見舞いがてら、父の診察にきてくれたが、たまま、その時も、父の容態を見て、この分なら、まだ大丈夫と思って、私を同行したのではないか。彼は、長男のハルちゃんを可愛がっていたし、それと仲のいい私を、連れて帰る気になったのでもあろう。或いは、私の方から、セガんだのかも知れない。ただ、なぜ、暑中休暇前のその日に、私が、学校を休んで、東京へ行ったかは、疑問として残るが、翌日が、日曜ででもあったのだろうか。こんなことは、読者には、どうでもいいことだが、遠い過去から、少しでも真実を掘り返そうとする私には、かなり重要なのである。

とにかく、私は、叔母の家で、愉しい一夜を過ごした。愉しいというのは、仲よしのハルちゃんと、なにやかと、遊ぶことが、すべてだったろう。そして、夜も、ハルちゃんと、床を列《なら》べて、寝たにちがいない。

翌日――つまり、七月五日だが、私は、朝飯が済むと、もう、胸をはずませていた。昨夜のうちから、今日は、ハルちゃんと一緒に、どこかへ遊びに連れて行かれる約束に、なってたからである。

どこかといっても、行先きは、大てい、きまっていた。最上の場所は、浅草で、まだ、映画街はなかったが、玉乗りと、十二階と、花屋敷があった。十二階は凌雲閣《りょううんかく》ともいい、煉瓦建ての細長い塔で、狭い階段を登って、十二階目のところで、地上を展望するだけのものだが、東京で一番高い建物に登ったという満足感を与えてくれた。そして、各階ごとに、東京の有名な芸妓の写真が、飾ってあった。関東大震災で、倒壊するまでは、今の東京タワーに匹敵する、東京の名所だった。

花屋敷の方は、多くの猛獣を飼ってる上に、アヤツリ人形芝居とか、奇術とかいうアトラクションがあって、当時の子供には、上野の動物園より、ずっと、人気があった。場所も、十二階のすぐ下で、六区の外《はず》れだが、その付近が、私たちには、一番、魅力があった。

浅草まで出かける時間がない時でも、両国の広小路なら、叔母の家から、歩いて行けた。広小路は、浅草ほど、魅力はなかったけれど、そこの古い絵草紙屋《えぞうし》へ寄るのは、また、別な愉しみだった。その頃は、まだ、木版の錦絵が刊行されてたらしく、絵草紙屋の軒先きに、日清戦争や北清事変の新《しん》武者絵や、昔ながらの加藤清正の虎退治というような絵が、一面に、かかっていた。そして、日本紙と木版絵具の独特の匂いが、強く、鼻を打った。そのような店は、横浜にはなかった。

その上、その絵草紙屋は、書店も兼ねていた。私たちは、錦絵を見飽きると、下に列んだ書籍のうちから、巌谷《いわや》小波《さざなみ》の世界お伽話《とぎばなし》や、日本お伽話をとりあげ、まだ読んでないのを、買うのが、とても、うれしかった。錦絵の戦争画の手法は、子供心にも、幼稚に感じるのか、活字本のお伽話の方に、ずっと、心をひかれた。

その日も、私は、浅草か、両国広小路か、どちらかへ、遊びにいけるものと、期待していた。いつも、ハルちゃんの乳母が、私たちを連れてってくれるのだが、もう一晩、叔母の家へ泊ることになってたから、時間はたっぷりあり、多分、浅草行きになるだろうと、愉しんでいた。

ところが、乳母に何か用でもできたのか、十時を過ぎても、出かける様子がなかった。そのうちに、午飯になった。ご飯を食べたら、連れて行ってくれるのかと、思ってると、その頃から、叔母の家の人々の私に対する態度が、変ってきた。

「あのね、遊びにいくのは、この次ぎに致《に》しましょうよ」

と、ハルちゃんの乳母が、何かいい悪くそうに、切り出すのである。

それればかりではない。叔母自身も、

「Tちゃん（私の名）、今日は、横浜へ帰ろうよ。叔母さんも一緒に、送ってってあげるから……」

と、ひどく、優しい調子で――まるで、私の頭でも撫《な》ぜるような工合《ぐあい》に、いい出したのである。

「だって、もう一晩、泊ってく約束だったのに……」

「そうよ。でも、叔母さんも、叔父さんも、急に、横浜へ行くご用ができたの。明日だと、都合が悪くて、あんたを送っていけないのよ。だから、今日、帰りましょうよ。また今度、遊びにきて、ゆっくり、泊ってけばいいわ……」

叔母は、その頃、何歳だっただろうか。恐らく、三十そこそこの女盛りだったろうが、親類切っての美人で、タシナミのいい人だったが、どこか、冷たさがあった。私に対しても、ずいぶん叱言《こごと》をいった。ところが、その時は、イヤに優しく、イヤに温かく――何か、態度が、不自然なのである。

そういうことに対して、子供は、ひどく敏感で、大人のウソを、すぐ、見破るのだが、ウソの動機を推理する力は、全然、欠けていた。私は、ただ、不満だった。そして、その共感を、ハルちゃんに求めた。

その時分の少年が持っていた遊び道具に、コンニャク版というものがあった。濃いゼラチンを張った上に、紫インクで書いた原紙を宛て、それを剝《は》がして、白紙で刷ると、十枚ぐらいは、ハッキリと、字や絵が、現われるのである。その幼稚な印刷道具を、ハルちゃんが持っていた。

私は、彼と相談して、今夜泊らずに、横浜へ帰るのは、どうしてもイヤだ――という意味の文句を、印刷した。今の子供なら、ゼッタイ反対という字を、使うだろう。

それを、私とハルちゃんは、

「号外、号外！」

と、叫びながら、家の中に、撒《ま》いて歩いた。

そのうちに、ハルちゃんが、叔母に呼ばれた。そして、私のところへ帰ってきた時には、彼の態度が、ガラリと変っていた。

「Tちゃん、今日は、うちへお帰りよ。また、お出《い》でよ」

私は、ひどく、打撃を受けた。ハルちゃんまで、大人側についたという感じで、孤独になり、また無力になった。

号外遊びなぞして、騒いでたのは、午後三時頃だったろうか。叔母は、私を宥《なだ》め、すかして、横浜へ連れ帰るといいながらも、すぐ出発する様子はなかった。恐らく、同行すべき彼女の良人が、往診中ででもあって、その帰りを、待っていたのではなかろうか。

私は、気が挫《くじ》けて、横浜へ帰ることを、納得《なつとく》したが、その条件として、ハルちゃんを同伴することを、持ち出した。

「それは、ダメなの。今日は、ダメなの」

叔母の拒否は、強かった。

私は、一切が、つまらなくなった。しかし、大人たちの言動の裏に、何かがあることは、感じていた。といっても、その日の昼ごろに、横浜の家から、私を連れ帰るように、電話がかかってきたことなぞは、無論、推察できなかった。大人たちは、私を心配させまいとして、そのことを秘《かく》したのだろうが、真相を打ち明けられれば、私は号外遊びなぞせず、素直に、横浜へ帰ったろう。

やがて、叔母の良人も帰ってきて、二人に連れられて、私は、新橋駅（その頃の東海道線起点）から、汽車に乗ったのであるが、その辺の記憶は、まったく薄れている。ただ、汽車の中で、日が暮れたことと、叔母や叔父が、ひどく優しく私を扱ってくれたことが、妙に寂しくて、泣きたいような気持になったことを、よく、覚えている。

その頃の客車の車体は、大変小さなもので、夜になると、天井から、嵌《は》め込みの石油ランプが、照らした。そのランプに点火されたのは、恐らく、大森駅か、川崎駅だろう。（蒲田駅は、まだなかった）停車中に、客車の屋根を歩く、駅夫の靴音が、ゴトゴト聞えて、巌丈《がんじょう》な、ガラスの円筒の中に、灯のついたランプが、挿し込まれるのである。その操作は、子供にとって、もの珍らしいから、私は、きっと、熱心に眺めたろう。でも、鶴見を過ぎる頃から、私は、叔母の膝枕《ひざまくら》をして、眠ってしまった。その頃の鶴見付近は、まったく田と畑ばかりで、夜は、農家の灯も疎《まば》らで、車窓は、黒い幕を張ったように、何も見えなかった。それが、とても、寂しかった。その上、鶴見川という河に、私は、恐怖心を持っていた。母の方の親類で、コーちゃんという男の子が、鶴見に里子にやられてる間に、あの河で、溺死《できし》したのである。母は、汽車に乗った時に、鶴見川の鉄橋を渡ると、きっと、そのことを、口にした。私は、鶴見川が、魔物の棲《す》む河のようで、怖くてならなかった。その夜も、怖さのために、眼を閉じてるうちに、眠りに入ったのだろう。大人は、恐怖によって、眼が冴《さ》えるが、子供には、反対の作用が起るらしい。

「あの時ね、お前さんの寝顔を見て、ほんとに、涙が出てきたよ。何も知らずに、寝てると思ってね……」

叔母が、その後《ご》に、よく、その時のことを、私に話したから、それで、私は、車中で眠ったことを、覚えてるのかも知れない。

横浜駅（今の桜木町駅）へ着くまで、眠り続けたらしいが、やがて、夜の街を、人力車で走ったことは、ハッキリと、記憶してる。きっと、叔母か叔父か、どちらかの車に、同乗させられたのだろう。

坂を登って、わが家が近くなると、私の気持は、軽くなった。叔母の家で、帰宅をいやがった気持は、もう、消えていた。東京のお客さまと一緒に、家へ帰るのだから、いろいろの愉しみが、想像された。

車を降りると、私は、まっ先きに、わが家の玄関に駆け込んだが、平常と、まったく様子が異《ことな》るのに、気がついた。家の中に、沢山、ランプが灯《とも》されて、玄関まで明るいし、何か、人がガヤガヤしてる様子で、私を出迎えたのも、あまり、顔馴染《なじ》みのない男たちだった。

やがて、奥から、弟の彦二郎が、出てきた。私より二つ下の弟で、八つだが、きっと、混雑の中で、誰にも、対手《あいて》にされなかったのだろう。

彼は、私を見ると、むしろ、誇らしげな、快活な調子で、報告した。

「お父つァんが、死んじゃったよ……」

私が帰宅した時には、父は、まだ棺に入れられず、病床に臥《ね》たままになっていた。私の姿を見て、母が泣き、遺骸《いがい》の顔の白布をとって、拝ませるとか、線香をあげるとか、いろいろのことがあったのだろうが、少しも、記憶してない。

日本橋の叔母も、私を早く連れ帰らなかったために、父の死に目に会わせなかったことを、きっと、自分の責任のように私の母にかきくどいたにちがいないが、その場の様子も、私の頭に残ってない。

とにかく、父は、その日の朝まで、容態に変りがなく、午後から、呼吸や脈がおかしくなって、医者がきて、急を告げたので、日本橋の叔母のところへ、電話をかけたのだろう。もし、叔父が外出してないで、すぐ、出発することができたら、私も、父の最期に間《ま》に合ったかも知れない。父が息をひきとったのは、ちょうど、私が鶴見あたりの車中で、眠ってしまった時刻らしいのである。

しかし、間に合ったにしたところで、どうということはない。父は、危篤にならない前から、意識を失ってた病人であるし、また、数え年十歳の私が、父の生命の途絶える瀬戸際に直面したって、どういう態度も、言葉も、表わしようがなかったろう。

二つ年下の弟の彦二郎が、人間の死ということを、まったく理解せずに、私にあのような告げ方をしたけれど、そういう私だって、父が、突然、存在しなくなるという事実を、どう受取りようもなかった。

「これからは、お前が、お父つァんの跡つぎになるんだよ。いいかい、お前がシッカリして……」

少し取り乱した母が、ワアワアと、涙声で、そんなことをいったのは、葬儀の前日あたりだったか、おそらく、周囲には、気の許せる親戚《しんせき》ばかりで、他人がいなかった時だろう。それが、晴れた夏の日の午後で、母が立て膝をして、両手で顔を掩《おお》っていたことも、ハッキリ覚えている。

そんなことをいわれたって、どうシッカリしていいのだか、わかるわけもなく、母の態度に盲従して、

「うん、うん」

と、答えるだけのことだった。

姉の米子は、私より三つ上で、多少、オシャマの性質だったから、父が死んで悲しいということを、知ってたらしいが、明らかに、それを、誇張して、私や弟に示した。彼女は、大きな声で泣き、ほんとに涙を流して見せ、

「お父つァんが死んだのに、悲しくないの」

と、私たちに、軽蔑の声を放った。

弟は、その軽蔑に無反応だったが、私は、影響を受けた。母や姉が、悲しむのだから、私も、同様のマネをしなければと考え、ことに、跡とりとか、長男とかいう語を、周囲の者が、しきりに、私に浴びせかけるので、それに相応《ふさわ》しい、行儀のいい子にならなければと、思ったようである。ことによったら、泣きマネの一つぐらい、やったのではないかと、その時の心理を追想して、あやぶまれたが、母の妹で、生き残った、ただ一人の老叔母が、この頃になって、笑いながら、私の記憶にないことを、語ってくれた。

「あんたはね、お父さんの棺の上の編笠と、守り刀を、いつの間にか持ち出して、サムライの姿になって、遊んでたよ。お母さんが、それを見て、慌てて、取り上げたよ、縁起が悪いからね……」

その方が、真実であることを、私は望んでる。死んだ父にしたって、泣きマネをする子は、うれしくないだろう。

でも、もしも、私が母と二人きりで、山の中にでも住んでたら、父の死を悲しむことができたかも知れない。しかし、家の中は、大変な混雑であって、お正月以上に人がやってくるし、ご馳走やお菓子も、沢山あるし、子供は、それに浮かれるのである。そして、現在の私からは、考えられぬことだが、私は来客好き、陽気好きな子供だった。その方が、私の本性なのかも知れない。

父は、明治三十五年七月五日に死んだのだが、葬儀は、八日あたりだったろう。その日は、晴天だったが、暑いという記憶はない。私は、喪主《もしゅ》として、父の位牌を持たされた。その頃は、告別式という形式はなく、また、霊柩車もなかった。柩《ひつぎ》は駕籠《かご》に載せ、人夫が担ぎ、葬礼を行う寺まで、運ぶのである。先頭には、竜の形をしたり飾り物を持った男が立ち、次ぎに人力車に乗った坊さん、棺、その後に、喪主である私、それから遺族、親戚という順で、最後に、一般会葬者が、連なるのである。遺族や親戚は、人力車に乗るからいいが、一般会葬者は気の毒なもので、長い列をつくって、歩行しなければならない。私の家の菩提寺《ぼだいじ》は、西方丘陵の久保山というところにあって、近道をしても、三十分近くかかるが、葬列は、表通りを行くのが例らしく、山を降り、長いこと町を歩き、また、山へ登るのだから、約一時間を要した。

父は、横浜では人に知られていたから、会葬者が多かった。長い葬列が、野毛坂を降りる時に、私の通っていた老松《おいまつ》小学校の前を通った。門の中から、フロック・コートを着た校長先生が、飛び出してきて、葬列に加わった。

そういうことが、私には、得意だった。喪主という役を与えられて、姉よりも、弟よりも、人からチヤホヤされるのが、私を増長させた。私は、恐らく、芝居の子役のように、とり澄ました顔をして、父の位牌を持ち、寺へ着いてからも、最初の焼香を行《おこな》ったにちがいない。そういう自分を想像すると、小憎らしくて、いやになる。父の遺骸は、その日のうちに焼かれ、あの巨《おお》きな体が、小さい骨壺の中に、納まってしまったわけだが、その不思議を感じた記憶もないところを見ると、私は、葬儀の日に、すっかり浮かれていたのだろう。

そうはいっても、私の父に対する愛や、信頼が、その時分に、何の芽生えも見せていなかったとは、断言できない。肉親への動物的な愛情は、心理学者が教えてくれるよりも、もっと、ずっと、早い頃から、子供の胸に育《はぐく》まれるのではないか。

私は、その証拠を持ってる。

父が、まだ、壮健な頃のことだから、私は、六つか、七つにしかなってない勘定だが、その日のことを、実にハッキリと、記憶してる。

父の末弟に、吉蔵という人がいた。父とは、かなり年齢がちがうので、父は、親代りになって、この人の世話をした。郷里の大分県中津から、彼を横浜に呼び寄せ、歯科医の学校へ入れて、やがて、開業させるまで、面倒を見た。

この吉蔵という人は、父の兄弟で一番長生きをしたので、私は成人後も、ずいぶん可愛がって貰ったが、子供の時でも、好きな叔父だった。吉蔵叔父ほど、善良な日本人を、生涯、私は見たことがないくらいで、また、無類の子供好きだった。父の弟に似合わず、貧弱な体格で、眼が細く、薄ヒゲを生やし、風采はあがらない上に、ひどいドモリだったが、私たち姉弟《きょうだい》を、伊勢山大神宮とか、繁華街の伊勢佐木町とかに連れ出し、何か好きな物を買ってくれるのは、いつも、吉蔵叔父であって、私たちも、叔父の顔を見ると、すぐ、遊びに出ることを、ネダった。

だが、この叔父は、大変な酒好きであって、それも、チビチビ飲みで、豪酒はしない代りに、朝から盃を手にしたい方だったらしい。母の話によると、吉蔵叔父は、酒のことで、いつも、父から叱言を食ってたそうである。つまり、酒気を帯びて、患者に接するようでは、成功が覚束《おぼつか》ないと、いうのである。しかし、吉蔵叔父は酒が好きなばかりでなく、性格も、ちょっと芸術家肌であって、几帳面《きちょうめん》な父から見ると、腹が立つことが、多かったのだろう。父は、吉蔵叔父に禁酒を申し渡したが、叔父はコソコソ飲んでいて、ある日、不意に、父が歯科医院を訪れると、助手が酒壜を抱えて、裏口から逃げ出したというような話も、聞いていた。

その頃、叔父は独身であり、慾のない人だから、歯科医業にも、あまり熱心でなかったのだろうが、父は、ついに業《ごう》を煮やし、お前のような奴は、横浜にいたって、見込みがないから、郷里へ帰って開業しろと、命令したらしい。叔父だって、田舎へ帰るより、文明開化の町にいたいから、なかなか、承知をしなかった——という前提があって、その日の出来事が、始まったのである。無論、そんな経緯を、子供の私が知るよしもなく、皆、後年になって、母から聞かされたのである。

その日は日曜でもあったのか、父は、家にいた。そして、吉蔵叔父が訪ねてきて、客座敷で話していた。私は、次ぎの部屋の茶の間で、遊んでいたというのは、恐らく、叔父と父との間に、何かむつかしい話が起きて、子供は遠ざけられたにちがいない。さもなければ、大好きな吉蔵叔父がきたのだから、私は、その側にまつわりついてたろう。

そのうちに、二人は、大声を出して、争論を始めた。争論といっても、叔父はドモリであり、父にしても、弁舌は不得手な人だったから、ハナバナしい論戦なぞ、聞かれなかったろう。

私の気がついた時には、二人は、もう立ち上っていた。叔父の方が、守勢であって、父の巨体に、ブラ下るような恰好《かっこう》だったが、矢庭に、父が、腰投げのような姿勢を見せた。私は、父が柔術の心得があったか、どうかを知らないが、その投げは、大変、みごとに決まって、叔父の体は、大きな音を立てて、襖《ふすま》にぶつかり、両腕を空にあげ、尻餅をついた。

その時に、六つか七つに過ぎない少年の私に、本能的というよりほか、説明のしようのない衝動が襲ったのである。茶の間に、母の針仕事が残されていて（母は、食事の支度にでも立って、台所にいたのだろう。さもなければ、良人の兄弟喧嘩を、すぐ、仲裁するはずである）指尺《ものさし》が、私の眼に入った。私は、それを握って、客座敷へ入って行き、すでに、尻餅をついて、ヘタばってる叔父の体を、打った。

打ったのは、一回ぐらいだったろう。それも、強い打撃ではなかったろう。しかし、私は、あんなに好きだった吉蔵叔父を、打ってしまったのである。

その時に、叔父がどんな顔をしたか、私は、まったく覚えていない。父の表情や態度も、まるで記憶がない。しかし、私は、子供としては、深刻な心理を、経験したのである。無論、自分を可愛がってくれる叔父を、なぜ打ったかというような反省が、生まれる年齢ではないにしても、その瞬間、私は、非常に不愉快だった。われ知らずにやったことなのに、悲しいような、重苦しい気がしてならなかった。それだけを、覚えてる。

恐らく、その時の喧嘩が、動機となって、叔父は、郷里の中津へ帰ることになったのだろう。そして、私が、中学二年の暑中休暇に、始めて、中津市へ行った時には、叔父は、もう、妻も子も持って、田舎の歯科医として、安穏な生活をしていた。そして、細い眼を一層細くして、私の来訪を喜び、少年の私に、毎晩、酒の対手をさせた。私の心のどこかの隅に、叔父を指尺で打った呵責《かしやく》が、残っていたが、叔父は、全然、忘れてるようだった。たとえ、覚えていたにしても、父に加勢した私を責めるような、人柄ではなかったのだろう。その頃、父はすでに亡かったが、兄の遺児としての私を、昔にまして、愛してくれた。母方の伯父も、何人かあったが、吉蔵叔父ほど、私を愛してくれた人はなかった。

私は、今の年齢になっても、吉蔵叔父を打ったことを、疚《やま》しく考える。六十余年も昔のことでも、心に染《し》みたことは、なかなか消えないのである。しかし、一方、父に加勢しようとした自分を、もう、不愉快とは考えない。

むしろ、私は、あんな年齢の小児にも、父を愛する本能がある事実を、人間の不思議と、考えるのである。いや、それは、愛なぞという高等な感情ではないだろう。動物的な本能に、過ぎないものだろう。子猫や子犬も、私と同じような反応を、示すかも知れない。でも、それだけに、私は、かえって、不思議さや、哀れさや、そら恐ろしさまでも、深く、感じるのである。親と子というものは、そんなに早くから、因縁の糸で、結ばれてしまうのであろうか。それとも、私だけが、そんな経験をしたのであろうか。

父の死後、長い間敷かれていた病床も、畳まれ、それだけでも、家の中に、穴ができたような感じがしたろうが、私は、そんな空虚を経験した覚えはない。

父を失って、寂しい気持が、特にしなかったのは、死――人間の完全な喪失という観念が、まだ、頭にできてなかったからだろう。父は、どこかにいると、思ってたのだろう。

それに、初七日だ、三十五日だという風に、法事がよく行われ、人がきたり、食事を出したり、家の中は、父の病中より、むしろ、賑やかだった。

もっとも、母は、その頃、何かにつけて、私に、

「お前は、跡とりなんだよ」

ということを、口にした。

昔は、長男が家督の相続人だったから、その責任感を、植えつけようとしたのだろうが、私には、その意味が、よくわからなかった。跡とりという言葉が、よくわからないのだから、どういう気持になって、どういうことをすればいいのだか、一向、見当がつかなかった。でも、幼少の頃に、そんな暗示のようなものをかけられると、ずいぶん、頭に残るものらしく、私は、生涯を通じて、長男意識や、長男根性の俘《とりこ》となった。

父が死んで、墓が建ったのは、どのくらい後だったか。関東の習慣として、最初は木の墓標、それから石塔が建つのだが、それは、一年後ぐらいが、普通だが、どうも、私の家の場合は、もっと早かったと思える。なぜといって、私は父の死後、そう遠くない期間に、たった一人で、墓参にでかけた記憶があり、その時に、もう、石塔が建っていた。

父の墓は、久保山にあったから、私の家から、裏山づたいで、歩いていけた。そして、そ

の途中までは、私たち子供の遊び場所だったが、それから先きは、多少、冒険行の勇気を要した。非常に寂《さび》しい、山の上の小径《こみち》を歩かねばならず、そして、行先きは、寺院だの、墓地だのばかりで、子供の恐怖心をそそった。しかも、父の墓は、新墓地といって、一区劃《くかく》離れた場所にあり、道は、滅多に人の通らぬ、畑の中にあった。

私は、父の墓に供え物をするつもりで、菓子か何かを、紙に包んで、筒袖の着物の懐《ふとこ》ろへしまって行ったのを、覚えている。母にことわらずに、出かけた。私は、母の暗示にかかり、感心な跡とり息子として、そんな行いをしてみる気になったことは、明らかだった。

学校で、午後の授業のない日で、私は、まだ太陽が高くあがってる時刻に、久保山へ行った。天気がよかったから、遠足にでもきたような気分で、寂しいことはなかった。それでも、目ざす新墓地の入口に、一軒だけある墓地茶屋まで、辿《たど》りついた時には、一つの事業を遂げたような、満足感があった。

「坊ちゃん、お一人で来たんですか」

茶屋のおかみさんは、驚いた声を出した。いつも、母や姉弟その他と、大勢で、墓参にくるからである。

私は、大人ぶって、茶菓を註文した。いや、茶なぞは、頼まなかったろう。目的は、菓子だけだった。その茶店は、麦落雁だとか、ハッカ糖だとか、ネジリン棒というような駄菓子類を、客に出した。そういう駄菓子を、私は、ヨーカンや蒸菓子よりも、ずっと好きだった。それが食べれることも、墓参の誘因にちがいなかった。

私は、茶屋の横から、墓地へ入った。新墓地というのは、在来の市設墓地が手狭になって、別区域に開かれたものだから、墓の数もまだ少く、墓石も新しかった。

その中でも、一番新しいのが、父の墓だった。玉垣の入口に、一対の石燈籠《とうろう》があって、それに、職工中という朱字が、刻まれてあった。父の店の売品は、刺繡《ししゅう》や、染物や、仕立物や、ハンカチの糸抜きや、日傘製造や、売品の箱製造や、その他の職人の手をかりるものが多く、そういう人たちは、店ばかりでなく、正月なぞには、自宅の方へも顔を出したから、私も、ナジミだった。そういう連中が、香典代りに、燈籠を寄進したのだと、母がいっていた。

そして、中央の正面に、父の石塔があった。先祖の墓は、中津にあって、この墓地は、父の死によって、買入れたものだから、いうまでもなく、墓石の下に眠る者は、父一人だった。

母と墓参にくる時は、花だとか、線香だとかを、茶屋から求めてくるが、私一人だから、そんなものの用意はなかった。私は、懐ろから、紙に包んだ菓子を出して、石塔の段のところへ置いた。そして、お辞儀をしたら、用がなくなった。また、たった一人で、寂しい墓地の中にいるのが、気味悪くなった。それで、サッサと、帰途についた。早く家へ帰って、母に賞められようという下心があった。母が、そういう孝行息子になることを、私に求めてたから、そのことを報告すれば、お賞めにあずかるにちがいないと思った。

もし、私の母が、ほんとの賢母だったら、そんな小マッチャクれたことをする子供に、一抹の不安を感じたかも知れない。現在の私も、そういうことをした自分を、うれしく思えないが、その時に、私が父の死の実態を、どう考えていたかには、興味を持ってる。私は、その時に、父が火葬されたことを忘れ、父の巨きな体が、石塔の下に横たわってる想像をしていた。そして、夜半にでもなって、父がムクムクと、起き上って、私の供えた菓子を、食べるのではないか、という風に、考えてたようである。

しかし、その程度にしか、人間の死ということを、理解しなかったのだろうか。子供は子供なりに、も少し、死ということを、凝視しないものだろうか。鶴見川で溺死したコーちゃんという子供を、私は知らなかったけれど、その死の恐怖は、その時分に、もう味わうことができた。でも、それは、死が恐ろしいというよりも、川という悪魔が恐ろしかったのかも知れなかった。

死そのものに対して、子供は、何も考えることができないのだろうか。でも、私は、次ぎのような経験を、持ってる。

父が、まだ、病床についてる頃のことだった。私が、九つか、十歳の時で、春の彼岸か、ことによったら、正月の藪入《やぶい》りの日か、どちらかだったと思う。

その日に、小学校へ行くと、友達が、しきりに、騒いでいた。

「お前、太田《おおた》の赤門へ行ったかい」

「うん、行ったとも。地獄極楽の絵、見せてくれるもん」

「おれだって、見たさ。おっかねえな」

「ほんとに、おっかねえや。あんな、おっかねえもの、おれ、始めて見た……」

と、誰も彼も、口を揃えていうのである。

学校のある丘陵区の外れの町を、南太田というが、そこに、通称赤門という寺があった。私の家からは、かなり距離があるので、出かけたことはないが、位置は知っていた。その寺の付近から、通学する同級生が、沢山あって、寺の境内は、彼等の遊び場になっていた。その境内に、大きな閻魔《えんま》像があって、そのエンマサマは、悪い子供を懲罰のために、食ってしまうのだと、信じてる級友もあった。子供を食う証拠には、エンマサマの口から、子供の着物のつけ紐《ひも》が、垂れているのを、見た者があると、まことしやかに、いい触らした。少し、知能の低い子供だったが、誰も、彼に反駁する者はなかった。ウソだと思っても、先回りする恐怖の力が、圧倒的だった。もっとも、現代の子供は、エンマサマの魔性を信じないだろうが、何かの超自然力に対する恐怖心は、子供である限り、失ってはいないだろう。

そんなわけで、私は、太田の赤門という寺が、恐ろしかったのだが、友達の多くが見て、ワイワイ騒いでる、地獄極楽の絵というものに、ひどく好奇心をそそられた。何か、恐怖すべき絵のようだが、皆が見てるものを、自分が見れないわけがないと思った。それに、その絵は、一年に一度か二度、短い期間だけ、陳列するというのだ。

といって、一人で出かけるのも、心細いので、まだ見てない友達一人二人と、同行する約束をした。

学校から家へ帰って、私は、友達が誘いにくるのを待ったが、彼等は、ついに姿を見せなかった。しかし、私の絵を見たい慾望は、抑えられず、単独で出かける決心をした。

太田の赤門へ行くには、父の墓所となった久保山の方向へ、山伝いに歩いて、途中から、町へ降りるのが、近道だった。その付近の地理は、大人以上に、よく知ってた。私は、学帽をかぶり、カスリの筒袖の着物に、革草履《かわぞうり》（その頃の子供は、靴の底に白いハナオをつけたような、丈夫な草履をはかされた）の音を、弾《はず》ませるようにして、山の上の道を歩いた。期待のために、胸がふくらんでいた。

そして、崖道《がけみち》を降りると、赤門の近くだった。ことによったら、寺の境内に、友達が待ってるかと思ったが、誰もいなかった。大人の人影もなかった。その代り、閻魔像が、露天にたっていた。真っ赤に塗った漆《うるし》が、テラテラと、太陽に反射してる姿が、あからさまであって、恐怖心の的《まと》にはならなかった。無論、口から子供の着物のつけ紐を、垂らしてもいなかった。

私は、勇気を失うことなしに、本堂へ上った。それが、春の彼岸か、正月の藪入りの日だとすれば、参詣人も、いくらかいたはずだが、不思議なように、どこへ行っても、私一人だった。

本堂は、崖の下にあって、横浜地方特有の陶土のような白い地肌が、軒先きに迫ってた。その崖に面した裏側の部屋に、大きな、古びた、地獄図の掛け物が、何本も列んでいた。部屋は暗く、見物人も他にいなかった。

私は、生まれて始めて、地獄図というものを見た。友達は、地獄極楽の絵と呼んでいたが、極楽なぞは描いてなかった。それは、断じて、子供に見せる必要のない、残刻《ざんこく》な、嗜虐《しぎやく》画だった。裸体の男女が、鬼に追われて、剣の山、火の山に逃げ、血を流して、苦悶していた。

また、鬼に鉄棒で、頭を砕かれ、ノコギリで、体をひかれてる者もあった。石臼《いしうす》で、餅のように、体を潰されてる者もあった。どの人間の体も、毒々しい朱で、血の迸《ほとばし》りや、青い臓腑が飛び出す態《さま》が、誇張して、描かれていた。

そんな恐ろしい絵の前を、すぐ、逃げ出せばいいのに、私は、われを失い、吸いつけられたように、最後まで、見て回った。そして、赤門を出る時には、感冒にかかったように、頭がボンヤリし、嘔《は》き気のような気持を感じた。

同じ道を通って、家へ帰る間も、恐ろしい、夢見心地が続いた。山の上の小径には、枯草が一面に生え（その記憶で、私はその時の季節を、冬か春の始めと推測するのだが）午後の太陽が、明るかったが、もう、革草履を重く、ひきずるだけだった。

――自分も、死ねば、鬼にあんな目に遭わされる。

人間は、いつか死ぬということは、すでに知っていた。そして、自分も、何か悪いことをしてるにちがいないから、きっと、地獄に堕《おと》されるだろう――そういう恐怖が、頭の中に一ぱいで、何を考えることもできなかった。家へ帰って、母親の顔を見ても、その恐怖は、少しだって、軽くならず、また、そういう恐ろしい絵を見てきたことを、母に告げる気も、起らなかった。

私は、子供部屋へ行って、寝転んでいたが、夕食時になっても、胸が一ぱいなので、母親に呼ばれても、膳に就《つ》かなかった。彼女は、神経質な母親ではなかったので、そんな状態の私に、特に注意を払わなかったようだが、日が暮れて、ランプがつくと、私は、一層、恐怖と憂鬱が深くなり、居ても立っても、いられない気持だった。そして、私は、父親に庇護《ひご》を求めた。

庇護といったって、父は、意識もないように、いつも眠ってる病人なのだが、私は、その病床の裾にもぐり込むことで、どれだけ、安全感を見出したか、知れなかった。体の巨きい父の寝具は、普通より大型だったと思うが、脚の方には、充分な余地があって、私の全身を、スッポリと、滑り込ませることができた。その代り、寝具の中は、暗闇《くらやみ》だった。そして、褥創《とこずれ》につける薬のリゾールの臭いが、プンプンした。でも、父の体温は、暗黒の中に感じられたし、脚に触れることもできた。私は、やっと、逃げ込む場所を発見したが、完全に救われたとは思わなかった。ジッと、呼吸《いき》を殺して、追跡者から、隠れてる気持だった。

そのうちに、私は、いつか、眠ってしまったらしく、家では、夜になっても、私の姿が見えないので、騒ぎ出し、方々探しに来た。父の寝床の中で発見され、大笑いをしたと、聞いたが、九つか十の子供が、死の恐怖を感じての所業とは、誰も気がつかなかろう。子供は、何でも、感じるのである。もっとショックが強かったら、子供は、自殺を考えるかも知れない。

私には、幸いに、父の寝床という、避難所があった。

私は、父なし子となったわけであるが、親という車の両輪が、一つ外れたのだから、わが家の生活も、いろいろのことが、ガタピシしてきたにちがいないのに、それを感じるには、まだ、幼かったのだろうか。実際、私は、父がいなくて寂しいとか、他所《よそ》の子供に父があるのを、羨ましく思ったとか、そういう記憶を、ほとんど持っていない。

私は、父が好きだった。うるさい叱言《こごと》をいう母よりも、寛大な父の方を、ずっと慕っていたのに、その父を奪われて、打撃を感じなかったのは、不思議な気がする。というのも、父の死後、わが家の日常生活が、眼に見えて変るということが、なかったからだろう。父は、生存中も、昼間は店へ出かけていたから、家にいない人という習慣がついてたのかも知れない。また、父と子との結びつきというものが、本来、それほど、肉体的でないためかも知れない。もし、私が父でなく、母を失ったとしたら、大変、ちがったことになったろう。その翌日から、子供の日常は、変ってしまうだろう。

父の経営した商店は、その死後も、戸を閉《とざ》さなかった。最古参の店員が、支配人格になり、父を福沢諭吉の葬式に連れて行った、吉井という人も、補佐役に加わって、営業を続けることになったが、これは、子供たちにとっても、大変、心強い気がした。

「お父つァんが死んでも、店、やめないんだよ」

そんなことを、大人ぶって、私や弟に知らせにくるのは、いつも、姉だった。姉は、三つちがいだが、その時は、もう、女学校の一年生ぐらいだったかも知れない。オシャマの性質な上に、父の死後、急に姉さんぶってきて、弟たちを支配しようとした。

「じゃア、あたいも、学校やめて、店へ出るのかな。あたいは、跡とりなんだから……」

私は、本気で、そう思った。その頃、私たちは、一人称に〝ぼく〟も使ったが、〝あたい〟という方が、多かった。

「バカねえ。あんたなんか、まだ子供よ。子供は、学校で勉強してればいいのよ」

しかし、父が死んだのだから、その代りに、誰かが、店へ行かねばならぬように思った。

私たちは、〝店〟という言葉を、使い慣れ、店の存在が、とても、身近だった。東京の下町のように、〝お店〟といわず、単に〝店〟と呼ぶのも、横浜風だったかも知れない。そして、店の人に、私たちは、家族のような親しみを、感じた。

店は、外人居留地のウオーター・ストリート（水町通り）の三十五番地にあった。父の死んだ時は、もう内地雑居令（外人の租界を認めない法律）の出た後で、居留地の名は、すでに失われてるのだが、旧態のままだった。付近の建物も、ホテルとか、外人商社とか、領事館とか、ユダヤ人の菓子屋というようなものばかりだった。

父の店は、海岸通りから、一側《ひとかわ》、次ぎの通りの町角で、木と石を半々に使った、二階洋館だった。店の入口から、海が見えた。山手の緑と、英国領事館の旗も見えた。貿易商店の場所としては、地の利を得たものと思われるが、父の所有する建物ではなかった。中国人の服地商が建てて、商売不振で、父に貸したらしかった。家賃は、月額百円だった。その頃の百円は、大金であって、横浜で最高の家賃といわれた。住宅も借家であったが、月に十円とか、十二円とかいう家賃で、ずいぶん広い家と庭があった。父は、郷里の中津に、田地を買ったり、横浜でも、根岸の付近に、土地を持ってたのに、店や住宅を建てようとしなかったのは、どういう気持だったのか。少くとも、住宅ぐらい建てる力は、持ってたと思われるが、何か、心中に期することがあったのだろう。まさか、五十歳で死ぬとは、考えないで、老後の設計を描いてたのではないかと、何か、傷《いた》ましく思われる。

店は、通称〝三十五番〟といった。居留地の家々は、グランド・ホテルのような大建築でない限り、ナンバーで呼ぶ習慣があった。しかし、店の商号は、S. Ewataといった。Sは父の名の茂穂であるが、岩田のイにEの字を用いたのは、Iの字だと、英米人は、アイワタと読むからだという。父はアメリカにいる間に、そういう綴り字に、変えたということだった。しかし、私が小学校で、英語を教えられて、自分の姓をそのように、ローマ字で書くと、必ず、教師に、Iの字に直された。

その商号でもわかることだが、S. Ewataの顧客は、英米人に限られた様子だった。在留外人でも、観光客でも、当時は、大多数が英米人であって、店の商品も、彼等の嗜好に向くものばかりで、店員も、英語の外は知らなかった。私たち子供も、英米人に好感を持ち、フランス人やドイツ人は、ケチで、二流国民のように、思ってた。

店の階下には、ハンカチ、肌着、ブラウス、パジャマ、ガウン、絵日傘のような絹製品が、どれも、東洋的な刺繡や染め方で彩《いろど》られ、ケースやガラス戸棚の中に、溢《あふ》れていた。しかし、刺繡の壁掛けや屛風《びょうぶ》というような大物は、階上の陳列室にあった。

その二階へ上るのが、私の愉《たの》しみだった。そこには、滅多に客が上って来ず、店員もいなかった。何をしても、私を叱る者はなく、また階下よりも光線が乏しくて、乾いた絹の匂いが、薄闇の中にただよい、壁掛けや屏風の刺繡や織模様が、美しく浮かび出し、不思議な気持を、誘うからだった。それに、二階にある商品は、すべて高価のものと聞かされ、商人の子らしい尊重感も持っていた。そういう商品の最高価格は、たしか百円で、そんな壁掛けでも売れれば、店員にご馳走が出て、買った外人を、日本料亭へ招待し、芸妓の手踊りを見せる慣《なら》わしと、聞いていたから、百円の価値は、今の百万円に相当したのであろう。

その二階を探検する愉《たの》しみばかりでなく、店へ遊びに行くことは、私たち子供にとって、最高のものだった。店へ遊びに行くのは、外国へ行くのと、同じだった。横浜でも、大きな洋館ばかり建ち列《なら》ぶのは、その付近だけだった。往来を歩いてる人も、日本人より、外人が多かった。私は、付近の領事館の男の子と、友達になり、言葉は通じなくても、往来で、一緒に遊び、クリケットという球遊びを、教えられた。

また、ウオーター・ストリートには、ユダヤ人の菓子屋があり、店員に連れられて、そこへ行くと、主人の外人が、私の首へナプキンを巻いてくれ、店の中で、立ちながら、ケーキを食わされた。シュークリームとか、エクレアとかいう菓子は、この世のものとも思われないほど、美味だった。その頃には、東京の凮月堂《ふうげつどう》でも、その種のケーキはなかった。その他、ドロップとか、シロップとかいうものも、東京の子供より早く味わい、その魅力に圧倒された。私が羊羹《ようかん》やカステラや、当時の子供の好物を、うまいと思わなかったのは、洋菓子の味を知って、香料の匂いに眩惑《げんわく》されたからだろう。

洋食の味も、父によって、覚えさせられた。横浜公園の中央に、社交クラブがあり、貿易や金融関係の人の集まる場所だったらしいが、そこは、居留外人クラブを継承しただけあって、すべてが洋風であり、洋食も評判だった。父は、時々、店へ出勤する途中に、私をそこへ連れて行き、午食を食わせてくれた。食堂は二階で、広い窓から、野球や蹴球のやれる、青い芝生が見えた。それも、外人専用だったのが、法令改正で、日本人も使用できるようになって、間もない頃だった。その景色を眼下にして、純白のクロスのかかった円い卓で、父に対《むか》い合って、食事をするのが、非常にうれしかった。子供の私は、ナイフやフォークの使い方も、知らなかったろうが、父に教えられた記憶もなかった。出てくる料理は、全部、うまいと思った。最後に、干し葡萄《ぶどう》の入った暖かいプディングが、よく出たが、それが、一番好きだった。当時の横浜の洋食は、外人コックの直伝《じきでん》を、そのまま守る行き方だったらしいから、現在よりも、かえって、正調のものだったかも知れない。

父は、食後に、きっと、知人と撞球《どうきゅう》をやった。ビリヤード室は、食堂の隣りにあって、私は、そこのイスに腰かけて、ゲームの終るのを待っていたが、少しも、退屈しなかった。西洋風のことなら、何でも興味をそそられた。肥満した体に、長いキューを構《かま》え、紅白の球を睨《にら》んでる父の姿が、何か、偉い人のように見えた。

それから、父は、店へ出るために、公園を抜けて、居留地の方へ、歩いて行った。私の手を曳《ひ》いてくれることもあった。その歩調は、ひどく、ゆっくりしていた。子供の私に、脚の運びを合わせるというよりも、肥《ふと》った体が、そうさせるのかも知れなかった。そして、いつも、太い、肉桂色の籐《とう》のステッキをついていた。

公園には、桜の木が多く、その樹下を、近道をして抜けるのだが、その木々の姿も、光った幹の色も、アリアリと、眼に浮かぶのは、そうして父と二人きりで、歩くということが、よほど、私には満足だったのだろう。私は、何か、父に甘えたく、父にまつわりつきたくて、恐らく、うるさいほど、父に話しかけたにちがいない。

しかし、父は、ひどく、無言だった。「そうか」とか、「うん?」とか、短い返事をするだけで、まるで、私のいうことを、聞いてないようだった。少し、前屈《まえかが》みな姿勢で、考えごとでもしてるように、地面を見ながら、ゆっくり歩いてる父を、私は、もの足りなく感じたり、何か、尊敬感を持ったりした。口数をきかないのは、父の性分であったが、長男の私を溺愛《できあい》するといわれて、親類の笑い者になっていた彼が、そういった態度を示したのは、どういうわけだろうか。父は父なりに、私を甘やかさない努力を、見せたのだろうか。姉や弟のことを考えて、私を偏愛しない用心だったのだろうか。それとも、感情を露出しない、武士気質《ぶしかたぎ》の名残りだったのだろうか。

何にしても、今の私は、その時の父の態度が、わからないままに、好もしく、そういう慈愛の形が、身に浸みるのである。そして、私自身が、人の子の父となって、ともすれば、そういう愛し方をする自分を、見出して、驚くこともあるのである。

〝店〟が存続されるというのは、私たち子供にとって、何より心丈夫なことだったが、やがて、母が父の代りになって、店へ出勤するという事態が、起きてきた。

　恐らく、支配人格の番頭や、吉井という父の親友の助太刀だけでは、他の店員の抑えがきかないから、ロボットの主人として、母が引っ張り出されたのだろう。もっとも、母は、まるで世間知らずの主婦と、いうわけでもなかった。母の父親という人が、一種の事業狂であって、横浜であらゆる商売をやり、旅館を経営したこともあった。母は、父と結婚前に、その旅館の帳場に坐ったことがあるというし、算盤《そろばん》は達者で、大福帳式の昔の家計簿を、キチンと記入しなければ、気の済まない女だった。また、幼女の時に、山手のミッション・スクールへ入れられ、英語の手《て》解《ほど》きも受けていた。店へ出る話がきまってから、英会話の俄《にわ》か勉強を始め、非常に容貌の醜《みにく》い外国婦人が、家へ教えにきた。その頃、私も、小学校で英語を教えられていたが、母が、不思議な発音をするのに、気がついた。例えば、Firstという語を、ホイストといい、Secondをシカンといった。

「おっ母《か》さん、ちがうよ」

　と、私は、よく、抗議した。

「そうかい、おっ母さんの英語は、古い英語だからね」

　母は、恥じたような色を見せたが、その容貌の醜い外国婦人も、似たような発音をしていた。今から考えると、あれが、ほんとの発音であって、私たちの習ったのは、和製英語に過ぎなかった。

　英語は少しシャベれても、店へ出勤する時の母は、小さな髷《まげ》の丸髷に結《ゆ》い、羽織を着、何を入れてあるのか、風呂敷包みを抱え、吾妻下駄《あずまげた》の歯音を鳴らすといったような、風俗だった。そして、母は父と十歳ちがいだから、その頃は、四十そこそこの年齢だったに拘《かかわ》らず、ひどく、婆さん臭く、感じられた。子供心にも、私は、母が父の代理をする資格がないように、思った。

しかし、母は、よほど緊張して、新しい事態に、乗り出したにちがいない。まだ小さい、三人の子供のいる家庭を、一日の大半も、明けるのだから、よほどの覚悟だったのだろう。

若い女中には、留守を預けられないと、思ったか——お民という中年女が、新しく、雇われた。お民は、店の出入りの洋傘職人の母親で、私の母と同じような丸髷に結い、デップリした体格で、少し眼尻の下った、愛嬌のある顔立ちだった。「まアよ、まアよ」という相模《さがみ》弁《べん》を、よく使い、藤沢あたりの女ということだった。

私たちは、彼女のことを〝婆や〟とか、〝お民婆や〟とか呼んだが、最初は、ちょっと馴《な》染《じ》めなかった。なぜなら、私には、〝お長《ちょう》婆や〟という大切な人が、あったからである。母が私を生んでも、乳の出が悪く、お長という乳母が雇われ、その女の乳も出なくなると、コンデンス・ミルクで育てられた。そのミルクを、いつも、お長婆やがこしらえてくれたが、味が甘いので、五つ六つになるまで、間食用に飲んだ。お長婆やが、コップと匙《さじ》で、ガリガリ音を立てて、ミルクを溶《と》いた音は、明瞭に、私の耳に残ってる。そして、お長婆やは、ほんとに、私を可愛がってくれた。私が小学校へ入るまで、家にいたが、やがて、暇をとった。そして、二年ほどして、遊びにきてくれて、その時も、昔どおり、私と一緒に寝たが、翌朝、

私が起きて、ひとりで、着物のつけ紐を結んでいたら、

「まア、坊ちゃん、自分でつけ紐が、結べるようになって……」

といって、ポロポロ、涙をこぼした。私には、お長婆やが、なんで泣くのか、意味がわからなかったが、前から好きだった彼女が、一層好きになり、私が学校へ行ってる留守に、彼女が帰ってしまったのが、ひどく、悲しかった。

お長婆やは、若死にをして、再び、私の家へ遊びにくることもなかったが、私は、自分の婆やというものは、彼女以外にないように思っていた。それで、新しく来たお民婆やに、馴染めなかったのだろう。それに、お民は、私専用の婆やというわけではなかった。

でも、そのうちに、私は、お民だって、ずいぶんいい人だと、思うようになった。性格は、お長のように、一本気ではないが、こだわりのない、ノビノビした優しさがあった。あまり叱言をいわず、そして、親身な世話をしてくれた。そういうことは、すぐ、子供にわかるのである。私は、昼間、母親の姿が家に見られなくても、お民婆やが、お八つも出してくれるし、遊び対手にもなってくれるから、べつに寂しいとも思わなかった。

その時代に、姉や弟はどうしていたか、まるで、記憶がない。姉は、平沼高等女学校へ通学してたはずだし、弟も、私と同じ老松小学校へ入ってたわけなのだから、帰宅してくれば、母の不在な家の中で、姉弟が仲よく遊ぶとか、反対に喧嘩するとか、以前と変った状態が起きたと思うのだが、私は、自分のことだけしか、何も覚えていない。

ということは、甘やかされ子の常として、私は幼い時から、自己中心的だったのだろう。

姉も、おそく生まれた長女として、父の溺愛を受け、私と似たものだった。ただ、弟だけは、長女も長男も生まれた後に、できた子供のせいか、父もチヤホヤしなかったらしい。そのために、彼が、一番、素直《すなお》で、人好きのする子供だった。もっとも、母は、弟に、相当、甘かった。

私は、主我的な姉と、よく喧嘩したが、さりとて、弟に対して、兄らしい兄でもなかった。母が家にいないから、少しは、弟の面倒を見てやろうという気持は、ミジンもなかった。自分勝手に、自分のことだけ考えて、遊んでいた。それで、その時分の姉弟の記憶が、すっかり失われてるのだと思う。

父が死に、母が家を留守にし、家の中に怖《こわ》い者はなく、私は、むしろ、自由を愉しんだのではないか。

最初に見出した自由は、納戸《なんど》の中をかき回すことだった。納戸は、子供部屋に連続して、建っていて、鉄鋲《てつびょう》を打った重い板戸で、仕切られていた。子供が納戸へ入ることは、禁じられてたが、母がいなければ、こっちの自由だし、お民婆やは、うるさい叱言をいわぬ女だった。

私が納戸に入って、まず、眼を惹《ひ》かれたのは、刀剣類だった。父は、日本最後の武士に属してたから、大小や、脇差しなぞが、幾組も、保存されてた。恐らく、家伝来の刀で、祖父や曾祖父が用いたものも、混っていたろう。それを、恐る恐る抜いて、よく切れそうな、鈍い銀色の刃で、私は、子供部屋の柱を削った。

その傷跡で、悪事が露顕《ろけん》して、帰宅した母から、大吐言を食ったが、居合い抜きに使う大刀だけは、使用を許可された。それは、刃引きがしてあって、ものも切れず、危険がないからだった。

私は、得意になって、その大刀を腰にさした。しかし、刀身が長く、重く、玩具の刀のように、自由にはならなかった。せいぜい、抜き身を下げて、姉を脅かすぐらいのことだった。

なぜ、そんな刀が、残っていたかというと、父が、運動のために、居合い術をやったからである。明治紳士は、ゴルフ遊びは知らなかったが、武士出身が多かったから、弓術とか、居合い術とかを、スポーツとしたのだろう。福沢諭吉も、居合い術をやったことが、伝記に出てるが、父も、その真似をしたのかも知れない。

その癖、私は、父が居合い抜きをやってるところを、見た記憶がない。恐らく、私のものの心のつく頃には、居合い術から謡曲の方へ、転向したのだろう。

父の謡曲は、宝生流だったが、趣味というよりも、健康保持のつもりで、始めたのかも知れない。伊勢山大神宮の境内に、能楽堂があって、よく連れて行かれたが、それよりも、年に二、三回、家で謡曲の会があり、大勢、人が集まるのが、愉しみだった。午後から、謡《うたい》が始まって、夕食になり、それからまた、謡になるのだが、社交ぎらいといわれた父も、この会の時は、別人のようだった。一体、父の社交ぎらいは、今の私にも伝わってるが、私は藍《あい》より出て、更に青い方であって、父の方は、勤めるところは勤めることを、知っていたようだ。

暖かい時候の頃だったが、その謡い会が催された時のことを、私はよく覚えてる。夕飯が出た後で、人々が、また謡い始めた時に、半鐘の音が起った。最初は、皆、落ちついて、謡っていたが、下町のどの辺だかが、だいぶ広く焼けてると、知らせが入ってくると、

「大丈夫とは思いますが、近所の手前もありますから……」

と、いうようなことをいって、客が、次第に退散し、ついに、一人もいなくなった。

父は、もの見高いことが嫌いで、そういう時にも、無感動を示す癖があった。その遺伝は、今の私にも、痕跡が見られ、地震なぞある時に、家族が騒ぐと、逆な態度に出たくなる。実は、当人も動揺してるのであって、ただ、人が立ち騒ぐのに、反抗したくなるに過ぎない。

火事は、だんだん大きくなって、どこの町まで燃えひろがったという知らせが、続々と、入ってきた。その頃、仁作という小店員が、家の方に寝泊りしていたが、彼が、報道係りを勤めた。

「大将、大変でございます。大火事でございます」

店の者は、父のことを、旦那といわず、〝大将〟と呼んだが、それも、横浜貿易業界の風習らしかった。

いくら大火でも、山の上のわが家まで、燃えてくる心配はないし、また、燃焼区域が市の中心地だから、海岸の居留地の店までは、距離があった。それで、父も、泰然としてたのだと思うが、仁作の言で、少しは、気になってきたのか、

「税関山へ行って、様子を見てくる」

と、立ち上った。

税関山というのは、私の家の近くの台地で、そこから、横浜の全市が見渡される、広い草原であり、私たちの凧《たこ》揚《あ》げの場所だった。以前、横浜税関の何かの建物があったらしく、私の家も、税関官舎の跡だった。

父が、そんな時刻に外出するのは、珍らしいことであり、また、途中は燈火が少いので、仁作が供に連れられた。

「あたいも連れてって……」

私も、怖いものが、見たかった。父は、一旦、私を制止したが、いうことを肯《き》かないので、折れてしまった。

月のない夜だった。税関山の草に、一ぱい夜露が降りて、私の足がビショ濡れになった。崖の近くまで行くと、下町は、火の海だった。生まれて始めて、大火事というものを見て、私は昂奮《こうふん》し、ガタガタ震えた。父の手を一心に握って、その安心感のもとに、焔《ほのお》と煙りの展《ひろ》がりに、眼を凝らした。

父は、例によって、無言だった。仁作だけが、燃えてる区域の町名を、得意になって、説明していた。横浜の浅草である伊勢佐木町も、商店街の吉田町も、その付近の下町区域の大部分が、火になってることが、私でも見当がついた。明治三十一、二年のことと思われるが、この時の大火は、横浜市史にも、残ってるだろう。

やがて、父は、静かに、

「帰ろう」

といって、歩き出した。私は、もっと、火事を見ていたかったが、父は許してくれなかった。父には、怖ろしいものを、長く子供に見せたくないという気持が、あったかと思われる。事実、私は、帰途につくと、急に、恐怖心に襲われた。父の手にブラ下るようにして、暗い道を、家まで歩いて帰ったが、あんなに長時間、父の手を握っていたことは、それまでにも、その後にもなかった。その手の温かさが、まだ、私の掌に残ってる。そんな気がする——

父の遺物には、居合い抜きの刀の他に、法螺《ほら》の貝があった。

ずいぶん大きな貝で、その時分の私の顔の倍ぐらいあって、朱色の漆を塗った、木製の吹き口がついていたが、それを鳴らすのは、容易なことではなかった。それでも、何遍か吹いてるうちに、どうやら、音が出るようになったが、力一杯、イキをこめると、必ず、耳が痛くなった。

一体、なぜ、父がそんなものを、持っていたのか。東京へ出る前に、郷里中津で、国学の師につき、神官を志した時代もあったというから、修験道《しゆげんどう》に接近したことでもあったのか。あの付近には、英彦山《ひこさん》の山伏《やまぶし》がいた筈である。そんな連中に、法螺貝の吹き方でも、習ったのかと、考えたが、横浜時代の父は、文明開化の先頭に立ったつもりにちがいないから、旧時代を懐かしむわけもない。恐らく、居合い抜きの刀と同じく、衛生の目的で、法螺貝を吹いたのではないか。そんなものを吹けば、肺活量を増すとでも、医者にいわれたのではないか。福沢諭吉が、健康を保つために、米搗《こめつ》きをやったのも、その時代であり、何か、古いものを、新しい目的で使うという思想が、流行してたのだろう。

健康に留意することも、その頃の新しい考えの一つだが、父は、その上に、ひどい潔癖を持っていた。

「きさない！」

汚《きたな》いという言葉を、中津弁で発音すると、そんな風に聞えるが、父は何かというと、その語を用いた。私の耳に、父の発音が、ハッキリ残ってるのは、その語だけかも知れない。母は、神経質の方ではなかったから、潔癖の父から、〝きさない！〟を連発されて、私の耳に残るようになったのか。といっても、母は、父の潔癖を笑う態度で、同調はしなかったようだ。叱られれば、わざとやってみるというところも、あったようだ。

父は、二回も、アメリカに行きながら、ついに、豚の肉を口にせず、死んだ。ハムなら食ったが、豚肉料理は〝きさない！〟であった。文明開化人を標榜しても、どこかに、神道の斎忌《ものいみ》思想が、抜けなかったのだろう。もっとも、その当時は、まだ、多くの日本人も、豚肉を不潔視し、値段も、非常に安かった。安くてうまいものなら、食べてみようと、母がわが家の食膳に、豚肉を用いたのは、父の死後、二年ほどしてからだった。私も、生まれて始めて豚肉を食ってみて、大好きな牛肉に比べて、肉の色が白いのを、気味悪く思ったことを、よく覚えてる。明治三十七、八年のことだった。

洋食が好きな癖に、父は、脂の濃い食物を、好まなかったようだ。魚も、白身のものばかりで、夏はスズキのアライとか、冬は、中津人らしく、チリ鍋《なべ》を、よくやっていた。私も若い頃から、チリ鍋が好きだったが、これは、確かに、子供の時に、父が残したイメージが、影響してるらしい。しかし、果物の愛好癖は、私の亡姉に伝わっただけだった。父がことに好きな果物は、梨と瓜類で、梨を剝《む》いて輪切りにしたのを、水を充《み》たした鉢に浮かべ、うまそうに、食べていた。明治の頃には、そんな食べ方があったのだろう。それから、瓜は、西洋瓜というマクワ瓜の新種が、毎年、季節になると、静岡県から届いた。

父の食物は、すべて、清らかなものというに尽きた。そして、手の込んだ料理よりも、材料の滋味の愛好者だったにちがいない。ところが、母は料理好きの食いしん坊だったばかりでなく、鰻《うなぎ》の蒲焼《かばやき》が大好物で、マグロやサバやイワシのような濃味の魚が好きで、果物なぞには、見向きもしなかった。そういう食物の嗜好は、ただ舌のことだけに止まらず、人間の表われであるから、私の父と母は、ずいぶん、ちがった性格や気質を持っていたのだろう。道徳家と享楽者が、夫婦になったようなところが、あったろう。そして、必ずしも、ピッタリと合った夫婦仲でもなかったろう。もっとも、母は、少くとも、食物のことでは、父の嗜好に合わせて、毎日の食膳をつくってたようである。しかし、料理上手の母は、ひそかに、自分の好きなものを、清らげにこしらえて、父の気を惹くぐらいのことは、やったにちがいない。

酒だって、父よりも母の方が、強かったのではないかと、思われる。母は、未亡人になってからも、晩酌を欠かさなかったし、酒に酔う気分が好きらしかったが、父の方は、反対だった。私は、一度だって、父の酔態を知らないし、赤い顔さえ、見た覚えがない。それは、父の自制心が強かったというよりも、生活の乱れを嫌う、潔癖のせいだろう。タバコも喫《の》んだが、無論、ヘビー・スモーカー（過度の愛煙家）ではなかったろう。愛用してたのは、ロシア巻きというタバコで、金色の雲母模様のブリキ箱に入っていた。その明き箱を貰うのも、私の愉《たの》しみの一つだった。

それにしても、私は、何という鬼ッ子であるか。酒は、体を壊《こわ》すほど飲んだし、見苦しい酔態は、数知れず演じたし、タバコは、医師の警告があっても、今もって止められず、その上、食いしん坊で、悪食好みで、うまいとあれば、どんな汚らしいものでも、手を出さずにいられない。そういう部分は、明らかに、母の血を継いでるのである。

潔癖という点でも、私は、父の子ではない。私は、他人の不潔は気になるが、自分の屎尿《しにょう》でも、屁《へ》の臭《にお》いでも、一向、汚いと思わない。黴菌《ばいきん》に対しても、若い頃に、結核菌をひどく怖れたこともあったが、中年以後は、すっかり鈍感になった。

父の潔癖症は、性格的なものと、明治の衛生思想が、合併したものだろう。よく手を洗うのは、細菌恐怖症だろうが、朝と夕と、二度も入浴するのは、清潔の気分を愛したのだろう。

そういう父だから、側へ行くと、いつも、石鹼《せっけん》の臭いがした。私は、それを、父の体臭だと思い、それを嗅ぐと、いい気持がした。

ある日の朝だったが、私は、父の膝の上に乗っていた。そんな時間に、私が家にいたところを見ると、学齢前だったかも知れない。或いは、小学初年の頃の暑中休暇だったかも知れない。

父は、白っぽい浴衣《ゆかた》を、着ていた。恐らく、朝の入浴を終って、一休みしてたのだろう。アグラをかいた父の膝は、ずいぶん広く、私がその上へ乗っても、余裕タップリの気がした。父の体の巨《おお》きいことが、私に信頼感を持たせ、それが、甘えの気分を誘った。

私は、父の浴衣の胸をひろげ、素肌をいじくって見た。父は、大変、色の白い人で、厚い、広い胸が、土蔵の壁のようだった。そして、男にしては、大きな乳部と、何かの木の実のような突起があった。その突起に、一本、長い毛が生えてたような気がする。私は、父の乳部を、いじくり回してるうちに、父がべつに叱らなかったから、今度は、父の浴衣の内側に、入って見たくなった。

その時の様子を、よく記憶してるくらいだから、私は、少くとも、五、六歳だったろう。或いは、七歳だったかも知れない。いくら子供でも、もう体が育っていて、その計画は、無理にきまってた。しかし、私は、そうは思わず、頭を浴衣の懐《ふとこ》ろの中に突き込み、次ぎに脚をちぢめ、必死になって、内部に、もぐり入ろうとした。

遂に、それが、成功したのである。恐らく、父の浴衣は、裂けそうに、突っ張ったろう。また、無理なもぐり込みを、父が助力してくれたのかも知れない。とにかく、私は、完全に、父の懐ろの中に入り、ひどく、満足を感じたと共に、父のシャボンくさい体臭を、したたかに、吸い込んだ。この時ほど、父の臭いを、よく嗅ぎわけたことはなく、また、それが、ひどく快《こころよ》かった。

ところが、その時に、母がどこかから、現われて、大きな声を出した。

「まア、何です、そんなに、甘やかして……」

常々、私を甘やかすといって、父を責める母は、現場を抑えたという気持だったのだろう。確かに、私の甘え方は、赤ン坊のすることだった。私は、ひどく恥かしくなって、窮屈な懐ろの中から飛び出したが、父も、照れくさそうに、笑っていたようだった。

そんな、潔癖な父が、たとえ一回限りであったにしても、妓楼へ登ったということは、今の私には、むしろ、滑稽《こっけい》でならないのである。

無論、そんなことを、私は、自分の眼で見たわけではない。青年になってから後に、母から聞いたのであるが、彼女も、それを、まるで笑い話のように、私に語った。

「あれで、あんなキレイ好きな人が、お女郎屋へ行ったことがあるんだからね……」

その時は、私も若かったから、滑稽どころではなく、意外さと、幻滅感で、不快になった。といって、私自身は、もう、父を責める資格のない、不身持ちな若者だったのだが、頭の中にある父の人間像は、そんな汚点のないものでありたかった。また、私の知ってる父の所業として、理解に苦しむことでもあった。無論、父も男性として、好色心を持っていたろう。妻以外の女性に、心を動かすこともあったろう。しかし、その頃の父の財力や体面から考え

った。

でも、母の話を聞いてるうちに、謎《なぞ》が解けた。父は、脱《のが》れられぬ運命で、女郎屋へ行ったらしい。父の店で、外人観光客が大きな買物をすると、日本料亭へ招待して、芸妓の手踊りを見せる慣《なら》いがあったことは、前にも述べたが、その時の外人は、妓楼へ案内することを、望んだのだそうである。

横浜浮世絵という版画を見ても、わかるように、横浜には、開港の昔から、外人専門の妓楼があった。浮世絵で見ると、半洋半和の奇妙で、豪華な室内に、昔ながらの服装の娼妓が、外人客を対手に、ギヤマンの盃をあげてる図が、描かれてる。そういう妓楼は、横浜の遊廓に、数軒あったらしいが、父が店を持った頃は、市外の神奈川に、神風楼《じんぷうろう》というのが、一軒だけ、残っていた。

神風楼の名は、子供の私も知ってるほど、一般的だった。横浜人は、通称〝ジンプ〟と呼び、また、〝ナンバ・ナイン〟（Ｎｏ９）ともいった。神風楼が、横浜市内にあった頃の所在番地だったのだろう。

私は、神奈川埋立地へ移転してからの神風楼を、わが眼で見てる。横浜・神奈川間のポンポン蒸気が、その埋立地のすぐ側を通るからである。神風楼は、海に面して、小松の植わった広い庭を前に、城のような威容を、示していた。白と黒のナマコ壁の二階建てで、キリヅマの白い壁に、Ｎｏ９と、大書してあった。

父の登楼したのは、その神風楼だったのである。しかも、そこで、一泊してきたのである。黴菌《ばいきん》恐怖症の父に、よく、そんな勇気があった、と思われるし、また、自分の気が進まなかったのなら、番頭に、代役を勤めさせてもよさそうに、考えられる。また、外人客を案内したら、宵《よい》の口に、自分だけ帰ったらいいと、推測される。だから、父も、内心は、遊興を欲したのではないかと、私は疑ったが、母の話では、そうでもないらしかった。人を招待したら、主人が客と最後まで行動を共にするのが、商人の礼儀であり、外人対手の場合は、殊にそうだというのである。

しかし、母が父を弁護するのは、おかしいと思った。いくら、交際上の遊興といっても、娼婦の許へ行った良人に、加勢するのは、首肯《うなず》けなかった。しかも、その時の父の態度は、ずいぶん強引《ごういん》だったらしい。外人客を案内して、神風楼へ泊るから、今夜は帰らないと、店員を派して、母に伝えさせたのは、まだいいとして、自用のシーツや寝衣を、その使いに持たせて寄こせと、命じたというのは、常識外れである。

「へえ、シーツまで持って、そんなところへ、遊びに行ったの？」

私は、前代未聞の話だと思った。それにしても、母の性格からいって、よく素直に、そんな品物を、渡したものと、思われた。

「だって、仕方がないじゃないか。お父つァんて、そういう人なんだもの……」

母は、ゲラゲラ笑ったが、私には、腑に落ちなかった。

その時代は、妻のタシナミがやかましくいわれ、ことに、祖父（母の父）は、女の嫉妬を、きびしく戒める育て方をしたということだが、それでも、少し、理窟が合わないと思った。いくら、父が潔癖症だからといっても、娼婦のところで寝るために用いるシーツや、寝衣を、妻に提出させるというのは、甚だしい侮辱で、現代なら、立派に、離婚の理由になり得るのである。

　でも、今の私の年齢になると、少しは、母の気持が、読めるのである。その時の母は、もう、結婚後、二十年近くもたち、父という男の全部を、知ってたのではないか。それで、侮辱感も、嫉妬も起きなかったのではないか。

　——なアに、泊ったって、あの人のすることは、タカが知れてるよ。

　恐らく、母は、腹の底で、セセラ笑ったのかも知れない。放尿する時に、自分の陰茎に手を触れるのも、汚がった父が、娼妓などと肌を接する勇気があるか、どうか、母が、一番よく、見抜いてたのかも知れない。

　それにしても、その夜の父が、自宅から取り寄せたシーツや寝衣を、どのようにして用いたかは、ずいぶん、興味があるが、その敵娼《あいかた》にでも聞かなければ、真相はわからない。でも、漱石の小説〝三四郎〟を読むと、純真な青年の主人公が、田舎から上京の途中に、旅館で、見知らぬ女と同衾《どうきん》を避け得ぬ羽目になり、シーツをまるめて、境界線をつくり、その内側で、ジッと、一夜を明かしたことが、書いてある。父も、そんな窮策を行ったか、それとも、女に金でも与えて、室から遠ざけたか、いずれにしても、病的に潔癖だった父にとって、苦難の一夜だったろう。

一体、父という男性が、恋愛や性慾を、どのように経験してきたか、私は知りたくて堪《たま》らないのだが、こればかりは、手掛りが少くて、どうしようもない。

父の壮年時代を知ってる現存者は、二人しかいない。横浜で有名な野村洋三翁と、同じ土地に住む、母の異腹の妹である。しかし、二人とも、母と結婚後の父を知ってるだけである。そして、父の話を聞いても、艶聞らしいものは、皆無であった。その頃は、男の性道徳は寛《ゆる》やかで、親類のうちでも、二号を持つとか、芸妓遊びをするとかいう良人は、ザラにいたが、父にその種の噂がなかったことは、確かである。つまり、世間の男性に同《どう》じない、偏屈さと、明治輸入の外国紳士道カブレが、そうさせたのだろう。福沢諭吉の若い頃に、放蕩の誘惑があっても、〝千金の子は汚猥《おわい》に身を触れず〞というようなことをいって、身持ちが堅かったらしいが、そのような自己矜持《きようじ》と、因習の蔑視と、それから、性病警戒の衛生思想も手伝って、父の謹厳生活が、保たれたのかも知れない。しかし、父と同じく中津生まれで、福沢門下である、朝吹英二なぞは、非常な道楽者だったらしいから、新道徳の影響というよりも、体質、気質の点で、好色的ではなかったのだろう。それに反して、私は少年の頃から、好色的であり、これは、母方の血をひいたと思われるが、好色でありながら、必ずしも、女が好きでないというところは、父の遺伝と思われる節もある。

私の性慾の芽生えが早かったことと、それが、父にまつわる記憶が、一つある。父が壮健の頃だから、私は七歳ぐらいだったと思うが、家に新しい女中が、雇われた。彼女は三十女で、他の女中より年長であるばかりでなく、料理屋勤めでもしてたのか、何か、母も差別をつけてる様子で、長くは勤めていなかったが、その短い期間に、私を寝かしつけることが、彼女の役目になっていた。色の黒い、顔の長い女で、子供ごころにも、品のいい女とは思わなかったが、私を寝かしつけるために、半身を寝床の中へ入れてる間に、何か、他の女中と態度がちがうのである。というのは、裾がまくれて、裸の脚を出しても、平気だというようなことだったろう。その頃の私は、もう、女の体に興味があった。オの字で始まる女性生殖器の卑語も、知ってた。私ばかりではない、遊び友達も、皆、知っていた。勿論、それがどんな形で、どんな位置にあるか、正確な知識はないが、それだけに、異常な好奇心を持ってた。そして、その女中と寝ると、彼女は自分の体を開放して、私の手が探っても、文句をいわないのである。探るといっても、大人のするようなことが、できるわけもなく、無意味な彷徨《ほうこう》を続けてたからだろうが、彼女が処女だったら、それも忍び得ないだろう。

ある晩、父母と共に食事を済ませて、私が、すぐ寝るといいだしたのは、きっと、その女中に、そういう悪事をしかける企《たくら》みが、あったからにちがいない。私は、子供部屋に置いてあるコタツの中で、彼女に添い寝をしてもらった。子供部屋は、父母のいる茶の間から、客座敷を隔てて、建っていたから、まったく別世界だった。彼女は、肘枕をして、身を横にし、コタツ布団から乗り出していたので、その下半身が、私の遊び場所になった。どんな風にして、どこに触れて見たのか、記憶はないが、女の子とお医者ゴッコをする時と、比べものにならぬ昂奮を感じた。そして、その晩は、どうも、彼女の腿《もも》のあたりの黒い肌を、見たような記憶があるから、いつもより、冒険に深入りしたにちがいない。

その昂奮の最中に、私は、ふと、廊下を踏む、重い足音を聞いた。ズシン、ズシンという音が、近寄ってきて、子供部屋の前で止まった。父が来たのだと、すぐわかった。私は驚いて、悪戯《いたずら》をやめ、呼吸《いき》をこらして、廊下の方を見ると、障子の腰のガラスのところから、眼鏡をかけた父の顔が、ジッと、こちらを見ていた。

私は、冷水をあびせかけられた、気持がした。自分のしたことが悪事であり、その懲罰が下ったと思い、恐怖で、全身が縮んだ。

父は、二、三分ほど、内部を覗《のぞ》いていたが、何もいわず、また、重い足音を立てて、茶の間へ帰って行った。もう、私は、悪戯どころではなかった。恐怖に打ちのめされ、淫《みだ》らな冒険心は、どこかへ吹き飛んでしまった。といって、父母や姉弟のいる茶の間へ、行くのは、後ろめたくて、その場へジッとしてるうちに、いつか、眠ってしまった。

私が父の襲来に、恐怖を感じたというのは、私のやってる悪い事を、父がチャーンと知ってた――父の万能を、畏怖《いふ》した結果でもあろうか。幼い子供は、父を神の代理人のように、考える時代がある。しかし、私の場合は、それだけではなかった。常に、私に寛大であり、不行儀の叱責《しっせき》なぞは、一切、母任せにしていた父が、あの晩に限って、自分自身で、出向いてきたことに、多分に、ショックを受けたのだろう。

それにしても、父が、どうして、私の悪事を感づいたかは、疑問であるが、推測のできないことでもない。恐らく、他の若い女中が、私と添い寝をする彼女のことについて、何か、母に告げ口をしたのだろう。それは、色情的なことだったのだろう。母は、楽天的な性格だから、それを、笑い話として、父に伝えたのだろう。

しかし、父は、容易ならぬことと思ったにちがいない。そんな女が、添い寝しながら、わが子に淫らなことでも教えるのではないかと、早合点したのだろう。それで、話を聞くと即座に、現場を覗きにきて、別に確証もないので、引き揚げたのだろう。やがて、その女中は、暇を出されたが、彼女は、冤罪《えんざい》というべきで、犯人は私だった。

父は、私を無垢《むく》の幼児と、考えたかもしれないが、男の子の性興味は、ずいぶん早くから、始まるのである。朝日がささなければ、子供が眼を覚まさないと思うのは、まちがいである。まだ、ほの暗い暁に、パッチリ眼を開けるのである。その事件のあった時分に、私は七歳に過ぎなくても、すでに、小さな陰茎が勃起する現象を、知っていた。幼児の勃起は、尿意を催した時にも、見られるが、私の場合は、明らかに、性感情や性感覚をともなっていた。

その頃、どこの家庭にも、大きな踏み台があった。今の製品のような、キャシャな造りではなく、倍ぐらい大きく、内部は、紙屑入れになっていたが、私は、その踏み台の角へ、着物をきたまま、陰部を押しつけると、快感があることを知った。それは、単に快感であって、絶頂感まで行くような、進行性のないものだが、とにかく、そういうことを発見したので、私は、よく、踏み台の側へ行った。

しかし、そういうことに対して、まだ、羞恥感が少なかったから、人に隠れて行うこともしなかったのだろう。

私は、すぐ、母に発見されてしまった。

その時の母の態度が、今から考えると、興味があるのである。もし、現代の母親だったら、そんな幼いわが子が、もう性的行為を始めたのを知って、大きなショックを受けるだろう。その驚きや悲しみが、きっと、爆発的な表現を、示すだろう。

しかし、私の母は、大変、落ちついていた。まるで、児童心理学者のように、男性のヒヨッコに現われた自然を、驚かなかった。昔の女性は、性の知識が乏しかったというが、私は母の態度を追想して、それは反対ではなかったかと、思うのである。

その代り、彼女の処置は、現実的で、また、苛烈だった。無言で、私の襟首をつかみ、吊し上げるようにして、湯殿まで連れて行き、私の衣服を脱がせた。そして、私の下腹部を水道の前へ持って行き、栓をひねって、ジャアジャアと水を流した。

すると、何か、白い虫のように、ふくらんでいた、私の小さなセックスが、見る間に、萎《しぼ》んで、まったく、形をなさなくなってしまった。

その時に、母は始めて、口をきいた。

「もう、しないか」

「しない」

そう答える他はなかった。そして、頭を一つ打たれて、釈放になった。

今でこそ、母の処置を、天晴《あっぱ》れと思うのだが、その時は、ずいぶん怖《こわ》かった。そして、自分は悪いことをしたと本心から思ったのだが、それにしても、私が年増の女中に悪戯をして、父に覗かれた時と比べると、ずっと、忍びやすかった。母と子の結びつきには、性慾的なものがあると、説く学者もいるが、母にそんなことを発見され、そんな、あからさまな矯正法を受けても、どこか、気がラクだった。また、母も、そんな仕置きをしただけで、後は、平常の通りであり、特に、私の挙動に、眼を光らすというようなことはなかった。何か、男の子とは、そんなものと、タカをくってるような、様子があった。昔の女の男性観かも、知れなかった。

しかし、同じことが、父に対する場合は、まるで、ちがっていた。私は、女中に添い寝をして貰った晩に、障子の腰ガラス越しに、私の方を見つめた父の顔つきを、今もって、忘れることができない。六十余年もたったのに、あの時の父の眼鏡の光りを、アリアリと思い浮かべ、身が縮むような、想いがするのである。

しかも、父は、私を疑ったのではなかった。女中の方をあやしんで、子供部屋へ覗きにきたのである。勿論、その時は、そんな推察はできなかったにしろ、実に、怖かった。真に、罰しられたと、思った。そして、そのような悪戯は、決して、行うまいと、思った。

どうして、あの優しい父が、そんなに、怖ろしかったのだろう。子供——男の子にとって、父親というものは、道徳的な存在であることは、確かだが、その威圧だけだったろうか。

私は、やっぱり、父の人間性が作用したのだと、思われる。十歳に足らない幼児でも、自分の父の性格とか、人格とかいうものが、どんな性質のものだか、おぼろげでも、わかるのだと、思われる。もし、私の父が、冗談好きな、剽軽男《ひょうきんおとこ》だったり、または、清濁併せ呑むといった、豪傑型だったりしたら、私は、あのような恐怖感を、味わわなかったかも知れない。ほんとに、あの時は、グサリと、刃《やいば》を刺された気持だった。

厳格過ぎる家庭の子供は、イジケるというが、そうかといって、甘い父を持った私が、素直で、愛すべき性格でもなかったようだ。意地悪根性はなくても、自分本位で、気まぐれで、高慢な、可愛気のない子供だったと思う。つまり、学校で、友達から好かれ、教師からも愛されるといった児童では、なかったと思う。

それに、私が通っていた老松小学校というのは、市立であって、あらゆる階級の子供が集まった。横浜で有名な富豪の子供もいたし、野毛山住宅地の中産階級の子供もいたが、その多くは、下町の庶民《しょみん》の子弟《してい》だった。彼等の数も、気風も、支配的であって、ガキ大将も、その仲間から生まれた。私は、そういう子供たちと自分が、異質であることを知ったが、反撥《はんぱつ》することはできなかった。言葉使いでも、態度でも、じきに、彼等に影響された。現在の私の気質の中には、山の手風のものと、下町風のものとが、一緒に住んでるが、下町風というものを、最初に身につけたのは、この小学校だったと思う。

学校へ持ってく弁当にしても、下町っ子は、切りズルメの飴煮《あめに》とか、煮豆とか、大きな餅の焼いたのだとか、私とまるでちがったものを、うまそうに食べていた。私は、それが、羨ましく、母に、そんなおカズを頼んだが、いつも、イリタマゴとか、鰹魚《かつお》の角煮のようなものばかりだった。ただ、運動会の時だけは、私の弁当は上等だった。母がサンドウィッチを、こしらえてくれるのである。その頃、サンドウィッチは、珍らしい食物で、ハムも、まだ市販されず、母は、牛肉の塊《かたまり》を、麻紐で巻き上げ、ボイルド・ビーフをつくって、薄く切り、パンに挿《はさ》むのである。しかし、それは、非常に、うまかった。だから、私は、他の子供に奪われないように、運動場の片隅へ行って、それを食べた。

そういう子供であるから、可愛気がないのである。もし、私が友情を知ってる子供だったら、そんなことはしなかったろう。子供だって、友達と喜びを頒《わ》け合うことを、極く自然に行う者がいるのである。単に、友情のみならず、義理のようなものさえ、子供は知ってるのである。しかし、そういう子供は、私の経験では、上部の階級よりも、庶民の親を持つ子供の方に、多かった。昔の庶民階級は、たとえ狭くても、シッカリした道徳を持ち、それで、子供をシツけたのだろう。

もっとも、私は、外国航路の船長の子で、とりわけ仲のいい友達もいたし、そう子供ヅキアイが悪いとも、決められなかったが、教師には、まったく、可愛がられなかった。

辻という先生が、一年からの受持ちだった。

この先生は、その頃、まだ三十代だったと推測するのだが、満面が、ヒゲで埋まったような顔をしていた。口ヒゲも、顎《あご》ヒゲも、思う存分のばして、しかも、顔色がまっ赤で、小肥りの円顔で、〝ヒゲ・ダルマ〟という渾名《あだな》が、文句のないところだった。明治時代には、無髯の小学校教師は、少なかったが、この先生ほどのヒゲ面も、珍らしかった。どういうものか、その〝ヒゲ・ダルマ〟が、私に苛酷《かこく》だった。入学当時は、そうでもなかったのだが、学級が進むに従って、悪い意味で、マークされ始めた。私ばかり、よく叱られ、体罰を受け、〝お残り〟を課せられた。その頃の小学教師は、かなり感情的で、公然と、生徒にエコヒイキをやった。その一例として、私は、運動会の時に、教頭先生が、当然、一着になるべき生徒の肩を抑え、次ぎの走者を勝たしたのを、目撃したことがある。でも、そんな現場を見たとしても、生徒も、父兄も、あまり問題にはしなかった。先生がヒイキをするのは、その生徒が、成績も、品行もいいためで、それは仕方のないことだと、諦《あきら》めたのだろう。それくらい、先生が信用されていたともいえる。

私だって、無論、先生は偉いものだと、考えていた。しかし、父よりも偉い人だとは、思わなかった。実際、教壇の上に立ってる先生と、わが家へ帰って見る父との比較は、歴然とわかった。父の方が、人間的重量があり、勢力ある人に見えた。

そんな気持があるから、他の生徒のように、ほんとに従順でなかったのかも知れない。その上、ヒゲ・ダルマ先生には、何か、毅然《きぜん》たる思想があって、有力者の子弟には、わざと、辛《つら》く当ってやろうとしたのかも知れない。

父は、その小学校が建築される時に、寄付金をして、評議員か何かの名を貰ってたから、葬儀にも、校長先生が参列したのだろう。そして、父が、その資格があるために、ヒゲ・ダルマ先生を刺戟《しげき》したのではないかと、思われる節がある。

三年生ごろだったが、学期末の通信簿が渡され、私は、それを父に見せた。父は、店へ出る前に、私の習字の清書なぞを見て、よほど拙《まず》く書いてない限り、褒美《ほうび》として、二銭銅貨をくれる慣わしだったが、その時の通信簿には、ひどく、不服そうな顔をした。

「これは、おかしい。成績がよくなって、席順が下ってるのは、どういうわけだ……」

その時の成績は、私としては珍らしく、全甲に近かったが、席順の方は、中央とビリの間に、下ってた。

「学校へ行って、よく訊《き》いて来い」

店員見習で、家で働いてる仁作が、使いに出された。私自身は、優等生の経験もないので、席順を争う興味は湧かなかったが、父が学校に抗議を申込むということは、何か、うれしかった。父だけは、先生に平コラしないのだと、思った。

仁作が帰ってきて、父に復命した。

「受持ちの先生に、会ってきました。成績は、八〇点以下はないそうですが、どういうわけか、今度は、全部の生徒の成績がいいそうで、席順も、そんなことになるんだそうで……」

父は、腑に落ちないという顔で、聞いていたが、再び、仁作を学校へやりもしなかった。しかし、そのことがあってから、ヒゲ・ダルマ先生は、眼に見えて、私に苛酷になった。私は、従来以上に、罰を食わされ、教室の外に出された。そして、口惜しくなって、泣いてると、校長先生が出てきて、理科教室へ連れて行き、電気の機械の実験なぞを、見せてくれた。校長先生が叱らないのに、〝ヒゲ・ダルマ〟だけが、私を虐待するのかと、私は、いよいよ、先生を恨んだ。

そのうちに、級友の一人が私に、妙な忠告をした。

「おめえのとこじゃ、〝ヒゲ・ダルマ〟の家に、お歳暮持ってかねえんだろ。だから、苛《いじ》められるんだよ」

「そんなもん、持ってくのかい」

「みんな、持ってってらア」

私は、家へ帰って、その話を母に告げた。彼女は、笑って、それを聞いていた。

私の家では、そういうことをしなかったのである。父の性格と思想からいって、教師に個人的な進物をするのは、寺子屋時代の旧弊であり、文明開化の世界では、一つの不正事とでも、考えてたのだろう。

「うちでも、何か、持ってってよう」

私は、しきりに、母にセビった。

それから数日後に、私は、仁作に連れられて、ヒゲ・ダルマ先生の家を訪ねた。父には内証で、母がそんな計らいをしたのだろう。といって、持参した進物は、砂糖に過ぎなかった。その頃の中元歳暮の贈答品には、三盆白という字を印刷した、大きな砂糖袋が、最も多く用いられたが、決して、豪華な進物とはいえなかった。母も、本気で、贈賄をするつもりだったら、も少し気のきいた品物を、考えたであろう。

先生の家は、私が地獄極楽の絵を見に行った、赤門の寺の近くだった。仁作が住所を調べてきたので、私は知らなかった。私は、先生というものは、わが家と同じくらいの家に住んでると思ったら、それは、見る影もないような陋屋《ろうおく》だった。門もなく、格子戸を開けると、ワイワイと、男の子供たちが出てきた。ヒゲ・ダルマ先生、よほど、子沢山だったらしい。そして、汚《きたな》い家の中を覗くと、座敷に、不似合いな、赤毛氈《もうせん》が敷いてあったのを、覚えてる。書道でも、内職にしてたのだろうか。

最後に、〝ヒゲ・ダルマ〟が、仏頂面をして出てきたが、和服を着た彼には、まったく威厳がなかった。私宅を訪ねて、かえって、私は〝ヒゲ・ダルマ〟を、軽蔑するようになった。しかも、砂糖袋の進物は、一向に、効き目がなく、私は、睨まれた生徒として、不愉快な毎日を送った。

そのうちに、予備海軍大尉という先生が、新任になってきて、英語を教えるようになった。横浜の小学校は進歩的で、小学校から、英語の授業を始めたのである。その先生は、鹿児島あたりの人らしく、巨大漢だったが、好人物そうだった。〝ヒゲ・ダルマ〟に対する反動で、私は、その先生が好きになったが、その先生の方でも、私を可愛がり、英語を教えてやるから、下宿へ遊びに来いといった。

そして、学校が退《ひ》けてから、私は、宮川橋という橋の袂《たもと》にある、彼の下宿へ行った。先生は、独身者だったらしい。しかし、数回、稽古に行ってるうちに、先生が、男色愛好者らしい挙動を示したので、気味が悪くなり、それきり、行くのを止めてしまった。

その頃から、私は、学校通いが、シンから嫌《いや》になった。現代の子供とちがって、その時代は、誰も学校というものを好かなかったが、私の場合は、少し特別だった。前から好きでなかったものが、急に、病的な嫌悪を現わし、まるで、喉《のど》を通らない、食物と似たことになった。

その頃、小学五年生になったばかりの私は、子供としての危機を、迎えていたのかも知れない。父を失い、母も昼間は家を明けるといった環境が、ようやく、私の生活に、影響してきたのだろう。

もう、数え年十二にもなったのに、私は、母をテコずらせることが、多くなった。何か、母に反抗し、母を困らせ、そして、母の関心を、自分に集めたかったのだろう。店の仕事に母を奪われたのを、必死になって、奪い返そうという、無意識な努力だったかも知れない。

ある朝、私は、学校へ行かないといって、母を困らせた。それは、初夏の晴れた朝だったが、母が私を説得しようとすればするほど、私は強情になり、遂に、ワアワア声をあげ、地《じ》団太《だんだ》を踏み、反抗した。もう、幼児ではないから、泣き声も大きく、もの音も、すさまじく立てた。その頃、家に、三人ほど、年輩の店員が宿泊していたが、彼等が見かねて、次ぎ次ぎに、私を宥《なだ》めにきた。私は、わざと、泣き声を高くした。夏服を着た店員たちは、出勤時間が遅れるので、自転車に乗ったり、歩いたりして、皆、出て行った。最後には、母まで、出て行った。

その後で、私は、根《こん》かぎり泣いた。一生のうちで、あんなに長く、あんな高い声で泣いたことは、なかったろう。そして、その日は、学校を休んでしまったにちがいない。

恐らく、そんなことが、数回、繰り返された後だろう。

ある日、母が、私にいった。

「お前、そんなに、今の学校がいやなら、東京の学校へ、入れてやろうか」

それは、私にとって、天来の福音のように聞えた。

「うん、そんなら、うれしいよ」

「でも、お前は子供だから、横浜から通うわけにいかないんだよ。学校の寄宿舎へ入るんだよ」

「いいよ。家《うち》なんかにいなくったって、平気だよ」

私は、〝ヒゲ・ダルマ〟のいる老松小学校でなかったら、どんな学校へでも、行く気だった。家を離れるとは、どんなことだか、想像もできなかったから、何の恐怖心もなかった。

そして、母は、その東京の学校というものを、私に説明してくれた。小学校から、中学、大学まである大きな学校で、福沢諭吉がこしらえた、〝慶応〟という学校だということだった。福沢の名は、私も、度々聞かされて、耳に馴染《なじ》んでいたが、母は、その上に、もっと、私の意慾をそそるようなことをいった。

「お父つァんも、昔、その学校を出たんだよ」

「え、お父つァんも?」

私は、それを聞いて、ひどく、元気づけられた。父が学んだというだけでも、その学校

——慶応義塾へ、是非、入れて貰いたかった。

母としては、その転校問題を持ち出す前に、いろいろ、考えたにちがいない。私が、老松小学校を嫌い、ダダをこねただけの理由で、幼稚舎へ入れる気になったのではあるまい。

母は、私の教育に、自信を失ったのだろう。私が日ましに、手におえない子供になるのに、彼女は、毎日、店へ出るために、家を明けなければならないとすると、もう、人を頼むより、手段がなくなったのだろう。信用のある小学校の寄宿舎に、私を預けて、規律と権威の下に、育てて貰いたくなったのだろう。もし、私が優良児童だったら、そのようなことは、決して、起らなかったわけである。

その頃、慶応義塾の元老の小幡篤次郎という人が、まだ、生きていた。この人は、やはり中津藩の出身で、福沢諭吉の片腕となって、慶応義塾を興したのだが、度々、塾頭を勤め、福沢歿《ぼつ》後は、その後継者として、三田の山に住んでいた。父は、この人を、崇拝していたようである。福沢以上に、推服してたと、思われる節もある。人格者という点では、福沢を凌《しの》ぐ人だったかも知れないが、そればかりでなく、父と母の結婚の媒酌人であり、私や弟の名付け親でもあった人で、父は、心から、この人に師事していたようである。

この人がいなかったら、母も、私を慶応幼稚舎へ転校さす考えを、起さなかったろう。また、それを思いついても、この人の賛成がなかったら、実行はできなかったろう。母は、出京して、小幡邸を訪い、その相談をもちかけたところが、一も二もなく、賛成してくれたので、私の運命が決まったのである。そして、彼は、幼稚舎入学（二学期からの途中編入だから、少し厄介だった）の世話や、保証人の役まで、引き受けてくれたので、すべてが、スラスラと、進んでしまった。

その年の暑中休暇に、私は、海や山へ行った記憶がない。恐らく、父の歿後は、母が忙しくなって、どこへも連れてってくれなかったのだと思うが、私は、文句をいうどころではなかった。九月になれば、家を離れて、東京の寄宿舎へ入らねばならぬ、と思うから、心が緊張してたのだろう。

「あたい、東京の学校へ入るんだよ」

私は、人の顔を見ると、そのことを告げずに、いられなかった。すると、中には、お餞別《せんべつ》を持ってきてくれる人もあった。それに、味をしめて、私は、母の髪結いのお辰さんにまで、同じことをいった。その頃は、〝髪結い〟という職業があって、日をきめて、各戸を回って歩き、主婦や娘の結髪をした。お辰さんは、古くから、出入りの人だった。

「坊ちゃん、東京の学校へ入るなんて、えらいですね」

「じゃア、お餞別くれよ」

私は、〝お餞別〟という語の覚えたてであった。お辰さんは、次ぎに来た時に、鉛筆と小さな雑記帳を、持ってきた。すると、母が、ひどく、お辰さんに詫び、序《ついで》に、私を叱った。私は、なぜ、叱られるか、わからなかった。お辰さんが、帰ってから後に、

「お辰は、貧乏なんだからね。あんなこと、頼むんじゃないの」

と、不興げだった。しかし、私は、何か腑に落ちなかったが、最近になって、生き残りのただ一人の叔母から、お辰が、母の父の妾の子だったということを、教えられた。つまり、母の異母妹だったわけで、母としては、複雑な気持があったのだろう。

母は、時々、店を休んで、私の寄宿舎入りに必要な用品を、準備し始めた。白い、大きな巾《きれ》を切って、お民婆やも一緒に、シーツをこしらえ始めた日のことを、よく覚えてる。

「寄宿舎は、ベッドだそうだからね、家《うち》にあるのじゃ、小さくて、間に合わないんだよ」

母の説明を聞いて、私は、ベッドというものに寝たことはないし、ひどく、好奇心を湧かせた。そして、シーツができ上ると、隅の方へ、所有者の名を書き入れるのが、定めだそうだが、それを、母は、私に自分で書けといった。私は、誇らしい気持で、墨と筆で、一所懸命に、それを書いた。

寝巻きや、夏冬のシャツや、タオルや、石鹼や、歯ブラシなぞも、買い集められ、当時よく用いられた、支那カバンという白いツヅラに、納められた。

「いいかい、ここへ入れとくから、よく、覚えてるんだよ」

そういう準備は、大がかりで、今までの遠足や家族旅行の時の比ではなく、また、すべてが私だけのためであることが、とても嬉しく、また、緊張を、一層、強くした。しかし、その緊張には、ほとんど不安がなかった。家を離れるということも、見知らぬ集団生活へ飛び込むということも、ほとんど恐怖心を、誘わなかった。私は、甘やかされて育ったのに、そういう神経質ではなかった。いや、甘やかされたがために、怖《こわ》いもの知らずであったのかも知れない。

慶応の幼稚舎は、その頃すでに、制服制帽の規定があった。今の幼稚舎生制服とちがって、帽子は海軍帽、服も、黒地に七ツの金ボタンで、半ズボンに、長靴下だった。ただ、寄宿生には、運動服と呼ぶ平常着があり、青灰色の木綿地で、形は、現在の制服に似ていた。

そういう制服が、三田の洋服店から、送られてきた。届くと同時に、寸法試しに、着せられたが、どんなに、私は得意だったろう。今までの学校より、いい学校の生徒になった証拠が、それで、明らかにされたように、思われた。

そして、明治三十六年の九月のある日――私は、その制服を着て、ペンの徽章《きしょう》のついた学帽をかぶり、朝の十時ごろに、家を出た。新学期の始まる前日に、寄宿舎へ入るためで、母と、番頭の近藤が、同伴してくれた。

家を出る時に、お民婆やは、心優しい女だから、オロオロ声で、別れの言葉を、かけてくれたにちがいない。彼女だけは、私が寄宿舎へ入るのを、可哀そうだと、いい続けていたからである。姉や弟も、それ相当のことをいって、玄関まで、見送ってくれたにちがいない。しかし、私は、何も、覚えてないのである。恐らく、気が弾《はず》んで、何も、上《うわ》の空だったのだろう。悲しみなぞは、全然、湧かず、威勢よく、得意然と、家を出たにちがいない。ただ、天気がよくて、かなり暑い日だったことを、記憶するのみである。

品川で汽車を降りて、後は市電で、三田へ行ったと思うが、きっと、荷物類は、先きに寄宿舎へ送ってあったのだろう。三田通りの洋品店で、寄宿舎のベッド用の白い毛布を、二枚買ったことと、洋食屋で午飯《ひるめし》を食ったことを、覚えてるが、通行したはずの慶応義塾構内のことは、何も眼に残ってない。その頃は、赤煉瓦の図書館も、まだ建っていず、今は史蹟扱いにされてる、ナマコ壁の演説館が、目ぼしい建物だったのだが、それすら、眼に入らなかったのだろう。

しかし、構内の奥の方に、小幡篤次郎邸があり、そこへ連れて行かれたのは、ハッキリと、覚えてる。古びた、平屋建ての日本家屋で、その奥の座敷で、私は、始めて、小幡先生の顔を見た。父より、十歳ぐらい年長の人らしく、先生の威圧感が少しもない、柔和な老人だった。

「茂穂さんのご長男かね」

彼は、私の名付け親だから、名前も、よく知っていた。そして、幼稚舎へ入ったら、よく勉強して、よい生徒になれというような、紋切り型のことを列《なら》べたが、私は、〝ヒゲ・ダルマ〟に同じことをいわれる時のような、反抗心を起さなかった。それのみか、ここへ来れば、父の余光というようなものが、まだ、残ってる感じを受け、何か、大きな安心があった。

小幡邸のすぐ側から、坂があった。そこを降りると、武家門のような裏門があり、その左側の低地に、幼稚舎が建っていた。木造ペンキ塗り、二階建ての校舎が、老松小学校より、ずっと小さかったのは、意外だった。まだ、休暇中なので、生徒の姿は見えなかったが、この通路を通り抜け、運動場のようなところへ出ると、正面に、校舎と同じような建物があり、

「あれが、寄宿舎だよ」

と、母が教えてくれた。建物の窓から、もう帰舎してるらしい、二、三の生徒の姿が見え、私の心が弾んだ。

右手に、平屋の日本家屋があった。そこが、舎監室で、小幡邸から電話があったというので、和服姿の主任舎監が、出迎えてくれた。

「平尾先生ですよ。お辞儀をなさい」

母は、もう、その先生と会っていたらしく、他所行《よそゆ》きの言葉で、私を紹介した。

やがて、数人の先生が、出てきた。一人は女で、五十ぐらいの人で、着物をキチンと着て、小肥りの体を、やや、反《そ》り身《み》にしてたが、髪は、小さな丸髷を結い、横浜の小学校で、私の親友だった船長の息子のお母さんに、よく似ていた。

「河合でございます。お子さんは、じきにお慣れになりますから、ご心配いりませんよ」

と、いうようなことを、母に語った。後で知ったことだが、この女性は、海軍大佐の未亡人で、恩給で生活できるのに、非常な子供好きで、ここの舎監を、最も長く、勤めてるということだった。

もう一人の先生は、一番若く、大学部の学生で、今ならアルバイトというところだが、苦学の目的で、舎監をやっていた。といっても、昔の大学生のことだから、口ヒゲを生やし、服装も、一人前の大人の着るような和服が、不似合いでなかった。

「見城《けんじょう》です。お子さんの受持ちです」

その先生は、五年生と六年生の寄宿生を監督する、舎監だった。どの先生も、皆、優しく、鄭重だった。小幡先生の紹介であることが、私を利したにちがいなかった。

それから、見城先生と河合先生が、私たちを、寄宿舎の中へ、案内した。河合先生は、一、二年の低学年生が、受持ちなのだが、新入寄宿生の身の回りの世話は、彼女に任せられてるらしかった。

最初に、階下の荷物室に導かれ、そこで、持参の柳行李《やなぎごうり》と支那カバンが、開けられ、河合先生が、保母を呼んで、日用のものを分類した。保母さんは、普通の女中さんと同じ服装をしてたが、中年の女で、三人ぐらいいた。

「シャツや寝巻きは、洗濯日がきまってますが、その他で、必要なものがあったら、この部屋へきて、保母さんに頼むんですよ」

河合先生が、教えてくれた。

荷物室の次ぎが、食堂だった。白木の細長いテーブルと縁台が、列《なら》んでいるだけの、ガランとした室だった。

「食事の時には、ラッパが鳴りますから、すぐ、ここへ集まって下さい」

見城先生がいった。

それから、階段を昇ると、自修室があった。三十人ぐらいの舎生の居間であり、また勉強部屋で、向い合わせに坐れるようになったテーブルとイスが、二列に並んでいた。

「君の席は、ここだから、学用品を抽出《ひきだ》しの中へ、納《しま》いなさい」

見城先生は、壁寄りの中ほどの席を、指定してくれた。教科書類は、もう、テーブルの上に、重ねてあった。

「鉛筆や、紙や、ノートは、寄宿舎から支給します。ナイフは危険だから、なるべく、鉛筆削りを使って下さい」

そういう注意を聞いてる間に、新学期を明日に控えて、続々と、寄宿生が帰ってきた。彼等は、いかにももの慣れた態度で、自修室へ入ってきて、

「先生、ただ今ア……」

と、見城舎監に、挨拶した。その態度は、一向、先生に怖《お》じたところがなく、横浜の小学校生徒と、まるで変っていた。彼等は、新入生の私の方を、もの見高い眼つきで眺め、すぐ側へ寄ってきた。

「今度、寄宿舎へ入った、五年の岩田君だ。仲よくして上げるんだぜ」

「はアーい」

「はい」

半ば、フザけたような、返事だった。

それから、私は、自修室の隣りの寝室へ、導かれた。かなり広い部屋だが、いくつも間仕切りがしてあり、それと直角に、鉄製のベッドが、ズラリと列んだところは、病院へ行ったようだった。私のベッドは、間仕切りの中央部にあり、三田の洋品屋から届いた白毛布が、

積んであった。

「すぐ、ベッドをこしらえてあげますよ。寝巻きは、いつも、ベッドの上に、置くようにしてね……」

河合舎監が、教えてくれた。私が、一番不安だったのは、寂しいところで、寝かされはしないかということだったが、こうやって、大勢で寝るのだったら、大丈夫だと思った。

それで、大体の案内は終って、母たちは、もう一度、舎監室へ行き、そして、帰ることになった。私も、一緒に行こうかと、思ったが、

「君は、自修室で、皆と遊んでいたまえ。早く、皆と友達になった方が、いいからな」

と、見城舎監が遮《さえぎ》ったのは、恐らく、私が母と別れ際に、多くの新入生がそうであるように、泣いたり、グズったりするのを、予防する考えだったのだろう。

「じゃア、いいかい……先生のおっしゃることを、よくきいてね」

母も、心残りだったろうが、顔も、言葉も、快活さを見せて、そういった。見城舎監と、同じ気持にちがいなかった。

「うん、じゃア、さいなら……」

私は、母を見送りさえしなかったようだ。少しの痩せ我慢があったにしろ、堪らないほど、悲しくはなかった。今まででも、日本橋の叔母のところや、その他の家へ、泊りに行ったことは、何度もあるし、それに似たことのように、思われた。今度は、ほんとに、家を離れて、一人で、集団生活の中へ入り込むのだ、という認識は、生まれていなかった。子供が、家を

離れるとは、どんなことか、無論、理解できなかった。

大人たちの姿がなくなると、新しい友達が、すぐ話しかけてきた。

「君ンち、どこだい？」

「横浜だよ」

「なぜ、〝塾〟へ入ったんだよ」

「横浜の学校が、いやだったからだよ」

「ここだって、いやな学校だぞ。今に、わからア」

一応の好奇心を充《み》たすと、誰も、私に話しかけなくなった。私は、自分のテーブルの前に、坐っていたが、何か、寂しくなってきた。そして、母は、もう帰ったろうかと、気になった。

廊下へ出て、窓から、舎監室の方を、覗《のぞ》いて見た。明け放した座敷に、全然、人影はなかった。母は、もう帰ったと、思ったら、急に、寂しくなってきた。


緊張が続いてるから、私は、起床ラッパの鳴らないうちに、眼を覚ましていた。だから、ラッパの声で、すぐ、飛び起きたが、両隣りのベッドにいる寄宿生たちは、平気な顔で、寝ていた。眠ってる者もあったが、大半は、不精《ぶしよう》をして、起きないのである。

そのうちに、廊下に接したガラス窓から、見城《けんじよう》舎監の姿が見え、声が響いた。

「起きなさい、どうしたんだ」

すると、誰も、一斉《いっせい》に、〝はアーい〟といって、ベッドに身を起し、寝巻きを脱いで、シャツに着替え始めた。シャツや制服は、ベッドの鉄枠《わく》に掛けて置く定めだった。そして、脱いだ寝巻きも、自分で畳むのが定めだったが、誰も、いい加減にくるめて、投げ出して置くと、後で、保母さんが、本式に畳んでくれるらしかった。

自修室の自分の席から、タオルと歯ブラシを持ち出すと、他の生徒がやる通りに、駆足《かけあし》で階段を下り、階下の東端にある洗面所へ走った。洗面所には、黒くなったブリキの金ダライと、水道の栓が、列《なら》んでいた。その頃は、粉歯磨きしかなかったので、操作も面倒で、誰もいい加減に、歯ブラシを使った。全然、歯を磨かない奴もあった。そして、自修室へ帰ると、間もなく、食事のラッパが鳴った。

昨日の夕食でも、経験したことだが、食堂の中の寄宿生は、子供らしくもなく、威張っていた。食物を運んでくるのは、白い上ッ張りを着た、賄《まかな》い方《かた》の青年なのだが、私の仲間たちは、まるで、召使いに対するような、態度だった。

「マカナイッ、飯!」

「マカナイッ、お茶!」

賄いは、請負《うけお》いであって、舎監から厳重な監督を受けるのだが、そのことが、子供たちに影響してるのかも知れない。また、子供を大切にするという福沢思想が、寄宿舎の伝統になっていて、食事は充分に与え、品質も、山の上にある大学部の寄宿舎より、上等だった。飯は、テーブルの上の飯櫃《めしびつ》から、自分で盛るのだが、何杯食っても、自由だった。舎監といえども、それに干渉はできなかった。それを利用して、子供たちは、賄い征伐ということをやった。それは、後の話だが、私もそれに参加して、食べたくもない飯を、何杯も食った。すると、賄いは、追い炊きをしなければならなくなって、非常に困るのである。なぜ、そんな意地悪をするかというと、賄いが儲けを多くするために、魚の切り身のようなものばかり食わせ、子供の好きなビフテキやカツレツを、一週間も食べさせなかったりするからである。そういう場合に、上級生の寄宿生の一人が、きっと、音頭をとった。

「この頃、マカナイ、ひどいよ。マカナイ征伐やろう」

恐らく、大学部寄宿生の所業の模倣であろうが、それに反対する者は、誰もなかった。そして、賄い征伐が始まると、舎監も、叱言がいいたくても、口には出さなかった。子供の権利を認めるという気風があり、そんなことは、横浜の小学校では、考えられなかった。ヒゲ・ダルマ先生でなくても、子供を最下位の者として、扱った。

寄宿舎ばかりでなく、授業時間になって、校舎へ入っても、教師の態度がちがっていた。出席簿を読む時でも、生徒の名の下に、〝君〟をつけた。先生の大部分が、洋服を着ていたことに、五年生受持ちの相川先生は、私と同じように、その学期から幼稚舎に入り、教鞭《きょうべん》を持ったので、生徒に遠慮がちだった。

私たち五年生の教室は、校舎の二階西端にあったが、そこに限らず、すべての教室の天井は、黒い板を埋めた格天井《ごうてんじょう》のような外観を、示していた。それは、福沢諭吉の著書の木版《もくはん》の版木《はんぎ》だった。〝学問のすすめ〟のように、大部数を刷った版木は、字が磨滅して、使いものにならなくなり、その廃物利用として、天井板になったのである。無論、子供の頭上を、常に、福沢精神で覆わせる、という考えでもあったろう。福沢が死んで、まだ二年しか経たぬ頃だから、彼が意を注いだ幼稚舎教育の余熱が、ナマナマと、舎内の空気に、感じられた。

舎長は、森常樹といって、いつも、フロック・コートのような、黒い服を着てる人だった。私も、寄宿舎の舎監に連れられて、舎長室へ行き、お目見えをさせられたが、温和そうでいて、どこか、怖い人だった。この人も、福沢門下の一人で、修身の時間に、子供に対して、独立自尊というようなことを説いた。そして、舎長住宅も、幼稚舎の構内といっていい、正門向側の日当りの悪いところにあった。

国語や算術は、受持ちの相川先生が教えたが、体操は舎監兼務の酒井先生で、この人は、ヒゲを生やし、眼がギョロリとしてるが、オルガンを弾くのが上手で、音楽入りの舞踊風体操を、やらされた。図画は、能勢先生といって、見るから、体の弱そうな、極度に温厚の人だった。英語は、ディーン先生といって、アメリカの女だった。あまり美人でなかったが、教師と思えないほど、ひどく生徒に優しく、一切、叱言《こごと》をいわず、そして、一言も、日本語をシャベらなかった。

放課時間になると、生徒たちは、校舎と寄宿舎の間の運動場で、遊ぶのだが、その面積は、いくらもなかった。東側は、柔道場と呼ぶ雨天体操室であり、西側は舎監室で、建物に囲まれた空地に、過ぎなかった。そして、舎監室側に、榎《えのき》か何かの大木と、その下に、蓋をした井戸があり、ブランコがあった。

最初の登校日に、私は、休課時間に遊ぶ友達もなく、一人で、ポツンとしていたが、

「君、新入生？　一緒に、ブランコへ乗りましょう」

と、丁寧な言葉使いで、話しかけてくる生徒があった。そんな行儀のいい子供は、横浜の小学校にいなかった。話してみると、彼も寄宿生で、しかも、同じ自修室の池田という生徒だったが、その日の朝早く、帰舎したので、私を知らないらしかった。

しかし、同級生の大部分は、通学生だった。その頃は、交通機関が発達してなかったから、通学生といえば、歩いて登校できる範囲に、住んでる子供であって、芝や麻布《あざぶ》の下町の子弟が、多かった。彼等は、制服こそ同じでも、寄宿生と比べると、どこかガサツで、横浜の小学校の仲間と、似たところがあった。

私は、通学生と寄宿生という、異《こと》った二種族がいることを、すぐ、読みとった。そして、寄宿生の方が、何か、直系の子供のように、威張ってることも、わかってきた。先生たちも、寄宿生を重視する傾きがあった。

午食には、また、ラッパが鳴って、食堂で、飯を食った。九月だから、授業は正午までで、後は、運動服というのに着換えて、寄宿舎の廊下か、運動場で遊ぶのだが、運動場は、寄宿舎の裏にも、もう一つあることを知った。そこで遊ぶのは、主として、寄宿生であり、ゴムマリで、野球をする者や、横浜では、ラムネの玉と呼ぶ、青いガラス玉を、地面に転がして、対手《あいて》の玉に当てる遊びを、やってる者もあった。それから、クルミの殻を二つ割りにして、

内部に蠟を詰め、石版《せきばん》（そういう道具を、まだ学校で使っていた）の上へ走らせ、対手のクルミを起したら、勝ちになる遊びを、やってる者もあった。

私は、そういう遊び道具も、まだ、持っていず、また、遊び仲間もないので、人のすることを、ボンヤリ見ていたが、朝、ブランコへ一緒に乗った池田君が、側へきて、ラムネの玉遊びを、誘ってくれた。

「これ、幼稚舎じゃ、マーブルっていうんですよ」

池田君は、私に、そのマーブルの玉を、貸してくれた。子供にも、穏健な人物というものがあるので、彼は、新入生は親切に、世話してやるべきものと、心得があるようだった。しかし、そういう感心な子供は、仲間には、あまり人気がなく、彼も孤独な寄宿生であることが、後でわかった。

池田君と、マーブル遊びをやってると、校舎の方で、ジャン・ジャンと、半鐘《はんしょう》が鳴り出した。何かの合図らしいが、私にはわからなかった。

「あれ、オチンですよ。行きましょう」

池田君が、教えてくれた。

「オチンて、何？」

「お八つのことなんだ」

「なぜ、オチンていうの」

「知らないよ。でも、幼稚舎じゃ、そういうんだよ」

池田君が知らないのは、当然だった。〝オチン〟は、紀州言葉で、創立の頃の舎長の和田先生が、紀州人だったために、そんな語が生まれたということを、私は、最近、幼稚舎の古い関係者から聞いた。

それにしても、〝オチン〟の時だけ半鐘を鳴らすのは、どういうわけかと思ったが、それは、ラッパを吹く塾僕が、兵隊上りで、軍隊でもラッパ手だったそうだが、起床、食事、消燈なぞのラッパだけしか、知らなかったからだろう。軍隊に、お八つがあるわけがない。

私は、最初の〝オチン〟にありつくために、食堂へ行ったが、食事の時とちがって、寄宿生たちは、駆足で、集まってきた。この時が、一番、食堂の魅力を、発揮するからだろう。

しかし、テーブルの上には、小さな西洋皿の上に、剝《む》いた梨が、一個、置いてあるだけだった。私は、期待に反したが、不思議なことに、今もって、私は、その梨の味を、ハッキリと、思い出すことができる。それは、熟し過ぎた、長十郎梨であって、歯ごたえがないほど、軟《やわら》かく、味も甘いだけで、水気が少く、よく、夏の終りに、果物店へ列んでるものだが、今でも、それを食べると、反射的に、寄宿舎の最初の〝オチン〟を、思い出すのである。というのも、その時、私は、よほど、緊張してたからだろう。自分で意識しなくても、生まれて始めて、親の手許を離れ、寄宿舎生活というものに入って、絶えず神経が昂《たか》ぶり、心の底には、感情の波が、一ぱい、ひろがっていたのだろう。そして、〝お八つ〟を食べることで、家のことが、急に思い出されたのかも知れない。

しかし、一週間も経つと、私は、もう一端《いっぱし》の寄宿生になっていた。子供は、環境に慣れやすいのだが、また、慣れようとする努力も、相当なものである。仲間外れということは、子供にとって、堪えがたい憂き目だからである。

それにしても、私は、気の強い方の子供だったかも知れない。後に、城所君という新入生があったが、誰とも交《まじ》わらず、廊下の窓から空を見て、泣いてばかりいた。色の白い、眼の大きな子で、頬《ほお》のあたりが、紅く、泣き膨《は》れてた。そういう可哀そうな子供に対して、寄宿生たちは、決して、同情しなかった。そんな弱虫は、皆でいじめてやれ、という気に、なるらしかった。でも、舎監は心配して、一時、城所君を家に帰したが、やがて、二度目の入舎をした時には、覚悟をきめたのか、もう泣かなかった。

とにかく、私は、新入生の頃には、泣かなかった。泣くような目に遭ったのは、ずっと後のことだった。入舎の当座は、子供の自衛本能が働くのか、早く、環境に順応するために、一所懸命だった。

教師の渾名《あだな》も、覚えた。舎監の平尾先生が〝ヒラメ〟で、見城先生が〝見城坊主〟、河合先生が〝河合婆ア〟で、教室の方では、受持ちの相川先生が〝シラクモ〟だった。なぜ〝シラクモ〟かというと、就任当時に、舎長先生から、頭部に白癬症《はくせんしょう》があることを発見され、生徒に伝染させないように、注意されたからだが、そんなことを、子供たちは、敏感に注意し、また、記憶するのである。

寄宿生も、大部分が、渾名を持っていた。そして、滅多に本名を使わず、渾名で呼び合った。渾名のないのは、よくよく、人目につかない、凡庸の少年だった。入舎の時に、私に親切にしてくれた、池田君のような温厚な少年でも、〝馬さん〟という渾名があった。顔が長いからだった。

また、彼等の身分も、次第にわかってきた。中井君の家は銀行家で、紙問屋、島田君は薬種問屋、渡辺君は株屋、神谷君はブドー酒製造業、荘田君は三菱の重役、久世君は華族、鈴木君は土建業というようなことが、子供たち自身の口から、私に語られた。

「お前ンち、何？」

「おれンち、銀行だよ」

そして、子供の虚栄心で、家の職業がいいにくい場合には、彼等は、巧みにいい抜けることを、知っていた。例えば、神谷君の家は、ブドー酒製造ばかりでなく、大衆酒場も経営してるのだが、そういうことは、口にしなかった。でも、子供たちは、みんな知っていた。

「あいつンちへ行くとな、ヘンテコレンな奴が、酒飲んでんだぞ」

と、教えてくれるから、すぐわかった。

大体、実業家や商人の子が、多かったが、気風は、下町的だった。言葉使いにしても、時々、東京特有のスラングのようなものもあったが、横浜の小学校と、大差なかった。でも、ここの生徒は、〝お前〟〝おれ〟〝あたい〟の言葉使いの外に、必要とあれば、〝きみ〟〝ぼく〟で、上品な山の手語を使うことも、心得ていた。そこが、横浜の小学校とちがっていた。

寄宿生のほとんど全部が、東京に家のある子供だった。彼等は、通学生として、この学校に学ぶこともできたのに、寄宿生となったのは、その頃の親の方が、現在よりも、外国の教育方法に、影響されてたからだろう。イギリスあたりでは、中流以上の家庭が、寄宿制度のある小学校へ、少年を入れる風があるが、後年、私がフランスで見聞したところでも、パリの家庭の子供が、逆に、田舎の小学校に預けられる場合があった。どっちにしても、少年時代を両親の膝下《しっか》で、甘やかす弊害を、避けたのだろう。男の子に、早くから、小さな社会生活を経験させ、規律と義務に従うことを、覚えさせるのが、目的だったろう。そういう思想が、案外、明治時代の良家の親たちにも、流れていたのではないかと、思われる。

寄宿生のうちには、東京ッ子の外に、外国人もいた。清国人《シン》の周君、唐君、台湾人のソカボ君、タイ人のチュアン君なぞがいた。彼等は、家が国外だから、寄宿舎に入れられたのも当然だが、それにしても、彼等の親たちが、よく、愛する子供を、遠い日本へ学ばせたと、思うのである。恐らく、日清戦争後に、一躍、勃興した日本に対する信頼と、福沢諭吉の名声が、そうさせたのであろうが、日本と戦って敗けた清国からも、留学少年がきていた。周君や唐君の両親は、度量が大きく、頭も進んでいたのだろう。

しかし、私たちが友達交際《づきあい》をしたのは、同年齢の周君だけだった。他の諸君は、六、七歳ほど年長であって、その上、日本語もロクに話せなかった。チュアン君なぞは、長ズボン（制服は半ズボン）をはき、われわれは坊主刈りなのに、彼だけは、髪をわけていた。そして、冬になって、雪が降ると、熱帯国民の彼は、実に不思議な顔をして、天を仰いでいた。

月曜日だけは、どういうものか、朝飯に、鶏卵がついた。普通は、味噌汁と、ツクダ煮のようなものだけだった。そして、その卵も、食膳に出さず、食堂の入口で、賄《まかな》いの男が、渡してくれるのである。なぜといって、生卵の食べられない子供もいるから、賄いの男は、茹《ゆ》で卵と両方を用意して、好みによって、手渡しするからだった。

私も、生卵は、ナマ臭くて、嫌いだった。だから、最初の月曜日の朝に、食堂へ入る時にも、茹で卵を貰うつもりだった。そして、入口に、ガヤガヤと殺到する仲間に混じって、

「茹でたの」

と、他人の口マネをした。卵は、すぐ渡されたので、食堂へ入ろうとすると、周君が、私を側へ呼んで、

「生卵と両方、貰うんだよ」

と、ささやいた。彼の日本語は、ほとんど、われわれと変らなかった。

彼は、渡された茹で卵を、ポケットに入れ、更に、列の後尾につき、一個の生卵を、せしめてきて、私にも、同様のことをしろといった。私は、生卵は欲しくないが、面白いから、その指示に従った。

そして、食事の時には、茹で卵を食ったから、私のポケットには、生卵が残った。それを、私は、もてあましたので、学校の放課時間の時に、周君にやった。すると、彼は、卵の端に、小さな穴をあけ、ツルツルと、呑んでしまった。

「うまいのかい」

「うまいよ」

しかし、彼も、本気でそういってる風にも、見えなかった。そして、ほんとは、生卵の方を食堂で食べて、茹で卵を持ち出す方が便利なのだと、教えてくれた。そんなこととして、舎監に見つからないかと聞くと、見つかるもんか、皆、やってるんだと、威張っていた。今から考えると、それは彼の独断で、寄宿生の総数は、賄いにわかってるのだから、二重取りをする者があれば、卵の数が不足し、すぐ、知れてしまうわけだった。ただ、寄宿舎の気風からいって、賄い方は、舎生のそんな所業を、大目に見てるだけのことだったのだろう。

寄宿舎では、子供の自由が尊重されたが、金銭と菓子類の持ち込みは、厳重に、禁止されてた。間食は、三時の〝オチン〟だけだが、それでは、足りるわけもなく、子供たちは、いつも、食事以外の食物に、飢えていた。卵の二重取りも、その欲求からであるが、同時に、冒険の快感も、味わわせてくれるので、侵犯者が出るわけだった。

もう一つ、冒険の快楽があった。それは、舎監の眼をかすめて、一銭か二銭の金を持ち込んだ者が、それで買い食いをすることである。といって、幼稚舎の門を、無断で出ることは、大犯罪であるから、さすがに、誰もやらなかった。学校の構内から、町の焼芋屋へ呼びかける道を、子供たちは、発見してるのである。寄宿舎の運動場の塀《へい》を、乗り超えても、まだ、学校構内であるが、小泉信三氏の父君の家の横に溝《みぞ》があり、その溝のつきあたりに塀があって、外は、四国町の往来である。溝の吐け口から、大きな声を出して、

「芋金《いもきん》！」

と、呼べば、多分、焼芋屋の金造とでもいう人であろう、そこの主人が、ノコノコ、店から出てくる。そして、われわれは、一銭の焼芋とか、二銭の塩茹で豌豆《えんどう》とかを、註文すれば、ドブ泥くさい溝の出口で、取引きができるのである。

その頃、焼芋は、一銭に六つか八つあったが、それを、数人の仲間で、分け合って食べる愉《たの》しみは、すばらしかった。

卵の二重取りや、芋金の買い食いを、覚えたことは、私が、早くも、この小さな王国の生活に、融け込んだ証拠のようなものだった。そういう秘密を教えられたことは、とりもなおさず、私が、古参の悪童から、〝見どころのある奴〟と、認定されたからだろう。新入生ではあっても、私は、仲間外れの孤独を、味わわないようになった。

しかし、子供の世界は、どこも同じであった。最初のうちは、東京の子供はおとなしく、少し気取り屋だが、上品だと思ったが、日が経つにつれて、横浜の小学校と、変りがないことが、わかってきた。強い奴が、ガキ大将になり、輩下を従え、横暴を極め、弱い奴はオベッカを使い、道化者の役まで演じる現象は、ここでも見られた。しかも、横浜では、登校時間中だけのことなのに、ここでは、朝から晩まで、その関係が続くから、ガキ大将の支配力は、比べものにならぬほど、大きかった。

私たちのガキ大将は、若松君といって、北海道の海産物屋の息子だったが、べつに体が巨《おお》きいとか、腕力が強いとかいうわけでもないのに、絶対の勢力を握ってた。もっとも、彼は私と同じく五年生で、六年生のガキ大将も、別にいたが、妙なもので、私たちには、支配力が及ばなかった。ガキ大将は、常に、同級の枠《わく》の中に発生するので、それは、横浜も同じことだった。

若松君の渾名《あだな》は、〝ワカメ〟といったが、それを当人に対《むか》って、口にする者は、一人もなかった。畏《おそ》れ多いからである。〝ワカメ〟の次ぎの実力者は、華族の息子の久世君だが、彼とても、いわば家老として勢力があるので、大将に対しては、絶対服従だった。留学生の周君も、側近の一人だが、道化役を兼ねていた。外国の宮廷には、必ず、国王の機嫌とりの道化役がいたものだが、子供の王国にも、それは欠かされなかった。

〝ワカメ〟は、子供ながら、度胸がすわっていて、貫禄《かんろく》があり、また、必ずしも、暴君ではなかった。彼の政治には、一本、筋の通ったところがあった。しかし、家老格の久世君は、意地が悪く、残忍であり、時に〝ワカメ〟をそそのかして、弱い奴に、刑罰を課した。また、その弱い奴というのが、じきに泣いたり、先生に告げ口をしたり、運命的に人にいじめられる、性格の持主だった。

刑罰といっても、殴られるとか、蹴飛ばされるとかは、序の口であって、支配者は、重刑を工夫して、愉しむ傾きがあった。戦前の兵営でも、いろいろと、珍奇な刑罰が行われたらしいが、私が寄宿舎で見たのも、独創的だった。

〝弱い奴〟が、小便所へ連れて行かれ、尿の流れるコンクリートの溝の上へ、立たされる。無論、当時は、水洗設備はなく、また、便器もなく、石の壁に向って、放尿する仕組みだから、それが流れる溝は、常にヌラヌラと濡れ、青い苔《こけ》のようなものを浮かべ、臭気に充ちてる。その上へ、裸足《はだし》で立たされるのは、甚だしい侮辱である。従って、〝弱い奴〟は、立たされた瞬間から、泣き出すのだが、〝ワカメ〟とその側近たちは、更に、河なら河上という場所から、一斉に、放尿を始めるのである。暖かい流れが、犠牲者の踵《かかと》を浸すと、忽ち、ワッと、泣き声が高くなり、それを見届けてから、刑罰執行人は満足の声をあげて、退散するのである。

その他に、〝解剖〟という刑罰もあり、〝弱い奴〟を、寄ってたかって、ズボンを脱がせ、セックスを点検するのだが、これは、幼稚舎に限らず、よく行われた。しかし、小便の刑の方は、曾て見たこともなかった。

そういう暴力行為は、まったく舎監の眼の届かないところで演じられた。また、舎監は、自修時間以外は、舎監室へ引込み、舎内は、ある程度の自治に任せられてるのだから、どうしても、ガキ大将の暴威の下に置かれるのである。虐待を受けた者も、子供には子供の意地と、タブーのようなものがあって、滅多に、舎監に訴えないから、罪が発覚することはなかった。

私も、すっかり、舎内の情勢に通じたが、幸いなことに、自分が被害者には、ならずに済んだ。それというのも、ガキ大将の〝ワカメ〟が、私に好意を持ってくれたからで、恐らく、彼の輩下のビリの方の一人と、考えたのかも知れない。私も、ガキ大将に対する処世術は、横浜の学校で知ってるから、あまり、ヘマはやらなかった。

そんな新生活の順応に、明け暮れしてたせいか、私は、家が恋しくなることもなかった。

寂しかったのは、入舎の日と翌日ぐらいで、後は、母や姉や弟のことも、思い出さなかった。

そのうちに、二週間に一度の帰宅日が、やってきた。つまり、隔週の土曜から日曜にかけて、全舎生が、自宅へ帰ることを、許されるのである。その日ばかりは、ガキ大将も、〝弱い奴〟も、区別なく、前夜から、ウキウキと、喜びに湧くのである。当日の朝も、起床ラッパを待ちかねるくらいで、ベッドに残って、舎監に叱られる者は、一人もなかった。ただ、留学生の周君やチュアン君だけは、べつに、うれしそうな顔もしなかった。彼等は、帰宅日も、舎に残る外はなかった。

授業も上の空だし、午飯も、平常の半分も食べる者はなかった。皆、家へ帰って、存分、うまいものを食う計画だからだった。そして、食堂から、すぐ、舎監室の前へ駆けつけて、整列を始めた。すると、平尾舎監が、いやにゆっくり、部屋から出てきて、廊下へ立って、順々に、金を渡してくれるのである。寄宿舎では、金銭所持厳禁だから、帰宅の時は、舎監が交通費を、キッチリ計算して、支給するのである。

「君は、電車賃の外に、汽車賃……」

私は、横浜まで帰るのだから、誰よりも、金額が多かった。といっても、汽車賃は、まだ半額切符の頃だった。

私は、皆と一緒に、駆足で、正門を出たが、実のところ、ほんとに、帰宅日の喜びを、感じてるわけではなかった。また、ただ一人で、横浜へ帰ることに、不安も感じていなかった。私は、わりと無鉄砲で、一人で横浜から川崎大師へ遊びに行ったこともあるし、日本橋の叔母のところへ、往来するので、京浜間の乗物には、慣れてた。当時は、品川、新橋間の市電(今の都電)が開通して、間もない頃で、札の辻からそれに乗れば、じきに、品川駅の前へ出た。また、汽車は、多くの列車が、横浜止まりであったから、迷う怖《おそ》れもなかった。私は、むしろ、大人の同伴なしに、自分で切符を買ったり、汽車に乗ったりするのが、愉しかった。

今の桜木町駅のところに、横浜駅があり、英国風の二層石造建築で、起点の新橋駅(現在の汐留貨物駅のところにあった)と、姉妹のように、同型だった。明治五年に、京浜間に汽車が開通した時の建物だから、均整のとれた、石造の外壁も、ドッシリと黒ずみ、駅前広場に噴水池があることも、内部に高級洋食店があることも、同じだった。私は、あの古い横浜駅が、とても懐かしく、瞼《まぶた》に残るその映像を、愛してる。

その駅を出て、橋を渡り、野毛通りへ出て、坂を登りかけると、途中に、老松小学校があった。私は、まだ新しい幼稚舎制服の姿で、意気揚々と、その前を通り過ぎた。老松小学校は、もう私の過去になり、ヒゲ・ダルマ先生の魔手も、もう手が届かなくなったことを、知る喜びからだった。

そこから家までは、もうすぐだった。

「ただ今ア！」

私は、わが家の玄関へ飛び込むと、大声を揚げた。最初の帰宅日のことは、家の者も知ってるから、弟や姉が、飛び出してきた。母も出てきた。土曜日で、店も、午後は休みだったのだろう。

私は、小さな凱旋将軍のような態度で、家の者に、寄宿舎の生活を、語って聞かせた。ことに、弟に対しては、家を離れた生活の経験者として、誇らしげに話した。

「ご飯食べるのも、起きる時も、寝る時も、みんな、ラッパでやるんだぜ」

「フーン、兵隊みたいだな」

「そうさ、軍人とおんなじさ」

私は、すべてを、誇張して語った。寄宿舎生活というものは、自分の家にいるより、よっぽど愉しいもののように、話した。最初の夜の悲しさや、ガキ大将の暴状なぞのことは、一言も喋《しゃべ》らなかった。

その晩は、母も、何かご馳走を、準備してくれたにちがいない。また、寄宿舎で食べ足りなかった菓子類も、思う存分、口にしたにちがいない。そして、非常にウキウキした気分で、久し振りに、家族と床を列べて寝て、安心感を味わい、グッスリ眠ったにちがいないのである。

ところが、翌日も、午前十時頃までは、同じ気分だったのに、午飯近くなると、憂鬱になってきた。何か、気が沈んで、跳ね回る気にならなくなってきた。

それは、寄宿舎へ帰る時間が、接近したためであるとは、ちょっと、考え及ばなかった。

「夕方までに、幼稚舎へ帰るんだとすると、二時か、三時の汽車へ乗らないと、いけないね」

母から、そういわれると、急に、悲しくなってきた。帰舎の時間は、夕飯前であると、昨日、舎監に、申し渡されたのである。

私は、寄宿舎に帰りたくなかった。しかし、あれだけ誇張して、新しい生活を讃美した手前、それを口に出すことは、できなかった。弟に対しても、そんな弱音は、吐けなかった。

私は、まったく意気沮喪《そそう》し、菓子を出されても、もう食べる気がなかった。

「さア、そろそろ、停車場へ行かないと……」

と、母に催促されて、制服に着替える時は、泣きたくなってきた。いつも家にいられる姉や弟が、どんなにか、羨ましかった。わが家とは、こんなにいいものであるかということが、その時始めてわかった。


私は、遅蒔《おそま》きながら、わが家の恋しさを味わい、同時に、寄宿舎生活が嫌になってくるわけで、それは自然なことだが、別な理由がないこともなかった。

ガキ大将の〝ワカメ〟が、退校させられる事件が起き、その波紋が、私を不幸に墜《おと》し入れたのである。子供の世界にも、政界の波瀾《はらん》のようなことが、常に、生じるからだった。

発端から、話さねばならない。

ある日の午後、課業が済んで、私は寄宿舎へ帰り、誰かと遊んでると、〝ワカメ〟の側近の一人がやってきて、ヒソヒソ声で、耳打ちした。

「ワカメが、お前だけに、ちょっと来いって……」

何か、秘密なことに、相違なかった。私は、その友達に導かれて、校舎へ行った。放課後の校舎は、ガランとして、人気《ひとけ》がなかった。彼は、私たちの五年生教室に入った。そこにも、人影はなかった。

「ワカメは、どこにいるんだい？」

私は、恐怖に襲われた。私は、彼のお気に入りの方だが、暴君の気まぐれで、刑罰でも、課せられるのかも知れなかった。

「シッ！　黙って……。秘密の冒険なんだよ」

彼は、人の家に忍び入る泥棒のように、前後を見回してから、黒板《こくばん》の反対側にある、ペンキ塗りの板戸を開けた。そこは、物入れのようになっていて、壊れたイスなぞの置場だが、内部はまっ暗で、埃臭《ほこり》かった。

その暗闇の上の方から、ワカメの声が響いてきた。

「連れてきたか。よし、上れよ」

声のする方を見ると、紅い、ホーズキ提燈が吊してあって、その光りで、〝ワカメ〟と周君の顔が、赤鬼のように、浮き出してた。

彼等のいるところは、天井裏の一端であって、よほどの高さだった。私は、暗闇の中で、手足を動かし、やっと、そこへ攀上《よじのぼ》った。

そして、私は、驚くべき光景を見た。彼等がアグラをかいてる中央には、七輪《しちりん》が置かれ、鍋が載せられ、その中で、牛肉が、グツグツ煮えてるのである。

「食ってみろよ、うめえから……」

〝ワカメ〟は、ひどく好機嫌で、得意然と、私にいった。それは、彼の創意による大冒険に、ちがいなかった。それにしても、一銭の焼芋を買うのにも、あのように、人目を忍ばなければならないのに、天井裏で、スキヤキ・パーティーを始めたというのは、大胆を通り越して、破滅の臭いのする暴挙に、近かった。

私は、気味が悪くなり、すぐには、スキヤキに手が出なかった。〝ワカメ〟は、直ちに、私の臆病を見抜いて、

「何でえ、食わねえのか」

と、怖《こわ》い顔をした。

無論、拒絶はできなかった。そして、食ってみれば、やはり、うまかった。単に、うまいばかりでなく、この秘密の大冒険の面白さが、次第に、私の心を捉《とら》えた。こんな面白いことを企てた、〝ワカメ〟の勇気と機略に、感動する気持になった。

次ぎに、〝ワカメ〟は、私に、煙草《たばこ》を喫《す》えといった。十本入りの〝ピン・ヘッド〟という煙草は、横浜の店の者も、よく喫っていたが、その箱を、私に差し出した。そして、私は、生まれて始めて、煙草というものを喫ったのだが、これは、ちっとも、うまくなかった。

〝ワカメ〟や周君も、プカプカやってたが、彼等だって、一向、うまそうな顔ではなかった。ただ、禁断の果《み》を味わうだけの目的だったろう。

それにしても、一体、彼等は、どうして、そんな物資を、手に入れたのか。寄宿生は、金銭や食物の持ち込みも、外出も、厳禁されてるのではないか。魔術でも用いなければ、こんなパーティーを開く材料が、集まるわけはなかった。

その謎《なぞ》は、周君の自慢話を聞いてるうちに、次第に、解けた。

外国人である彼は、上海《シャンハイ》にいる父親から、舎費を払うために、時々、送金を受けるのである。それは、三田通りの郵便局宛てに、送られるので、本人が印鑑を持って、受取りに行かねばならない。その時の外出は、舎監も公認の上なので、彼は、その特権を利用し、ゆっくりと、遊んでくるのである。彼には、帰宅日の愉しみがないから、その埋め合わせのつもりかも知れなかった。そして、現金を受取って帰る時に、そのうちの小部分をクスねて、飴チヨコを買ってくる位のことは、従来も、よくやっていた。

そういう周君が、最近、為替《かわせ》受取りに出かけるのを知って、〝ワカメ〟が策を授けたのである。つまり、牛肉と煙草を、買ってくることである。それだけは、寄宿舎内で、絶対に、手に入らない。その他のものは、醬油でも、砂糖でも、炭でも、七輪でも、マッチでも、賄《まかな》いの炊事場から、自由に、カッパラってくることができると、〝ワカメ〟は、読んでいたのである。彼は、ボスになるだけあって、知恵者である。その大胆な秘密パーティーを開く場所を、人の来ない、放課後の教室の屋根裏に択《えら》んだだけでも、頭の冴えは、子供以上であった。

しかし、それが、遂に、舎監に知れた。一回だけで、止せばよかったのに、牛肉はなくな

って も、暗黒の中の会合の面白さに、とかく、屋根裏這入《はい》りを続けてるうちに、小使さんに、発見された。そして、舎監が現場を調べると、七輪や鍋が、まだ残っていたので、犯行の全部が、明るみに出た。

舎監は、恐らく、震え上ったろう。火災の危険が、迫っていたからである。そして、もし火事になったら、ただ校舎が焼けるだけではなしに、天井を覆ってる、福沢諭吉旧著の版木も、灰になってしまうだろう。塾祖の貴重な記念品を焼いては、舎監も、その職に留まっていられないだろう。

大人になって、私は、その時の舎監の一人から、あの騒ぎは、幼稚舎創立以来の大事件といわれ、笑ってしまったが、ほんとに、そうかも知れなかった。火災の惧《おそ》れは別として、まだ数え年十二ぐらいの子供が、スキヤキの鍋を囲み、煙草をふかしたというだけでも、尋常の沙汰ではなかった。

それなのに、共犯者の一人である私は、舎監室に呼ばれて、事情を訊かれただけで、叱られもしなかった。周君は、金をクスねて、牛肉を買った罪があるから、多少の叱責《しっせき》を受けたらしく、ショボリしてたが、それ以上のお咎《とが》めはなかった。よほど、子供に甘い学校なのである。

しかし、〝ワカメ〟は、首謀者として、退校を命じられた。これは、当局として、涙をふるった処分だったにちがいない。恐らく、自発的退学の形式だったたろう。

しかし、全責任を負わされて、学校を去る〝ワカメ〟は、一層、英雄的な感銘を、私たちに与えた。彼は、文句をいわず、しかし、眼に涙を溜めて、寄宿舎を出て行った。そして、裏門から街路に出て、私たちの自修室の窓の下を通る時に、再び、姿を現わした。彼は手を振り、私たちも手を振った。窓から見送るだけでは、足りないで、炊事室の屋根まで降りて、彼を追い、手を振る者もあった。それだけ、〝ワカメ〟には、人望があった。

そして、小さなボスの座は、空位となったのだが、それは、ほんの僅かな時間だった。大人の世界でもそうだが、一人のボスが去れば、すぐ、次ぎのボスが、現われるのである。まるで、ボスなしには、団体生活が成り立たないかのようである。

次ぎのボスは、大阪から来てる飯井《めしい》君といって、それまでは、目立たない存在だったが、急に、頭角を現わしたのである。急にといっても、彼自身が野心を持ち、工作を始めなければ、そのような結果は生まれないのだが、その経過を、説明するのは、困難である。強いていうなら、ある日、突然、彼が威張り出したのである。その時に、周囲が少しでも彼を怖れ、彼を容《い》れれば、後は、押すだけでいいのである。その一瞬が、革命の成否のわかれ目なのだが、飯井君は、それに成功した。そして、同時に、前のボスの〝ワカメ〟の最大の乾分《こぶん》である久世君を、懐柔することにも、成功した。

それは、実に速い工作であって、私たちの眼には、天孫降臨的に、突然、新しいボスが出現したとしか、思われなかった。そして、ボス政治に慣れてる私たちは、それを、逆らえぬ運命として、受けとる外はなかった。

そうはいっても、飯井君は、女の子のように、色が白く、言葉にも、大阪訛《なま》りがあり、勇猛な少年というわけではなかった。しかし、女の子のように、執念深く、押しが強く、知恵が働き、自己を主張する弁舌に、すぐれていた。

そんな新ボスに対して、私は、どうも、推服の気持が、起きなかった。これは、私の性分であろう。今もって、私は、時勢の変化に応じて、頭や感情の切り替えが、うまく行かない。青年の頃に、明治天皇が崩じ、大正天皇になって、どうしても、天皇に対する気持が湧かなかった。

私が飯井君の欠点ばかり、眼につくというのも、旧ボスの〝ワカメ〟に対する忠誠心が、残っていたからともいえる。〝ワカメ〟は、私を秘密のスキヤキ・パーティーに呼んでくれたほど、好意を示してくれたからでもあったが、実際、飯井君に比べると、彼の方が、仁君《じんくん》であり、また、名君でもあった。子供ながら、することに、筋が通ってるのである。そして、卑怯《ひきょう》な、男らしくない所業を、あまり見せなかった。

そこへいくと、飯井君の方は、野球をしても、権力をカサにきて、平気で反則をやるし、舎監先生に対して、オベッカを使う術も、心得ていたし、どうも、公明正大でないのである。そういうことを、少年たちは、敏感に見わけるものなのである。

それで、秘かに、飯井君に反目する、四人組ができた。といっても、そのうちの二人は、中井君と神谷君で、下町生まれの気の弱い少年だから、頼みにならなかった。ただ、駒井君だけが、山の手の子で、頭もよく、負けぬ気で、体は小さいが、相撲は強かった。

私は、駒井君と、新ボス政治の不平を語り合うようになった。しかし、私たちには、飯井君を倒して、自分たちがボスになろうとする野心も、実力もなかった。ただ、不平をいい合い、不服従を誓い合い、〝ワカメ〟に対する忠誠を、認識し合うだけのことだった。

それでも、新ボスは、早くも、この四人組の気持を、嗅《か》ぎつけた。そして、私たちに、弾圧を始めたのだが、中井君や神谷君は、弱虫だったから、格別のこともなかったけれど、駒井君と私に対する風当りが、ひどくなってきた。

飯井君は、女性的君主だったから、自分から腕力をふるうことは、滅多になかった。少くとも、殴るということをせず、精々、頰をつねるというぐらいのところだった。しかし、部下を使嗾《しそう》して、対手《あいて》を痛い目に遭わせることは、上手だった。

そういう場合の暴力行使者は、いつも、久世君だった。彼は不思議な性格で、〝ワカメ〟の時代でもそうだったが、自分は独裁者として立たず、二番目の地位で満足し、しかも、暴政を執行することが、好きで堪らないという風だった。

「あいつ、虐待してやれよ」

と、ボスの命令があると、実に、残忍な刑罰を加えた。フランス革命の時でも、戦前の日本軍部の中にも、必ず、こういう人物がいたろうと、想像される。

私は、飯井君だけが対手なら、腕力でも負けないつもりだったが、久世君が加わると、闘志を失った。それでも、駒井君という頼もしい同志がいるから、降服する気にはならず、必死の抵抗を続けていた。

ところが、その駒井君が病気になり、一時、家庭へ帰って、養生することになったのである。

それから後の一週間ほどの私は、地獄の住人だった。私が孤立無援になったのを見て、敵は、圧力を倍加してきたのである。といって、私は、前にも書いた、小便刑罰のようなものを受けた覚えがない。大勢で、袋叩きにされたという記憶もない。むしろ、遠巻きで、ジリジリと、攻め寄せてくるような、精神的圧迫のために、抵抗力を失ったと、思われる。

それは、五年生の三学期——つまり、一月か、二月の寒い日の午後だった。私は、泣くにも泣けないというような、ミジメな気持になり、一人で考え込み、やがて、大決心をした。寄宿舎の廊下で、人のいないのを見すまし、私は、四人組の残存者、中井君と神谷君を呼んで、

「秘密だぜ——おれ、寄宿舎を、脱走するよ」

と、告げた。

二人は、驚いた顔をしたが、私が脱走して、家に帰る決心をした理由は、わかってると見えて、反対はしなかった。

「でも、君ン家《ち》、横浜だろう。汽車賃がなくちゃ、帰られないぜ」

と、中井君が、当然の質問をした。金銭所持は厳禁だし、舎監から汽車賃を貰うには、事情を打ち明けなければならなかった。それは、〝いいつけ口〟になった。そんなことは、男の子の廉恥心《れんちしん》として、断然、できないことだった。

「歩いて、帰るんだよ」

私は、計画を打ち明けた。

「歩いて？　そんなこと、できるもんか。横浜って、七里あるんだろう」

神谷君が、心配した。

「歩けるよ。おれ、一時間一里、歩けるんだ。七時間で、家へ帰れるよ」

私は、自信ありげなことをいったが、心の底は、不安だった。

「歩けるにしても、腹が減っちゃうぜ」

と、中井君も、難色を示した。

「大丈夫だよ。朝飯は、寄宿舎で食って、晩飯までには、家へ着くもん。一度だけ、我慢すれアいいんだ」

私が、そんな強がりをいうと、二人も、反対はしなくなった。脱走そのことには、彼等は、むしろ、賛成だからだった。

「いつ、やるんだい？」

神谷君が、訊いた。

「明日。授業の始まる前に、裏の塀《へい》を乗り超えて、逃げるんだ」

中井君は、それを聞くと、何か、悲壮な顔をして、

「じゃアな、ぼく、大事に隠してたんだけど、これ、君にやるよ」

と、ズボンのポケットから、一銭銅貨をとり出した。帰宅日の時に、少しの金をクスねて、

寄宿舎へ持ち込む者がないでもなく、それが、例の〝芋金《いもきん》〟から焼芋を買う軍資金となるのだが、家庭でも、幼稚舎の方針に賛同して、なかなか、金銭に手を触れさせなかった。それを、うまくクスねたのだから、一銭たりとも、貴重のものだった。その貴重物を、彼は、私に譲るというのである。

「ありがとう」

私は、心から、感謝した。

その晩は、夜半まで眠れず、そして、朝も、早くから、眼が覚めたが、寝室の窓の外は、すばらしい冬の快晴が、展《ひろ》がっていた。

それに勇気を獲たものの、脱走の決行ということを考えると、胸の中に、何か異物が一ぱい詰ったような、重苦しい気分になり、朝飯を食べに、食堂へ入っても、ものが喉《のど》へ通らなかった。弁当なしで、脱走するのだから、沢山食べなければいけないと思っても、一膳がやっとだった。

朝飯が済めば、三十分して、授業になるのだから、その間に、逃げ出さなければならなかった。中井君と神谷君は、秘密を守ってくれたと見えて、誰も私の計画に気づかなかったが、二人は、ひそかに、私の行動を援助するつもりらしく、私の行先きに蹤《つ》いてきた。私は、弁当なしで出かけるのが、不安になり、賄いの炊事場で、飯を盗むことを考えついた。その時の見張りも、彼等がやってくれた。しかし、新聞紙をひろげて、大きな飯櫃《めしびつ》から、急いで、飯を掬《すく》い出す時には、手がブルブル震え、やたらに飯粒をこぼした。

その新聞紙包みだけが、私の所持品で、後は、教室へ授業を受けに行く時と、少しも変らなかった。学帽はかぶっていたが、外套《がいとう》は着なかった。冬でも、寄宿生は、校舎が近いから、外套なしだった。だから、もし、私が外套を着れば、すぐ、舎監に訝《あや》しまれる惧れがあった。

いよいよ、決行の時がきた。私は、裏の運動場へ回った。神谷君と中井君が、蹤いてきた。裏の塀の木戸は、もし開かなければ、塀を乗り超える覚悟だったが、いい工合に、鍵が外れていた。

「後で、先生にわかっても、君たち、黙っててくれよな」

「大丈夫だよ」

「じゃア……」

私は、一散に、塀の外へ走り出した。そして、稲荷山の下を通り、福沢邸の前へ出ると、大学や普通部の学生が、登校するために、群れをなしていた。その中に、紛れ込めば、誰の眼につくこともなかった。正門を潜って、三田通りへ出ると、ホッとした。

しかし、いつ、舎監先生が、後から追っかけてくるかも知れない気がして、私は、無我夢中で歩いた。札の辻まで行けば、東海道へ出るので、そこを右折すれば、横浜まで一本道であることを、私は知っていた。

八ツ山の陸橋を渡り、品川の宿《しゅく》へきた時に、私は、もう大丈夫だと思った。ここまで来れば、追ッ手のかかる心配もなかった。だから、歩速を落すことにした。速く歩けば、早く疲

れて、横浜まで行く前に、へタばる心配があったからだ。同時に、私は、

（さア、これからだ！）

と、思い、急に、心が緊張した。そのせいか、その時の品川宿場の情景が、今でも、アリアリと、眼に残ってる。品川宿は、花街でもあり、両側に娼家が列《なら》んでいたわけだが、無論、少年の私の眼には入らず、ただ、東京を目ざして、夥《おびただ》しい荷車の列や、通行人の姿が、町を埋めていた。今の京浜国道の朝より、もっと、活気のある風景だった。そして、午前九時頃の冬の太陽が、南へ傾いてるから、私の行途《ゆくて》に輝き、金粉を蒔《ま》き散らしたような効果で、空を染め、狭い道路の家々の屋根や、人や、車馬の姿を、紫色のシルエットにした。それは、大変美しく、力強い風景画となって、私を勇気づけてくれるような気がした。

私は、一心に、歩き続けた。風のない日で、外套なしでも、少しも寒くなかった。少しも、脚の疲れを、感じなかった。品川の宿外れで、一軒の焼芋屋があったから、そこで、私は、中井君から貰った一銭で、焼芋を買った。芋が食いたかったのではなく、弁当の代りにするためだった。その頃、焼芋は、一銭で六個ぐらい来たから、それを、賄い所で盗んだ飯の包みと一緒に、ハンカチで結《ゆわ》えて、腰のベルトに、結びつけた。

大森にかかる前から、海が見えてきた。その時分の東海道は、広重時代と変らぬ道筋と道幅だったと思われるが、鈴ケ森あたりは、松並木と刑場跡の石碑があり、寂しいところだった。私は、前途が不安になり、横浜まで歩き通せるか知らと、危ぶんだ。しかし、足そのものは、そう疲れていなかったから、とにかく、歩き続けた。それというのも、非常な好天気

だったからで、もし、雨でも降ってきたら、警察へでも駆け込んで、浮浪児扱いを受けたかも知れなかった。

六郷川が見えるところまでが、一番、辛かった。恐らく、私は半泣きの表情で、どこまで続くか知れない、長い道を、トボトボ歩いたことだろう。ところが、六郷川の青い流れを見たら、急に、元気が出た。川を渡れば、川崎であって、大師参詣に、何度もきたことのある町だった。また、川崎の一つ先きの鶴見までは、老松小学校時代に、遠足で歩いた実績があるので、大体、この辺までくれば、横浜まで歩き通せるという自信が、湧いてきたからだった。

もっとも、六郷川の橋を渡る時には、かなり、心配をした。この橋は、橋銭というものを取ると、聞いていたからだった。その時分には、そういう橋が、各所にあった。もし、橋銭を請求されれば、一文《もん》なしだから、大変なことになると思った。しかし、幸いにして、架橋の減価償却が済んだらしく、通行は自由だった。

太陽が、最も高いところへ昇ったから、川崎を過ぎる頃は、正午前後と思われた。私は、腰につけた弁当を食うことを考えたが、一向に、腹が減っていなかった。喉も、乾かなかった。脱走する時に、一番心配したのは、空腹になって、倒れるということだったが、まったく杞憂《きゆう》だった。少しも、ものが食べたくなかった。それなら、弁当を食う暇に、少しでも歩く方が、いいと思って、一層、速足になった。

鶴見までくると、非常に、気がラクになった。もう、横浜まで歩き通せると、確信した。

それで、始めて、弁当を食う気になったが、東海道の往来ではイヤだから、両側の家の間を抜けて、畑へ出た。その頃は、鶴見でも、川崎でも、工場なぞは一軒もなく、私が通り抜けた農家から、プンと、醬油くさい匂いがした。鶴見や子安では、近い海から獲れた貝や小魚を、佃煮《つくだに》に製造する稼業の家が、多かった。

私は、畑の先《さき》ての鉄道線路の土堤《どて》に、腰を下ろした。東京を出てから、最初の休息だった。そして、弁当を食うために、ハンカチ包みを解いたが、やはり、食慾がなかった。あれだけ歩いたのに、どうして腹が減らないのだろうと、不思議に思った。緊張のために、食慾を失ってるというようなことは、まだ、理解できなかった。

それでも、焼芋を二本ばかり食べた。そして、新聞紙包みの飯の方は、捨ててしまった。残りの焼芋さえあれば、横浜へ着くまで、大丈夫だと、見当がついたからだった。

それから先きは、軽い気持で歩いて、じきに、神奈川へ来た。そこは、横浜の中のようなものだった。しかし、気が弛《ゆる》んだら、何か、足がくたびれてきた。

やっと、横浜市内へ入り、近道をして、野毛の町へ出ると、今度は、自負心が湧いてきた。(とうとう、歩いちゃった。大人みたいに、東京から横浜まで、歩いちゃった……)

私は、生まれて始めてといったような、勝利感を味わった。東京・横浜間は、七里といわれ、それは、日本橋起点からの計算で、芝三田からだったら、六里ぐらいの徒歩旅行だったろうが、首尾よく、私は成功したのである。横浜へ着いたのは、三時頃らしかったから、六里の道を、七時間で歩いたことになる——

しかし、わが家の前までくると、脱走の罪を意識し、母から叱られる心配に脅えた。私は、玄関を開ける勇気がなく、台所の入口から、家へ入った。

「まア、坊ちゃん、どうなすったの」

お民婆やが、声をあげた。

母は、まだ店から帰っていないようだった。私は、何か恥かしくて、婆やに、ほんとのことの半分しか、いえなかったが、彼女は、徒歩で東京から帰宅したということだけ聞くと、仰天したように、私を労《いた》わった。そして、すぐ、食事の用意をしてくれた。私は、悪いことをしたという気持があるから、座敷へ行かず、女中部屋で、おそい午飯《ひるめし》を食べた。この時は、少し食慾が出て、飯がうまかった。また、喉が乾き、水を何杯も飲んだ。しかし、脚の疲労が、その時分になって、出てきた。何か、下半身が硬直したようで、坐るのが、窮屈だった。脹脛《ふくらはぎ》が重く、痛かった。その癖、歩けといわれれば、まだ歩く能力が、あるような気もした。

そのうちに、玄関に音がして、母が帰ってきた気配がした。私は、女中部屋から、出て行かなかった。

お民婆やが、仔細を告げたと見えて、母が、女中部屋へ入ってきた。

「どうしたんだい……」

母は、意外にも、優しい微笑を浮かべて、問いかけた。

「いじめられたから、逃げてきたんだい……」

私は、急に悲しくなってきた。泣き出したかったが、一心に、堪《こら》えた。

「きっと、学校で、心配してるよ。帰ってきたことを、早く、知らせなくちゃね」

母は、それだけいうと、奥へ引っ込んで行ったが、やがて、茶の間あたりで、大きな声が、聞えてきた。

父の親友で、父の歿後、店の方を手伝ってた吉井という人が、母と一緒に、家へやってきたらしかった。支配人の近藤も、同行してるようだった。

その吉井という人が、何か、烈しい調子で、母にいってた。

「奥さん、それア、いけません。すぐ、坊ちゃんを、東京の学校へ、連れ戻しなさい。家へ泊めたりしては、坊ちゃんのために、よくありません。悪い癖がつきます……」

吉井さんも、父と同じく、武士上りで、頑固一徹のところがあった。彼の家にも、私より大きい男の子がいたが、厳格なシツケで、評判だった。彼は、亡き親友の遺児である私を、わが子と同様に、扱いたかったのだろう。

しかし、その言葉を聞くと、私は、ムラムラと、腹が立った。

(何でえ、吉井の糞《くそ》じじい、おめえなんか、お父つァんでもないくせに……)

もう、その頃から、私の自閉症小児的な特徴は、明らかであり、大人に反抗することも、知っていた。そして、何よりも、父でない吉井さんが、父のような口をきくのが、無性に、癪《しゃく》だった。

(誰が、いうこときくもんか!)

私は、吉井さんが大嫌いになり、もし、母が彼の忠告に従っても、断然、抵抗してやると、腹をきめた。場合によっては、納戸の中の居合い抜きの刀を、持ち出してやろうとも、思った。

そのうちに、玄関で、〝電報、電報……〟と、呼ぶ声が、聞えた。女中が、受取りに出て、それを、母のところへ、持ってった。

母が、その電報を持って、私のところへやってきた。

「幼稚舎から、お前のことを心配して、無事に着いたかと、訊《き》いてきたんだよ……。悪いね」

母はそういったが、叱る口調ではなかった。しかし、私は、次ぎの文句を、警戒した。きっと、吉井さんの言のように、これから、私を連れて、幼稚舎へ行くと、いい出すにちがいないと思った。そしたら、私は、全力を尽して、ダダをこねてやろうと、待ちかまえていた。

ところが、母は、それだけいうと、女中部屋を出て、玄関の次ぎの間へ行った。その部屋の壁に、電話機が、とりつけてあった。

母は、東京通話を申込み、幼稚舎の電話番号を告げた。

やがて、ベルの音がして、対手が呼び出されたことを、知らせてきた。母の声が、聞えてきた。

「はい、はい……幼稚舎でいらっしゃいますか。こちらは横浜の……。はい、今日はまた、子供が、飛んだお騒がせを、致しまして……。ただ今、お電報を、恐れ入りました……」

私は、誰が電話に出てるかを、知りたくて堪らなかった。幼稚舎の電話は、舎監舎の廊下にあって、その応答をするのは、舎監の平尾先生か、河合先生にきまっていた。私は、それが、河合先生であることを、祈った。河合先生は女で、やさしくて、吉井さんのような、厳格なことを、いわないにきまってるから――

「はい、いいえ、無事に、帰って参りました。至って、元気でございますから、ご心配なく……。はい、よくまア、歩いて帰ったもんでございます。ホッホホ。でも、少しは、くたびれてると、存じますので、今夜は、まア、家で、ゆっくり休ませまして……はい、そのように致したいと、存じます。ほんとに、相済みません。ありがとう存じました……」

私は、その電話の声を聞いて、うれしくて堪らなくなり、女中部屋の畳の上に、大の字に転がった。

私は、結局、家に二晩泊って、また、寄宿舎へ帰った。

翌日は、〝くたびれ休み〟というところだったのだろう。

でも、六里の道を歩いてまで、脱走をした寄宿舎に、よく、オメオメと、舞い戻ったものだと思うが、そこに、子供の可憐さがあった。

無論、私は、母に抵抗した。

「帰れば、また、いじめられるから、寄宿舎は、もう、イヤだ……」

「でも、幼稚舎をやめれば、もう一度、老松小学校へ入らなけれアならないよ。それでも、いいのかい……」

と、理詰めにされると、子供は、無言になる外はない。

「もう、いじめられないように、よく、舎監先生に、頼んであげるからね。学校は、どうしても、行かなくちゃならないところなんだから、少しは辛《つら》くても、我慢しなけれア……」

と、ジュンジュンと、諭《さと》されると、反抗ができなくなってしまう。舎監に話したって、ボスの横暴を、制止できるものではない。子供の世界は、大人の立入りがむつかしいことを、私は、よく知ってる。そんな母の言葉は、気休めに過ぎないことも、よく知ってる。それでも、私は、母の言葉に従う外はなかった。なぜといって、学校へ行くということは、至上命令であって、単なる母の希望以上のものである。それに逆らう勇気を、子供は、持っていない。泣く、泣く、服従する外はないのである。私が、至上命令の正体を看破《みやぶ》り、自分の意志で、学生生活をやめてしまったのは、それから、十年近く経って、徴兵適齢期の青年になってからのことだった。

とにかく、私は、母に連れられて、再び、寄宿舎の門を潜《くぐ》った。いくら子供でも、多少、キマリが悪く、また、ボスの虐待を怖れて、屠所の羊のように、ショボリと、帰舎したのであろう。

ところが、子供の世界は、また、別な宇宙なのである。

私が、自修室へ入って行くと、

「わア、帰ってきたぞ。偉《え》れえんだな、お前は……」

と、喚声をあげて、迎えたのが、ボスの飯井《めしい》君や、その輩下たちだった。

私の脱走が知れてから、幼稚舎では、だいぶ騒いだらしく、中井君や神谷君の口から、徒歩で横浜へ帰る私の計画が洩れて、そんなことは、子供の足で、不可能だと、先生たちが危ぶみ、警察に保護を依頼したそうである。そういうことが、寄宿生の耳にも伝わり、彼等が騒いでる時に、私が無事に家に着いたことが、電話で知らされた。そのために、私は、冒険の成功者として、帰舎する前から、皆の注目を、集めていたわけなのである。

そうなると、私も、得意になって、徒歩旅行の経験を、皆に語って聞かせたりしたが、一週間も経てば、情勢は、また旧へ戻った。ボスは、再び、私を冷遇し始めたが、私も、もう一度、脱走を企てる勇気はなかった。そのうちに、病気だった駒井君も、寄宿舎へ帰ってきたので、多少、気強くなった。そして、私たちの仲間は、ボスに睨まれながらも、それ以上の迫害を受けることなしに、何とか、その日を送った。

舎監の見城《けんじよう》先生は、どういうものか、私を可愛がってくれ、ことに、脱走以来は、ボスが私をいじめはしないかと、気を遣《つか》ってくれたが、そういうことは、私にとって、迷惑だった。ある先生からヒイキされるということは、他の生徒を刺戟するばかりでなく、男の子の誇りを、傷つけるのである。

しかし、見城先生の方では、おかまいなしに、私を可愛がってくれ、

「君は、作文がうまいから、〝少年〟に投書しろ。君と荘田君の二人に、出さしてみたいん

だ」

と、飛んでもないことを、私に勧めた。荘田君は、いつも首席を続けてる優良児で、どんな学課でも得意だから、その頃、時事新報社で発行していた〝少年〟という雑誌に、投稿したって、不思議はないのだが、私の方は、そんな能力はないのである。その頃の私は、決して、作文が好きではなく、自信のあるのは、図画だけだった。でも、見城先生は、半ば命令的に、投書を勧めるのである。時事新報は、慶応義塾と同じく、福沢諭吉が創立したもので、そこで発行する少年雑誌へ、幼稚舎生の作文が当選すれば、舎監として、面目を施すと、思ったのかも知れない。

とにかく、私は、イヤイヤ、その作文を書いた。何を書いたか、覚えていないが、私の字は、汚《きたな》かったから、何遍も、書き直しをさせられ、他の寄宿生の遊んでる時にも、自修室で、鉛筆を握らねばならぬので、どれだけ、不満だったか知れない。そして、締切り日ギリギリに、書き上げたものを、見城先生のところへ持っていくと、先生が、荘田君のと一緒に、〝少年〟編集部へ、送ってくれた。

それから、一カ月ほどして、とっくに、投書のことを、忘れてしまった頃に、私は、舎監室の見城先生の部屋に、呼ばれた。

「おい、君も、荘田君も、二人とも、入選したぞ。よかったな。さ、賞品を送ってきたから、持っていきなさい」

先生は、ひどく、ニコニコして、雑誌と賞品を、渡してくれた。自修室へ帰って、賞品の包みを、開けて見ると、銀色のメダルと、鉛筆が一ダース、出てきた。

私は、まったく、意外だった。得意でない作文を、しかも、イヤイヤ、いい加減に書いたのに、それが当選し、賞品を貰ったというのは、福引きに当った好運としか、思われなかった。それに、私は、賞品というものを、貰った経験がなかった。昔の小学校では、進級の時の式に、一番から三番ぐらいまでの生徒に、〝ご褒美《ほうび》〟をくれたものだが、私は、一度だって、その味を知らなかった。運動会でも、私はビリの方だった。私は、賞品を貰う資格のない子供だと、諦《あきら》めていた。そんな子供が、〝賞〟という字の入った、銀メダルを、手にしたのである。

そのメダルは、同級の寄宿生の羨望を集めた。荘田君が貰ったのは、誰も、あたりまえという顔をしてたが、私の方は、大事件と思ったにちがいない。何しろ、〝少年〟といえば、当時、最も人気のあった児童雑誌で、寄宿生の誰もが、読んでいたが、そこへ、私の名が出たのだから、まったく、大事件なのである。

その頃からして、私は、多少、存在を認められる少年になった。子供の世界でも、特技を持つということは、尊敬されるが、私は、作文書きとして、認められることになった。そうなると、勇敢なる脱走者――京浜間徒歩旅行の成功者としての名声も、それに加わった。それも、〝特技〟の一つと、見做《みな》されたのだろう。

日露戦争の始まったのは、私が六年生になる前の学期だったと思うが、寄宿生は、新聞を読まされなかったから、開戦は、不意の驚きだった。

といっても、子供が知ってもいい重大事件は、舎監先生が、自修時間の始まる前に、新聞を片手に、発表してくれるから、日露の開戦も、そういう風にして、知ったのだろう。もっとも、その頃は、新聞が、何かというと、号外を出し、その号外売りが、大声をあげ、鈴を鳴らし、自修室の窓の下を、走って通るから、事件の発生には、敏感であった。

舎監先生は、恐らく、悲壮な顔と声で、世界の大国との開戦を告げ、子供たちも、国難と戦えというようなことを、訓《さと》したにちがいない。西洋人は偉いものと、誰も信じていた時代に、その西洋の強国と、始めて、戦端を開くというのだから、当時の日本人は、勝利を夢見る者はなく、必死の抵抗ということで、心が一ぱいだったろう。アメリカとイギリスを敵とした、この間の戦争の始まりよりも、ロシア一国を対手《あいて》とした、あの時の開戦の方が、恐怖感が強かったのではないかと、思われる。子供の私たちも、巨大な熊に対して、一寸法師が喧嘩を始めたという印象を受け、それでも、お伽噺《ときばなし》のように、小さな日本が、針を使って、対手の急所を刺してくれと、希《ねが》うだけだった。今の進歩的歴史家が、日露戦争を日本の侵略戦争だと、断定しても、当時の国内の空気を知ってる私には、バカバカしくなるだけである。政府も、軍部も、国民も、区別はなく、誰も、青い顔をして、死物狂いで、燃えてくる焰に、当ったというような、感じである。

緒戦の頃の様子を、記憶することは少いが、それでも、日本海軍が、朝鮮の仁川《じんせん》港にいたロシア艦隊を急襲し、沈没させた艦の名が、ワリヤークとコレーツであることを、今もって、暗誦してるところを見ると、印象は強かったのだろう。

幼稚舎の教師で、また、寄宿舎の舎監であった、中村という先生が、予備陸軍中尉で、男性的な人柄で、生徒の人望があったが、その人が、軍服を着、剣をさげて、出征していった。ラッパ手の村田という人も、応召して、代りの人がきた。そして、戦況の進みは、毎日、舎監先生から知らされ、私たちは、意外な戦勝のニュースに、心を躍らせた。

ある雪の夜だった。春の雪だったと思うが、多量の降雪で、自修室の窓の外の電線が、重く垂れるほどだったが、自修をして、シンと静まってる私たちの耳に、〝号外！　号外！〟という声が、聞えた。続いて、〝旅順陥落の号外〟という叫びも、聞えた。

「わア、旅順が陥落した！」

私たちは、一斉に騒ぎ出して、勉強どころではなくなった。他のこととちがって、舎監先生も、それを制することができず、アタフタと、部屋を飛び出して、小使さんに、号外を買わしにやった。

それは、開戦からそう遠くない頃で、陸戦は朝鮮半島で行われ、旅順攻撃軍というものは、まだ編成されず、海軍は、度々、旅順軍港を襲っていたが、占領なぞできる時期ではなかった。それでも、奇蹟を希う心理があり、舎監先生が動揺したくらいだから、私たちが、頭から、それを信じたのは、当然だろう。

やがて、号外が読み上げられたが、それは、極めて、短い文句だった。無論、大本営発表ではなく、文句も、断定的なものではなかった。

それでも、私たちは、歓声をあげて、日本の勝利に酔った。

「これは、チーフー電報と、書いてあるからな。あまり、当てにならん。それよりも、諸君は、勉強をして……」

舎監先生がいったチーフーというのは、支那の港の芝罘で、そこに外国の通信員でもいたのか、よく、戦争報道の電報が、新聞に載るのだが、不確実なものが多かった。事実、旅順口が陥落したのは、その時から、約一年後のことだった。しかし、私たちは、ついに、自修を放擲《ほうてき》して、就寝後も、ガヤガヤ騒いだ。舎監も、あまり、叱らなかった。

あの戦争の時と、この間の大東亜戦と、どっちが、子供の世界を揺がせたかは、問題であるが、あの時の方が、子供も、戦争をジカに感じたような気がする。戦勝の喜び方も、自分が喧嘩に勝った時のそれに、似ていたように、思われる。この間の戦争では、何事も、政府から号令がかかり、出征軍人の歓送も、捷報《しょうほう》の喜び方についても、子供すら、規格を守らされたようなところがあったが、日露戦争の時は、すべて、自由だった。そして、戦いは、いつも勝つし、その上、児童疎開というような運命は、一度も、訪れなかった。寄宿舎の私たちの食事は、戦争によって、何の影響も受けず、平常どおりのものを食べた。校服の生地も、粗毛のヘルというのを、引き続き着ていたし、和服だって、木綿ガスリに、不自由することはなかった。

無論、爆弾も、降って来なかった。驚くべきなのは、戦争中、周君が、夏休みに、上海の親許へ帰るために、横浜から乗船したのを、見送った記憶があることだ。その時、周君は、船へバナナを持ち込んだから、そんなものも、平時と変らず、輸入されてたのだろう。それよりも、上海航路の日本郵船が、定期的に、運行してたことが、今から顧みると、不思議である。もっとも、ウラジオ艦隊という数隻の巡洋艦が、近海に出没して、軍隊輸送船の常陸《ひたち》丸《まる》というのを、撃沈して、日本中を悲憤させたこともあったが、それは、稀《ま》れな事件だった。制海権というものは、日本海軍が握っていた。そして、あの戦争の頃には、非武装地帯や、非軍人に攻撃を加えるのは、文明に背《そむ》くという思想が、どこかにあったようだった。今度の戦争のように、あらゆる都市を、空から襲って、家を焼き、罪のない、女や子供や老人まで、殺してしまうということは、一度も、起きなかった。航空武器発明以前だったからにはちがいないが、人類のものの考え方も、今よりは、高級だったと、思われる。

直接、戦禍が身に響いて来なかったせいか、私たちは、一かけらの厭戦《えんせん》気分も、持たなかった。ただ、ロシアという巨《おお》きな熊を、地に叩《たた》き伏せたかった。しかも、海でも、陸でも、続々と、日本が勝つので、愉快で堪らなかった。

大きな捷報が伝わると、慶応義塾では、カンテラ行列というものを、催した。提燈《ちょうちん》行列の提燈の代りに、ブリキ罐でつくった石油のカンテラを、竹棒の先きに結び、それに点火するのだが、遠くから見ると、その行列は、非常に、美しかった。しかし、行列に加わる者の身になると、洩れた石油で、手は臭くなるし、顔は油煙《ゆえん》で、まっ黒になるし、ラクな仕事ではなかった。

その行列に、幼稚舎生も、参加を命じられた。寄宿生が主だったが、三田山上の運動場へ集合して、芝公園から日比谷、宮城へ行き、銀座の時事新報社の前から、電車通りへ出て、再び、三田へ帰ってくるのが、常だった。長い行進の間に、バンドの演奏に合わせて、軍歌を謡い続け、要所では、万歳を連呼するので、小学生にとっては、やや苛酷な労働となるのだが、学校当局も、私たち自身も、そんなことは、あまり、考えなかったのだろう。ことに、私は、横浜まで徒歩旅行の経験があるし、夜、そんなことをして騒ぐのは、面白いし、行列を終って、午後九時頃に、寄宿舎へ帰ると、鮨《すし》の折詰が貰えるのも、愉しみだった。

私は、少くとも、三回は、カンテラ行列に参加したが、そのうちの一回に、恐ろしい目に遇った。その時は、遼陽《りようよう》陥落か、旅順海戦の勝利か、何かの大戦果があって、早稲田大学の提燈行列は無論のこと、各種の団体が、一度に、宮城前へ殺到した。その時分の宮城前は、今と、ずいぶん様子がちがうが、とにかく、私たちは、馬場先門（その門も、実在していたように思う）あたりから、内部へ入り、狭い通路を歩き、また、別な門から外へ出ようとするところで、混雑を整理するために、その門の扉が、閉じられたのである。しかし、後から押し寄せてくる群集は、そんなことを知らないから、恐ろしい圧力で、私たち幼稚舎生の上に、のしかかってくる。

「苦しいよ。門が、閉《しま》ってるんだよ」

と、いくら叫んでも、わア、わアと、夢中で、押し寄せてくる連中に、聞えるわけがなく、私たちは、乳鋲《ちびよう》を打った、巌丈《がんじよう》な門扉に押しつけられ、呼吸も止まりそうになり、

（あア、これで、死ぬんだ！）

と、生まれて始めて知る種類の恐怖感に、襲われた。恐らく、私は、母の顔を眼に浮かべ、危急を告げ、また、父の霊が、どこかから、救いに来てくれることを、期待したかも知れない。上《うわ》ずった意識の中で、私は何を感じたか、記憶にない――

だが、その時に、救いの手が現われた。

それは、カンテラ行列の一員である、万燈《まんどう》担ぎの相撲とりなのである。行列には、必ず、大学部のパレット・クラブという絵画班が描いた、戦争漫画の万燈が、加わるが、ずいぶん大きなものなので、それを担ぐのは、力士を頼んだ。学生に、人足のマネはさせないという思想もあったろう。もっとも、力士といっても、フンドシ・カツギの若い者なのだが、なぜ、力士を頼んだかというと、当時の大学部相撲部は、横綱の常陸山が、指導していた。常陸山は、福沢諭吉のヒイキ相撲だったからで、彼の部屋の力士が、こういう催しの手伝いにくるのが、慣例になっていた。

私たちが、押し潰されそうになった時に、二人の力士が、門扉に両手を宛て、尻で群集の圧迫を支え、自分たちの腹の下へ、私たちを入れてくれたのである。フンドシ・カツギであっても、その力はすばらしいもので、お蔭で、私たちは、ラクに呼吸ができるようになった。そのうちに、急を聞いて、宮内省守衛が、反対側から、門扉を開けてくれたので、私たちは、危険を脱れることができたが、少年時代に、死の顔を、間近に見たのは、この時だけだった。

青年になってから、私は、この時を追想して、命の恩人が、何というシコ名の力士であるか、知りたくて、堪らなかった。私には、その力士を声援する義務が、あると思った。順調に出世してれば、彼は、幕内力士の上部にいてもいい頃だった。しかし、暗夜の騒ぎで、名はおろか、顔さえ、まるで、思い出すことができなかった。

日露戦争中に、私は、一カ月ほど、横浜の家へ、帰されたことがある。

私の頭に、円形の禿頭病《とくとう》ができた。どういうものか、その病気のことを、〝台湾坊主〟と呼び、伝染性のあるものと、されていた。それ故、他の寄宿生への伝播《でんぱ》を惧《おそ》れ、自宅で治療を、命じられたのである。

私は、ほんとに、嬉しかった。当分、家へ帰ってよろしいとは、何という福音であるか。それに、禿頭病だから、痛くも、痒《かゆ》くもない。苦痛といえば、寄宿生の仲間から、〝やアい、台湾坊主〟と、からかわれることだけで、それを免れて、家へ帰って、存分遊べるのだから、喜ばずにいられない。

そして、横浜へ帰って、すぐ、大西先生という医者のところへ、やらされた。この人は、当時の横浜で、名医といわれ、父も最後まで、診療を受けていた。それで、私も、顔馴染みなのだが、海軍軍医中監とかいう肩書きを持つだけあって、ゴマ塩の顎鬚《あごひげ》を刈り込んだ顔が、ずいぶん、厳《いか》めしかった。

でも、私の頭を見ると、すぐ、

「この病気は、なかなか、治らないよ。薬をつけて、気長に、待つんだな。診察も、時々で、よろしい」

と、いってくれたのは、ありがたかった。早く治れば、早く寄宿舎へ、帰らなければならないからである。

そして、石炭酸くさい薬を貰って、帰ってきたが、それから後の毎日は、その薬を患部へ塗るだけが、私の日課だった。母は、無論、勉強を私に命じたが、店へ出かけてしまえば、こっちの世界だった。

私は、解放の喜びを、満身で味わったのだが、それは、数日間しか、続かなかった。

朝の食事を終って、さて、何もすることがないのが、妙に、寂しくなってきた。勉強はしたくないが、遊ぶ対手もないのである。老松小学校の旧友が、近所にいないこともないが、彼等も、その時間には、学校へ行ってるのである。自分一人で、遊ぶということは、限度があって、しまいには、面白くも何ともなくなってくる。

その頃、私は、浅羽と知り合いになった。

浅羽は、老松小学校の上級生——といっても、高等科（その当時は、小学校に尋常、高等の二制があった）の生徒で、私よりも、四つも年長だった。私が、その学校にいた時も、ほんの顔見知りの程度だったが、どうして、そんな年のちがう彼と、親しくなったのか、わからない。恐らく、私が遊び対手がなく、わが家の付近で、ボンヤリしてるところを、彼が通りかかったのかも知れない。その時には、彼も、高等科を卒業して、学校へ通う必要がなかった。

とにかく、浅羽は、毎日、私を誘いにくるようになった。彼は十六歳で、体も大きく、そして、ひどいガニ股だった。野球が上手で、放課後の母校へ行って、先生とキャッチ・ボールをしたり、また、他校の小学生に、喧嘩を吹っかけたりした。そういう小学生は、彼の顔を見ただけで、怯《おび》えて、手出しができなかった。彼は、〝不良〟として、怖れられてるらしかった。

私は、浅羽と歩いてると、気丈夫で、自分まで、強くなったような気がした。ある日の午後、私は一人で、家の近所を歩いてると、他校の小学生三人ほどに、取り囲まれてしまった。そのうちの一人は、憲兵士官の息子で、私の家から遠くないところに、家があったが、ガキ大将として、聞えていた。

私は、どうしても、その連中と、喧嘩しないでいられない、羽目《はめ》になった。憲兵の息子は、強いので、評判だったし、他の二人も、仲間がいるし、到底、私の勝ち味はなかった。それでも、男の子というものは、退《ひ》くに退かれぬ運命として、それに立ち向う外はないのである。

私は、憲兵の息子の胸倉を、つかんだ。対手は、手が明いてるから、私の頭を、ポカポカ殴るのである。他の二人も、草履袋《ぞうりぶくろ》（昔の小学生は、学校ではく上草履を、袋に入れて、登校した）を、振り回して、私の顔を、ひっぱたくのである。私は、泣きたいのを、一心に堪えながら、ただ、対手の胸倉を放すまいと、努めた。それが、私の最大の抵抗で、攻撃までは、手が回らないのだから、勝敗は、すでに、見えていた。

そこへ、カブキ芝居の強いサムライのような加勢が、花道から、登場したのである。浅羽である。彼は、私の家へ誘いにくる途中だったのだろうが、私の危急を見ると、駆け出して

きて、

「何だ、卑怯だぞ。三人で、一人をやっつけるなんて……」

と、彼等を呶鳴《どな》りつけた。その声だけで、彼等は怯《ひる》みかけたのを、浅羽は、悠々と、征伐にかかった。一人が、投げ飛ばされると、全部が、一散に、逃げ出してしまった。

その時から、私は、一層、浅羽と仲よくなり、毎日、彼の訪れを待った。しかし、母は、中学へも行かないで、遊んでいる浅羽を、良友とは思わないらしく、

「あんまり、近づきにならない方がいいよ。よくないことを、教えられると、困るからね……」

と、私に、警戒の言を発した。

私は、そうは思わなかった。なるほど、浅羽は、不良らしいところがあり、タバコを喫《す》ったりするけれど、スケベーなことをいうとか、私の小遣銭を捲き上げるとかのことは、絶対にしなかった。むしろ、私に、駄菓子をオゴってくれたりした。その上、彼は、卑怯なことが、嫌いだった。これは、男の子の道徳として、大切なことだった。子供の世界でも、ただ、強いだけでは、尊敬に値いしないので、男らしいとか、正義を知るとかいう人格の魅力が、やはり、ものをいうのである。

(おっ母さんは、知らないんだ。浅羽は、いい奴なんだ)

私は、そう思ってた。

そして、この小さな英雄は、寡黙《かもく》であり、まして、年下の私に、滅多に、グチをいうよう

なことはなかったのに、或る日、

「おれンとこのおっ母さんは、ママ母なんだ。だから、家へ帰っても、面白くねえんだ」

というようなことを、私に洩らしたのを、ハッキリと、覚えてる。

その当時は、日本の悪い名物である継母物語が、まだ、童話なぞの形で、私たちの耳に馴染まれてた頃だから、ママハハにいじめられる浅羽が、可哀そうで、ならなかった。

「だけど、お父つァんは、ほんとのお父つァんなんだろう?」

と、私が訊くと、

「ダメだよ、オヤジなんか――おれを、叱ってばかりいやがらア」

浅羽は、唾《つば》でも吐き捨てるように、答えた。

そういう浅羽が、ある時、私を連れて、自分の家へ行くというので、私は、迷惑に思った。

「家へ連れてくんじゃねえよ。家の側までなんだよ」

彼は、不思議なことをいって、私を同行した。そこは、藤棚《ふじだな》という町の付近で、今では、繁華街になってるが、その時分は、草原ばかりの寂しい場所だった。そこに、赤い煉瓦塀を、長々と囲《めぐ》らした、まるで、刑務所のような、建物があった。私は、浅羽の家が、そんなに宏大なのかと、驚いたが、それは、石油会社の空罐の貯蔵所であって、彼の父親は、そこの番人として、一隅に、住んでるらしかった。

「お前は、ここに、待ってろよ」

浅羽は、煉瓦塀の中へ入っていったが、やがて、塀の中から声がして、ま新しい、空の石油罐が、二個も、外へ投げ出された。

再び、姿を現わした浅羽は、その石油罐に縄を結びつけ、縄の端を肩にすると、

「さ、行こう」

と、歩き出した。石油罐が、道に跳ね返って、ガラン・ガランと、大きな音を立てても、一向平気で、反《そ》り身《み》になって、歩いてく後を、私は、少し、キマリ悪く思いながら、蹤《つ》いていった。

やがて、彼は、屑屋《くずや》の爺さんが、呼び歩いてるのを見ると、得たりとばかりに、近づいて、交渉を始めた。新しい石油罐だから、すぐ、商談が成立した。一個、五銭か、六銭だったと思う。

「さア、小遣いができたぜ。お前、オゴッてやらア」

彼は、いい気持そうに、そういった。そして、

「おれのオヤジは、一銭だって、小遣いをくれねえんだからな。いつも、こうして、金をこしらえるんだ」

と、反抗を表わした口調でいった。

その日、浅羽は、ラムネだの、駄菓子だのを、私にご馳走してくれたが、それから、数日経った頃のことだった。

朝早く、まだ、母も、店へ出かけない時分に、家の勝手口から、一人の老人が、訪ねてきた。私の眼には、老人と映ったが、ほんとは、四十男だったかも知れない。あまり、立派で

ない風体《ふうてい》の和服姿で、私の母に会いたいということを、告げた。

母が出ていくと、

「あたしは、お宅の坊ちゃんの友達の浅羽という者の父親です」

と、何か、怒ったような、切り口上でいった。

どんな用かと、母が訊くと、

「うちのセガレは、飛んだ悪い奴なんです。親のあたしも、ほとほと、手を焼いてるんです。お宅の坊ちゃんも、あんな者とお遊びにならんで下さい。何か、御迷惑をかけるようなことが起きても、あたしの方では、責任が持てませんから……」

と、それだけいうと、サッサと、帰って行った。

「それ、ご覧……」

母は、その後で、自分の先見を誇るようなことをいって、私に、浅羽との交際を、厳禁することを、申し渡した。

私は、不満だったが、浅羽が、それぎり、フッツリと、遊びに来なくなり、そのうちに、私の禿頭病《とくとうびょう》も、快方に向ったので、寄宿舎へ帰ることになった。だから、浅羽とは、すっかり、縁が切れてしまった。

しかし、浅羽の父のことは、長く、印象に残った。

(あんな、お父つァんなんて、いるのかな)

私は、自分の父を、あんなに優しく、そして、尊敬すべき人と、思ってるのに、浅羽の父のような人が、世の中に存在するのかと、思った。そして、私は、浅羽はちっとも悪くなく、彼の父こそ、悪人だと思った。

でも、今は、そう思えない。あの中老男は、きっと、律気《りちぎ》な、小心な人物で、息子が後妻との不和のために、グレ出したことに、カッとなり、一途《いちず》に、息子を憎むことで、自分の悩みを、忘れようとしていたにちがいない。ずいぶん、気の毒な父親だと、思ってる。

そして、気の毒といえば、浅羽も、同じことだが、何といっても、彼はまだ若く、恐らく、あれから間もなく、家を飛び出したにしても、あの気質と闘志があるから、自活の道を、見出したろう。そして、やがては、右翼の一方の雄か、それとも、沖仲士の親分ぐらいに、出世したかも知れない。ああいう男だから、成功すれば、父親に孝行がしたくなって、和解を求めに行くことも、想像される。

いずれにしても、浅羽が、まだ生きてるとしたら、もう、八十に手の届く老爺《ろうや》で、私は、もう一度会って、昔語りをしてみたい気がする。

明治三十八年の春に、私は、慶応義塾幼稚舎を、卒業した。

成績は、相変らず、中位だったが、卒業記念の図画の制作を、命じられたのは、首席の荘田君と、私だけだった。私も、絵をかくことだけは、人に優《すぐ》れてたのだろう。といっても、私の絵は、イタズラがきであって、写生などということは、至って、不得手だった。それなのに、学校では、デージーのような花を、花瓶に生けて、それを描けと、いうのである。放課後に、私は、舎長室に残されて、水彩絵具を溶きながら、その花と、睨《にら》めっこをするのが、とても、つらかった。無論、ロクなものは、描けなかった。でも、図画教師の能勢先生が、比類のない温厚さで、文句一ついわず、自分で、絵筆をとって、濃い色で、アクセントを加え、また、陰影やバックを、描き添えると、見ちがえるように、立派になった。私は、ひどく感心したが、それが、私の制作として、学校に残るのかと思うと、ヘンな気持だった。

卒業式の日に、私たちは、かなり昂奮《こうふん》した。小学生時代が、これで終りということよりも、寄宿舎生活と、今日がお別れと思うことが、胸を躍らすのである。式が済めば、父兄が迎えにきて、寄宿舎に置いてある、一切合財の私物を、人力車に積んで、自宅へ持ち帰るだろう。その車が、校門を出れば、寄宿舎との縁は、ブッツリ切れてしまうのである。

（あア、いい気持だ！）

寄宿舎に残りたいとか、名残り惜しいとか思う者は、一人もなかった。多少は、そんな気持の萌《きざ》す者があったとしても、誰も口に出しはしなかった。それは、男の子の心理であり、常に自由と解放と、そして、前進を望み、それを好まない者は、勇気に欠けることになるからだろう。しかし、女生徒だったら、それくらいの年齢でも、永年、世話になった先生と、別れる際に、涙をこぼすことぐらいは、知ってるだろう。

その時の卒業式の写真が、未だに、私の手許に残ってるが、七ツボタンの制服の胸に、誰も、卒業証書の入った、白い紙筒を抱え、一見、こういう写真の常態と、何等、変るものではないが、私という当事者が見ると、生徒の多くが、横っちょに帽子をかぶり、いやに、口をひん曲げ、何か昂然とした者もあれば、反対に、下を俯《うつむ》いて、ベソをかいてる者もあることの意味が、読みとれるのである。私は、昂然組の一人だった。そして、もしその写真が、今日のように、精巧なものだったら、生徒たちの顔の引ッ掻き傷や、むしりとられた帽子の革紐まで、映ってたかも知れなかった。

卒業式の始まる前に、通学生が、大体、集合した時刻を、見計らって、私たちは、革命を起したのである。

ボスの飯井《めしい》君を倒す、革命である。

そのことは、最終学期の半ば頃から、駒井君と私の間に、計画されていた。飯井君の横暴に、堪えかねていた私たちは、

「卒業式の日に、やっつけよう!」

と、膺懲《ようちよう》の決意をして、秘密に、準備を進めてきたのである。卒業の日に、対手《あいて》に制裁を加えたって、その日一日だけで、お別れなのだから、意味はないのだが、封建時代の復仇の精神が、まだ、私たちの頭に、宿っていたのだろう。とはいっても、現代でも、卒業式の日に、暴行を働く中学生のことが、よく、新聞に出てる。卒業式が、反抗の日となるのは、人の気づかない、沢山の理由が、潜んでるのかも知れない。

とにかく、私たちも、決行をその日に選んだのだが、対手は、飯井君一人ではない。その

一派と、闘うことになるのである。とても、駒井君と私だけでは、勝ち目がない。中井君や神谷君は、弱虫で、頼みにならない。そこで、寄宿生のうちで、体の巨《おお》きい、腕力の強そうなのを、味方に引き入れる工作を、始めた。体の巨《おお》きい点では、台湾人のソカボ君が、随一である。少し、ノロマではあるけれど、暴れ出したら、強いだろう。駒井君が、彼を説得したが、私は、ハワイに両親のいる岡島君を、味方にすることに、成功した。彼も、体格が大きいからである。

それでも、まだ、勢力が足りないので、通学生に、働きかけることにした。愛宕下《あたごした》あたりの漬物屋のセガレで、落合君というのが、学校はできないけれど、体は、ソカボ君の次ぎぐらいだから、彼に呼びかけた。

この落合君は、粗暴であって、私が入学した当時の英語教師、ディーン先生を、箒《ほうき》で打ったことがある。

前にも、ちょっと書いたが、ディーン先生は、容貌は優《すぐ》れないけれど、大変、やさしい、弱々しい感じのアメリカ女だった。一度だって、私たちを叱ったことはなく、怒りの表情さえ、見せなかった。彼女は、まるで、日本語ができず、帝国ホテルに泊っていて、そこから、人力車に乗って、幼稚舎へ教えにきた。恐らく、かなり裕福な、身分だったのだろう。生活のためでなく、何かの善意の下に、日本の子供に英語を教える職務を、選んだのだろう。そして、面白いことに、彼女が日本へきたのは、失恋のためであると、子供の私たちが、知っていた。誰が、そんなことを、私たちに教えたのだろうか。そして、失恋とは、どんなことであるか、私たちの誰が、ほんとに知っていたろうか。

そんな、優しいディーン先生に、落合君が、暴行を加えたのである。理由は、何もない。強いていえば、ディーン先生が、あまりに、温和で、弱々しかったからである。男の子の野性は、まったく仮借《かしやく》のないもので、彼等がトンボや蝶の羽根を、ムシってしまうのも、対手が、無抵抗だからである。無抵抗であることが、何か、不愉快で、腹立たしいのである。そして、対手に苦痛を与えることで、どんな反応が起るか――もし、トンボや蝶が、蛇かムカデになって、咬《か》みついてくれれば、彼等は、はじめて満足するのである。

落合君は、知能が高くなかったから、そんな野性を、充分に、備えていたのだろう。ディーン先生が、教室へ入ってくるのを、ドアの側で待ち構えて、教室掃除用の箒で、頭上に、一撃を加えた。その時までは、私たちも、面白半分で、落合君の行動を、見守ってたのであるが、ディーン先生が、頭を抑え、両手で顔を掩《おお》い、泣きながら、教室を出て行ってしまうと、不快な気分が、湧いてきた。

「悪いぞ、落合！」

と、いう者もあった。すると、誰も彼も、落合君を問責するようなことを、いい出した。彼は、ひどく恐縮して、自分の席へ帰り、小さくなった。

ディーン先生は、その日限り、幼稚舎に現われなくなった。落合君は、停学処分になった。よく、停学で済んだと、思われる。〝ワカメ〟の退学処分は、この学校として、よほど思い切った、懲罰だったのだろう。

ディーン先生の後任に、中村ギルビー先生という、西洋婦人がやってきた。この先生は、日本語がパリパリな上に、気性もバリバリであって、私たちを、頭ごなしに叱りつけ、課業も、厳格を極めた。私たちは、ディーン先生が、どんなにか、いい先生だったと、気がついたが、後の祭りだった。

とにかく、落合君には、そんな前科があるので、かえって、駒井君や私には、頼もしく見えた。乱暴者は、味方の戦力になるからである。そして、彼に話しかけると、すぐ、加盟を承知したばかりでなく、通学生のうちで、強そうなのを、数人、誘うことを、誓った。飯井君が、威張り散らすので、通学生の間でも、評判がよくなかったのである。

それで、卒業式の日に、駒井君と私は、通学生の顔が揃うまで、決行を控えたのであるが、いよいよ、時がきた。

「おい、飯井、裏の運動場まで、ちょいと、来いよ」

私たちは、ボスに対する敬称を、一切、抜きにして、飯井君に迫った。運動場は、二つあって、校舎に近い方は、先生の眼につき易いから、寄宿舎裏の運動場を、選んだのである。

「何だよ、どうしてだよ」

飯井君は、頭がいいから、私たちの態度から、早くも、不穏な形勢を察して、警戒を始めたのを、委細かまわず、裏の運動場へ連れていった。

そこには、落合君や、ソカボ君や、岡島君なぞが、先回りしていた。それを見て、飯井君は、青くなった。

「お前は、今まで、あんまり威張ったから、今日、やっつけるんだ」

駒井君が、宣告をして、殴りにかかった。ところが、飯井君は狡猾《こうかつ》であって、まだ、いくらも、膺懲《ようちょう》を受けないうちに、一散に、逃げ出して、寄宿舎の窓を攀上《よじのぼ》り、内部へ、姿をくらましてしまったのである。

私たちは、拍子抜けがして、後の作戦を相談してる時に、ボスの急を聞いて、彼の部下が、数人、駆けつけてきた。部下の方が、勇敢だったわけである。

それから、乱闘が始まった。私も、誰かを対手にして、闘った。旗色は、革命軍の方がよかった。中でも、ソカボ君の奮闘が、目立った。何しろ、体が巨きいので、対手は、すぐ、投げ飛ばされてしまうのである。落合君の方は、案外、戦力がなかった。

私が、一番、つらかったのは、周君を対手に、闘う時だった。私は、彼に好意を持っていたのに、いつか、彼は、飯井君の輩下になってしまった。中国人らしい、保身術のためかも知れなかった。そういう彼であるから、平和的であって、裏の運動場へきたのも、シブシブ、駆り出された結果と、思われたが、私と、取ッ組み合いをしても、一向に、攻撃をかけず、私も、彼に憎悪を持たないから、まるで、相撲ゴッコをしてるようなことになった。

そのうちに、私たちの勝利が、明らかになった。対手は、全部、逃げるとか、泣くとかして、乱闘は終った。

私たちは、意気揚々として、卒業式に臨んだ。実際、あんなに、気分のセイセイしたことは、私の生涯のうちでも、滅多になかったろう。私たちは、飯井君一派が、不正であることを、信じていたし、それを、自分たちの力で、打ち倒したというのは、何ともいえない、喜びだったのである。日露戦争の時の軍歌のように、天に代りて不義を打つ、という喜びであり、同時に、自分たちの力を知ったことの喜びでもあった。恐らく、方々の国の革命で成功した人々も、子供の私たちと、あまり変らぬ気分を、味わっただろう。少くとも、その当初は——

私は、卒業式の午後に、横浜へ帰ったにちがいないが、誰が迎えにきてくれたか、まるで、覚えていない。誰かがきてくれなければ、沢山の荷物を持って、寄宿舎を引き揚げられない筈である。

とにかく、それで、私の小学校時代が、終った。そして、寄宿舎生活も終った。どっちが、私にとって、大きな喜びだか、わからない。恐らく、後者ではなかったか。それほど、私は寄宿舎を嫌い、親の手許へ帰りたかった。けれども、今になって考えると、もし、寄宿舎へ入らなかったら、後年の私は、人交際《ひとづきあい》もできぬような、自閉的な人間となったろう。現在でも、私は、身勝手で、偏屈で、独善的な自分を、もてあましているけれど、もし、私が少年期に、寄宿舎という小さな社会生活を知らなかったら、人間失格というところまで、行ってたかと、思われる。とにかく寄宿舎で、私は、自分の外に他人が存在するのを、知ったし、それと和したり、闘ったりすることで、生きる道を教えられた。男の子としての自分を、少しは鍛えることができた。脱走徒歩旅行とか、卒業式のボス征伐とかは、自慢にならぬことだが、私の人格形成の悪い方にばかり、役立ったとは、思われない。

そんなことは別として、私は、寄宿舎にいたお蔭で、よほど、偏食の癖《くせ》がなおった。腥《なまぐさ》くて、口にできなかった生卵も、食べられるようになったし、嫌いだった赤い刺身も、煮魚も、唐茄子《とうなす》を除いたすべての野菜も、箸をつけるようになった。食堂で、大勢の仲間と一緒に食べると、人が食べるものなら、自分も食べて見ようという気に、なるのである。その代り、家にいた時よりも、食いしん坊になる。これは、仕方がない。

私は、小学生の寮生活というものを、外国の例を見ても、重要なものと思うようになったが、戦後、そんな設備は、東京になくなったようである。教育者側が、そこまで、子供の面倒を、見きれなくなったのだろうか。慶応義塾でも、寄宿制度を全廃してしまった。明治時代には、幼稚舎の外にも、寄宿制のある小学校があった。あの頃の方が、子供の教育ということを、ほんとに考えていたと、思われる。

でも、そんな反省は、今の話で、その頃は、寄宿舎の束縛が、死ぬほど、つらかった。

(お父つァんが、生きてればなア……)

と、何度、思ったか、知れない。

父が生きてれば、私は、寄宿舎へ入れられることも、なかったのである。母は、私が老松小学校に行き渋ったことを、重視したのではなく、父が逝《ゆ》き、店務を見なければならず、私の教育が疎《おろそ》かになると思って、寄宿舎へ入れたのである。そのことを、母は、よく、私に語った。そういえば、姉や弟も、同様にすべきだが、当時は、長男尊重時代だから、私だけを、そんな扱いにしたのだろうが、いい迷惑だと思った。

そんな寄宿舎と、縁が切れて、私は、心も軽く、横浜へ帰ったのだが、春期休暇は常に短く、新学期と共に中学生となるために、新しい運命が、待っていた。

幼稚舎生は、卒業すると、無試験で、普通部（中学部）へ編入されるのだが、全部が、それを望んだわけではなかった。優秀な成績なので、府立一中を志す者もあった。その頃は、一中―一高（第一高等学校）―帝大というのが、秀才の志すコースであって、私立の慶応義塾は、普通部でも、大学部でも、入学容易で、現在のような権威はなかった。私のような、成績の悪い生徒が、府立一中を志すわけもなかったが、母親も、私に高望みはしなかった。

「やっぱり、慶応がいいだろう？」

彼女は、訊くまでもないといった調子で、私に訊いた。

母としては、私立であっても、なくても、問題ではなく、慶応義塾という学校に、息子が大学卒業まで、厄介になるのが、一番、自然な道のように、考えたのだろう。それは、私の父が、昔、そこに学んだというだけではなく、母の父が、福沢諭吉と関係があり、その縁《えにし》の糸が、横浜で、私の父と母と結ばしたといえるのである。父が、福沢の門下でなかったら、横浜で仕事をすることもなかったろうし、また、母の家が、福沢との繋《つな》がりがなかったら、父との縁談も、生まれなかったろう。二人が結婚しなかったら、私という存在もなかったわけで、私は、福沢諭吉の因縁を感じることが、大きいのである。しかし、そのことについては、後に、詳しく書く機会が、あるだろう。

とにかく、母は、他に学校はないように、一も二もなく、普通部進学を望んで見えたが、私も、知らない学校へ、行きたくはなかった。その点は、母の意に従うつもりだったが、ただ、今度は、自宅から通学したかった。

「それア、いけないよ。まだ、汽車へ乗って、学校へ通うのは、早いよ」

それは、母の口実で、本意は、自宅に置けば、私が野放しになると、憂えたのだろう。

「だから、また、寄宿舎へお入りよ」

普通部生、大学生を収容する寄宿舎の設備が、三田の山の上にあった。

私は、寄宿舎と聞くと、身震《ぶる》いが出る気持なので、何といわれても、承知しなかった。

母も困って、幼稚舎の舎監で、私を可愛がってくれた、見城《けんじょう》先生のところへ、私を連れて、相談に行った。ところが、先生も、寄宿舎入りに、賛成しなかった。幼稚舎の寄宿舎はいいが、上の学校のそれは、年少の者にとって、適当な環境でない。それよりも、大学部の先生の私宅に預かって貰って、その監督の下に、通学するのが最上だ、という意見だった。

母は、直ちに、それに同意した。私も、どうしても自宅通学を許されないなら、寄宿舎よりは、先生の家の方がいいと、思った。それほど、寄宿舎を嫌ったのは、ボスにいじめられるというようなことよりも、団体生活そのものが、性分《しょうぶん》に合わなかったためだろう。幼稚舎の寄宿舎以後は、今日に至るまで、私は、団体生活に加わらなかった。幸いに、兵営へ入る運命も、免れた。会社勤めもしないで、済んだ。文士になっても、文壇生活から遠いところで、暮してる。

短い春休みは、そんな経緯《いきさつ》があって、一層、短く過ぎた。

四月十日頃に、私は、見城先生と母に伴なわれて、芝二本榎の川合貞一先生の家を訪れ、その日から、寄食の身となった。

川合先生は、大学部文科の部長で、ドイツ哲学の教授で、鼻下に、大きな髭を生やし、生国の美濃弁で、ナニヌネノをニャニニュニェニョと発音する以外には、何一つ、滑稽さのない、謹厳な人だった。といって、気むずかしいとか、威張るとかいう人ではなく、温顔で、ニコニコしながら、口をきくので、私は、最初、少しナメてかかったのだが、そうもいかないとわかったのは、ずっと、後のことだった。

先生の家は、階下四間、二階二間ぐらいの貸家で、二本榎の通りから、少し引込んだ、袋小路の奥にあった。

その二階の表側の方の部屋が、私に宛てられた。反対の部屋の方に、矢野さんという大学生が、先客として、入っていた。矢野さんは、真面目な人で、頭を坊主刈りにして、勉強ばかりしていた。前歯が一本、虫に食われて、黒くなって、半分、欠けていた。そこから、空気が洩れて、ものがいいにくそうなのに、高ッ調子で、話をする癖があった。新潟の中学を出て、東京へきたのだと、いっていた。当時の少年は、兄貴株の青年に会うと、一応、男色家ではないかと、警戒する必要があったが、矢野さんには、そういういやらしさは、全然なかった。

母が、私を連れてきて、帰って行く時に、幼稚舎入舎の時ほど、淋しくなかったのは、先生の家が〝家庭〟だったからだろう。寄宿舎とちがって、家庭であることが、私を安心させたのだろう。そして、同じ二階に、矢野さんがいることも、安心の種だった。もし、一人で、二階に起臥《おきふ》しするのだったら、私は、夜が怖くて、辛抱できなかったろう。その頃、私は、ずいぶん〝お化け〟や幽霊が、怖かった。

最初の通学の日も、矢野さんと一緒に、先生の家を出た。二本榎の通りから、高輪御殿（今の光輪閣）の前を通り、伊皿子から聖坂《ひじりざか》を降りて、三田へ行くのだが、十五分ぐらいの道程だった。でも、一本路で、歩きいい道で、少しも、苦にならなかった。また、高輪御殿は、毎日二度、その前を通るのだが、いつも、立派だと思った。有栖川宮《ありすがわのみや》（？）が住んでいたが、旧大藩の大名屋敷の跡で、江戸の名残りの大きな門が、仰ぎ見る感じで、建っていて、門の左右に、いつも、番兵が立っていた。こんな建物は、横浜では見られなかった。

その頃、私は、もう、長ズボンをはいて、学校に通った。中学だから、制服が変り、金ボタンも七つが、五つになった。しかし、特に、中学生の意識はなかった。一つには、学課がやさしかったからだろう。中学はむつかしいと、覚悟してたのに、幼稚舎で習ったことを、また、教えられた。英語なぞは、また、A・B・Cから、始めるのである。他の小学校からの入学生が、大勢いるからだが、私は、何だかバカらしくなり、そのために、勉強の意欲を失った。そして、その怠け癖が、いつまでも続いた。

「おい、勉強しないのかい」

と、先生の家へ帰ってから、矢野さんに、よくいわれたが、一向、その気にならなかった。矢野さんは、また、よく机にかじりついていたが、私は、勉強なんて、大学生になってからすればいいと、考えてた。その頃の中学生は、風呂敷に教科書やノートを包んで、登校したものだが、その風呂敷包みを、学校から帰って、机の上に投げ出し、翌朝、その日の授業に必要な本と、入れ替えするまで、解きもしなかった。つまり、予習とか、復習とかを、一切、しなかったことになる。そんなことが、川合先生の耳へ入れば、叱言《こごと》を食ったろうが、大学部教授というものは、鷹揚《おうよう》であって、コマゴマしたことは、あまり、いわなかった。勉強をしなければ、遊んでいたことになるが、私は、先生の家で、誰と、何をして遊んだか、まるで、記憶がない。近所に、遊び友達がなかったことは確かで、矢野さんは大人だから、対手になってくれなかった。先生の家の裏は墓地で、ひとりで遊ぶには、適当な場所ではなかった。恐らく、二本榎通りの駄菓子屋で、買い食いでもしていたのだろう。先生の家では、寄宿舎のように、定時のお八つなぞ、出なかったから、自分で買って、食べることが、多かった。その頃の私の小遣銭は、月に一円五十銭だったから、日に五銭だけは、使ってもいいわけだった。

寄宿舎の時と比べれば、私は、多くの自由を、獲得できた。川合先生は、舎監のように、うるさく監視しないし、夜間でもない限り、好きな時に外出できるし、金銭を持ってもいいし、何よりもうれしいのは、団体生活の束縛や、圧迫のないことだった。自分で、寝床を敷いたり、畳んだりするのは、始めての経験だったが、何の苦にもならなかった。

しかし、わが家にいる時の伸びやかさとは、比べものにならなかった。私は、母親のいいつけ通り、先生や家の人に、〝お早う〟だの〝頂きます〟というような挨拶を、欠かさなかった。私の家は、ノンキであって、子供は、そんな挨拶をしない習わしだったから、つい、忘れがちだったが、矢野さんが几帳面《きちょうめん》だから、その真似をすればよかった。

でも〝ご馳走さま〟といって、食膳を離れる時は、いつも、ウソをつく気分だった。食事は、矢野さんと二人で、階下の茶の間で食べるのだが、教授の家なんて、質素なものであって、寄宿舎にいた時よりも、もっと、まずいものばかり、食べさせられた。子供の好きな肉類は、ほとんど出なかった。おカズがまずければ、飯も食えなかった。そして、私たちの食器が、後で、熱湯消毒をされることを知って、一層、気味が悪かった。

私は、川合先生の家で、生まれて始めて、他人の家庭生活を、覗《のぞ》いたことになるのだが、先生の奥さんは、その当時、博文館と列んで、大きな出版社だった、金港堂の娘ということだった。私は、最初に、先生の家に行った時に、客間の八畳の寝床の上に坐ってる奥さんに、引き合わされた。痩《や》せた、眼の大きな人で、日露戦後の流行の大きな庇髪《ひさしがみ》に結っていたが、私が挨拶しても、

「あ、そう……」

と、いったような、短い言葉を返すだけで、愛想の悪い女の印象を受けた。

彼女は肺結核で、長いこと、臥《ね》ていたらしかった。また、彼女が実家の勢力を笠にきて、

我儘で、良人を尻に敷いてるというようなことは、誰から聞いたことやら、わからないが、少年の私の耳に入っていた。しかし、先生は、愛妻家だったようで、奥さんの病室に、起臥を倶《とも》にしてた。ある時、昼間だったが、私がその部屋の襖《ふすま》を開けると、先生が奥さんの病床の側で、何か、慌《あわ》てた様子で、赤い顔をして、私の方を見たこともあった。

奥さんが臥ているのに、よく、二人も、寄食生を預かったものと思うが、家事の世話は、奥さんの母親という、白髪で、肌の赤い婆さんが、やっていた。この婆さんが、私たちと、一番、接触が多かったが、何か、感じの悪い人だった。子供とお婆さんは、性《しよう》が合うものだが、私は、最後まで、彼女に親しめなかった。食事の後で、すべての家族の食器の熱湯消毒をするのは、彼女の仕事で、無論、奥さんの病気の伝染を防ぐ処置だが、先生の発案にちがいなかった。

その他に、男の子が一人いた。まだ、やっと歩けるくらいの年だったから、子守りのような女中がいた。それが、川合家の全員だったが、主婦が病臥してるわりには、家の中が整頓し、そう陰気でもなかった。きっと、あの白髪の婆さんが、働き者だったのだろう。そして、そんな病気なのに、奥さんの咳《せき》の声を、あまり聞かなかったし、男の子も、そう泣かなかった。

私は、大きな不満もなかった代りに、別に、居心地のよさも感じることなしに、先生の家の生活を送った。その年は、日露戦争の後期で、満洲へ進出した日本陸軍が、度々、勝利を獲《え》たのだが、幼稚舎にいた時ほど、感動しなかった。恐らく、川合先生の冷静な態度が、私にも影響したのだろう。号外売りの声が聞えても、先生は、滅多に買わなかった。

その号外売りに、ちょっとした記憶がある。二本榎付近を回る号外売りは、ゆで蟹《がに》のような、赤い顔をした中年男で、とてつもなく大きな声を出し、足速に、駆け回るのだが、彼は、号外を売り尽すと、きまって、先生の宅へ曲る角の居酒屋で、酒を飲んだ。よほど、酒好きな男だったのだろうが、酔うと、酒乱になり、店の前へ人だかりがするほど、喚声《わめごえ》をあげた。

ある日、彼は、例の如く泥酔して、居酒屋から、街路に飛び出し、わからぬことを、喚き始めた。

「やい、ヨッパライ!」

私は、からかってやった。前にも、からかったことがあったが、その時は、無反応だったのに、今度は、私を追いかけてきた。

「おれの金で、おれが酔っぱらって、何が悪い」

そんなことをいいながら、追ってくるので、怖くなって、先生の家の門内へ、逃げ込んだ。すると、門の外で、いつまでも、執拗に、喚き立てた。生憎《あいにく》、先生が家にいたので、工合の悪いことになった。先生は、矢野さんに命じて、大いに、謝罪の意を表わし、金を与えて、酔漢を去らしめたが、後で、私が叱られた。

「あんな者を、対手にするんじゃない……」

温和な先生が、大変、怖い顔をしたので、私は、縮み上った。

日本海大海戦の捷報《しょうほう》は、横浜で聞いた。幼稚舎と同じく、二週間に一度、帰宅する例だったから、その時に、号外を見たのだろう。場所は、横浜の野毛橋という橋の付近で、家に帰るために、その辺を歩いてると、号外の鈴が聞え、買いたいと思ったが、橋の袂《たもと》の菓子屋の飾窓に、号外が貼りつけてあった。

バルチック艦隊全滅という号外だった。ロシアの本国から、大艦隊が回航してきて、もし、目的地のウラジオストックへ入港すれば、日本の大脅威となるところを、途中で、東郷艦隊が撃破したのだった。しかも、全部を撃沈し、敵の旗艦に乗っていた、艦隊司令長官まで、捕虜にしたというのだった。その日は、五月の末の半晴の日で、汗をかくほど、暑かったが、私は、何か、ボーッとする気持になった。どうして、こんなに、日本は勝つのだろうと、思った。ほんとに、連戦連勝であって、しかも、この決定的な大勝利を迎えるとは、どうも、不思議だと思った。当時の新聞に、よく出ていた〝天佑神助《てんゆうしんじょ》〟という語を、思い出し、これは、ほんとに、神様が日本についていて、そんな手柄をさせるのだと、思った。

その頃、私の家は、横浜の山の上の月岡町から、町中の本町へ、移転することになった。同時に、父の思い出のまつわる居留地の店も、そこへ移った。というよりも、店と住宅を一緒にする目的で、その移転が行われたのだろう。

本町一丁目というところには、有名なサムライ商会を始め、外人対手《あいて》の小売商店が数軒あったが、そのうちの一つの陶器商が、不景気のために店を閉め、家を人に貸すことになったので、私の家が、そこへ入ったのである。前の人が、輸出と小売りをやってたから、店の構造も、二つの大きな飾窓があり、陳列ケースを置く場所も、階下と階上と、両方あった。表側は洋風木造建築で、居留地の店よりも、小ぢんまりしてるが、むしろ、立派に見えた。

しかし、中庭を隔てた住居の方は、店員の寝る八畳ほどの日本間と、昔風の土蔵と、その間の六畳の茶の間しかなかった。もっとも、大変立派な客間が、店の二階の一部にあったが、そんなものは、常用にならなかった。そこで、土蔵の階下と階上に、畳を入れて、家族の寝室に宛てられることになった。

「あんな、住みにくい家って、あれアしなかったよ」

母が、後々まで、文句をこぼしたが、つまりは、店を本位にした建物であって、家族の住居は、ひどく無視されていた。そんな家に住むなんて、父の生存中には、考えられぬことだった。

私の家の没落の一歩が、始まったのである。日露戦争の影響で、観光外人客が、非常に減った。居留地の店の経営が、苦しくなってきて、住居と店とを併合させることによって、経費の節減を計ったのだろう。そして、移転と共に、店員も減らされた。居留地時代は、セビロ服を着て、英語の達者な通勤店員が、二人いたが、その人たちは、もう、通《かよ》って来なかった。父の親友の吉井さんも、店をやめたらしかった。そして、支配人の近藤の外には、小僧上りの住込み店員が、四人残っただけだった。彼等は、洋服を持たず、いつも、双子《ふたご》の和服に、角帯を締めていた。もっとも、使い走りの小僧が、一人、雇い入れられた。誰からも、〝安《やす》〟と呼び捨てにされたが、私より二つ年上で、いい遊び友達になった。

父の歿後、どうやら、三年間を持ちこたえた〝S・EWATA〟商会も、降り坂にかかったのだろう。その原因は、母と近藤支配人の経営手腕が、父に比べて、貧弱だったのか、それとも、運悪く、日露戦争に遭遇したためか、ハッキリとわからない。父も、武士の商法で、ソロバンは得意でなかったようだが、それでも、人を使う道は、心得ていたらしかった。母と近藤支配人の時代になってから、店員が不従順になり、店の中の空気が、暗く、活気のなくなったことは、子供の私にも、よくわかった。

でも、そんなことを、悲観する年齢でもなく、私にとっては、本町移転が、ひどく嬉しかった。月岡町の家は古く、界隈は寂しく、何の未練もなかった。新しい家の窮屈な住居などは、問題でなかった。町中の住いが珍らしく、また、店員と一所に暮すので、毎日が、とても賑やかで、愉しかった。

小僧以外の四人の店員は、どれも未婚で、恐らく、二十代だったと思われるが、皆、私と仲よしだった。ただ一人の通勤者の〝寅さん〟もそうだが、〝春さん〟や、月岡町の家の書生から店員に出世した仁作や、一番若い〝常さん〟にしても、居留地の店からの古馴染《なじ》みだった。父の在世した頃は、それらの若い店員は、〝寅公〟とか、〝春公〟とか、呼ばれた。公の字をつけるのは、父の郷里中津の風習と思われたが、その死後は、私たちも、店員を〝さん〟づけにすることを、母に命じられた。

恐らく、主人と店員との間柄も、普通の横浜の商店とは、少し変っていたかも知れなかった。いくらか、自由で、人間的だったかも知れなかった。店員は私のことを、〝坊ちゃん〟なぞといわなかった。〝Tちゃん〟と、名前を呼んだ。

私たちは、姉も、弟も、店員が大好きだった。〝寅さん〟は旗本のセガレで、体が巨《おお》きく、眉目が整い、いつも悠揚としていた。性質が温良で、酒を飲んでも態度が変らず、いつもニコニコしていた。

「やっぱり、育ちがちがうよ」

母は、よく、そういってた。

彼は、ずいぶん私を可愛がってくれたのに、私はそれに狎《な》れ過ぎ、飛んでもない過《あやま》ちを犯してしまったのである。この記憶だけは、今になっても、申訳がなくて、身が縮むのである。まだ、月岡町にいる頃に、寅さんが家へ遊びにきて、母から酒をもてなされ、酔って、子供部屋へきて、眠ってしまった。

仰向けに寝て、アーンと口を開いて、眠ってるのを、私は遊んで貰いたくて、しきりに揺り起すのだが、一向、起きてくれない。

しまいに、私は、非常手段を考えた。考えるというよりも、衝動的な行為なのだが、やはり、私の精神が、自閉症的であって、対手だとか、他人に対する認識が、異常だったからである。

私は、寅さんの開いた口の中に、放尿したのである。

彼は、慌てて、跳び起き、口を抑え、浴室へ駆けて行って、含嗽《うがい》や洗顔をしたらしかった。それが知れて、私は母親から、したたかに、呶鳴《どな》られたが、悪いことをしたと気づいたのは、その瞬間からだった。私は小便が、それほど汚いと、思ってなかったし、子供同士で、それのひっかけ合いなぞ、よくやったし、そんな大外《だいそ》れた所業だと、思わなかったのである。

寅さんは、さすがに、ちょっと怖《こわ》い顔をしたが、母が私に、

「寅さんに、あやまりなさい」

と、いうし、その時は、ほんとに、悪いことをしたと、わかってきたから、

「ごめんね」

と、心から、頭を下げたら、じきに、いつものニコニコした、寅さんになり、その後も、根に持つことはなかった。

でも、私の方は、一生のうちに、私の犯した悪事のうちの一つとして、算《かぞ》えてる。イタズラにも程があるのに、寅さんが、よく私を宥《ゆる》してくれたと、今もって、済まなく思うのである。

その寅さんは、本町移転以来、支配人の近藤の次ぎの位置になり、羽織を着て、通勤するようになったが、私とは、いつも、仲がよかった。彼は、高給を貰ってたとも思えないのに、よく、私をミルク・ホールへ、連れてってくれた。その頃、東京でも、学生街に、そういう名称の喫茶店のようなものが、開業したが、横浜のそれは、ずっと高級で、メニュも豊富だ

った。ミルク・ホールへ行くのは、いつも、自転車で、寅さんが運転して、私は前部に跨《また》がるのだが、私も彼に教わって、やがて、ひとりで乗れるようになった。その頃は、子供用自転車なぞ、売ってなかったから、普通では、ペダルに足が届かないのを、何とか工夫して、乗りこなすのだから、愉しさも一層だった。

寅さんの次ぎの店員は、春さんだったが、私は、彼とも仲がよかった。春さんは、北陸生まれで、ズーズー弁なのに、落語のマネが上手で、店で会でもあると、必ず、それをやらされた。平常も、落語の人物のように、とりとめがなく、べつに、冗談もいわないのに、人を笑わせた。酒好きで、品行が悪くて、月給の前借りをしても足りずに、出入りの店に、借金をこしらえるような男だったが、彼も、しばしば、私をミルク・ホールへ連れてってくれた。彼のノンキさと明るさが、子供の私にも魅力があり、彼と遊びに出る時は、いつも愉しかった。

好きな春さんが、店を出ることになった時には、ほんとに、悲しかった。父の在世の頃から、長く勤めてた彼が、なぜ暇をとるようになったか、子供の私にはわからなかったが、今になって見ると、一目瞭然である。彼は、家の女中のお竹を妊娠させ、工合が悪くなり、店を去ったのである。

お竹も、長くいた女中だったが、彼女が先きに暇をとり、ある日、叔父という男と一緒に、台所口から訪ねてきた。恐らく、春さんに、腹の中の子供の認知を、求めにきたのだろう。お竹は、まるで罪人のように、下ばかり俯いていて、彼女の叔父と、私の母と、春さんとが、茶の間の隅《すみ》で、コソコソ話をしていた。

何でも、母は、春さんに、お竹と結婚して、通勤店員になることを、勧めたらしいのだが、春さんは、ひどく、アヤフヤな返事しかしなかったようである。お竹は、美人でもなく、片一方の眼に、大きな星があって、何か、陰気くさい女だったから、春さんは、生涯の妻にしろといわれると、たじろいでしまったのだろう。また、家庭をもつだけの月給も、貰ってなかったのかも知れない。それにしても、彼は、男性としての責任は、あまり感じてなかったようで、腹の大きくなった女を連れて来られても、額《ひたい》を叩いて、舌を出すような仕草で、ゴマかそうとするようなところがあった。

「春さんは、ほんとに、狡《ずる》いよ」

と、母は、お竹の方に同情してたようで、もし、結婚しないのなら、慰謝金でも出させようと、ずいぶん、彼を追及したらしかったが、借金だらけの彼には、どうしようもなかったのだろう。

結局、彼は、お竹に対する責任というよりも、母に対する申訳のために、店を出てしまったらしかった。母さえ何ともいわなかったら、彼は、平然として、店へ残ったろう。大変、不届きな男だが、私は、何かというと、自分の額を叩いて、舌を出す、彼の滑稽な仕草が、今もって、忘れられず、あんな、底抜けなノンキ者もなかったと、懐かしくてならないのである。

春さんが去って、〝常さん〟が小僧から店員に、昇格したが、これは、前者とおよそ反対の努力家型だった。中学へ入れなかったのを、恥辱として、国民中学講義録という通信教育の刊行物を、毎月、取り寄せ、店務が終ってから、店の一隅で、夜更《よふ》けまで、勉強していた。近藤支配人が、電燈をムダに使うと、文句をいうと、小さな石油ランプを買ってきて、勉強を続けた。彼は私より、四つぐらい年長だったが、私が中学生である点に、親しみを持つのか、話対手にしようとした。

「こんな店、ぼくア長くいないんだよ。英語を覚えるのが、目的なんだから、そうしたら、海外へ雄飛するんだよ」

彼は、そんなことまで、私に打ち明けたことがあった。

その他に、仁作がいた。彼は、父の在世当時から、月岡町の家で働いていたのだから、一番、馴染みが深いわけなのだが、私はそう好きでなかった。角力《すもう》が自慢で、粗暴で、浪花節的人情家で、ガラガラ声のこの男と、私は、性格が合わなかったのだろう。人間は悪くないのだが、どこか、他の店員にない、泥臭さがあった。少年の私にも、それが嫌《いや》だった。ただ、弟は、彼によく懐《なつ》き、彼の方も、弟の係りを以て、任じていた。

しかし、仁作を含めても、店員たちと住居を共にすることが、何より、愉しかった。私の孤独癖は、大人になってから始まったことで、生来のものではなかったのだろう。私は、店の人の邪魔をしてはいけないと、母の警告があっても、平気で、店へ遊びに行き、また、店が閉ってからは、店員の部屋へ、遊びに行った。そして、卑猥《ひわい》な言葉や、その時分に流行したラッパ節の文句なぞを、すっかり覚えてしまった。

私が、本町の家の生活を愉しんだのは、日露戦争の最後の年の暑中休暇で、しかも、その時には、すでに、講和条約がアメリカの斡旋《あっせん》で、開始されてた筈だが、何も、具体的な記憶がない。

ただ、ある日、店の前を、実に長い、ロシア捕虜の行列が、通ったのを、覚えてる。捕虜たちは、船で運ばれてきて、横浜駅から汽車に乗せられる途中に、店の前を通ったわけなのだが、どれもこれも、六尺有余の巨大漢だった。そして、黒っぽいコザック帽をかぶり、灰色の長い外套を着て、大きな長靴をはいて、鉄砲は持たず、剣を外していた。彼等は、大変ノンキな顔で、町を見回しながら、歩いていた。そして、捕虜二十人に、一人ぐらいの割合いで、剣つき銃を担いだ日本兵が、付き添って行くのだが、まるで、子供のように、小さく見えた。もし、ロシア兵が反逆したら、一溜《ひとたま》りもないだろうと、心配になったが、彼等は、まったく従順で、羊の群れとちがわなかった。それを見て、ロシア兵は、体ばかり巨きくても、弱く、反対に、日本兵は小さくても、強く、それで、戦争に勝ったのだと、考えた。店の者も総出で、この行列を見物したが、子供の私と変らぬ印象を、受けたらしかった。それでも、捕虜に悪罵《あくば》を投げるとか、嘲笑するとかいう者は、一人もなかった。捕虜を冷遇するのは、武士道に反するというような考えが、当時の日本人に、わりと、行き渡っていたらしく、その点、大東亜戦争の時の敵愾心《てきがいしん》の方が、野蛮だったと、思われる。

そして、その年の夏を過ごすのに、私たちは、毎日のように、山下《やました》の海水浴場へ行った。

山下というのは、本牧《ほんもく》より手前の丘陵の下の海で、月岡町の家からも、時に出かけたが、今度は、道程が半ばになったので、歩いて出かけても、ラクだった。大岡川から、乗合船も出るのだが、客待ちをする時間が長いので、私たちは、山手の外人住宅街を抜け、急坂を滑るようにして、波打ち際へ降りるのが、常だった。

そこに、ヨシズ張りに、紅白の幕をめぐらした海水浴茶屋が、何軒も建っていた。大がい、二階建てだった。そして、二階の席料の方が、高かった。馴染みの茶屋があって、姉や弟も一緒に、子供だけで出かける時も、その家へ行くのだが、いつも、階下だった。階下は暗く、風通しも悪かった。

「あアあ、お父つァんが生きてれば、二階へ上れんのにね」

姉が、よく、そんな不平をいった。彼女は、もう、十五、六になっていたし、こましゃくれた性分だったし、父の在世時と現在を比べて、感傷的なことが、いいたかったのだろう。私は、まだ、それほど知能が発達せず、泳げさえすれば、階下の桟敷《さじき》でも、文句はなかったのだが、そういわれてみると、そんな気持にもなった。

父は、故郷が海辺の町であるせいか、海が好きで、よく、沼津在の静浦へ連れてってくれたが、山下の海水浴場にも、夏のうち二、三度は、必ず、家族連れで出かけた。

といって、父は、泳ぐわけではなく、夕涼みを愉しむためだった。彼の生まれた貧乏武士部落は、耶馬渓《やばけい》から流れてくる川の近くなので、そこの子供は、皆、水泳が達者だったというから、金槌流でもなかったのだろうが、もう、体が肥満して、泳ぐのが、大儀だったのだろう。

父も山下へ行くという日には、午後の三時頃に、母や私たち兄弟は、居留地の店へ集合した。そして、父は、古参の店員たちも誘って、大勢で、近くの谷戸《やと》橋から、舟を雇った。その舟は屋形《やかた》舟で、屋根がついて、ヨシズの障子がはまって、中が座敷のようになってるから、乗るのが、愉しみだった。

山下の茶屋へ着くと、いつも、二階の一番前の席が、とってあった。大人たちは、誰も泳がず、稀《ま》れに、母だけが、私たちと共に、海へ入った。その時の母が、どんな風体《ふうてい》をしてたか、興味をもって、回想するのだが、白い、シミズというものを、着ていたようだ。無論、フランス語のシュミーズの転訛だろうが、平素、洋装もしてないのに、わざわざ、そんな下着をつけて、海へ入ったのは、当時の成年女性の風習だったのだろうか。なぜといって、姉の方は、少女だから、赤と白のダンダラ縞の海水着を、着ていたことを、ハッキリ覚えているからである。

子供たちが、泳ぎ疲れる頃は、夕方になるのだが、私たちが、ヨシズ張りの風呂場で、体を洗って、二階へ上ると、食事が待っていた。

父が、山下へくるのは、海風に吹かれながら、夕食をとるのが、目的らしかった。その茶屋の料理というのが、横浜でなければないことだが、アメリカ風の家庭洋食だったのである。恐らく、経営者が、外人の家で働いていた、コック上りでもあったのだろう。ビフテキが自慢だったが、その付け合わせに、きまって、トーモロコシのボイルドに、バタを塗って出した。今では、そう珍らしい料理ではないが、当時は、トーモロコシなんて、醬油をつけて焼くものと、きまっていたので、洋食の材料になることは、思いも寄らなかったのだろう。父は、とりわけ、そのトーモロコシを好み、お代りを命じるのが、常だったのだが、或いは、アメリカ在留時代に、味を覚えたのかも知れない。

大人たちは、ビールを飲みながら、長いこと、食事を続けるので、また、屋形舟に乗って、横浜市内の川へ帰るのは、いつも、夜になるのだが、一度、まだ、川へ入らないうちに、暴風雨になったことがあった。

舟が木の葉のように揺れ、姉がキイキイ声を出し、母もうろたえ、弟と私は、恐ろしさに、声も出なかった。父は、泰然として、アグラをかいていたが、内心、一所懸命で、遭難の時の処置を、考えてたにちがいない。その時は、仁作が供をしてたのだが、彼は、船頭の手助けをして、艪《ろ》を押していたが、いよいよ、浪が高くなったので、

「大将、これアいけません。ひっくりかえったら、私が、男の子さん二人を抱えて、岸まで泳ぎます。お嬢さんやご新造さんは、少し泳げるから、舟の板子につかまって……」

と、いうような、危急報告を、伝えてきた。もっとも、彼は、少しお調子者であって、気早に騒いだのかも知れないが、それによって、私たちの恐怖は、一層、募《つの》った。しかし、舟が岸の極く近くを走ってることは、暗中の崖の高さを見ても、明らかで、こんなところなら、海へ投げ出されても、背が立ちそうな気がした。それなら、何とか、助かるのじゃないかとも、考えた。その時、私は七つか、八つだったが、自分の生命を保とうとする考えは、もう、

あったらしい。でも、自分のことだけで、親や兄弟のことは、考えなかった。

その晩は、どうやら無事に、河口へたどりついたが、やはり、父と一緒に、山下へ行った時に、私は、死にかけたことがある。

まだ、泳げないのに、背の立つ精一杯のところで、爪立ちをしていたら、夕潮が、どんどん寄せてきて、アップアップやり出した。助けを呼びたくても、口や鼻まで、水の中で、どうしようもない。しかし、茶屋の二階で、沼田さんという店員が、私の様子を見ていて、ニコニコ笑ってるのである。この人は、大酒飲みだったが、泳ぎは全然できなくて、私の危急を認めたところで、何もできないのだが、せめて、人に知らせてくれればいいものを、どういうわけか、笑いながら、見物してるのである。その時のもどかしさと、悲しさを、今もって、私は思い浮かべることができる。度々、その時のことを、夢に見たほどである。そして、私は、海水を何度か飲み、もう呼吸もできなくなった時に、階下の桟敷《さじき》から、満潮の海を目がけて、一人の男が飛び込んできて、すぐに、私を抱き上げてくれた。その男は三十代で、体じゅうに、青や赤のホリモノをして、白い六尺フンドシを、締めていた。茶屋の人だという話だった。

父母は、私の遭難の現場を、見てなかったので、それほどの事件とは、思わなかったらしい。ことに、母は、私の救い主が、ホリモノだらけということに、怖れをなして、どういう風に礼をしていいか、店員たちと、相談をしていた。やがて、母は、その男のところへ、一円紙幣を一枚持って行って、丁寧に礼をのべた。その頃の一円は、今の五千円ぐらいだろうが、息子の命の救助料としては、ちと安い。子供ながら、私は、その男に、非常に感謝してたのだから、なぜ、母が、彼を警戒するような態度を示すのか、不満でならなかった。

でも、その時に、溺れかけたお蔭で、私は、泳ぎができるようになった。恐らく、必死にもがいて、手や足の使い方を、覚えたのだろう。それ以後は、犬掻き泳ぎで、体が浮くようになった。

そのような、多くの思い出があるので、本町の家へ越してきてから、山下へ行った時に、姉が不平をいったのだろう。父と共に来れば、上客として迎えられ、鄭重な扱いを受けたのに、子供たちだけでは、バカにされて、階下の桟敷の隅で、持参のニギリ飯でも食うのが、イマイマしかったのだろう。それでも、弟や私は、海へ入れさえすれば、文句はなく、後には、友達を誘い、子供だけで、小舟を借り、山下へ泳ぎにくることまで、覚えた。そうすれば、茶屋に休憩料を払うこともなく、勝手に、泳ぎ回れた。無論、その頃は、泳ぎも達者になり、犬掻きなぞ、頼まれても、やる気にならず、平泳ぎや、一重伸しを、得意になって、試みていた。


その夏の終りに、もう一つ、忘れられない記憶がある。

新学期の始まろうとする、九月の始めに、母は、子供たちを残して、東京へ行った。しかも、日本橋の妹の家——つまり、私が父の死ぬ日に行っていた、医師の家へ、泊りがけで、出かけたのである。

なぜ、母が家を明けてまで、上京したかと思うのだが、恐らく、私のための用事だったろう。

というのは、暑中休暇のある日に、川合先生のところのお婆さんが、訪ねてきて、病人もあることで、手が回らないから、引続きお世話ができかねると、いわれたのである。早くいえば、〝お払い箱〟になったのである。もっとも、私は悪童だったし、先生のところの赤ちゃんを、抱いてアヤしてるうちに、下へ落して、コブをこしらえたこともあったし、点数のいいわけはなかった。

私は、川合先生のところを、断られても、一向、平気だったが、母は、次ぎの先生を探して、寄宿と監督を頼むつもりだったのだろう。それで、また、見城《けんじよう》先生に斡旋を、依頼するために、上京したのではなかったか。どうも、そうだと、思われる。

母が、夜も、家を留守にするというのは、ほとんどないことだったが、子供たちは、それほど寂しいとも、感じなかった。店の者が、大勢いたからだろう。それに、姉が、娘になりかけの年齢で、少しは、弟たちの面倒も、見たのだろう。

母が東京へ行ったのは、今から考えると、九月の四日だと、思われる。翌日の五日は、朝から天気がよかったと、覚えてるが、午後になってから、店の者が、騒ぎ始めた。東京に、暴動が起ったというのである。その号外が、何度も、配達された。

その日に、日比谷公園で、講和反対国民大会というのが開かれ、その会衆の崩れが、警官と衝突して、交番を焼いたり、講和支持の新聞社を襲撃したり、大きな暴動になったらしい。

日露戦争の時も、この間の戦争と同じように、国民は、戦争の真相を、知らされなかった。個々の戦闘では、日本は勝利を続けたから、国民は勝ち誇ったが、ロシア帝国の領土へ、一発の砲弾を、打ち込んだわけでもなかったのである。ロシアは、まだ、充分な国力を、存してたのである。それなのに、国民が勝利に酔ったのは、大東亜戦争の緒戦の時と、同じである。そして、もし、あの時に、日米が講和したら、きっと、交番焼打ちの騒ぎに似たことが、起ったろう。

日露戦争の講和条約も、日本の戦争目的を貫徹させた上に、南樺太の割譲までさせたのだから、大成功といっていいのだが、国民は、そう思わなかった。屈辱講和だといって、大変、怒った。樺太の地図が、鮭に似てるので、大勝利の分捕品が、鮭のシッポとは、何事だ、というような新聞記事が、毎日のように出た。子供の私なぞは、無論のこと、店の者だって、全部が、悲憤慷慨《ひふんこうがい》組だった。

だから、東京の暴動にも、拍手して、声援を送ったわけで、ニュースが入ってくる度に、店の仕事なぞ、そっち除《の》けで、騒いでいた。

そのうちに、夕刻になると、東京は大火事だということが、伝わってきた。

「じゃア、おっ母さんが、心配だわ」

姉が、まっ先きに、そういい出した。

すると、私も、そんな気持になってきた。弟は末っ子で、母から一番可愛がられたせいか、幼い顔を、暗くし始めた。

夕飯を食べてから、姉と弟と私の三人は、メリケン波止場《はとば》へ出かけて、東京の方の夜空を、見に行くことにした。店の者の話では、東京の大火の炎が、空に映って、横浜からも、よく見えるというからである。

メリケン波止場は、今の大岸壁のことで、当時は、木製の桟橋が、海中に突き出していた。木製といっても、非常に巌丈《がんじょう》な構造で、鉄道のレールがその上を走り、両側に、外国航路の巨船が、いつも、繫留《けいりゅう》されてた。そして、夜は、アーク燈がついて、そう寂しいところではなかった。

私たちは、桟橋の突端へ行って、潮の香を嗅ぎながら、東京の方角の空を見た。暗黒の中に、そっちの方角に、ぼんやりと、薄赤い光りの輪が、滲《にじ》んでた。しかし、それは、平常の時の東京の燈火の反映と、そうちがわないように、思われた。

私は、それを、姉にいった。

「そんなことないよ。あれは、火事の火なんだよ。大火事だから、横浜まで、見えるんだわよ。あアあ、心配だな。おっ母さん、もう、焼け死んじまったかも、知れないよ」

姉が、大ゲサな、泣き声を出すので、私たちは、すっかり、怯《おび》えてしまった。

(おっ母さん、ほんとに、死んじまったかな)

私は、生まれて始めて、母の身を案じる経験をした。それまで、一度だって、母の安危なぞ、考えたことはなかった。

暗い道を、三人で、家へ帰ってきて、すぐ、寝床へ入った。母のことが、頭にあって、気が重かった。

でも、翌日の午後になって、母が無事で帰ってきたので、私たちは、歓声をあげた。そして、母は、自分で経験した焼打ち騒ぎの実況を、事細かに、私たちに語って聞かせた。それを聞こうと、店の者まで、集まってきた。

一体、母という人は、話し上手で、また、好奇心も旺盛で、こんなことの話になると、聞き手を酔わすような、話し方をするのである。

「何しろ、交番という交番を、みんな、ひっくりかえして、火をつけちまうんだよ。ところが、安藤（叔母の家）の前にも、交番があったろう……」

「知ってる、知ってる……」

と、私がいった。叔母の家は、町角で、すぐ前に、六角形だか、八角形の木の函《はこ》のような、巡査派出所があった。

「そうだねえ、ゆんべの八時頃だったかねえ、暴徒がやってきて、あの交番を、往来のまん中へ引きずって、ひっくりかえしたんだよ。安藤の叔父さんが、出てって、こっちへ火の移らないように、気をつけてくれというと、大丈夫です、ご心配いりません……みんな、わけのわかった人たちなんだよ……」

そして、母は、交番焼打ちの経過を話したが、それは、実に簡単であって、当時の交番は、石油ランプの角燈をつけていたから、それを燃料にして、放火すると、じきに、燃えてしまうのだそうである。

「まア、焚《た》き火の大きいようなものさ……。それよりも、怖《こわ》かったのは、十一時頃になって、血だらけになった若い男が、飛び込んできてね……」

その男というのは、患家の若旦那で、女のような温和な美男子だったそうだが、出先きから人力車に乗って、両国広小路へ帰ってくると、暴動が始まってるので、危険を感じて、車を降りたら、途端に、狂乱した巡査のサーベルで、切りつけられたというのである。それで、傷口を抑えながら、両国から村松町の安藤医院まで、ハダシで駆けてきたのだと、いうことだった。叔父は内科医で、そういう手当は、不得手だったろうが、それでも、大きな傷口を縫い合わせ、医院の人力車に乗せて、自宅に送り届けさせたそうである。

母は、時々、唾《つば》を呑み込みながら、巧みな話術を展開するので、私たちは、われを忘れて傾聴し、いつか、彼女が無事で帰宅したことの喜びなぞは、忘れてしまった。

秋の新学期から、私は、新しい先生の家へ、預けられることになった。神戸《ごうど》弥作先生といって、国語や歴史を、普通部で教えていたが、川合先生と同じように、昔の慶大出身者だった。家は、麻布の新堀町というところにあって、区はちがうが、三ノ橋を渡れば、じきに三田であって、川合先生の家よりも、ずっと、学校に近かった。その道筋に、上村彦之丞と、出羽重遠という二人の日露戦争で有名な、提督の家があった。上村中将の方は、第二艦隊の司令長官だったが、ウラジオ艦隊を追跡しても、いつも、逃げられてしまうので、露探（ロシアのスパイ）と罵《のの》しられ、留守宅に石を投げられたりした人だが、私がその邸宅の前を通行する頃は、大きな戦果をあげて、日露戦の功労者になってから後のことだった。子供の時から、私には、痩せ馬ビイキというような性癖があって、不遇時代の上村提督に、ひそかな好感を寄せてたから、小高い台地の上の邸宅の門を、何か、親しい気持で、仰ぎ見た。出羽中将の方は、軽艦艇艦隊の司令長官で、水雷戦で名を揚げた人だが、日露戦争直後に、そういう二人の有名な提督の家の前を、毎日、通るのは、少年にとって、誇らしい印象だった。

しかし、今でこそ、三ノ橋付近は、繁華になったが、その頃は、見る影もない場末で、橋の近くに、有名な貧民街があり、三ノ橋そのものも、古びた木橋だった。神戸先生の家も、新開地染みた地所に、ポツンと建った一軒家だった。でも、新築の二階家で、川合先生の家は貸家だったが、こっちは、間数も多く、しかも、自力で建てたというのが、先生の自慢だった。俸給は、川合先生の方が多かったろうが、神戸先生のところは、夫婦とも信州人で、勤倹な生活振りだったから、家を建てるために、永年、貯金でもしたのだろう。といって、日常の食物なぞが、川合先生のところより劣るということもなかったが、ただ、食事の度毎に出る、信州風の漬物が、臭くて、閉口した。何でも、瓜のようなものの古漬けで、硬い上に、異様な臭気があり、先生の家族は好んで食べるが、私たちは、手を出さなかった。

神戸先生の家へきて、嬉しかったのは、幼稚舎の同級の中井君と、中井家の番頭の息子の伏見君とが、すでに、寄食してることだった。同年齢の三人が、一組になってるのだから、気が強かった。私たちは、二階の六畳を与えられたが、隣りは先生の書斎であっても、滅多に、上ってこないから、自由な天地だった。六畳に、三人の机を列《なら》べ、夜は、三組の寝具を敷くわけだが、少しも、狭いと感じないで、むしろ、その狭さを、愉しんだくらいだった。

伏見君はマジメな方で、時には、机に向ったが、私と中井君は、全然、勉強をしなかった。夜になると、先生が隣りの書斎へ入ってくるから、その時だけは、机に向っても、イタズラがきの絵でも、描いてるに過ぎなかった。私は、川合先生の家にいた時よりも、もっと、怠け者になった。遊び対手《あいて》ができれば、遊ばずにいられなかったのだろう。そして、私の方が、後から来たのにかかわらず、三人のうちのガキ大将になり、悪戯《いたずら》をするのも、リーダーとなった。近くの貧民窟の駄菓子屋へ、買い食いにいくのも、門の外の往来で、キャッチ・ボールをするのも、いつも、私が先きに立った。

そういう私の行状が、次第に、神戸先生の眼につかずにいなかった。

「君がきてから、皆の気風が悪くなったよ……」

食事の時に、先生から、ハッキリと、宣告されたこともあった。この先生の家では、先生も、私たちと同じ食膳を囲んだ。

恐らく、この時分から、私は、もう、不良型のコースを、歩き始めてたのだろう。後の行状から考えて、そう思うのである。また、私は、必然に、そういう道を歩くように、生まれついていたと思う。私の血の中に、克己《こっき》という力は、よほど稀薄で、常に、慾望に弱かった。そして、明治の自由主義者としての父は、従来の子供のシツケ方を、旧弊と、考えたのだろう。子供は、天真を伸ばすべきものと、考えたのだろう。母は父よりも、きびしかったにしろ、世間の親から見れば、寛大なものだった。私が、忍耐心に欠け、癇癪《かんしゃく》を起す悪癖があることを、母は、よく指摘したが、そういうだけで、私を導くシツケは、特に受けなかった。もし、私が両親から、道徳教育を授けられたとしたら、それは、〝ウソをつくな〟ということぐらいだった。このことだけは、どういうものか、身に浸み込み、今日に至っても、まだ、影響を存してる。事実として、私は、度々、ウソをついたけれど、その時は不快であり、悪事の意識を、強く持った。私ばかりでなく、姉が〝正直〟の信奉者で、買物をして、五銭多く釣銭を貰ったといって、わざわざ返しに行って、大変、いい気持そうな顔をしたこともあった。だから、そういうシツケだけは、私たちの家の中にあったのだろう。

私は、次第に、神戸先生の信用を、失ってきたが、私の方でも、先生を批判する心が、働き出してきた。中学一年生の子供でも、批判の能力があることを、大人たちは知らねばならない。そして、その批判は、まっしぐらに、対手の人格に、向うのである。

神戸先生は、川合先生のように、学者ではなかった。いわば、職業的な中学教師で、その限りでは、勤勉で、良心的な、教育家だったろう。でも、坊主刈りにして、無鬚で、鉄ブチの眼鏡をかけた顔つきでも、セカセカしたもののいいぶりでも、人格の魅力というものに、乏しかった。子供は、どういう人格が優秀なのか、知らないけれど、その香りというようなものには、敏感なのである。私は、川合先生に感じたものが、全然、神戸先生にないことを、よく、判別した。そして、川合先生は、遠くから私たちを眺めてる態度なのに、神戸先生は、完全支配が好きで、いちいち、文句をいうのが、うるさくてならなかった。うるさいばかりでなく、そういう人間は、偉《えら》い教師でない気がした。今から考えれば、川合先生の方が狷《ずる》くて、神戸先生は親切だったのかと、思われるが、その時は、こっちも世間を知らなかった。

それに、神戸先生は、信州人らしい、努力力行型の性格で、多くもない月給のうちから、自宅の建築費を生み出すくらいの人だから、毎日の生活も、まるで、定規《じょうぎ》を宛てたように、キチンとして、一銭のムダも省くというような、倹約ぶりだった。といって、強慾《ごうよく》というわけでもなく、私たちの月々の寄食料のうちから、若干を積み立て、その金で、高尾山の一泊旅行（八王子で泊ったのだが、その頃は、高尾山へ登るのも、日帰りはラクでなかった）に、連れて行ってくれたりした。また、川合先生のところとちがって、毎日、お八つの菓子も、食べさせてくれた。それなのに、子供から、人望がないというのは、この先生の顔を見ると、大変、窮屈になるからである。家の中の空気も、何か反抗したくなるようなものが、濃かった。

一週に一度宛、私たちは、先生の書斎に呼ばれ、正坐して、修身要領の説教を受けるのが、例だったが、その時間が近づくと、私たちは、互いに顔を見合わせ、聞えよがしに、アーアと、大きな溜息をもらした。先生も、福沢諭吉の全盛時代に、三田で学んだ人だから、独立自尊のお題目が出るのは、当然だが、こっちは、まるで聞く気がないのだから、どんなに、子供向きに、平易に説かれたって、馬の耳に念仏だった。ただ、一時間の規定時間が、早く過ぎればいいと、正坐のシビレを、我慢してるのである。私は、慶応義塾に学んでる間は、福沢諭吉という名と、独立自尊という文字に、理由のない反感を持ち、糞でも食らえという気持だったが、それは、幼稚舎以来、あまりに、その名と文字を、繰り返され、耳にも眼にも、タコができたからで、神戸先生の修身要領の時間も、一役買ってると思う。そんな風だから、先生のお説教は、聞いてないが、話が座談に移ると、面白く、耳を傾けた。

ある時、先生は、座談になった時に、

「君たちに、いい本をあげよう。ぼくが書いたんだが、最近、出たんだ」

といって、今なら、新書判というような、小型の本を、一冊ずつくれた。青いクロースの表紙で、中学生用の地理の虎の巻のようなものだった。先生は、そんな著述をして、家計の足しにしていたにちがいない。

それから、先生の自著の自慢が、始まった。こんな、いい参考書は、他にないといって、その使用法なぞ、細々《こまごま》と、教えてくれた。実際、その本は、よくできていて、携帯に便だから、後に、私は、地理の試験の時に、カンニング用に使った。

「ぼくは、こういう本を、もう、五冊ぐらい書いてる」

といって、先生は、書棚から、自著を抜き出し、卓の上へ、積んで見せた。どれも、薄い本だから、高さからいうと、人さし指ほどにもならなかった。

でも、本を書くということは、子供ごころにも、偉い仕事と思え、更《あらた》めて、神戸先生を認識するというような気持が、私の胸に湧いた。中井君や伏見君も、同様らしかった。

先生は、私たちの様子を見て、ここぞと、再び、説教調に戻った。

「いいかね、人間は、本を書いて、人に読まれるほどの者に、ならなければいかん。福沢先生が、あれほどお偉かったのは、〝学問のすすめ〟その他、沢山の本を書いて、世間の人を、教育なさったからだ。諸君も、将来、せめて、一冊の本でも書けるような、人間にならにゃいかん。ぼくだって、ここに積んである本だけで、満足してるわけではない。もっと、もっと書く……」

「そんなに、沢山、書けるんですか」

中井君は、無邪気だから、釣り込まれて、質問した。

「書けるとも。ぼくが死ぬまでには、ぼくの身長と、同じ高さに達するまで、本を書いて見せる。それが、ぼくの理想だ」

そういわれて、今度は、私が、度胆《どぎも》を抜かれてしまった。人間の背の高さほどの著書を出すとは、何という大事業だろう。そんなに沢山、本を書いた人がいるのだろうか。先生は、ウソをいってるのではないか。それが、先生の理想だとすると、きっと、不達成に終るだろう。例によって、先生は、私たちを発奮させるために、そんな、つくり話を持ち出したのではないか――

私は、そんな気持で、先生の話を聞いてたのだが、妙に、印象が深かった。神戸先生の言葉のうちで、耳に残ったのは、この時のことぐらいである。

後年、私も、文士の仲間入りをして、最初の著書を、世に送ることになったが、その時に、私は、神戸先生の言葉を、思い出したから、よほど、心に残ってたのだろう。もっとも、その頃は、〝等身の著書〟という語は、昔からあって、神戸先生の創意でないことも、知っていたが、それにしても、それが空想的な事業であると思う点で、子供の時と、変りがなかった。一冊の本は出したが、それが、身長の高さに達するまで、続々と、本を書くことは、夢としか、考えられなかった。

(第一、そんなに、沢山、本を書いたって、どこが、偉いんだ。人間は、いい本が一冊書ければ、それでいいんだ)

というような、負け惜しみを、考えていた。

実際、その後、次第に、著書が殖《ふ》え、何冊目と算《かぞ》えることも、面倒になり、ふと、気づくと、自分の身長を遥かに超える、冊数となってたが、少しの満足感も、湧かなかった。神戸先生の言葉を思い出しても、何の感激もなかった。事実として、周囲を見ても、私の倍も、三倍も、本を出してる作家が、何人もいるのである。私なぞは、むしろ、著書の少い方で、一向、自慢にならない。そして、寡作の私でも、等身の著書を出せたというのは、昭和期の出版事業の繁昌のお蔭であって、私が数多くの傑作を書いたためと、ウヌボレるわけにいかない。すべて、不測のことであって、神戸先生の理想を、私が達成したと知っても、空虚感が先立つのが、当然なのである。

それにしても、著書を持つ人というものに、会ったのは、私の生涯で、神戸先生が最初だった。川合先生も、哲学の本ぐらい、出していたかも知れないが、中学生の私に、それを示すような稚気は、およそない人だった。著者としての神戸先生を、私が尊敬する気になったことは、確かだったが、どうしても、好きになることのできない、先生だった。その頃は、意志の強い人、勤勉力行の人——いわば、修身の本に出てくるような、自分の及びもつかぬ人物の型に、私は、妙な嫌悪感を持っていたが、神戸先生は、それに当った。先生の方でも、私のような、ナマクラ育ちの少年を、好かぬようだった。

それで、私は、その学期限りで、神戸先生の家を、出たくなった。そんなことは、自分の勝手にいかないのだが、それでも、

「おれ、もう、ゴード（蔭では、先生のことを、そう呼んでいた）の家なんか、いねえよ。そうきめたよ」

と、中井君や伏見君に、宣言して見せた。

「おれも、やめるよ。こんな、インダラ教師（どういう意味だか、そんな言葉が、よく使われた）のとこなんか、いてやるもんか」

お調子者の中井君は、即座に、共鳴した。

私は、冬期休暇に、家へ帰って、母にねだって、そうするつもりだったが、事態は、測らずも、好転した。神戸先生の方から、私たちを、その学期限りで、お払い箱にしたのである。理由は、ハッキリ示されなかったが、私たちには、よくわかった。先生が大事にしてる家屋を、私が、赤インキを窓から捨てようとして、まっ赤なシミをつくったこと、先生の次男の少年を、二階から蹴落したこと（まさか、そんな乱暴はしなかったが、その子供が、うるさく二階へ上ってくるので、蹴るマネをしたら、彼が驚いて、落ちてしまったこと）、それから、学期末

に、家へ帰るので、迎えの店員がきた時に、私は、寝具や持ち物を、ひそかに、二階の窓から、地面へ落して、運搬させた現場を、先生に見られたこと——これが、最大の理由だったろう。つまり、私が、先生の家にいたくないという意志表示をしたと、解釈されたのだろう。また、事実、そのとおりだった。

川合先生のところを、断られ、また、神戸先生の家も、一学期で、追い出されたのだから、さすがに、母も、次ぎの寄食先きを探す勇気を、失ったようだった。無論、見城《けんじよう》先生に相談したと思うが、そうそう、適当な先生の家が、あるものではなかった。

そのために、私は、宿願の自宅通学を、果せることになった。どんなに、うれしかったろう。

しかし、第三学期は、一月から始まるので、日の短い頂上だったから、毎朝、暗いうちに、床を離れねばならなかった。母は、そんなに早く、女中を起すのは、可哀そうだといって、自分で、朝飯の支度をしてくれたが、いつも、冷飯を食わされた。冷飯に湯をかけて、搔き込んで、外へ飛び出すのだが、往来は、まだ、夜だった。そして、灯をつけた市営電車に乗って、神奈川まで行き、それから、京浜電車に乗り換え、（当時の京浜電車は、神奈川・品川間）更に、品川から、東京の市電で、三田まで行くのだから、二時間ぐらいの道中を、見込んで置かなければならなかった。学校は、八時に始まるから、六時には、家を出る必要があった。

しかし、もっと短時間で、学校へ行ける方法があった。それは、横浜駅（今の桜木町駅）から、汽車に乗れば、いいのである。そうすれば、一時間半弱で、行けるのである。私の同級生で、横浜から通学してる者は、皆、その方法をとってるのである。それを、わざと、京浜電車を利用したのは、もう、その頃から、私の自閉児的症状が、始まっていたのだろう。皆と一緒に行くのが、嫌だったのである。同級生ばかりなら、まだいいが、上級生や他校生が、車中でハバをきかし、兵営のような空気があったのを、知ってたからである。しかし、京浜電車で行くと、遅刻ばかりするので、後には、私も、汽車で通学するようになったが、車中の空気は、いつも、不快だった。

でも、その不快も、また、早起きして、冷飯を食うつらさも、自宅通学の喜びの前には、何事でもなかった。家にさえいられれば、どんな苦痛も、屈辱も忍ぶという気持だった。よほど、寄宿舎から先生宅預けの時代が、つらかったのだろう。

それだけ、私は、まだ、ほんとの子供だったのだろうが、男の子が十二、三にもなってくれば、背も伸び、体力もついてくるので、自転車にも乗り、泳ぎも達者になり、キャッチ・ボールも上手になり、老松《おいまつ》小学校にいた頃の運動ぎらいと、まったく、別れを告げた。そして、その頃の少年の冒険好み（押川春浪の小説や、冒険世界なぞという雑誌で、養われたもの）が、私にも伝染してきて、何か、危険な行為を犯すことに、興味を持った。店の二階の裏窓から、屋根へ出れることを知った私は、わが家の屋根の上ばかりでなく、本町一丁目の南側の家の屋根の全部を、渡り歩く愉しみを、覚えた。家が櫛比《しっぴ》してるから、屋根と屋根の間隙があっても、一跳びすれば、何でもなく、また、どういうものか、瓦が乾燥していて、ハダシで歩いても、滑ったことはなかった。裏の南仲通りに、西洋亭という古い洋食屋があって、そこの物干台には、お客の食べ残しであろうパンが、よく、干してあった。干し上げて、パン粉にでも、使うつもりだったろうが、それをつまんで、食べて見たが、少しも、うまくなかったことを、覚えてる。また、ある物干台には、盆栽がいくつも列んでいたが、橙《だいだい》の実が、たった一つ、黄色く熟してる、一鉢があった。橙なんて、うまくないと、知ってるのに、その実を捥《も》いで、持ち帰ったこともあった。きっと、その家の隠居の丹精だったと思われ、今では、悪いことをしたと、考えてる。

そんな悪戯ばかりでなく、その頃、私はラッパを吹くことも、覚えた。戦争の影響にちがいないが、軍隊用のほんもののラッパを、いつか、自由に、吹き鳴らせるようになった。ラッパの節は、幼稚舎生活で、起床ラッパでも、食事ラッパでも、何でも、知っていた。一体、私は、楽器を鳴らすことが、得意で、父の在世した時に、銀笛《ぎんてき》という笛や、ハモニカを、吹くことができた。

父が死んで間もなく、父の謡曲仲間の雨森《あめのもり》さんという人が、訪ねてきた。この人は、能楽の笛が、上手だったので、母は、私に、銀笛を聞かせてあげろと、いった。母としては、子供の私に笛が吹けるのが、自慢に思ったのだろう。

恥かしさを知らぬ年だから、私も、得意になって、〝越後獅子〟か何か、吹いて見た。ところが、雨森さんは、一向、お世辞めいたことを、いってくれないのである。

「坊や、笛を吹くのもいいがね、自分勝手にやっちゃダメだよ。ちゃんとした、お師匠さんに、教わらなければ……」

と、いうようなことを、訓戒してくれた。その一言が、妙に、頭にコビりついて、大人になっても、忘れられなかった。何か、ピシリと、一鞭食った気持だったのである。実際、私は、正規の段階を経て、ものごとを習得する根気や、忍耐に乏しく、文学の方だって、日本文士のコースである、大学文科卒業後、しかるべき作家の門に入るという順路を踏まずに、自分勝手のやり方で、今日に至ってるのである。

軍隊ラッパも、無論、自己流で吹き鳴らしたのだが、近所では、よほど、うるさく思ったのだろう。そして、屋根歩きの悪行と、結びつけて、私を、本町切っての悪童と、きめたのだろう。ある日、店の者が、新聞を持ってきて、

「Tちゃんのことが、出てるよ」

と、いった。横浜貿易新聞というのに、投書欄があって、本町一丁目のある家のガキが、朝早くから、ラッパを吹くのは、安眠妨害だから、やめろということが、出ていた。

無論、そんなことで、反省するわけもなく、悪戯の限りを続けたが、十二か、十三かの時の暑中休暇に、一人で、神戸までの旅行に出たのは、冒険行為としても、人に迷惑をかけなかった方だろう。

学校の夏服を着て、雑嚢《ざつのう》を下げたままで、横浜から汽車に乗り、静岡で降りた。そこに、父の甥が、電燈会社の技師長をしていたので、その家に泊めて貰ったが、すっかり、大人扱

いをされて、ビールを飲まされたり、夜は、女義太夫を聞きに、寄席へ連れて行かれたりして、閉口した。その次ぎは豊橋で、ここまでは、曾《かつ》て数度、来たことがあった。母の生地で、母の父もここで死に、母の妹やその他の親戚も、多く住んでいた。その叔母の家に泊って、従兄弟《いとこ》たちと遊んだ。

豊橋から先きは、未踏地で、私も少し緊張したが、その代り、車窓の景色には、好奇心を燃え立たせた。京都で降りて、たしか、烏丸夷川《えびすがわ》上ルというところの父の親戚で、日本画家の家に、泊めてもらった。京都は、番地がなくて、家を訪ねにくいところで、土地慣れぬ少年の私が、困難したかというと、そうでもなかった。その頃は、駅の前に、無数の人力車が待っていて、車夫に行先きをいえば、まちがいなく、連れて行ってくれた。今のタクシーより、もっと、気楽に乗れたし、車夫は運転手より、町の地理に精通していた。静岡でも、京都の次ぎの神戸でも、私は、駅前の人力車で、難なく、行先きを訪ねた。

京都は、少年向きの土地でないので、古寺や名所に、何の興味も湧かず、ただ、その日本画家に連れられて、京極の氷屋へ行った時が、一番、印象に残った。東京にも、横浜にも、あんな大規模な氷屋はなく、そして、食べた氷あずきの味も、すばらしかった。

しかし、神戸は、須磨、舞子の海岸へ行ったので、非常に、満足した。近頃のあの付近は、見る影もなくなったが、六十年前は、ほんとに美しい景色で、淡路島と、松と、白い砂と、透明な海水とが、横浜の山下海水浴場なぞと、比べものにならない快感を、与えてくれた。神戸の泊り先きは、父の従兄弟で、水島鉄也という教育家だった。神戸高商（今の神戸大学）

の初代校長で、葺合《ふきあい》の熊内《くもち》というところに、住んでいた。川合先生のような、学者風の人だったが、優しい微笑で、私を迎えてくれ、べつに、訓戒的なことをいわないのが、うれしかった。

その旅行は、東海道の鉄道を、最終駅まで乗ってみることが、目的だったのだが、首尾よく、それを果して、自信をつけた。十二、三の少年が、一人旅をするのは、少し、無鉄砲だったが、私は、京浜徒歩旅行の経験もあるし、何の不安もなかった。甘やかされた子供として、私には、臆病な性質が、多分にあったが、一面、人怯《お》じしない、猪突《ちょとつ》的なところがあった。その旅行の間、心細いと思ったことは、客間に一人で寝かされた時以外に、何もなかった。

その旅行の帰途に、私は沼津で降りて、静浦の保養館という旅館へ行った。そこは、父の在世の時に、よく連れられた家で、離れ座敷が、松林の方々に建っていて、富士がよく見え、浪も静かで、恰好《かっこう》の海水浴場だった。そこに、姉と弟が、先着していた。子供ばかりだから、帳場に近い、風通しの悪い部屋だったが、静浦にいるというだけで、私たちは満足だった。

ところが、その時に、離れ座敷の上等な部屋に、当時、慶大の経済学の有名な教授で、福田徳三という博士が、滞在していた。私は、教師恐怖症だったから、その座敷に近寄らなかったが、ある日、泳いだ帰りに、風呂場へ行くために、そこの前を通ると、座敷の中から、坊主刈りの円顔に、眼鏡をかけた人が、

「お出で……」

と、私を、手招きするのである。

まさか、その人が福田博士とは、思わなかったから、平気で上って行ったら、饅頭《まんじゅう》その他、お菓子を、山盛りにして、出してくれた。その席には、三人の慶大生――といっても、当時の大学生は、ほんとの大人であって、ヒゲを生やした人もいたが、

「坊やも、塾（慶応義塾学生ということ）だってな」

と、私を歓迎してくれた。

やがて、その坊主頭の人が、福田博士とわかったが、もう、私は、少しも、怖《こわ》くなかった。全然、先生らしいポーズがなく、叱言《こごと》なんか、絶対にいう惧《おそ》れがないことを、早くも、直覚したからだった。また、その大学生たちも、少しも、先生に遠慮せず、アグラをかいて、冗談ばかりいってるので、賑やかで、面白かった。

後でわかったことだが、その三人は、福田門下の秀才で、来年、大学を卒業する人たちで、先生に招かれて、一緒に、避暑してるとのことだった。そして、毎晩、酒を飲み、毎日のように、鰹《かつお》釣りだの、付近の名所見物だのと、先生にオゴらせるのだから、当時の大学教授というものは、よほど、収入があったものだろう。そして、福田博士は、よほど、気前のいい人だったのだろう。

先生は独身のくせに、子供好きだったのか、私をひどく可愛がってくれ、姉や弟と一緒に、横浜へ帰る日がきても、

「君は、残れ」

といって、放さなかった。

その日から、私は、福田先生の座敷へ、移ることになり、三度の食事はもとより、寝床も、先生と門下生の間に、敷かれた。しまいには、先生の寝床に入って、一緒に寝ることになった。

その頃、福田博士は、恐らく、四十代で、亡父より若かったと思われるが、それでも、色が白く、円顔で、眼鏡をかけた（父も、晩年は眼鏡を用いた）ところが、どこか、似ていた。いや、何よりも、私を可愛がってくれる点で、似ていた。そして、保養館というのは、父が、ヒョッコリ、便所あたりから出てきても、不思議でないほど、父の記憶が染みついた、旅館だった。


私は、福田博士に、ひそかに、父を感じたにちがいない。私は、ずいぶん、博士に甘えたが、すべての我儘を通してくれた。門下生の山県という人が、先生が、あまり私を甘やかすといって、ヤキモチを焼いたほどだった。


しかし、他の門下生の近権内《こんごんない》という人は、先生の次ぎに、私を可愛がってくれた。この人は、濃い口ヒゲを生やし、オジサンという感じだったが、酒飲みで、大声をあげて、ズーズー弁をしゃべり、誰よりも、先生に対して、遠慮がなかった。それでも、福田博士は、この人を、一番、嘱望《しょくもう》していたようで、

「山県は、頭がいいが、近の方は、もっと、偉いんだよ」

と、子供の私に、弟子の人物批評を聞かしてくれたことがあった。

私の方でも、近さんが、一番好きだった。冒険小説に出てくるような、豪傑型だったが、とても、寛大で、優しかったからである。

その夏に、保養館滞在客の遠泳会があって、静浦から我入道《がにゅうどう》まで、一里弱を泳ぐのだが、私は、近さんに激励されて、それに参加した。私は、そんな泳げる自信がなかったが、

「おれが、ついてってやるから、大丈夫だ」

と、近さんが、いうのである。その癖、近さんは、泳ぎができなかった。

泳ぎ始めると、福田博士や近さんを乗せた和船が、私の側を離れなかった。遠泳というものは、体が冷えるので、船の上から、時々、熱い葛湯《くずゆ》をくれた。そのうちに、手肢が疲れてきて、心細くなり、もう、船へ上げてもらおうかという様子を、見せると、

「Tちゃん、もう、一息だ。ふんばれ、着いたら、マンズ（饅頭のことを、近さんは、そう発音した）食わせッぞ」

と、船の上から、一所懸命に、応援してくれるのである。それで、私も、必死の我慢をして、とうとう、目的地の砂浜まで、泳ぎ切った。足が棒のように、無感覚になり、体が冷えて、用意された焚火《たきび》の側へ行くのも、ヨロヨロした。

その日、近さんは、きっと、約束の饅頭を、食わせてくれたにちがいないが、忘れてしまった。しかし、遠泳を遂げたことを、わがことのように喜んで、一日中、私を賞めそやしてくれたことは、よく覚えてる。

そういう近さんに、私は、兄に対するような、親しみを持った。私は長男で、兄の味を知らないが、近さんのような人が、兄であって欲しいと思った。が横浜へ帰る時に、福田博士は、近さんに同行を命じたので、彼は、私の家まで送り届け、二階の客間で、母のもてなしを受けた。ひどく、畏《かしこ》まっていたが、ビールだけは、沢山、飲んだようだった。

その後、私が、

「姉さんが嫁に行く時は、近さんのところへやってくれよ」

と、母にいったことがあった。それほど、近さんが、好きだったのだ。

すると、母は、

「でも、あんな、酒飲みじゃね」

と、首を振った。酒好きの点ばかりでなく、近さんは、文字通り、敝衣破帽《へいいはぼう》で、海水帽をかぶったまま、平気で、私の家へきたから、母は、まだ、結婚の資格のない、貧乏書生と見たのだろう。しかし、彼は、後に、大きな保険会社の専務取締役になり、声望ある実業家になったのだから、この婿《むこ》えらびでは、母よりも、私の方が、眼が高かったことになる。

とにかく、その年の夏の私は、幸福だった。臨時の父と、兄のような人を、発見したからである。そして、今になっても、それを、幸福と感じるのは、私も、人に愛される資格を、持っていたことを、知るからだろう。私だって、子供の時には、相当、可愛気があり、人好きもしたらしいのである。どうも、どうも——

けれども、私の素直さ、愛らしさというものが、もし、あったとしても、その頃が最後ではなかったか。間もなく、私は、そろそろ、ひねくれた方角に、足を向け始めたのである。

店の不況が、深刻化してきたことも、何かの影響を、私に与えたかも知れない。

自宅通学をしてたから、私は、店の景気の話も、自然と、耳へ入ってくるのだが、

「今日も、一人も来ねえ……」

という店員の呟《つぶや》きの意味が、すぐ、わかった。

一人の外人客も、終日、店へ入って来なかった、ということである。戦争は終っても、外人観光客の姿は、減るばかりだった。或いは、焼打ち事件なぞが、革命騒ぎのように、外国へ伝えられたのかも知れない。しかし、従来、不景気といわれた時はあっても、その時のように、来店客絶無ということは、なかったそうである。まさに、S・EWATA商会始まって以来の危機だった。店の中では、陳列替えが行われ、高価な商品を引込め、買いやすい小物が、店頭へ飾られた。そのなかに、トーゴー弗《ドル》入れという、革製のガマ口があった。時代の英雄、東郷大将の写真と、旗艦三笠を印刷したものだった。

「こんなものを、店へ置くようになったんだからなア……」

と、寅さんが、憤慨の口調でいったが、それは、絹製品でなく、本来なら、店で扱うべき商品でないからだろう。そして、一個一円もしない、安物だからだろう。

でも、寅さんの言葉には、暗に、近藤支配人の経営手腕を、批難する意味が、含まれてたと、思われる。

本町移転以来、店員たちが不従順になってきたことは、前にも書いたが、それは、近藤支配人に対する反感が、因《もと》だったと、思われる。寅さんにしても、若い常さんにしても、皆、居留地の店から、勤めていて、父を〝大将〟と呼んだ人々だった。そして、近藤も、その頃、筆頭店員だったにしろ、使用人の一人だった。それが、本町移転後は、支配人という名の下に、主人顔を始めたことに対する、反感だったと思う。

また、近藤に対する母の態度も、悪かったと思う。近藤は、その頃、四十近かったが、まだ独身で、下宿から通勤してたのを、本町へきてからは、家族のように、同居させたのである。それも、店員の室ではなく、彼だけは、土蔵の中の二階（私たち家族は階下）に、寝室を与え、食事も、私たちと同じ食卓を、囲んだ。無論、店員たちよりも、うまいものを食った。

私は、なぜ、母が近藤を、そんなに厚遇するのか、わからなかった。父が生きてる頃は、近藤は、〝光公《みつ》、光公……〟と、呼ばれていたのに（彼の名は、光次郎といった）その頃は、私たちも、〝近藤さん〟というように、命じられたが、なぜ、そんな風に変えなければならぬのか、意味がわからなかった。もっとも、母は、

「これから、近藤さんに、店をやって貰うんだからね、大切にしなければいけないんだよ」

と、よく、いってたが、それにしても、その態度に解《げ》せないところがあった。

近藤という男は、体が小さく、五尺未満だったかも知れなかった。でも、色が白く、眼が大きく、チョビ髭を生やし、ちょっと、混血児風な顔だった。酒は飲まず、道楽のない男で、律気《りちぎ》な勉強家にはちがいなかった。また、店員のなかで、一番、英語ができ、英文タイプライターの打てるのも、彼だけだった。そういう点が、父の気に入って、最も、可愛がられたのだろう。しかし、人物は、彼の体のように小さく、神経質で、小意地の悪いところがあり、統率の才に欠けていた。店員たちに、人望のないのは、当然だった。私も、姉や弟も、彼を好かなかった。父の生きてる間は、そうでもなかったが、母が彼を厚遇し始めてから、反感を持つようになった。

母は近藤よりも、五つぐらい年長だったろうが、未亡人であり、彼を家族同様に、起臥を共にしたのだから、世間から、風評の立ったのも、不思議ではなかったろう。

「ご新造さん（商家の主婦は、その頃、そう呼ばれた）と、近藤とは、どうも、アヤしい……」

そういう噂は、本町へ越してきてから、何度も、私の耳に入っていた。誰かが、私にそういったのか、人の話してるのを、耳にしたのか、とにかく、私は、そのことを、知っていた。しかし、ショックというわけでもなかった。男女の愛慾ということも、噂の内容の重大さも、まだ、わかってはいなかった。ただ、漠然と、不快な気がするだけで、そんなことの真否を、確かめる気もなかった。

しかし、近藤支配人が、まるで、私たちの父であるかのように、振舞い始めたことには、強い抵抗を、感じていた。彼は、私たちに、遠慮なく叱言《こごと》をいうし、時には、母が私を折檻《せっかん》するのを手伝って、体罰を加えたりした。

私は、心の底で、父は一人しかないということを、考えていたにちがいない。父でもない者が、父のマネをすることは、許しがたいという気持が、潜んでいたにちがいない。

といって、ハッキリした自覚は、何もないのである。母が近藤支配人と、通じてるというようなことは、理解ができないことだから、信じもしないのだが、近藤に反感が湧き、母に反抗したい気持が、自分では知らずに、胸の底に、渦巻いていたのだろう。シェークスピアのハムレットは、恋をするほどの成年だから、自分の意識や意志も、明確に持ってたろうから、ある意味では、私より幸福といえるのである。

その頃から、私は、確かに、〝悪い子〟になり始めた。素直さや、可愛気を、失ってきたのだろう。私は、よく、母と争うようになった。争えば、我《が》を通そうとして、暴れ、泣き叫んだ。そういう場合に、母は、必ず、私を折檻するのである。親の加える体罰は、子供が幼い時に限った方が、いいと思う。十二、三にもなると、子供も腕力を用いて、親に抵抗するのである。それは、親と子のどっちにとっても、いい影響を及ぼさない。母は、私の手を捩《ねじ》るのが、得意だったが、もう、その頃では、私と母の腕力に、差違はなくなってたが、近藤が出てきて、母に加勢すると、私は絶望してしまうのである。

そういう母の折檻を受けた後で、私は、どうしても、復讐《ふくしゅう》しないでいられなくなった。私は、台所から、サシミ包丁を持ち出し、蔵の中の衣紋竹《えもんだけ》にかかっていた母の羽織に、斬りつけたことがあった。その包丁は、とても鋭利であって、羽織の袖が、ザックリと、裂け目をつくった。

後で、母が、それを発見して、

「まア、こんなことをして……」

と、私を睨みつけたが、それ以上のことは、いわなかった。或いは、私の所業に、ゾッとしたのかも知れない。衣服を斬ることの次ぎは、肉体を斬ることに、なるかも知れないのである。

それは、明らかに、少年の危機であって、私自身も、当時を顧みて、ゾッとするのだが、母は、その場限りで、そう深刻に考えたとも、思われなかった。その証拠に、私に対する態度は、少しも、変らなかった。その頃の母にとって、子供の教育よりも、店の経営の方が、重大事だったのだろう。

しかし、私も、決して、〝よい子〟にはならなかったが、急速に、悪化の坂を、転落したわけでもなかった。何か、私にブレーキをかけるものがあったが、その正体はわからない。私の血の中に、兇悪や邪悪への誘いが、弱かったのは、幸福だった。

それでも、母との諍《いさか》いは、何度となく、続けて、ある時も、その後で、私は、泣きながら、店の方へ行った。店の二階の陳列場は、誰も人がいないから、そこへ行って、泣いてやろうと、思ったのである。

本町の店の二階は、居留地の店のそれよりも、ずっと明るく、陳列の商品も少くなったが、売品らしい竹製のイスなぞも、置いてあり、私は、それに腰かけて、涙を拭ったり、外の往来を眺めたりしていた。

そこへ、寅さんが、上ってきた。彼は、泣きながら、階段を昇ってく私の姿を見て、跡を追ってきたのだろう。

私は、母や近藤支配人——つまり、大人に反抗して、そんな目に遇ったのだから、大人の一人である寅さんも、そっちの味方で、私に叱言でもいいに来たかと思ったが、そうでなかった。

「Tちゃん、可哀そうだな」

と、彼は優しく、私の肩に、手を置くのである。

「でも、仕方がないよ。あんた、まだ、子供だからな……」

寅さんが、私の味方だと、わかってくると、かえって、涙が出てきて、甘え泣きがしたくなった。

「だから、早く、大人になるんだよ。そうすれア、近藤なんか、追ッ払って、Tちゃんが、店をやればいいんだよ。この店は、Tちゃんのもんだからな。それまで、ジッと、我慢するんだよ……」

そういいながら、寅さんも、涙を溜めてるので、私は驚いた。彼の口に、小便をひっかけても、怒らなかった寅さんだから、私を可愛がってくれてることは、わかってたが、それほどまでとは、知らなかった。

店がヒマで、客が来ないせいもあったろうが、寅さんと私は、長いこと、二階で話してい

た。私は、何でも、寅さんのいうことに、コックリをして肯《うなず》くほど、素直な気持になってい
た。

しかし、何を話してたか、もう、記憶にない。ただ、一つだけ、忘れられないことがあっ
た。それも、どんな言葉で、どんな風に話されたか、覚えてないが、彼は、母と近藤の関係
を肯定する態度で、何かいったのである。

(寅さんがいうんだから、ほんとなのかな)

そう思ったことを、私は、ハッキリ、記憶する。

それでも、なお、私は、ほんとに信じることが、できなかった。情事の認識を、持たない
から、事実の認めようがないのであるが、それにしても、そんなことを、信じたくないとい
う気持は、確かに、強かった。

そして、私は、成年に達しても、そのことについて、半信半疑だった。だが、姉は、頭か
ら、肯定していた。彼女は、年長だから、いろいろのことを、見たのだろう。しかし、弟は、
断然、否定派だった。

「そんなこと、あるもんか。嘘《うそ》だよ」

彼は、会社に就職する年齢になっても、そういい続けた。私と姉は、父親ッ子といわれた
が、末子の彼は、母親に可愛がられた。そして、父親についての記憶も、彼が一番、稀薄で、
明らかな、母親ヒイキだった。

今の私は、どうやら、肯定派に傾いてるが、それは、人間というもの、人生というものを、

多少、見てきた結果に過ぎない。そして、母親にそういう事実があったとしても、責めるという気持は、あまりないようである。父が生きてる間なら、許せないことだが、その死後に、男をこしらえるぐらいのことは、仕方がない。そして、私は、母親の性格や考え方からいって、彼女が近藤を選んだことは、色と慾の両道をかけたのだと、思ってる。

つまり、近藤支配人と、そういう関係になれば、彼が真剣になって、店の経営に乗り出すだろうと、考えたのだろう。しかし、そんな考えは甘く、女の浅知恵に過ぎない。むしろ、自己欺瞞《ぎまん》でもあったろう。

いずれにしても、私は、母のそういう行状をほじくることに、興味がないのである。もう、古い昔のことであり、そのことに対する私の気持も、すっかり安定して、忌《いま》わしい事実の有無が、私の彼女に対する愛情に、何の影響もなくなってる。どんなことがあったにしろ、私は、母を愛してる。その愛情が、いっそのこと、そういう箇所を、飛ばして書こうとする気持を、誘わないでもなかったが、でも、そのことが、私の少年時代を通じて、暗い霧だったのだから、書かずにはいられない。私という少年に、ずいぶん影響したことだし、ことによったら、今の私の人生観や、女性観にも、何かの繋《つな》がりを持ってるかも知れないので、書かずにいられない。

店運が、日増しに、傾いてきたのは、不景気のせいばかりでなく、店員と経営者の間が、うまく行かず、店の空気に、惰気を生じたからだろう。彼等が、近藤支配人に反抗し、母を軽蔑したのである。月給さえ貰ってれば、経営者の私事などは、どうでもよさそうなものだが、その頃の日本人は、人情家というのか、オセッカイというのか、ひどく、感情的だった。それでも、近藤支配人よりも、まだ母の方が、好意を持たれていたろう。近藤こそ悪人で、母を騙《だま》し、店を乗っとる野望だが、それとも知らずに、彼の意のままになってる母が、可哀そうだ、というような気持らしかった。その気持が、更に、私たち子供への同情となって、先日の寅さんが、私の前で、涙を見せるようなことになったのだろう。

その寅さんも、それから間もなく、店にいなくなった。あの顔色のいい、巌丈な寅さんが、肺結核にかかって、入院したのである。奔馬性というのか、病勢が、とても早く悪化して、一年もたたないうちに、死んでしまったが、私は、ずいぶん悲しかった。春さんも、寅さんもいなくなると、もう、店は、店でないような気がした。寅さんの代りに、五三《ごさ》さんという中年男が、雇い入れられたが、これは、普通の呉服屋の番頭上りで、英語は全然できず、外人客の応対はできなかった。その代り、ペコペコと、頭ばかり下げてるので、母や近藤支配人には、使いやすかったろう。

そして、仁作が筆頭店員になったが、彼は、兵営生活後に、ずいぶん、人柄が悪くなり、酒に酔うと、気が荒くなった。ある夜に、彼は、かなり泥酔して、母に、給料の前借りを、強請した。母が断ると、まるで、芝居に出てくる、悪党のユスリのような、声と文句で、

「何？　貸さねえ？　いいよ、そんなら、こっちも、考えがあらア。いいかね。ご新造さん、何から何まで、バラしますぜ」

と、いうようなことを、いい出した。私は、それを聞いてて、仁作が憎く、野球のバットを持ち出して、殴ってやろうと思ったが、しかし、一方、そんなことをいわれて、黙ってる母が、情けなくてならなかった。なぜ、母は私に対するように、仁作に折檻を加えてやらないのかと、腹が立った。

それほど、店の中の秩序が、乱れてきたのだから、もう、先きは知れていた。やがて、本町の店を畳んで、南仲通三丁目へ、移転しなければならなかった。

南仲通りというのは、本町のすぐ裏の町で、道幅は狭く、洋風建築が少く、越して行った家も、純然たる日本店舗で、広さも、本町の家の半分もなかった。居留地の店でも、本町の家でも、外側の軒に、黒地に金文字で、S・EWATAと書いた、帯状の看板（外人対手の商店は、そういう看板を出した）を回《めぐ》らしていたが、もう、それも、見られなくなった。飾り窓も、陳列ケースもなくなった。

ということは、S・EWATAが、遂に、小売をやめたことを意味した。父がシルク・ストアを始めたのは、率先的だったので、S・EWATAは、横浜で最も老舗だったのだが、それが滅び、輸出だけに、頼ることになったのである。従来も、アメリカやインドに、商品を送っていたのだが、商売としては、小売の方が、大きかった。

近藤支配人の経営ぶりは、地道《じみち》というよりも、退嬰的《たいえいてき》であって、ジリ貧状態を持ちこたえてきたのが、ここで、大きく後退したというところなのだろう。そういえば、その移転の前年に、本町の家で、父の法事が行われた。東京の親類のほとんど全部と、横浜の縁故者が集まり、西洋亭という有名な洋食屋を買い切って、会食があった。父方の従兄弟で、私たちと同じ年頃の少年や少女も、何人か来合わせ、ずいぶん、賑やかなことだった。その頃、私は体も伸び盛りで、洋食を十三皿も平らげたことを覚えてるが、あの時の法事が、私の家の最後の花火のようなものだったと、思い当るのである。

南仲通りへ越してきた当座は、とても、寂しかった。

「ちえッ、こんな、ちっぽけな店……」

私は、母に文句をいった。店員も、仁作が去り、五三さんの下に、十七ぐらいの小僧が、二人、雇い入れられた。外人商社へ納品の運搬ぐらいが、仕事だから、小僧で間に合うのだろうが、急に、店の規模が、小さくなった気持がした。また、店の構造も、往来に面して、古風な格子がはまり、土間を隔てて、畳を敷いた上り框《かまち》があり、イスやテーブルは、どこにもなかった。南仲通りには、取引所があって、店の近所も、米や株の仲買店が多かったが、前住者は、繭問屋《まゆどんや》だったということだった。

子供ごころにも、店運が傾いてきたことは、明白だったが、それを、ほんとに悲観するほど、頭の働きはなかった。それに、子供というものは、どんな窮境にいても、生きる歓《よろこ》びを、発見する能力があるので、私は、近所の子供と、じきに仲よしになり、店の裏の繭の置場に使われた、雨天体操場のような建物の中で、遊び暮した。

また、取引所の中へ出る屋台店で、買い食いの愉《たの》しみも、味わった。そのうちに、近所の仲買店の小僧に、教えられて、米相場の〝合百《ごうひゃく》〟という賭博をやることまで、覚えてしまった。無論、私には、相場なんて全然わからず、その善どんという小僧のいうがままに、五銭ぐらいの金を渡すのだが、それが、不思議なことに、いつも、十銭ぐらいになって、返ってくるのである。善どんは、まだ、十五ぐらいだったが、よほど、相場の天才だったのだろう。しかし、それが、やがて母親に知れると、ひどい叱責を受けた。どうして、〝合百〟をやると、そんなに叱られるのか、わからなかった。それでも、それきり、私は、〝相場〟に手を出さなくなった。

その頃、姉は、東京の三輪田女学校へ転校して、そこの先生の家に、寄宿してたから、家には、私と弟だけだが、二人の勉強部屋というものはなかった。店の二階と階下は、店員たちの住居で、家族に宛てられたのは、奥の二間だけだった。その外に、帳場のような一室があったが、そこは、女中の寝部屋だった。そんな手狭な住居で、子供のための部屋なぞ、考えられなかったのだろうが、私たちも、家へ帰ってから、勉強ということは、一切しなかったから、部屋の必要もなかった。今では考えられぬことだったが、明治の中学生は、試験の時以外、復習や予習をしないのが普通で、それでも、進学ができたのである。そして、母も、そういうことの注意は、まるで、放擲《ほうてき》していた。

父はないし、母の眼も、届かないし、私の、野育ちぶりが、だんだん、ひどくなったにちがいない。どちらかというと、温良で、私より勉強好きだった弟も、その頃から、喧嘩や買い食いの癖を、覚え始めた。

私が、数《かぞ》え年《どし》の十三か、十四の時だった。きっと、暑中休暇中のある日だったのだろう

——私は、五時ぐらいに、早起きして、近所の店の小僧たちと、横浜公園に、野球をしに行くことになった。横浜というところは、野球熱が高く、南仲通りの店員たちも、ミットやグローブを持ってるくらいで、私は、最年少だったけれど、その仲間入りをして、チームをつくってた。その連中は、店の開く前に、一練習しようというので、そんな早朝に、誘い合わせて、公園へ行くのである。

そういう時には、眼覚し時計をかけなくても、パッチリ眼が開くので、私は、寝床を抜け出て、野球をする身支度をした。そして、外へ出るためには、女中の寝てる部屋を、通らなければならなかった。

その部屋は、昼間は帳場として、使われるために、明りとりのガラスが、天井にはまっていて、雨戸の閉った私たちの寝部屋から、そこへ入ると、まるで、写真屋の撮影室のように、明るかった。

その明るい光線の下に、女中が寝ていた。その頃、雇い入れられた三十女で、関西弁を使い、色は白いが、あまり愛嬌《あいきょう》のない女だった。私は、その女中が、ちっとも好きではなかったが、ふと見ると、夏のことで、布団もかけず、下半身を乱して、グーグーと、眠っていた。

その寝姿が、私を刺戟したのである。といって、生殖行為を考える年齢ではなかった。ただ、剝《む》き出した大腿部の上部に、交叉《こうさ》してる寝衣《ねまき》の合わせ目を、ちょいと、持ちあげれば、少年の頭の中にも、度々、空想されるものが、歴然と、形を露《あら》わすだろうということは、確実に思えた。

そして、私は、それを、やってやろうという気になった。彼女の白ッぽい寝衣の一端を、恐る恐る、つまんで見た。

ところが、その手が、払いのけられたのである。

「まア、いやだよ、子供のくせに……」

彼女は、眼をさましていたと、見える。私は、一目散に、その部屋を飛び出し、店の潜《くぐ》り戸《ど》を開けて、往来へ脱《のが》れた。そして、ホッとした。

しかし、まだ、男性の意識が、発達してなかったから、羞恥心というものは、あまり、感じなかった。それよりも、母に知れるということが、一番、怖《こわ》かった。

（こいつは、ひどく、叱られるぞ）

セックスに関することだと、妙に、母が厳格なことを、知ってたからだが、また、何か、そういうことを母に隠したい、本能的な感情も、あったようである。そこに、何か、女の子とちがう、男の子の心が、あるのかも知れない。

でも、野球から帰った後で、母に叱られた覚えもないところを見ると、女中は、告げ口をしなかったのだろう。

しかし、子供のくせに、そんな所業を敢えてしたのだから、私の悪化の程度も、知れるのだが、〝手に負えない子〟の始末に、母も閉口したのか、私は、再び、川合先生の家に、預けられる身となった。

その時日は、ハッキリしないが、私が、中学二年になってからであることは、明らかである。そして、先生の家にいる間に、早慶野球戦の紛擾《ふんじょう》があり、両校の試合を無期限中止とすることとなったことも、記憶している。多分、秋の学期から、先生のところに、預けられたのだろう。

その時分は、川合先生の奥さんも亡くなり、二本榎の西町というところに、移転していた。前の家より、もっと、学校に遠くなったが、家の中の空気は、ずっと、明るく、賑やかになっていた。

先生は、独身になったから、先生の郷里からきた婆さんが、家事の世話をしてたが、寄宿する学生が、私を入れて、四人もいた。矢野さんは、まだいたし、外に、先生の遠縁の慶大生と、それから、私の普通部同級生で、小俣《おまた》君というのも、来ていた。先生の坊ちゃんは、死んだ奥さんの実家で、育ててるということだった。

眼を光らす主婦がいないし、こっちは四人もいるので、まるで、下宿屋のようで、窮屈さがなかった。でも、手狭な家に、それだけの人数がいるので、満員の感じだった。二階二間の一つに、三人が起居し、私は、隣室の先生の書斎に、机を置くことになった。先生はテーブル、私は、その隣りに、日本机を列《なら》べたが、先生の書見中は、義理にも、私も勉強をしなければならず、それには、閉口した。

でも、先生は、暗くなってから、きまって、散歩に出るので、その間は、助かった。雨が降っても、傘をさして、散歩を欠かさない、摂生家だった。ある夜、先生が出かけた後、私は、すぐに勉強をやめて、もう、書斎に展《の》べられた先生の布団に、もぐり込んだ。無論、先生の足音が聞えたら、すぐ、飛び出すつもりでいたが、知らないうちに、眠ってしまった。そして、ふと、眼をさましたら、先生の背が、テーブルの前に見えて、書見の最中だった。この時は、ほんとに、冷汗をかいたが、先生は、何にも、叱言《こごと》をいわなかった。そして、幸いなことに、小俣君は、私よりも、一層、学校の成績が悪かったので、私の不勉強も、そう目立たないで済んだ。

その小俣君も、二人の大学生も、野球好きで、付近に、空地が多かったから、キャッチ・ボールの場所に、困らなかった。当時の二本榎西町は、郊外気分で、先生の家も、新開地の貸家らしい、安普請《やすぶしん》だったが、その代り、周囲に樹木が多く、草の生えた空地が、沢山あった。また、屠牛場が近くにあって、そこで、コマギレのような肉を、タダのような値段で売っていた。先生の家のオバさんは、田舎の人で、肉類を食わしてくれないから、そのコマギレを買って、料理してもらったこともあった。また、屠牛場の近所に、地方の宿場にでもあるような、汚い、古びたソバ屋があって、矢野さんたちと一緒に、時々、食べに出かけた。割前《わりまえ》で、勘定を払うのだが、当時は、モリやカケが三銭ぐらいだったから、私の小遣銭でも、こと足りた。

少し離れたところに、明治学院という学校があった。野球の強い学校で、よく選手が練習をしてるので、私たちは、見物に出かけた。しかし、野球見物よりも、学校構内の雰囲気が、もの珍らしかった。キリスト教の学校だから、赤煉瓦の礼拝堂があり、オルガンの音なぞ聞え、森のような樹木の間を、外人の女が歩いていたりして、何か、西洋に行ったような、気分だった。慶応義塾とは、よほど遠い空気だったが、あの清潔さと感傷性は、現代の学園では、まったく、絶無のものだろう。どうも、あれも、明治の空気だったように、思われる。学校の名が、明治学院というのと、関係なく――

そういえば、始めて私が、お会式《えしき》の万燈《まんどう》を見、太鼓の音を聞いたのも、その年の秋だったろう。横浜では、その行事は、盛んでなかった。池上の本門寺へ行くのに、近道でもあるのか、その行列は、二本榎の通りを、続々と、練り歩いた。太鼓の音に誘われて、私は、通りまで、見に行ったが、その晩は、星が一ぱい出ていて、ずいぶん寒かった。お会式独特の造花つきの万燈も、半狂乱で太鼓を打つ人の姿も、何か、悲しい記憶を伴なうのは、きっと、秋の夜を、まざまざと、感じたからだろう。

「お会式が済むと、ぼくは、羽織を着るんだ……」

と、矢野さんがいってたが、確かに、その頃の東京は、今よりも早く、秋が深まったようである。十月十一日なんて、近頃は、セルを着て、汗ばむこともあるほどだが、東京の気候は、よほど、変化してきたようである。そして、あの時のお会式の夜景も、多分に〝明治〟があったのだろう。

姉が、突然、川合先生の家を訪ねてきたのも、秋の日曜日だった気がする。三輪田女学校の先生の家に、寄宿してた彼女が、紫色のハカマに、靴をはき、お下げの髪を垂らし、私に会いにきたのである。私は、何だか、キマリが悪かったが、それでも、横浜の家にいる時とちがった親しみを、感じた。川合先生は、姉を客扱いにして、客間で、午飯を供したので、

彼女は、すっかり固くなり、尿意を催しても、便所を借りる勇気を失った。後で、私と連れ立って、外出すると、

「もう、我慢できないんだよ。どこか、ない?」

と、私に訴えるので、近所の原ッぱへ、連れてってやった。姉は、草原にしゃがんだが、その時に、白く、肉づきのいい腿を出してたから、もう、十七歳ぐらいになってたのだろう。

とにかく、二度目の川合先生の家にいた期間は、不愉快な記憶が、あまりなかった。私も〝寄宿ずれ〟がして、家を離れた寂しさを、そう感じなくなったのだろうが、先生の家の生活も、ノンキで、賑やかで、あまり、里ごころを起させなかったと、思われる。

でも、私は、また、わが家へ帰る時がきた。といって、今度は、悪戯をして、追い出されたわけではなかった。今から考えると、その頃、先生に再婚の話が、持ち上っていて、大崎の方へ家を新築し、そっちへ移転すると、矢野さんを除くすべての学生の世話を、断る予定だったらしいのである。

その上、私の家の事情も、変ってきた。南仲通りの店も、営業不振で、遂に看板を降《おろ》し、もとの月岡町の家のあった丘陵の下の住宅街へ、移転することになった。父の遺《のこ》した事業も、遂に、瓦解《がかい》を迎える時がきたのである。

そこは、南太田町といって、戦後は繁華街になった日の出町の、も一つ山寄りの通りだった。通りといっても、人力車がやっと抜けられるほどの狭さで、小さな住宅が、コマゴマと列《なら》んでいて、私の家の前に、ひどく巌丈《がんじょう》な、古びた井戸があった。横浜に水道のできない前に使われた、共同井戸だろう。

しかし、今度借りた家は、普請がよかった。確か、付近の地主が自宅用に建てたということだったが、土蔵があり、客間の十畳は、床の間も立派で、両側に庭があり、一方の庭の池から、噴水が出ていた。

二階へ上ると、遠く、横浜港内の船や煙りが見えた。裏側は、更に一段高くなった石垣の上に、住宅が列び、その上がまた石垣になって、昔、父と横浜の大火を見に行った、税関山の丘陵に続いていた。

「ほんとに、久し振りで、家らしい家へ入ったよ……」

母は、新しい家に、ひどく満足そうだった。木口も、普請も、間取りもよく、落ちついて住める家には、ちがいなかった。しかし、純粋の住宅であって、商店ではなかった。店は、横浜の絹物商の業界から、まったく脱落したのである。それでも、引続いて、私たちの家に住んでいた近藤支配人は、細々と、輸出を続けるつもりで、たった一人、小僧の安を残し、全然シモタ屋の軒燈に、S・EWATAの文字を、入れさせた。それは、滑稽なほど、不調和だった。

その頃は、姉も、東京の女学校を卒業して、家へ帰っていた。弟も、県立第一中学に入学して、自宅から通った。私たちは、久し振りに、同胞《きょうだい》三人が、共に暮すことになった。そして、二階の表座敷が、私と弟に与えられ、私は始めて、自分の勉強机というものを、持つことになった。それまでは、机も、本箱もなかった。また、その必要もなかった。机だけは、川合先生の家に預けられた時のものが、家のどこかに置いてあったが、一度だって、その前に坐ったことはなかった。でも、今度の家は、月岡町時代と同じように、住宅づくりなので、机を置くのにふさわしい部屋があり、私も、中学三年生になって、時には、その前に坐らないと、形がつかなくなってきた。もっとも、勉強をする日は、算《かぞ》えるほどだった。

何しろ、遊びに忙がしかった。

毎日、汽車で、東京へ通学するのだから、帰宅する時は、よほど晩《おそ》くなっていそうなものなのに、すぐ外へ飛び出して、往来で、友達とキャッチ・ボールをやった。友達というのは、弟と共通の仲間なのだが、私は年長で、兄貴株となり、ハバがきいた。その連中と遊び歩いたことばかり、記憶に残ってるのは、きっと、日曜や休暇中のことだったのだろうが、餓鬼《がき》大将の面白さが、身に沁《し》みたからだろう。

「兄貴、おれの友達を、みんな奪《と》っちゃうんだ……」

と、弟が不平をいったが、その家の付近には、弟の友達以外に、男の子がいなかったのである。小僧の安も、私の輩下だったが、彼も私より、一つか二つ、年長に過ぎなかった。

ある時、私は、そういう輩下を従えて、家の裏にある洞窟《どうくつ》の探検を、企てた。一体、横浜の西方丘陵は、要害の地でもあったのか、古い昔に、武将の拠地となった形跡があり、恐らく、間道の目的で掘られた洞窟が、各所にあるが、私の家の裏側の崖にあるのは、ずいぶん大きかった。入口は、大人の背よりも高い、トンネル風の石積みになっていて、裏側の座敷から見ると、いつも、大きな黒い口を開けた様子が、無気味だった。

移転してすぐに、私は、この洞窟に好奇心を持ち、恐《こ》わ恐《ご》わ、奥まで入って見た。十間ほど歩くと、行き止まりだった。それで、興味を失って、帰りかけると、ふと、一番奥の右側に、更に小さな、洞窟のあるのを、発見した。その入口は、子供でも、身を低くして、這《は》い込まねばならぬほど、小さかったが、中へ入ると、楽に立って歩ける高さと、幅があった。

それは、明らかに、人工の洞窟であり、蠟燭《ろうそく》の光りで見ると、整然たる石鑿《いしのみ》の跡が、どこまでも、続いていた。そして、下部は湧き水が、ふくら脛《はぎ》を浸すほど、溜ってるのだが、その冷たさといったら、足が痺《しび》れるほどだった。そして、ずいぶん、中まで進んだのに、洞窟は涯《はてし》がなく、気味が悪くなって、引っ返してしまった。

そのことを、近所の子供に話すと、彼等は、誰も、その洞窟のことを、知っていて、魔の場所のように、恐怖の色を示し、

「あの穴は、税関山の下の〝狐《きつね》の穴〟まで、続いてんだよ」

と、いう者もあれば、

「太田道灌が、こしらえた穴なんだよ」

と、まことしやかな口をきく者もあった。

太田道灌が、その付近を領してたという史実はないようだが、伝説としては、ずいぶんそ

の名が、出てくるのである。父の病臥中に、私が地獄絵を見に行って、恐怖におののいた〝赤門〟という寺なぞも、太田道灌が建てたとか、再興したとか、いわれてる。何か、関係があったのかも知れない。

道灌は別として、〝狐の穴〟の方は、厳とした、存在だった。日の出町から税関山へ登るのに、斜線の長い坂があるが、その坂の登り口に、小さな洞窟があり、木柵で塞《ふさ》がれ、注連《しめ》縄《なわ》が張ってあった。坂の頂上に、小さな稲荷神社があり、私が月岡町にいた頃に、初午《はつうま》祭りに、よく出かけたが、そこの神官が女で、というよりも、気味のよくない婆さんで、白い着物をきて、水色の袴をはき、お三方《さんぼう》に、洗米のようなものを載せて、毎朝、坂の下の〝狐の穴〟まで、供えにきた。だから、〝狐の穴〟は、稲荷神社の奥の院のようなものかも、知れなかった。

私の家から〝狐の穴〟まで、三町ぐらいあった。それくらいの距離だったら、私の家の洞窟と続いてるといっても、不思議はなかった。浅間町にある洞窟は、富士の裾野まで続くと、いわれてたのだから――

それで、私は、探検の志を、立てたのである。あの暗黒の細道を、最後まで歩き通し、〝狐の穴〟で、地上の明るみに出ようというのである。今から考えると、〝狐の穴〟まで続いてるといっても、輩下の子供の言《げん》だけで、他に何一つ、信ずべき根拠はないのだが、その時は、少しも、疑わなかった。

弟と、弟の友達と、小僧の安と、私の四人だった。小さい洞窟へ入ると、大変、寒いのを、知ってたから、シャツの上にスエーターを着、足にも、足袋をはき、各自に、マッチと蠟燭を持った。万一、灯が消えた場合、すぐ補充がないと、暗黒の中で、どうしようもないからである。また、当時は、もう懐中電燈も売出され、私も一つ持ってはいたが、人の入らない洞窟の中で、もし、悪い空気が溜《たま》ってた場合に、蠟燭なら、焰が消えて、警告してくれるだろうという、中学生の科学的知識からだった。

また、あの洞窟の暗黒の中には、どんな怪物が栖《す》んでるか、どんな危険が待ってるかも知れないので、各自に棒きれを持ち、私は短刀ほどある小刀《こがたな》を、ポケットに入れ、その上、各自の体を、登山者のように、縄で繋いで、途中で、はぐれない用心をした。そういう準備は、皆、私が考えたのである。

そして、いよいよ、側《わき》の洞窟へ潜り入った時も、私が先頭に立たないわけにはいかなかった。怖《こわ》かったけれど、皆の手前、それを口に出すことはできなかった。

冷気と、暗黒と、そして、皆の足が掻き乱す水の音が、とても大きく響く、静寂の中で、私は、今にも姿を現わすだろう、大蛇か、山椒魚《さんしょううお》のようなものを想像し、恐怖におののいた。でも、それに打ち克《か》って、できるだけ奥へ進もうとする勇気も、持ってた。そして、入口の近くで、一疋の蝙蝠《こうもり》が飛び出した以外に、生物は発見できなかったが、洞窟は、同じ高さと幅で、どこまで続くのか、見当もつかなかった。ただ、大体の方角は、〝狐の穴〟を指してるように、思われた。

五分ぐらい歩くと、空気と水の冷たさに、参ってきた。暗黒は続き、空気の流動も感じられなかった。出口が近ければ、何かの兆候があるはずだった。果して、〝狐の穴〟に出れるかどうか——飛んでもない方角に、迷い込んで、帰れなくなるのではないか、という不安も生まれた。

「もう、帰ろうか」

私は、弱音を吐いた。

「帰ろう」

「帰ろう」

誰も、同じ不安を感じてると見えて、即座に、賛成の声が起った。

そこで、回れ右をすると、今度は、私が最後尾になった。それは、先頭に立った時の倍も、怖《こわ》かった。今にも、背後から、何かが襲いかかってくるような、恐怖を感じた。

脇の洞窟を這い出し、大洞窟へ出た時は、ほんとに、ホッとした。洞窟の外へ出ると、眩《まぶ》しくて、誰も、暫《しば》らく、眼を閉じた。眼を開けると、皆の唇が、紫色になってた。私も、同様だったろう。

でも、探検を（中途で帰ったにしても）成し遂げた喜びは、長く続いた。探検に加わらなかった友達に、その模様を、誇大に吹聴《ふいちょう》したばかりでなく、自分自身に対して、勇気と実行力を立証したことで、ずいぶん満足だった。

男の子というものは、そんな経験を重ねて、育って行くのである。いわば、それは、鏡の前に立って、自分の背丈の伸びを、認めようとするのと、似ている。そして、事実、彼の背丈は、その度ごとに、グングン、伸びて行くのである。

ある時は、また、夜半の十二時に家を出て、江ノ島と鎌倉に、徒歩旅行を試みた。仲間は、洞窟探検の時と同じような、四、五人連れだったが、真冬の寒い夜で、欠けた月が、空にかかってた。近道をするために、父の墓のある久保山墓地の付近を、通り抜けたが、その気味悪さが、一つの魅力になった。保土ケ谷を越して、戸塚の松並木にかかると、馬糞が石のように凍って、往来に落ちてた。当時は、自動車がないから、東海道の運送は、馬力という荷馬車ばかりだった。

そのうちに、松並木の間から、一人の男が現われた。人通りの絶えた真夜中に、浮浪人のような風体《ふうてい》のそんな男と、並行して歩くのは、恐怖を誘った。強盗、追剝ぎ——すぐ、そんな想像が浮かんだ。

私は、少し歩みを遅らせ、仲間にささやいた。

「もし、かかってきたら、みんなで、やっつけよう。いいか」

「うん、やっつけよう」

こっちは、四人もいるのだから、大人だって、敗けやしないと考えた。そして、私は、探検の時に使った小刀を、ポケットの中に入れてた。

しかし、その男は、頰被りした首を垂れて、いつまでも、私たちの前を歩いていた。やがて、松並木を越すと、どこかの横丁へ曲ってしまった。

それで、ホッとして、私たちは、軍歌なぞうたい始めた。

藤沢あたりで、夜が明けた。とてもいい天気の日で、江ノ島の参詣は、一番乗りだった。一日、遊び歩いて、鎌倉から汽車に乗ったが、前夜一睡もしないのに、少しも眠くなく、少しの疲労もなかった。少年期の終りに近づいた男の子の生理状態は、恐らく、一生のうちで、最も潑剌《はつらつ》としているのではないか。そして、私はその旅行に、家へ出入りする男から借りた、大人のオーバー・コートを着ていた。その頃、学校の制服外套は、金ボタンつきで、そんなものがついてるので、誰も着るのをいやがった。私も同様で、登校の時は外套なしで、出かけたが、その夜は、寒中のことだから、オーバーを借りたのである。

私は、背が高い方だったから、結構、それで間に合った。それのみか、路傍の店の窓ガラスに映った、私の姿が、まるで、大人のように見えるのである。それが、ひどく、うれしかった。そして、大人の真似がして見たくなった。

私は、小僧の安に金を渡して、煙草《たばこ》を買わした。

「おい、喫ってみようよ」

二人で、一本ずつ銜《くわ》えて、火をつけて見たが、どうも、一向に、うまくなかった。それでも、幼稚舎の屋根裏パーティーの時の初喫煙とちがって、我慢をすれば、一本の半分以上、煙りにすることができた。

この旅行も、私の〝伸び〟を助けるのに、大きな力があった。そして、伸びて行く目標は、〝大人〟なのである。早く、大人並みになりたいのである。

食慾の方でも、大人を凌《しの》ぐようになった。もっとも、米飯はそんなに食わなかったが、食事外の甘い物だと、ムチャ食いをした。本町五丁目に、有名な今川焼屋があって、南仲通りに住んでた頃は、よく、店員の茶受けに用いられたが、その家は、中へ入って食べられるようにもなっていた。私は、横浜から通学してる同級生と二人で、学校の帰りにそこへ寄った。焼き立ての今川焼は、うまいものであるし、そこは評判の店でもあったし、最初の五つ六つは、夢中で食べた。そのうちに、友達と食べ競《くら》べをしてやろう、という気になった。十ぐらい食べると、もう、まずくなったが、お茶を飲んで、押し込むようにして、食べ続けた。饅頭なぞとちがって、熱い今川焼は、そう沢山、食べれないものなのである。

十八食べて、私の方が勝ったので、遂にやめた。その頃の今川焼は、一個一銭だったから、十八銭で、私たちとしては、豪遊だった。そして、何か、偉業を達成した気持になって、

「おじさん、十八なんか食った人は、ないだろう」

私は、今川焼屋のオヤジに誇った。すると、オヤジは、鼻の先きで笑って、

「何だい、それッぽっち……。三十二食べたお客があらア」

と、やられて、私は、大変驚いた。そして、やっぱり、まだ、大人には敵《かな》わないのかと、思った。

大人は、目標であったが、といって、すべての大人が、偉いと思ってるわけでもなかった。むしろ、尊敬する大人は、少なかった。それでも、自分は、早く、大人になりたかった。その癖、自分より少し年長で、大人と少年の境目にいるような年齢の男には、背伸びをする気

持で、対等になりたかった。

近所に、安藤という家があって、そこの一人息子が、横浜商業学校の生徒で、十七、八歳ぐらいだった。その息子と、私は、移転してきてから、間もなく、睨み合う仲になった。

背は、私と同じくらいだが、年長だけあって、体がドッシリしていて、学校では、剣道をやってるということだった。

ある朝、私は登校するために、早く、家を出た。雨上りの曇天の下を、私は、急ぎ足で、町角へ出ると、パッタリ、その男と会ったのである。そんな早朝に、彼は和服を着て、足駄をはいて、家へ帰ってくる途中だったらしいが、親の代りに、どこかの通夜にでも行ってたのだろうか。

しかし、会ったのが、百年目だった。そういう覚悟が、言わず語らずに、両方の胸の中にできていたのは、おかしなことであった。現代の男の子に、そんな、堅意地のようなものは、ないだろうが、当時は、少しの逡巡《しゅんじゅん》も、卑怯《ひきょう》の振舞いとなった。

私も彼も、道の中央で立ち留まり、ものも言わずに、睨み合った。対手《あいて》は、コーモリ傘を、剣のように構えて、私に向ってきた。

（やっぱり、剣術を知ってやがるんだな、畜生！）

私は、教科書を包んだ風呂敷を、往来に投げ捨て、身構えたが、何も武器がない。手が、無意識に、上着のポケットを探したが、生憎《あいにく》、その日は、鉛筆削りの小さなナイフしか、持ってなかった。それでも、それに頼る他はなかった。小さな刃を、素早く起して、それを、逆手に持った。

いい按配《あんばい》に、対手は、身構えるだけで、撃ち込んでこなかった。もし、彼が攻撃してくれば、私も、その小さなナイフを、使わずにいられなかったろう。そして、結果は、どういうことになったか――

そこへ、意外な留め男が、入った。牛乳配達の若い男が、牛乳の車を曳《ひ》いて、通りかかったのである。早朝で、他に通行人はなかった。

「止せ！」

その男は、私たちより年長なばかりでなく、喧嘩に慣れてるのか、大変、威儼のある仲裁振りだった。二人の間に、平然と、割って入り、二人が、構えを解いて歩き出すまで、動かなかった。

もともと、私は、喧嘩がしたいことはなかった。不意の邂逅《かいこう》で、どうしようもなかったのである。恐らく、先方も、そうだったろう。それだから、二人とも、おとなしく留め男のいうことをきいたのだろう。

ほんとに、あの牛乳配達君に感謝すべきである。ナイフなぞ持ち出した時は、決死の気持で、その後、喧嘩沙汰もよく起したけれど、あの時ほど、思い詰めたことはなかった。だから、何をやったか、わからない。思っても、ゾッとする――

喧嘩にならずに、再び、歩き出した時には、脚が硬《こわ》ばり、呼吸が乱れ、横浜駅へ着いても、胸の動悸は、静まらなかった。お蔭で、一汽車おくれ、学校も遅刻したが、それくらいのことで済んだのは、よほど、幸福だった。

親の知らないところで、子供——ことに男の子は、思いも寄らぬ、危《あぶな》いことをやってるのだが、そのわりに、事故を起さないものである。もし、男の子を、親の完全な監視下に置こうとしたら、鉄の檻《おり》の中にでも、入れる他はない。それなら、親の目は届くが、男の子は、青く萎《しな》びて、成長を止めてしまう。男の子というものは、小さな猛獣であり、自然が、半分、母の役を勤めてるようなものである。

幸いにして、私の母は、神経質でなく、また、親の義務にさえ、怠慢だった。その頃、彼女が注意深く、私の言動を見つめたら、心配で、堪えられなかったろう。不良化の兆候は、明瞭に、現われてたからである。

でも、私自身は、自分を、そんな、悪い子供とは、思ってなかった。だから、やかましく叱言《こごと》でもいわれれば、きっと、反抗的な態度に出て、急角度に、危険な方向へ、走ったろう。母がノンキだったことは、むしろ、私の救いだった。

それでも、親子喧嘩は、よくやった。例によって、近藤支配人が、母の加勢に出て、二人がかりで、私に対《むか》ってきた。けれども、それによって、私が絶望的になる時代は、過ぎていた。ある時、私は、それほど力を入れなかったに拘《かかわ》らず、近藤支配人が投げ飛ばされて、小さな体を仰向きにして、ひっくら返った姿を見た。

それは、私にとって、非常な驚きだった。腕力で、彼に勝つとは、思わなかったのである。

考えてみれば、彼は小軀《しょうく》で、非力《ひりき》なのだから、少年期の終りの私の腕力には、敵さないのが、当然だった。それなのに、私は、いつも、萎縮して、抵抗力を失うのだが、偶然のことで、自分の実力を知ったのである。

それ限りで、彼は、私に腕力を用いなくなった。その代り、彼の態度に、意地悪さが、加わってきた。母よりも、彼の方が、私を、不良児扱いにするようになった。

「あんまり乱暴すると、感化院へ入れちまうから……」

そんなことを、いうようになった。それは、威嚇であることが、読みとれた。

「入れるなら、入れて見ろ！」

私も、そういう口を、きくようになっていた。

でも、最初は威嚇であっても、しまいには、彼も本気で、そんなことを、母と相談したのではないかと、思われる節がある。もっとも、私は、相続人だったから、そんな思い切った処置をとるのは、東京の親類たちの承諾なしには、むつかしいのだが、近藤支配人が、根っからの悪人だったら、どんな陰謀をめぐらすことも、できなくはなかったろう。幸いに、彼は、因循姑息《いんじゅんこそく》な性格だった。

彼は、体が弱く、今にして考えれば、呼吸器を悪くしてたのだろう。神奈川の桐畑《きりばたけ》というところと、鵠沼《くげぬま》海岸と、二度も、転地療養をしたことがあった。

近藤が家にいなくなると、私たち同胞《きょうだい》は、凱歌をあげた。それほど、彼は、私たちに、人気がなかった。しかし、母は、彼が留守になると、機嫌が悪くなった。そして、日曜にでもなると、私か弟を連れて、彼を見舞いに行くのである。

私たちは、海が好きだったので、鵠沼なぞへ行くのは、愉《たの》しみだったが、近藤が借りてる家の内部へ入ると、何ともいえない、不愉快な気分になった。なぜ、母はこんな男を、大切にするのだろうと、じれったい疑いが、起きた。

その時分から、私の彼に対する憎悪は、明瞭な形をとるようになった。

（家の中に、異物が住んでる）

そういうような認識が、頭の中にできてきた。母と、姉と、弟と、私だけが、家族であるべきだのに、近藤支配人は、何の理由で、私たちの家の中にいるのか。母は、彼が店の経営をやって、私たちの生活を、保証してくれるようなことを、いうけれど、店はもうないではないか。そして、彼は、セビロ服を着ることもなく、朝から晩まで、ブラブラしてるではないか。

（彼を、追放しなければならない）

私は、その結論を得た。

死んだ寅さんは、私が、早く大人になって、近藤支配人を追い出せといってくれたが、私も、そろそろ、大人になりかけてるのだと、思った。そろそろ、時機が到来してるのだと、思った。

といっても、そう思うのは、私だけで、母は、てんで、私を子供扱いにしてた。無論、それが当然で、その時の私は、中学三年生に、過ぎなかった。それにしても、私の母は、特別だった。私を、まるで、幼児のように扱うのが、好きで、それに私が反抗して、親子喧嘩となることが、多かった。親類や友人の家を見ても、男の子を一人前扱いにする母親がいて、私は、羨ましくてならなかった。どっちの態度がいいのか、問題であるが、子供の性格によって、適否がきまるのではないかと思う。私のような、向う気の強い男の子には、薩摩の母親の流儀で、彼を尊重することによって、責任や自覚を呼び起す方が、賢明かも知れなかった。もし、そのように扱われたら、私は、もっと温和な子供になってたろう。

母が、私を子供扱いをした以上に、近藤支配人は、私の成長を無視する態度を、ことさらに示した。彼にとって、私が大人になっていくのは、好もしくなかったのだろう。

「まだ、まだ……。そんなことをいうのは、シャラ臭いね」

何かというと、彼は、チョビ髭のあたりに、薄笑いを浮かべて、皮肉な言を弄した。私は、それが、ひどく癪《しゃく》にさわった。冷笑好きは、彼の性格だったが、それをひっくるめて、ますます、彼が嫌いになった。

私が彼に、嫌悪《けんお》と軽蔑を、露骨に示すようになると、母は、いつも、弁護の役に回った。そういう母が、厭《いと》わしくて、いよいよ、反抗することになった。

その頃、私は、ずいぶん、母と衝突することが、多かったにちがいない。

それを見て、近藤がいった。

「廃嫡《はいちゃく》の外はない……」

その当時は、旧民法で、長男が相続人なのだが、未丁年者の場合は、後見人というものがある。私のそれは、母だった。そして、相続人が白痴とか、非行者の時は、後見人や親族会議の申請で、他に相続人を立てることができる。それを、廃嫡というらしいが、私は、無論、そんな法律上のことは、知らなくても、言葉の意味ぐらい、わかってた。

「いいとも。やったら、いいだろう」

私は、〝感化院へやる〟といわれた時より、もっと、憤激した。今度も、近藤は、威嚇のつもりで、そんな言葉を口にしたのだろうが、用語の選択を、誤ってた。そんなことをいわれたって、一向に、怯《ひる》みはしない。まだ、ほんとに物慾のない少年に、未来の権利をとりあげるなんて、脅かしても、打撃は感じない。逆に、人からものを奪う、対手の悪意を、強く、邪推するだけである。

私の近藤に対する憎悪は、その頃が頂上だった。私は、彼を殺してしまおうと、思ったことがあった。彼は悪人であり、母をたぶらかし、やがては、姉や弟まで苦しめるにちがいないのだから、今のうちに、彼を亡き者にしたら、一家の危急を救う、英雄的行為ではないか、という風にも考えた。

単に、そう思ったばかりでなく、私は実行を企てた。その頃は、子供でも、ピストルを買うことができた。前から、私は、一挺持ってた。ただ、実弾は、子供には売らなかったが、普通部の級友が、父のピストルの弾を、盗んできて、私に、三発くれた。それを装塡《そうてん》して、私は、近藤の襲撃を試みた。

不意に、そんなことをするわけはない。恐らく、何か、近藤と衝突した直後だったろう。

夜食の済んだ後で、電燈のついた茶の間の餉台《ちゃぶだい》の、ほんとなら、父の坐るべき場所に、近藤が、新聞を読んでいた。母や、姉たちも、坐っていた。

私が入って行っても、誰も、気づかなかった。私は、立ったままで、近藤に、ピストルの狙いをつけた。もっとも、気が浮《うわ》ずっていたから、彼の頭部とか、胸とか、急所を狙うような、余裕はなかった。ただ、銃口を彼に向けて、引き金をひく指に、力を入れた。撃鉄が、半分、起動するのが見えた。

でも、それから先きに、困難があった。旧式のピストルは、完全に引き金をひくまで、かなりの力を要するのだが、その最後の段階が、どうしても、踏み切れないのである。指が硬直し、麻痺したようになって、どうしても、力が入らないのである。

私の呼吸が速くなり、吐き気と、眩暈《めまい》を、感じてきた。とても、立っていられなくなり、同時に、ひどく恐怖心に襲われ、慌てて、部屋を飛び出してしまった。

恐らく、その時の物音で、茶の間にいた誰かが、顔を上げたかも知れないが、私が何のために、部屋へ入ってきて、どんな所業《くわだ》を企てたか、気のつく者はなかったろう。あの注意深い、神経的な近藤も、全然、私の挙動を知らなかったというのは、不思議なようだが、彼以外の母や、姉にしても、私の行為を見たら、叫び声をあげ、すべてが、発覚したろう。

それよりも、私がピストルの引き金を、引き切ってしまったら、どんなことになったか。もし、弾が命中すれば、殺人とか、傷害とかいう罪が、未成年者であっても、私を待ってたろうし、命中しなくても、それこそ、感化院送りとか、廃嫡とかいう運命を、免れなかったろう。そして、私の一生は、どんな風に変っていったか――あの時のことを、考えると、私は、すべてが私の守護神の働き、というような感じがしてならない。何か、守護神というようなものが、いつも、私の近くにいるという感じは、その時ばかりでなく、それ以前も、以後も、よく、懐《いだ》いたことがあった。その神は、世間でいう神仏とちがい、私のことだけを考え、私の利害だけを守ってくれる一個の霊であり、私が大人になるまでは、私に付き添ってくれるということを、漠然と、信じていた。事実、私が二十歳を越して、放蕩の限りを尽すようになり、ある夜、泥酔して、溝の中に落ちた時に、

「では、さよなら……」

という風に、ツーッと、私の体から離れて行ったことを、明らかに、思い出すことができる。

そして、その守護神の正体は、何かと考えると、あれは、父の霊ではないか――父以外に、私をそれだけ愛してくれる者が、あるわけがない、という気がしてならなかった。

人を殺そうとしたほど、暗い気持に、追い込まれたのだから、私が、毎日を、深刻な懊悩《おうのう》のうちに、送っていたかというと、決して、そうではなかった。

暗い淵の底に、沈んだ時のあったのは、事実だが、次ぎの瞬間には、暖かい日光のあたる

巌の上で、戯れ遊ぶというような自分だったのである。

何か、思い詰めても、持続することができない。それが、私の性格であり、また、子供──男の子のもちまえなのかも、知れなかった。とても、大人のように、執念深くなれないのである。忘れることが、早いのである。そして、子供の心は、快活であり、鷹揚《おうよう》であり、人を憎むといっても、ほんとに、憎み込むことは、できなかった。私が近藤支配人を、好きになれず、あんな奴は、家にいなければいい、と思っても、彼も一緒に、伊勢佐木町の汁粉屋にでも、出かける時には、すっかり、好機嫌になってしまうのである。

そして、そんな境遇にいながら、私には、不幸の意識がなかった。今から考えると、私は、普通の子供の知らない経験をしたのだから、不幸にちがいなかったのだが、自分では、特に、そう思いもしなかった。もっとも、他の子供と自分を、比較したこともなかった。そういう独善的傾向が、かえって、私の救いだったかも知れない。

とにかく、私は、暗い少年にはならず、近所のガキ大将として、毎日を送っていた。学校でも、教師に愛される生徒ではなかったにしろ、仲のいい級友と、面白く遊んでいた。

すべては、私が、まだ子供であることの恩恵だったが、それでも、少年期の終りに近づいた兆候は、いろいろ、現われてきた。

体長が、グングン伸び、小男の大人より、背が高くなった。その頃の少年は、家では和服を着てたが、肩揚げというものがしてあって、身長の伸びに備えるのだが、その子供の肩章のようなものが、私から去った。友人のうちには、大人のような、袂《たもと》のついた和服を、着るものもあった。

母は、私を子供扱いにするのが、好きなので、なかなか、袂の着物は着せて貰えなかったが、スエーターとか、シャツとかいうものは、自分で買うので、大人用のものを、好んで着ていた。

といって、肉体の男性的特徴の顕《あら》われは、私を、遅く訪れた。声変りということも、私は、二十歳過ぎてから、経験したほどである。

ある日、学校で、地理か何かの時間に、私は、Sという級友と、テーブルを列べていた。その頃は、二人列んで腰かけるのが常で、どうしても、ヒソヒソ話を始めて、聴講を怠りがちになった。

Sが、私にいった。

「お前、生えたか」

それだけの言葉で、何が生えたのか、私に通じた。そういう年齢だった。

「まだ、だ」

「おれ、ずいぶん、生えたぞ」

「ほんとか」

「見せてやろうか」

「バカ。止せ」

私は、Sがズボンを脱ぐのかと、思った。それは、授業中、あまりに大胆な行動だからである。

ところが、Sは、教師の眼を窺いつつ、ズボンのベルトの下に、手を突っ込み、モゾモゾやっていたが、やがて、

「そら……」

と、いって、開いた教科書の上に、チリチリ縮れた、一本の見本を載せた。

それは、黒く、健やかな、一本の毛であり、密生の状態を、想像させた。私は、羨望を感じた。

しかし、Sは、自分の所業を、自分で面白がって、その途端に、突拍子もない声で、笑い出した。

「こら、S！」

教師が、ひどく怒って、私たちの席へ、やってきた。Sは、まっ赤になって、下俯《したむ》いたが、教師はなかなか許さず、彼に教室を出ることを、命じた。私も、叱られたが、退席の刑だけは、免れた。そして、教師も、教科書のページの上に、貼りついたものには、気がつかず、教壇へ帰った。

その時は、それで済んだが、私は、友達が、大人になりかけてるのに、自分だけ遅れてるのが、恥かしく、また、腹立たしかった。Sは、頭が悪く、スポーツも下手なのに、一人前の男の資格を持ってるのは、どういうことかと、思われた。その後、私は、入浴の度に、自分の体に、注意するようになった。新聞の広告に出てる毛生薬を、買ってみようかと、思う

ことさえあった。

そのような私は、せめて、態度や行為だけでも、大人に近づきたかった。言葉使いなぞも、大人の真似を試みた。

「生意気ね。漢語なんか、使って……」

姉が、憎らしそうに、私を窘《たしな》めた。そういう彼女も、女学校を卒業して、琴や料理の稽古を始め、縁談を待つ身であるから、一所懸命に、大人振ってる最中だった。そして、母も、姉には、大人の待遇を与えた。姉は、その優越感で、私たちを、子供扱いにしようとした。弟の方は、まだ、ほんとの子供だったが、私は、母の差別待遇に、不服だった。

一体、明治時代の少年は、誰も、私のように、早く大人になりたがり、また、事実として、子供から大人に、一足跳びをやったように、思われる。男子は、数《かぞ》え年《どし》十六歳をもって、元服（成年式）を迎えるという、封建時代の習慣が、気持の上では、まだ、残っていたのだろう。明治期に活動した人は、早く老い、早く死んでるが、早く大人になったことと、関係があるかも知れない。そこへいくと、今の世の中は、ずいぶん少年期が、長くなった。十五、六の少年で、早く大人になりたいと思う者は、少いだろう。つまり、少年期が恵まれてるからである。ニキビが出るようになっても、子供として生活してる方が、幸福なことが、多いのだろう。明治時代と、大変なちがいであるが、社会的に見れば、それだけ、青少年の勢力が、増大したのである。反対に、大人は、昔ほど、価値あるものでは、なくなってきたのである。だから、何も、急いで、大人になる必要が、なくなってきたのであろう。

しかし、私は急いだ。
十五、六の頃の春だった。四月三日は、神武天皇祭で、休日だったが、学校も、春期休暇中で、いつも、損をした感じだった。その年は、春が早くきて、四月の始めに、桜が満開だった。
ところが、神武天皇祭の朝から、雪が降り始めたのである。

「桜が咲いたのに、こんな、大雪になるなんて……」

母が、大ゲサな驚きの声を、発したほど、大粒な牡丹雪《ぼたんゆき》が、烈しく降り続き、午後には、五寸ほどの積雪を見た。

それだけでも、天変であって、少年の心を轟《とどろ》かすのであるが、夕方になって、カラリと、空が晴れ、急に暖気を催して、雪解けの樋《とい》の音が、高く鳴った。そして、一片の雲もない空に、満月が輝き出した。

「これア、珍らしい。雪月花《せつげつか》が、一時に見られる……」

近藤支配人が、もっともらしい口調でいった。

憎らしい近藤の言葉であるが、私は、啓発を感じた。

(そうだ。雪月花が、一時に見られるということは、一生のうちに、またとないかも知れない。これは、大事件だ)

と、昂奮《こうふん》してしまった。

そして、どうしても、咲いた桜の上に、雪が積り、それを月光が照らしてる光景を、眼底に収めなければ、生涯の大損失のような、気持になった。

しかし、私の家の付近には、生憎《あいにく》、桜の木が少なかった。横浜の桜の名所といえば、伊勢山大神宮か、横浜公園であるが、前者は、夜間の寂しいところだから、後者を選んだ。公園は、父の在世の頃、洋食を食べに連れていってくれた、クラブのあるところで、市の中央にあった。

夕食後に、私は、小僧の安を誘って、家を出た。

大きな期待で、私の胸は膨《ふく》らみ、酔ったような気分で、安に話しかけた。

「こんな、お花見って、二度とないんだからな」

「お花見なら、景気をつけようじゃありませんか」

安も、生意気なことをいった。

しかし、私は、お花見というものの、経験がなかった。横浜の下町の人は、一家揃って、花下で宴を張るようなことをやるが、私の家は、武家出身のせいか、父の生きてる頃から、そういう例はなかった。

そのお花見ということを、やってやろうと、思った。それは、大人の仲間入りをすることだが、雪月花揃った今日こそ、是非やるべきだと、考えた。そして、私は、途中の酒屋で、安に、正宗の一合壜を買わせた。それ以上は、飲めそうもなかった。

「お酒、買ったんなら、サカナがなくちゃね」

と、安がいうから、それも、欲しくなった。でも、どんなサカナを買っていいか、わからなかった。結局、私たちが、時々、食べにいく、宮川橋の袂の屋台洋食屋で、コロッケを買って、包んで貰った。

公園へ行くと、意外な人出だった。やはり、雪月花の奇景を見物にきたのだろう。地上と、桜の梢《こずえ》には、まだ雪が残ってたが、満開の花は、凍《こご》えた様子もなく、爛漫《らんまん》と咲き乱れ、その花間から、明るい月光が、透けて見えるのは、不思議な景色にちがいなかった。でも、正直なところ、それは、雪があるために、特に美しいという景色ではなかった。普通の桜月夜の眺めと、そう変るものではなかった。

それでも、私は、自分の経験を、誇張したかった。

「ステキだなア。キレイだなア」

私は、何遍も、安に向って、感嘆の声を放った。

そして、生まれて最初の〝お花見〟を、演じて見ようと思ったが、人は大勢歩いていても、夜間に、そんな酔狂な真似をする者はなかった。また、地上も、公園のベンチも、半融けの雪に掩《おお》われ、腰をおろす場所もなかった。

仕方がないから、私たちは、歩きながら、正宗の壜のラッパ飲みを、することにした。

「今度は、お前、飲めよ」

私は、一口飲んでは、壜を安に渡した。そして、紙包みのコロッケを、手づかみで食った。

私が酒を飲むのは、始めてではなかった。母親が酒好きで、毎晩、一本ぐらい飲むので、どんなものかと思い、味を試したことがあった。辛《から》いだけで、少しも、うまいとは思わなかった。それでも、タバコよりは、まだ、我慢のできる味だと、思ったのは、私に、飲酒家の血が、備わっていたからだろう。

そして、酒を飲むということ――酒の味がわかるということは、大人の資格の一つのように思われ、早く、自分もそうなりたかったのである。

その晩に、酒を買ったのも、無論、その企《たくら》みからだった。そして、壜詰めは、冷酒だったから、口当りがよく、一合壜の三分の二ほどは、飲み干すことができた。

当然の結果として、私は、酔いを経験した。腹の中が熱くなり、アルコールが、体のあちこちを、駆けめぐるような、感じがした。

(これが、酔ったということか)

私は、酒が飲めたということよりも、酔いの生理現象が、自分に起きたことの方が、満足だった。大人が、酒に酔うように、私も、酔ってきたからだった。

公園から帰途に、人通りのない街路に出ると、私は、フラフラ足で、歩いた。ほんとは、それほど、酔ってはいなかった。私は、酒に抵抗力があったのだろう。それでも、わざと、大人のヨッパライの真似がしてみたかった。

「だらしがねえなア。しっかりしなさいよ」

安は、真《ま》に受けて、私の体を支えた。

春機発動期というものは、いろいろの現われがあるが、美に対する眼が開かれることも、その一つだろう。

雪月花の晩の昂奮は、珍奇な天然現象に対するもので、美への感動とはいえないけれど、月光に透けて、曇りガラスのようになる、桜の花弁とか、絹のような、春の夜気の感触とか、何だか知らないが、空気がいい匂いがするとかいうことを感じたり、観察したりしたことは、事実だった。

絵をかくことは、幼い頃から好きだったが、その頃は、水彩絵具で、画用紙にイタズラがきをすることが、特に、多くなった。色の合わせ方や、水でボカす技術を、自分で発見し、それを試みることが、とても、愉しみになってきた。

文章の方も、学校の作文以外に、何か書いてみたい衝動を、感じた。その頃、私が書いた〝小説〟みたいなものの、筋書きだけは、まだ、覚えてるが、それは、ある雪の夜の満洲で、日本の軍事探偵が、ロシアの陣地へ忍び込むというようなもので、およそ、美の感情と、関係がなかった。愛読していた〝冒険世界〟の影響と、思われるが、それでも、想像力を働かせ、イメージを描くということは、可能な年齢になってた。

日記を書くことも、その時分に、始めたと思うが、私の手許に残ってる一冊を読むと、季節や天候についての記述が、当時の美文調で、書かれてある。無論、文章体で、大和田《おおわだ》建樹《たてき》とか、大町桂月とかいう人の筆調を、真似たようなものだが、時には、自分の頭で感じ、自分の眼で見たようなことも、書かれてないでもない。

そして、自分の秘密や告白を、日記に書く習慣は、まだ始まってないが、注意して読むと、

〝今日はTに会えり〟というような箇所が、所々に出てくる。

そのTという人物について、私は、語らねばならない。

私の家の一段上のところ――つまり、例の洞窟のある崖《がけ》の上に、伊藤という家があった。主人は、横浜の古い弁護士で、もう引退して、余生を送ってるそうだったが、当時の横綱の大砲《おおづつ》という力士が、驚くべき巨体を、その家の玄関に運ぶのを、度々見た。きっと、横浜の有力な、相撲後援者だったのだろう。

伊藤の家の末ッ子が、男の子で、私の輩下の一人だった。その家へ行く石段が、私の家の裏口のところから、始まるのだし、また、二階の裏窓が、彼の家の門と向い合ってるから、友人のうちでも、彼が一番近くに、住んでるわけだった。

その少年は、角《かく》ちゃんといったが、野球もやるし、温和な性質なので、私は、毎日のように、遊んでいた。

角ちゃんに、二人の姉があった。

上の姉の名は、忘れたが、もう二十ぐらいの大人で、色が白くて、ちょいと美人ではあっても、大変、オキャン娘で、私たちを、頭から、子供扱いにするから、私は、好かなかった。下の姉は、お辰ちゃんといって、年は、私より二つか、三つ、年長だったが、気質が、おとなしかった。容貌の方は、彼女の姉さんに劣り、体も、痩せ型で、狐のように、尖《と》がった顔をしていた。

私の家が移転して、二度目の新年だったか、伊藤家から、カルタ会の招待がきた。明治時代は、娘のある家では、必ず、正月に、カルタ会をやったもので、私の家でも、姉がいるから、その催しをやった。でも、私は、カルタをとるのは、あまり好きでなかった。成年後は、相当、熱中したこともあったが、その頃は、まだ、下手なので、興味が薄かった。ただ、カルタ会そのものは、家の中が賑やかになり、いろいろなものが食えるので、嫌いとはいえなかった。

伊藤家のカルタ会には、姉も、弟も、一緒に呼ばれた。姉が、身支度に手間取ってると、

「早く、お出でよ。みんな、集まってんだよ」

と、角ちゃんが、何度も、催促にきた。

そして、私たち三人が、伊藤家へ行くと、客間に、十人ぐらいの男女が、集まってた。どれも、正月の装いをした、成人ばかりだった。学生がいても、大学生ばかりで、私たちの仲間ではなかった。そして、誰も、百人一首の上《かみ》の句が、読み終らぬうちに、札をとってしまうほど、上手な連中ばかりだった。

私と弟と角ちゃんは、最初は、仲間に入れて貰ったが、じきに、ミソッカスとして、除外されてしまい、姉だけが、その座に残った。実際、カルタ会というものは、若い者の遊びではあっても、子供のためのものではなかった。その代り、男女の交際が、きびしい眼で見られた時代に、年に一度の青春の祭りのようなものだった。

私たちは、次ぎの間へ行って、子供たちだけで、遊ぶことになった。でも、それが、私にとって、不満だったのは、いうまでもない。私は、自分では、もう、子供だと、思ってない

のである。ほんとは、大人たちと混じって、遊びたいのである。カルタさえ、上手になれば、あの仲間にはいれるのだ、と思って、残念でならなかった。

それでも、子供たちのところへは、カルタに夢中になってる連中よりも、早く、ミカンや汁粉や、塩センベイが、運ばれてきた。

そんなものを、運んできてくれたのが、下の娘のお辰ちゃんだった。彼女の姉の方は、カルタとりで、キャアキャアと、嬌声をあげてるのに、お辰ちゃんは、サービス係りに回されて、台所と客間を、往復していた。

私は、彼女の姿に、眼を見はった。なぜといって、年末のうちのお辰ちゃんと、まるで、別人のような、一人の絢爛《けんらん》たる娘が、そこにいたからである。

恐らく、彼女も、十七か、十八になって（その頃は、誰も正月と共に、年を加えた）始めて、島田髷に結うことを、許されたのだろう。赤い手柄《てがら》をかけた、その大きな、黒い髷は、ヒラヒラ動く銀のカンザシのようなものを挿し、一ぱいに白粉《おしろい》を塗った顔と、赤い襟の覗いた晴れ着とが、まるで、芝居に出てくるお姫さまのような、印象だった。普段のお辰ちゃんの姿は、どこにもなかった。もし、彼女が、狐に似ていたとしても、その時の彼女は、狐の嫁入りのお嫁さんのように、美しく、魅惑的《みわくてき》だった。

私は、彼女のそういう姿に、圧倒されてしまった。そして、彼女を見るのが、恥かしいような、眩《まぶ》しいような気持になり、彼女が側へきても、平常のように、口がきけなくなった。疾《と》くその癖、心の中で、異常な満足があり、カルタの席から、仲間外れされた怒りなぞは、疾くに、忘れていた。

その晩に、家へ帰って、寝る時になっても、お辰ちゃんの姿が、眼にチラついた。翌日になっても、何か、ポーッとした気持が残った。

それから数日して、ある朝に、私は、二階の自分の部屋へ行くために、階段を上ると、踊り場の窓の障子が、ほんの少し明《あ》いていた。何の気なしに、そこから、外を覗くと、伊藤家の門が、ちょうど、私の眼と同じ高さに見え、一ぱい日光のあたる門脇の塀に、張り板を立てかけ、お辰ちゃんが、張りものをしていた。

私は、ギョッとする気持になったが、それでも、彼女は、私が見てることに、気づかないはずだと、考えた。そしたら、気が落ちついてきた。いくらでも、覗《のぞ》き見をしてやれ、という量見《りょうけん》になった。実際、あのカルタ会以来、彼女と道で遇っても、恥かしくて、正視ができなかったのである。

でも、私の眼に映った彼女は、カルタ会の時とちがって、もう、晴れ着を着てるわけではなく、せっかくの初島田も、大崩れで、横に曲り、朝のことだから、白粉も塗っていなかった。そして、寒い朝で、張りものをする手は赤く、鼻も赤く、水洟《みずばな》でも、垂れそうな顔で、まったく、平常の彼女に、戻ってた。

そこで、私が、大きな幻滅を感じたか、というと、ちがうのである。幻滅というようなことは、大人の心理であって、私は、まだ、そこまで、生成していなかった。私の眼には、カルタ会の時の幻影が、こびりついて、それを払い除けることは、できなかった。水洟を垂らしそうな彼女でも、私には、至上の美人だった。

私は、酔ったような気持になって、障子から離れた。

その時から——というよりも、カルタ会の時から、私は、彼女を好きになったのであろう。彼女の名を聞いただけでも、胸がドキドキするという現象を、示すようになった。そして、たまたま、路上で、彼女に遇えば、終日、そのことが忘れられず、日記に、〝Tに会えり〟と書かずに、おられなくなったのである。

これが、私の初恋といって、いえないこともない。しかし、今になって、よく考えてみると、やはり、春の目覚めの一現象であって、青年の恋愛とは、花の大きさがちがうと、思われる。根も浅く、葉や茎も、あるかなきかである。そこが、初恋というものかも知れないが、もし、一人の女性が好きになることを、そう呼ぶなら、私は、六、七歳ぐらいの時に、それを経験してる。

静浦の保養館という宿屋のことは、前にも書いたが、父が生きてる頃に、私は、よく連れて行かれた。その時は冬だったと思うが、部屋付き女中の何とかいう名の女を、どういうものか、私は好きで、好きで、堪らなくなった。その女中と一緒にいると、気持がよかった。そして、彼女の跡を追い、帳場へ行くのにも、他の座敷へ行くのにも、彼女の尻にくっついて行くから、人々の評判になり、何か、ヒヤかされた記憶がある。

厳密にいえば、その時が、初恋なのだろう。

お辰ちゃんに対する私の気持も、発展性を欠き、長持ちをしない点では、静浦の時の経験と、あまりちがわなかった。私は、お辰ちゃんが好きになったが、その気持を、彼女に打ち明けたい衝動は、起らなかった。好きであるということだけで、充分なのである。無論、その頃の私は、男と女が好き合えば、しまいに、夫婦になることを、知っていた。夫婦になって、どういうことをするか、およそ、見当がついた。その行為については、わかったようで、わからないところもあり、非常な好奇心を掻き立てられるのだが、お辰ちゃんから、その秘密を教えて貰おうとは、少しも思わなかった。それは、飛んでもないことであり、また、実行不可能のことと、思われた。まだ、そんな、セックスの自信がなかったのである。

　つまり、私は、大人になりたくてならない癖に、まだ、自分が大人でないことを、よく知ってたのだろう。あのカルタ会の時と同じように、自分がミソッカスであると、考えてたのだろう。事実として、お辰ちゃんも、私を子供扱いにしてることが、明らかだった。もし、私が彼女に恋愛してると、聞いたら、彼女は腹を抱えて、笑い出したろう。中学三年生の私が、彼女の対手《あいて》になるのは、あらゆる点で、失格だからである。

　その年頃の少年の臆病さ、ナイーブさというものを、私は、よく回想することができる。それは、男の子特有のものであって、女の子は、そのような、風にそよぐ芦の若葉のような感情を、経験しないのではあるまいか。ナイフを逆手にもって、喧嘩をするような、暴い所業を見ると、男の子は小さな猛獣だが、一方に、臆病な兎のようなところも、見られるのである。いや、そうした臆病さが、窮迫状態に追い詰められると、思いがけない兇暴性に、変るのかも知れない。

とにかく、その年頃の男の子の扱いは、一番、むつかしい。といって、私は、特に悪い扱いを受けたわけでもなかった。母は、私の春機発動を、少しも気づいてなかったし、従って、お辰ちゃんに対する私の素振《そぶ》りが、妙だという発見は、あり得なかった。ただ、姉は、多少、感づいたかも知れなかったが、べつに、証拠をつかまれたわけではなかった。だから、私は、誰からも、心の秘密の痛い箇所に、触《さわ》られずに済んだ。もし、そこに手を触れられたら、私は、飛び上るほどの痛さを感じ、どんな所業に出たかも知れなかった。

要するに、片想いなのだが、それで、満足なのだった。何か、美しい石の一片を、大切に、紙へ包んで、机の抽出《ひきだ》しに納《しま》って置き、それを、時々、人知れず、開いて見る――そんなことで、充分だった。それには、片想いという状態が、最も適当してるので、誰よりも、お辰ちゃん自身に気づかれないことが、必要だった。

しかし、そんな状態は、いつまでも、続くものではなかった。密閉された花は、次第に、萎《しお》れてくる運命なのだろう。そして、もともと、根の浅い草だったのだろう。私は、お辰ちゃんのことを、だんだん、考えなくなり、いつか、忘れてしまった。もっとも、その頃は、正月も遠くなり、彼女の頭から、島田髷が、疾《と》うに消え去り、ただの束髪になっていた。どうも、私は、彼女よりも、彼女の島田髷に恋愛した形跡があり、そのために、すべてが、春の淡雪のように、早く消えてしまったのかも知れない。

その頃、私の家に、お琴《こと》という女中がいた。

何でも、静岡県あたりから、出てきた女だったが、ひどく背《せい》が低く、小肥りで、年は、二十ぐらいだったろう。容貌は、特に醜いことはなかったが、美しくもなかった。円い顔に、円い眼をして、頬が赤かったから、西洋人形に近いのだが、エキゾチックということもなく、銀杏返《いちょうがえ》しの髪に結うと、ちょっと、可愛らしい顔になるぐらいのところだった。

性質は温順で、陰気でも、快活でもなかった。気がきく方でも、間抜けでもなかった。また、オシャベリでも、不精女《ぶしょう》でもなかったので、母は彼女を、可愛がっていた。今とちがって、〝お手伝いさん〟なぞと尊称しなくても、女中の志望者は、多かった時代ではあったが、母は、

「よく働いて、いい子ですよ」

と、人にもいい、目をかけて、使っていた。母という人は、昔の主婦が、概《おおむ》ねそうであったように、人使いが上手だった。主従という関係が、まだ残ってる時代だったが、対手《あいて》の人権を、ある程度は認める使い方を、心得ていたし、時には、菓子だの、半襟だのを与えて、機嫌をとることも、知っていた。だから、お琴の方でも、ふくれ面をして、働くようなことはなかった。

私の家も、父の在世時代のように、数人の女中を置く力がなくなり、本町の店の時から、

一人だけになった。南太田の家でも、無論、お琴だけだった。

私は、彼女を、ただの女中と、思っていた。つまり、女性として、意識することはなかった。お辰ちゃんのような娘が、近所にいたのだから、そんな必要がなかったのだろう。それに、お琴は、お辰ちゃんよりも、もっと年が上なので、私の対手に、不向きだった。

それなのに、妙なことが、起きてしまった。

多分、初夏の頃だったと思う。

私は、東京で、学校の帰りに、野球をやって、汗だらけになり、その上、方々遊び歩いたと見えて、夜の九時頃になって、家へ帰ってきた。

そして、その晩の温度も、高かった。

「あア、暑い。汗ビッショリだ」

私は、茶の間へ入ると、大きな声を出した。そこに、母や、近藤や、姉や弟もいた。

「じゃア、一風呂、浴びてお出で。もう、みんな済んじゃって、今、お琴が入ってるところだけど……」

と、母がいった。

ずいぶん、ノンキな母親である。息子は、数《かぞ》え年《どし》十六になり、大人並みの大きな体に、育ってるのに、若い女中と、混浴しろというのである。母が、いかに私を、子供扱いにしてたか、その点でもわかる。

といって、そういわれた時に、ギョッとしたという記憶が、ないところを見ると、私も、まだ、一人前の男性の性的関心は、持っていなかったのだろう。

そして、私は、素ッ裸になって、湯殿へ飛び込んで行った。湯殿は、別棟の形になっていて、例の洞窟の入口と、台所の出口の中間にあり、かなりの広さを、持ってた。

「あら、お帰りになったんですか。お先きへ頂いて、済みません」

体を洗ってるお琴が、私に挨拶したが、私が闖入《ちんにゅう》したことに、驚いた様子もなかった。彼女もまた、私を、子供として、扱ったのだろう。

しかし、私の方では、もう、飛び込んできた時の平静を、失ってた。夏の宵で、風呂場に湯気もこもってないから、お琴の裸体が、全部、よく見えた。彼女は、色の白い方でなかったから、赤い皮の野菜を茹《ゆ》で立てのような、感じだった。そして、肉づきのいい胸や、乳房や、脚や——そんなものが、眼に入るのだが、それは、大人の感じるほどの刺戟《しげき》には、ならなかった。そんな年頃の少年にとって、目の眩《くら》むような蠱惑《こわく》は、陰毛なのである。

便所の壁なぞの子供の楽書きを見ても、わかるが、女性生殖器そのものよりも、陰毛に対する好奇心が、必ず、誇張されてる。子供は、器官のことなぞ、どうでもいいのである。その反対に、最も外面的な、黒い影に対して、すべての性的特徴を、感じとるのである。恐らく、自分たちの仲間の少女が、絶対に持つことのない装飾品に、異常な憧れを、誘われるのだろう。

お琴は、私に警戒心がなかったらしく、そういう場所を、隠そうとしなかった。しかし、私は、一瞥《いちべつ》した途端に、体じゅうの血が、頭へ昇ってくるような気がして、眼を閉じずにいられなかった。

「背なか、流しましょうよ」

と、彼女が、私の背後に回っても、返事ができなかった。

急に、強い羞恥心が、湧いてきたのである。私は、体の一部に起きた恥ずべき現象を、何としても、彼女に見られたくなかった。それは、外形的には、一端《いっぱし》の威勢を、示していた。ただ、発毛の遅い私の状態と、年齢的に当然な包茎の形が、ちょっと、一人前とはいいかねた。

私は、背を流すお琴の手を、振り払うようにして、風呂桶の中に、飛び込んだ。そうすれば、私の体に起きた現象を、隠すことができると、考えたからである。幸いに、風呂は、かなり、微温湯だった。さもなければ、私は、長い間、その中に沈んでることは、できなかったろう。

その頃から、お琴は、私の異常な態度に、気づいたにちがいなかった。彼女は、妙な笑いを顔に浮かべ、洗い場から、私に、いろいろ話しかけてきたが、私は、ロクに返事ができなかった。

そのうちに、彼女は、ゆっくりと立ち上り、私に笑いかけながら、浴槽の中に入ってきた。そうするには、私の眼前で、片脚をもち上げなければならないが、その動作が、全然、記憶から失われてるところを見ると、恐らく、私は周章狼狽《しゅうしょうろうばい》してしまったのだろう。母や姉と入浴したことは、何度かあっても、それは、幼い時のことであり、一人の〝女性〟の裸体が、私の裸体に接触し、彼女の顔が、私の眼の前へ迫ってくる、というようなことは、曾《かっ》て知らぬ経験だった。

家の風呂桶は、わりと広い方だったが、それでも、お琴の体は肥ってるから、私の下肢の方は、強く圧迫され、また、心臓の鼓動が速くなり、その場を、逃げ出したくなった。それなのに、私は、ジッと我慢してたのは、こういう場合に、大人のするようなことが、展開してきはしないか、という期待があったからにちがいない。

果して、お琴の手が、湯の中で、伸びてきた。その手が、私の場所に触れ、やがて、彼女の体の方へ、引っ張ろうとするのだが、少年のそういう場所は、大変デリケートなので、私は、まず、皮膚の苦痛を感じた。そして、逆上しそうな期待感も、同時に、襲ってくるので、一所懸命に、我慢を続けたのだが、昂奮と、長湯と両方で、心臓が破裂しそうに、呼吸が苦しくなってきた。

遂に、私は、水音を立てて、浴槽を飛び出してしまった。頭がクラクラして、立っていられないほどだったが、大きな罪悪を犯したことを意識し、その償いをしないでいられなかった。

そして、私は、自分自身に、懲罰《ちょうばつ》を加えた。その方法は、私がまだ十歳に充たぬ頃に、小さな勃起《ぼっき》状態を起すと、母が私を、浴場の水道栓の前に、連れてって、行《おこな》ったことと、まったく同一だった。

私は、洗い場の水道栓の前に立って、蛇口をひねった。その水は、夏なのに、氷のように冷たかったというのは、南太田の家は、崖から、多量の清水《しみず》が湧くので、水槽を設け、庭の噴水と、浴場の用水は、その水を用いてたからである。

懲罰の効果は、覿面《てきめん》だった。見る間に、青白い、芋のようなものが、茗荷《みようが》ほどに萎縮し、同時に、慾念も、洗い流された。水が冷たかったばかりではない。最初に経験する性的危機の恐怖と、罪悪感とが、滝のように、力強くなってきたからだろう。

その時は、それで済んだ。

しかし、日が経つに従って、私の抑制心が薄れ、慾念が、燃え出してきた。あの時の恐怖も、罪悪感も、何の痛みを、伴なわなくなってきた。

お琴が、湯の中で示した態度と、行為が、灼《や》きつくように、頭に残った。陰毛を持った一人の女性が、私の器官をつまみ、自分の場所の方へ、引っ張ったではないか。それは、何を意味するのであるか。彼女が、大人とするようなことを、私に試みたという、明らかな証拠ではないか。少くとも、彼女は、私にその能力があると、信じた結果ではないか。私を、大人と同様の存在と、認めたからではないか。

(私も、〝あのこと〟を、やろうと思えば、できるのだ。お琴は、それを、望んでるのだ。いつでも、できるんだ……)

その結論が、私には、何ともいえず、うれしかった。それは、今や、私が、実行をあますだけで、大人と何の変りもない、すべての能力を、身に備えたと、確信できるからだった。

しかし、実のところ、私は、まだ、大人の十分の一も、性的知識を持ってなかった。〝あのこと〟といっても、人体がどのように、組合わされるのか、ほんとのことは、わかっていなかった。でも、この間の湯の中のように、シャがんだ体と体が、行うものでないことは、理解していた。少くとも、平行した二本の棒を、重ねたようなものではないかと、想像していた。

また、〝あの場所〟についても、充分の知識はなかった。神戸《ごうど》先生の家に寄宿してた時に、中井君が、自分の家から〝女医者〟という本を、持ってきたことがあった。それは、幼稚な婦人科読本のようなもので、今なら、もっと詳細な記述が、婦人雑誌の付録になって、誰の手にも入るのだが、当時は、発売禁止本になってた。そのために、中井君も興味を起して、コッソリと、家から持ち出したにちがいなかった。

その本の第一ページに、婦人生殖器の外面が、写真木版のような図版で、大きく示されていた。恐らく、その図があるので、禁止処分を受けたのだろう。まだ、体位のすすめのようなことまで、あからさまに、書く時代ではなかった。

その図版を、陽当りのいい縁側で、私や中井君や、伏見君や、まだ中学一年坊主が、額《ひたい》を集めて、眺め入ったのである。そして、誰も、期待を裏切られたような、顔つきをした。それまで、私たちの頭に描かれたそれは、非常に単純で、美しいともいえる、形状のものだった。それが、得体《えたい》の知れぬ、醜怪な形で、写し出されてるのである。

「ほんとかな、これ……」

「まるで、オバケみたいじゃねえか」

結局、私たちは、その図版を、信じることができなかった。

それから、何年も経《へ》たのだが、私の知識は、少しも、進歩していなかった。いつも、厚い帳《とばり》が、幾重にも、私の前にあった。それだけに、秘密に対する興味は、いよいよ熾烈《しれつ》になった。もう、私には、朝の猛《たけ》りという現象も、始まっていたし、また、少しの刺戟で、すぐ、男性の反応を起す年頃だった。厚い帳を引き開けて、秘密を知りたくてならなかった。

そして、お琴ならば、秘密を教えてくれそうだった。お辰ちゃんには、実行不可能で、また、堪え難い羞恥を伴なうことも、お琴だったら、易々と、行えそうだった。なぜならば、彼女自身の方から、誘いをかけてきたではないか――

私は、お琴を、そういう眼で、見るようになった。

ある日の午後だった。母も、近藤も、姉や、弟も、小僧の安も、全部、外出して、家には、私とお琴だけになった。そんなことは、滅多になく、私も、どうして、そんな時間に、学校へ行かずに、家にいたか、思い出せない。恐らく、私の学校だけの休日でもあったのだろう。

私は、きっと、お琴が接近してきて、この間のようなことを、しかけてくるだろうと、期待した。ところが、彼女は、茶の間と台所の間の小座敷で、縫物をしていて、一向に、そんな素振りを見せないのである。

私は、もどかしくて、堪らなくなった。

「お琴、フランセットをしようよ」

私が誘うと、

「しましょう」

すぐ、彼女が、茶の間へやってきた。

フランセットというのは、西洋風の狐狗狸《こくり》のようなもので、その頃、ずいぶん流行した遊びである。油絵のパレットのような木片に、脚が三本ついてて、突端に、鉛筆が嵌《は》められ、その下に紙を置き、二人の人間が、板の上に手を重ねて、お願いをするのである。

「フランセット様、フランセット様、どうか、明日の天気を、教えて下さい……」

すると、板が動き出し、同時に、鉛筆も動いて、紙の上に、何やら、わからぬ文字のようなものを、描き出すのである。それを、強《し》いて判読して、あめ、はれ、といった回答を得るのである。

家では、母と姉が、フランセットの狂信家だった。紛失物《ふんしつぶつ》の在り場所まで、フランセットで、教えられたなぞと、いってた。私は、半信半疑だったが、フランセットが動き出す現象には、興味を持ってた。始動は、わざとやる疑いもあったが、動き始めると、留め度がなくなり、神秘感を味わわせた。

私がお琴に、フランセットをやろうといったのは、無論、カコツケだった。そんな風にして、彼女が私の側にくれば、あの湯の中の行動を、再開してくれはしないかと、考えたのである。

茶の間の餉台《ちゃぶだい》の上に、フランセットの台を置き、私と彼女は、手を重ねた。彼女の掌は、厚く、赤かった。

そして、願いごとの呪文《じゅもん》を、唱えたのだが、フランセットは、調子よく動かなかった。その筈である。私は、一心になれず、彼女も、ニヤニヤと、笑いを浮かべ、ふざけ半分だからである。

私は、お琴が、今にも、積極的なことをしかけてくるかと、待ったが、彼女は、ニヤニヤするだけで、何もしなかった。しかし、彼女は、あの風呂場の時と、同じような、媚《こ》びの表情を浮かべ、少くとも、拒否的なものは、何もなかった。

私は、ジリジリしてきて、遂に、切り出した。

「お琴、この間のようなこと、してくれよ」

すると、彼女は、とぼけたような顔をして、

「この間のことって、なアに？」

「ほら、お湯の中で、したことさ……」

私は、思い切って、そういった。すると、彼女は、クスクス笑って、

「だめ……」

「だって、この間……」

私が、急《せ》き込んでいうと、

「あの時は、あの時。今は今……」

彼女は、落ちつき払って、奇妙な答えをした。

女性が好んで用いる論理というものを、無論、その時の私は知らなかった。要するに、私は拒否されたと、考える外はなかった。

ところが、彼女の態度は、口でいうことと反対なのである。フランセットの上で、私の手に重ねた、自分の手を、引こうともせず、ニヤニヤと、私に笑いかけるのである。

「さア、この次ぎは、どうするの？」

と、いわんばかりの眼つきで、私を見るのである。

今から考えると、私は苛《じ》らされたのだが、それがわからず、まったく、途方に暮れた気持だった。といって、動作で彼女に迫るという勇気が、あるわけもなかった。

そのうちに、彼女が、口をきいた。

「だめなの。ここでは……」

私は、耳を疑った。彼女は、場所の選定を示したのである。

「どこなら、いいんだい？」

彼女は、返事をしないで、立ち上った。

茶の間の背後が、土蔵の前の廊下になってて、それが、裏座敷へ続いてた。例の洞窟の入口と、対《む》い合《か》《あ》わせになった六畳で、一日じゅう日が射さず、湿気が強いので、誰の部屋にも使われず、納戸《なんど》代りになってた。

お琴は、その部屋へ入ると、また、ニヤニヤ笑いを浮かべ、身を横たえた。マゴマゴする私を、まるで、乳母が赤子を扱うように、扱ってくれた。昂奮《こうふん》で、夢うつつではあったが、私は、わりと、詳細な記憶を、持ってる。しかし、それを、逐一《ちくいち》、書いてみたって、仕方がない。第一、私は、その時の経験が、私の生涯にとって、どれだけ価値があったとも、思われない。すでに、その時に、私は、大きな失望を、味わってるのである。

あんなにも期待した、秘密の扉が、開かれてみると、内部は、人をバカにしたように、空虚だった。陶酔する快感なんて、どこにもなかった。その頃、もう自慰を知ってたが、その方が、ずっと魅力があった。皮膚の苦痛と、不快な湿潤感《しつじゅんかん》は、むしろ、堪え難いものだった。要するに、私は、まだ、そんな行為に充分な、肉体的成熟を、持っていなかったのだろう。その証拠に、私は、彼女の体から離れた時に、脳貧血のような、発作を感じた。

それでも、恥かしくて、家にいられないから、裏口から、往来へ飛び出した。快晴の日で、太陽が、空の三分の二ほど、西に傾いてたが、青いはずのその空も、家々も、樹木も、まるで、失敗した三色版のように、黄色ッぽく、変色して見えた。

（これは、大変だ。あんなことをして、病気になったんだ）

と、強い恐怖を、味わった。

ずっと後になってから、私は、過度の房事を行った翌朝は、オテント様が黄色く見えるという、世間の伝承があるのを知って、その時のことを、思い出した。でも、私は、過度どころか、あまり完全でない一回しか、経験しなかったのだし、その後も、そんな現象は、一度も起らなかった。つまり、私の肉体が、ほんとに、熟していなかったせいだろう。

私の受けた肉体的打撃は、それだけではなかった。往来へ出ると、私の輩下の少年たちが、キャッチ・ボールを、やっていた。

「一緒に、やらねえか」

彼等の一人が、グローブを、私に渡してくれた。私は、べつに、興味も湧かなかったが、いま行ってきた恥かしいことを、忘れたい気持で、仲間に加わった。

ところが、驚くべきことに、対手が投げてくる弛《ゆる》い球が、彼等の中で随一の名手である私に、受け取れないのである。ボールが、とても大きく見え、そして、フラフラと揺れ、グローブで、どう受け止めていいか、怖《こわ》くて、手が出ないのである。

私は、すぐに、キャッチ・ボールをやめた。友だちは、不審げな顔で、私を眺めた。

「おれ、用があるから、帰るよ」

私は、歩き出したが、お琴のいるわが家へ、帰りたくなくて、散歩でもする外はなかった。

そして、歩きながら、私は、恐怖心に慄《ふる》えた。

(あんなことをした、報《むく》いなんだ。このまま、眼が、だんだん悪くなって、つぶれちまうかも知れないぞ)

眼は、つぶれなかった。

肉体的な打撃と疲労は、一晩眠ると、じきに、回復した。翌日は、キャッチ・ボールをしても、平常の通りだった。

そして、あの直後に私を襲った、罪悪感や不潔感も、日を経るに従って、薄くなってきた。というのも、自分では、大悪事を犯したつもりで、物蔭に潜むような気持だったのに、母親は、何も気がつかず、肝心のお琴が、まるで、何事もなかったように、平然と、働いてるのである。私に対して、どういう素振りを見せるわけでもなく、あの時以前と、少しも変りがないのである。

私にとっては、画期的な大事件なのに、周囲に、漣《さざなみ》一つ立てなかったことが、信じられない気持だった。

そして、ホッと安心すると、今度は、誇りのようなものさえ、湧いてきた。

(おれは、もう、女を知ったんだ。秘密の扉を、開いたんだ……)

その認識は、日ましに、大きくなって行った。

童貞の憧憬《どうけい》というようなものは、全然なかった時代で、学校の友達の二、三は、すでに、自分の経験を、私に誇ってた。今とちがって、いろいろな遊里が多かったから、機会も、容易だったのである。十五歳までは、そうでなくても、たった一つ上の十六歳になると、急に、埒《らち》を超える者が、出てきた。やはり、〝元服〟の考えが、皆の頭のどこかに、残ってたのだろう。

酒を飲んでみたり、煙草をふかしてみたり、髪の毛を、角刈りにしてみたり、袖のついた着物をきてみたり——私たちの仲間は、誰も、大人の真似をすることに、一心だったが、最後の大障害は、女を知ることだった。これは、よほど、大きなジャンプを、要した。その代り、その障害を、跳び超えさえすれば、大人の国の地面へ、足跡を印することができるように、思われた。

(それを、おれは、やってのけたのである)

その誇りは、確かに、胸の底で、大声をあげていた。

(もう、大人なんだ……)

その考えは、学校でも、家庭でも、きっと、私の態度に、アリアリと、表われたにちがいなかった。その癖、大人どころではないのである。実質的には、まだヒヨッコで、他人から大人扱いを受ければ、かえってひどく困惑した。

その年の暑中休暇に、私は、父の郷里の大分県中津を、始めて、訪れた。九州へ足を伸ばすのは、今までのうちの大旅行だったが、中学一年の時の東海道一人旅に比べると、何ほどのこともなかった。何の心細さもなかった。

父の郷里ということで、中津という名は、いつも、私たちの頭に、重要さを持った。父は若い頃、郷里を出て、あまり帰省しなかったのだが、祖父母は死んでも、親戚が多く残り、先祖の墓があり、田地なぞも残っていたので、横浜に次いで、縁故の深い土地だった。

私が、中津へ着いて、ずっと厄介になったのは、吉蔵叔父の家だった。父と組打ちをして、私が指尺《ものさし》で、その尻を打った、あの叔父なのである。

叔父は、横浜を引き上げて、郷里へ帰ってから、細君を貰い、士族町の一角で、歯科医院を、開業していた。その家は、旧態そのままの武家屋敷で、診療室だけは、板張りで、イスなども置いてあったが、他の座敷の全部が、古風な、日本座敷だった。

叔父は、大層、私の来訪を喜び、自分の部屋の茶室を私に与え、一日でも長く泊れと、歓待してくれた。

横浜で、叔父と別れた時は、私はまだ八つぐらいであり、それが、体だけは、一人前に育って、現われたのだから、彼は私を、すっかり大人として、待遇した。

無論、それに不服はなかったが、夕飯の時になると、私は、ひどく閉口した。叔父は、無類の酒好きであり、まだ、日の暮れきらぬうちから、縁側の風通しのいいところへ、二つの膳を列《なら》べさせ、

「貴公《きこう》も、少しはいけるだろう……」

と、私に、酒の対手をさせるのである。

私は、あの雪月花の晩に、小遣銭を費やして、酒を買ったくらいだが、その味を解するには、まだ、遠かった。叔父に差された盃に、口をつけても、臭くて、辛くて、一向に、うまくない。その上に、叔父の酒は、大変、長いのである。横浜時代のことなぞを、懐かしげに、話し出して、その合間に、ちょいと、盃を舐《な》めるといった飲み方で、酒量は、せいぜい三合ぐらいだったろうが、時間の方は、三時間もかかるのである。

その間、私は、アグラをかかして貰ったにしろ、退屈と、脚の痛さで、死ぬほどの想いをした。私は、大人扱いを辞退して――つまり、酒抜きで、飯を食わせて貰うことを、要求し

たが、叔父は、どうしても、許してくれなかった。

それが、毎夜のことだから、私も、叔父の〝大人扱い〟を、この上もない迷惑と、思うようになった。

ある日、叔父は、私を宇佐八幡宮へ連れて行くと、いい出した。私は、行くなら、一人で行きたかった。叔父に、一人前の甥《おい》として、扱われるので、いつも、背伸びばかりしなければならず、時には、ノビノビした時間を、持ちたかった。

叔父は、私の申出に、耳を傾けず、出がけになって、白麻の洋服に着替え始めた。郷里へ帰ってから、滅多に、洋服は着ないらしく、ネクタイを結ぶ段になって、ひどく、手間どった。

「貴公、ちょと、来ちくれ。わしア、ネクタイの結び方、忘れッしもうた……」

叔父は、胸を私の方へ、突き出した。

「でも、ぼくだって、知りませんよ。背広なんか、着たことないんですから……」

「何でもええ。ええ加減に、結んじくれ……」

叔父は、ムリな註文をいった。私が横浜育ちの一人前の男なら、見よう見真似で、それくらいのことは、できない筈はないと、いうのである。

結局、私は、いい加減に、ネクタイを結んだ。コマ結びだったかも、知れない。

「こッで、ええ。宇佐の奴等にア、わかりアせん」

すっかり、機嫌を直して、一緒に、家を出た。

叔父の大人扱いに、相当、閉口しているところへ、今度は、大伯父から、午飯の招待がきた。父の伯父として、ただ一人の生き残りの人だったが、土地の銀行の頭取《とうどり》など勤めて、有力者の一人だった。吉蔵叔父とちがって、気むずかしいのが、評判の老人で、その上、その食事の席に呼ぶのは、亡父を知ってる町の故老や、東京帰りの実業家たちだと、いうことだった。

私は、話を聞いただけで、ウンザリした。

「断《ことわ》って下さいよ。ぼくは、まだ、そんな席へ出る資格は、ないんですから……」

私は、吉蔵叔父に、懇願した。

「そうもいかんぞ。皆さん、兄貴の子として、貴公に会いたがっとるんじゃ。それに、貴公も、中津のお歴々と、面識を得とかんとな……」

叔父も、招待客の一人だったせいか、しきりに、出席を勧めた。

その日がきて、私は、叔父に連れられ、ある大きな旅館の別館へ行った。服装も、白絣《しろがすり》に、叔父から借用の袴をはいた。その別館というのは、洋食部であって、開業匆々《そうそう》とのことだったが、まるで、大きな病室のように、殺風景な建物だった。もっとも、古い城下町の中津には、洋食屋が一軒もなく、それが嚆矢《こうし》ということだった。

私は、その室へ入った途端に、口がきけなくなった。大伯父に、招待の礼をいうべきだったが、頭を下げることはできても、舌は硬《こわ》ばって、少しも動かなかった。叔父が見かねて、代りに、何とか、しゃべってくれた。

母が、私を、いつまでも、子供扱いにしたためだろうか、私は、大人の社会へ出ると、何か、ノボセ上ったようになり、全身が、硬直してしまうのである。腹の中では、そういう大人たちを、ひどく軽蔑してるのに、結果としては、威圧されてしまうのである。そして、大人たちのうちでも、三十代ぐらいまでの男には、まだ、親しめるのだが、老人となると、まったく、処置なかった。

その時は、六十代の大伯父を年長に、それに近い年齢の人たちが、四人ほどいた。明治以前の生まれの人ばかりで、今の人の年齢では、想像もつかぬほど、年寄り染《じ》みていた。そして、中津という小さな世界の有力者ばかりだから、ひどくモッタイぶってた。

そういう連中は、今にも訓戒でも垂れそうで、私の一番ニガ手だったから、私は、いよいよ萎縮して、口なぞきけるわけがないのである。

それなのに、とにかく、私が主賓なのだから、彼等は、しきりに、私に話しかけてくるのである。母や家族の近況を聞いたり、やがては、

「茂穂さんが、中津におられた頃には……」

なぞと、亡父の回顧談が始まり、それに受け答えをするのが、どれだけ苦痛だったか、知れなかった。

私が、あまりに、口をきかないので、彼等も、サジを投げ、自分たちだけの会話を、始めた。私は、ホッとして、運ばれてくる皿に、手をつけたが、その洋食というものが、横浜あたりでは、笑い話になるような、珍妙な料理だった。その料理を、ナイフやフォークの扱い

に慣れない、老人たちが、また、珍妙な食べ方で、口に運んだ。そして、サービスをする女中が、白い割烹服《かっぽうふく》の上に、ナントカ・ビールと書いた赤い襷《たすき》をかけた、不思議な服装だった。(何でえ、みんな、威張ったって、何にも知らねえじゃねえか)

私は、大人たちの欠点を、発見したような気持になって、少しは、威圧感から、脱《のが》れることができた。

それほど、私はまだ、大人というものから、縁遠いところにいた。それだから、私は、大人になりたくて、矢も楯《たて》もたまらず、お琴と、あんな行為を犯したのかも、知れなかった。それは、肉体の早熟ということと、ちょっと、ちがうと、思われる。そして、もし父が生きてたら、そんなにムリして、大人になりたがりもしなかったろうと、思われる。

その年か、その前年かに、私は、学校を落第したことを、思い出す。私は、中学三年を、二度やったのである。

私の席順は、いつも、級の中の下ぐらいで、落第するほど、ひどい成績でもなかった。また、その当時の中学校はよくよくの低能な生徒でない限り、落第という目には、遭わせなかった。

なぜ、私がそんなことになったかというと、カンニングのためなのである。しかも、私はそのカンニング露見を、今もって、不名誉と考えていない。

その時分の英語の教師は、高橋一知という有名な英学者で、本来なら、中学の教鞭なぞとる人でなかったが、一種の篤志で、一年から五年まで、持ち上りで、私たちの級を教えてくれた。非常に人格の高潔な人で、一度、教室の窓ガラスに、淫《みだ》らな楽書きがしてあったのを見て、烈火のように怒り、一時間を、授業そこのけで、叱り続けた。しかも、それは、夜学生の仕業《しわざ》で（その教室は、夜学の商業学校にも用いられた）私たちの知ったことではなかったのだが、先生は、一向《いっこう》容赦してくれなかった。

私は、そういう高橋先生を尊敬してたが、三年の三学期の英語の試験の時に、思わざることが起った。隣席の桑原君という友人が、英語が不得手で、出された問題が、ほとんどできない。私だって、スラスラというわけではないが、桑原君よりマシだったので、どうやら書いてると、彼は、横目を使いながら、私の答案を、そのまま、写し始めたのである。

こういう場合に、〝止めろ〟と、制止することは、私たちの仁義が、許さない。中学生には中学生の社会道徳があるのである。まして、桑原君は温和で、仲のいい友人だった。

二つの同一な――マチガイまで同一な答案が出たのだから、高橋先生はカンニングと認め、二人に〝大不可〟の点をつけたのである。良、可、不可、大不可の四つの採点があり、大不可は、落第点なのである。高橋先生は、情けのある人で、不可以下の点はつけないのだが、カンニングは恥ずべきこととして、懲罰を加えたのだろう。

落第は意外だったから、私は姉に頼んで、川合先生のところへ、事情を聞きに行って貰ったら、真相が判明した。私は、桑原君のために、落第の憂き目を見たと知ったが、それを学校に訴え出る気にはならなかった。そんなことをいっても、落第を取り消してくれることは、決してないし、また、桑原君の行為を教師に告げたくもなかった。

（いいよ、落第してやらア……）

私は、小さな英雄主義を気取り、涙ぐんで、運命を甘受する気持になった。

ところが、新学年が始まって、また、旧《もと》の教室で、一年下級だった生徒と、机を列《なら》べるとなると、いいようもない屈辱を、感じた。皆が、私を低能児扱いにしてるような気がして、腹が立った。

（おれは、劣等生じゃない！）

私は、憤然と、誰ともない対手《あいて》に、叫んだ。そして、その事実を示すのは、決して、むつかしいことではなかった。何しろ、一度やった学課を、もう一度繰り返すのだから、ちょいと勉強すれば、すぐ頭へ入る。そして、〝大不可〟をとった英語の時間には、ことに、馬力をかけた。

今度の英語の受持ちは、松岡正男といって、後に有名な新聞記者になった人だが、アメリカ留学を終えたばかりの青年教師だった。その先生の時間に、私はリーダーの朗読を、指名された。たしか、アメリカの母親が、虎に子供をさらわれる話で、私は、声を張り上げ、発音に気をつけて、一気に読み上げた。

「ベリイ・グッド……」

松岡先生は、英語で私を称讃《しようさん》し、次ぎに日本語で、

「よく、勉強してるな。立派な発音だ」

と、いってくれた。

私は、すっかり、気をよくした。落第生を軽蔑してた級友も、いくらか認識を更《あらた》めたようだった。

そして、その頃から、私も、少しは、勉強ということを、始めるようになった。家へ帰って、予習をするので、二階の自分の部屋の机が、始めて、役に立つことになった。それまでは、一度だって、机の上に教科書を、展《ひろ》げたことはなかった。

といって、生まれ変ったような感心な少年に、なったわけでもなかった。少しばかり、学業のことを、考えるようになったに過ぎない。少しだって、学校が好きになったわけではない。学校は、相変らず、いやでたまらなかった。ただ、中学だけは、何とか我慢して、卒業しなければという覚悟が、できただけのことである。その頃は、普通の家庭の息子なら、せめて、中学だけは——という考えがあった。そして、中学卒業の資格があれば、学校のうちでも、比較的嫌いでない美術学校のようなところを、受験することもできるのである。

その頃の私に、もし人に優《すぐ》れた点があったとしたら、絵をかくことぐらいのものだった。だから、上の学校に入るのだったら、美術学校なら、少しは気が向くのだが、母は、私を実業家にしたいらしかった。親戚に、会社員で成功してる人が多いし、資本主義勃興時代のことで、実業家を尊重するのは、当然だった。

しかし、実業家になるには、大学部へ入って、五年間も辛抱しなければならなかった。それは考えただけで、ウンザリするのだが、たとえ、そのコースを踏まないにしろ、とにかく、中学は出て置かなければという気になったのは、落第のお蔭かも知れなかった。そして、中学を出るためには、やはり、少しは勉強しないと、また落第すると、考えたのだろう。

とにかく、二回目の三学年は、中以上の成績で、進級することができた。つまり、中学入学以来の好成績だが、少しは発奮したにちがいなかった。そして、勉強ということも、習慣であって、四年生になっても、自宅の予習は、続けるようになった。私は、数学がニガ手だったから、代数や幾何には、人一倍、苦労したが、それと闘うという気が出てきたのも、四年になってからのことだった。数学の教師は、岸田という中年の小肥《こぶと》りの人で（この人が、後に親友となった岸田国士《くにお》の伯父だったことが判明した）やかましいけれど、熱心な教師だった。この先生のお蔭で、私も多少は数学に興味が出て、時間中も、一所懸命に計算してると、岸田先生が、私の隣りの席へやってきて、タバコの脂《やに》くさい息を、吹きかけながら、個人教授をしてくれたことを、覚えてる。

そして、私も、優等生にはならないまでも、普通の成績と、普通の勉強を、身につけてきた。やはり、自分の利害が、少しは、わかりかける年齢になってきたのだろう。

今になって考えてみると、十五、六、七という時代は、三カ月か半年の間でも、グングンと、成長の速度がわかり、肉体や精神も、一時に、花が咲くような感じがあり、多くの記憶が、刻み込まれてるが、一番大きな事件は、私たちの一家が、横浜を去らねばならぬ時期が、来たことだった。

南太田の家は、小僧の安もいたくらいで、まだ、細々と、輸出の取引きを、やってたらしいが、それも衰微一方で、遂に、打ち切らざるを得ない時がきたのだろう。そして、もっと生活を切りつめるために、安い家賃の住宅を求め、横浜を去り、大森の山王町に移転することになったのである。

永年住み慣れた横浜を、立ち退《の》くということは、母としても、大決心だったと思うが、ほんとは、〝S・EWATA〟の末路を、横浜人の眼にさらすのが、恥かしくなったのではないのか。

誰よりも、母が、最も横浜に愛着があるはずだった。彼女は、ここで娘時代を過ごし、また、ここで父と知り、結婚して三子を挙げ、やがて、未亡人となったのである。そのように、母は、過去の大部分を、横浜で送ったので、そこを去るのは、忍びないはずなのに、事実は、反対だった。

母が、一番、大森への移住を、喜んでいた。

「そうすれば、お前だって、学校へ通うのが、近くなって……」

と、しきりに、大森の利点を強調するのだが、私たちは、横浜を去るのが、不満でならなかった。第一に、大森なんて田舎へ行くのが、嫌だった。当時の大森は、東京人の別荘地で、ずいぶん寂しい土地だったが、移転する家が、畑の中だというので、怖毛《おぞけ》をふるった。それから、間数も、五間しかない、小さな家らしく、急に、貧乏生活に入るようで、悲しかった。また、小僧の安と別れるのも、辛《つら》かった。彼は使用人というよりも、友人に近かった。

それでも、大森に引越すのに、たった一つ、いいことがあった。それは、近藤がわが家を、去ることだった。完全に、店務を廃止するので、支配人の名目も、必要も、なくなるわけで、彼も東京へ出て、新しい職を探すことになった。私にとって、夢魔のような男が、遂にわが家を去るというのは、願ってもないことだった。

私は、母がどういう風にして、近藤と話をつけたのか、まるで知らない。本来なら、父の歿後、とにかく店を引き受けて、やってきたのだから、多額の慰労金でも与えるべきだが、その頃、わが家には、そんな資力もなかったろう。或いは、母が、ひそかに、酬いたにしても、その額は、知れたものだろう。

一体、彼は、どういう男なのか。世間の陰口《かげぐち》のように、慾得ずくで、父の死後のわが家に入り込んだとすると、明らかに、失敗だった。もっと早く、就職する気になれば、もっと有利な途も、あったろう。といって、母との恋愛のために、いつまでも、わが家に留まっていたとも、思われない。現代とちがって、その頃の女性は老《ふ》けやすく、四十代の半ばを過ぎた母は、見る影もない、老婆の姿だった。

とにかく、彼は、〝S・EWATA〟に入店したために、一生の大切な部分を、空費したような男であって、もともと、器量の小さな人間だったにしろ、今から考えると、何か、気の毒にもなってくるのである。

大森の家は、駅から十分以上も歩いて、付近には、まだ農家も残ってるような、寂しいところだった。家は、新築の貸家普請《ぶしん》だが、それでも、屋根を萱《かや》ぶきにしてあったり、シャレた垣根があったり、別荘風にできていた。その代り、水道がなくて、ポンプを使う井戸だった。横浜の家は、電燈だったのに、ここでは、燈火もガスで、マントルという発光体を装置すると、青白い光りを放った。しかし、寝る時は、ガス燈をつけ放しにできないので、枕もとに、小さな、石油ランプを置いた。石油ランプなんて、横浜月岡町の家以来のことで、その古臭さと、弱い火光が、ひどく寂しく、不愉快だった。

私は、不平ダラダラで、新生活へ入ったのだが、ふとしたことから、気が変ってきた。

ある日曜の朝に、姉と二人で、付近を散歩してみると、小さな丘に、松林があって、側に瀟洒《しょうしゃ》な別荘があり、青い田圃が、広々と展《ひら》けてる風景に、ぶつかった。松の匂いがして、松風の音が聞えて、何だか、鎌倉へでも行ってる気分になった。

(そうだ、今の家は、別荘なんだ。ほんとの家は、まだ、横浜にあるんだ――そう思えば、いいんだ)

そんな気持で、新境遇と妥協する気になった。

そして、その頃から、新しい周囲に対して、急に、私の眼が開けてきた。家から西側は、畑や森ばかり見えて、広い空が拡がるのだが、夕日の沈む時の美しさや、晴れた夜の星影や、そして、庭の樹木の姿や、鳥や虫の声なぞに、注意しないでいられなくなってきた。

一体、私は都会育ちで、自然現象には、あまり、興味がなかった。いつかの〝雪月花〟の夜なぞも、奇観に対する興味に過ぎなかった。私は、稲は知ってても、麦はどんな形の植物だか、まるで、見当がつかなかった。遠足なぞに行っても、畑に植えてあるものの名を、知らなくて、先生に笑われたこともあった。

ところが、いつか、庭の土を掘って、花壇をつくるような少年に、なってしまった。パンジーとか、金盞花《きんせんか》とか、そんな優しい草花の種を蒔き、やがて咲き出すと、いい知れぬ愛情を感じた。

そして、季節と、その移り変りを、眺めると、詩情のようなものを、感じることも知った。幸い、その頃の大森は、蛙も鳴けば、蛍《ほたる》も飛び、鶯《うぐいす》や百舌《も ず》鳥の声も、聞かれた。田植えしたり、麦踏みをする農夫の姿も、見られた。

ちょうど、その頃、日本の自然主義文学が、盛りになり、自然描写といって、平凡な田園の風物を、克明に描くことが、流行した。その頃は、私も、急に文芸好きになって、そういう小説を、読み出したので、一層、自然に対する興味が、増してきた。それまでは、学校で教える理科が嫌いで、見向きもしなかった現象が、反対に、深い興味の対象になってきた。春の麗《うら》らかな日に、咲き乱れる桜なぞ見てると、酔ったような気持になり、また、秋の黄ばんだ雑木林の中を歩くと、わかりもしない人生とか、永遠とかいう問題を、頭に浮かべ、感傷的な感情に、浸るようにもなってきた。

今になって、考えてみると、そういうことは、悉《ことごと》く、思春期現象なのである。体や精神が、育ってきたことなのである。自然の美がわかり出したというのは、女性の美しさにも、眼が開かれることであって、男の子が花を愛するようになったら、神経質な親は、危険信号と考えてもいいだろう。

といって、そう一足跳びに、一人前の男性に、成熟したわけではない。私も、人生や自然のことを、考えるほど、成長したとはいいながら、一方では、野球をやることも、面白くてしようがなかった。その方も、体が育ってきたから、腕前が、眼に見えて、上達する。私は、学校の級友と、野球クラブを組織し、芝園橋のグラウンドとか、青山の練兵場というところで、他のクラブとの試合に、夢中になってた。

ただ、野球仲間の友達には、文芸や自然に、興味を持ち始めたことなぞ、決して、話さなかった。むしろ、そういう趣味のあることを、彼等に隠匿《いんとく》することに、努めた。何か、恥かしかったのである。

その頃、私の家の近くに、貸家が二軒あったが、その一軒に、西洋人の親子が、越してきた。往来を隔てて、竹垣があり、地所が一段高くなってるので、どういう生活をしてるのか、私たちにはわからなかったが、女の外人と、男の子と、二人暮しのようだった。それなのに、門の標札には、野口という日本文字が、書いてあった。

しかし、間もなく、姉が、その親子の素性を、どこからか、聞いてきた。

「あの西洋人、ヨネ・ノグチの奥さんと、子供なんだって……。アメリカから、ヨネ・ノグチを追っかけてきたんだけど、ヨネ・ノグチには、日本人の奥さんがいるもんだから、仕方なしに、別居してるんだって……。可哀そうだわ」

姉は、まるで、一大事のように、母に告げていた。

すでに、文学趣味を持ってたから、私は、姉よりも、ヨネ・ノグチのことに、詳しかった。本名は、野口米次郎で、アメリカで文学を研究した詩人で、英語で詩を書くことができるし、日本語の詩も、〝スバル〟あたりに、発表してるばかりでなく、私たちの学校の大学部で、教鞭をとってることも、知っていた。

そういう人には、興味があったし、その奥さんが西洋人で、家の近所に住んでるのは、好奇心を動かした。そして、遥々《はるばる》と、アメリカから良人を追ってきた西洋婦人は、きっと、美人で、弱々しい女性だと、想像してた。ところが、一度、往来で、彼女に会ったら、雲をつくような大女で、赤い、角張った顔で、悪くいえば、鬼瓦《おにがわら》に近かった。

そして、野口米次郎という人も、その家の門前で、見かけたことがあった。色の浅黒い人で、長髪で、ヒゲを生やし、和服の着流しだったのは、意外だった。定めて、ハイカラな人だろうと、思ったのに、大道易者《えきしゃ》のような、風采だった。

恐らく、詩人野口は、滅多に、その家を訪れなかったのだろう。私が見たのは、偶然の機会だったのだろう。それきり、私は、一度も、彼の姿を、見かけなかったが、やがて、門の標札も、野口というのが外《はず》され、片仮名で書いた、夫人の姓が出るようになった。彼女と詩人との間に、談合が成立し、日本人の奥さんが、妻の座に納まる了解が、ついたのだろう。

しかし、そのアメリカ女は、帰国する様子もなく、やがて、横浜の女学校（姉の在学した学校）へ、英語の教師として、通勤し始めた。留守は、日本人の若い書生が預かって、子供の世話をしていた。

その時分から、姉が、彼女と知合いになった。姉は、臆面のない性質だったし、横浜で、西洋人慣れがしてるので、きっと、自分の方から、往来で挨拶でもしたのだろう。そして、彼女の子供が、毎日のように、私の家へ遊びにくるようになった。

イサムという、六つぐらいの男の子だった。不思議なことに、いつも、紺ガスリの和服を、着せられてた。母親が縫うのでないことは、知れてるから、誰かが面倒を見るにちがいなかったが、ハッキリわからなかった。しかし、母親が好んで、和服を着せることは、明らかだった。そして、その子の名も、イサム・ノグチで、母親の姓を、名乗っていなかった。もっとも、母親の方も、標札に出てる名よりも、〝ミセス・ノグチ〟と呼ばれることを、喜ぶ風があった。標札の字も、レオニイドという名は、記憶してるが、姓の方は、忘れてしまった。

イサムは、日本語も、相当わかり、人懐《なつ》こい子だったので、姉は、とても可愛がった。私も、可愛いとは思ったが、西洋人の子には、図々しいところがあるので、時には、いじめてやった。うちの庭に、器械体操の鉄棒があったが、そこへ、ブラ下らせて、わざと、こっちは手を放してやる。落ちかかれば、抱き止めてやるつもりだから、危険はないのだが、イサムは怖《こわ》がって、悲鳴をあげる。その声を聞きつけて、レオニイド夫人が駆けつけて、わが子を抱えて、連れ帰るというようなことが、何度もあった。

姉は、自分の方から、夫人の家へ、よく遊びに行き、ジンジャー・ブレッドという菓子の製法を、教わってきて、わが家でも、試みた。色の黒い、生姜《しょうが》くさい菓子で、あまり、うまいこともなかったが、珍らしい感じがした。

ある日、夫人から、姉と私に、夕飯の招待がきたので、私たちは、ヨソ行きの着物に着替え、また、きっと、洋食が沢山出るからと思い、腹を空《す》かして、出かけた。すると、鑵詰めのサーディンと、サラダと、苺《いちご》のデザートだけの食事だったので、ひどく、落胆して、帰った。

その時、私は始めて、彼女の家の中を、見たわけだが、食事をした小さな部屋と、彼女の書斎らしい一間だけが、イス・テーブルで、後は、日本間をそのまま、使ってた。床の間に、紙を敷いて、ズラリと、靴が列んでいたのには、驚いた。イスの置いてある部屋は、整頓してるが、日本間は、物置きのような感じだった。

そういう生活を、私は異様に感じ、好奇の眼を光らしたのだが、その時から二十年近く経って、私もまた、西洋人を妻とし、同じような、日本家屋の貸家に、貧しい暮しをしようなぞとは、無論、想像もしなかった。その過去があるために、私は、レオニイド夫人や、その生活振りを、今もって、忘れられないのだろう。

そして、あの時の小さなイサムが、戦後の日本に、ハナバナしい前衛芸術家として、来朝したことも、大きな驚きだった。私は、ついに、イサムと再会しなかったが、写真で見ると、ハゲ頭を光らしてるので、別人かと疑ったけれど、眼つきに、幼時の面影があった。私より、十歳も年下なのだから、あの頭は、若禿げなのだろう。

それはともかく、私は、やがて、レオニイド夫人のところへ、学校から帰ってから、英語を教えて貰うことになった。その教え方は、大変厳格で、一言でも、日本語を使うと、ひどく、叱られた。そして、昼間は、遊び呆《ほう》けて、夜になって、彼女の書斎へ通うことが、多かったが、紅い笠のついた、石油ランプを、大変、西洋くさく感じた。そして、書棚の中に、ギッシリと、本が詰ってたが、文芸書が多かった。恐らく、彼女は、文学愛好者で、大学でも、その方を研究し、そのうちに、ヨネ・ノグチと、結ばれたのだろう。

彼女は、私の自習用として、メーテルリンクの戯曲の英訳本を、貸してくれたが、それは、私の手にした、最初の外国語の文芸本だった。辞書をひきひき、一所懸命に読んだが、どうも、むつかしくて、なかなか、読み切れなかった。

レオニイド夫人の他に、大森へ来てから、交際の始まったのは、江尻という家だった。もっとも、その家とは、横浜の月岡町時代に、近所交際《づきあい》をしたことがあり、主人は、亡父の謡曲仲間で、わが家で催す例会の時には、必ず顔を出した。その一家が、大森で、隠退生活をしてることがわかり、また、交際が始まった。

というのも、その家に、二人の娘がいて、私の姉の遊び対手であったばかりでなく、男の子の中学五年生が、私の友人となったからだった。

彼の名は、宗三郎といい、少年ながら、非常な気取り屋だった。細い眼に、銀縁の眼鏡をかけ、学校の制服でも、和服でも、小ザッパリと着込み、笑う時には、口に手をあて、女のような声を出した。私も、その頃は、近視が始まり、眼鏡は持っていたが、どうも、キマリが悪くて、掛ける気にならなかった。何か、気取るとか、おシャレをすることを、軽蔑する気風が、私にあった。もっとも、自分なりの気取りや、おシャレは、平気で、やってたのだけれど――

私は、最初のうち、女性的な宗三郎君を軽蔑し、友人になろうとも、思わなかったのだが、ふとしたことから、彼が文学ファンなのを知り、それから、急に、交際が開けてきた。彼は、文学ばかりでなく、音楽にも、絵画にも、興味を持っていた。東京で催される音楽会に出入りし、絵の方は、もう油絵の道具を、親に買って貰っていた。これは、大変羨《うらや》ましいことで、私も、水彩画なら、一応、道具が揃ってるが、油絵の方は、高価なので、母が購入を、許してくれなかった。

江尻の家は、私の家に比べると、万事、子供の自由がきくらしく、家風もハデで、明るかった。母親という人が、ノンキで、寛容だったからだろう。そして、父親も健在で、隠退といっても、多少の収入があったからだろう。私は、油絵の道具を持ってる宗三郎君が、羨ましかったが、といって、もうその頃は、負けじ魂が、育ってきて、自分を不幸だと考える気はなかった。そのような自尊心が、いつ、私に植えつけられたか、わからないが、父の死以後であることは、いうまでもなかった。

幸いにして、宗三郎君の油絵制作は、幼稚で、ヘタだった。シンから、私を羨ましがらせるほど、カンバスや絵具の使い方を、見せてくれなかった。でも、今になって考えて見ると、彼の芸術愛好は、すべて、ディレィッタント（道楽）型であって、私のように、深入りの危険はなかった。彼は、東京高商（今の一橋大学）の受験準備を始め、そして、首尾よく入学したが、始めから、趣味としての芸術という、考えだったのだろう。それが、私にはもの足りなかったが、といって、私自身も、芸術家になる腹が、きまってるわけではなかった。

とにかく、私は、最初の〝芸術の仲間〟を発見して、愉《たの》しかった。互いに、家を訪れ、文学の話や、従って、恋愛や性慾のことも、話し合った。彼には、もう女性誘惑の経験も、あるらしく、手柄話のようなことを、私に語った。そして、ある時、書棚の奥の方から、江戸期の春画の本なぞ、取り出してきて、ホッホホと、女のように、笑いながら、私に見せた。

その時分には、大森の生活にも、すっかり慣れて、横浜を恋しく想わなくなった。そして、自然の美しさを、文章に書いたり、水彩画のスケッチに収めたり、横浜時代とはちがう日常が、始まってきた。衣服も、すべてが、青年用のものになり、声変りという現象も、やっと、私を訪れてきた。

そうやって、江尻の家に、度々、出入りしてるうちに、私は、宗三郎君の妹のお糸ちゃんという娘に、心を惹《ひ》かれるようになった。彼女は、私と同年で、宗三郎君は一つ上だったから、年子《としご》だったのだろう。江尻家の姉妹は、姉が三十ぐらいで、出戻りで、小ギレイな女だったが、その妹のお糸ちゃんは、美人の看板のような、娘だった。歌麿風というのか、瓜実《うりざね》顔《がお》で、眼が細く、強い近眼のために、その眼に、悩ましい風情があった。そして、大変な粧《めか》し屋《や》だった。今では、どんな女性も、美容に専心するのだが、当時は、おシャレの過ぎる娘は、悪口の的になった。しかし、彼女は、一向平気で、思う存分の化粧を、施してた。その上、衣服も、大変なハデ好みだったから、彼女が往来を歩けば、男も女も、振り返らずにいなかった。

私は、彼女に恋愛したというよりも、どうも、彼女のケバケバしさに、眩惑されたという方が、適当だったらしい。もっとも、彼女は、姉娘のような才智に欠け、素直で、ポーッとしてるところが、私の好みに合ったのかも知れない。

私は、彼女が現われると、呼吸が速くなり、彼女の顔を、正面から見れなくなる現象を、起したが、〝恋愛した〟という自覚はなかった。ある夜、彼女が私の家に、遊びにきて、姉と二人で、帰りを送って行ったことがあったが、彼女と列んで歩いてるうちに、肉体が触れ合うと、彼女の方が積極的に、押してきたが、それを押し返す勇気もなかった。恐らく、彼女が〝美人〟過ぎて、私は臆病になったのだろうが、もし、ほんとに恋愛してたのだったら、私も、ちがった行動がとれたと、思われる。

実際、その頃は、あまり醜くない娘だったら、誰でも、関心の的となった。お糸ちゃんに、心を惹かれながら、通学の途中に、眼につく娘が、他にもいた。私の家よりも、もっと駅に近い、大きな邸宅から、東京の虎の門女学校へ通う娘がいた。お糸ちゃんとちがって、清楚な感じの少女だった。紫のハカマに、靴を履き、書物の風呂敷包みを手に持ち、お下げの髪に、白いリボンを結び——明治女学生の風俗は、今の人には滑稽だろうが、私には、懐かしい回想の絵である。そして、彼女の歩みは、至って遅いので、同じ方向の駅へ行く関係上、私は追い越さねばならぬのだが、その瞬間は、大きなショックで、彼女の横顔が眼に入ると、思わず、眼を閉じた。

でも、その娘にしろ、お糸ちゃんにしろ、年齢の点で、私と差がなくなってきた。お糸ちゃんは同年で、そのお嬢さんは、一つ下ぐらいだったかも知れない。横浜のお辰ちゃんは、私より二つ三つ、年長だったが、次第に、対手の年齢が降下してきたのである。

しかし、事件は、何も起らなかった。横浜のお辰ちゃんを、障子の空間から覗いたように、そのお嬢さんにしても、通学の途中の偶然な邂逅《かいこう》だけで、私は満足していた。ただ、想像の世界では、彼女も、お糸ちゃんも、いつも私の側にきて、優しく話しかけてくれた。想像の力が、急に発達して、まるで、現実と区別のつかないほどだった。

その頃のある日に、レオニイド夫人が訪ねてきて、茅《ち》ヶ崎へ移転することを、告げた。その理由を、はっきりいわなかったが、海の近い新居のことを自慢して、是非、私たちにも遊びにくるように、勧めた。

やがて、彼女の家が、空家《あきや》になった。学校の帰りに、どういう気持だったか、その空家を訪ねてみたくなった。玄関の雨戸も、彼女が英語を教えてくれた書斎の窓も、盲人のように、瞼《まぶた》を閉じてた。人気《ひとけ》のない庭先きに、英語の古雑誌が、二、三冊、散乱してた。

私は、きっと、そんな感傷を求めに、空家を訪ねたのだろう。そして、期待どおりのものが、獲《え》られると、家へ帰ってから、それを、文章に書いてみる気になった。

想像の世界が、たちまち、展《ひろ》がった。私は、自分が一人前の男性であり、そして、鬼瓦に似たレオニイド夫人が、独棲《ひとりず》みの寂しい、美しい、西洋婦人で、彼女が移転した後の空家を訪れて、始めて、仄《ほの》かな慕情を感じた、といった風の空想を、精一杯、馳せ回《めぐ》らせた。

私は、その文章に、〝紅いランプの家〟という題をつけ、当時、よく読んでいた〝文章世界〟に、送ってみた。幼稚舎時代に、見城《けんじよう》舎監に勧められて、〝少年〟に投書した時以来のことだった。〝文章世界〟というのは、その頃の大出版社の博文館の雑誌で、読者の投稿欄があり、その中の〝散文〟という箇所が、私の書いたような、十枚ほどの短い文章を、扱っていた。

私は、決して、自分の文章に、自信を持たなかった。投書は、ほんの出来心で、買うつもりもないのに、店へ入って、商品を眺めるのと、似たような気持だった。

それが、翌月号の雑誌で、首席として、発表されたのである。選者は、その頃の大家の田山花袋《かたい》で、〝少し感傷的であるが、よく描いてある〟といったような、批評が加えられてあった。

私は、非常に喜んだが、それよりも、驚きの方が、強かった。

（おれは、ほんとに、文章がうまいのだろうか。田山花袋という人は、何かの理由で、おれをヒイキしたのではないのか）

驚きが、やがて、そんな疑念になった。

その頃から、私は、文章を書くことに、身を入れるようになり、文学書を読む量も、ずっと殖《ふ》えた。自分では、それまで、絵をかくことだけが、特技と思ってたが、文章も書ける自信が、ついたばかりでなく、その方が、自分に向いてるのではないかと、考えるようになった。そして、〝文学〟とか、〝文学をやる〟とかいうことが、いつも、念頭にあるようになった。

といって、私は、将来、文士になろうとは、少しも、考えていなかった。自分に、そんな能力があろうとは、思われなかったし、また、文士になって、貧乏する（その頃は、そんな風に、相場がきまっていた）覚悟もなかった。自分は長男だから、一家の生活を、担《にな》わねばならぬということを、薄々と、感じていた。

でも、文学を止める理由は、ないと思った。それに、その方の興味が、日増しに深くなって、夏目漱石の小説なぞ、読んでると、夢中になる自分を、どうすることもできなかった。そして、本を読んだり、文章を書いたりしてる時は、ともかく、机に対《むか》ってるから、母親は、喜んでたようだった。

大森の家は、狭かったので、私と弟のために、玄関側《わき》の三畳が、建増《たてま》しされたが、それは、私に与えられた、生まれて最初の書斎ということができた。横浜の家は、大きくても、勉強部屋は専用でなく、家事にも使われたが、今度は、独占できた。三畳の空間《くうかん》を、一向、狭いとも思わず、自分の部屋、自分の机の喜びを、感じた。曇りガラスの窓が、南側にあって、眩《まぶ》しいほど明るく、夜は、ガス燈のマントルの光りが、狭い部屋なので、これまた明るく、夜更けまで、本を読んでると、窓の外の樹木の葉に、ささやかな音が聞えるので、ガラス戸を開けると、すでに、一ぱい、雪が積ってた、というようなこともあった。

私は、その部屋が、大変なつかしい。現在は、ものを書くのが、職業となったから、書斎も、自分の思い通りのものにするが、あの小さな部屋のように、快適で、仕事に専心できた例を、知らない。弟と机を列《なら》べてたが、彼が邪魔になったことは、一度もなく、精神を集中することができた。

買入れた本が、多くなってきたので、本箱の必要が出てきた。それまでは、家にあった和風の桐製の本箱だったが、ガラス入りの洋風書棚を、置くことにした。その中に入れる本は、漱石や荷風や、当時の自然主義作家の作品や、それから、ツルゲーネフなぞのロシア文学の飜訳で、どれも何度か、読んだものだが、宝物のような気持で、安置した。また、本箱の上に、花を活けた花瓶を置くとか、三色版の泰西名画を、壁に飾るとかいう所業も、覚えてきた。

その頃になって、世にいう文学友達が、私にもできてきた。私の学校の大学部の学生で、汽車で通学する途中に、よく顔を合わす、内藤君という人がいた。文芸雑誌を、いつも、車中で読んでるので、自然、そっちの方の話をするようになった。

彼は私に、同級の原君という人を紹介した。その人は、俳句が好きで、月舟という雅号を持ち、〝ホトトギス〟の同人のようになってたが、内藤君と同じく、真面目な大学生だった。そして、二人共、理財科（今の経済学部）に入ってた。

原君の親友で、高田浩三という男も、紹介された。この男は、文科に籍を置いていても、学校には、まるで出席せず、遊蕩無頼の生活を送ってたが、人間は、正直だった。

彼等は、皆、文学好きなのだが、私より、四つか五つ、年長だった。そのために、最初は、彼等と親しめなかったが、〝文学仲間〟の世界は、特別であって、そんな序列は、全然、問題でないことが、わかった。年齢よりも、腕次第というところがあり、例えば、温厚で、年長な内藤君が、文学的意見が常識的なために、軽蔑されるという結果も、生じた。そういう自由な空気が、私には、好もしかった。

そのうちに、内藤君の発起で、それらの仲間で、回覧雑誌をつくることになった。私は、宗三郎君にも話して、参加を求めた。

「回覧雑誌なんて、幼稚ですよ」

彼は、一端《いっぱし》のことをいったが、それでも、同人《どうじん》に名を連ね、雑誌の題名を、考えてくれた。彼は、音楽通だったから、モーツァルトか、誰かの歌劇で、〝魔笛〟という名のあることを、告げた。

「いいな。でも、少し漢文臭いから、〝魔の笛〟としたら、どうかな」

最年少のくせに、私は、題名選択の自由まで、任されていたので、それで、一決した。谷崎潤一郎の出現当時で、悪魔主義なぞという言葉も、すでに流行してたから、〝魔の笛〟というのは、大変いい名のように、思えた。雑誌がその名で、われわれは、魔笛社同人と、呼ぶことになった。

同人雑誌というのは、印刷するのだから、どういう人が読むか、知れないのだが、回覧雑誌は、同人の間だけを、転々として、読まれるのである。読者は、五、六人の同人だけなのである。それでも、原稿用紙に書いては、読みにくいから、半紙に、墨で清書して、それを集めて、一冊に綴じるのである。そして、素人が綴じると、うまく行かないから、学校前の三田通りの製本屋に、頼むのを、常とした。

表紙だけは、文芸雑誌並みに、絵や題字を、工夫しなければならないので、第一号は、宗三郎君が描いたが、評判が悪いので、私が受持つことになった。そして、いつか、私が編集者という風になり、その雑誌の中心人物になってしまった。

今、考えて見ると、私は、よほど得意になって、その仕事に、没頭したと思う。編集ばかりでなく、私は、毎月、小説のようなものを、書いた。小説といっても、まだ、どんなものが小説だか、わからなかった時代で、ただ、人物と風景の出てくる散文に、過ぎなかったが、それでも、私のものが、同人のうちで、最も賞《ほ》められた。そして、私も、投書なぞするより、そういうものを、自由に書いてる方が、文学的に正しい方法だと、気がつき、一所懸命に原稿を書き、それを、また一所懸命に、毛筆で清書した。

あのような、純粋な気持で、ものが書けたのは、あの時限りのように、思われる。読者といえば、五、六人なのだが、その連中のために、書くわけではなく、何か、〝絶対〟というようなものを、対手《あいて》にしてる気持だった。同人雑誌だと、先輩の文士や、公刊雑誌編集者に認められようとする野心で、書く者もあるだろうが、回覧雑誌には、そんな希望の余地もなく、それだけ純粋な気持で、書けるわけだった。

文学根性というものを、養って貰った点で、私は、〝魔の笛〟に感謝すべきだと思う。そして、その仲間にも、いやらしい文学青年型が、一人もいなかったことも、幸運だと考える。もし、いやらしい自負に、燃えてた者がいたとしたら、私自身だったろうが、それでも、文士気取りをするような、勇気に欠けていた。

〝魔の笛〟は、一年か、二年ぐらい、続いたと思うが、私がそんなことに関係したのは、それ一度だけだった。同人雑誌というものは、経験したことがなかった。


少年から青年に、移り変ろうとする時期には、恋人も欲しくなるが、同性の親友——たった一人の友人というものを、強く要求する気持も、起ってくる。無論、それは、同性愛と関係はない。理解と誠実の上に立つ、無垢《むく》な友情が、欲しいのである。しかも、その対手は、複数では満足できない。一種の一夫一婦の要求なのである。

その年頃の男子は、個人の意識も、目覚めてくるから、親や先輩に頼る気持が、薄らぐのが、当然である。また、親や先輩に話したくない悩みが、いろいろ起ってくる。殊に、私は母親だけだったから、

(おッ母《か》さんなんかに、話したって、何がわかるもんか)

と、頭から決めてしまう傾向が、強くなってきた。

そういう心理が、親友を、強く求めるのである。何でも、打ち明けて、話せる対手、何で

も、理解してくれ、共鳴してくれる対手として、親友が欲しいのである。

男性というものは、妻帯して後までも、そういう要求を、持つ者もいる。つまり、妻が、彼の友情要求を満足させない場合である。私なぞは、生涯の大部分を、そんな渇望で、送った気がするが、いつか、親友そのものにも、絶望するようになってしまった。心の中の薪が、燃え盛らない年齢になると、自分の友情も、下火になるが、対手もご同様であって、湿った灰のように、見えてくる。

しかし、若い時代は、親友なしで、一日も過ごせないのである。恋人よりも、親友の方が、必需品なのである。もし、親友というものがなかったら、私の青春時代は、沙漠《さばく》だったろう。そして、どんな方向へ、緑地や水を求めて、足を踏み外したかも知れない。

最初の親友は、中学四年生の時に、亡父の故郷の大分県から転校してきた、佐藤という男だった。彼は、日本の共産党で有名だった佐野学と、杵築中学の同級生で、学校騒動をやって、佐野と共に退学されて、一緒に東京へやってきたのだが（そのために、私は、佐野学とも、友人になり、長いこと交際した。もっとも、佐野は、麻布中学生だった）私は、この新入生と、じきに仲よくなった。

恐らく、彼の気風が、東京の学生とちがって、どこか重厚で、信頼できたのだろう。また、父の故郷の近くの出身ということにも、親しみを持ったのかも知れない。

彼は、兄と共に、麻布飯倉の裏町の素人下宿にいたが、学校の帰りに、よく、そこへ遊びに行った。交際してみると、喧嘩をして退学処分を受けたというような、粗暴な性質は、少しもなかった。むしろ、温和で、素朴で、人懐《なつ》っこい男だった。ただ、九州生まれらしく、正義派的な考え方をする点があり、そこがまた、私には好もしかった。

中学五年の時は、私も数え年《かぞえどし》十八になったが、その年の暑中休暇に、二度目の中津行きをしたのも、彼と同行する愉《たの》しみがあったためだった。私は、中津の叔父の家に泊り、やがて、招かれて、彼の実家へ、一週間ほど、遊びに行った。国東《くにさき》半島の中真玉《なかまたま》という村で、村一番の大地主らしく、宏壮な邸で、そこへ泊ってる間に、私と彼は、南画家の竹田《ちくでん》の生まれた竹《たけ》田《だ》港から、漁船に乗って、姫島という小さな島へ、旅をした。木賃宿《きちんやど》のような、貧しい旅館へ泊ったが、夕飯の時に、ナマイキにも、酒を註文し、その徳利が、ガラス製だったことを、記憶する。そして、彼の家へ泊ってる間も、夕飯の時には、若い下男のような男が、酒のお酌《しゃく》に出てきた。東京からの珍客というので、そんな待遇をしたのだろうが、男が十八にもなれば、一人前の扱いをするのが、その地方の風習だったのだろう。まだ、酒の味が、ほんとにわからぬ時だったが、そういう扱いが、私にはうれしかった。

佐藤は、その時に、女の経験のことを、私に語った。彼もまた、自分の家の女中と、関係したというのだが、彼の場合は、あまりに簡単なのに、驚いた。彼の家には、数人の女中がいて、別棟の女中部屋に寝るのだそうだが、その村には、〝夜這《よば》い〟の習慣があって、村の青年たちが、そこへ忍びこむのだという。彼も、暗夜にまぎれて、同じ行動をとったので、対手は、彼が誰であるかも知らずに、終ったのだという。

「そんなことって、できるのかなア」

都会では想像もつかぬことなので、私は、半信半疑だった。

「でるとも。田舎は、まるで、ちがうんじゃ」

彼は、泰然として、答えた。

今度は、私が、自分の経験を語る番になった。私は、お琴《こと》のことを、包み隠さず、話した。すると、彼は、暫《しば》らく考えてから、忠告を始めた。

「そんな女は、危険じゃから、もう、手出しせん方がええな」

彼は私より、一歳年長で、顔も、体も、大人びていた。そんな分別くさいことをいわれると、何か、尤《もつと》ものように、思われた。世間の年長の人には、反感を持つが、親友のいうことだと、素直に、従うのである。

お琴は、横浜から大森の家に、引続き働いていたが、家の者が全部外出することは、滅多にないから、彼女と逢引きする機会も、極めて少なかった。しかし、その少い機会の後で、彼女は、やや脅迫的な態度を示し、私を悩ました。つまり、妊娠したようだから、自分と結婚しろと、いうのである。

彼女が、そういう意志を、私に伝えるのは、口でいうのではなかった。紙切れへ鉛筆で書いて、それを私に渡すのだが、それも、手渡しではなかった。

私が大便所へ入るのを見て、裏庭から外側へ回り、便所の掃き出し口の小窓から、ソッと、紙片を挿し入れるのである。私は、それを読むと、ドキッとして、便意も何も、なくなってしまう。そして、長いこと、便所の臭気も忘れて、便器に跼《かが》みながら、悩み続けるのである。

なぜといって、妊娠したなんていわれたって、私に対策があるわけはなかった。中学五年生で、四つも年長の女と、結婚できるわけもなかった。だから、ただ、悩む以外に、方法を知らないのである。文字通りの雪隠詰《せっちんづ》めである。まだ未成熟な頭脳と心を、どれだけ悩ましたか、知れないのである。

でも、それが事実だったら、心を傷《いた》めたぐらいで、済む事件ではなかったろう。ところが、彼女は、そんなウソをいって、私を脅迫したのである。いや、ことによったら、年少の私を揶揄《やゆ》したのかも知れない。彼女は、その頃、郷里から縁談をいってきて、暇をもらう腹だったのだが、行きがけの駄賃に、ちょっと私を苛《いじ》めたのかも知れない。

私の九州旅行の前に、彼女は妊娠はウソだといったが、留守中に郷里へ帰るかも知れないと、例によって、便所の窓から、通信をよこした。私は、そういう場合に、どういう処置をとっていいか、わからなかったが、大人は手切れ金というものを出すことを、聞いてたので、旅費のうちから、五円紙幣を抜き出し、彼女に渡した。旅費の全額が、二十円ぐらいだったから、私としては、大きな犠牲だったが、やむを得なかった。

そういう経過があったから、私は、佐藤の忠告を、充分に、身に浸みて聞いたし、再び〝危険な関係〟に、手を出すまいと思ったのであるが、旅行から帰った時に、果して、お琴が家を去ってるか、どうかには、疑問を持った。妊娠したと、ウソをいうような女だから、郷里へ帰るというのも、アテにならぬと思った。彼女の脅迫には、いい加減、悩まされたから、もし、彼女が、まだ、残ってるようだったら、私の方が家を出て、市内へ下宿でもしようかと、考え始めた。

しかし、旅行から帰ると、彼女は、もういなかった。私は、ホッと安心して、これで、犯した過失が、闇に葬られると、ズルい量見《りようけん》になったが、そううまくは行かなかった。

母や姉の態度が、どうも、妙なのである。何だか、二人で相談して、私を監視してるような、そして、わざと、口を噤《つぐ》んでるようなところがあった。ことに、姉は、いやに優越者的な、冷たい視線で、ジロジロと、私を眺める様子が、目立った。それでも、私は、お琴の事件が発覚したなぞとは、夢にも思わなかった。

だが、数日経ってから、私は、母に呼ばれた。きっと、それは、弟が家にいない日を、選んだのであろう。

「お前、この手紙に、覚えがあるだろう」

母は、お琴が通信に用いる、粗末な紙片を、投げてよこした。

それを読むと、いよいよ郷里へ帰るけれど、あなたのことは忘れないとか、体を大切にして下さいとか、明らかに、関係のあったようなことが、書いてあり、その終りに、頂いたお金は、貰っちゃ悪いから、あなたの浴衣《ゆかた》の袖に入れて置いた——というような、手紙だった。

私は、ガンと、頭を殴られた気持だった。恥かしくて、母の前に、顔があげられなかった。生涯のうちでも、この時ほど、大きな羞恥と敗北を、感じたことは、なかったろう。

そうなると、私は、小学生時代に戻ったように、母が怖《こわ》く、その威光に、怯《お》じおののく気分になった。

「何だね、まだ、子供のくせに、そんなことをして……」

叱責の言葉に、一言の弁解をする勇気もなかった。身を縮めて、小さくなる外はなかった。母の叱言《こごと》が済むと、今度は、姉が、部屋へ入ってきて、いかにも、私を軽蔑した口調で、

「お前の浴衣の袖に、五円紙幣《さつ》が入ってるよ。おかしいね」

と、皮肉をいった。

母には萎縮したが、姉の態度は、腹が立った。彼女は、何か勝ち誇った、顔つきなのである。いつも、よく、姉とは喧嘩したが、今度は、私がグウの音《ね》も、出ない立場になったのを、笠にかかって、攻撃してきたのである。私は、口惜しかったが、一言もないので、一層、腹が立った。

お琴の手紙を、発見したのも、姉だったのである。私の机の抽出《ひきだ》しに、お琴が、ソッと、入れて置いたのを、留守中に、読んだらしい。彼女は、私の日記でも、何でも、勝手に読んでしまう習癖があった。

秋の学期が始まるまで、毎日を、私は、謹慎の意を表して、送らねばならなかった。落第をした時より、もっと、恥多い気持だった。食事の時も、小さくなって、誰とも口をきかず、早く食べて、早く自室へ引込んだ。

そのうちに、母も姉も、外出した時に、私は、内廊下に置いてある、私と弟専用の箪笥《たんす》を、明けて見た。一番上の抽出しに、私の夏の衣服が、詰ってたが、洗った浴衣の袖に、手を入れて見ると、折り畳んだ五円紙幣が、出てきた。

それを見ると、何か、屈辱的な気持がした。〝手切れ金〟を突き返されたのだから、男の面子《メンツ》が立たないと、感じたのだろう。しかし、その〝男〟の意識も、怪しいもので、十八の少年のそれに、過ぎなかった。なぜといって、一方に、五円儲かったという気持が、あったに相違なく、新学期が始まると共に、パッパと使ってしまった。

一体、お琴という女は、どういう気持だったかと、今になって、顧みるのだが、当時の私が考えてたほど、彼女が真剣だったとは、思われない。彼女は大人だったから、私との関係に、将来性のないのは、よく知ってたろう。最初の経路を考えても、彼女は、浮気というよりも、もっと、遊戯的な心理だったのだろう。ことによったら、私の童貞に、興味があったのかも知れない。そして、便所通信で、私を脅かしたことも、年上女らしい悪戯で、効果を愉《たの》しんだのでもあろうか。〝手切れ金〟を返したのも、私を子供扱いにした結果だろう。どうも、私は、揶揄され続けたように、思われる。

お琴は、帰郷して、農家へ縁づいたと、聞いたが、今、生きてれば、八十近い老婆だろう。恐らく、彼女の記憶の中に、もう、私は住んでいないにちがいない。しかし、私の方は、そうもいかないのである。

明治四十四年の春に、私は、数え年十九で、中学を卒業した。

春爛漫《らんまん》という漢字の感じを、あの時ほど、全身で味わったことはない。大森は、樹木の多いところで、その年の春も、桜や、桃や、椿《つばき》や、木蓮なぞが、咲き出したのだが、まるで、私のために、咲いてくれたような気がした。それほど、中学を卒業したことが、うれしかった。心の奥底では、これで、あの苦痛な学校生活に、別れを告げることができるかも知れないと、期待があった。そのことは、後の私の行動を見ると、よく頷《うなず》けるのである。

しかし、その時分は、まだ、母の意志に反《そむ》いて、自分の好きな方向へ進む勇気は、持たなかった。母は、自動的に進学できる、大学部理財科予科へ、行くことを、望んでいた。かりに、私が文科を志望したとしても、許してくれる形勢ではなかったが、美術学校入学の方だったら、或いは、容《い》れてくれたかも知れなかった。母は、私に絵の才能のあることは、認めていたし、また、画家というのは、食っていける職業であると、考えていたようだった。でも、文士は、彼女の理解の外の職業であって、絶対に、賛意を見せなかった。

私も、美術学校なら、入って見ようという気が、以前からあって、たしか、上野まで、規則書を貰いに行った記憶もあるが、受験のことを考えると、気が進まなかった。私は、生涯、入学試験の味を知らずに、終った人間で、その時も、受験に自信がなく、どうしようかと、迷ってるうちに、願書受付けの期限が、過ぎてしまった。美術学校の試験は、そうむつかしいものでなかったから、その時に受験してたら、私の生涯も、今とまるで変ったものになったと、思われる。

そして、ズルズルベッタリに、私は、母の希望する、慶応大学予科へ、進んでしまった。何しろ、中学卒業と上の学校入学手続きの時間は、驚くほど短く、美術学校へ行きたければ、よほど前から、準備をするのが、当然だったのである。それを、私は、中学卒業の喜びに浮かれて、いい加減に過ごしてしまったのだが、実のところは、画家になる決心が、ほんとに、ついていなかったからだろう。そして、何になる決心もつかぬままに、ズルズルと、大学生になってしまったというのが、実態だったろう。

そして、私は、何の感激もなく、学校へ通った。その頃は、大学部も、普通部も、同じ三田の山にあり、制服も同じようなもので、ただ、帽子だけは、鳥打帽をかぶることを、黙認された。制帽は、イギリス風の房のついた角帽だったが、仰々《ぎょうぎょう》しいから、誰もかぶる者はなかった。また、級友も、普通部卒業生が多く、教室の空気も、べつに変化がなかった。新しい学課のうちで、私が興味のあったのは、論理学ぐらいのもので、後は、ひどく退屈だった。実際、あの頃の倦怠《けんたい》感は、どこから来たものか、説明のつかない気がする。恐らく、中学卒業までは、何とか辛抱しようとした気持の反動だったろう。級友のうちでも、怠け者はいくらもいたが、彼等は、試験間際になると、要領よく勉強をした。私も、その方法は知ってるが、すっかり、バカらしくなった。そして、母親の手前、朝は定刻に家を出るが、教室へは行かずに、図書館へ入って、文芸書を読み耽《ふけ》る日が、多かった。

一つには、〝文学をやる〟気持が、よほど深まったからだろう。文士になる決心はつかないが、〝文学〟には、すっかり憑《つ》かれてしまった。その頃、慶応大学の文科は、永井荷風を迎えて、面目を一新し、〝三田文学〟が発行されて、文壇の有力雑誌となった。私は、まだ壮年の荷風が、黒い帽子に黒い洋服を着て、文科生に取り巻かれ、構内を歩いてる姿を、再三、見かけた。三田の山に、〝文学〟の空気が、始めて、漾曳《ようえい》した頃である。

それなのに、私は、文科へ転じたいという気持のなかったのは、不思議なほどだった。母親が許さないのは、わかってるとしても、自分でも、文科生となることに、反撥《はんぱつ》を感じてた。また、〝三田文学〟に執筆する文科生の文章が、ひどく、荷風を模倣してることにも、反感を持ったのだろう。

といって、私は、永井荷風の文学を、決して、嫌悪したわけではなかった。私の本棚の中の〝すみだ川〟なんて作品集は、何回読んだか、知れなかった。ただ、もう、ドストエフスキーなぞ、読み始めた時代だったから、荷風文学を批判することは、知ってた。また、文科好きになれなかったのは、集団生活を嫌う、持ち前の偏屈癖《へんくつへき》が、その頃から、育ってきたとも、考えられる。

そして、荷風を批判するような仲間が、私の周囲にできていた。新しい親友の水野も、その一人だった。

以前の親友の佐藤は、中学を出ると、農業家になる目的で、アメリカへ渡ってしまった。その頃の私にとって、親友は、空気かパンのような必要性を、持っていたが、すぐ、次ぎの該当者が、現われた。

水野勇三郎は、大森の宗三郎君の中学級友で、〝魔の笛〟の同人として、加わったのだが、文学青年染みたところが、少しもなく、優等生風な、真摯《しんし》な青年だった。彼は、東京高商（今の一橋大学）の入学試験を、パスしたのに、どういうものか、学校へ出席せず、三田の綱町にあった自宅で、自分勝手な勉強ばかりしてた。そういうところも、私の生活と似てるので、意気投合したのかも知れない。

マジメな人間——自己を欺《あざむ》かない人間というのが、その頃、何よりも尊く思われたが、自分もそのように生きることを努めると共に、友人にも、それを望んだ。水野は、誰よりも、その条件に適《かな》うように、思われた。彼こそ、親友の名に値いすると思い、ひどく熱を上げた。その熱情は、恋愛に近いもので、水野が始めて、大森の家へ遊びにくる時に、駅まで迎えに行ったが、約束の時間より、少し遅れて着いた。その間の焦慮《しょうりょ》というものは、恋人に対するのと、少しも変らなかった。

彼との交際が、日増しに深まるにつれて、私は、学校を途中で休んで、彼の家へ行き、午飯のご馳走になり、更に、夕飯まで話し続けるという日も、珍らしくなかった。無限に、話の種が湧いてきて、喋《しゃべ》り続けに喋っても、尽きないのである。〝人生問題〟というものが、話題であって、次ぎは、その月に発表された文芸作品の批評だった。彼の父は、銀行重役で、家も大きかったが、彼の部屋は、別棟の二階だったから、誰憚《はばか》らず、勝手な話ができた。

水野の長兄は、水野葉舟といって、その頃の中堅文士だった。文学に進んだために、父親と不和となって、いわゆる勘当の待遇だったそうだが、水野自身は、平気で、兄の家へ出入りしてた。

「兄貴は、少し軽薄なところもあるけれど、とにかく文士だから、一度、遊びに行って見ないか」

水野が、私に勧めたことがあった。

兄といえども、そのように、容赦なく批判するのである。水野葉舟ばかりでなく、日本の作家は、誰もコキ下《おろ》して、トルストイや、ドストエフスキーばかり賞揚するのが、私や彼の常であった。

私も、葉舟の文学を、べつに尊敬してなかったが、文士という者には、一度も会ったことがないから、好奇心が湧いた。でも、すぐ、水野の誘いには、応じる気になれなかった。その頃の私は、人見知りが極端であって、母親の使いで、銀行に預金を出しに行くことさえ、苦痛でならなかったのである。中津の有力者の午餐会に出て、冷汗をかいてから、数年も経ったのだが、そういう性癖は、ますます、ひどくなるばかりだった。

しかし、水野が同道してくれることが、唯一の救いで、ある日、葉舟の家を訪れることになった。

渋谷の道玄坂の次ぎの停留所あたりのところに、横丁があって、そこに、明らかに、写真館跡とわかる、二階家があった。

その二階の写真撮影室に、葉舟の仕事テーブルが置いてあり、次ぎの間《ま》のお客の待合室のようなところに、応接セットが据えられ、そこで、私たちは、茶菓を供された。

葉舟という人は、小肥りの色白で、チョビ髭《ひげ》を蓄《たくわ》え、眼が細く、女性的な感じだった。尊大ではなかった代りに、精神的な魅力のないのが、もの足りなく、文士とはこういうものかと、思った。その時分の私たちは、〝俗〟ということを、極端に嫌い、文学の世界は、世間を超越することのように、思ってたから、葉舟を尊敬できるわけにいかなかった。

しかし、葉舟には不満でも、文士の家庭というものは、興味を湧かせた。細君と、小さい男の子と、文学青年の書生とが、家族だったが、その書生が、

「君、これを、博文館へ持ってってくれ給え」

と、葉舟から、五十枚ほどの原稿を、渡されて、すぐ飛び出していく様子を見ると、そのようにして、作家から出版社へ送られ、やがて、来月号の雑誌を飾るようになるのかと、ひどく、感心した。

また、その時には、何の感銘も受けなかったが、葉舟の夫人という人は、今の私が考えると、相当、優《すぐ》れた女性だった。当時の風俗で、大きなヒサシ髪に結い、与謝野晶子にそっくりな、聡明な顔立ちだった。どういう素性《すじよう》の女性か、知らないが、彼女との結婚のために、葉舟は父親と不和となったというから、身分のちがう生まれだったのかも知れない。しかし、明治のインテリ女性らしく、毅然として、恋愛結婚に殉ずるといった様子と、良人を仕事に専念させて、内助の功を尽すという態度が見られたが、堅苦しいところが少しもなく、感じの明るい人だった。水野も、嫂《あによめ》のことを、賞めて、

「あの人は、借金取りを帰すのが、名人なんだよ。あの人がいるから、兄貴も、何とかやっていけるんだよ」

と、いっていた。

私たちのいる間も、新聞の集金人がきたのを、細君が追い帰していた。文士は、貧乏だと知ってたが、新聞代もないのかと、驚いた。それなのに、私たちは、夕飯まで引き留められ

た。葉舟夫人は、イソイソとした態度で、買物に行き、膳ごしらえをして、皆で揃って、豚鍋を食べた。そして、食後に、葉舟が、闘球盤というものを、持ち出して、私に戦いを挑《いど》んだ。その頃に流行した、機械化オハジキのようなもので、多少の技術を要するにせよ、他愛《たわい》のない遊戯だった。それを、文士の葉舟が、夢中になって、遊び耽《ふけ》ってることも、私の驚きだった。

私の少年期も、どうやら、終りを告げる頃になった。

明治四十五年というのは、明治最後の年であるが、私も、二十歳を迎えた。数え年でも、二十歳といえば、青年の部に入るだろう。大体、私の少年期は、明治と共に終ったと、見ることができる。

そして、父が死んでからも、十年経ったわけである。私は、父なしで、それだけの期間を、生きたのである。そのために、私の生活や性格に、いろいろと、歪《ひず》みを生じたろう。でも、ともかく、二十歳になったのである。もう、私を〝坊ちゃん〟と呼ぶ者は、誰もなくなった。父も、背も、五尺八寸（一・七五メートル）を超え、ヒョロ長い、色の青白い、若者になった。父も、若い時は、痩せてたというから、親譲りだったかも知れない。そして、もし、父が存命だったら、父を煩《うるさ》く思う息子に、なってたかも知れない。なぜといって、自分の力を頼む意識が、発達してきたから、あの優しい父であっても、迷惑を感じる機会が、ないでもなかったろう。

その年に、私は、大学部予科二年生になってた筈だが、完全に、学業を放棄してしまったので、進級の資格はなかった。前年の二学期頃から、私は出席もせず、試験も受けなかった。まったく、学校がイヤになってきたのである。中学時代から、強いて抑圧したものが、ついに、爆発した感じだった。学校ばかりでなく、病院でも、兵営でも、四角い、密閉的な建物を見ると、ムカムカしてきた。規律に服従することが、最も耐えられぬ、時期だった。その代り、自由を許してくれるなら、いくらでも勉強する気持だった。事実として、学校を休んでも、自宅や図書館で読む本の量は、ずっと殖《ふ》えた。小説類ばかりでなく、人生論や哲学書のようなものに、興味が出てきた。その頃、岩波書店から、灰色クロースの装幀で、定価一円の哲学の本が、続々と発行されたが、それを、全部、読んだ。ニイチェの〝善悪の彼岸〟とか、ショウペンハウエルの〝意志と現識としての世界〟とかいうようなものを、わかりもしないくせに、一所懸命になって、自分なりの解釈を、下そうとした。生涯のうちで、あの頃ほど、本を読む速度が早く、また、多くの本を読んだ時代はない。そして、自分では、大学の文科で教わるよりも、ずっと、高い程度の勉強をしてるつもりだったから、いよいよ、学校へ出席する気にならなかった。

そういう私を見て、母が気を揉《も》んだのは、いうまでもなかった。学生なのに、学校へ行かないわが子は、見ていられなかっただろう。

「お前、それほど、文学がやりたいんなら、仕方がないから、文科へお行き。行ってもいいよ」

彼女としては、最大の譲歩で、文科でも、とにかく、大学を出てくれさえすれば、という考えになったのだろう。

それで、私が雀踊《こおど》りをして、喜んだかというと、そうでもなかった。前年、大学部へ進学の時だったら、母に感謝したかも知れないが、一年の間に、考えが変ってきた。文科教育も、〝三田文学〟も、批判するようになり、学校生活まで、嫌気がさしてきたのだから、母の言葉も、そう嬉しくは、響かなかった。

それでも、自分の考えを、母に説得させる自信もなく、結局、学校へ転科届を出したが、なかなか、通学の決心がつかなかった。文科生として、教室へ顔を出したのも、やっと、秋の学期がきてからだった。

それも、親友の水野が、商大入学をやめて、三田の文科へ、通い始めたのが、大きな誘因だった。彼と机を列《なら》べられるのだったら、まア、行ってみようか、という気分だった。

そして、久し振りに、制服を着て、教室へ出てみると、水野の外に、南部修太郎という男がいた。これは、後に三田派の作家になったが、学生の頃は、印象が鈍重で、話に冴えたところがなく、私は軽蔑してしまった。

文科の予科一年生は、私を入れて、三人ぐらいで、しかも、独立の学級ではなく、一般の予科生と混合授業なので、私は、すぐ、飽きてしまった。そして、水野と話すことだけが目的で、三日に一度ぐらい、学校へ出かけた。

その時分に、私は、水野の外にも、親しい文学友達ができた。浅田専一といって、普通部時代の同級生で、首席を続けてた秀才だったが、大学部へ入ってから、文学の話をするようになり、親しくなった。水野とちがって、家が貧しく、人物も奇矯《ききょう》だったが、頭脳は鋭かった。文学の教養も、普通の文科生より、ずっと、上だった。私は彼を、〝魔の笛〟の同人に、誘い入れたが、彼は、私の書くものを激賞してくれ、そんなことが、急速に、友情を深めた。

彼の家は、南品川の大通りから、路地を入ったところにあった。私は、大森なので、学校の帰途が、同方向だから、誘われて、よく、彼の家へ寄った。それは、棟割《むねわ》り長屋のような陋屋《ろうおく》で、ガタガタした格子戸を開けると、すぐ、彼と弟の机が列ぶ部屋があった。汚い部屋だが、文芸書は私以上に持っていたし、その大半は、当時の言葉でいう原書（英訳本）だった。彼も、水野と同じく、英語の力が優れてた。

貧しい家庭なのに、彼の母親は、私が行くと、スシを註文したり、酒を出したりした。水野は、酒が飲めなかったが、浅田は、私よりも、好きなくらいだった。そして、酔うと、また、止め度のない、文学の話、人生の話になった。

私は、この二人の文学友達と往来することで、毎日の充実感を味わ《あじ》い、文学青年の道を歩き出したのだが、文壇に、何の繋がりもない、自分たちだけの世界に、結構、満足していた。そして、将来、自分が文士になろうという考えも、持たなかった。水野も、浅田も、文士の夢は、懐《いだ》かなかったし、私も、ただ、誠実に文学をやってれば、それで、文句はなかった。

その前年の秋に、姉は、商大出の三井物産社員と結婚した。

家にとって、父の死去以来の大事件だったが、姉は、その時、二十二歳になり、当時としては、オールド・ミスだったので、母も、ひどく、縁談成就《じょうじゅ》を喜んだ。姉は、容貌も普通で、性格は明るかったから、結婚がおくれる理由がなかったのだが、やはり、父を失い、横浜を離れて、隠棲《いんせい》したために、社会と縁遠くなったのだろう。

姉は、結婚すると、すぐ、良人の任地のバンコックへ行くことになってたので、式の前も、大変、気忙《きぜわ》しかった。彼女は、急に、優しい女になり、母や私や弟に、生き別れでもするような、心細いことをいい、私もまた、姉が可哀そうになって、久し振りの同胞愛を感じた。

結婚式の数日前に、姉の関係の女友達や、親類の従妹たちを招いて、別離の食事があった。江尻のお糸ちゃんも、盛装してやってきたが、私は、あまり動揺しなかった。私の審美眼が、進歩したことにもよるが、それ以前に、二つの事件があって、当時の流行語の〝幻滅〟を、味《あじ》わわさせられたのである。

一つは、お糸ちゃんの尿《いばり》の音を、聞いたことである。彼女が、私の家へ遊びにきて、私や姉と、暫《しば》らく話してるうちに、便所へ行った。その便所というのが、ちょうど、客間の床《とこ》の間《ま》の裏で、間は壁一重だから、大変、よく音響を伝える。そして、彼女は気取り屋だから、便所を借りるなんて行為に及んだのも、よくよく、我慢の結果だったにちがいない。だから、音響がひどく高く、長かった。

「あ……」

と、いって、姉が、口を抑えながら、笑い出した。

もう、いけなかった。それで、美人の幻影が、破壊されてしまった。もっとも、ほんとの恋愛だったら、尿《いばり》の音ぐらいで、辟易《へきえき》するわけはないが、やはり、私の気持が、軽薄だったのだろう。

それだけなら、まだ、よかったが、その次ぎに、彼女を混《ま》じえて、私や姉が、田圃道へ蛍狩りに行った時に、近眼の彼女が、足を踏み外して、稲田の中へ、落ちてしまった。今度は、臭いものを撒《ま》いたばかりの田圃だった。そこへ、ダイビングの形で、飛び込んだのである。不潔な泥人形になって、這《は》い上る彼女に、私は、悲しく、腹立たしい気持で、手を貸したが、最後には、滑稽になり、それで、幻影が、完全に、吹き飛んでしまった。

だから、お糸ちゃんが、いくら、化粧を凝らして、出現しても、私は、泰然たるものだったが、その席に連なった、一少女に対しては、平静になり得なかった。

その少女は、郁子《いくこ》という名で、私が父の死んだ時に、遊びに行ってた、日本橋の叔母の家の養女だったから、無論、その時に、始めて会ったわけではなかった。それまでは、貧弱な、特徴のない女の子と、思ったのだが、その晩には、十六歳の女学生として、私の前に現われたのである。

それは、白い花の美しさだった。何か、優しく、素直で、つつましい香気を、放った。彼女は、容貌も貧血型で、やや赤みを帯びた、細い毛髪を、お下げにして、水色のリボンを、結んでたが、それが、彼女に似合った。彼女は、もう一人の従妹と共に来てたが、その娘は、パッとした方で、彼女の対照になった。彼女は、養女である自分の身分を知ってるように、すべて、控え目で、口数もきかないが、いつも、ニコニコしてた。

そういう少女が、私を魅したのである。そして、どうやら、ほんとの恋愛の芽らしいものを、私の胸に植えつけた。

私は、郁子のことを、ずいぶん長い間、想い続けた。今でも、彼女を〝永遠の女性〟らしく、思い起すことがある。私が女性に求めてるものは、彼女が最も多く、持っていたように、思えてならない。私は、女の優しさと、静かさを、何よりのものと、思うのだが、きっと、私の個性の要求なのだろう。そして、そろそろ、個性の形づくられる二十歳の時に、郁子を発見したわけなのだが、女性に対する私の選択は、今日も、あまり変ってないようである。

郁子は、女学校を出ると、じきに、やはり養子の医学生と、娶合《めあわ》された。その晩に、私は、母にも無断で、信州旅行に出てしまったが、よほど、感傷的になってたのだろう。といって、彼女に対する想いを、それ以前に、母に打ち明け、結婚を望む勇気も、資格も、私にはなかった。その頃は、もう、文科に通うことも、止めてしまい、前途の見込みもない文学青年として、母から貰う小遣銭の外には、一銭の収入もなく、自分の部屋に閉じこもって、本ばかり読んでる時代だった。

郁子は、結婚後数年して、肺結核で死んでしまった。死の前に、一度、彼女と二人きりで、対坐する機会があった。いや、彼女が結婚しない前にも、偶然、路上で、彼女と会い、暫らく話しながら、歩いたことさえあったが、私は、そのどちらの機会にも、体が石のように硬《かた》くなり、心が縛られたようになり、何一つ、気持を伝えることができなかった。要するに、臆病だったのだろうが、不品行な青年のくせに、恋愛を特別視して、過度に道徳的に考える性癖が、あったのだろう。だから、彼女の方では、私の態度が、不自然なことぐらいは、気づいたかも知れないが、およそ、ウヌボレのない女であって、恋愛されてるなぞとは、夢にも思わなかったろう。

姉がいなくなって、家の中は、ひどく寂しくなったが、それだけ、私の位置が、上ってきた。母は、私を頼りにする外なくなったのだろう。近藤も、大森移転の当座は、よく出入りしたが、だんだん、私を憚《はばか》るようになり、足が遠のいた。私は、彼よりも、腕力で優れたばかりでなく、智力の点でも、負けなくなってきたのである。

しかし、私は、母の信頼に、応《こた》えられる息子ではなかった。文学青年風な生活は、いよいよ激しくなるばかりで、頼もしい息子の行状とは、およそ遠い道を、歩き出していた。表面だけでも、母を安心させる方法も、あったろうが、生憎《あいにく》、正義派というような自覚に、凝り固まっていて、妥協や便法を、罪悪のように、考えてた。

明治四十五年の暑中休暇が、始まる頃だった。私は、学校を怠けてるので、休暇なぞは、どうでもいいようなものだったが、友人と遊ぶには、彼等の休暇中がよかった。また、私だって、怠けてはいても、内心は、気が咎《とが》めるので、公然と休める期間が、愉《たの》しかったのだろう。

その暑中休暇に、友人たちが、上州の神津牧場へ遊びに行く計画を、持ち込んできた。神津牧場の息子の神津勝辰君が、普通部以来の友人で、以前から、そこで夏を過ごすように、誘ってくれてたのである。

私は、文学友達の他に、いわば遊び仲間のような、グループを持ってた。私を入れて、四人の仲間だった。さすがに、野球友達とは、縁が切れたが、その仲間とは、会えば、すぐ冗談をいって、笑い合う、気軽な交際だった。つまり、親友の次ぎに位する、親しい友人なのだが、都会生まれの私には、そういう友達も、必要だった。

そして、暑中休暇の始まる前から、この夏は、神津牧場行きと、相談ができてたのだが、七月になって、いよいよ、出発の日取りをきめようとする頃になって、意外の事件が起きた。

もう、遠い昔のことなので、その日のことも忘れたが、記録を読むと、それは、七月二十日の午後なのである。明治天皇発病の新聞号外が、配達されたのである。東京の市中では、号外売りの鈴の音が、飛び交い、株式が大暴落したということだが、大森は、新聞配達が届けてくるのだから、だいぶ、晩《おそ》くなってからだった。

「まア、大変だね……」

母が、声を曇らせた。まるで、近親の重病の知らせを、受けたのと変らない、真情がこもってた。

私の母だけが、忠義だったのではない。今の世の中では、想像もつかぬことだが、すべての日本人が、天皇——明治天皇という人に対して、忠誠と愛情を、ささげてたのである。無論、明治政府は、天皇をアイドルとして、祭り上げてきたが、その感化ばかりでなく、明治天皇を〝好き〟という感情も、国民の中にあった。天皇だから有難いというよりも、明治天皇その人に、すっかり推服してたのである。やはり、明治という苦難の時代を、共に生き、共に成功したという意識が、私の母あたりの年齢の日本人には、特に強かったのだろう。実際、明治天皇の肖像写真（大変少いものだったが）に現われた、やや肥満した、髭の多い、前屈みの軍服姿というものは、唯一無二の天皇のイメージであって、大正天皇が皇位を嗣いでも、誰もポカンとして、天皇の実感が湧かなかったのである。

私たち若い者には、明治を共に生きたという意識はなかったが、それでも、明治天皇に対しては、後のどんな天皇ともちがった、ズシリとした重みを、感じていた。天皇は、明治天皇以外にないと、考えてる点でも、大人の連中と、変らなかった。ただ、私は、自然主義文学思想の影響を、受けてたから、天皇を現人神《あらひとがみ》だなぞと、考えることはできなかった。私ばかりでなく、多少、知識のある人は、腹の底では、そんなことを、思ってなかったろう。明治末期の科学精神は、今の人の考えるより、ずっと、高かったのである。私は、皇太子というものがある限り、天皇は神といえないと、考えてた。つまり、神が生殖行為を行うわけがない、という論理なのである。

そして、また、世俗の因習に、反撥しようとする考えがあり、明治天皇はそれほど嫌いではないが、忠義とか、愛国とかいう道徳を、わざと、軽視しようとする傾きもあった。

それで、天皇発病の号外を見ても、母の心痛を嗤《わら》うような、態度を示した。

しかし、連日の新聞が、天皇の病状を、最大事件として、報道した。他の記事は、見当らないほど、そのことばかりだった。ジャーナリズムも、今日ほど、猖獗《しょうけつ》でなかった時代だが、自然にそうなったのである。また、当時は、宮中のことは、隠蔽《いんぺい》的だったのに、天皇の病状は、かなり直截に、発表された。尿量過少、蛋白高量、体温四十度、精神混濁――というようなことから、尿毒症の診断が、青山、三浦という、明治の名医の言として、発表された。

私は、尿毒症なんて、どんな病気か、知らなかったが、母は、

「大変な、ご重病なんだよ。でも、陛下のことだから、きっと、お助かりになると、思うけれどね」

と、崩御という言葉は、口に出していえないという調子だった。

電車の音が、宮中の御寝所に響かないように、日比谷と半蔵門の間は、徐行運転をし、三宅坂では、線路にボロ巾《ぎれ》を敷いて、消音してるということだった。そのうちに、二重橋前に集まって、御快癒祈願をする群集が、日増しに殖え、その写真版や記事が、社会面に溢れた。何か、東京じゅうが、昂奮状態になってきた、感じだった。

「お前も、行ってお出でよ」

母が、まるで、国民の義務であるかのように、私を促《うなが》したが、俗衆のマネはできない、という気持で、それに従わなかった。

しかし、御容態は、日を追って、下り坂だった。一進一退ということがなく、毎日、二回ほど、発表があるが、その度毎に、悪化を加えてきた。シャイネストック氏型呼吸という医

学語を、多くの国民は、その時始めて、知ったようなものだった。

二十日から三十日まで、誰も、自分たちの生活を忘れ、天皇の病気のことを、考えていたようなものだった。そして、昂奮が、加速度を増し、大森の奥に住んでる私まで、波動を伝えてきたにちがいない。

私も、宮城前へ行きたくなった。

（いや、祈願に行くんじゃない。群集を、観察に行くんだ）

そんな口実をつけて、私は、家を出た。

日は覚えていないが、二十五日過ぎの一日だったろう。非常に暑い日で、馬場先門へ着いたのは、夕づいた頃だったが、それでも、汗が一ぱい流れた。なぜ、そんな時間に行ったかというと、祈願者の群れは、早朝から深夜——徹夜する人も多いと聞いて、夜の光景が、見たかったからである。

今の宮城前広場と、その時分とは、だいぶ様子が変ってると思うが、何か、もっと狭かった印象がある。勿論、あの中を貫通する自動車道路のようなものはなく、馬場先門を入ると、もう、広場へ入った感じがあった。そして、入った途端に、夥《おびただ》しい人に埋められた土と、ムッとする熱気とで、新聞に書かれた以上の強烈な雰囲気を、感じた。

私が、宮城の方へ足を向けようとした時に、一台の人力車が走ってきて、急に、梶棒《かじぼう》を下《お》ろした。あまり、大勢の人出なので、車が乗り入れなかったのだろう。そして、車上の人は、急いで、賃銀を払うと、祈禱用の蠟燭に火をつけ、まるで、戦地へでも向う意気込みを、態度に示して、大股に、二重橋の方へ歩き出した。それは、白衣の行者《ぎょうじゃ》で、大きな数珠《じゅず》を首に巻き、錫杖《しゃくじょう》を手にし、必ず、天皇の病気を、快癒させる自信に、溢れてるようだった。

そのような祈禱者は、方々で、眼についた。僧侶もいれば、神官もいた。どれも、声をあげて、天を拝んでた。また、地に跪《ひざま》ずいてる無数の群集も、口の中で、何か呟いてると見えて、夕闇の中は、大きな河の音のような、重い響きに充たされ、案外、静かでなかった。

私は、なるべく、二重橋の近くに行くために、坐ってる人の間を縫って進んだが、次第に、人数が多くなり、もう、歩く余地がなくなった。そして、立ってることは、容《ゆる》されないような空気を感じて、私も、地上に坐った。砂利の多い土で、私は、白ガスリの着物にハカマをはいてたが、膝頭も、足首も、痛かった。でも、周囲を見ると、誰も、そんなことは、感じてないらしく、両手を突っ張り、額を地に擦《す》りつけるようにして、平伏してる者や、絶えず、頭を上下して、合掌してる者もいた。大部分が男だったが、若い娘や、婆さんもいた。

最初、私は、異様な周囲の中に、孤立してたが、人々と同じように、両手をついて、跪坐《きざ》の姿勢をとってると、だんだん、感情が動いてきた。何か、悲愴なような、感激的な、抵抗できない気持に揺られ、

「陛下よ、どうか、癒《なお》って下さい」

という言葉が、胸の中に、湧いてきた。

それにしても、ひどい暑さで、周囲は、劇場の大入場以上に、ギッシリと、人が詰ってるから、体じゅうに、汗が吹き出した。でも、時々、私の背後から、生温かい風を感じるので、

振り返ると、一人の男が立っていて、祭礼に使うような、大きな団扇《うちわ》で、坐ってる人々を、煽《あお》いでるのである。また、私たちの前に、ブリキの柄杓《ひしゃく》が差し出されたが、その中には、水とブッカキ氷が、入ってた。誰だかわからないが、彼等も、群集の一部分だった。そして、そういう人たちの携える提燈《ちょうちん》や、広場の街燈の光りで、暗黒の中という感じはなかった。

私は、一時間ぐらい、砂利の上に坐ってたと思う。そして、完全に、天皇の平癒を祈る心理に、同調してしまったが、それでも、自分の祈願が効くとは、思われなかった。宮城の森が、黒く浮いてる西の空に、赤い稲妻が、時々、光っては消えたが、それが、凶兆のような気がした。天皇は、きっと、死ぬだろうと、考えた。

私が、品川駅から、汽車に乗ろうとしたら、フォームで、弟の姿を発見した。

「どこへ、行ってたんだ?」

「二重橋だよ。大変だなア」

「お前も、行ってたのか……」

あの混雑の中で、二人が遇わなかったのに、不思議はないが、弟まで、行ってたというのは、何かを感じさせた。弟は、横浜の中学に通っていて、横浜中心の生活をしてたのに、やはり、二重橋へ出かけたのである。誰も彼も、あすこへ行くムードが、でき上ってたのだろう。

弟も、白ガスリに袴《はかま》をはき、学帽をかぶり、学校で相撲の選手をやるほど、大きな体に、成長してた。

崩御《ほうぎょ》の号外が出た時にも、その前に、御四肢の末端に、暗紫色が現われ――という発表があったから、誰も、意外には、思わなかった。ただ、余人ではなく、天皇なのだから、何か、奇蹟《きせき》めいたことが起って、快癒するかと、一縷《る》の望みをかけた国民は、多かったろう。しかし、天皇も人間であるから、やはり死んだのか、とわかっても、幻滅を感じるほど、幼稚な日本人も、少なかっただろう。

「やっぱりねえ、いけなかったのかねえ……」

と、号外を見て、母が泣いたが、別に、意外と思う様子はなかった。というのも、あの時の宮内省の発表態度が、合理的で、後の昭和中期のような、狂信的なものがなかったからだろう。

しかし、急に、日蝕の始まったような、世の中になった。〝諒闇《りようあん》〟とか、〝御大葬〟とかいう語が、新聞の各所に見出され、歌舞音曲停止というので、劇場や花柳界が、休業した。個人の家では、弔旗を出すために、黒い布を探し出して、国旗の上の方につけた。その国旗を、出さない家はなかった。

政府の命令で、そういう弔意を示すというよりも、どの家も、自発的に、それを行ったというのが、あの時の特色だったろう。

明治天皇に対する哀惜は、非常に自然であり、また、圧倒的だった。やがて、新聞に、改元のことが、発表されると、誰も、不服をいった。

「なんて、安っぽい、年号なんだろう、〝大正〟とは……」

〝明治〟という文字でなくては、年号に値いせず、〝先帝〟でなければ、天皇でないように、思われた。

しかし、〝御大葬〟の日取りは、九月と発表されたので、それまでに、一カ月余の時間があった。そのために、崩御の時の緊張が、次第に、弛《ゆる》んできたのは、事実だった。

ことに、若い、自由児だった私たちに、その現象が起るのが、早かった。いつまでも、謹慎を強いられるのに、反撥する動機は、あの神津牧場行きの中止から、始まった。

私たち四人組の一人に、高山義明という男がいて、都会児らしい、剽軽者《ひょうきんもの》だったが、その父は、退役の海軍少将で、忠義一点張りの老人だった。

「陛下が、御不例《ごふれい》というのに、遊山旅行とは、何事じゃ」

高山は、父の声色《こわいろ》を使って、その頑迷を笑ったが、彼が同行できぬとすると、旅行も、延期の外はなかった。四人揃って、出かけるという、堅い約束だったからだ。

そのうちに、天皇が崩御したので、もう、高山の父親も、許してくれると思ったら、

「ご諒闇中に、遊山旅行とは、何事じゃ」

と、また、叱られたという。

その不平を、彼が、私のところへ、コボしにきた。

「おれんとこのオヤジときた日にア、雀の生まれ変りだよ。朝から晩まで、忠、忠って、鳴いてやがらア」

彼は、父親の前へ出ると、ひどく神妙な息子になる癖に、(私は、父親が生きてたとしても、態度を装うという必要はなかったろう) そんな冗談をいって、私を笑わせた。

「でも、何とか、オヤジを説き伏せる法は、ないのかい?」

「ダメだよ。あんな、忠義の凝り固まりは、ねえんだからな……。一体、天チャンが、よくねえんだ。死んでもいいから、夏休み過ぎまで、待ってくれりゃア……」

私は、再び、彼の冗談に笑わされたが、もう、その頃には、私たちの仲間では、明治天皇のことを、蔭で〝天チャン〟とか、〝天公〟とか呼ぶようになってた。崩御の厳粛な瞬間には、人並みの感動に浸ったのに、国家の喪が長く続くと、もう、抵抗を始めるのである。明治天皇に、悪意を持つのではなく、そういう偶像破壊染みたことをやって、単調と退屈を、脱れようとするのである。若い者というものは、いつも、同じであって、現代と明治との差違はない。もっとも、主権在民時代の青年が、〝天チャン〟という言葉を用いるのは、勇気を要さないが、五十年前の私たちが、あの酷《きび》しい制度の下でも、同じ言葉を口にしてたことを、ハッキリと、思い出すのである。

とにかく、諒闇は、長かった。その証拠に、あの頑固な高山の父親も、心境が変り、山の牧場で、精神修養をするという条件で、遂に、折れてくれた。もう、八月の下旬だったが、私たちは、勇んで、上州へ出かけた。当時の神津牧場は、軽井沢滞在の外人ぐらいしか、訪れる客もなく、山上は、落葉松《からまつ》の林と、渓流と、緑の牧場と、牛の群れと、牧夫だけの世界だった。私は、海ばかりに馴染んで、山というものを知らなかったので、そこの生活が、非常に新鮮だった。牛乳とバターを主にした食事も、珍らしかった。そして、ある日に、四人の仲間が、牧夫の着る印《しるし》バンテンで、姿を揃え、軽井沢から小諸の方へ、旅をした。

その愉しい旅行から帰ると、じきに、九月になった。

そして、学校から、九月十三日の御大葬に参列せよと、印刷の通知状が、送られてきた。私も、通学をやめて、久しいのだが、籍はまだ残ってるので、そんな通知が来たのだろう。

私は、少し迷った。学校の命令に従うのは、癪《しやく》だったが、滅多に見られない儀式を、眼底に収めたい気持もあった。結局、私は、久し振りに、学帽をかぶり、制服を着て、集合時刻に、三田の山へ出かけた。

塾監局前の広場を、大学部の学生の姿が、黒く、埋めていた。まるで、体操の時間のように、私の級の仲間が、整列していた。その中に、割り込むと、誰も彼も、妙に陽気に、冗談をいい合って、御大葬に参列するというムードは、全然なかった。私も、一緒になって、軽口を叩いた。

晴れた日で、初秋の夕風が、やや冷たく、吹き出す中を、私たちは、徒歩で、三田から宮城前まで、行進した。着いた頃は、日が暮れて、松の木の間から、アーク燈の光りが、輝いてた。私たちは、二重橋寄りの芝生の中へ、案内された。戦後は、踏み荒された芝生だが、その頃は、立入禁止で、青々と、みごとだった。臨時に、そんな処置が、とられたのだろう。

御大葬といっても、儀式は、青山練兵場に設けられた祭場で、行われるので、私たちは、死の鹵簿《ろぼ》が出て行くのを、お見送りするわけなのだが、その時刻まで、ずいぶん長いこと、待たなければならなかった。それでも、あたりの空気が、ものものしいので、さすがの私たちも、神妙になり、冗談もいえなかったが、長いこと、佇立《ちょりつ》を続けるので、ひどく疲れた。記録を見ると、御出門は、八時のようだが、もっと晩《おそ》いような気がした。その時刻に、宮城前のあらゆる燈火が、消された。丸ノ内方面も、命令で、消燈させられたように思う。私たちの付近は、まったく、まっ暗闇になった。

やがて、ラッパが鳴った。軍楽の音が、聞えた。宮城前に、大勢の兵隊が列んでたから、その連中の間から、起った音だったかも知れない。そして、ドーンと、宮城の中あたりから、大砲の音がした。御轜車《ごじゅしゃ》（天皇の遺体を乗せた車）発進の合図だというので、私たちも、〝気をつけ〟の号令で、不動の姿勢をとった。号令なぞなくても、号砲の音で、私たちは、ひどく緊張してたのである。

そのうちに、二重橋の方で、暗黒の中を、チラチラと、松明《たいまつ》の光りが動いた。そして、行列が、次第に近づいてくるのだが、その進み方は、蟻《あり》が歩むように、遅かった。何しろ、暗い中なので、視覚の記憶も、曖昧《あいまい》だが、最初は、兵隊が、ひどくノロノロと、歩いてきたように思う。そして、雅楽の音楽のような音が、いつも、聞えてたように思う。ハッキリと、私が思い出すことができるのは、御轜車の姿だった。

昔の絵巻で見た御所車で、ずいぶん、背が高かった。それを、牛が牽《ひ》いてるのである。そして、光りといっては、仕人《つこうど》の持つ松明だけだから、朦朧《もうろう》として、何か、夢の国の乗物のような気がしたが、非常に緩慢な進み方なので、誰も、頭を下げながらも、それを観察することができた。

そして、誰も、彼も、その時は、悲しくなった。更《あら》たに、明治天皇を悼《いた》む気持になった。その気持をそそるのが、御轜車の立てる音だった。大きな、黒い車輪が、松明の火に光りながら、ギイ、ギイと、軋《きし》む——それが、まるで、誰かが声を忍んで、泣いてるようなのである。その音が、あの晩のすべての印象のうちで、最も強く、まだ、耳に残ってる。あれは、明治時代の終焉《しゅうえん》を告げる声であり、今になって考えれば、私の少年時代も、それと共に、逝《ゆ》いたのである。

それから、私たちは、解散になったのだが、その時刻には、あらゆる交通機関が、停止されたのではないかと思う。私は家へ帰るのに、品川駅まで歩く外はなかった。文学仲間の浅田と一緒に、私は、人気《ひとけ》のない芝山内《しばさんない》を、抜けた。その時に、私は、何か、反撥的な衝動を感じ、大きな声で、歌をうたったら、

「バカ、止せ！」

と、浅田に制止されたことを、覚えてる。

そして、品川から、京浜電車で大森へ帰り、国鉄の駅前まで来たら、線路の両側を、深夜なのに、大勢の人が埋めていた。御遺骸を乗せた列車が、間もなく通過することを、知ってたからだろう。

その時に、私は、号外売りの声を聞いたが、恐らく、御大葬の報道だと、思ってた。そして、家へ帰ったのは、もう、午前三時頃だったろうが、母親は、まだ、蚊帳《かや》の中で、起きて

いた。私は、逐一《ちくいち》、その日の経験を、語った。

母は、熱心に、聞いてたが、やがて、

「お前、乃木さんが、切腹なさったの、知ってるかい？」

と、いって、私を驚かせた。

「さっき、号外がきたんだよ。奥さんも、一緒に、お亡くなりになったんだよ」

「え、奥元帥も？」

私は、乃木大将が奥元帥と、刺しちがえたのかと、思った。

「そうじゃない、乃木さんの奥さんと乃木さんとが、殉死なすったんだよ……」

母は、ひどく、そのことに感動して、涙声で、私の速断をたしなめた。

実際、明治天皇発病から崩御――そして、その晩の御大葬の空気の中では、殉死者が現われたって、不思議とは思われなかった。乃木大将のような、一徹の人が、そんな行動をとるのは、当然のように、思えた。

「ほんとに、奥さんが、よくまア……」

母は、夫人の死に、特に心を動かしたらしく、シクシクと、泣いていた。

私も、母の感動に誘われて、粛然となったのは、確かだったが、

（でも、殉死ということは、野蛮だな。ことに、奥さんまで、一緒に死なせるなんて……）

と、いうことを、腹の中で、考えていた。そんな合理精神が、もう、私の中に育ってたと、思われる。

今から考えれば、表面的な、常識判断に過ぎないが、当時の私は、一端《いっぱし》の大人のつもりだったのだろう。でも、そんな判断とは別に、乃木大将の行動が、共感を誘わない、何か、無残なショックであったことも、ハッキリと、回想することができる。

とにかく、その時の私は、もう、子供といえなかった。

ここで、私は、大股《おおまた》に、時代の溝を飛び超さねばならない。約四十年後の私の世界に、筆を移さねばならない。

私は、自叙伝を書くつもりはなく、自分のうちにある〝父〟を、書きたいのである。その〝父〟とは、私の亡父のことばかりでなく、やがて、男の子の父となった私にも、触れたいのである。それが、この作品の目的である。

私が、一人の男の子の父となったのは、満六十歳だった。大変、後のことである。そこから、書き始めても、いいわけだが、少し唐突《とうとつ》になるから、今まで書いてきた時代との繋《つな》がりを、つける意味で、ザッと、その間の過去を、追って見る。

人間の生涯というものも、平板で、退屈であるが、眼を近づけて、顧みると、案外、小説に負けない、波や曲折がある。

しかし、そんな波や曲折が、多少とも、起り始めたのは、私が数《かぞ》え年《どし》三十に達してからで、それまでの私は、冬眠を続ける熊であった。文学青年という熊だが、それも、世に出ようとする努力は、何もせず、本を読むことと、原稿を書いては破るという行いを、十年間も、続けたというに過ぎない。そして、弟も、商大を出て就職し、母と私の二人暮しになったが、無為無能の息子として、母を悲しませるのが、堪え難くなる時があった。そこで、私も、雑誌記者のような就職口を、探したこともあったが、不思議なように、どこも、採用されなかった。大学中退では、履歴に難があったのだろうが、その時ばかりでなく、少しは、文名が知られた後になっても、私の就職運動というものは、常に、失敗に終った。どうも、私には、今でもそうだが、人好きのしない、トゲトゲしたものが、あるのだろう。

母と私は、父の遺《のこ》した僅少の財産で、とにかく、生計を立てていたのだが、〝怠け者〟として、親戚間で悪評の高い私にも、時には、嫁の話が、持ち込まれることもあった。母も、その頃は、私の前途を、諦めかけたのか、

「どうだい、身を固めるかい？」

と、問いかけてきた。つまり、若隠居的な当主として、私に家を継がせる気になったのだろう。

でも、私は、心のどこかで、未来を信じてたと見える。どの縁談にも、気が乗らなかった。もし、好きだった郁子が、嫁にきてくれるのだったら、一も二もなかったろうが、その頃、彼女はすでに、この世の人ではなかった。

そして、私は、穴籠りのような生活を、続けたが、といって、母と私が、不本意な顔を、毎日、見せ合ったわけではなかった。母には、一面、ノンキな性格があって、子供たちが思春期を迎え、親の監視が必要な時代にも、平気で、家を明けて、親戚の家を、泊り歩いてた。まして、私と二人きりになってからは、一週の半分は、わが家にいなかった。母の弟の家には、小さな子供が多く、それが、孫のように、可愛かったらしい。私としても、母が留守の方が、気ラクで、老婢《ろうひ》と二人で、勝手な生活をしてた。

私の二十七の夏だった。母は、夜更けに、長い外泊の後で、家に帰ってきた。その頃は、大森から大井町の鹿島谷というところに、移転してたが、その家の裏口から、母は戸を叩いて、老婢を起し、やがて、私の寝てる次ぎの間で、寝に就いたのを、物音で、知っていた。

翌朝九時頃になっても、その頃は、寝坊だった私は、まだ、寝床に入ってた。母は、早起きなので、いつもなら、茶の間で、煙管《きせる》を叩く音でも、響かせる時刻だった。

「何だか、奥さんの様子が、変ですよ」

と、老婢が知らせにきた。

私が、起きて行くと、母は、大きなイビキをかいて、熟睡してた。私は、べつに異状を感じなかったが、ただ、イビキの音が、少し高過ぎるのと、呼び覚ましても、一向、返事をしないのが、少し、気になった。

そして、とにかく、医者を呼びにやった。月岡という、母も信頼してる医者が、すぐ、きてくれた。診察の間も、母は、正体がなかった。その頃から、私も、少し不安になってきた

のだが、

「脳出血だね。相当、重いよ」

と、診断されて、仰天した。母は、彼女の父が、脳出血で斃《たお》れたので、常々、その病気を怖れていたが、遂に、その時が来たのである。

母は、やがて、昏睡《こんすい》から醒《さ》めたが、言語も不明瞭で、半身不随になった。私は、否応なしに、家の指揮者にならざるを得なかった。その頃、姉は、小野田セメント本社に、良人の勤務先きが変り、また、弟も、大阪商船の本社詰めで、母の急を聞いて、二人とも、見舞いにきたが、長い滞在は、許されなかった。病床の母は、看護婦に任せるとしても、家事の一切は、老婢を対手《あいて》に、私がやらざるを得なかった。〝文学をやる〟どころでは、なくなったが、私は、決して、不満ではなかった。むしろ、母のために、一切をささげるという意識で、私は、生活の充実を感じた。

一体、私は、少年の頃に、母の着物を、包丁で切った前科もあり、実によく、親子喧嘩を重ねてきたが、母を愛する点では、どこの息子にも、負けなかった。愛するといっても、動物的な肉親愛が強いのだろう。ある夜半、強い地震に襲われた時に、目覚めるとすぐ、隣りに寝ていた母の上に、大の字に重なり、掩護物になろうとしたことがあった。それは、発作的な動作で、気がついた時は、むしろ、恥かしくなったが、上から梁《はり》でも落ちてきたら、というようなことを、冷静に考えたわけではない。ただ、瞬間に、そんな動作が、生まれたのである。

私は、母をできるだけ安楽に、病床に臥《ふ》させたく、あらゆることを、尽したい気持だった。その時分、私の家の家計は、毎月百円以下だったが、発病の当座は、六倍ぐらいかかった。私が、急に、家計の担当者になったのだから、よく、数字を記憶してる。でも、母のために、全財産を費《つか》ってもいいという気持があった。というのも、私と諍《いさか》いをする母が倒れ、まるで、赤ン坊のような存在になったのだから、私は、ただ、彼女を愛すればよかったのである。

臥《ね》たきりではあったが、母の容態も落ちつき、蓄音機の浄瑠璃《じょうるり》を愉《たの》しんだり、私に、釈宗演《しゃくそうえん》の観音経講義を読ませて、感心したりするようになった。看護婦も去り、代りに、家政婦が、母の世話をするようになった。

その家政婦が、買物に出た留守に、母は私に、尿意を訴えた。挿込み便器を、彼女の尻の下に入れる手順は、私にもわかっていた。私は、布団を捲《まく》り、そのようにしたつもりだったが、どういうものか、非常に勢いのいい小便が、発射されて、最初の水柱が、私の顔にかかった。

「わア、大変だ」

と、私が笑うと、母も、不明瞭な言葉を出して、笑った。その時に、私は、何か、涙がこぼれた。

私も、赤ン坊の時に、何度か、母に小便をひっかけたにちがいなかった。だから、小便の恩返しを済ませたことになるのだが、別に、そんなことを考えたわけではなかった。ただ、母親から小便をかけられたという事実が、感激的だった。

そして、彼女は、まる一年の臥床の後に、同じ病気が再発した。その時も、私は病床の側にいて、家政婦と共に、母に夕飯を食べさせていた。匙《さじ》で、口に食事を運んでやるのが、家政婦よりも、私の方が上手で、母も、それを望んだ。いつもの通り、匙《さじ》を運んでると、突然、母が吐瀉《としゃ》を始めた。私は、食当りかと思ったが、そうではなかった。彼女は、その後で、昏睡状態になり、医者がきて、脳出血の再発だと告げた。そして、数日後に、死んだ。

父の死んだのが、七月五日で、母は八月一日、両親とも、暑い時に、世を去った。もっとも、母の場合は、八月一日の午前一時頃で、真夏の夜の出来事だった。でも、それほど、暑い夜ではなかった。そして、晴れ渡った深夜の空に、十日ほどの月が、傾いてた。なぜ、そんなことを、覚えてるかというと、母の屍体が、暑気で腐敗しないような処置を、頼むために、私は従弟と共に、医者を探しに、外出したからである。医者は、鉄道自殺者があって、検屍《けんし》のために、現場へ行ってるというので、そこへ、依頼に行ったのである。

人通りの絶えた、夜更けの道を歩きながら、私は、月を仰いだり、大きな呼吸をしたり、ひどく昂奮《こうふん》してた。しかし、そう悲しくはなかった。あんな状態で、母が生きていても、ちっとも幸福ではあるまいと思ったし、また、自分が解放されたという意識も、充分にあった。看病から解放された、というようなことでなく、母の存在が消えて、私は、まったく自由の身となったことを、知ったからである。私は、我儘のくせに、係累《けいるい》の重荷を、投げ出す勇気がなく、母を離れて、生活の設計ができなかった。母に背《そむ》きながら、結局、彼女から離反できない生活を、何年か、続けてきたのだが、遂に、終止の時がきたのである。弟も、姉も、それぞれの人生を歩いてるから、これで、私も、誰からも煩《わずら》わされない、自分一人だけの生き方が、許されると、思ったのである。

母の一周忌がくる頃までは、私も、老婢と二人で、今までの家に、住んでたが、もっと自由な生活が、始めたくなった。その家の向側に、知人の家があり、門内に、八畳ほどの離れ座敷があり、便所もついてた。そこを借りて、ほんとの一人暮しをして見たくなった。

私は、道具屋を呼び、不用品を、片端から、売り払った。父母の位牌《いはい》や仏壇は、寺に預けた。そして、老婢に暇《ひま》を出し、その離れ座敷へ移って、長い間の理想だった、孤独の生活を始めた。

といって、自炊は面倒だから、朝飯だけは、近所の植木屋のおかみさんに頼み、弁当箱で運んで貰い、午飯と夕飯は、ソバ屋だの、安洋食屋へ食べに出かけた。紅茶でも飲みたい時には、自分で湯を沸かすが、今のように、電気コンロというようなものはなく、アルコール・ランプで、間に合わせた。

雨天の時に、外へ食事に出ることが、面倒だったのを除けば、その一人暮しは、私にとって、まったく快適だった。自由と解放感を、シミジミと味わい、これが、ほんとの人間の生活だと、悦に入った。実際、私の全生涯を通じて、この時代ほど、意に適《かな》った生活をしたことはなかった。自分の好きな時に起き、好きな時に寝て、誰にも妨げられず、読書し、ものが書けるということが、うれしかった。また、私の青年時代は、何かにつけて、自殺ということを、考えたが、母が生きてる間は、彼女に与える打撃が、私を躊躇《ちゅうちょ》させた。しかし、それも自由な生活が、始まったのである。生きてくのが、苦痛になったら、いつでも、自殺すればいいのである。

私は、あらゆる自由を、その生活で味わったが、心のどこかで、

「そして、次ぎは、どうする？」

と、急《せ》き立てる声を感じ、そうノビノビとしてるわけでもなかった。

もう、母もいないのだから、文士になって、苦難の道を進んでも、誰に迷惑もかからぬわけだった。でも、文壇へ近づく努力を、一向に、払ってなかったから、急に、そんな気になっても、道は塞《ふさ》がれてた。かりに、そんな道が、開かれたとしても、尻込みする気持があった。自信の欠乏と、極端な羞恥癖が、そんな結果に終らせたろう。姉の良人が、有島武郎の友人だったので、その頃、非常に親切な紹介の処置をとってくれ、私は、原稿を持って、麹《こうじ》町《まち》の有島邸を、訪問すればいい手筈になっていたのだが、いざとなると、どうしても、足が進まなかった。その時は、数え年二十九にもなってたのに、私は、病的な、ハニカミ屋だった。

でも、〝次ぎは、どうする？〟と、急き立てる声に、私は、抵抗できなくなった。そして、フランス渡航ということを、思い立ったのである。

私は、子供の時から、外国へ行く夢を持ってた。父が二度も、アメリカへ渡り、最初は、その地の学校を出たことが、いつも、私の頭にあった。日本の学校が、嫌《いや》になっても、外国

の学校なら、入ってみたい気があった。母も、私に、アメリカ留学を、勧めたことがあった。しかし、私が、その時、フランス行きを考えたのは、もう、学校へ入る気はないどころか、べつに、何を研究したいという目的すらなかった。フランス文学は、好きだったが、そんなものは、日本にいても、勉強できると思った。フランスへ行かねばならぬ理由は、一つもなかった。フランスを選んだのは、第一次大戦後に、フラン価が暴落して、思いも寄らぬ安い金で、パリ生活ができる話を、聞いたからだろう。

そんなことよりも、私は、フランスへ行くことで、私の人生の〝賭《か》け〟をする気持が、多分だった。〝賭け〟といっても、勝つ方の見込みは、あまりなく、むしろ、敗けることによって、新しい運命が展《ひら》けるだろう、という考えだった。私は、僅かな父の遺産で、無為徒食の文学青年の生活を、続けてきたが、それも、十年になると、ほんとに、飽き飽きしてしまった。誰よりも、自分が、堪えられなくなってきた。それで、フランスに滞在してる間に、父の遺産を、残らず使い果せば、私は嫌でも、働いて食わねばならなくなるだろう。フランスで、働く道がなければ、日本へ帰って、赤新聞の記者にでもなればいい。それも、ダメなら、自殺してしまえばいい。もう、母もいない。私は、いつ死んだって、かまわない人間だった——

私は、そんな気持で、パリへ出かけたのである。大正十一年の春のことだった。始めて、外国の土を踏み、まるで違った生活が始まったが、私は、周囲に対して、何か、喧嘩腰だった。フランス人も、在留日本人も、気に食わなかった。といって、ホーム・シックは、全然、起らなかった。なぜ、日本を出てきたのか、考えるまでもなかった。

　しかし、パリへきてから、私は、亡き父や母のことを、不思議と、頻繁《ひんぱん》に思い出した。両親の夢を見ることが多く、夢から覚めて、パリの小ホテルのベッドに、臥《ね》てる自分が、ひどく寂しかった。その時分、私は、よほど孤独で、本能的に、両親を思い出したのだろう。

　パリの最初の夏を迎え、七月五日がきた時に、私は、父の命日であることを、思い出した。私は、父のために、何事かの回向《えこう》がしたくなった。

「パリに、精進《しょうじん》料理を食わせる店がありますか」

　私は、親しく交際するようになった、画家の川島理一郎に訊《き》いた。

「ありますよ、菜食主義者《ベジタリアン》の行く、料理屋が……」

「そこで、午飯を一緒に食って下さい」

　そして、私たちは、サン・シュルピース寺院の近くのその店へ行った。料亭といっても、実は、薬店の経営であって、医者から菜食の処方を貰った病人が、食事をするところらしかった。お客は、ひどく肥った婆さんとか、蠟燭《ろうそく》のように痩せた中年男が、多かった。私たちは、アルコール抜きのビールを飲み、卵と野菜ばかりの食事をした。レタスのサラダだけが、飛び抜けて、上等品だったが、後は、皆まずかった。その癖、勘定は、普通のレストオラン以上だった。

「飛んだ交際《つきあい》をさせて……」

　私は、川島に謝《あやま》ったが、異郷で、父のために、精進料理を食ったことが、満足だった。その癖、日本にいた時は、父の命日の膳でも、平気で、魚を食った。

それから一年余経って、関東大震災の報道が、パリの新聞に出た頃は、私も、よほどパリ生活に、馴染《なじ》んできた。そして、誇大な新聞記事を見て、もう、日本から送金が来なくなるか、と考えたが、そう悲観もしなかった。そうなれば、仕方がない。パリの浮浪人（そんな連中が、よく、セーヌ河の岸で、ごろごろしてた）の仲間へ入ってやろうと、フテくされた考えだった。

でも、どうやら、送金（弟が管理してた）は絶えなかったし、その頃から、私にも、慾が出てきた。日本に知られてない、フランス演劇の先進性を、身につけてやろうという気が、起きてきた。もともと演劇は、文学に次いで、好きな芸術だったし、そういう知識を貯えて、日本に帰るのも、一法だと思った。文壇の扉は、私に開かれそうに思えなかったから、そんな未練は捨てて、演劇の世界で、身を立てようかという野心が、起きてきた。それには、日本で数の少い、演出という仕事が、適当のように思われた。

とにかく、そんな野心めいたものが、鎌首をもたげたのは、生来始めてのことで、フランスへきた甲斐ともいえた。そして、私は、劇場通いや、専門書の研究を始め、日夜、演劇のことに、没頭するようになった。

同時に、もう一つ、生来始めてのことが起きた。私は恋愛を始めたのである。恋愛の経験は、郁子に対して、持ってたが、対手に、それを打ち明けるだけの勇気を、欠いていた。そして、彼女は、死んでしまった。今度は、まるで、ちがった経路だった。私は、躊躇なく、対手に、心を訴えた。そして、拒絶に遭うと、十倍の熱情で、更に、彼女に迫った。彼女が獲《え》られなければ、もう、私の人生がないように思った。そんな激情が、私のどこから湧いたのか、自分でも驚くほどだった。恐らく、日本にいたら、私は、そんな心理を知らなかったろう。〝賭け〟のつもりで、フランスへ渡った気持が、そんなところへも、響いたのかも知れない。そして、彼女は、ついに、私のものになった。

彼女は、マリイ・ショウミイといって、私より三つ年下のフランス女だった。小柄で、栗毛で、パリに住む女性としては、色気に乏しく、目立たない花に、過ぎなかった。しかし、私は、彼女のそうした質実さと、穏《おだや》かさと、そして、露《あら》わでない聡明さに、心を惹《ひ》かれたようである。郁子も、目立たない花だったが、それが、私の好みなのかも知れない。マリイは近眼で、鼻眼鏡をかけてたが、それが調和するような、読書好きで、文学好きで、少しばかり、社会主義者でもあった。

私は、彼女と同棲《どうせい》生活を始めた。同棲といっても、同じアパートの三階と四階に、別れ住んだので、彼女は、昼間、アメリカ人の商事会社に、勤めていたし、私は劇場歩きが仕事であり、全日の行動を共にするのは、日曜だけだった。しかし、私は、フランス女——というよりも、女性の愛情を、全身に浴びる経験をしたのは、生まれて始めてのことだった。

その頃から、私は、ほんとに腰を落ちつけて、フランスの生活を始めた。外国人意識が、まったくなくなり、日本にいる時と変らぬ平常心が戻ってきたので、演劇の研究にも、身が入った。マリイも、その仕事に興味を持ち、私を助けてくれた。

そして、渡仏後、四年目になり、今年あたりは、金も尽きるから、イヤイヤながら、日本に帰らねばと、考え始めた。無論、私一人で帰国するので、マリイとは、その時に、別れるつもりだったのである。彼女も、結婚なんて、下らないことだ――お互いに、よい記憶を懐《いだ》き合って、次ぎの人生を送れればいいというようなことを、いっていた。

ところが、彼女に、妊娠の兆候が、始まったのである。そしたら、彼女の心理が、急速に、変化してきた。私と共に、日本へ行って、子供を産み、家庭生活を始めたいと、いい出した。私は、何の収入の目当てもない日本へ、彼女を連れていくのは、まったく自信がなかった。といって、そんな気持になってしまった彼女を、パリに残してくこともできなかった。結局、再び、〝賭け〟に頼る外はなかった。

「まア、やって見ろ！」

何の成算もなかったが、私は、まるで、富める家の息子のように、外国婦人を連れて帰朝するという所業を、やってのけたのである。

私たちは、七月に日本に着き、八月には、マリイが、女子を出産した。それまでの経緯も、多難を極め、彼女の父親は、中部フランスの村の小学校長であり、保守主義者だったから、結婚の許可をとりつけるのさえ、容易ではなかった。

しかし、日本へ帰ったら、私の度胸がすわった。やはり、妻と子ができると、牡《おす》として、巣を守らねばならぬ勇気が、生まれるのだろう。羞恥や、人見知りを忘れて、仕事探しに、走り回ることができた。無論、すぐ仕事はなかったが、幸い、父の最後の遺産として、中津に、一町ほどの田地が残ってるのを、発見して、それを売ると、当座の凌《しの》ぎになった。

そして、マリイも、勇敢に、生活と闘った。赤ン坊を家に残して、仏語の個人教授に出かけたし、家でも、希望者を教えた。そして、老婢のこしらえる味噌汁や煮魚の、粗末な食事に、文句をいわなかった。

そのうちに、私の文学や演出の道も、展《ひら》けてきた。最初の演劇の本が出版され、新劇協会という劇団から、演出者として招かれた。もっと幸いなことは、当時の円本景気で、私のところへも、フランス戯曲の飜訳の依頼が、舞い込んできた。その全集が続く間の三年ほどは、私たちの生活が、完全に保証された。難解の字句があっても、妻という協力者があるから、私の飜訳は、評判がよかった。パリを出発する時の心配は、まったく杞憂《きゆう》に終った。私は、〝賭け〟に勝ったことになった。

しかし、全集の仕事が、終りかける頃になって、思わない破綻《はたん》が、起きてきた。マリイが、発病したのである。一体、日本に永住する西洋婦人のうちで、最もタフなのは、ドイツ人であり、反対に、最も弱いのが、フランス人であるという、説があったが、マリイは、肉体的にも、精神的にも、世にいうフランス的な脆弱《ぜいじゃく》さが、少いので、私は、そんなことを、念頭に置かなかったのである。

とにかく、故国へ帰って、しばらく静養する方がいいと、医師がいうので、私は、娘を姉の家に預け、妻を実家に連れてくために、再び、フランスに渡った。全集の仕事のお蔭で、それくらいの費用は、苦しまなかった。

ところが、翌年の十二月に、彼女は、フランスの両親の家で、死んでしまった。日本で死ななかったにしろ、日本へきたために、寿命を縮めたような女だった。私との縁は、足かけ九カ年だった。

私は、五歳の娘と共に、苦難の生活を始めねばならなかった。というのも、全集の仕事が終って、収入の道が絶えた上に、代理母親となって、文筆も手につかなくなった。

それからの数年間は、私の生涯のうちで、最も暗黒な時代だったが、その間のことは、私の旧著〝娘と私〟の中に、詳しく書いたから、ここには、触れない。

娘が、数え年十歳になった時に、私は、後妻を貰った。富永静子という、二十八歳の女で、郷里の四国で、結婚に失敗して、東京で共立女子職業学校の和裁教師をしていた女だった。姉の友人の世話で、縁談がまとまったのである。

その女が、どういう女で、また、どのように、私のために、尽してくれたかということは、〝娘と私〟に、かなり、書いたつもりである。一言にしていえば、彼女は、私の恩人だった。彼女に対する感謝で、私は、あの本を書いたようなものである。お蔭で、娘は、素直《すなお》に成人し、私も、そのために、仕事に専心することができて、どうやら、一人前の文士になった。

しかし、彼女も、結婚十五年目で、病死してしまった。戦争や、疎開や、いろいろ苦しいことがあって、やっと、東京へ帰り、そして、大磯の町に、それまで、貸家住いばかりしていた私が、やっと、家を買い、その改築工事をやってる最中に、彼女が死んでしまったのである。

二度も、妻に死なれると、最初の時は、偶然と思っても、二度目は、呪《のろ》われた運命を感じた。そして、私は、もう若くなかった。私を支《ささ》えてくれる人間が、必要な時期だった。その人間が、急に、消滅したのだから、寂しさが、身に応《こた》えた。

私は、再び、娘と二人暮しの生活に帰り、大磯の新居に移った。もう、娘も二十を超え、昔の二人暮しの時のように、手はかからなかったが、逆に、彼女個人の生活を、認めてやらなければならなかった。妻に対するように、オイ、オイと、呼び立てるわけにはいかなかった。

そして、転居の翌年匆々《そうそう》に、私は、生涯のうちの大病に、倒れた。胃潰瘍《いかいよう》の吐血が大量で、瀕死《ひんし》の体を、病人車で、築地の癌研究所病院に運ばれ、即時の手術を受けた。幸い、手術の結果が良好で、生命をとりとめたが、この病気は、かなり、私の精神に、影響を及ぼした。

つまり、妻が死んで、ほどなく大病をしたので、二重の打撃となって、気が弱ったのだろう。若い時に、あれほど憧れた孤独が、まったく、堪えられないものになり、残された余生を、いかにして送ろうかと、嘆きたくなった。

その上、もう一つ、私の孤独感をそそることが、起きた。娘が、かねて恋愛してた青年と、結婚したいと、いい出したのである。無論、私に、反対すべき理由はなかった。その青年にも、私は発病前に会って、婚約を、認めていたのである。

しかし、娘が家を出て行くと、私は、一人になるのである。誰も、私の世話をしてくれる者が、いなくなるのである。それが、病後の感傷に浸された私にとって、拡大された寂寥《せきりょう》を、感じさせた。

そういう時に、近隣の人から、縁談が持ち込まれた。写真で見ると、魅力のある三十女だった。老いた母親に仕えて、婚期を逸したのだということだった。それまでは、再婚をするにしても、亡妻の三回忌を済まして後のことだと、考えていたのに、急に、乗気になってきた。自分でも、あさましい気がしたが、娘の結婚で、背に腹は替えられなくなった。しかし、その縁談は、紹介者が多忙で、見合いをするところまで、容易に、進まなかった。

そのうちに、私の家の向側に住んでた、坂西志保女史から、別な話が、始まってきた。今度は、ずっと以前に、良人と死別した、満三十九の女性で、大磯に住んでるという。

「いい方《かた》ですよ。大局的に、ものを見る頭を、持ってる人で……」

と、お世辞をいわぬ女史が、推賞するから、私も、耳を傾けたが、旧華族出身と聞いて、そんな女は、問題にならぬと、思った。彼女は、岩国藩主の吉川家の娘で、松方公の一族に嫁ぎ、未亡人となったのだが、まだ、婚家の姓を名乗ってた。

「でも、去年まで、会社勤めをしてたくらいで、決して、お姫さまじゃありませんよ。よく、自転車に乗って、駅前通りへ、買出しに、歩いてます。お見かけになったこと、ありません?」

女史は、それから、その女性の境遇について、いろいろ話してくれた。

とにかく、見合いをすることになった。当時、存命だった樺山愛輔《かばやまあいすけ》老人が、相互の知人だったので、氏の家が、その席に選ばれた。

私が、洋服に下駄ばきで、樺山邸へ行ったのは、一種の見栄であって、気に入られるために来たわけではない、という意志表示だった。こっちは、そんな量見だったのに、樺山若夫人と共に、玄関へ出迎えた彼女は、全然、武装のない微笑を、満面に示していた。

(あ、これは、大変な、お人好しだ)

その第一印象は、応接間で、一時間ほどの対談でも、それから、日を置いて、坂西女史の家で、二回目の〝見合い〟でも、一向、変らなかった。女史が保証するような、賢明さは、首肯《しゅこう》されなかったが、邪悪な意志や、ヒネくれた感情の持主でないことは、会う度に、明らかになった。そして、興信所の調べも、特に、悪い材料はなかった。

(この辺のところにしとくかな)

三度目の結婚だから、慎重に、対手を選ぼうと思っても、どうしても、その気になれなかった。今度は、自分の好きな女性を探し出すまで、ゆっくり待つことを、考えないでもなかったが、一方で、もう、いくらもない余生(その時、私は、数え年五十九だった)に、何の幻影を懐くのかと、嘲《あざ》ける気持もあった。

また、結婚するのなら、早い方がいいと考える、事情もあった。娘の結婚日が、六月八日と決定してたので、もし、新妻を迎えるなら、娘がまだ家にいる間に、たとえ短期間でも、同居の経験を持たせたかった。それによって、二人の近親感を、自然なものにさせたかった。

その年の五月五日に、私は、弟と二人で、父の五十年忌、母の三十三年忌を、繰り上げて、同時に行った。姉は、戦争中に、世を去ったが、ほとんど全部の親戚が、東京の寺に集まってくれた。関東大震災で、横浜の両親の墓が壊《こわ》れ、私の外遊中に、東京の谷中《やなか》の墓地へ、移されたのである。（オヤジが死んで、もう、五十年もたつのだ。オヤジより、九年、生き延びたが、長い余生は、望まれないだろう……）

読経《どきょう》を聞いてる間に、私は、そんなことを考え、そして、大体今度の縁談をきめる腹に、なったのである。

昭和二十六年の五月二十七日に、私は、吉川幸子と、結婚式をあげた。

彼女は、同じ土地に住んでたので、挙式の前に、私といろいろの打合せをして、すべて、簡略に行うことになってたから、招待客も、極く近親の者だけだった。私の側では、娘と、弟夫婦と、従兄夫婦と、友人の徳川夢声夫婦だけだった。先方も、兄や姉夫婦に、双方の知人として、樺山愛輔老人と、坂西女史が、列席した。場所も、大磯の旅館兼料亭の銀山荘で、日本風の午餐会にしてもらった。

そんな挙式でも、媒酌人《ばいしゃくにん》が必要だというので、同じ土地に住んでる沢田廉三《れんぞう》氏夫妻のところへ、間際になって、頼みに行った。私は、かねて、廉三氏とも、夫人とも、面識があった。

ことに、夫人の美喜女史とは、サンダース・ホームを小説に書く調査に、度々、出かけて、熟知だった。幸子も、大磯人として、交際があった。それでも、二人だけで、頼みに行くのは、気がひけたので、坂西女史に、同行してもらった。

ところが、話を切り出すと、沢田氏は、私と坂西女史が、結婚するのだと、早合点して、大笑いになったが、快く承諾してくれた。世間から見れば、年齢的に、坂西女史の方が、好配偶者らしかったのだろう。私と幸子は、十八歳の年齢差があった。

当日に、私は、紋つきに袴《はかま》で、その上、扇子を持たされた。二度目の結婚の時は、洋式だったから、パリでつくったスモーキング・ジャケットを着たが、今度は、すべて、日本式だった。幸子も、頭は洋髪だったが、裾模様の着物だった。交際期間中は、いつも、服を着てきたが、和装の方が、似合う女らしかった。

そして、離れ座敷に用意された席で、私は、沢田女史の酌の三々九度の盃ごとというものを、生来、始めて経験した。男性的な沢田女史は、そういうことに、不慣れらしく、また、その日は快晴で、温度が高く、汗を一ぱいかいた彼女は、見るから、暑そうだった。それが、何か、おかしくて、私は、あまり、緊張できなかった。幸子も、一向、堅くなった様子が、見えなかった。媒酌人だって、年若い、初婚の男女を、娶合《めあわ》すような、儀式感は、湧かなかったろう。すべて簡略にと、希望した私の気持は、的を外れていなかったのである。

それから、本館の広間の方へ、移ったが、来客は、もう、席についてた。そこにも、堅苦しい気分は、まるで、流れていなかった。古びた日本間の楣間《びかん》に、偽筆らしい、東郷元帥の額が、掛っていた。〝此一戦〟という字が、書いてあった。

「そういえば、今日は、海軍記念日ですね」

と、誰かがいった。敗戦以来、五月二十七日という日を、思い出す人は、少なかった。

「ははア、この一戦ですか」

多分、徳川夢声だったろう――意味ありげに、私たちの方を見て、大きな笑い声を立てた。他の人たちも、笑った。私たちも、笑わないでいられなかった。

そんな、寛《くつろ》いだ空気のうちに、披露の宴会になった。沢田廉三氏の挨拶に、樺山老人が揶《や》揄《ゆ》を飛ばしたり、およそ、堅苦しさがなかったのは、近親者の小人数の席だったからだろう。そして、新郎新婦とは名ばかりの、再婚者同士の結婚でもあったからだろう。少くとも、私には、この結婚で、生涯の一戦を賭ける意気込みがなかった。昔の表現を用いれば、〝茶飲み友達〟を迎えるといった心理だった。細君の方でも、べつに、大きな期待はなかったろう。交際期間中に、何か、結婚後の希望はないかと、訊いたら、

「そうね。時々、旅行に連れてって下さるとか、お鮨《すし》を食べさせて下さるとか――そんなとこね」

と、答えた。

お互いに、あまり、期待をかけない結婚生活――それが、一番、私の望むところだった。お互いに、この一戦は、もう済ませてきた、退役軍人でありたかった。そういう心理が、私たちの態度に表われ、また、来客にも、反映したかと、思われた。まるで、フランスの庶民

の結婚式のように、肩の凝らない、なごやかな空気だった。

それでも、三時ごろになって、私たちは、新婚旅行に出かけるために、衣服を着替えた。そんな旅行も、少し恥かしいし、必要とも思わなかったが、細君は、希望した。もっとも、箱根の湯本で、〝松の茶屋〟という風雅な旅館を、戦後に始めたのが、細君のクラス・メートだったので、そこへ遊びに行くということにしたら、気分の抵抗を感じなかった。

ただ、別室で、紋付をセビロに着替える世話は、娘の巴絵《ともえ》がやってくれたが、ちょっと、感慨的だった。二度目の妻を迎えない前には、私が、彼女の着替えをしてやったのである。いつの間にか、彼女が、そんな旅行に出る父の更衣を、手伝ってくれるのである。でも、私は、べつに、大ゲサに考える必要もなかった。なぜといって、彼女自身が、来月匆々に、これは、ホンモノの新婚旅行に、出かける身だったから——


箱根では、もと茶人の別荘だった、落ちついた部屋へ通され、料理も、懐石風で、うまかったので、ノンビリと、二夜を送った。私も、細君も、べつに、羞恥というものを感じずに、過ごしたが、その代り、どうも、新婚者の気分になれず、どこかの女を連れて、温泉にきてるかのような、錯覚も起きた。

宿の女主人は、細君の旧友だから、一緒に散歩を誘ったが、

「あたし、ご遠慮するわ」

と、逃げられたのが、不思議なような気がした。

しかし、今から考えると、その時は、私も、まだ、まだ、若かったのである。結婚式の写真を、雑誌社のカメラ・マンが、とりにきてくれたが、それを見ると、まだ、なかなかイケるのである。壮年の面影が、ずいぶん残ってる。気分の上からも、老人の意識は、一かけらもなかった。細君だって、満四十になるかならずで、婆さんの臭《にお》いはない。だから、他所目《よそめ》には、新夫婦的なものが、映ったかも知れない。

そして、私たちは、家へ帰ったが、細君にとっては、新家庭だろうが、私には、多くの気分的変化はなかった。それに、義理の娘との同居で、細君が、ヘンに気を使うということでもあれば、私も、まとめ役を買わねばならなかったが、その必要もなかった。というのは、娘の結婚日が、目前に迫ってるので、細君は、旅行から帰った翌日から、嫁入道具の荷物ごしらえに、あれこれと、仕事があった。私は、細君が、そういう仕事に、コマゴマと、よく立ち働くのを見た。娘に対して、大いにサービスしてるのだろうが、一番末ッ子で、姉が多く、何かの時に、コキ使われた結果かと、思った。娘の方も、恋人と結婚の夢で、胸が一ぱいだろうから、継母を意識するヒマも、なさそうだった。

そして、結婚の当日がきた。妻は、母として、教会の儀式にも、披露の宴にも出た。その席で、私は、

「これが、今度貰った、家内です」

と、個人的な紹介をする機会を、持たねばならなかった。何か、親子が同時に、結婚式を挙げるような気がした。

そして、娘は、湯河原の新婚旅行から帰ると、以前に私のいた駿河台の主婦の友の寮に、仮住居をすることになった。つまり、彼女は、私の膝下を、去ったのである。

新妻と私だけの生活が、始まった。それまで、私は、老婢一人と、若い女中一人を、使ってたが、今度は、妻の連れてきた老婢一人になった。妻としては、家の中に、気の置ける者は、誰もなかった。

恐らく、妻は、そういう条件の下に、新生活を築きたかったのだろう。彼女は、長い未亡人時代を送っても、まだ若いといえたし、夫婦生活に希望も多かったろう。

でも、私は、身の回りの世話をしてくれる人物が、できたということだけで、充分に満足し、それ以上のことを、あまり望まなかった。つまり、新しい妻を迎えたから、どのような家庭を設計しようと、心を弾《はず》ませることもなかった。その上、私の仕事が、かなり多忙だった。新聞の連載が、すぐ始まり、雑誌の長篇も、約束が迫ってた。私は、一時に一つの仕事しか、できない習慣なので、そのヤリクリに、頭が一ぱいだった。新しく、家へ入ってきた妻の身になって、考えてやるという余裕もなかった。

もっと、悪いことがあった。私は、先妻に死なれて、長い期間を置かずに、再婚したので、まだ、彼女の記憶が、生々《なまなま》しかった。先妻だって、いろいろ欠点はあったが、死なれて見ると、長所ばかり、頭に残るのである。また、彼女が温順で、服従を喜びとするような女性だったことも、事実だった。しかし、新妻の方は、無邪気な代りに、我儘《わがまま》なところもあった。そして、その我儘に、抵抗を感じると、自然に、先妻との対比が、心に浮かんできた。

その当時の私が、決して、よき良人でなかったことは、いうまでもない。たとえ、初老を迎えての結婚であっても、結婚ということは、もっと慎重に考えねばならなかったのである。対手《あいて》も、生きた人間であることを、よく考えねばならなかったのである。もっとも、結婚という人間関係が、それほど重大で、面倒なものであることが、ほんとにわかってたら、私は、それを避けて通ったかも知れない。身の回りの世話とか、寂寥を慰めるとかいう対手《あいて》だったら、結婚という方法以外で、見出せないこともなかったかも知れない。

といって、私は、今度の再婚を、後悔する気持にはならなかった。私の人生の目的は、どういうところにあるのか、自分でも見当がつかないが、とにかく、毎日、依頼された仕事を、大きな障害もなく、果していける生活なら、あまり不服はなかった。夫婦生活が、いつも、幸福の花で飾られねばならぬ、という期待は、私になかった。

しかし、妻の方は、何の夢もなしに、私のところへ、嫁《とつ》いできたわけではなかったろう。私が、こういう良人であって欲しい、という期待は、結婚と同時に、彼女の胸にあったろう。その食いちがいは、私たちの夫婦仲のどこかに、禍《わざわ》いをなしたにちがいない。でも、それは、大した事件にはならなかった。

「あたしね、ここへくる前に、縁談があったのよ。とてもお金持の醸造家の人……。あすこへ行ってたら、どんなことになったかな」

妻が、何かの反応を期待するような態度で、そんなことをいい出した。

「おれもね、お前のくる前に、話があってね。会ったことはなかったが、写真は、とても美人だった。しかも、未婚でね。あの女を貰ってたら、どんなことになったかな」

私は、誘いに乗らずに、反攻に出た。

「じゃア、そのかたを、お貰いになればよかったのに……」

結局、本気になった妻の方が、負けとなったが、その程度のことだった。私は、彼女を連れて、旅行にも出かけたし、晩飯の後の散歩にも、同伴した。もっとも、この方は、私が汽車の線路わきの殺風景なところばかり、歩くというので、彼女の方から、蹤《つ》いてこなくなった。

とにかく、大きな不和はなかった。私は、それで、安心してた気味があった。


ところが、結婚二年目ぐらいのある晩——といっても、私と妻は、茶の間の文化コタツに入って、足を伸ばしてたから、冬のことだろう。

晩食後で、私は、胃の消化を助けるために、仰向きに寝転んで、天井を眺めてた。妻は、コタツの上に、顔を伏せてた。

こういう場合に、普通の夫婦というものは、世間話でもするのだろう。さもなければ、一緒に、テレビでも見るのだろう。私の家はある関係で、大磯ではテレビを早く置いた方だと思うが、その時分は、まだだったかも知れない。それなら、話でもすればいいのだが、私は、酒を飲む間でも、黙々とする癖がある。食後のオシャベリも、好きではない。決して、不機嫌なのではないが、話しかけられることも、話すことも、興が乗らない。これは、今度の妻に、限ったことではない。先妻の生きてた頃も、娘と二人暮しの時も、同様である。でも、二人とも、文句をいわなかった。もっとも、最初の細君は、フランス人だったから、食事中に、話をしないと、怒られた。フランス人というものは、会話を、食物の一種と考えてるのである。

今度の細君は、その点はフランス的であって、話を始めたら、キリがないから、一層、こっちが無言を守るのかも知れないが、とにかく、私は、ものをいわなかった。妻も、うたた寝でも始めたのか、顔を伏せたままで、シンとした茶の間は、冬の夜の更《ふ》け行く音が、聞えるような、静かさだった。

そのうちに、妻が、ウーンと、呻《うめ》き声を立てた。私は、悪夢でも見て、ウナされてるのかと思った。

「おい、どうしたんだ……」

私が、声をかけても、返事はなかった。

私は起き上って、妻を覗《のぞ》き込んだ。すると、彼女は、仰《の》け反《ぞ》るように、体を動かし、まるで、駆足《かけあし》でもする人間の態度で、両肘を上下させ、やがて、握り締めた両手を、グッと伸ばして、後ろに倒れた。眼は開いてるが、視力を失ったように、一点を凝視し、意識はないらしかった。

私は、狼狽《ろうばい》した。きっと、妻がテンカンの発作《ほっさ》を起したのだと、思った。でも、テンカンは、口から泡《あわ》を吹くと、聞いてたが、そんな様子はなかった。

私は、すぐ、電話で、医師を呼んだ。女中も、騒ぎを聞いて、茶の間へきたが、

「何でもない、何でもない……」

といって、遠ざけた。もし、テンカンだとすると、妻にそんな持病のあることを、知られたくなかった。

しかし、医師のくる前に、彼女は、正気をとりもどした。

「あら、あたし、どうしたんだろう。何だか、フーッとなったのまでは、覚えてるけれど……」

と、平常のような微笑を浮かべて、ケロリとした顔になった。

「ほんとに、何ともないのかい……。だって、気を失ったんだぜ」

私は、妻の急速な回復が、信じられなかった。

「ええ、もう、何ともないわ。おかしいわね……。あ、そうだ、きっと、コタツの炭火に、酔ったのよ」

彼女は、原因を発見したという、得意な表情だった。

「そうだ、きっと、そうだ……」

私も、そう思った。その時分は、電気ゴタツが、まだ普及しなくて、炭火を使ってたから、一酸化炭素とかいうものの、中毒にちがいないと、思った。

「でも、しばらく、安静にしてた方が、いいぜ」

「大丈夫よ、もう、何ともないのよ」

と、彼女は、私の慎重さを、笑ったが、強《し》いて、次ぎの間に、もう敷いてある寝具に、身を横たえさせた。

そこへ、医者がきた。

その医者は、もう、長い馴染みであり、私が胃潰瘍で入院する時も、一緒に病人車に乗って、病院まで行ってくれた人だった。一風変った医者で、お世辞をいわず、安請合《やすうけあ》いもしなかった。病名がわからないと、平気で、それを白状した。そういう点で、私は、彼を信用してた。

「何だい、奥さんが病気だって？　珍らしいね」

いつもの調子で、室へ入ってきた彼に、私は、大体、病状を説明した。

「そうだな、炭火の中毒かも知れないな。この頃、よくあるよ」

そして、彼は、妻の診察を始めた。綿密な診察を、妻はうるさがって、

「先生、もう、癒《なお》っちゃってるんですよ」

と、笑いながら、文句をいったが、

「ま、一応、見ないとな、これでも、医者だからな」

そして、彼は、診察を終り、手を洗いながら、いった。

「まア、一酸化炭素の中毒でしょう。でも、お大事にね……」

「先生、こんな状態でも、予後を気をつける必要があるのかな」

私は、彼の言葉に、何か意味ありげなものを、感じたので、聞き返した。

「そうね、べつに、心配することもないんだが……」

彼は、私の顔を見て、ニヤニヤ笑った。私は、彼が病人の前では、いいにくいものを持ってることを、看《み》て取ったので、

「じゃア、あっちの部屋で、お茶を飲みましょう」

と、離れた応接間の方へ、彼を導いた。でも、妻の耳に入れたくない病気だとすると、重病にきまってると思って、胸が轟《とどろ》いた。

応接間で、女中が紅茶を持ってきて、引き下ると、私は、すぐ訊《き》いた。

「何です、病気は……」

「そう真剣に訊かれると、ちょっと、困るんだけどね……。早くいえば、ヒステリーさ」

彼は、ニヤニヤ笑いの口へ、紅茶茶碗を運んだ。

「え、ヒステリー？」

まったく、意外だった。私の常識では、ヒステリーの女性は、平常から陰鬱で、泣いたり、喚《わめ》いたりするものと、考えてたが、妻には、まったく、そんな症状がなかった。

「おかしいな。家内が、ヒステリーだなんて……」

私は、誤診としか、思えなかった。亡妻だったら、陰気な性格を持ってたから、或いはということも、考えられるが――

「そういうものなんだよ。当人も、側の者も、気がつかなくても、立派な症状が、現われてる場合があってね」

「どんな症状?」

「だって、奥さんは、硬直状態を現わしたでしょう……。あれが、症状なんだ」

医師は、極めて平静に、微笑を続けながら、その病気の説明を始めた。

「ふーむ、ヒステリーね」

私は、二の句が次げなくなった。誤診を疑う気も、消えてしまった。

「で、原因は?」

私は、それを訊かないでいられなかった。ヒステリーの細君をこしらえるのは、良人の罪であって、虐待とか、不身持《ふみもち》とかが、原因とされてるが、私にそんな覚えはなかった。

「それア、必ずしも、亭主が放蕩《ほうとう》をしなくても、細君は、ヒステリーを起すんだよ。でも、広い意味じゃ、やはり、亭主の責任かも知れないな、ハッハハ」

彼は、面白そうに、笑った。

「なぜ?」

「なぜって、ヒステリーってやつは、欲求不満から起るんでね。奥さんが、ダイヤモンドが欲しくて、堪《たま》らないのに、あんたが買ってやらなければ、やっぱり、病気になっちまうんだから……」

「そんな、バカな……」

「いや、ダイヤは、一例に過ぎないんだよ。女の欲しいものは、沢山あるんだよ。そのうち最も欲しいものが、手に入らないとすると……」

そういわれると、私も抗弁ができなくなった。そして、妻の最も要求してるものが、何であるかを考えて見た。

(愛情かな? それとも、閨中《けいちゅう》のことかな?)

どっちにも、自信がなかった。何も与えないほど、吝嗇《りんしょく》ではなかったにしても、腹いっぱい食べさせてやった、覚えもなかった。

「女ッて、そんなに、強慾《ごうよく》なもんですか」

「いや、強慾というより、それが、女の自然なんだから、仕方がない。お互いに、細君を持ってれば、その点は、覚悟しなければ……」

医師は、声を立てて、笑った。

「で、家内の病気は、相当、重いの」

私は、それが気になった。硬直状態を起すほどなら、重症ではないかと、思われた。

「いや、まだ、初期だと思うね。発作はあっても、日常生活に異常がなかったとすれば……。でも、普通の病気とちがって、進行の見当がつかないんだ……」

「薬は?」

「薬なんか、あるもんか。何飲んだって、効きアしないよ。それより、まア、せいぜい、あんたが可愛がってあげるんだな」

彼はヒヤかすようなことをいって、腰を上げながら、

「でも、人聞きのよくない病気だから、ご本人にも、女中さんたちにも、一酸化炭素中毒と、

いって置きなさい。ぼくも、その手当にきたつもりなんだ。いや、この頃、多いんだよ、あの中毒が……」

と、笑って、帰って行った。

妻の発作は、その後、一度も起らなかった。

日常の様子を、それとなく、注意してても、何の変化も、見られなかった。憂鬱な顔つきや、イライラした動作というようなものも、まるで、発見できなかった。常のとおり、口数が多く、無邪気で、明るい彼女だった。

しかし、私は、医学を信用する外はなかった。一度でも、あのような発作のあったことは、彼女の体を蝕《むし》ばむ、何かがある証拠だった。原因なしに、あのようなことは、起り得ないのだ。

(結局、おれの責任なのか)

私は、そういう結論に、傾いた。自分の責任を、脱《のが》れたい心理と共に、気が咎《とが》めるという気持があって、その方が支配的だった。

妻が、愛情に渇《かわ》いてるとすれば、その状態に墜《おと》し入れたのは、私の外にないわけだった。そして、私が、充分に妻を愛してるとは、どうしても、いいきれなかった。

(やっぱり、結婚を、急ぎ過ぎたのだ)

娘が、家を出ることで、私は慌《あわ》ててしまい、再婚ということの重大さを、忘れたのではないか。少くとも、再婚するのに必要な、心の準備が、欠けてたのではないか。〝茶飲み友達〟なんて言葉は、最も俗な、空疎なものに過ぎない。七十、八十の男女が、結婚するにしても、やはり、人間と人間とが、結合するので、それ以外の関係は、考えられない。もし〝茶飲み友達〟という夫婦の内容があるとしたら、それは、若い時から睦《むつ》まじい二人が、年をとって、生殖行為を止めて、友人関係に入った時のことを、いうのだろう。私は、それほど老人ではなく、妻も、まだ、若いのである。〝茶飲み友達〟なんて、飛んだことだった。それを、安易に、軽率に、そんな気持をつくりあげて、現実の前に、眼をつぶろうとしたのだ。

それと、もう一つ、私の誤算があった。

私は、三度も、結婚をしたのに拘《かかわ》らず、結婚ということにも、妻という女性についても、現実放れのした、ノンキなことを、考えてたのである。

結婚とは、大人である男と、大人である女との結びつきであって、両者は、どこまでも対等で、良人が一人前の人間であるように、妻も同様だと、信じていたのである。良人は自分の力で立ち、妻も自分の力で立ち、そして、両方が手を繋ぐのが、結婚というものだろうと、考えてたのである。私の最初の妻のフランス女なぞは、どこから見ても、対等の人間だった。二番目の妻だって、気は弱そうでいて、シンが強かった。

私は、妻というものは、こっちで手を貸したり、労《いたわ》ってやったりしないでも、自分で、何とかやっていくものと、考えてたのである。自分で生きる力を、持ってるものと、考えてたのである。ところが、今度の妻は、そうではなかった。無邪気で、陽気な一面も、薄いガラスの鉢に、日光が反射してるようなものなのだろう。正体は、脆《もろ》く、弱いのである。多少の欲求不満は、どんな妻にもあるだろうが、それと闘う力が彼女には、まるで、欠けてたのだろう。

（でも、それが、女というものかも知れないな……）

私は、女に対する考え方を、変えなければいけないとも、思った。

そういえば、妻には、ガンバリとか、根性とかいうものが、乏しかった。少し働き過ぎると、翌日は、疲れて寝込むというようなことが、多かった。また、少し感情に激すると、思ってることは、全部、さらけ出してしまうところもあった。

（つまり、薄いガラス鉢なんだ。これを、壊《こわ》さないように扱うのは、よくよく、注意しなければならない……。やれ、やれ……）

私は、大荷物を背負い込んだ気がした。そして、初老に達した自分が、三度目の結婚で、そういう手のかかる妻を、迎えたとすると、前途は、どういうことになるのだと、気が重くなった。

もし、私が、まだ四十代だったら、離別という考えが、浮かんだかも知れない。我儘者の私は、我慢するということが、何よりの苦痛だった。でも、いつか、私の気力は、衰えていた。

（四人目の妻なんて、もう結構、結構……）

そんなことを考えると、第一に、苦笑が浮かんできた。

私は、妻が二度目の発作を、起しはせぬかと、ヒヤヒヤしながらも、従来の生活を、続けていた。その頃、私は新聞連載の仕事が終り、〝主婦の友〟へ〝娘と私〟を、書き始めてたが、何といっても、雑誌の長篇の方が、気分に余裕があった。茶の間で、妻を対手に、菓子をつまむという機会も、生まれてきた。

「あなた、今年、還暦《かんれき》よ」

と、彼女がいった。

「そんなことはあるまい。来年だろう」

といって、還暦は、六十歳か、六十一歳か、私は、よく知らなかった。

「あら、そんなことないわよ。確かに、今年よ」

彼女は、いろいろ、世間の例をあげて、いい張った。どうも、それが、本当らしかった。

「そうか、もう、還暦のジジイか……」

私は、自分でも驚いた。そうすると、父より十一年も、生き延びたことになった。私は、子供の時から、父より長く生きられない、という固定観念があって、短命を覚悟してたのだが、いつか、そんな年を、迎えてしまったのである。

といって、本気で、老人になったことを、意識したわけでもなかった。還暦といわれても、少しも、そんな気分がしないで、むしろ、そのお祝いなぞすることに、遊び半分の興味を感じた。

「ひとつ、七月一日の誕生日には、大勢、客を呼ぶかな」

というと、妻は、お祭り騒ぎが好きだから、すぐ、乗気になり、誰と誰とを招くかという話に、熱中した。私には、新しい親戚が、二つできた。妻の実家の人々と、娘の婿の両親だった。そして、私の縁辺——弟夫婦や、従兄弟夫婦たちを加えると、かなり、賑やかな顔ぶれになりそうだった。

「その時には、あなたは、赤いチャンチャンコを、着るのよ。きっと、似合うわよ」

と、妻は、調子に乗って、キャアキャア、笑った。

私は、少し、癪《しゃく》にさわって、

「何だ、自分だって、更年期のくせに……」

と、やりかえした。

それには、理由があった。妻も、その時は、数《かぞ》え年で四十三になり、月経不順を訴えてたのである。

「今月、ないのよ。もう、おしまいなのか知ら……」

と、先月あたりに、少し心細そうな顔で、私に告げたことがあった。私は、それも、結構だと、思った。妻と私は、十八ちがいだが、女は老《ふ》けやすいから、そんな時期に達したのなら、私と肉体の調和ができて、むしろ、望ましいと、考えた。また、妻の肉体が老いてくれば、ヒステリー騒ぎなぞ、起るまいと、思われた。万事、私にとって、都合がいいので、面白半分に、彼女のことを、〝コーちゃん〟と呼んで、揶揄したりした。更年期のコーであることは、いうまでもない。

しかし、その年の七月一日——還暦祝いの予定日がくる前に、私は、急に、外国へ旅立たなければならなくなった。

その年の六月二日に、ロンドンで、エリザベス女王の戴冠式があり、それに、日本の皇太子が参列されるので、ジャーナリズムが沸き立った。雑誌〝婦人倶楽部〟と、毎日新聞とが、報道記事を書くために、私を派遣したいと、いってきた。

私は、もう二十数年も、ヨーロッパの土を踏まないので、戦後の様子も見たいとは思ったが、昔とちがって、渡航手続きも、面倒であり、持参する金の制限まで受けると聞いて、尻込みをした。また、報道記事というのは、面白い仕事でもなかった。それで、私は、雑誌社の社長に、正式に、辞退の手紙まで書いた。

しかし、押し返して、何度も慫慂《しょうよう》されてるうちに、ふと、気が変ったのである。恐らく、パリに行ってる娘（その頃、彼女は、良人の赴任地であるパリに、住んでた）から、手紙で、渡欧をすすめてきたことも、一因だったかも知れない。戴冠式には、興味はないが、久し振りに、パリの空気を吸ってくるのも、悪くない——そんな気持に、なったのである。

だから、話は以前からあっても、出発は、急にきまったことになった。

私にとって、二十二年振りのヨーロッパ行きだったが、今度は、空の旅で、以前は、汽船ばかりだから、初旅のようなものだった。私は、言葉の通じるフランス航空を、択《えら》んだが、まだ、ジェット旅客機のない頃でも、三日目で、パリの土が踏めるというのは、夢のようだった。

そして、私の出発も、曾《かつ》て知らぬ、賑やかさだった。最初のヨーロッパ行きは、神戸から乗船したので、一人の見送人もなかった。二度目だって、三、四人ぐらいのものだった。ところが、今度は、雑誌社が景気づけのために、社長や重役や、多くの社員が、映画女優まで狩り出して、花輪をくれたり、旗を振ったり、大変な騒ぎだった。妻の姿なぞは、どこかに、紛《まぎ》れてしまった。

五月六日の夕に、羽田を立って、八日の午飯前に、パリへ着いた。ローマは、雨だったのに、途中から晴れて、アルプスの上を飛んだ時は、曾て知らない大景観だった。山は雪が多かったが、美しいというよりも、月世界を想像させる、巨大な寂寥《せきりよう》が、漲《みなぎ》ってた。

パリも、晴れていて、飛行場の柵の外に、迎えにきた娘夫婦の顔が、日に輝いてた。日本を出る時は、書生ッぽだった婿さんが、一端《いっぱし》のパリ人らしい服装で、パイプなぞ銜《くわ》えてる側に、娘も、パリのタイピストぐらいには踏める風体《ふうてい》で、手を振ってた。もっとも、彼女には、フランスの血が通ってるから、同化も早かったのだろう。

「入《い》らっしゃい……」

と、日本語でいうのが、おかしいほどだった。

オルリイ空港から、パリ市内までは、相当の距離があるから、私が車を雇おうとすると、

「うちの車で、迎えにきたんです」

と、娘がいった。婿さんは、まだ、大使館の書記官補で、ヒヨッコの身分なのに、車を持ってるとは、驚いた。よく聞いたら、友人と金を出し合って、一台を兼用してるとのことで、いくらか、話がわかったが、その運転を、婿さん自身がやるというので、また、驚いた。

「おい、大丈夫かい」

私のいた時代にも、パリで自家用車を運転して、大怪我をした友人が、二人もあった。

「わりと、上手なのよ」

と、娘が保証してくれても、一向、安心ができなかった。

そのために、久し振りのパリ郊外の景色も、落ちついて、眺められなかったが、車が、やがて、イタリー門から、市内へ入ると、キャフェや、八百屋や、独特の店構えが、何ともいえず懐かしく、躍り上りたいような、気持になった。五月は、パリの最も美しい時で、繁ったマロニエの並木の下を、買物籠を持った、黒衣のマダムが、歩いてたりすると、万歳を叫びたくなり、婿さんの運転の危険を、忘れてしまった。

婿さんが予約してくれたホテルは、東京なら麴町界隈にあたる、パッシイ区にあった。私は、着くとすぐ、バスに入り、カーテンを締め、午睡をするために、ベッドに入った。飛行機では、よく眠れなかったし、かなり、疲れてたからだったが、昂奮してると見えて、どうしても、目的を果せなかった。町の物音が、耳に入ると、起き上って、カーテンの間から外

を眺め、パリの屋根や、往来の姿が見えると、安心して、ベッドへ戻るようなことを、繰り返して、夕方に、娘夫婦が迎えにくるまで、遂に、一睡もできなかった。

ただ、曾て、この地に滞在したというだけだったら、私も、そんなに、昂奮することもなかったろう。やはり、この地で、最初の妻を穫《え》、この地で、娘が妻の腹に宿ったという過去が、私の情念を、沸き立たせるのだろう。そして、パリの街が、外形も気分も、あまり昔と変らないことが、一層、懐旧のこころを、そそるのだろう。

翌日は、日曜だったので、私は、娘夫婦を誘い、私の生活区域だった、学生町のラテン区へ、午飯を食いに行った。ソルボンヌ大学付近の中華料理屋で、食事をしてから、私は、独身だった頃に住んだ下宿のある街、それから、マリイと共に住んだ貸間のある街を、歩いて見た。そこは、陰気な裏町で、私たちの住んだ貸間ハウスは、ずいぶん汚《きたな》い家だったが、すっかり改装されて、シャれたホテルに変ってたけれど、私の感慨は、頂点に達した。

「ほら、あの三階の窓――あすこが、ぼくの部屋だったんだ。それから、四階の右側が、ママの部屋で……」

と、私は、手を高くあげて、娘に指さしをして見せた。あの三階で、お前を、お前の母が妊《みごも》ったのだ――と、いいたかったほど、私は、過去のことに、感動的になってた。

ところが、娘は、何の反応も、示さなかった。

「へーえ……」

と、上《うわ》の空の返事をして、ロクロク、私の示す方角を、見ようともしないのである。

私は、ひどく、意外だった。

しかし、婿さんの方は、自分の妻に、重大な関係のあることだから、多少の興味もあるかと思って、話しかけて見ても、

「はア、そうですか」

と、これまた、ひどく、冷淡な返事だった。

(これが、世代の相違というやつか)

私は、日本人のなかにある断層を、実に、ハッキリと見た気がした。その断層の向側に、わが子が立ってるのを、認めないでいられなかった。

それっきり、私は、若い二人の前で、私のパリの歴史を語るのを、止めてしまった。彼等は、私の歴史ばかりでなく、あらゆる過去に、興味がないらしかった。私が、パリに一週間ほどいて、

「どうも、パンがまずくなったな。ブドー酒も、料理も、昔の方が、よかったな」

と、感想を述べても、彼等は、対手《あいて》にしてくれなかった。

彼等は、現在のパリで、満足してるのに、よけいなことをいうなと、思ってるのだろう。もっとも、彼等ばかりではなく、フランスの若い者は、皆そうだということを、あるフランス人の口から、聞いた。フランスの若い者は、戦争中に、ひどい食物を与えられてたので、現在の食生活を讃美して、老人たちの不満に、全然、耳を傾けないということだった。娘たちも、生まれて始めて、パリ生活を経験したのだから、現在に満足する外はないのだろう。

そして、私だって、自分のいた頃のパリを、最上のものと信じていたが、昔は、もっとよかったと、人からいわれた記憶がある。

(人間は、そういうものなんだ。娘たちを笑うことは、できないんだ)

そして、パリへ着いた日の私の昂奮も、いつか、消えてしまった。

その上に、私のフランス語が、よほど怪しくなってることにも、気づかずにいられなかった。自分では、正しく話してるつもりなのに、対手に通じないことがあった。二十二年間、しゃべらなかったために、いつか、発音が崩れたのだろう。それでも、日常の会話には、どうにか、言葉が出てくるが、複雑なことになると、頭にあるフランス語を、口で表わすのに、時間がかかって、自分でも、じれったくなった。

(もう、パリで暮す資格が、なくなったんだ……)

と、寂しくなった。

それに、私は、日本から頼まれた仕事があり、雑誌に、第一回の通信を送るために、日本から持ってきた原稿用紙に、日本語の文章を、書かなければならなかった。パリへきていても、私の背後に日本が密着してるので、糸の切れた凧《たこ》のような、昔の私ではなかった。

昔のような、愉快なパリでなくなったけれど、やがて行かねばならぬロンドンより、まだマシだと思い、私は、劇場や展覧会通いに、日を送った。私は、若い頃、イギリス嫌いで、二度もヨーロッパへきていながら、曾てロンドンを、訪れたことがなかった。ドイツやイタリーに、旅をしても、高慢で、常識的なイギリス人の住む国には、足を踏みたくなかった。

そんな気持で、私は、できるだけ、ロンドン行きを、延ばした。毎日新聞へ送る、私の戴冠式通信に、挿絵を担当する高畠達四郎も、パリに到着していて、時々、顔を合わせたが、

「ロンドンなんて、サッと行って、サッと帰って来ようじゃないか」

と、同じことを、いい合った。

私は、日本にいる妻のことを考えて、おかしくなった。彼女は、今度の旅行がきまった時に、

「あたしも、連れてってえ！」

と、甘え声を発したほど、イギリス贔屓《びいき》なのである。彼女の兄や姉が、ロンドン生活をしたことがあるので、子供の時から、イギリスに憧《あこが》れ、イギリスの製品なら、何でも、世界一と思ってるし、イギリスの紳士淑女ほど、立派なものはないと、考えてるのである。その上、彼女は、子供を生んだことと、外国旅行の経験は、曾てないので、洋行というと、幻想的な期待を、持つらしいのである。

もっとも、今度の旅行は、自分の出る幕でないことを、知ってるから、本気で、同行を求めたわけではなかったが、それでも、ロンドンへ行ったら、銀の指環の骨董品を、買ってきてくれとか、いろいろ註文があった。彼女は、私がロンドンへ行くことだけに、興味があるらしかった。

そして、私は、フランスは親類気分で、ロンドンへ行くことを、溜息をつく気持で、嫌悪してるのである。

（だいぶ、趣味がちがいますな）

と、考えると、私は、笑いがこみあげてきた。

それでも、いつまでも、我儘をいっていられなかった。

「戴冠式の前景気の報道も、送って欲しいと、本社からいってきてますから……」

と、毎日新聞のパリ特派員に、催促されて、私は、五月十九日に、高畠達四郎と共に、パリを立つことになった。

飛行機は小さかったが、二時間足らずで、ロンドンへ着いてしまった。空港で働いてる労働者も、警戒にきている巡査も、フランス人から見ると、驚くほどの巨漢だった。ロンドン郊外の家々も、ひどくガッシリして、フランスのような、繊細さがなかった。海峡一つ超えただけで、まったく異境へきた感じだった。

私の宿は、〝毎日〟のロンドン支局だった。最初、ホテルを用意してくれたが、私は、気の張らない、支局の生活を望んだ。支局長と若い記者の外に、戴冠式の応援に、東京から、二人も記者が来てた。煉瓦建ての古い家だったが、そのフラットの三階と四階が、支局用で、私に与えられた三階の一室は、実用向きだが、広くて、静かだった。

着いた翌朝に、もう、私の仕事が始まった。私より先きに、ロンドンへ到着してた日本の皇太子が、今日、シェークスピアの生まれた、ストラッフォード・オン・アボンの町を、訪問されるから、その記事を書いてくれぬかと、依頼された。そして、七時には、もう、迎えの車がきた。

私と高畠、そして記者二人が、車に乗って、支局を出て、五分ほど走った時に、私は、飛んだ忘れ物をしてきたのに気づいた。慌てて出てきたものだから、部屋の洗面器の上に、入れ歯を置いてきてしまったのである。といって、総入れ歯ではないから、一日ぐらい外していても、特に不自由はないのだが、おかしな忘れ物であるから、車中の人に話すと、皆も、声をあげて笑った。

すると、五十以上の老運転手が、

「何で、笑うのだ」

と、質問した。

言葉の達者な若い記者が、その理由を説明すると、運転手は笑う代りに、ハンドルを大きく回し、どこへ行くのかと思ったら、また、支局の前へきてしまった。

「私も、義歯を入れてるが、あれがないと、ずいぶん困ることを、知ってる」

と、私にいうのである。

私は、急いで、部屋に帰って、忘れ物を口に入れてきたのは、無論だが、そんな運転手は、パリにも、東京にもいないことを、考えずにいられなかった。支局の出入りの自動車屋の運転手であったにしろ、私の義歯のために、往復十分ものムダをしてくれたということは、心に残らずにいなかった。

（イギリス人て、ちょっと、変ってるな）

それが、イギリスに対する、私の最初の好感だった。

それから、ストラッフォード・オン・アボンまで行く間の、三時間余の道程は、まったくの田舎景色だったが、意外な美しさだった。フランスの田舎も、美しいが、ここは、もっと絵画的――水彩画的で、整頓と、清らかさがあった。一つには、丘陵や平野に、作物を植えた畑が乏しく、青々とした、芝生のような牧草に、掩《おお》われてるからだろう。イギリス人は、牛乳と畜獣肉を重視しても、野菜は輸入ときめて、この間の戦争で、やっと、じゃが芋をつくったほど、尊大で、不精な国民だということも、車中で聞いた。そして、森林が多く、花が至るところに、咲いてた。エニシダや、お国振りのメー・フラワーや、リラや、バラが、どこも、花盛りだった。花の多いことでは、確かに、フランスの田園を凌《しの》いだ。

また、村落が、美しかった。家屋は、低い石造だが、その古風さは、靴屋の看板一つにも、表われていた。ズングリした街路樹と、ひっそりした石畳の路と、小さな教会の尖塔を見てると、イギリスという国の長い過去と、揺がない国民性とを、ハッキリと、感じさせた。

その日は、天気もよく、季節としても、この国の最上の時だったが、私のイギリスに対する反感が、紙を剝《は》ぐように、少し宛《ずつ》、減って行くようだった。

でも、目指すストラッフォード・オン・アボンは、それほど、私を満足させなかった。町じゅうが、シェークスピアを、売物にしてる感じで、古い木造建築も、庭園も、池も、白鳥も、皆、観光客用のように思われた。料亭や、自動車屋のガレージにまで、シェークスピアの名が、ついていた。

そんなことよりも、町に着いても、日本皇太子が、訪れてる気配のないことが、新聞側の人を、慌《あわ》てさせた。一人が、町役場へ行って、事実を確かめると、皇太子は発熱して、訪問を中止し、オックスフォードの宿舎で静養中ということが、わかった。

「だいぶ、殿下の熱が、高いそうだから、ことによったら、ハシカじゃないでしょうか。殿下は、まだ、ハシカに罹《かか》られたことがないそうだから……」

と、一人の記者が、いい出すと、忽ち、問題となった。もし、ハシカだとすると、陛下の御名代で、戴冠式参列ということも、覚束《おぼつか》なくなって、これは、大事件だというのである。

「ともかく、帰りに、オックスフォードへ寄って、事実を確かめなくちゃ……」

と、新聞側の意見がきまったが、私は、せっかく来たのだから、少しは、見物させて貰おうと、町を歩いた。骨董屋があったから、妻の依頼の指環を、探して見たが、金製か、鉄製ばかりだった。シェークスピア記念館では、館長がわざわざ案内してくれたが、シェークスピアという人物が、ちょっと正体不明なので、この家で生まれたといわれても、ピンと来なかった。

古い、カッテージ風の建築のレストオランで、午飯を食い、私たちは、すぐ、オックスフォードへ向った。

そこは、上品な町で、何か、英国の奥の院へきたような、感じだった。大学の中も、ちょいと見物したが、日本の大学と、まるでちがい、建物は、中世の僧院に似てた。大学生の宿舎というのも、古風で、暗い個室に分れ、各自が、一人ずつ、ボーイを雇ってるのには驚いた。昔ながらの貴族主義を守ってる、学校らしかった。

しかし、往来へ出ると、ロンドンにも稀《ま》れなほど、高級な男子用服飾店が、列《なら》んでた。飾窓の品物も、実に精選されてるので、私も、思わず、ネクタイやシャツを、買ってしまった。

四時ごろになって、町のあるホテルのパラーで、皇太子の病状の発表があるというので、私たちも、そこへ集まった。日本の新聞記者が、あまり広くないパラーを、埋めてたが、その中に、小泉信三夫妻の姿も見えた。そして、英国の習慣で、茶の時間に当るので、誰も彼も、ミルク入りの紅茶を飲み、マフィンのような菓子をつまんでた。

そのうちに、大使館の書記官が現われて、

「殿下のお熱も下り、お元気になられたから、近く、ロンドンへ帰られる予定です。伝えられるような、ハシカの心配は、全然、ありません……」

と、いうようなことを、紙片を読みながら、発表した。

それを聞くと、パラーの人たちが、一度に立ち上って、散り始めた。私は、皇太子が重病でなくて、よかったと思った。もし、皇太子が戴冠式に出れなくなると、私を派遣した社の目的が、半減してしまうからである。それほど、当時の日本の空気では、皇太子の人気が高かった。ホテルに集まった日本のジャーナリストも、重大ニュースの発表ではなくても、失望の色はなかった。

その翌日から、私のロンドン生活が始まった。

戴冠式まで、まだ十余日あったので、私の仕事といえば、市中の前景気の模様を、一度だけ、新聞社へ書き送ることと、できたら、皇太子にお目にかかって、雑誌社の方の戴冠式記事の一部に加えたいことぐらいで、後は、自分勝手に、ロンドン見物をすればよかった。だから、ウエストミンスター寺院で行われる式の日がくるまでは、遊び半分の毎日で、ロンドン塔とか、大英博物館とかいうようなところを、気が向いた時に訪ね回り、時には、日本大使館の人と、ゴルフをやるとか、自由な生活だった。そして、私にとって、興味の多かったのは、名所見物よりも、行く先々で眼に触れる、ロンドンの風俗や、イギリス人の気風だった。

私は、イギリスという国を、食わず嫌いだったことを、認めないでいられなかった。自分が長くいたフランスばかりを、贔屓《ひいき》にして、イギリスを凡俗の国と、きめていたが、どうして、その土を踏んで見ると、これは、紛《まぎ》れもない、ヨーロッパの偉大な国だった。歴史の古さと、伝統を生かした現代生活が、フランスに見られない重厚な調和を、感じさせた。ドイツやイタリーも、歴史を背負ってるが、現代生活とバラバラのような気がして、イギリスほど、渾然《こんぜん》たる空気を、感じとれなかった。町を歩いても、こんな、ゆったりした、秩序を感じさせる、近代都市はなかった。

(これは、よほど、大人《おとな》の国だな)

私は、そんな結論を、ふと、見出した。今まで大嫌いだった、イギリス人の常識というものが、逆に、魅力になってきた。ことに、戦後の東京の軽佻《けいちょう》な空気の中から、飛び出してきたのだから、ここの落ちつきと秩序が、特に、眼に映るのかも知れなかった。最初の日に、自動車の運転手が、私の義歯のために、車を回したことに、一つの印象を受けたが、その後も、イギリス人らしい仕打ちというべきものを、各所で、経験して、私は、この国の人が、親切だとか、重厚だとかいう前に、どうも、大人の集まりなのではないかと、考えることが、多くなった。大人というものは、ゆっくり、ものを考えるから、先走りや、よけいな昂奮をしないので、人間らしい秩序をもった、社会生活が営まれるのではないかと、思った。

一体、私がイギリスを軽蔑したのは、芸術方面のことから来てたが、夜は暇なので、劇場へ出かけて見ると、なかなか優秀な演劇があった。ことに、オールド・ヴィック座の〝ヘンリイ八世〟なぞは、曾てどこの国で見たシェークスピア劇よりも、立派だった。私は、イギリスに、優秀な役者が多くいることを知ったが、それまでバカにしてた舞台装置や衣裳が、洗練をきわめていた。

イギリス人の色感が、意外にいいと思ったのは、その時ばかりでなく、次第に、街を彩《いろど》ってくる戴冠式装飾にも、感を深くした。オックスフォード街、リージェント街、ボンド街というような、著名な街々で、大がかりな、祝賀の装飾が始まったが、赤や紺色の使い方が、巧みだった。フランスのような、軽快さはないが、ドッシリした、厚みと落ちつきがあった。

また、ロンドンの女というものも、私は、ヤボの代表のように想像してたが、時には、振りかえらずにいられないような、好もしい美人に、行き会った。お化粧はしてるが、パリ美人のように、過度でなく、衣服の好みも、グレーが多く、目立たない洗練さと、理知的な魅力があった。そういう女性は、もう既婚者と思われたが、フランス女の浮気ッぽさがないのに、かえって、男ごころをそそるところがあった。

(ロンドンも、なかなか、イケるじゃないか)

私は、次第に、そう思うようになった。

ただ、料理だけは、どこへ食べに行っても、ロクなものはなかった。それに、その頃は、イギリスもまだ肉類統制で、名物のロースト・ビーフに使うような上等な肉が、見られなかった。それでも、イギリス料理が、淡味のものであり、複雑な料理法を好まない特色が、長期の滞在者には、かえって、飽きさせないものを、持ってると、思った。

私は、いつの間にか、ずいぶんイギリス好きになってた。いくら、食わず嫌いだったにせよ、こんなに、好悪《こうお》が変るのを、自分でも、不思議に思った。

(そうだ。これは、私が年をとったためだ……)

私は、そう判断した。恐らく、私が最初にヨーロッパへ来た頃に、イギリスへ渡っても、こんな印象は、受けなかったろう。イギリス生活の秩序や調和に、むしろ、反感を持ったかも知れない。還暦の年になって、ここを訪れたために、大人の国のよさが、わかったのだろうと、考えた。

それにしても、イギリスが好きになったことは、妻に知らせてやる必要があった。出発の前に、サンザン、英国の悪口をいった覚えがあった。それに、外国へきてから、私は、かなり、優しい良人になってた。パリから妻に出した手紙にも、〝せいぜい、鬼の留守に、命の洗濯をしなさい〃というようなことを、本気で、書いてやった。実際、妻がショボリ留守番をしたって、何の意味もないことであって、毎日、東京へ遊びに行くような気持で、いてもらいたかった。

そして、そういう妻に、ロンドンへきて、イギリス好きになったと、報告してやれば、

「そうでしょう。何てったって、イギリスよ。イギリスみたいに、いい国ないわよ」

と、得意の叫びをあげることが、眼に見えてた。ちょっと、その得意顔を現出させてやろうかと、いうような気持は、日本にいては、私に起りそうもなかった。

妻も、私がパリにいる間に、何度も、手紙をよこした。日本大使館宛に、よこすのだが、そこに勤務してる婿さんが、すぐ、私の住所に、回送する仕組みになってた。しかし、ロンドンへきてから、まだ、一通も、届いていなかった。私も、到着の絵ハガキを、出しただけだった。

（今日あたり、長い手紙を書くか……）

そう思いながら、なかなか、その機会がなかった。用がないようでも、不意に、新聞社の人が、

「今日は、皇太子の競馬見物の写真をとりに行きますから、よろしかったら、ご一緒に……」

と、いわれれば、通信を引き受けた手前、同行しないでいられなかった。そんな仕事が、よくあった。

もっとも、ハースト・パークという、その郊外の競馬場へ出かけたおかげで、私は、皇太子に会えたばかりでなく、一週間後に戴冠式を控えた、エリザベス女王を、目のあたりに見た。それは、まったく偶然で、皇太子の所在を、探すために、群集（といっても、紳士淑女ばかりだったが）を、掻きわけてる間に、女王のお通りという場面に、ぶつかったのである。女王は徒歩で、灰色のスーツで、ニコやかに、人々に笑いかけながら、私から一メートルと離れない近距離を、通って行かれた。その日は、女王の持ち馬が、レースに出るので、来場されたということだったが、私は、警備の緩やかなのに、驚いた。無論、そこは、一般席と区別された場所だったが、私のような、素性《すじよう》の知れぬ外国人と、文字通り、咫尺《しせき》の間を、通られるのだから、ずいぶん、大胆なものだと、思った。

その代り、女王のご様子は、隈《くま》なく、拝見できた。女王も、痩せぎすで、眼が大きく、私が街頭で見かけて、魅力を感じた型の英国美人のように思われたが、理知的な冷たさがなく、無邪気で、とっつきやすいような、印象を受けた。女性の身で、国王になるのだから、もっと威厳をつくろっても、いいようなものだが、そういうところは、少しもなかった。

その印象を、宿舎へ帰ってから、ロンドン通の人に語ると、そこが、女王の人気のあるところなのだと、教えてくれた。そして、女王の容貌も、イギリスの女性に非常に多い型で、いわば、庶民的で、中庸的な点が、人気の出どころだと、語った。私の眼には、美人と見えたが、イギリスの標準では、そうではないらしかった。

とにかく、あれほど近くで見た女王が、やがて、戴冠式の時には、また、どんな様子で、ウエストミンスター寺院に、お出でになるかと、愉《たの》しみになってきた。私も、英国人と同じく、女王ファンになったのかも知れなかった。そして、大変立派な用紙と印刷の、正式招待状が、私のもとにも、届いていた。日の迫った、証拠だった。

イギリスへ来てから、真夏のような暑い日が、よくあったけれど、明日は戴冠式という六月一日は、青空よりも、雲が多く、温度が下った。さすがに、その日には、どの街もこの街も、前景気で沸き立った。どうも、イギリス人というのは、よほどスロ・モーらしく、私の着いた頃は、リージェント街の装飾が、やっとできただけで、他の街は、どこに戴冠式があるか、というようなものだった。女王の鹵簿《ろぼ》の通る街路には、桟敷《さじき》ができるということだったが、金属パイプで組み立てる工事も、式の四、五日前ぐらいに、やっと始めて、実にノロノロした仕事ぶりで、日本のトビ職の敏捷さを、知ってる者には、これで間に合うかと、ジリジリしてくるほどだった。

ところが、式の前日になって見ると、いつの間にか、どこもかしこも、準備完了なのである。ゆっくり、焦《あせ》らず、まるで、潮の寄せてくるような正確さで、すべてが、目的を果してるのである。そして、何か、冷淡のように見えた、戴冠式景気というものが、前日になったら、実に整然と、盛り上ってきたのである。驚くべき演出と、いわねばならない。

（いいかね。こういう大きなお祭りというものは、前からワイワイ騒いだって、仕方がない。肝心なのは、当日なんだ。当日に手落ちのないように、丁寧に、ゆっくりことを運ぶものなんだ）

私は、誰とも知れぬイギリス人が、そういって、自慢してるように、感じた。その盛り上った前景気を、見物することとは、私の任務の一つだから、午前中から、宿舎の近所の街を歩いた。すぐ前のクラーリッジ・ホテルなぞは、格式のある家だから、各国の参列者が、泊ってるらしく、玄関に立てられた、色とりどりの国旗が、花壇のように、美しかった。

宿舎の付近は、目抜きの場所だが、ロンドンの一部分だから、午後は、もっと広く、見て回る必要があった。ピカデリー・サーカスなぞは、電飾の輝く夕景の方が、よいと思われた。そして、私は、行きつけの小料亭で、午食をすませると、一度、宿舎へ帰って、疲れた足を、休めることにした。

旧式のエレベーターを、自分で運転して、三階へ上ると、新聞の人たちは、皆、仕事に出たと見えて、サロンも、森閑《しんかん》としてた。私は、自分の部屋の扉を開け、ソファの上に、体を休めた。

明日の戴冠式参列が、少し、気になってきた。式は、十一時から始まるのだが、途中の街路が混雑するので、六時前に、宿舎を出て、ウエストミンスター寺院に、入場する予定になってた。五時起床というのも、大変なことだが、それよりも、式場に入ってから、終了の午後三時ごろまで、小便ができないということが、大きな不安だった。前の戴冠式の時には、参列のイギリス貴族の夫人が、尿意を我慢し過ぎて、卒倒したとか、ある老将軍は、盛装の軍服のままで、垂れ流したとか、いろいろの噂を、聞いてた。だから、参列者の嗜《たしな》みとして、前夜から、飲料を控えねばならない、ということだった。

（すると、今晩の食事は、ビールも飲めないというわけだな）

私は、厄介なことになったと、思った。そして、ガラにない大役を、引き受けたのを、後悔しながら、明朝の早起きに備えて、午睡をしようと、ソファの上に、足を伸ばした時に、テーブルの上に、二通の手紙が置いてあるのに、気づいた。二通とも、日本の航空便封筒の色だった。

妻からの手紙で、一通は、パリから回送してきたのだが、こんなに遅れてくるのは、婿さんが不精をした、証拠だった。それを読むと、留守中のことが、細々書いてあるが、べつに、変ったことはなかった。

もう一通は、ロンドンの住所宛だから、最近に出したものと思われ、その封を切って、ソファに寝転びながら、読み出したのであるが、私は、アッと驚いて、起き上った。

（何ということだ、何ということだ……）

妻は、妊娠のことを、知らせてきたのである。

更年期障害と思った妻は、かねて診察を受けたことのある、ガン研婦人科部長のM博士のところへ、その手紙を書く前日に、出かけたら、確実に、妊娠四カ月と、いわれたそうなのである。

（何ということだ、何ということだ……）

私は、明るい窓際へ行って、もう一度、その手紙を読んだ。

（還暦のおれが、子供をつくるなんて……）

感動というのか打撃というのか、自分でもわからなかった。私の人生を、一変させるような、何かの波であって、喜びと不安とが、泡立って、私を襲った。

もう、英女王戴冠式なぞは、どうでもよかった。私の上に降ってきた、この大事件を、大声を出して、窓から叫びたいほどだった。

私は、その年の六月二十四日に、日本へ帰った。

フランス航空の飛行機が、大変遅れて、羽田へ着いたのは、午前二時だった。雑誌社では、往途と同じく、社長以下大勢で、出迎えてくれたが、そんな時刻になって、気の毒だった。おまけに、税関や、所持金の両替《りょうがえ》が、手間どって、空港を車が出たのは、三時過ぎになってしまった。

保土ケ谷《ほどがや》あたりまでくると、それまで小降りだった雨が、滝のようになった。往来は河になり、車輪のあげる水しぶきが、窓まで迫ってきた。そして、短か夜が、白々《しらじら》と、明け始めた。

「おや、もう、夜明けですか」

「よかったですよ。この雨で、夜道を走るんじゃ……」

二人の編集部員が、私の家まで送ってくれるのだが、私は、話しかけられても、生返事しかできなかった。天候のことすら、気にならなかった。妊娠以来、まるで、別な存在になってしまった妻のことで、頭が一ぱいだった。どんな様子で、私を迎えるのか、そのことだけが、念頭を占めた。

戴冠式が終ると、すぐに、日本へ帰りたいと思ったが、そうもいかず、ロンドンからパリに寄って、出発の日のくるまでの間、私は、日夜、妻と胎児のことを、考えた。

知らせに接した時は、喜びと不安と、五分五分だったが、じきに、不安ばかりになった。四十三という妻の年齢で、初産となると、無事な出産は、予想できなかった。難産のために、命を失うか、うまく行って、帝王切開となると、思われた。

医者が、何といってるか。きっと、胎児を犠牲にして、妻の生命を救うという場合が、くるだろう。

「いいですとも、どうぞ、そういう処置を、とって下さい」

私は、医師に答える心の準備が、できていた。

実際、この年になって、もう、子供は欲しくなかった。私が、大磯のような辺鄙《へんぴ》なところへ、居を移したのも、晩年を静かに送りたいという下心が、あったからだ。そういう気持だから、妻との結婚も、〝茶飲み友達〟なんて考えが、浮かぶことになった。〝茶飲み友達〟が妊娠しては、まったく、計画が狂うのである。

そして、私自身の健康や体力に、もう、自信が持てなくなってた。こんな年になって、こしらえた子供は、無事に生まれたところで、きっと、日の当らない、繁みの下の桃の実のように、青しょびれ、萎《しな》びた、虚弱児のように、思われた。そんな子供を、世の中に送り出すのは、親として、罪悪のようなものだった。

吉報の喜びは、戴冠式の前日だけのことだった。後は、ずっと、暗い不安ばかり続いた。だから、ロンドンでも、パリでも、私は誰にも、その事実を告げなかった。どうせ、闇から闇へ葬られてしまう胎児のことを、人に話したって、仕方がなかった。

ただ、パリの娘夫婦にだけは、義務的に、知らせる必要を感じた。

「あら、ほんと？　すてきじゃないの」

娘は、眼を円くしたが、少し、私をからかい気味だった。

「何が、すてきなもんか。どうせ、無事で、生まれっこないんだ」

私は、不機嫌になった。

私は、ロンドンでも、パリでも、度々、妻に手紙を出した。それまでは、妻の返事が来なければ、手紙を書かなかったが、今度は、矢継ぎ早に書いた。そして、どの手紙にも、妻が、自分の体を大切にすること、どんなムリもしてならぬことを、くどく、繰り返した。ということは、母体を救うために、胎児を犠牲にする覚悟を、今のうちから、それとなしに、持たして置きたかったからだ。まだ、生まれてない者の生命は、父親にとって、価値はないが、腹の中で、その者が生育してることを、知ってる母親の執着は、容易なものでないことが、わかってるからだった。医師が、堕胎《だたい》の必要を告げたら、私は、無論、同意するが、妻を説き伏せるのは、大変な難事だろうと、想像されたからだった。

(何にしても、早く、妻の顔を見なければ……)

私は、次第に明るくなってくる、外の景色を見ながら、心が急いだ。まだ、どの商店も、戸《と》を閉《ざ》してる平塚の町を、通り抜けた頃は、低気圧性の雨も、小降りになってきて、大磯の間近さが、心を躍らせた。

やがて、わが家の松と、竹垣が見えた。車が、止まった。雨は、ほとんど、止んでいた。車の音を聞いて、二人の女中が、門まで飛んできた。

「お帰んなさい。寝ないで、待ってたんですよ」

「飛行機が、遅れたんだ。奥さんは？」

「待ってらっしゃいますよ、お玄関で……」

私は、松の根と、濡れた裸土で、歩きにくい通路を、玄関へ急いだ。

上《あが》り框《かまち》に、旅館の女将のように、両手をついた妻が、待ってた。

「お帰りなさいませ。ご無事で、おめでとうございます」

こんな時に、いやに、几帳面な挨拶をするのが、妻の癖だった。服装も、平常着でないものを着て、お化粧をしてた。

「大丈夫か」

私は、すぐ、訊いた。

「何が？」

「何がって、体のことだよ」

「はい、べつに……」

側に、雑誌社の人がいるから、私は、それ以上、訊けなかった。でも、妻に、窶《やつ》れた様子のないことは、一見して、明らかだった。むしろ、少し肥ったような気さえした。下腹部の辺を、注意したが、別に膨《ふく》らんだ様子もなかった。

応接間へ上って、私は、雑誌社の人に、礼を述べた。徹夜をして、出迎えてくれた上に、家まで、送ってくれたからである。

そのうちに、妻が、酒肴を運んできた。そういうことに、気のつく女ではないのだが、私が予定時間に帰れば、食事の必要があると思って、整えて置いたものを、そのまま運んできたにちがいなかった。

三カ月ぶりに、日本酒の盃をあげて、急に、私は、ホッとした気分になった。妻の健康に、異変のないのが、安心のもとだった。

暫らくして、雑誌社の人も、帰って行った。

「お風呂も、沸いてるんですよ。どうなさる?」

妻は、手落ちのないところを、誇りたいような、顔つきだった。

「いや、ゆうべ一睡もしてないから、ともかく、寝かしてくれ……。それより、どうなんだ、ほんとなのか」

私は、第一、そのことから、確かめたい、気持だった。

彼女は、無言でうなずき、羞恥《しゅうち》と得意を交えた、微笑を見せた。

「医者は、何といってる？」

「異状なしですって……」

「どっちのことなんだ。子供か、母か？」

「どっちもですって……」

「危険はないと、いうのか」

私は、少し、ジリジリしてきた。

「べつに、何とも、仰有《おっしゃ》らないわ」

「そうか。とにかく、ぼくが、一度、医者に会おう……」

きっと、私は、険悪な顔をしていたに、ちがいなかった。妻のノンキさが、腹立たしくてならなかった。

「お帰り匆々、そんなに、お怒りにならないでよ」

「いや、怒りゃしない。それより、早く、寝よう。皆も、眠いだろう。すぐ、寝かした方がいいよ……」

私は、まだ、雨戸の閉《とざ》してある寝所へ行き、久し振りに、日本の布団の上へ、身を横たえた。

やがて、妻も、女中たちに、寝るように命じてから、隣りの寝床へ、来たようだった。スルスルと、帯を解く音が、夢うつつに聞えた。

和服を着て、タタミの上に坐って、魚と米の飯を食って——そういう生活も、二、三日すれば、新奇性を失った。今度の外遊は、期間が短《みじか》かったから、もとへ戻るのも、早かったのだろう。

私は妻の依頼の銀製の指環（やっとパリの骨董店で見つけた）や、パリの香水や服飾品などの土産《みやげ》を、彼女に渡した。そして、満足する彼女の顔を見て、

「一体、ほんとなのかい？」

と、改めて妊娠のことを、確かめて見たくなった。

「バカねえ、まだそんなことといってらっしゃるの……」

妻は笑ったが、そして、私自身も、薄笑いを洩らしてはいたが、そう訊かずにいられなかったのだ。

「変だと思ったのは、いつ？」

「それア、お出発《たち》の頃からよ」

「どう変だった？」

「ツワリっていうのか知ら、あれが、あったのよ」

「じゃア、正確な前兆じゃないか。なぜ、いわなかったんだ？」

「だって、始めてですもの。ツワリなんて、どんなもんだか、わかりアしないわ」

「そうか」

私は、何だか、おかしくなった。

「今だって、吐き気でもするのかな」

「まだ、吐き気でもするのか」


「いいえ、それは、もう済んだけれど……。おわかりにならない？」

彼女は、子供が謎解きの問題でも出すような、顔をして見せた。

「何だ？」

「あたし、タバコのまなくなったでしょう」

そういわれて見ると、彼女が、あまり上手でない手つきで、巻煙草を持つ仕草は、眼につかなくなった、ようだった。

「止めたのかい」

「いいえ、まずくて、のめなくなったの。不思議ね」

「いや、結構だ」

私は、女がタバコをのむのは、好きでなかった。ことに、彼女のように、二、三年前から、人真似をして、のみ始めたというようなのは、止める方が、賛成だった。

「いいわよ、子供産んだら、また、のんでやるから……」

「しかし、ほんとに、産めるのかね」

そういうことを、彼女の耳に入れたくはなかったのだが、つい、いってしまった。

「大丈夫よ。M先生だって、とても順調だって、保証して下さったのよ」

妻の方が、ずっと、ノンキだった。私の半分も、不安を感じてないらしかった。

「とにかく、おれも、一度、病院へ行ってくるよ」

私は、それ以上、妊娠のことに触れるのを、避けた。

「それより、還暦祝いを、やろうか、どうしようか……」

洋行前から、妻と相談してあったその祝いの日（私の誕生日）が、近づいていた。でも、妊婦が来客の接待で、立ち働きをして、もし差障《さしさわ》りが起きたらと、心配になった。

「全然、大丈夫よ。まだ、臨月じゃあるまいし、かえって、動いた方がいいって、先生もおっしゃるくらいよ」

それで、還暦祝いをやることになった。

しかし、妻の手数をできるだけ少くするために、家では何も料理をつくらぬ、工夫《くふう》をした。神田の天政が懇意だから、そこの主人に出張を頼んで、お座敷テンプラ。飯の代りに、大磯のスシ屋で、地許《じもと》のアジのスシ。後はオウドウヴルぐらいのことにした。

弟夫婦、従兄弟、従姉妹、妻の実家の夫婦など、十人ほどの客がきた。天政も夫婦で仕事にきてくれ、キビキビ働いてくれた。酒は、私が一番多く飲んだ。

「元気だね、一向、還暦らしくないね」

と、私は客にからかわれたが、外遊の前よりも、何か元気がでてきたのは、自分でもわかった。

そのうちに、弟の妻が、私の側にきて、小さな声で、

「お兄さん、おめでとうございます」

と、いった。今日の祝辞だと思って、

「や、ありがとう」

「いいえ、そればかりでなく……」

「無事帰朝ということかい？」

「おとぼけにならないで……。ちゃアんと、わかってるんですよ」

彼女は、妻の妊娠のことをいってるのだった。私は、ひどく驚いた。そのことは、妻の実家以外の人に、まだ、誰にも知らしてなかったのだ。

「どうして、わかったね」

「それア、わかりますよ、女ですもの。今日、お姉さんの様子を見たら、すぐ……」

私は、感心してしまった。私の眼からは、妻の下腹部は、少しだって、膨脹した形跡はないのだが、女は女の見どころがあって、鋭い探偵眼を、働かすのだろう。

やがて、弟が、自分の妻に、ささやかれて、私の側にやってきた。

「おい、兄貴、すごいね」

「何が、すごい」

「還暦で、子供こしらえるなんて、新記録だろう」

「バカいえ。そんなのは、世間にいくらもある」

「いや、よっぽど、精力絶倫でなくちゃ……」

と、私をひやかし始めた。そして、客の中には、私の〝別なおめでた〟を、感づく者も、出てきた。

無事に宴会が終り、客たちは、終列車で引きあげて行った。

「跡かたづけは、明日にしろ」

私は、そういったが、妻は、肯《き》かずに、汚れ物を、台所に運んだ。その時分は、女中の一人が、家に帰り、一人だけだったから、妻の仕事は、それだけ多くなってた。

私は、座敷で、読み忘れた夕刊に、眼を通してると、台所の方で、ドシン、ガチャンと、大きな音がした。

「どうしたんだ?」

驚いて、飛んで行くと、妻が床板《ゆかいた》の上に、尻餅をつき、ゲラゲラ笑っていた。

「何に躓《つまず》いたか、わからないんだけど……。あら、大変、伊万里のお皿、割っちゃった……」

私は、二つに割れた皿を見て、何か、不吉な前兆を感じた。

「もう、いい。かたづけものなんか、すぐ、やめちまえ」

私は、大声で、叱った。

その晩、私は、隣りに臥《ね》てる妻が、今にも、うめき声を立てはしないかと、ハラハラした。妊婦というものは、転倒することによって、よく流産を起すと、聞いていたからだった。

(夜半《よなか》に、そんなことになったら、大変だぞ。どうしたら、いいんだ……)

私は、睡眠不足の夜を明かした。

しかし、その晩も、その翌日も、妻に変化はなかった。女の体は、よほど丈夫にできてると思ったが、当人が、一向、気にしてないのには、もっと、驚かされた。

念のため、妻をガン研病院にやったが、別に、異状はないということだった。でも、その時に、心臓が少し弱ってると、いわれたことを、一大事のように、私に告げ、シクシク泣いたりしたのは、彼女の方も、確かに、妊婦の異常心理になってるに、ちがいなかった。

ある日、私は、ガン研病院を訪れた。そこの婦人科が、世間で信用があるので、妻も前から、診察を受けに行ってたのだが、私が、前年に胃潰瘍の手術をして貰って、院長のT博士とも、懇意になった縁故からだった。

T博士と、婦人科科長のM博士が、私を待っててくれた。

「やア、おめでとう。いよいよもって、ご盛んで……」

冗談好きのT博士は、私の顔を見ると、すぐ、そんな口をきいたが、妻についての所見も、何一つ、暗いことをいわなかった。

「でも、四十三にもなって、初産なんだから、無事に、産めるもんですかね」

私は、ロンドン以来、気になってることを、始めて、医者に質問した。

「そうご心配になることもないと、思います。いままでの経過が、大変、順調なんですから……」

M博士が、答えてくれた。

「そうでしょうか。でも、万一の場合、胎児を犠牲にさえすれば、妊婦は救われるもんなんでしょうか」

「ええ、そのご覚悟なら、まア、どんな事態が起きても……でも、そんなご心配は、必要ないんじゃないですか」

「と、おっしゃると、両方無事という可能性も、なきにしもあらず、ですか」

「勿論ですよ」

私の胸は、いくらか軽くなった。また、M博士は、妻の心臓のことも、問題にするほどではないといった。

「じゃア、一つ、出産の時は、こちらにお預けしますから、よろしく……」

私はこの病院で手術をして、大変経過がよかったから、縁起をかつぐ気持もあった。

「ところが、そいつは、困るんだ。ここは、同じハレモノでも、病理的なやつでない限り、入院扱いはしないことになってるんだ……」

T博士は、冗談めかした調子で、それを断《ことわ》った。つまり、子宮ガンのような患者なら、入院させるが、普通の産院の仕事までは、手が回らないというのだった。

私は、ちょっと、心細くなったが、

「じゃア、生理的ハレモノの処分に、適当な病院を、せめて、紹介して下さいよ」

と、負けずに、冗談をいった。

T博士とM博士は、相談を始めて、結局、駿河台《するがだい》の浜田病院を、推薦してくれた。院長の

O博士というのが、老練な名医だと、いうことだった。

その足で、私は、駿河台の主婦の友社を、訪れた。そこの社長は、九大医科の助教授だった人で、私は、よく、健康上の相談を持ち込んでいた。

「O博士を、紹介されたんですが……」

私は、それについて、社長の意見を訊いた。

「Oさんなら、第一人者ですよ。それに、同じ駿河台で、あたしも懇意にしてますから……」

そこで、私は、躊躇《ちゅうちょ》なく、浜田病院を、妻の出産の場所にきめた。

「ところで、おかしなことを訊きますがね、ぼくぐらいの年齢の男の精子は、よっぽど弱ってるんでしょうか」

私は、かねて、胸の中にあった不安を、質問して見た。

「そんなことありません。どうしてですか」

社長は、すぐ、ムキになる性格だったが、この時も、無知蒙昧《もうまい》は許せないという顔つきだった。

「シナびた種から、丈夫な苗は、育たないような、気がしてね」

「絶対に、そんなことありません。むしろ、初老の男子が、心身ともに、強健な子供を生ませる例が、多いんです」

彼は、山本五十六大将の例をあげた。大将は、父親が五十六歳の時の子だったそうである。

「五十六なら、ぼくより、まだ四つ若い……」

「何をいってるんですか。四つや五つ、問題じゃない……」

しまいには、社長も、笑い出した。

それから、社長に電話して貰って、私は、近くの浜田病院を訪れ、O博士を訪れることになった。

O博士という人は、社長の話では、雷《かみなり》院長と異名《いみよう》をとるほど、口やかましい人で、看護婦たちは、震え上ってるということだったが、私が会ったところでは、それほどでもなかった。むしろ、剛直で、誠実な、信頼の持てる老医だった。

私は、出産時の妻の入院を、依頼してから、

「実は、今年四十三になる女で、初産なんですが、難産の心配はないもんでしょうか」

と、訊いて見た。

「若い女だって、難産はありますよ」

院長は、ニベもなく答えた。

「それはそうでしょうが……」

「高年婦初産を、昔の医学では、危険視したんだけれど、統計的には、そういうことはありません。分娩時間が、多少、長引く程度です」

「手術しないでも、産めるんですか」

「それア、産めるよ、君。高年婦だって、妊娠する以上、分娩の能力があるんです」

「そんなもんですか」

「まア、正確なところは、九カ月目ぐらいになってみないと、わからんが、高年初産だから、必ず帝王切開をするというような考えは、捨てて下さい」

「でも、万一の場合は、胎児を犠牲にする覚悟は、ついてますから……」

「下らんことを、考えるもんじゃないです」

雷院長は、最後に、それらしく、声を荒らげた。


ひどく暑かった、その年の夏が去り、また、台風の多かった初秋も過ぎ、静かな大磯の秋《あき》日和《びより》の続く頃には、妻の腹も、すっかり大きくなった。ある日、その腹を見せてもらったが、ヘソが見えなくなってるのには、驚いた。女の腹は、そんなにも大きくなるものか。最初の妻が、長女を生んだのは、ずいぶん昔のことだから、私は、そういうことを、すっかり忘れてしまった。

妻は、浜田病院で、定期的診察を受けるようになったが、出産予定日というのを、聞いてきた。

「それが、クリスマスなんですって……」

彼女は、笑った。キリストと同じ日に生まれたら、誕生日が覚えやすいのは、確かだった。

妻が、だんだん妊婦らしい状態になってくると、私まで、妊娠してるような気になったのは、不思議だった。私も、何か、腹が重く、何かを抱え込んでるような気がした。そして、何か、セカセカと、急《せ》き立てられるようだった。

（この気分、何かに、似てるぞ）

と、考えて見たら、所得税の納期が迫った時と、そっくりだった。男にとって、子供が生まれるのは、税金の支払いと、同じことかも知れなかった。

（生まれるもんなら、早く、生まれてしまえ！）

私は、ジリジリする気持になってきた。

そして、喜びの感情が、どこの隅にも、見出せなかった。女は、腹の中にいる小さな者に、すでに親の情愛を感じるらしいが、私にとって、それは〝者〟ではなく、〝物〟だった。全然、愛情は湧かないし、むしろ、凶兆のように思われた。

（もし、その子が生まれたら、おれが死ぬんではないか）

そんな気もした。私の知ってる範囲でも、思いがけない時期に、突然、子供を持った父親が、やがて死んだ例が、三つもあった。

その上、私は、ひどく多忙だった。生涯のうちでも、その頃が、最も仕事が多く、依頼された半分も、手が回らなかった。大磯に隠栖《いんせい》するつもりだったのに、出産と過度な仕事とのために、すっかり調子が狂った感じだった。神経が苛《いら》立ち、まったく平常心を、失った。

忙がしい日常の一つとして、文学座の〝あかんぼ頌〟の演出があった。その年、私がパリで見てきた芝居を、東京の舞台で上演してみたかったのだが、内容は、子供の出産に関係があった。無論、偶然に、そんな芝居を、手がけることになったのだが、関西公演を先きにしたので、私も同行しないわけにいかなくなった。やっと、京都の公演を済まして、帰ってくると、妻の出産が、近づいてることを、知らされた。予定より早く、胎児が骨盤の間とかへ、降りてきたのだという。そして、順当の経過だから、自然分娩が可能な見込みだという。

それにしても、産気づいてから、大磯を出発するわけにいかないので、妻の実家か、さもなければ、浜田病院の近くで、待機する方法が、考えられた。結局、妻の実家は渋谷で、遠いので、駿河台のY・W・C・Aの宿舎へ入ることに、きまった。そこなら、〝主婦の友〟にも近く、何かの援助が、期待できるからだった。

十二月の始めに、妻は、実家の嫂《あによめ》に伴なわれて、Y・W・C・Aへ入った。

私は久し振りで、一人暮しの生活に帰った。その頃、女中がまた、二人になって、人手に不自由はなかったが、二人とも、料理を知らなかった。一度、恐るべきシチューを、食わされてから、私は、サシミとか、スキヤキのようなものばかり、食うことにした。

一人暮しの寂しさというものは、全然、なかった。むしろ、妻のいない方が、執筆もはかどり、気分も平静だった。時としては、妻の出産のことさえ忘れ、彼女から、無事を知らせる電話がかかってきて、ハッと、思い出す始末だった。

その日も、朝早く起きて、正午まで執筆して、すぐ、東京へ出かけた。といって、妻を見舞うためではなかった。〝あかんぼ頌〟の東京公演の初日が、〝土曜マチネー〟だったので、それに臨席する必要があった。その後で、座談会があって、終った時には、もう、夜だった。

（いいや、Y・W・C・Aは、今度にしよう）

私は、八時ごろの列車で、大磯へ帰った。

家へ帰ると、若い方の女中が、少し慌て者だったが、玄関へ飛び出してきて、

「大変ですよ。奥さまが産気づいて、入院なすったんですよ」

と、大声で喚《わめ》いた。

どこからの知らせかと、訊くと、午後に、〝主婦の友〟から、電話があったのだという。

私は、すぐ、社長の自宅へ、電話すると、

「いや、まだ、生まれるところまで、来てるわけじゃないんですよ。三時ごろに、奥さんが、異常を感じて、社へ電話されたんで、社の車で、浜田病院へお送りしたんだが、院長の所見でも、明日あたりということで……」

という返事だった。

しかし、私は、急に不安を感じて、電話口から茶の間へ、帰ってくると、電燈の円い笠の周りを、一疋の大きな蛾《が》が、バタバタと、厚い羽根の音をさせて、飛び回ってた。

(何だ、冬だというのに……)

大磯は、昆虫の多いところだが、十二月になって、蛾の姿を、見ることはなかった。そして、灯を目がけて、狂い回る姿を見てると、そのふくらんだ下腹部が、連想を起した。

(これア、妻は死ぬぞ、きっと。そして、子供も……)

そのうちに、蛾は、バッタリと、畳の上へ落ちて、動かなくなった。

翌朝、八時の列車で、私は、東京へ出かけた。

昨夜は、よく眠れなかったので、頭はボンヤリしてたが、神経は昂《たか》ぶってた。

（もし、異変があれば、夜中でも、今朝でも、知らせがあるはずだが……）

私は、安心の材料を探そうとしたが、それを打ち消す考えが、勝った。東京駅で、国電に乗換える時も、御茶ノ水駅から、病院を目ざす間も、人をかきのけるような、速歩になった。私は、駿河台に住んだ経験があるから、浜田病院の所在を、よく、知ってた。戦災に焼け残った、古い病院で、玄関は、ひどく暗かった。その上、ガランとして、人影が少いので、妻の病室を訊くのにも、骨が折れた。

階段を登って、すぐの南側の室が、そうだった。壁寄りに、鉄製のベッドがあり、妻は、眼をつぶり、低い呻《うめ》き声を、洩らしてた。

「苦しいのか」

私が声をかけると、眼を開いて、空《むな》しい、愛想笑いをした。その側《そば》から、生唾液《なまつば》を吐き出し、看護婦が、それを拭きとってた。紙に赤いものがつくほど、口紅を塗ってた。こんな場合に、何だって、紅なんかつけるのかと、妙に、腹が立った。

「ゆんべ、まるで、眠れなかったの……」

妻は、甘え声を出した。そんな調子なら、悪い異変はなかった、と思ったので、

「しっかりするんだ、とにかく……」

わざと、強い声を出した。

付添看護婦に、訊いてみると、出産は迫ってるけれど、まだ、ほんとの陣痛ではないということだった。それにしても、今日の出産は、まちがいないらしかった。

私は、妻を昂奮させないように、側を離れて、窓際にイスを、持ってった。よく晴れた冬空が、向側の建物の上に、展《ひろ》がってた。雲一つない、穏《おだや》かな、午前だった。

(今日は、十二月十三日か。予定のクリスマスより、十二日、早かったな)

そして、早産ということが、ちょっと気になったが、十二日ぐらいなら、問題はあるまいと、常識判断を下した。そして、長女の出産の時のことが、頭に浮かんできた。

出産の時に、男は邪魔者というけれど、あの時は、私は亡妻の通訳として、横浜の産科病院に、一所に入院してたほどで、妻の訴えを、一々、医者に伝える役回りだった。でも、陣痛の始まった時は、その必要もなかった。それほど、亡妻は、大悲鳴をあげた。やはり、国民性のちがいで、そういう忍耐は、知らないのだろう。そして、看護婦が、泣き叫ぶ亡妻を、タンカにのせて、出産室に運んで行った後の不安は、堪えられないものだった。さすがに、産室までは、同行できないから、私は、今日のように、病室の一隅で、居たたまれない気持を、味《あじ》わわされていたのだが、やがて、また、タンカで運ばれてきた亡妻の表情は、ウソのように、平静だった。

「スポッと、出ちゃった……」

と、いうような意味のフランス語で、冗談をいったほどだった。お産というものは、そういうものなのかと、私は、シミジミと、感じた。

だから、私は、ウン、ウンという、妻のうなり声が、聞えても、そう神経的にはならなかったが、今度は、完全に、男は邪魔者ということを、意識した。病室の隅にいても、身のもて扱いに困る、という気持だった。

そのうちに、若い医者と、婦長が、診察にきた。診察の終った後で、私は、様子を訊いて見ると、意外なことがわかった。妻は、早期破水というのを起して、陣痛が始まらないので、注射なぞで、それを促進してるということだった。昨夜の蛾のことも、思い出され、急に、心配になってきた。そして、病室の外で、妻に聞えぬように、質問して見た。

「すると、厄介な状態なんでしょうか」

「いや、そんなことはありません。よくある例です。ご心配なく……」

医者は、こともなげにいった。

やがて、妻の姉や、嫂《あによめ》たちが、姿を現わした。私は、味方が殖《ふ》えたような、安心を感じた。その人たちは、午飯をすまして、訪れたらしく、私は、そんな時間になったかと、驚いた。無論、午飯は、食べ忘れてた。

いつまでたっても、産室へ連れていかれる時が、来ないので、私は、二人を連れて、外へコーヒーを飲みに行ったが、帰ってきても、まだ、妻はベッドの上にいた。

そのうちに、主婦の友社長も、見舞いにやってきた。医学者だから、ひどく落ちついて、

「まだ、ちょっと、時間があるでしょう」

と、いった。そして、私が午食をしなかったと聞くと、連雀町の藪《やぶ》ソバを食いに行かぬか

と、誘った。

近距離だし、社長の車はあるし、三十分もあれば、病院へ帰って来れると思って、私は同行した。

そして、三十分後――或いは、もっと、ゆっくりしたかも知れないが、とにかく、私が病室へ戻った時には、妻のベッドは、空だった。そして、誰も、部屋にいなかった。

（産室へ、運ばれたな！）

すぐ、気がついて、私は、階段を駆け降り、一階の分娩室の外の廊下へ、急いだ。

そこに、実家の嫂が、立っていた。

「もう、生まれたんですか」

私は、慌《あわ》てて、訊いた。

「ええ、たった今……」

「無事に？」

「そうらしいですわ、看護婦さんの話ですけど……」

私は、ホッとして、何か、体から、力が抜けていくのを、感じた。

「その上、男のお子さんよ」

「え、男の子？」

私は、耳を疑った。不思議な、大きな衝撃だった。全然、思いがけない、祝福の鐘の音のようだった。

（儲《もう》かった！　儲かった！）

早くいえば、そんな気持だった。何か、とても、大きな取得《しゅとく》を、手にした気持だった。まったく、その心理は、意外だった。私は、藪ソバで、ソバを食ってる間だって、生まれる子供が、男だって、女だって、どっちでもいい気持だった。第一、無事に出産することさえ疑ってた。手術分娩で、辛《かろ》うじて生まれた子供を、考えてみても、何の愛情も湧かなかった。

それが、こんな、急激な変化を、見せたのである。人間の考えることなんて、極く表面的で、心の奥底には、ほんとの願望が、火山脈のように、潜《ひそ》んでるのではないか。その深い意識の中で、私は、男の子——自分の後継者の出現を、欲求してたのではないのか。さもなければ、こんな、大きな喜びを、感じることはないだろう。

私は、躍り上りたい気持で、廊下をウロウロしたが、そのうちに、入口の扉が開いて、白衣と白い帽子をかぶった、O院長の姿が、見えた。両腕をまくりあげて、見るから頼もしげに、若々しく、別人のようだった。

「ぼくのいった通り、うまく済んだ……」

院長は、手を洗いながら、私の方を見て、得意顔だった。

看護婦が、白い布で包んだ、赤ン坊を抱いてきた。

「ほら……お丈夫そうでしょう?」

私は、その赤い、クシャクシャした、小さな顔を、熟視することができなかった。涙が、一ぱい、溢れてきたのである。どうして、こんなに、感情が、沸き立つのか。長女の生まれた時は、数カ月たってから、やっと、愛情を感じたのに、今度は、赤い肉塊に過ぎないものへ、ハッキリと、父の気持が、動くのである。

私は、恥も外聞も、忘れて、涙を抑《おさ》えずにいると、妻が、病人運搬車に載せられて、中から出てきた。側へ走り寄ると、彼女は、疲れた微笑の眼で、私を見上げた。

(何か、いってやりたい……)

私は、妻を賞《ほ》める言葉を、探したが、昂奮してるので、咄嗟《とっさ》に、出てこなかった。マゴマゴしてるうちに、思いがけない言葉が、口から飛び出した。

「でかした! でかした!」

私は、そんな古風な言葉を、曾《かっ》て使ったことがなく、その時も、使う気がなかった。それでも、偶然の表現が、一番ピッタリした感じだった。

妻の後に、赤ン坊を抱えた看護婦が続き、私はそれに扈従《こじゅう》する気持で、病室へ帰った。

十二月十三日の午後三時ごろだった。

後で聞くと、妻の出産は、自然分娩とはいえなかったらしい。O院長が、鉗子《かんし》を用いて、ひきだしたのである。早期破水と、続発性陣痛微弱とかいう理由のために、妻は、自分で産み出す力を、失ったらしい。

それでも、赤ン坊は、体重二九八〇グラム、身長四九センチで、標準以上に達してた。胸囲や頭囲も、異常なところはなかった。

(よく、そんな子が、生まれたもんだ)

僥倖《ぎょうこう》のような気がして、仕方がなかった。

翌日も、私は、病院へ出かけたが、ベッドに、妻と共に臥《ね》てる赤ン坊の顔を、覗《のぞ》き込むと、ひどく、可愛かった。それも、私にとって、不思議なことだった。一体、生まれたての赤ン坊というものを、私は、気味が悪くて、可愛いと思ったことはなかったが、今度は、まったく、別なのである。どういうわけだろうか。年をとって、心境が変ったのだろうか。

(男の子が、生まれた……)

その事実を、私は、何遍も、心の中で、反芻《はんすう》した。男の子が生まれたら、こんなに、喜びを味わうことは、予期していなかった。私は、女の子より、男の子の方が、好きなのだろうか。それとも、長女は、もう結婚して、私の家族でなくなり、子供は一人もなくなったところへ、新しい者が、出現したからだろうか。また、長女の生まれた時は、私の貧窮時代で、出産は避けたいと、思ったほどだったが、現在は、生活の心配がなくなったからだろうか。

とにかく、今度は私も、人並みに、わが子の出生を、祝う気分になったのである。そして、もう一つ、私は、心ひそかな喜びを、持った。

(もう、これで、妻のヒステリー発作は、起らないな)

彼女の欲求不満は、私によって、充《み》たされなくても、この小さな、赤い肉体が、代行者になってくれるだろう。授乳するということだけでも、彼女の本能の満足は、深いだろう。そして、十年、十五年――この子供を、青年に育て上げるまで、彼女は、両手を硬直させるような発作を起す、ヒマを持たないだろう。ありがたいことだ。

そして、私の妻に対する認識も、出産を境にして、すっかり、変ってしまった。

(子供の母なんだ、妻は……)

彼女は、この小さな長男の母親として、私に対しても、家庭の中でも、デンとした座を、占めることだろう。もっとも、生まれた子が女だったら、私は、妻をそんなに、たてまつるかどうか、疑問だと思った。

でも、妻の方は、

「女の子の方が、よかったわ」

と、産んでからもいったし、妊娠中も、度々、それを望む口吻《こうふん》を、洩らした。理由というのは、簡単だった。女の子の方が、母親のいうことを、よく頷《き》くし、嫁に行ってからも、話《はなし》対手《あいて》になると、いうのである。男の子は、結婚すれば、母親のことなぞ、忘れてしまうというのである。

「バカいえ。男の子の親想いといったら……」

私は、自分の経験で、どれだけ父と母に、強い愛情をささげたか、よく知ってた。強過ぎて、困るほどだった。結婚して、親を忘れるなんて、男の子ではないのだ。変生男子《へんしょうなんし》に、過ぎないのだ――

といって、妻も、本心で、どれだけのことを、考えたのでもなかろう。

「名前、考えて下さった?」

ベッドの上から、私を見上げる顔つきは、単純で、幸福そうだった。

「うん、もう、きまってる。ロンドンで、考えたとおりだ」

その名を、妻も知ってた。

ロンドンの宿舎で、妻の懐妊のことばかり考えてた時に、もし、無事に生まれたら、男の子でも、女の子でも、倫敦《ロンドン》という漢字に、因《ちな》んだ名にしようと思った。ロンドンで、その知らせを受けたことを、記念したく思ったのだが、一つには、長女の名を、巴里《パリ》の縁に因んで、巴絵《ともえ》とつけたからだった。

そして、男なら〝敦夫《あつお》〟という名が、すぐ、頭へ浮かんだ。女の子なら敦子か、倫子だが、どうも、男の名の方に気乗りがして、そっちばかり考えた。

「敦夫っていうのは、どうだい」

妻にも、以前に、話したことがあった。イギリス贔屓《びいき》の彼女に、異存はなかった。

しかし、親が択《えら》んだ名というのは、決して、思いつきばかりのものではなかった。私の経験では、親――ことに男親が、自分に欠けてるものを、〝次ぎの自分〟の名のどこかに、示してると、思われる。臆病な父親は、勇という名を、子供に与えがちである。子供の名を見ると、父親の性格が、わかるような気がする。

私が〝敦〟という字に、惹《ひ》かれたのも、私には、およそ、敦厚《とんこう》の徳がないからである。自分の軽薄さには、還暦に達する長い生涯に、どれだけ悩まされたか知れない。軽薄ぐらい、いやなものはない。私は、妻や友人を択《えら》ぶ場合にも、軽薄な人間だけは、避けた。少しぐらい、バカでもいい。人間は、軽薄であってはならない。

そういう意味から、私が倫敦の敦の字を、引いてきたのは、確かなことだった。

七夜までに、命名書をかいて来いと、いうことで、私は、大磯の書斎へ帰ると、平素は使わない、墨や筆の用意をして、一所懸命に、〝敦夫〟という字を書いた。どうも、気に入らない字になったが、書き直しは、縁起が悪いから、止めた。

それを持って、七夜の日に、病院へいくと、付添看護婦が、妻のベッドの上の壁に、貼りつけた。

「こうするものなんですよ」

彼女は、心得たようなことをいった。

自然、それは、祝い客の誰の眼にも、留まらずにいなかった。

「敦ちゃんですか、いいお名前ですな」

無論、お世辞であるが、悪い気持はしなかった。

妻の実家の方から、赤飯や鯛の塩焼や、酒なぞを、届けてくれた。七夜の祝酒を飲むのも、私には始めての経験だった。長女の誕生の時は、私も、亡妻も、てんで、日本の習慣を、顧みなかった。

妻の実家では、赤ン坊の紋つきの初衣《うぶぎ》も、届けてくれた。それを、着せたところへ、雑誌社のカメラマンがきたので、私が抱いて、写真をとってもらった。その写真は、黄色く変色して、今でも残ってるが、敦夫は、豆のように小さく、私は、顔じゅうの紐《ひも》を解いたように、バカ面をして、笑ってる。

しかし、後からも、また、別な社のカメラマンがきた。その時は、赤ン坊は、母親の側で、よく眠ってた。カメラマンというものは、図々しいから、赤ン坊を起して、写真をとらせてくれという。私は、断《ことわ》った。すると、今度は、カメラを赤ン坊に近づけて、クローズ・アップで、撮影するつもりらしかった。そして、助手が、電光フラッシュを、燃やした。青白い、強烈な光りが、室内に一閃《いっせん》すると、眠ってる赤ン坊の瞼《まぶた》が、ピクリと、脅えたように、動いた。

「やめてくれ！」

私は、もう一枚、撮影しようとする彼等を、制した。それきり、撮影を断った。

その日に、大磯へ帰る列車の中でも、帰宅して、就寝してからも、そのフラッシュのことが、気になった。生後七日目の弱々しい、脳や視神経が、ピクリと、瞼を動かすほどの衝撃を受けて、無事なことはあるまいと、思われた。

なぜ、フラッシュをたく前に、断らなかったのか。子供の誕生は、一家の私事であって、雑誌の写真なぞで、公表すべき筋合いはない。それを、いい気になって、撮影を許したことが、そもそも、軽薄の沙汰である。おかげで、赤ン坊は、視力の障害を起すか、極端な神経質になるか、どうせ、ロクなことはあるまい——

そのことは、それから何日も続いて、私の夢魔になった。

しかし、一方、喜びの種もあった。妻の母乳が、とても豊富に、出始めたのである。乳揉みの女の人がきて、一度、療治をしたら、溢れるように、流れ始めたのである。乳腺が、かなり太いのだと、その人もいってたが、母乳以外のものに、頼る必要はなかった。O院長は、母乳礼讃家で、牛乳すら、多少の弊害があるという説だったし、私も、常識的に、同感だった。妻が、意外に大きな乳房を、寝衣の間から現わし、その青白い隆起に、赤い、小さな、まだ、眼をつぶってばかりいる敦夫が、一心に、吸引の動作を、行ってるところを見ると、何か、神秘のようなものを、感じた。


歳末も、押しつまった三十日に、妻は退院したのだが、それを迎える準備が、大変だった。妻の居間は、西に窓のある六畳で、そこを、赤ン坊の寝部屋にすることにしたが、

「猫が入って来ないようにしてよ」

と、妻は、病院にいる時から、何遍も、私に要求した。猫が赤ン坊を、カジリはしないかと、惧《おそ》れてるのである。

妻の入嫁《にゅうか》しない前から飼ってる、古猫であって、大磯の漁師の家から貰った牡《おす》だが、気が荒く、図体も大きかった。よく、食卓の上の魚を、さらっていくが、まさか、赤ン坊をカジリはしないと、思うけれど、出産直後の女の神経に、逆らわない方がいいと、思った。

猫の入らないようにするには、廊下に面した障子を、カラカミに替える外はなかった。障子だと、すぐ破くからである。私は、他の室のカラカミを外して、そこへ、持ってきたが、寸法が合わなかった。といって、建具屋に註文する時間も、なかった。仕方がないから、障子の裾に、何枚も紙を貼って、入りにくいようにして、我慢した。

私はその部屋を、女中に頼んで、整頓して貰い、妻の寝具を運ばせ、大火鉢に大ヤカンを載せ、暖房代りに備えた。また、東京で買った、赤ン坊のベッドを、組み立てた。入浴用のタライも、どれがいい、これがいいと、妻から註文された通りに、デパートで、私が買ったのも、もう届いてた。

とにかく、細君がいないで、そういう準備は、私一人の肩にかかってきた。その上、迫った正月の準備も、私がやらなければならなかった。面倒くさいから、鏡餅も、松飾りも、止めてしまいたいのだが、長男の生まれた最初の新春に、そんなことをすれば、妻が文句をいうにきまってた。だから、赤ン坊の帰ってくる前日は、私はテンテコ舞いで、下男の働きをした。

その日も、冬晴れのよい天気だった。妻は午食を済ませて、病院を出発する予定だったので、車で帰るにしても、相当、時間がかかると、思われた。私は、赤ン坊の部屋を、暖めさせ、ベッドを整え、帰ったら、すぐにも、寝させる用意をして、待った。

「先生、赤ちゃんが帰ってきたら、あたしにも、抱かして下さいね」

若い方の女中が、私と同じように、門前に止まる自動車の音を、待ちかねてた。彼女は、まだ十五、六で、人生に対する好奇心が、強いのだろう。

「お前は、そそっかしいから、赤ン坊を、落しそうだな」

「大丈夫ですよ。いいでしょう、一度だけ……」

そのうちに、車の音がしたので、彼女がまっ先きに、門へ飛んで行った。案外に早い、到着だった。大磯へ帰る吉田首相の車の後に蹤《つ》いたので、ノン・ストップで来られたのだそうだ。

「若君さま、ご到着……」

安着したので、私も上機嫌で、玄関に迎えた。実家の嫂が、赤ン坊を抱いてたが、妻は、予想以上に元気で、疲れの色がなかった。

赤ン坊は、眠ったままで、わが家のベッドに、移された。その寝顔を覗き込むと、病院にいた時とちがって、赤ン坊が、確実に、私のものになった気がした。

(いいか。ここは、お前の家なんだぜ。いくらでも、泣いて、いくらでも、暴《あば》れるがいいんだぜ)

心の中で、そう告げてやった。

その日は、食事の支度どころでなかったので、ウナギなぞを取り寄せて、晩飯を食べた。私は、酒に酔い、何度か、赤ン坊の寝室に、顔を眺めに行った。

「何だか、家の中が、変ったような気がするなア」

私は、妻にいった。その部屋には、病院へ持ち込まれた、祝い品のオモチャが、沢山、置いてあった。どれも、セルロイド製で、ケバケバしい色彩で、昔の製品の雅致《がち》は、一つもなかったが、その賑やかさが、その夜の気分に合った。

そして、私は、客間の十畳に、彼等と遠く離れて、寝ることになった。気が休まったので、寝つきも早かった。

しかし、突然、私は眼覚めた。赤ン坊の泣き声が、実にハッキリと、夜半の静かさを、破ってた。

（やってる、やってる！）

私は、何か、面白くなった。そして、これは、赤ン坊が、私の家庭生活へ入ってきた、第一声だと思った。

そして、また、二時間ぐらいして、第二声が始まった。赤ン坊は、短時間で、腹が空《す》いて、母乳を求めるのだろう。

でも、今度は、妻の声が聞えた。

「こら、ミイ公！　入ったら、承知しないぞ」

私は、すぐ、事態がわかった。猫が、赤ン坊の泣き声を聞いて、部屋の中へ入ってみたくなり、障子の紙に、爪音を立てたのだろう。

私は、飛び起きて、赤ン坊の部屋へ行くと、ミイ公が、廊下で、障子のあたりを、嗅ぎ回ってた。私は、猫の頭を打ってから、首筋をつまみ上げ、

「ミイ公！　それだけは、止せ。こん中に入ったら、お前は、追放だぞ」

と、本気になって、猫にいい聞かした。きっと、何とか、意志が通じると、思ったにちがいない。そして、洗面所の窓を開けて、外へ抛《ほう》り出した。

「ありがとう。でも、ミイ公には、ほんとに、困るわ」

妻が、部屋の中から、心細い声を出した。

寝床へ帰って、しばらく仮眠《まどろ》むと、もう、夜明け頃らしかったが、また、赤ン坊の泣き声が、始まった。今度のが、一番、力強く、盛大だった。

(また、猫か……)

私は、寝床に起き上って、耳を澄ますと、そうでもないらしかった。だが、突然に、赤ン坊の部屋の外で、けたたましく、犬が咆《ほ》え出した。

シープ・ドッグ種の牡犬で、ヨシという犬を飼ってた。体が灰色で、爪先きだけが白く、白足袋をはいたようだった。大磯で白足袋をはくのは、吉田首相だけだから、ヨシダと命名したのだが、ちょっと悪いから、ヨシと呼んでいた。ヨシは、性質が順良で、誰にも可愛がられた。しかし、知らない人には、よく咆えた。恐らく、彼は、聞き慣れない、赤ン坊の声を聞いて、主家に異変が起きたと、思ったのだろう。私は、ヨシを安心させるために、家の中から、口笛を吹き、

「何でもないんだ、啼《な》くな、啼くな」

と、叫んでやった。すると、啼き声がやんだ。

それから、また、横になったが、もう、眠気が去ってしまった。

（やれ、やれ。この分じゃ、夜もロクロク、眠れやしないな。すると、朝の執筆も、覚束《おぼつか》なくなるが……）

と、考えたが、何の思案も、浮かばなかった。第一、本気で、思い悩んでるかも、疑問だった。

翌日になると、土地の産婆《さんば》さんに来て貰う必要を生じた。この人には、出産の前に、時々、診察を受けたことがあったが、今度は、赤ン坊に入浴を、させて貰うためである。

病院では、看護婦がやってくれたので、妻は、一度も、その経験がなかった。

「あたし、とても、やれそうもないわ。フニャフニャで、どこをつかまえていいか、わからないんですもの……」

彼女は、母親らしくもない、情けない声を出した。

私は、舌打ちしたが、結局、産婆を頼むより他なかった。

巌丈な、いかにも頼もしい体格の産婆さんは、実に、巧妙な手つきで、赤ン坊に湯を使わせた。タオルに包まれたまま、タライに浸《つ》けられた赤ン坊は、泣きもせず、むしろ、湯の感触を愉《たの》しんでるような、顔つきをしてた。

私も、妻も、女中たちまで面白がって、その様子を、見物した。ずいぶん手荒に、赤ン坊を扱うが、それがかえって、順序よく、仕事を運ぶらしかった。背を洗い、サッと裏返すと、赤ン坊のわりに、大きなチンチンが、見えた。私にとって、それは、初見参だった。

（へ、へ、男の子だぞ）

私は、ソッと、笑いを洩らした。

産婆さんは、乾いたタオルで、赤ン坊を拭うと、体じゅうに、シッカロールを塗って、何か、お菓子のようなものを、こしらえあげた。そして、

「はい、一丁上り……」

と、妻の方へ、差し出した。

赤ン坊の入浴は、一日のうちのイベントになった。

やがて、新年になった。

といっても、赤ン坊がわが家で、二夜を送っただけで、年が変ったのだが、

「戦前なら、もう、数え年《かぞえどし》の二つだぜ」

と、私は、誇張の言葉を、口に出さずにいられなかった。

妻が歳末に、働けなかったので、その年の正月料理は、貧弱だった。それでも、元日の朝の食膳には、屠蘇《とそ》も、雑煮も、どうやら、姿を見せた。

初衣の紋つきを着せられた敦夫が、妻に抱かれて、食卓についた。柳箸を入れた、正月の箸袋《はし》には、敦夫という名が書かれ、その前に置かれた。

「お屠蘇っていうのは、一番若い者が最初に、飲むもんじゃなかったかな」

私は、子供時代のわが家の習慣を、思い出した。

「あら、大変よ。今から、お酒なんて……」

妻が、慌てて、反対した。

「ほんとに、飲ませなくても、マネだけなら、いいだろう」

私は、朱塗りの木盃に、一滴だけ、屠蘇を注いだ。それを、妻が、赤ン坊の口まで、持ってった。

「お屠蘇が済んだら、お雑煮だ」

「ダメ、ダメ。飛んでもないことだわ」

「餅を食わせようと、いうんじゃない。おツユだけだよ」

「知らないわよ。そんなことして、お腹壊《なかこわ》しても……」

「大丈夫だよ。母乳が飲めるんだから、おツユぐらい、飲ましたって……」

私は、頑強に、主張した。

妻は、シブシブ、自分の雑煮の椀から、匙《さじ》で、ほんの少量の汁を、赤ン坊の唇に、流し込もうとした。煮た餅が融《と》けて、かなり、濃厚な汁になってた。

赤ン坊が、飲んだか、どうかは、不明だった。それでも、私は、満足だった。

(これで、一人の家族が殖《ふ》えた……)

戦争中に覚えた、人的資源という語が、ヘンに、実感をもって、私に迫ってきた。

私の生まれつきは、偏屈《へんくつ》というのか、家族と共にある愉《たの》しみを、常に求める方ではなかった。

私は二度、妻を失い、それぞれの家庭生活を、三回、繰り返したわけだが、特に、あの時代は愉しかったという追憶がない。どの時代も、苦渋に充ちてたような、気がしてならない。全生涯のうちで、やや愉しかった、と思うのは、最初のフランス行きの前に、たった一人で、大井町の家に、暮してた頃だろう。つまり、孤独の時が、幸福だったのである。

だから、家族は、苦《く》の種と思ってたのだが、今度の赤ン坊が生まれて、人的資源の獲得なぞという考えが、ウソにも、頭に浮かんだのは、まったく、想像外だった。

（つまり、年をとったからだな）

そう考えるより、外はなかった。自分の余生が短いので、種族保存の本能が、高まってきたのだと、理窟をつける外はなかった。

とにかく、赤ン坊に対する私の関心は、自分でも、異常さに、驚かされた。いつも、赤ン坊のことが、念頭にあった。日に何度となく、赤ン坊の部屋へ行った。書斎で、仕事をしてる最中でも、泣き声が、少しけたたましいと、ペンを投げて、飛んで行かずにいられなかった。赤ン坊の頭髪の薄いことや、刺戟《しげき》にすぐ反応する神経質らしいところや、便通の遠いことや、赤ン坊らしい肌の赤さが、じきにとれて、白皙《はくせき》になったことまで、気になった。そうかと思うと、オシメの上の赤ン坊の便の美しさに、感心したりした。オレンジ色で、全然無臭で、清浄そのものだった。

その年の早春は、大雪が降ったり、大磯に珍らしく、氷点以下に温度が下ったり、また、二十度以上の温暖の日が続いたり、ひどく、不順だった。それでも、赤ン坊の発育は順調だった。生後二カ月目で、体重を計ると、五二一〇グラムあった。その頃は、笑うことも、覚え始めたらしかった。暖かい日に、裸にして、日光浴をさせてやると、手足を活撥《かっぱつ》に動かし、表情を浮かべた。

正月に、遂に一度も、東京へ出ず、わが家に籠《こも》ったのは、前例のないことだった。恐らく、赤ン坊が、私を引き留めたのだろう。でも、そんなに相好《そうごう》を崩して、毎日を送るわけにも、行かない時がきた。

二月中旬のある夜、私は、どういうわけか、イライラする気分で、食事をした。平貝のつけ焼きと、鳥鍋で、酒を飲んだので、べつに、悪いものを食った、覚えもなかった。それなのに、夜半になって、胸苦しくなり、嘔《は》き気が起った。

胃の切開をやってから、三年目で、経過はよかったといっても、私の不安は、去らなかった。吐血の記憶は、ナマナマしく、頭に残ってた。そして、その夜も、胸がムカムカして、便所へ行って、胃の中のものを吐いたが、最初は、鳥鍋の肉らしいものが出た。二回目は、ブドー酒色の水ばかり、吐いた。

(やったな)

私は、吐血だと思った。

妻も起きてきて、医者に電話をかけるやら、騒ぎになった。

曾《かつ》て妻をヒステリーと診断した、馴染みの医者がきたのは、翌朝の九時ごろだった。私の

吐瀉物や便を見て、

「大丈夫だろう。胃潰瘍じゃあるまい……」

と、ノンキらしくいった。赤いのが、血だとすると、無理に吐こうとして、指で口腔内を傷《きず》つけたのではないかと、いい添えた。

私も、胃潰瘍ではあるまいと、思ってた。手術を受けた病院を、退院する時に、

「あなたは、もう、胃潰瘍だけは、罹《かか》りません」

と、執刀医が、保証してくれたからだった。

私の心配してたのは、もっと、恐ろしい病気のことだった。その病気の場合は、医師も、本人に告げないのが、普通だった。

それで、私は懊悩《おうのう》した。

(今、おれが死んだら、赤ン坊はどうなる……)

妄執《もうしゅう》が燃え盛って、どうにもならなかった。あんな、苦しい臥床の経験はなかった。曾て、大吐血をして、病人車で、大磯から東京の病院へ運ばれる途中に、死を考えたことがあったが、ほとんど悩みはなかった。あの時は、家族といったら、娘一人で、それも、恋人を持つくらいに成人し、何も、後顧の憂いはなかった。

しかし、今度は、あまりにも小さく、力弱い者がいた。今から孤児にさせたくはなかった。私の枕もとに、赤ン坊の声が聞えてくると、どうしていいかわからぬ、煩悩を感じた。

でも、そのうち、下痢や発熱が始まり、

「熱が出るようなら、胃潰瘍でも、胃ガンでもないだろう」

と、医者がつぶやいた時には、慰めかと思いつつも、ひどく、うれしかった。

四日間の臥床で、私は、どうやら恢復したが、その時の悩みは、尾を曳いた。

（これア、えらいことになったぞ）

私は、始めて、私の家に赤ン坊の生まれた事態を、認識したような気がした。還暦の年なのに、長男が生まれて、浮き浮きと、喜んでいたが、生まれた者の身になって見ると、大変な将来を、負わされたことになるのである。

七十の年まで、私が生き続けたところで、子供は、まだ、十にしかならない。私は、父の短命を知ってるので、自分が七十という年まで生きるのは、空想に過ぎないと、思われた。かりに、その空想が実現したところで、子供は、まだ十歳なのである。

私が、父を失ったのも、数《かぞ》え年《どし》、十歳だった。この作品の冒頭は、父の死んだ日から始まるが、日本橋の叔母の家に、遊びに行ってた私は、まだ、心細い一少年だった。小僧に出されても、雇《やと》い手のないような、幼さだった。

あれから、五十年の人生――私は、それを、わが子に繰り返させたいとは、思わない。少くとも、父の存在しなくなった後の私の十年間を、わが子に経験させたくない。あの時代に、父親がどれほど大切なものであるか、私は、身に浸みて、知ってる。私が、偏屈な男になり、そのために、自分も他人も、不幸にするようになったのも、あの時代の影響ではないかと、思われる。

子供が、自分の責任で、人生を歩き出す年まで、父親として、見送ってやりたいのだが、それは、私には不可能なことだと、認めないでいられなかった。それは、何ともいえぬ、寂しさだった。

（この赤ン坊は、きっと、私と同じような、孤児になるだろう）

私の還暦の年に生まれたということが、子供の運命を、決定してるのである。芭蕉が、路傍の捨て子を見て、詠嘆したように、汝〝さが〟なき者なのである。どうにもならぬことなのである。

（可哀そうな奴《やつ》……）

私は、そういう気持で、赤ン坊を見るようになった。

考えて見ると、父は、おそい子持ちといわれても、私の比ではなかった。私は、父の四十の時の子なのである。父は、あんな年で死ぬとは、考えなかったろうから、私のような悩みは、持たなかったろう。いや、父の発病は、私の八つの時だったから、長い臥床の間に、どういうことを、考えてたか。いつも、眼をつぶって、ほとんど身動きをせず、横になってたが、父もまた、同じような妄執《もうしゅう》に、苛《さい》なまれていたのか――

敦夫は、順調に、育って行った。

母乳がよく出るし、また、ひどく母乳が好きであって、乳房に縋《すが》ってる時は、まるで、大人のような、満足の表情を浮かべた。心配なのは、便が遠く、時々灌腸《かんちょう》の必要があることぐらいだった。灌腸をさせるのは、妻より私の方が上手で、子供を泣かせなかった。しかし、腸は丈夫らしく、緑便なぞは、ほとんど出したことがなかった。

平塚の小児科の医者を、紹介されて、一度、来診して貰うと、大変いい人なので、ずっと、その人にきめた。

「丈夫な、赤ちゃんですな。体重の殖え方も、普通以上です。便の遠いのは、腸が太いのかな」

医者は、心配の材料を、一つも述べなかった。ただ、離乳の時の注意を、細々《こまごま》と、列《なら》べて行った。離乳とは、そんなに、むつかしいものなのかと、私は驚いた。

赤ン坊の健康は、私の眼からも、看取できたが、ひどく刺戟に敏感なのは、病院にいた時の写真のフラッシュのせいではないかと、気になった。

しかし、赤ン坊が、明らかに、笑って見せたり、キイキイ声を出したりすると、生育のしるしとして、うれしくなった。

その頃、赤坂に住んでる妻の親戚から、所有の隣地が明いてるから、希望なら譲ると、いってきた。そこは、妻の姉や、嫁いだ姪《めい》たちが、三軒も住んでいたし、値段も、安かった。私は、いろいろ考えた挙句《あげく》、そこを、譲って貰うことにした。この間の病気から、私は、自分の死後を考える、癖がついた。

（おれが死んだら、妻子は、そこへ住んだらいい。側に、妻の親戚ばかりいるから、相談にも乗って貰えるだろう）

大きな赤ン坊のような妻と、ほんものの赤ン坊が、大磯の寂しい環境で、生き抜けるかどうか、疑問だった。死後の準備をして置けば、いくらか、安心だった。

子供の生後百日目は、彼岸中だったので、妻は、食い初め祝いをやることを、嫌《ぞ》った。体重だけ計ったら、六五六二グラムあった。

そして、延期した祝いを、四月の十一日にやった。暖かい大磯は、桜も満開を過ぎてたが、春らしい好晴で、午飯に、赤飯や鯛の頭つきの祝膳を、客間で食べた。妻は、海岸へ行って、小石を拾ってきて、水引きをかけ、赤ン坊の膳に備えた。そんな儀式を、私は知らなかった。

赤ン坊は、妻に抱かれ、いろいろのものを、食うマネをさせられたが、白味噌の汁だけは、ほんとに、口に入れた。しかし、マズそうに、顔をしかめた。

「そんな顔、しなさんな。今日から、人間世界の食べ物を、食うんじゃないか」

私には、七夜とか何とかいうものより、人間の食い初めという儀式は、重要に思われた。

やがて、裏庭に、牡丹《ぼたん》が咲き始めた。私の俳号を、牡丹亭というし、私は、この花の美しさを、特に愛してるので、先年、大磯に住む安田靫彦《ゆきひこ》画伯の紹介で、牡丹の栽培家にきて貰い、十数株を植えた。

その花が、八分ほど、咲き揃った。私は、赤ン坊を抱いて、裏庭に回った。

「どうだ、キレイだろう。こういうものを、今から、沢山、見とくんだ」

私は、赤ン坊が、美を理解するとは、信じなかったが、美に慣れさせることは、大切だと思った。今から、そういう教育をしたって、ちっとも、早過ぎるとは、思わなかった。

間もなく、初節句がきた。

「大きな鯉のぼり、立てましょうよ」

と、妻がいった。

「いや、極く、小さなのにしてくれ」

神奈川県は、鯉のぼりを立てる風習が、特に盛んな土地で、近所の農家でも、男児の多いのを誇示するように、いくつもの鯉が、風にひるがえってた。私は、それと競争して、一疋だけの鯉のぼりを、いくら、大きいのを立てたって、笑い草だと思った。農家の若い良人のように、何人も、男の子をつくる能力のある人間が、あんな飾りをする、権利がある。こっちは、イタチの最後ッ屁のようなものではないか。

結局、五月人形に付属する、鯉の模型のような、小さな飾り物を、赤ン坊部屋の軒下に、立てることになった。

しかし、床の間に飾る物の方は、東京の人形屋に、一セットというのを、註文した。小さなカブトや、太刀や、小さな金屏風が、組みになってるのだが、そんなものは、私の子供の時には、よほど裕福な家でないと、飾らなかった。その代り、鍾馗《しょうき》だとか、弁慶だとかの古い武者人形が、ハバをきかしてた。今度も、祝いに贈られた人形のうちには、弁慶もあったが、もっとキャシャで、大人向きのものが、多かった。

そんなものを、床の間へ列べると、ずいぶん、賑やかになった。菖蒲《しょうぶ》の花も、妻が活けた。子供を抱いて、その前へ連れてくと、べつに、好奇心も示さなかった。ただ、金太郎が鯉のぼりをあげてる人形は、紐を引くと、上の矢車が回る仕組みになってるので、それだけは、面白がった。

その夕は、初節句というので、親戚の人たちもきて、祝酒を飲んだ。五月の夕は、爽《さわや》かであり、私も、いい気持で、盃をあげた。

(やはり、男の子が、生まれたからなんだ)

そんなことを、考えた。

その頃、私は、意外なことを、耳にした。

パリへ行った福島慶子女史が、帰ってきて、手紙をくれたが、〝どうも、巴絵《ともえ》さんは、妊娠のご様子です〟という、一節があった。

(親子で、競争で、子供を生むのか)

私は、おかしくなった。でも、結婚以来の年月を考えると、娘が、もう子持ちになるのは、当然のことだった。彼女は、敦夫の誕生祝いに、ロジャースの赤ン坊靴と、白い服とを、送ってきてくれたが、今度は、彼女自身が、贈られる番になった。

私は、すぐ、航空便で、実否を確かめたが、やはり、その通りだった。

(すると、おれに、孫ができることになる)

そのことが、私には、非常に不思議な気がした。還暦の男が、孫を持つのは、当然なのに、私は、よほど、気が若かったにちがいない。

同年の息子と、孫を持つのは、少しキマリが悪かったが、何、構うものかと、図々しくなった。これも、人的資源の獲得だと、思うようになった。私の亡姉は、遂に後嗣《あとつぎ》がなく、弟も、結婚して何年たっても、子供は生まれなかった。子供というものがあるのは、私の家だけなのである。そして、私の娘が、子供を生むということは、五目列べの石が、延びていくようなものだった。私には、一度捨てた〝家〟という観念が、ブリ返してきたし、その保持者としての気持が、年と共に、強くなった。長男と孫とが、相次いで生まれることは、喜ぶべきことだと、自分にいいきかすことができた。

しかし、気になったのは、娘の手紙に、婿さんが、近く転勤になる模様で、それも、日本には帰らず、タイ国のバンコック大使館詰めになるらしい、ということだった。そうすると、娘は、妊娠中に転任の支度をし、見知らぬ、熱帯国で、出産しなければならないのである。

亡姉夫婦は、結婚すると、すぐ、バンコックへ赴任して、長く住んでたから、姉の通信で、そこの気候や生活も、よく知ってた。暑いことは、相当らしく、また、医学の遅れてる国なので、娘は苦労すると、思われた。

それでも、私は、わが子の生まれた時の半分も、心配してないことに、気づいた。私は、同様平静な気持で、心配してるに、過ぎなかった。無論、娘は、まだ若く、彼女の良人も、同様に元気で、出産ということが、自然な年齢で、私たち夫婦とはちがってた。でも、そんなことばかりでは、ないらしかった。

（やはり、自分の子と、娘の子のちがいだろう。そして、それが、同時期に、起ったからだろう）

そう結論する外なかった。

そして、娘は、やがて、バンコックに転任した。長い旅も、体に響かなかった様子だった。その頃、偶然、バンコックへ行く人があったから、私は、出産費用の助けになるものを、持参して貰った。そして、八月になって、娘は、無事に、女児を分娩した。カトリックの病院があって、フランス人の修道女が、助産婦らしかった。泰国《タイ》の泰の字をとって、ひろ子と読むように、命名したと、婿さんから、知らせてきた。

その頃には、家の赤ン坊も、よほど、大きくなった。暑いから、半裸体にさせられて、風通しのいい客間のベビー・ベッドの上に、臥《ね》かされた。妻が、戯れに、浴衣地で、日本風のハンテンのようなものをつくって、着せたが、洋風のどんな服よりも、可愛く見えた。

「お前は、もう、叔父さんなんだぜ。だから、少しは、いうことを、きいてくれ」

私は、赤ン坊に懇願する、必要があった。

離乳期は、とっくに過ぎてるのに、赤ン坊は、母乳しか、飲もうとしないのである。食事の習慣をつけるために、赤ン坊用のイスとテーブルが、一器になったものを需《もと》め、それに坐らせて、牛乳や、柔《やわら》かいものを、匙《さじ》で運んでやるのだが、一口だけは味わっても、後は〝ご免候え〟とでもいう風に、手で払いのけてしまう。そして、母乳を欲しがって、ワアワア泣く。

離乳が遅いと、いろいろ弊害があることを、小児科医からも、聞かされてるので、妻も、私も、必死に、食べさせる工作をした。大体、朝飯の時は、私の受持ちだった。膝の上に抱いて、私も食事をしながら、赤ン坊に食べさせるのだが、何かの拍子で、私の食べるトースト・パンやチーズの小片を、パクリと、口に入れることがある。

「あら、パパの方が、上手だわ」

妻が、感心するのだが、次ぎの朝になると、もう〝ご免候え〟である。そして、牛乳だけは、少しでも多く、飲ませたいのだが、首を反らして、反抗する。何か、気を外らしてる時に、カップを口へ持ってくと、無意識に飲んでしまう時があるから、機を窺《うかが》って、同じ動作をすると、ポンと、手で撥《は》ね返すので、私は頭から、牛乳を浴びる。そして、朝の食事を終って、書斎へ入ると、グッタリするほど、疲れを感じることもあった。

しかし、妻が食事をさせようとしても、抱けば、母乳の匂いがするらしく、一層、ものを食わなかったから、私の役目のようになってしまった。

「弱ったな、こいつは、拒食症だぜ」

私は、嘆くより、手段がなくなった。

妻の方でも、離乳させようと、アメリカン・ファーマシーから買ってきた薬を、乳首に塗ったが、それを舐《な》めて、世にも情けない顔をしたと、不憫《ふびん》がり、わざわざ、乳首を洗いに行ったりするから、何の効果もなかった。それでも、母乳が豊富なうちは、結構だが、いつか、分量が減り、濃度も下ったので、栄養が足りないのは、明らかだった。

赤ン坊も、それを知ってるらしく、乳房にとりついたかと思うと、すぐ、口を離して、〝しようがないよ、これは〟という風に、側にいる私の顔を見た。そして、また、乳房にとりつく動作を、何回も、繰り返した。私は、それが、赤ン坊の〝遊び〟であることを、発見した。生後、九カ月目の赤ン坊が、すでに、遊戯を知ってると、驚かされた。

それなら、玩具の興味も、起きそうなものだが、案外、そうでもなかった。セルロイドの人形のようなものは、じきに飽きて、投げ出した。それよりも、私の使うマッチだとか、消しゴムだとかいうものだと、熱心に、いつまでも、弄《もてあそ》んでいた。

「オモチャが多いから、いけないんだ」

私は、妻に文句をいった。出版関係の人から貰う玩具が、相当あった。一つの玩具を、ほんとに飽きるまで、長い間与えて置くのが、大切だと、思われた。

やがて、赤ン坊は、言語らしい声を、発するようになった。そのものを、もっと欲しいという時に〝アン、アン〟というのは、ハッキリわかった。〝アッタン〟というのは、どうやら、自分自身を意味するらしいが、時には、第二者を呼ぶ場合にも、使った。その外に、〝アッパ〟というのがあった。妻は、それを、〝パパ〟の意味だといった。

「え、パパ？」

私は、ちょいと、困惑を感じた。

私は、〝パパ、ママ〟という戦後の風習を、好きでなかった。幼児が、親を呼ぶのに、外国語を使う法はない。もっとも、私の長女は、〝パパ、ママン〟というフランス語を、使ったが、これは、母親の国籍からいって、やむを得なかった。また、私も、その頃は、そんなことに、何の抵抗も、感じなかった。

だが、今度は、そういかなかった。〝パパ、ママ〟が、どうも、気になるのである。わが子が、〝アッパ〟というなら、それで、一生通してもいいと思った。

「何とか、〝パパ、ママ〟を、止めるわけにいかないかな」

私は、妻にいった。

「じゃア、何ていうの?」

そういわれると、また、困るのである。

私の胸の中にある呼び名は、〝おとっつァん、おっかさん〟である。私は幼時から、今日に至るまで、父母のことを、そう呼んでる。それ以外の言葉――例えば、明治時代の東京の山の手語のように、〝おとうさま、おかあさま〟では、私には、ピンと来なかった。

だが、〝おとっつァん、おっかさん〟は、もう、廃語のようなもので、誰も、使う者がない。

「おかしいわ、〝おとっつァン〟なんて……」

妻も、そういう。

時代おくれであっても、外国語で呼ぶより、気持がいいのだが、一つの難点は、発音のむつかしさである。ことに〝つァん〟というのが、赤ン坊の舌では、難事である。

(おれは、どうして、あの発音を、覚えたのだろうな)

私は、自分の幼時を回想して見たが、そんな記憶が、残ってるはずもなかった。

〝おとっつァン〟がいけなければ、〝トト〟でも、いいではないか。どこかの地方では、〝トト〟と呼ぶ習慣があることを、私も耳にしていた。

「トトと、カカが、いいじゃないか」

妻にそういうと、彼女は、笑い出した。

「トトっていえば、お魚のことよ。それから、カカっていうのは、フランス語で、悪い言葉なんでしょう」

そういえば、フランスの俗語で、カカというのは、糞便のことである。

「あア、面倒くさいな……」

しまいに、私は、腹が立ってきた。日本の文化が混乱してるから、私も、こんな目に遇うのである。

でも、〝パパ、ママ〟問題は、このまま、放置していいことではない。やはり、日本語で、現代に向いた呼び名を、探すべきである。それには、かえって、古い日本語で、地方で眠ってる、呼び名の中に、適当なものがあるかも知れない。


その年の春から、私は、〝青春怪談〟という新聞小説を、書き始めていたし、主婦の友の〝娘と私〟も、まだ完結していなかった。私は、一度に沢山書けない方だから、雑誌の書き溜めをして、新聞にかかる始末で、精一杯の分量だった。

それでも、さまで疲労感のなかったのは、子供が生まれてから、自分で意識しなくても、緊張してたからだろう。そして、体の調子も、二月の病気以来、かえって、良好になった。

久しく経験しなかった、朝の男性的現象が、私を訪れるようになった。

（おれだって、バカにしたものではない）

私は、それを、〝臥竜雄飛〟と名づけた。

もっとも、ほんものの回春でないことは、明らかであって、閨房のことには、興味がなかった。

妻の方は、産後の体調が、まったく恢復したらしく、

「あたし、赤ちゃんに、疲れちゃった……」

なぞといって、私の側へ寄ってくることもあった。

そういう場合に、私が、慌てて、峻拒《しゅんきょ》の態度をとるのも、滑稽といえた。しかつめらしく、彼女に、母親の義務なぞを説くのも、自衛手段に、過ぎなかった。

仕事が忙がしいと、そっちの興味がなくなるのは、私の常だったが、子供が生まれてからは、特に、その傾向が、強くなった。恐らく、私は、餌を探して、巣へ運《はこ》んでくる牡《おす》の本能が、旺盛になったのだろう。その方で、手一杯になったのだろう。

（ウカウカしちゃ、いられないのだ）

そういう気持で、仕事に向ったが、幸いに、私の気力も、創作慾も、まだ、下火になっていなかった。書くことは、いくらでもあった。文章にも、油が乗った。

夏の終りに、残暑が強く、私は、箱根の芦ノ湯へ、仕事に出かけた。子供が生まれてから、家を明けるのは、始めてだった。ちょっと、心残りだったが、旅館で、仕事にかかると、家

のことも、赤ン坊のことも忘れた。やはり、私には、孤独時代の癖が、浸み込んでるらしかった。一人暮しをすると、頭も、気持も、すぐ、昔に戻ってしまうのである。

しかし、涼風が立ってから、帰宅して見ると、一度に、赤ン坊が、私を占領した。赤ン坊が、実に大切な〝忘れ物〟だったことに、気がついた。父親の愛というものは、そういうものなのだろうか。それとも、私の性癖が、そうさせるのだろうか。

そこへ行くと、母親の愛というのは、休止時がなく、波の高低もないらしいが、私から見ると、ひどく鈍感な一面があった。

私が帰宅して、間もない頃であったが、妻は、赤ン坊を子供イスに坐らせたまま、他の部屋へ行ってるうちに、赤ン坊が滑り落ち、敷居へ、ゴツンと、頭をぶつけた。

物音を聞いて、私は、書斎から飛んで行き、赤ン坊を抱き上げたが、そのショックで、私の方が、嘔き気のようなものを感じた。まだ、小さい、軟かい頭蓋骨を強打した、という事実が、堪らないのである。

「バカ者！　母親のくせに、何という不注意な……」

私は、妻を叱りつけた。それでも足りず、彼女の横面を打ってやった。

そして、泣き叫ぶ赤ン坊の頭を、水で冷やしたり、エキホスのような薬を塗ったりしたが、額《ひたい》の角に、大きなコブと、頬《ほお》に青いアザができた。

「それ見ろ、こんなになったじゃないか」

私は、妻を叱り続けたが、彼女は、案外、平気だった。私の受けたようなショックは、全然、感じてないらしかった。そして、負け惜しみのようなことや、事態を楽観することばかり、私にいった。

私は、妻の性格がノンキで、子供染みた強情を張ることを、知ってたが、どうも、そればかりではないと、観察した。父の愛と、母の愛というのは、よほど、形がちがうらしいのである。私は、赤ン坊を、自分以外の大切なものとして、愛してるらしいが、妻の方は、赤ン坊を、自分の肉体の一部と、思ってるのではないか。赤ン坊を負傷させたことも、自分の粗忽《そこつ》で、自分の肉体を痛めたのだから、誰にも詫びる必要はないと、思ってるのではないか。少くとも、妻にとって赤ン坊は、完全な、自己の所有物であって、私が心配したり、手落ちを責めたりしたって、よけいな差し出口と、思ってるのではあるまいか。

とにかく、私は、妻と私の差違を、実にハッキリと見た。そして、私は、その事件の衝撃で、ペンを握る気になれず、終日、仕事を休んだが、妻の方は、子供を抱いて、私の側へきて、

「ほら、ご覧なさいよ。こんなに、ニコニコ笑ってるじゃないの。何ともありゃしませんよ」

と、負け惜しみをいった。

私は、その翌日も、翌々日も、赤ン坊に変化が起きないかと、気になったが、どうやら、無事に済んだ。それに似た事件が、その後もあったが、障《さわ》りはなかった。私は、赤ン坊というものが、案外、巌丈にできてる品物だと、驚いた。

それでも、秋が深くなって、赤ン坊が、勝手に這《は》い出すことを覚えると、私は心配で、大工を呼んで、赤ン坊部屋の窓にも、居間や座敷の廊下にも、下へ落ちないように、柵をとりつけて貰った。

その頃になると、赤ン坊も、ずいぶん、口をきくようになった。まず、私の咳払《せきばら》いの癖を、真似し始めた。私が、エヘンというと、すぐ、エヘンというのが、おかしかった。そして、私のことを〝アッパ〟といってたのが、明瞭に、〝パパ〟と、発音するようになった。そうなると、もう、〝トト、カカ〟を覚えさせる気もなくなり、腑甲斐《ふがい》ないとは思っても、世間並みの風習に従う外はなかった。

やがて、初冬になり、赤ン坊の最初の誕生日が、回ってきた。快晴で、朝、起きると、裏庭に、真ッ白な霜が、降りていた。十二月の降霜は、この土地で、珍らしいことだった。午前中に、二組も、祝いの客がきたのには、驚かされた。初誕生日なんて、家の中だけの祝い事だと思い、夕方の食事にも、弟夫婦と、妻の実家の夫婦だけしか、招かなかった。世間では、この日を、重んじるのだろうか。

その頃、赤ン坊は、〝つかまり立ち〟ができるようになり、ヨチヨチ歩いては、すぐ転ぶが、転んでも、泣くことは、滅多になかった。立ち、歩くということは、喜びであるのか、赤ン坊自身が、上機嫌な叫びを発した。そういうところを、私は、来客に見せたかった。

「今日から、二つなんだからな。大したもんだよ」

夕食の食卓に、私は、赤ン坊を膝に抱いて、連なった。赤ン坊の重みというものを、感じるのが、不思議のように、思われた。生まれたてに、病院で抱いた時には、紙製品のように、軽かった。赤ン坊の一年間は、大人の十年間に匹敵すると、思われた。

「さ、何を食う？」

平常の食卓とちがった料理が、列んでるので、赤ン坊も、少しは、拒食症を忘れたようだった。私は、消化のよさそうなものを、赤ン坊の匙《さじ》で、口へ運んでやった。

それを見て、弟がいった。

「兄貴のいいオモチャなんだぜ、これア……」

私は笑って、返事をしなかったが、心中では、ちょっと、不服だった。

（この一年間の苦労も、知らないで……）


赤ン坊が、二度目の元日を迎えた日の午後に、私たちは、伊豆山の桃李境という宿屋へ、出かけた。

私は、正月の客来を避けて、温泉へ行くというような、習慣はなかったが、友人の今日出海《こんひでみ》、小林秀雄の夫婦が、子供連れで、年末からそこに滞在していて、来てはどうかという勧めに、心が動いた。もっとも、赤ン坊には、そんな旅行は、まだムリかと思ったが、

「大丈夫よ。行きましょうよ」

妻は、遊び好きの性分だから、一も二もなく、賛成した。

そして、元日の午飯を済ますと、すぐ、家を出た。

以前、一度来たことのある旅館だったが、海と岬と太陽が、身近かで、座敷も静かだったし、大磯より、一層、暖かだった。座敷に、湯殿がついてたので、すぐ、温泉へ入ると、赤ン坊は、最初、少し、恐怖の色を浮かべたが、やがて、キャアキャア声をあげて、喜んだ。無論、始めて、温泉というものに入るのだ。

今日出海の二人の令嬢が、ひどく赤ン坊好きで、よく、抱きにきたが、そのうちに、

「赤ちゃん、お風呂に入れて、いいですか」

と、連れて行った。赤ン坊は、女性に対して、人見知りをしなかった。

食事の時は、三家族が一間に集まって、賑やかだった。赤ン坊も、母親の食物を、箸《はし》でつまんでもらって、少しは食べた。

「これア、敦夫の初旅だぜ」

私は、妻にいった。

「そうね、でも、病院から大磯へ帰ってくる時の方が、距離は長かったわ」

「あれは、勘定に入らんさ」

私も、幼時の新年に、沼津在の静浦の宿屋へ、両親に連れられた記憶があるが、もう、五つぐらいになってたろう。

(ちょっと、赤ン坊には、刺戟が強いんじゃないかな)

私は、赤ン坊がハシャいだりすると、かえって、気になった。

二泊して、妻子は、大磯に帰ることになった。私は、友人たちと、伊東のゴルフ会へ出席する約束があって、旅館に残った。

そして、伊東へ行って、暗くなってから、伊豆山へ帰ると、今日出海の細君に、

「お留守中に、奥さまからお電話で、赤ちゃんが、お熱が高いそうで……」

と、いわれて、ドキリとした。

私は、すぐ、家へ電話した。妻が、出てきたが、案外、平静な声だった。

「九度、熱が出たんですけど、K先生は、扁桃腺《へんとうせん》だから、心配ないって、おっしゃるの」

そういわれても、私は、安心できなかった。

「それ見ろ、旅行なんかに、連れ出すから、悪いんだ」

私は、大きな声を出した。しかし、心配ないというのに、すぐ帰宅するのも、大仰《おおぎょう》なので、その晩は泊ることにしたが、気分を紛らすために飲んだ、晩酌の量は、つい多くなった。

翌朝、大磯へ帰ると、すぐ、赤ン坊の寝てる部屋に行った。火鉢の火と、沸騰するヤカンの湯気で、暖められた部屋の中で、赤ン坊が、小さなベッドに臥《ね》ていた。私の顔を見ると、ニコニコ笑った。でも、眼が腫れ上って、二重瞼《まぶた》となり、瞳《ひとみ》がトロンとして、人相が変ってた。

「しようがないな、こんな顔にしちまって……」

私は、ひどく、赤ン坊が可哀そうだった。

「でも、熱は、七度に下ったんですよ」

妻は、わりと、平気な顔だった。

しかし、赤ン坊の熱は、夕方になって、また、八度九分になった。赤い顔をして、呼吸が速くなり、喉《のど》が痛いらしく、自分の小さい手を、口の中へ入れる仕草を、くりかえした。

（これア、ひどくなるんじゃないかな。ことによったら、死ぬんじゃないかな）

肉親の不幸を、過大に考えるのは、私の癖だったが、わが子の場合は、特別だった。長女の巴絵が、幼《おさな》かった頃に、よく病気をしたが、その時にも、明るい予測をしたことがなかった。

医者がきて、診察をした。

「ご心配、ありませんよ。今のところ、扁桃腺だけのようです。まだ、熱は出るかも知れませんが、長びくことはないでしょう」

それを聞いて、一応は安心しても、翌日も、八度九分の熱が続くと、平静でいられなかった。

その頃は、妻の乳母だった婆さんも、家にきていて、家事の手は余ってるはずなのに、夕飯の支度が遅くなり、ロクな食事も運ばれないので、私は腹を立て、妻に文句をいった。

すると、彼女が、逆襲してきた。

「子供の看病で、とても、そこまで手が回りませんよ。看護婦を雇ったって、昼夜交替なのに、こっちは、一《いち》ン日《ち》やってるんですからね」

平常の私なら、すぐ、呶鳴《どな》り返すのだが、病気の子供への影響を考え、グッと、我慢すると、一層、不愉快になった。

（あア、重荷だ、重荷だ！）

そう思って、私は、早くから、寝床へもぐった。

それでも、その翌日になると、子供の熱は、七度五分に下った。更に、七度になった。ただ、声が嗄《か》れ、弱々しくなり、まるで、老いた鴉《からす》の啼《な》き声に、似てきたのが、滑稽であり、また、哀れげだった。

完全に、癒《なお》りきって、顔つきも、可愛らしくなってから、私は、やっと、安心したが、

（これが、子供の初の病気だった）

と、振りかえる気持が、強かった。そして、これからも、子供の病気がくりかえされることを、覚悟しないでいられなかった。

私は、幼い長女と、二人きりで暮してた、昔のことを、思い出した。最初の妻が死に、次ぎの妻を迎える前の時期だったが、学齢前後の長女は、不思議なほど、よく病気をした。自家中毒だの、風邪だの、中耳炎だの、風疹《ふうしん》だのと、絶え間がなかった。最後には、ひどい肺炎で、入院して、生死を疑われた。

その入院費にも、四苦八苦した時代だったが、私の人生で、一番暗く、苦《にが》い記憶に、充ちてる。

（子供の病気が、また、始まるのか）

私は、その恐怖に、襲われた。

「この子は、兄貴のいいオモチャなんだ」

といった、弟の言葉が、ひどく冷酷な響きになって、耳へ返ってきた。

しかし、病弱な、幼い長女を抱《かか》えていた時のように、絶望的にならなかったのは、不思議だった。あの頃は、私も、今よりずっと若く、抵抗力があったはずなのに、子供と心中しようかなぞという考えが、浮かんだことさえあった。還暦を過ぎた私が、

(仕方がない、そういうものなんだ、人生は……)

なぞと、忍耐心が出てきたのは、どういうことなのか。妻という助力者が、側にいるためなのか。

子供が、二度目の誕生日を迎えた頃に、おかしな評判が立った。

「また、デキたそうじゃないか」

友人が、ニヤニヤ笑って、そんなことをいった。彼は、堅実な評論家なのに、半ば、噂《うわさ》を信じてる様子だった。

妻が、再び妊娠したということなのだが、その噂は、広く流れてるらしく、方々で、そんなヒヤカシを受けた。還暦の年に、子を挙げたのは、私が精力絶倫の証拠で、一度あったことは、二度あるという、推論なのだろう。

「人をバカにしてやがる……」

私は、そのことを、妻に話すと、

「あら、そう。でも、あたしは、もう一人ぐらい欲しい。女の子が、欲しい。やっぱり、女の子の方がいいわ」

彼女は、まだ子供が産める自信を仄《ほの》めかしたので、私は驚いた。もっとも、彼女は、以前から、女の子の方が、将来の話対手《はなしあいて》になっていい、というようなことを、洩《も》らしてた。

私は、反対だった。すでに、長女のあるせいか、私は男の子でなければ、要《い》らないと、思うほどだった。

（男の子、男の子――とても、いいものなんだ）

しかし、その男の子も、一人あれば、結構だった。つまり、敦夫の誕生で、私の望みは叶《かな》えられ、唯一の者として、愛したかった。また、仮りに、それ以上を望んだところで、私の能力を超えてることも、よく知ってた。

その頃、赤ン坊を抱いた写真を、雑誌社あたりから、よくとりにきたが、一緒に写ってる自分の姿に、愕然《がくぜん》とすることがあった。頰《ほお》はたるみ、渋紙を揉《も》んだようなシワが、喉のあたりに集まり、いつの間に、こんな老爺になったかと、驚いた。

（もう、結構なんだ、一人で、結構なんだ……）

その代り、その一人の者を、でき得る限り、大切に扱いたかった。妻のように、女の子も欲しいなんて、夢にも、考えられなかった。世間の噂は、私にとって、滑稽であり、少し腹立たしかった。しかし、真相が、次第にわかってくると、

「そうだろうと、思ったよ。そう馬力が、続くわけもないからな」

と、アケスケなことをいう奴も、出てきた。

そんなことに拘《かかわ》らず、子供は、どんどん育って行った。私の心配したように、多病な子ではなかった。風邪をひいて、高熱を出すことはあっても、胃腸は丈夫で、緑便なぞ出したことはなかった。ただ、色が蒼白《あおじろ》く、頭が大きく、外見は、弱々しかった。それを、私は、父親の老年期に、生まれたせいと、考えたが、そう悲観もしなかった。私自身、幼い時に、頭の大きい、バランスを失った子供で、運動会で、駆けっこをする時に、頭部ばかり前へ出て、足がおそくなる傾向があった。それでも、中学生になる頃は、人並みの体軀と、健康を、獲得できた。

もう子供が、庭の芝生の上で、駆けたり、転んだりできるようになった頃だった。長女が、良人の赴任地のバンコックから、日本に帰ってくることになった。彼女の娘が、皮膚病のようなものを患って、日本で、放射線療法を受ける必要を生じたからである。

婿さんは、任地に残り、二人だけで帰ってきたのだが、着いた時には、私は入浴してる最中だった。

「パパ、泰子《ひろこ》よ」

娘は、誇らしげに、赤ン坊を抱き上げ、浴室の窓越しに、私に見せた。

「そうか、そうか」

私は、孫というものの顔を、始めて見た。長女の幼な顔に、似ていた。無論、私は、泰子が可愛かった。しかし、祖父の孫に対する愛情は、ほんとに湧かなかった。私には、祖父になる心の準備が、なかったのだろう。理由は、よくわかってた。家にも、赤ン坊がいて、私の心の全部を、占めてたからである。

久し振りで、賑やかな感じに溢れた、夕食を食べた。わが家に、男の子が生まれたばかりでなく、娘も、次代を嗣《つ》ぐ者を、持ったのである。私の血が、そうやって、伸びて行くのである。

私は、機嫌よく、酒を過ごした。

しかし、娘が赤ン坊に向って、

「おじいちゃんに、抱ッこして貰う?」

なぞという時に、われにもない、抵抗を感じた。

(おれが、おじいちゃんなのか)

私は、自分の老境に入った証拠を、数多く知ってるくせに、〝おじいちゃん〟と呼ばれると、堪らない気がした。恐らく、私は、腹の底で、〝若がってる〟にちがいなかった。でも、もし、私の家に、孫と同年――数カ月先きに生まれた子供がなかったら、そんな気分にはならなかったろう。その子供のために、私は、当分、活動能力のある父として、生きて行きたかった。〝おじいちゃん〟になってはいられなかった。

「おい、〝おじいちゃん〟だけは、勘弁してくれ」

「あら、じゃア、何てったらいいの」

娘は、不審げな顔をした。

「そうだな、大《おお》パパというのは、どうだ」

フランス語で、祖父のことをgrand pèreというから、その直訳だった。

「大パパなんて、いいにくいわ」

「いいにくくても、そういわなけれア、返事しないから……」

私は、強く主張した。冗談めかした気持だったが、かなり、本気でもあった。

そして、翌日から、娘と孫を加えた生活が、始まった。子供と孫は、すぐ仲よしになり、同じ玩具で、遊び始めた。私は、二人を眺めて、もう対比が生まれてるのに驚いた。うちの子供は、赤ン坊の孫に比べると、もう、我慾や、嫉妬の様子を見せた。玩具を独占しようとしたり、妻が孫をあやしたりすると、明らかな、怒りを示した。

（もう、そんな感情が、育ってるのか）

私は、それだけ、わが子が成育したのだと思うように、努めた。

二人の幼児が、キャア、キャアいうので、家の中は、急に、賑やかになったが、それを喜んでばかりもいられない事態が、じきに起きてきた。

一人の女中が、突然、暇《ひま》をくれと、いい出した。親子連れの泊り客で、用事が多くなったことの不平らしかった。

事実、家の中の用事は、急に、殖《ふ》えた。オシメの洗濯だけでも、倍になる勘定だった。そして、長女は、自分たちの寝具の上げ下げもしないほど、ノンキに構えていた。私としては、彼女の心理がわからないこともなかった。彼女は、曾《かつ》てこの大磯の家に住み、この家から縁づいたので、ここはわが家の意識が、強かったのだろう。自分がこの家にいた時と同じように、女中に世話をさせるのは、当然と思ったのだろう。

でも、もう、事情が変ったのである。新しい主婦ができて、赤ン坊も生まれたのである。長女や孫は、客でしかないのである。少くとも、妻や、その輩下である女中の眼から見れば、それが、現実なのである。

(困ったな、娘が、もうちっと、気を遣《つか》ってくれればいいのに……)

私は、ひそかに、心を悩ませた。

一体、彼女は、男親に育てられたせいか、そういう神経の働かない女だったが、外国生活が長くなって、一層、輪をかけたのかも知れなかった。普通の女なら、義理にも、手助けに立ち働く場合にも、彼女は、平気だった。そして、娘の態度を、腹の底で、不快に思ってるにちがいない妻の気持も、私に映ってきた。

(生《な》さぬ仲か。新派悲劇みたいなもんだ)

私は、心で、そう笑いながらも、しまいには、面倒くさくなって、腹を立てる時もあった。ある時、私は、側に妻のいない時を、見計らって、娘にいった。

「おい、自分や泰子の洗濯ものぐらい、自分でしろよ」

私は、娘が、素直に、肯《うなず》くかと思ったら、反撃してきたのに、驚いた。彼女も、遠く、良人の許を離れて、長女の治療にきてるのだから、多少、ヒステリー気味だったかも知れない。

「何だ、それくらいの気遣いが、できないのか」

私も、新派悲劇で、イライラしてる時だったから、大きな声を出してしまった。

「いいですよ、じゃア、あたしは、この家を出ていきますから……」

「勝手にしろ」

円満に運ぼうと、計ったことが、逆の結果になってしまった。

それでも、娘は、すぐ、行動には移さなかったし、私も、冷静になって、適当な方法を、考えるようになった。女中の一人は、家へ帰って、手不足になったこともあるが、それよりもそのうちに、妻と娘との正面衝突にでもなったら、最悪になるから、やはり、娘は同居しない方がいいと、思った。そして、近所の家の一室を借りてやり、そこへ娘たちを住まわせ、食事は、私のところへくるようにすれば、良策だと考えられた。

娘も、それに賛成した。幸い、外から自由に出入りできるような、二階の貸間が、近くにあった。

一日に、食事の時だけ、顔を合わすことになって、トゲトゲした気分もなくなり、一応、危機は去った。しかし、私は、娘と私との関係が、これほど変化したかと、考えないでいられなかった。

嫁に行くまでの娘——それは、私にとって、皮膚と筋肉のように、密着したものだった。ことに、彼女の母が死に、私が再婚するまでの五年間は、二人だけの生活で、普通の父と娘では、考えられぬような、因縁を生じた。そして、二度目の妻も死んだ後には、娘は、主婦の役回りで、私の世話をしてくれた時期があった。彼女が、もし、恋愛の対手と、結婚する申し出をしなかったら、私は、恐らく、三度目の妻を迎える気にはならなかったろう。

とにかく、彼女は、私の最愛の者だった。でも、彼女が結婚する時には、私は、ずいぶん、いさぎよく、婿さんに〝与《や》る〟決心をしたと思う。昔流なら、今日限り、他家の人となれ、という気持である。そう考えることが、娘の幸福になると、思ったからである。

しかし、娘が婿さんの所有になっても、彼女が、良人の次ぎに、私に愛情をささげてくれるだろう——そんな、漠然とした期待が、私を〝いさぎよく〟させたにちがいない。タダで、人にものをやるのは、なかなか、むつかしいことである。

そんな期待が、腹の隅にあって、私は、英女王戴冠式に出る途中に、パリに寄り、彼女に会ったのである。ところが、私は、ちょっと、裏切られた。

どこが、どうだったというのでなく、私は、娘との距離が、こんなに遠くなったかと、驚く経験をした。彼女は、もう、私の側の人間ではなかったのである。他所《よそ》へ行ってしまった女だと、思ったのである。

娘が結婚すれば、そういう変化が起るのは、当然であり、それで、彼女は幸福になるともいえるのだから、私は、不満ということもなかった。それでも、今度は、私の心の中でも、彼女に対して、距離ができるのを、防ぎようはなかった。

（それで、いいんだ。そういうものなんだ。動物と同じように、仔《こ》が成獣になれば、離れ離れになるんだ）

私は、それを肯定したが、少しは、寂《さび》しかった。

しかし、そんな寂しさを、急激に、忘れてしまう時が、やがて、回ってきた。意外にも、私の家に、赤ン坊が生まれたからである。私の父親の愛情は、一ぺんに、その子の方へ傾くことになった。あらゆる庇護《ひご》が必要な、か弱い、小さな者なのである。その上、その子は、男の子だった。私は意識して、男の子を求めてなかったが、生まれて見ると、私の願望だったことが、よくわかった。

娘が、私の家へ帰ってきたのは、男の子が、離乳期へ入ったばかりの時であり、娘の方は、もう、三十を迎えようとする、子持ちの母親だった。同じ私の子であるが、おのずから、私の気持はちがってきた。娘には、片手を差し出し、男の子には、両手を伸べるというような差違が、生まれてきたのである。

それを意識するのは、不愉快だったが、

(仕方がない。一人は大人、もう一人は、赤ン坊なんだ)

私は、心の中で、そういい切ることができた。

それでも、娘と不仲になる現象は、起きなかった。彼女は、毎日、私の家に出入りし、夏には、私たちが箱根の芦ノ湯へ行く時も、一緒に連れて行った。

そして、私は、孫の泰子《ひろ》が、可愛かった。祖父の意識は、働かなくても、条件なしに、可愛かった。

その泰子が、ある日、家にきてる間に、真ッ赤な顔になり、眼も充血してるのを、私が発見した。

「ヘンだよ、この子は……」

娘に、熱を計らせて見ると、九度もあった。敦夫《あつお》の医者を呼んで、診て貰うと、猩紅熱《しょうこうねつ》らしいと、いうことだった。

貸間の方では、不安なので、私の家で臥《ね》かせることにしたが、妻が、私の耳許へ、ささやきにきた。

「敦夫に、伝染したら、大変よ」

その神経は、私には、働かなかったが、いわれて見れば、その通りだった。

妻が結婚前に住んでた家を、まだ、実家で使ってたので、結局、彼女と子供は、そこへ避難することにした。駅からずっと東方にある家なので、タクシーへ荷物を積んで、小さな引越しだった。

私が娘と、孫と、三人で生活するというのは、最初のことだった。孫は、臥《ね》てるから、私は、娘と二人で、彼女が結婚する前と同じく、茶の間で、食事した。

「お前も、疎開中に、猩紅熱をやったのを、覚えてるか」

「覚えてるわ……」

戦時中に、中野の家から、神奈川県の吉浜海岸へ、疎開してる間に、娘が高熱を出し、土地の医者を呼んだら、猩紅熱といわれて、ひどく、驚いたことがあった。もう、女学校も出て、一人前の娘になってたが、疎開前に、肋膜を患《わずら》って、体が衰弱してるから、多少、心配をした。その頃は、亡妻も生きていて、娘の臥てる次ぎの間で、夜おそくまで、私と一緒に、起きていた――

「お前はね、子供の時に、体が弱くて、あらゆる病気をやってね。病気の問屋のような、女の子だったんだよ。ただ一つ、猩紅熱だけは、その時代にやらなかったんだが、最後になって、それも、患ったんだ。思い残すこと、なしだよ」

私は、久し振りに、娘と二人きりになって、昔のことを、思い出さずにいられなかった。

「あら、そう。そんなに、あたし、弱かったか知ら」

娘も、昔に返ったような、隔意のない、ものいいと、表情になった。そんな表情は、彼女の結婚以来、見たことがなかった。私は父になり、彼女は娘になり、向い合って、話してるようなものだった。一つの〝水入らず〟だった。

(でも、これは、長く続かないな)

私は、腹の中で、そう思った。

実際、その通りだった。避難してる妻と子供を、その翌日に、東海岸の家へ、見舞いに行くと、私の気持は、また変った。

妻は、自分が住んでた家であり、馴染《なじ》みの老婆が、留守番をしてる家だから、わが家へ帰ったような、ノビノビした顔をしていた。しかし、驚いたことに、子供は、わずか四、五日、私に会わなかったのに、何か、人見知りをするような、ハニかんだ様子を、見せるのである。

「おい、おい、忘れちゃ、困るよ。オヤジだよ」

私は、おどけて見せたが、衝動を感じてた。

それでも、海岸へ連れ出して、砂の上で、一緒に遊んでやるうちに、父親を認識してきたらしく、飛びついてくるようになった。私の家の近くの海とちがって、こっちの浜は、平坦《へいたん》であり、波も静かなので、子供も、恐怖心がないらしく、渚《なぎさ》を駆け回る様子が、可愛らしかった。

(やはり、こっちの方が、ご本尊なのだな)

私は、ハッキリと、そう認めた。

そして、夕方に、わが家へ帰った時の気持は、落語のおかしさを、感じさせた。本妻の家から二号のところへ来た、小心な亭主と、似ていたからである。

幸いに、孫の病気は、軽かったらしく、一週間ぐらいで、全快したが、妻は、東海岸の家の暮しが、ノンキなので、帰宅を急ぐ様子がなかった。また、娘の方も、寂しい貸間へ帰るよりも、私の許にいるのがいいのか、ズルズルベッタリの傾きになった。

(これを捨てとくと、ちょっと、危険だな)

娘と妻の間は、できるだけ、ご安泰にして置く必要があった。二人とも、性格に邪心が強くないから、すぐ、絡《から》み合う心配はなくても、万一の用心は、欠かされなかった。

「おい、子供が癒《なお》ったんだから、そろそろ、帰った方がいいぜ」

少し残酷な気がしたが、私は、そういってやった。

「そうね」

娘が、拘《こだ》わりのない、返事をしてくれたので、私も、安心した。ヘンに、勘ぐったことでもいわれると、私は、窮地に立つところだったのである。

やがて、すべてが、以前の生活に戻った。帰宅した子供は、玩具が沢山ある自宅の方が、面白そうで、食事の度に姿を現わす孫と、仲よく、遊んでいた。

その頃、子供は、自分のことを、明確に、〝アッタン〟と、呼ぶようになった。もう、二人称には、用いなくなった。大人たちが〝敦《あつ》ちゃん〟と呼ぶのを、自分の一人称として、そう発音するのだろう。そして、私たちも、彼を呼ぶのに、〝アッタン〟とか、〝アッタンベー〟とか、いうようになった。そして、彼は、一緒に遊ぶ、自分の小さな姪《めい》のことを〝チイコ〟と、呼びかけた。大人たちが、〝ひろ子〟というのが〝ちろ子〟と聞え、もっといい易い〝チイコ〟を、選んだのだろう。

いつか、私たちも、子供の言葉で、二人を呼ぶようになった。

「アッタンも、チイコも、早くお出で。お三時だよ」

そんないい方が、普通になった。

そして、アッタンが、七・五・三のお宮詣りで、大磯の東端にある高麗山の高麗神社へ、新しい洋服をきて、妻と出かける時には、チイコは、自分も、その権利のあることを、主張して、大人たちを、笑わせた。

その頃、私は〝主婦の友〟へ、三年余もかかって、〝娘と私〟を連載中だったが、もう、終末に近づいてた。娘が、結婚後に、パリへ赴任した良人の許へ、羽田から、フランス航空の飛行機へ乗って、出発するところを書けば、終末になる予定だった。

しかし、私は、娘が帰朝してから、〝娘と私〟を書くのに、多少の困惑を感じた。ことに、娘が同居してる間は、何か、書きづらくて、困った。小説の主要人物にされて、毎月、自分のことが、活字になって、衆目にさらされるのは、娘も、いい気持でないだろうと、思った。それまでは、娘も、国外にいて、〝主婦の友〟も読まず、一部分しか知らなかったのだが、今度は、そうもいかないと、思った。

私は、小説家が、家族のどんなことを書いてもいい権利があると、思わなかった。といって、虚偽《きよぎ》を書きたくもなく、私は、あらゆる神経を使って、終末の章を書いてるところへ、今度は、映画会社から、申込みがやってきた。

「もう、終末も近いようですから、うちの社で、どうぞ……」

と、係りの人が、やってきた。

私は、どうも、気乗りがしなかった。娘のことを、活字にするのでも、すでに、神経を使ってるのに、彼女が映像になるというのは、一層、困るわけである。娘が、混血児であることも、映画の場合は、きっと、強調するにちがいなかった。その上、映画というものは、どうも、ハデなのである。

それでも、一応、娘の気持を、聞いて見ると、

「いやアよ、映画にされるなんて……」

果して、彼女は、一言のもとに、拒絶した。

私自身だって、ヘンな自分が、銀幕へ現われて（どんな名優が、演じたって、私が納得《なっとく》する〝私〟になれるものではない）活動するのは、うれしいことではない。普通の作品でも、映画化されて、満足したことは、滅多にないが、原作料というものをくれるから、我慢するのである。でも、今度は、慾と引代えにならないことが、多いのである。

「とにかく、断《ことわ》るから、心配するな」

と、いうと、娘は、

「あたしだって、自分が日本にいなければ、映画にされたって、平気よ。だから、延ばしたら、どう？」

と、妥協のようなことを持ち出した。

私は、映画会社の人に、娘のいい分を、口実にして、申込みを断った。すると、

「では、お嬢さんが、外国へ行かれるのは、いつのことでしょう」

と、聞かれて、返事に困った。娘の婿が、内地へ帰るのは、近いと知ってたが、それから先きのことは、見当がつかなかった。職業柄、また外国へ出て行くのは、わかっていても、時期まで明言できるわけもなかった。結局、無期延期ということになったが、後に、〝娘と私〟が、テレビや映画になったのは、彼女たちが、数年の本省勤めを終って、南米へ赴任してからのことだった。ずいぶん、後の話で、娘は、そのどちらをも、わが目で見ないで済んだ。

〝アッタン〟(いつか、それが、敦夫の愛称と、きまってしまった)は、扁桃腺《へんとうせん》で熱を出すぐらいで、大した病気もせず、育って行った。

それでも、私は、成育の速度が、まどろこしくてならなかった。

「早く、芽を出せ、柿の種……」

童謡の文句を、いつも、私は、心につぶやいた。

老年期に入って、生まれた子供だから、そんな焦躁《しょうそう》を、感じるのだろう。

(おれが、七十になっても、アッタンは、まだ十歳か)

そう考えると、情けなく、じれったくなるのである。そして、亡父の短命を知ってる私は、現在まで生きてるのが、不思議なほどで、とても、七十を期する自信は、持てなかった。

それで、早く、育って貰いたいのである。眼をつぶってる間に、一ぺんに、子供が大きくなる魔術は、ないものかと、本気で考えたりするのである。

それでも、極めて徐々ではあるが、子供は育って行くので、忍耐の酬《むく》いが、ないこともなかった。

〝バカ〟という言葉を覚え、それを連発するようになったのは、いつの頃だったか。誕生日のケーキの蠟燭《ろうそく》を、一いきで、吹き消して見せたのは、三度目の誕生日だったろう。また、三輪車に乗る愉《たの》しみは、よほどのものらしく、軽便ブランコや、滑り台よりも、夢中になった。そんな風に、庭で遊ぶことが多いので、日焼けしていいはずなのだが、皮膚の色は、いつまでも、蒼白《あおじろ》かった。

知恵の方が、先きに、伸びてきた。

私がある会に出て、大勢の人と、記念撮影した写真が、届いたが、小さな型なので、私の存在が、わかりにくかった。

「どこにいらっしゃるの」

妻は、一心に探したが、友人の顔はわかっても、私を発見することはできなかった。

「どれどれ、あたくしにも……」

妻が長く使ってた婆さんが、手伝いにきてたが、老眼鏡をかけたぐらいで、役に立つものではなかった。

「アッタン、お前、当てて見ろ」

私は、写真を、子供の前へ出した。

すると、黙って、小さな指を、すぐ、私の顔の上に置いた。

「あら、そうだ。ほんとに、パパだ」

妻は、ひどく、驚いた顔をした。婆やは、年よりらしく、大ゲサなことをいった。

しかし、誰よりも、感動的だったのは、私だった。子供が、私の顔を、よく覚えていることの証拠だったからだ。父親としての満足が、私に迫った。それから、子供のカンが、鈍《にぶ》くないことを知った、喜びもあった。

私は、子供を膝の上に、抱き上げてやったが、大人たちに、賞められて、半分得意、半分羞恥の表情で、かえって、ムッツリした顔になることも、一つの発見だった。

幼児の直覚力には、何か、異常のものがあるのかと、考えさせられたのは、その時ばかりではなかった。

私の家には、ジャーナリズム関係の訪客が多いが、玄関のベルが鳴ると、子供が、真ッ先きに、飛び出して行くのが、癖になった。客のくるのが、うれしいのだろう。それはいいが、客の顔を見ると、

「これ、いい人！」

「これ、わるい人！」

と、即座に、声をあげるのには、閉口した。まだ、よく舌の回らない言葉だから、客には、意味が伝わらないらしいが、私には、よくわかるのである。

そして、私が、心中、苦笑するのは、彼が〝いい人〟と呼ぶジャーナリストは、大体、私も好感を持ってる連中であり、その逆の場合も、一致した。ある時、税務署の人が来たら、

「これ、わるい人！」

と、明言したので、危《あや》うく、吹き出すところだった。

しかし、私は、笑ってばかりもいられなかった。

（この子は、おれに似た大人になりはしないか）

そんな危惧《きぐ》が、湧いてきた。

私は、今でも、数学がニガ手で、また、論理にも弱いのである。ものを判断するのにも、綿密な推理を行わず、直感に頼ってしまう。私は学者でなく、小説家だから、仕事の上では、それで済んでしまうが、人間の思考としては、不具である。わが子は、健全で、バランスのとれた、脳の働きを、持った方がいい。

もっと、私を考えさせたことは、還暦を過ぎた私が、わが子と少しも変らぬ方法で、人間の価値判断をやってる事実である。私も、大体、

「これ、いい人！」

「これ、わるい人！」

そういう第一印象を基《もと》にして、対人関係を続けてる。そして、その直覚に、自信さえ持ってる。私は、まだ会ったことのない政治家や、芸能人でも、写真を見て、いい人、わるい人、或いは、ホンモノ、ニセモノを区別する癖が、ついてしまった。そして、それが当る時が、多いものだから、内心では、自分を一種の〝人相見〟だと、信じてる。

「あいつは、人相が悪いから、ダメだ」

というようなことを、公言したりする。

もう、長い間、そんな考え方で、生きてるので、今では、改めようもない。直覚力は、バカにならないことで、それを重んじるのもいいが、人間に対する好悪の烈しさという副産物が、出てくる。私の偏屈癖は、確かに、そこからも来てると、思われる。そんな人間は、好

もしくない。人間は、もっと大きく、深い方がいい。第一、偏屈人の生涯なんて、幸福の日当りから、見放されてるのである。

（わが子は、なるべく、私に似ない方がいい。ことに、男の子は、私の欠点と特長――結局、同じものだ――を、持って欲しくない）

その考えは、常に、私の胸の底にあった。

だから、私は、敦夫の直覚力が、優《すぐ》れてるような兆候を見ても、心が明るくならないのである。

「アッタンて、不思議な子ね」

妻は、わが子の知育の発達の証拠を見て、自慢そうだったが、私は、同調できなかった。

敦夫が、満三歳と何カ月かの春を、迎えた時だった。

「四月から、幼稚園へ入れたら、どう？」

と、妻がいった。

「まだ、入れてくれるもんか」

私は、自分が幼稚園へ入れられた年齢を、考えて見た。

「いいえ、この頃は、三年保育で、あんなチビでも、預《あず》かって下さるのよ」

それは、初耳だった。

そして、妻は、大磯の東外れに、いい幼稚園があるという。ある実業家の未亡人で、クリスチャンの女性が、広い自宅や庭を利用して、子供を集めてるのだという。

「園長さんて、お目にかかったことあるけど、いい方よ、お品《ひん》のいい……」

私は、ちょっと、迷った。

まだ、子供が小さいことと、そこの幼稚園まで通うのは、バスに乗って、五つぐらい停留所のある、距離だった。でも、幼児のうちから、集団生活を経験させることは、必要だと思った。私の幼時のような、〝内弁慶〟にしたくなかった。

結局、私も、幼稚園入りに、賛成した。

四月の十日に、始業式があった。桜が満開の日で、曇天だったが、春らしい暖かさだった。朝早くから、昂奮の様子だった敦夫が、妻に連れられて、九時ごろに、家を出て行った。私は、その頃、〝大番〟という長篇を、〝週刊朝日〟に書いていて、午前中は、書斎にこもっていたが、午飯近くなって、二人が帰ってきた。

「どうだった?」

私は、すぐ、妻に訊いた。子供が、今まで、友達が少く、大人ばかりの間で、育ったので、幼稚園の仲間に対して、どんな反応を示したか、それを、知りたかった。

「わりと、平気なの、すぐ、お友達と、遊び始めたわ。それから、園長先生に、お名前をきかれた時も、ちっともハニかまないで、チャンと、答えたわ」

「そうか」

私は、うれしかった。

子供は、式で頂いた、紅白の餅の包みを、誇らしげに、私に見せた。そして、午飯を、一緒に食べると、平常の拒食症傾向と反対に、パクパクと、飯を平らげた。それでも、食べ終ると、珍らしく、眠そうな顔をするので、寝床を敷いてやると、すぐ、眼を閉じた。

（やっぱり、昂奮して、疲れたんだな）

私は、ちょっと、不憫《ふびん》になったが、そのうちに、集団の世界に慣れることは、わかってたし、それが、目的で、入園させたのである。

翌日から、家庭の日常が、少し、変ってきた。八時ごろに、妻が子供を送って行き、昼過ぎに、また、迎えに行くという日課が、始まった。それで、弁当を持たせてやるのだが、妻は、いつも、サンドウィッチのようなものを、こしらえてやった。

「お弁当、お弁当……」

子供は、それが、一番の魅力らしく、毎朝、母に催促して、緑色に塗った、小型のショルダー・バッグに入れると、すぐ、自分の肩にかけた。

でも、子供が幼稚園へ行くと、家の中は、大変、静かになり、私の仕事は、捗《はかど》った。〝大番〟は、世評を穫《え》たので、社の方で、長く書くことを望み、私も、その仕事一つに、身を入れた。今に、小学校へ行くようになったら、もっと、家にいない時間が長くなり、静かな書斎生活ができると思われ、だんだん、子供に手が掛《か》からなくなるのかと、愉しみだった。無論、その期待は、完全に裏切られたが、それは、後の話である。

ある日、妻が子供を送って、帰ってきて、私に話した。

「アッタンたら、お友達とケンカしたんですって……」

妻は、そのことを、知合いの女子園児の母親から、聞いてきたのである。

敦夫が、自分の席に着こうとしたら、他の子供が、彼をつき飛ばした。すると、敦夫が、憤然と、対手《あいて》を蹴飛ばした、というだけのケンカなのである。

「敦ちゃん、なかなか、頼もしいわよ」

と、女の子の母親は、その現場の様子を、妻に語ったそうである。

「困るわね、今から、そんなじゃ。そのお友達のお母さんに、謝《あやま》ってきましょうか」

妻が、そんな心配をするのが、私には、おかしかった。

「そんなこと、いちいち、気にする奴があるもんか」

私には、わが子が、友達につき飛ばされて、泣き出すことの方が、不愉快だった。甘やかされた子供だから、ケンカをしたら、尾を垂れる負け犬になると思ったのに、対手を蹴返すとは、賞めてやりたいのである。無論、自分から先きに手を出す、乱暴者になって欲しくないが、抵抗の気力もなくて、泣き出すような子供では、心配なのである。

私が、自分の幼稚園時代の記憶を、あまり、持ってないのは、当時、幼稚園制が実施されたばかりで、園児も少く、小学校の一室の、仮りの施設に、過ぎなかった。そして、私も一年足らず、入園しただけだったからだろう。

だから、子供の集団生活を知ったのは、小学校へ入ってからだが、もう、そこには、〝世間の荒波〟があった。強い子、意地悪い子、要領のいい子がいて、腕力、気力、智力の弱い子を、いじめるのである。いじめられる子は、泣くか、オベッカを使うしか、道はない。私は、中学三年頃から、腕力も、気力も、人に負けなくなったが、それまでは、ずいぶん、みじめな経験をした。子供が、学校から帰ってくる時は、サラリーマンの帰宅と変らない心理なのである。小さな苦労で、それ相当の神経を使い、わが家の門を入って、緊張が弛み、我儘《まま》を列《なら》べたり、気むずかしい顔になったりするのである。多くの母親は、わりと、男の子のそういう苦労に、理解がない。

集団生活に入れば、ゴタゴタは免《まぬが》れないのが、人間の運命だから、早くから、抵抗力を貯《たくわ》えさせたくて、私は、わが子の幼稚園入りに、賛成したのである。そして、最初のケンカが、そのような結果に終ったことに、私は、不満でなかった。

やがて、運動会とか、遠足とか、子供の世界の大きな行事が、回ってきた。始めての経験なのに、前夜から昂奮するほど、喜んでいた。そういう時の弁当だの、菓子だのに、多種のものを、大量持って行くのは、私自身の幼時になかったことで、私は驚いたが、妻は、それが、戦後の風習なのを、知ってた。付添いの母親たちが、分け合って、食べるのだそうである。

その年の秋に、〝週刊朝日〟から、吉川英治夫妻と末の娘と、私の一家とが、関西旅行の誘いを受けた。吉川英治と私とが、その時の小説執筆者で、大阪で読者大会を催すから、それに出席して、後は、自由に遊んでくれというのである。

妻は、京都好きなので、ひどく喜び、敦夫も、数日、幼稚園を休ませて、連れてくことになった。敦夫を可愛がってくれる記者が、同行してくれたので、大変、助かった。

当時は、旧東海道線だけで、特急の〝ハト〟に乗った。その〝ハト〟は、敦夫の憧《あこが》れだった。家の庭から、東海道線の線路が見えるので、彼は、その通過時間になると、いつも、見逃さないのである。〝特急〟が、特別の塗料で彩《いろど》られ始めた頃で、目につき易いからだろう。よほど、乗物の好きな子で、幼稚園へ行く前でも、女中と大磯駅まで行って、半日も、列車の発着を、見物してくることもあった。

その〝ハト〟の展望車へ、席がとれたのだから、子供は、よほど、うれしかったのだろう。そして、無論、最初の長旅のことでもあった。

絶えず、車窓を覗《のぞ》き、乗客の外人たちの挙動に、いちいち眼を注ぎ、昂奮が明らかだった。それと、人前へ出た時の臆病さが、ガラリと、消えてることも、私の驚きだった。

ちょっと、神経質で、知らない大人が、訪ねてくると、一言も口をきかず、上眼《うわめ》づかいの警戒の視線を送るのが、常だったのに、全然、様子がちがってた。

大阪へ着いて、一泊してから、用事を終り、京都へ入る時に、夕飯を、嵐山の〝吉兆〟へ招かれた。吉川夫婦と、娘と、私一家の外に、大阪の朝日の社員たちが加わり、賑やかな食事だったが、突然、敦夫がハシャぎ出した。駆足《かけあし》で、席の囲りを、グルグル回り、大声を発し、時々、四つも年上の吉川英治の娘の髪を、ひっぱったりした。

「うるさいから、お止《よ》し」

私が制止しても、じきに、同じことを始めた。

まるで、変った子供の感じだった。私は驚き、その理由を考えた。初の旅行で、昂奮してるにちがいないが、そればかりとも思われなかった。

（幼稚園へ行くようになったことと、関係があるのではないか）

しかし、幼稚園で大人との接触は、先生だけだから、それも、腑に落ちなかった。

とにかく、その旅行を期として、子供は、人見知りの癖を、止めてしまった。そして、急に、チョコマカする子供になった。私は、夕飯の時に、水割りウイスキーを飲むのが、例だったが、妻がコップを出す前に、子供が持ってきたりした。また、客がくると、茶ダンスから、茶碗を出したりもした。私も、幼い頃に、そんな癖があったらしく、大人になってから、母の笑い話にされたが、私は、あまり、愉快でなかった。わが子も、もっと鷹揚《おうよう》な子供である方が、望ましかった。

といっても、それが、発育の証拠であることは、確かだった。そのうちに、子供の育ちを、ハッキリと、思い知らされる時がきた。

「ぼく、一人で、幼稚園へ行きたい……」

子供が、そういい出したのである。

「だって、一人じゃ、まだ、バスへ乗れないでしょう」

と、妻がいうと、

「阿川さんとこのお兄さんたちは、ママが送って来ないよ」

敦夫は、すぐ、答えた。

小説家阿川弘之《あがわひろゆき》の一家が、二ノ宮に住んでて、長男と長女が、大磯の幼稚園へ、通ってくるのである。阿川君は、私よりずっと若いが、長男は、敦夫より二つ年長で、怜悧《れいり》で、穏和な子供だと、妻も、賞めていた。長女は、うちの子と同年で、最初は、阿川夫人が、二人を連れて、通ってたが、近頃は、二人だけで、バスへ乗ってくる時が、多いということだった。

それを、敦夫が見て、自分も、母に伴なわれず、通園したくなったのだろう。もっとも、母親とバスに乗る時でも、回数券は自分で持ち、降りる時も、自分で切符を渡すことを、好んだそうである。もっとも、彼自身は、無賃の幼児であって、切符は一枚しか、必要ないのである。

妻は、子供の申し出を、一蹴して、その理由としては、バスが、大人の同伴なしに、幼児を乗せないことを、挙げたが、

「じゃア、どうして、阿川さんとこのお兄さんたちは、乗ってくるんだい」

と、子供が、論理を用いて、母親に抗議してるのが、私を笑わせた。

事実は、阿川家長男が、大人を仮装して、一枚の切符を買い、妹を同伴してるのだろうが、そういうことを話したって、敦夫は、納得《なっとく》しなかった。といって、妻も、彼一人を、バスに乗せるのは、思いも寄らぬことだった。

結局、毎朝、妻が送ってくことになったが、子供は、それに、条件をつけた。バスを降りてからは、一人で幼稚園へ行かせろ、というのである。それを主張する時には、口を尖らし、強い声を出し——やがて、彼が青年になって、好きな女と結婚したいと、親に要求する表情

を、想像させるに、充分だった。

その要求は、妻が容《い》れた。バスから幼稚園までは、畑道で、危険がないからである。でも、妻は、いつも、帰る振りをして、ソッと見送ってると、何遍か、後を振り返り、やがて、叢《くさむら》の蔭に、消えて行くのが、ひどく、寂しかったそうである。

「もう、少年期が、近づいたんだよ。自分の力で、生きたい本能が、だんだん、芽生えてきたんだよ」

私は、不満そうな、妻の訴えとは逆に、わが子の成長が、うれしかった。男の子らしく、そういう現象が、早く生まれたのが、頼もしかった。

「だから、男の子は、嫌いよ。あんなチビの癖に、親から離れようなんて……」

「だから、男の子は、可愛いんだよ。でも、そろそろ、小学校のことも、考えてやる時だな。どこの小学校へ、入れるか……」

遠い将来のことのように思った、子供の学齢が、いつか、身辺に来てる感じだった。それに、戦後の悪弊で、子供の小学校入学が、もし、学校を選ぶとなると、よほど前から、準備を始めなければならぬことも、人から聞かされてた。

小学校なぞを、あまり、選り好みするのは、考えものであって、土地の子供が多く通う公立小学校で、〝揉まれる〟というのも、いいことだと、考えられた。大磯というところは、山の手の知識的な家庭と、町の商人と、農民、漁民とで、構成されてるから、いろいろな子供たちが、学校へくる。私の入った横浜の小学校も、ちょっと似た趣きで、私は、山の手家庭の子供として、町ッ子にいじめられた経験もあったが、べつに、不幸な傷痕《きずあと》も、残さなかった。今となっては、いろいろの家庭の子を知ったのが、少くとも、小説家としての私には、いい影響を与えてる。

私は、子供を、大磯の公立小学校へ入れることに、不賛成ではなかった。だが、妻から、

「でも、上の学校へ進む時のことを考えると、東京のいい学校へ入れる方が、よくはないか知ら」

と、いわれると、すぐ、考えが崩れた。子供が、優秀な成績なら、どこの学校でも関《かま》わないが、それは、期待できなかった。

「じゃア、東京のどこへ入れる？　でも、学習院は、ご免だよ」

私は、先手を、打って置いた。妻は、自分が学習院出身だし、甥《おい》や姪《めい》も、そこに学んでるので、わが子も入れたい気持が、察しられた。だが、私は、反対だった。

私には、妙な、中流階級魂があった。父も、母も、日本の中流階級（下級武士）の家に生まれ、私も、今日まで、その階級的な考え方や、暮し方で、生きてきてる。中流階級人の臭いが、私の骨髄まで、浸み込んでるにちがいなく、それ以外の生き方を、知らないのである。好きだとか、嫌いだとか、そんな程度のことではなく、私の甘受してる、運命なのである。恐らく、私の書いてるものも、中流階級文学を出ないだろうし、それを反省して、別な文学に走る気もしなかった。

私の生涯が、中流階級人で終ることは、明らかであり、こうなると、それを守り通すことに、一種の誇りさえ、感じられ、わが子も、その道を、歩んで貰いたいのである。たとえ、日本に社会革命が起きて、経済的な中産階級は滅びるにしても、私は、今歩いてる道を、変えようとは、考えられなかった。

そんな考えの私に、学習院という学校は、反撥を起すのである。戦後の学習院は、変ったといっても、私の観念を覆《くつがえ》す変革があったとも、思われなかった。

「何も、学習院でなくたって、いいのよ。ただ、あの小学校なら、上へ進むのに、試験がないから……」

妻が、理由づけをした。

「そんなら、慶応だって、いいわけだ」

私は、反射的に、そういってしまった。自分の出た学校だから、子供を入れたいという考えは、まだなかった。

「そうね、慶応なら……」

妻が、すぐ、折れてきたのは、意外だった。恐らく、彼女も、学習院に固執するだけの自信を、欠いたのだろうが、もし、女の子の場合だったら、そう簡単に行かなかったろう。

「それに、あなたの学校だし……」

「いや、そんなことは、関係ないんだ。あの学校の欠点だって、よく、知ってるんだから……」

私が、慶応義塾を口にした、一番の大きな理由は、そこが、中流階級人の学校ということだろう。中流階級人の子弟が多く、校風も、その根性で、培《つちか》われているからだろう。それで、子供の入る学校は、大体、決まったが、先方で、入れてくれるかどうかは、別問題だった。もし、入《はい》り得なかったとしても、第二志望の学校は、東京がいいとなれば、大磯を去ることも、考えねばならなかった。

その点、ちょっと、躊躇《ちゅうちょ》を感じた。私は、住み慣れた土地が好きで、まだ若い頃、十年間暮した千駄ケ谷から、移転の必要に迫られた時なぞ、泣きたいほどだった。ようやく、馴染んできた大磯を、離れるのは、残念でならなかった。ようやく、それに、老後の隠栖《いんせい》なぞを考えて、選んだ土地なのに、今更、東京の都塵の中へ帰るのは、逆コースのように、思われた。でも、そういっても、いられなかった。わが子に必要なことは、至上命令のようなものだった。(まだ、ギュッと、袋を搾《しぼ》ったら、一滴《てき》や二滴、青春の血が、残ってるだろう。その力で、東京生活と闘うか)

実際、その頃は、まだ、私も、ほんとの老人ではなかった。観念で、そんなことを考えるだけで、老いの実感はなかったから、簡単に、東京移転を決意したのかも知れない。

そして、東京へ住むとなれば、先年、妻の親戚の勧めで、買って置いた赤坂の地所を使うことが、考えられた。すでに、三軒も、妻の親戚が、そこへ家を建てるので、何かと、便宜があると、思われた。幸いに、〝大番〟の出版や映画化があって、建築費も、捻出《ねんしゅつ》できそうだった。

それでも、私は、子供が小学生になるのは、先きのことと思って、急ぐ気はなかったのだが、妻の考えは、ちがってた。

「小学校へ入る時に、越したんじゃ、遅過ぎるの。この頃は、受験準備が、大変なんだから、東京の幼稚園へ、早く入れて、その上に、予備校のような所へも、通わせて——つまり、入学の二年前ぐらいに、東京へ引越さなければ、いけないのよ」

「え、あんな子供が、予備校へ行くのか」

私には、信じられぬことだった。

「そうよ、この頃は、皆さん、そうなのよ」

優良校というのがあって、そこの合格率が高いので、母親は、子供が幼稚園へ入ったばかりの時から、小学校の入学試験に備えて、幼稚園とは別に、そんな施設のところへも、通わせるのだそうである。

「だって、まだ、学課を教わってない子供に、何を試験しようと、いうんだ。そもそも、それが滑稽じゃないか」

私は、そんな不合理なことはないと、思った。

「そんな理窟、おっしゃったって、しようがないわよ。とにかく、試験がむつかしいのよ。だから、幼稚園でも、試験に通るようなことを、教えて下さるんだけど、それだけじゃ、安心できないから、模擬《もぎ》テストなんか、やってるところへも、何遍か通わせて……」

「それが、予備校か。それにしても、驚いた話だ……」

まだ幼稚園の子供に、そんな苦労をさせるなんて、飛んでもないことである。世間も世間なら、親も親である。

アメリカの影響か、何か知らないが、戦後、小学校から、重い勉強を課すことに、私は、反感を持ってた。この頃の子供は、学校から帰っても、チャンバラ遊びをする暇もないと聞くと、自分の育った明治時代の方が、正しく、優れてたと、思わないでいられなかった。私なぞ、小学生時代に、家へ帰って、勉強した記憶は、一度もなく、それでも、一応のことは、身につけさせて貰った。私は、ほんとに勉強を始めるのは、旧制中学の上級からでいいと、考えてたのだが、そんな考えは、てんで、通用しないらしい。

とにかく、子供の小学校入学に、父兄が狂奔するなんて国は、世界のどこにも、見られないだろう。要するに、子供が多く、学校が少いからだろうが、世間の標準の優秀校のみを狙《ねら》い、自分の考えで、学校を選択しない、親の考えも、まちがってると、思われた。

私は、それだけの批判を、持ってるつもりだったが、自分のしてることを見ると、やはり、世間の親と、変りのない方向を、辿《たど》ってるのが、情けなかった。妻が、入学準備のために、東京へ移転して、子供を、合格率の高い幼稚園へ入れる外ないといえば、反対もしなかった。でも、考えて見れば、これも、狂奔の一つだろう。

(人のことを、笑う資格があるのか)

私は、恥かしかった。

でも、唯一の弁解は、私が選択なしに、優秀校を狙《ねら》ってるのではない、ということだった。

慶応義塾幼稚舎というのは、私の出た学校であり、父の学んだ福沢塾が、やがて創設した小学校でもあるのだ。子供が入学できれば、三代目の塾生になるのだ。英国のニールがやってるような、自由教育の小学校でもあれば、考える余地もあるが、今のところ、私が選択するとなったら、やはり、校風を知り、安心のできる、慶応義塾ということになるのだ。（せいぜい、ムリな準備を避けて、入学試験を受けさせて見るのだ）

私は、そんな風に、自分に弁解した。

子供は、天真のものであり、そして、か弱きものであるから、ただ、庇護のみを与えて、育てればいいのだ——という考えが、私のどこかにあったのだろう。

自由主義的な父親は、概《おおむ》ね、わが子に対して、そんな態度をとる。私の場合も、自分の生き方からきてると思うが、亡父の影響も、多少あるらしい。

父は、明治の初期に、福沢思想の感化や、アメリカ滞在中に受けた見聞で、そんな考えを、身につけたにちがいない。あれほど寛大な、絶対に叱らない、体罰なぞは、思いも寄らない、という父親は、当時、珍らしかったのだろう。世にも甘い父親として、親戚間の笑いの的《まと》にされたという。私も、甘やかされたことが、うれしかったから、父の態度を嗣《つ》ぐ気に、なってたのかも知れない。

でも、そんな私の教育方針に、確信があるわけではなかった。わが子が、次第に、育ってくると、たちまち、態度が、グラついてきた。

(子供を、野放しで育てては、いけないのではないか。シツケということが、必要なのではないか)

そんな疑問が、起きてきたのは、時に、子供が、手に了《お》えない悪態を、見せるようになってからだった。

自分の意志が通らないと、庭の土の上でも、何でも、仰臥して、泣き、手足をバタつかせ、母をテコずらせる。

あまり、強情な時には、私も、カッとなり、小さな体を抱き上げて、尻を打ってやることもあった。でも、それは、シツケではないのである。半分は、私自身の感情の激発に過ぎない。だから、体罰を加えた後で、いつも不愉快でならなかった。

私は、長女の幼い時に、そんな経験をしなかった。それは、長女が、素直で、おとなしい性格のためとも、いえなかった。母親が、シツケをしてたのである。

フランス人の彼女は、私と、まるでちがった態度で、わが子に対した。彼女は、娘が乳児だった頃は、日本の母と変らなかったが、カタコトをしゃべりだす頃から、急に、シツケを始めた。ことに、食事の時に、やかましかった。

娘が、バターをくれ、砂糖をくれということを、食卓で要求すると、

「どうぞ、といいなさい《ディ・シル・ト・プレー》」

と、必ず、怖《こわ》い顔で注意し、その通りにいわなければ、望みを叶えてやらなかった。私は、幼い娘が、カタコトで、行儀のいい言葉をくりかえすのが、何か、不憫《ふびん》で、まるで、女乞食が、通行人の同情を惹《ひ》くために、唄でも仕込むような、感じがした。そして、そんなシツケは、まだ早かろうといっても、彼女は、断乎として、譲らなかった。

また、体罰も、平気で行った。もっとも、娘の手の甲を、ピシリと、打つだけだが、それを、頻繁にやった。

私は、それが、ヨーロッパ流の育児法だということを、知らないでもなかった。私の父のやり方は、アメリカ風なのかも知れない。とにかく、両方の間には、ハッキリと、区別があった。亡妻も、思想的には、自由主義者だったが、わが子の育て方には、ひどく、シツケを重んじた。恐らく、ヨーロッパ家庭の習慣に、従ったのだろう。

でも、その頃の私は、子供を育てるのは、亡妻に任せてたので、べつに、その問題を、痛切に考えたことはなかった。

だが、それから三十年後の私は、そういかなかった。久し振りに、幼児の父となって、亡妻の方法が、正しいのではないかと、思うようになった。一つには、戦後の日本で、子供の自由が叫ばれ、両親は家庭教育を放擲《ほうてき》する態度が見られ、私はそれに反感を持った。シツケということの必要を、認める機会が、日を追って、多くなってきた。

その点、子供の主任教師である妻が、ひどく、ダラシがなかった。子供が泣けば、一緒に泣きそうな顔をするし、暴れれば、機嫌《きげん》をとる外、方法を知らなかった。それでも、テコず

って、

「あたし、どうしていいか、わからないわ」

と、泣き声を出して、私のところへ、助けを求めにくるような、女だった。

「ダメだなア」

私は、嘆息しながらも、何か、滑稽だった。彼女も、四十を越してから、始めて子供を持ち、マゴついてるのだと、思った。そして、そんな妻に、手を貸してやる必要はあるが、何も急ぐことはない。わが子のシツケを始めるにしても、学齢に達してからでよかろうと、ノンキに構えてた。

でも、その頃から、妻も、育児法の本なぞ、読み始めた。ある時、私も、そういう本の一つを、覗《のぞ》いて見ると、ひどく打撃を受けた。

子供のシツケは、非常に早くから、始めねばならないと、書いてあった。乳児の時から始め、三歳を過ぎたら、もう遅いというのである。

(うちの子は、もう、四歳半だぜ！)

私は、少なからず、慌ててしまった。

そして、ほんとに、もう時機を逸してしまったのか、と思うような事実を、見せつけられることが、多くなった。

ある日に、東京の親戚で、祝いごとがあって、私たち一家も、招かれた。子供も、まだ幼稚園だから、早退《はやび》けをさせて、一緒に連れてくことになった。

子供は、そういう集まりへ行くのが、好きだったし、また、汽車や電車に乗ることは、もっと、好きだった。

「さア、湘南《しょうなん》電車で、行くんだぜ」

私は、子供を喜ばせるために、早くから、それを知らせてやった。

ところが、いつもとちがって、一向に、うれしがらないのである。唇をへの字に結んで、白眼《しろめ》づかいなぞ始めたのである。私は、熱でもあるのかと思って、子供の額に手を当てたが、そんな様子もなかった。

妻は、自分の着換えをしてから、子供の服を、脱がしにかかった。彼女は、新しい、レモン色の毛のシャツを、着せようとした。

「いや。そんなの、着ない」

子供は、拗《す》ね始めた。

「じゃア、どんなの、着るの」

妻は、よく、食べ物や着物のことで、子供の意を訊ねる癖があった。私も、シツケの必要を認めてから、それは、悪習と考えたが、その時は、黙ってた。

「白いシャツでなけれア、いや！」

「白いのは、みんな、汚れてるのよ。この方がいいわ。こんなに、ステキじゃないの」

妻は、レモン色のシャツを見せて、しきりに、誘惑にかかったが、子供は、頑として、肯《き》かなかった。

「しようがないわ。じゃア、汚れたんでも、何でも、知らないわよ」

渋面をして、妻は、白シャツを持ってきたが、今度は、それも、着ようとしなかった。

「いや。ぼく、東京へ行かない」

シャツの問題では、ないのである。明らかな、〝拗《す》ね〟である。

子供が、〝拗ねる〟ことを覚えたのは、その時からではなかった。もう、何度も、そんな兆候を、見せてるのである。

私は、子供が単純な乱暴をしても、平気だったが、〝拗ねる〟のは、嫌いだった。要するに、我儘が屈折して、そんな状態になるのだろうが、その曲るということが、子供の天真ではなかった。

出発の時間が迫ってきて、妻が気を揉《も》めば、揉むほど、子供は、拗ね方がひどくなった。しまいには、畳の上へ転がって、着換えを拒《こば》んだ。

「ムリに、着せちまえ。いくら、泣いてもいい」

私は、癇癪《かんしゃく》を起した。

妻も、仕方なしに、強制着換えを始めたが、その抵抗は、ひどかった。

「行かないんだ、行かないんだ」

泣き叫び、手足をバタつかせ、大変な騒ぎになった。

そこへ、頼んだタクシーが、迎えにきた。私は、暴れ回る子供の尻を、三つほど打ち、そのまま、抱き上げて、門の方へ運んだ。とても、妻の手に及ばないから、そうする外はなかった。

車の中でも、駅でも、電車に乗り込む時でも、子供は、喚《わめ》き続けた。乗客たちは、一斉に、こっちを見たが、私は、キマリが悪いとも、思わなかった。

（今日こそ、シツケをしてやるんだ）

そんな気持で、私は、妙に強い、父親になった。平素の甘さを、一挙に、取り返す量見《りょうけん》だったかも知れない。

湘南電車の中は、わりと、空いていた。私たちは、向い合わせの席があったが、私は、わざと、子供を、一人で坐らせた。

「構わないで置けよ」

と、妻にいった。子供が泣き疲れるまで、泣かして置こうと、考えた。

しかし、愉快でなかった。

子供を叱ったり、打ったりする時ほど、世の中が、情けなくなることはない。その点、妻を同じ目に遇わせる時の方が、よっぽど、気がラクである。また、子供の泣き声というやつが、私には、実に堪えられない。わが子の泣き声でなくても、私は、この世で最も嫌いな、音響である。

その不愉快さを、忍びつつ、私は、眼を閉じた。子供に対して、無関心を装うことが、子供の抵抗を、早く終らせると、考えたからである。

（しかし、子供が〝拗ねる〟とは、どういうことかな）

この頃は、何でも、欲求不満というが、うちの子供は、何を求めてたのかと、考えたが、どうも、見当がつかなかった。東京へ行くことも、湘南電車に乗ることも、彼は、前夜から愉《たの》しみにして、待ち構えてたのである。そして、着換えをする時に、レモン色のシャツが、気に入らないと、グズリ始めたのも、決して、ほんとの動機ではない。気分が正常なら、喜んで、そのシャツを着たにちがいない。

すると、その前から、〝拗ね〟が始まってたのである。それは、何か。何で、そんな、感情の曲りが、起ったか。

（あんまり、うれしかったからだ）

私は、そう判断した。

子供というものは——少くとも、我儘に、甘やかされて、育った子供というものは、大人には想像のつかない、異常感情の持主なのである。喜びと悲しみが、腹合わせになって、訪れるのである。運動会や遠足の前夜は、眠られないほど、喜びの昂奮を味わうが、いざ当日になると、不思議な反動が起るのである。もし、その原因を求めるなら、その前に、あまりに強く、喜び過ぎたということ以外にない。それほど、彼は、人一倍の喜び方をする。その幸福は、前日に、絶頂を究めてるのだから、後は、下降線を辿《たど》るのではないか。

過度の期待と、幻影に、子供は、疲れてしまうのだろう。それで、〝拗ね〟という反動が、起るのだろう。拗ね始めてからは、周囲を困らせるために、あらゆる悪態を示すが、子供としては、そうする以外に、窮境を抜け出す道がないのではないか——

児童心理学者でもない私が、そんな説明をしたって、誰も信じはしないだろうが、私自身は、それで、充分に、納得《なっとく》するのだ。

なぜといって、私は、〝子供の拗ね〟の経験者なのである。その悪癖は、未だに、私の性格に、尾を曳《ひ》いてるくらいだから、とても、忘れ去ることは、むつかしい。

私は、眼を閉じ、電車の轟音を聞きながら、回想にふけった。私は、父がまだ丈夫だった頃——つまり、今のわが子と同じくらいの年齢の時に、今日の彼と、そっくりそのままの行いを、演じてるのである。


その日が、十二月のある日曜日だったことと、朝から、雪もよいの曇天だったことは、私の記憶と、後からの推測とで、明らかだった。

祖父の何回忌だか知らぬが、その日に、法要があったのである。一体、父の家は、代々、真宗なのだが、父はそれを嫌って、禅宗に改め、その日の法要も、鎌倉の建長寺で、行うことになった。祖父母の墓は、豊前中津《ぶぜんなかつ》にあるから、経を上げて貰うだけの法要だったと思う。そして、その日が日曜だったことは、父の経営する店が、外人並みに、日曜休業だったことと、同行する姉も、もう、学童だったからだろう。

私は、その日の前日、前々日から、うれしくて、堪らなかった。無論、法事が愉しいのではない。鎌倉へ行けることが、うれしかったのである。

その時分は、子供の遊び場が少く、私たちにとって、東京の上野、浅草に次ぎ、江の島・鎌倉が、胸を躍らせる的だった。そして、江の島の方は、その前に行ったと思うが、鎌倉は、未見の土地で、一層、期待を懐《いだ》いたのだろう。

そして、当日の朝も、姉や弟より早く起きて、昂奮したのだが、ふと、反動が起きたのである。恐らく、私は、朝飯を食わなかったのだろう。その時分、私は、うれしいことのある日は、朝飯の食慾を失って、どうしても、食べる気がしなかった。それを、いつも、母が叱るのだが、そんなことから、私の感情が、あらぬ方へ、曲ってしまったのだろう。

「あたい、鎌倉へ行かない」

ああ、ほんとに、今日のわが子と、そっくりのことを、私は、いい出したのである。そういうことをいって、周囲を困らせてやろうという気も、確かに、あったようである。でも、それ以上に、重い、厚い雲のようなものが、急に、私を襲ってきて、身動きもできない、気持にさせるのである。あらゆる気力を失い、一番期待してたことが、最も価値なきことに思われ、期待してたことと、逆なことをすれば、その不愉快さから、脱出できるような気持に、なってくるのである。

母は、三人の子供の着換えをさせて、汽車の時間に、間に合わせなければならないので、気忙《きぜわ》しいところだから、強い口調で、私を叱った。

無論、私は、おとなしく、叱言《こごと》に従うことのできる、心理ではなかった。一層、母をテコずらせよう、という態度に出た。

それを、見兼ねて、父が出てきたのである。父は、子供のことは母に任せ、滅多に、叱言もいわなかったが、その時は、汽車の時間が迫ったので、捨てて置けぬと、思ったのだろう。父は、極めて、優しい態度で、私を宥《なだ》めにかかった。それが、いけなかった。私は、いよいよ、付け上って、ダダをこねた。母は、強硬だったので、私も、いくらか手控えてたのだが、機嫌をとるような父の態度に、悪態の限りを尽した。

父は、ついに、堪りかねて、私の尻を打った。それも、今日と、同じである。一体、父は癇癖《かんぺき》があって、母からよく指摘されてたが、子供に手を加えたことは、曾《かつ》てなかった。私が、父に打たれたことは、その時が最初で最後だった。しかも、父が、今日の私のように、感情に激して、子供を打ったか、どうか、疑問である。なぜなら、打たれた私が、ほとんど、痛さを感じなかったからである。きっと、痛くないように、手ごころを加えて、打ったのだろう。つまり、シツケのつもりだったのだろう。

痛くはなかったが、私は、声を限りに、泣いた。でも、私は、その時から、不思議な解放を、感じたのである。泣けば泣くほど、自分を襲った不愉快な雲が、だんだん、晴れかかって来たのである。

それなのに、父は、ひどく心配そうな顔をして、私を抱き上げ、宥和《ゆうわ》を求めるような言葉を、口にした。

「さ、もう、泣くんじゃない。まだ、痛いのか」

恐らく、父は、そんなことをいったのだろう。しかし、私がよく記憶してるのは、父が私を抱き上げて、私の悲しみを紛《まぎ》らせるために、小窓の外の景色を、見せてくれたことである。それは、月岡町の家の玄関脇の六畳で、北側に窓があり、そこから、中庭の植込みが見えた。植木と垣根の上に、どんよりと曇って、今にも、雪が落ちてきそうな空が、展《ひろ》がってた。その空の色と、私を抱き上げてくれた父が、法要に出るために、紋服を着ていて、黒い胸のあたりに、白い羽織紐が、結ばれていた印象を、今もって、アリアリと、思い浮かべることができる。

そして、私の気持は、まったく、〝拗ね〟から遠くなり、優しい父に、いつまでも、抱かれていたかった。きっと、泣き声は、自然と弱くなり、甘え半分の泣きじゃくりに、変ってたろう。

それを見て、母が、批難の声を出した。

「何ですよ、そんな、大きな子を、抱いたりして……」

父は、照れたように、何もいわなかった。といって、私を抱き降《だおろ》しもしなかった。

私は、まったく素直になり、無論、鎌倉行きを、拒む気はなくなったが、私のダダのために、ついに、一汽車おくれる始末になった。母は、しきりに、私を責める言葉を、くりかえしたが、父は、一切、何もいわなかった。

そして、私たちは鎌倉へ行った。その頃は、汽車の回数も少なかったから、一列車おくれると、二時間以上も、差ができた。そのために、予定時刻を外れたといって、母が建長寺の坊さんに、叱られたそうである。建長寺は、なかなか、威張ったお寺だった。

「お前のおかげだよ」

母は、私を責めたが、私は素直に〝ご免なさい〟のいえる気持だった。そして、暗く寒い本堂で、読経《どきよう》が終ると、八幡宮の方の〝三橋〟という旅館へ行って、おそい午飯を食べた。きっと、その後で、八幡宮や大仏の見物をしたと思うが、その記憶は、残っていない。ただ、大変うれしくて、父にまつわりついてばかりいたのを、覚えてる。

そして、話はわが子のことに戻るが、大磯から湘南電車に乗った当座は、高い泣き声をあげてた彼も、もう、泣くだけ泣いてしまったというように、次第に、声が弱くなってきた。泣きじゃくりをしながら、窓の外の景色を、見始めた。

やがて、平塚駅を過ぎて、馬入川にかかると、

「あ、鉄橋だ！」

と、声をあげ、窓ガラスに、顔を押しつけた。もう、〝拗ね〟は、完全に、消失してた。

私は、妻と顔を見合わせた。

無論、その日一日、子供は上機嫌で、素直で、どこに、あんな厄介な根性があるかと、思われるほどだった。

あらゆる点が、私の幼時と同じだった。

その時分から、私は、父を想うことが、多くなった。五十余年も前に死んだ父が、あのシャボンくさい体臭を、感じさせるほど、間近に立ってるような、気のすることがあった。そ

して、父に甘えたい心理さえ、味わった。

（冗談じゃないよ。オヤジは、五十で死んだのだから、今のおれの方が年上なんだ）

そう考えても、ムダだった。

敦夫がグズって、私たちを困らせた日から間もなく、まったく忘れてた、ある日の父の記憶が、甦《よみがえ》ってきた。

やはり、寒い曇天の日の記憶である。

しかし、鎌倉へ行った時より、もっと後だった。恐らく、その日が、父が家族を連れて遊びに出た、最後の日ではなかったか。翌年には、彼は死の床へ就《つ》いた。

家族――母、姉、弟、私だけではなかった。店の者二人と、父の親友の吉井という人も、同行した。父は、ハデ好きではなかったが、人を招くことは、嫌いでなかった。

梅見が、目的だったのである。明治の人間は、桜の花に次いで梅見を、行楽に算《かぞ》えたが、父がお花見に出かけた記憶はないのは、きっと、人混みが嫌いだったからだろう。そして、その日の梅見は、蒲田の梅屋敷と、大森八景園の梅林が、選ばれた。横浜の近くに、杉田の梅林というものもあったが、その頃は交通が悪く、蒲田や大森なら、汽車の便があった。しかし、私はその時に、大師河原を走る京浜電車に乗った記憶があるから、最初に、川崎の大師に参詣し、それから蒲田へ回ったのであろう。

その日が、明治三十二年か三年の二月の日曜日であったことを、推定するのだが、雲が低く、寒く、今にも、雪が落ちて来そうな、天候だった。そして、私は、珍らしく、素直ないい子供で、"拗ね"を忘れてた。おとなしく、父の蹤を、ついて歩いた。父が一緒の時は、きっと、ご馳走が食べられるのだが、それを別としても、父が同行してくれると、何か気丈夫で、母だけの場合より、ずっと、うれしかった。

それなのに、その日の私は、何だか、悲しかった。京浜電車というものに、始めて乗っただけでも（今の京浜電車の半分もない、小さな車体だったが）うれしいはずなのだが、不思議と、気が沈んだ。天候そのものが悲しく、いつまで経っても明るくならぬ空に、影響されたのでもあろう。しかし、今になって考えると、父が平常のように、元気でなく、沈黙がちだったことが、私に何かを伝えたのではないか。死病が近づいてきた父は、何か、気分でも悪かったのではないか。

蒲田の梅屋敷というところは、新聞で読むと、最近、小公園になって、現存してるとのことだが、元来、梅を愛した庄屋の邸宅だったらしい。東海道に面した場所で、門内へ入ると、梅の古木が沢山あり、赤い毛氈《もうせん》をかけた縁台に、人が憩《やす》み、梅干とお茶を、出してくれた。梅の名所といっても、それだけのことで、子供には、一向、つまらなかった。そして、梅見客が、短冊に字を書いて、梅の枝に結ぶ設備があり、同行の吉井さんという人は、狂歌を嗜《たしな》んだので、すぐ、一筆をふるった。その狂歌を、全部、今の私が覚えてるというのも、おかしなことである。

蒲田まで何しにきたか梅屋敷、
　花も実もなし電気鉄道。

格別上手な狂歌でもないが、その日が、梅の開花にまだ早く、皆が失望したことは、明らかである。それで、父の機嫌は、いよいよ悪くなったのかも知れない。

蒲田の梅が、咲いてなければ、大森へ行ってもムダであるのに、八景園の梅林へも、回ったのである。ここは、今は跡形《あとかた》もなくなってるが、明治の末期に、私の家が大森へ移転した頃には、昔の形態を、そのまま存してた。八景園は広く、梅林も多く、遠く海を見晴らして、好景だった。でも、大森在住時代には、八景園へ行っても、亡父を思い出したことはなかったのに、なぜ、今頃になって、あの悲しい曇天の日の追憶に、耽《ふけ》るのだろうか。

大森で暗くなり、駅前から、また京浜電車に乗って、大森海岸へ行き、〝松浅〟という料亭で、夕食をしたことは、覚えてるが、それから後のことは、まるで、忘れてる。ただ、心に残るのは、父の姿が、何となしに悲しく、私にとっても、愉《たの》しい行楽の印象が、まるでなかったことである。

私は、近頃、もの覚えが悪く、何でも忘れてしまう。日記をつけるのも、昨日のことは、どうやら思い出すが、一昨日となると、まったくお手上げである。そんな私が、幼時のことは、実に鮮明な記憶を、持ってる。ことに、あんなに昔に死んだ父のことは、最近の過去よりも、ハッキリした映像になって、浮かび上る。鎌倉行きのことも、蒲田梅屋敷のことも、恐らく、私の六つか七つの時の記憶だろうが、実によく覚えてる。

すると、人間の記憶は、ずいぶん早くから始まり、ずいぶん長く残るものらしいが、わが子は、どうだろうか。シャツの色が気に入らないといって、グズり始め、私に尻を打たれて、湘南電車に乗った時のことが、一生、わが子の頭の中にあるのか。それとも、年老いた頃になって、私のように、父を思い出すのか。

私は、今でも、父を愛してる。父が懐かしく、思い出すと、涙が溢れそうになる。もう、祖父と呼ばれる年齢の私が、父を想って、感傷に浸るというのは、第三者には、滑稽だろうが、事実だから、仕方がない。

父は、私を愛してくれた。世間から、もの笑いになるような、愛し方をしてくれた。そのことの確認が、私には、大変うれしい。とても、幸福な気持を誘う。人間は、人から愛されると、幸福になるが、父のように、私を愛してくれた人は、他になかった気がする。そして、父が私を愛してくれたことが、もう六十年以上の過去なのに、それでも、今の私が幸福感を味わえるというのは、不思議な力といわねばならない。

無論、母も、私を愛してくれた。

そして、母の方が、父より十八年も長く、私と共に生きてくれ、いろいろの記憶が深いのに、父ほどの懐かしさが浮かばないのは、どういうものだろうか。私が母を愛してるのは、いうまでもないのだが、父を愛するほど、純一でないのである。ちょっと、複雑なのである。

それは、母と長く生活したがために――そして、その時間が、私の成年期に及んだがために、批判めいたものが、生まれたからだろう。また、母にも、ちょいとした過失のようなものが、ないでもなかった。しかし、そんなこと以前に、私の持って生まれた生理的、心理的なものが、あるのではないか。

私の同胞《きょうだい》三人のうちで、姉は、生涯を通じて、父親贔屓《びいき》だった。父は、結婚後に、長く子供がなかったので、半ば諦めたところへ、姉が生まれたので、大変、可愛がったと、聞いてる。私はまた、長男ということで、父に珍重されたのだろう。

そして、父の死後も、私と姉は、常に父親党だったが、弟の方は、そうでなかった。弟が生まれた時は、父は、長女も長男もできた後だから、もう結構と、思ったのかも知れないが、とにかく、私や姉に対するほど、熱愛振りではなかったようである。

しかし、母が、その間隙を埋めた。彼女は、末ッ子として、弟を可愛がった。また、弟は母に似て、色の黒い方で、気質も、母似の方だった。そういう点も、可愛かったのだろう。母は、ずいぶん、弟を甘やかした。ことに、父の死後は、その傾向を強めた。

それが、弟に反映したのだろう。彼は、随一の母親贔屓だった。母の過失なぞも、問題にしなかった。そして、彼女の死後も、変らなかった。しかし、父に対しては、私や姉の半分の愛情も、感じなかったようだった。

「おれ、オヤジのこと、どうも、覚えてないんだよ」

きっと、そうだろう。父の死んだのは、弟の数え年八つの時だから、それ以前の記憶は、曖昧だったのだろう。

弟は、母に愛された記憶ばかりで、父の愛情の印《しるし》を、知らなかったのだろう。私には、幸いに、その記憶が、残ってるのである。父に、あのような愛され方をしたことを、知ってるから、私も、父を愛したくなるのだろう。愛情というものは、贈物であり、また、その返礼なのである。

でも、それだけのことだろうか。

私が、今でも、〝父恋い〟を持ってるのは、ことによったら、私という存在に、関係があるのではないか。ちょっと、ちがう型に、生まれついてるのではないか。

私は、永井荷風とか、谷崎潤一郎とかいう人の著作を通じて、その二人が、いわゆる〝エジポス・コンプレックス〟を持ってたことを、知ってる。

その心理学的術語を、一口でいうと、男の子の〝母恋い〟であり、父への憎悪である。荷風の〝狐〟という短篇を読むと、母の優しさの讃美と、父の剛強さへの嫌悪が、誇張して描かれてる。潤一郎も、随筆で、同様のことを、明らかに、示してる。そして、大体、多くの文士が、その傾向を持ってるようである。すると、私は、文士型の男性ではないのか。

一体、男の子というものは、十歳までは、父親を尊敬するものらしい。そして、二十歳頃に、父親嫌悪が始まる。三十歳では、無関心になる。四十歳では、自分が子を持ち、父親に対する同情心が、起きてくる。五十歳になって、父親の長所や美点を思い出し、尊敬を更《あら》たにする。

心理学者は、そんな風に、説明するらしい。そうだとすると、私は、父を十歳で失ったから、尊敬と愛慕の情が、そのまま、凍結して、残ったのだろうか。私が父を嫌悪する時まで、父が生きていなかったということになるのだろうか。

その他に、男の子の〝父恋い〟は、同性愛の芽生えとする見方も、あるようだが、定説ではなく、むしろ〝母恋い〟の方を、病的とする説も、見出《みいだ》される。

しかし、そんなことは、私にとって、どうでもいいのである。私の生来が、心理学的に、どんな型に属したって、属さなくたって、あまり興味はない。それよりも、こんな老年に達した私が、こんなに深い関心を、父に持ち始めた事実だけが、私を驚かせるのである。

少年の第二反抗期、そして、青年の第三反抗期を、私も経験したが、どっちも、父の死後であり、母親に対してのみ、それが現われたせいもあるだろう。そのことを、私は、前に、いろいろ書いてきたが、父への愛情だけは、無疵《むきず》で、続いてきた。それにしても、今頃になって、〝父恋い〟が沸騰してくるのは、どういうことだろうか。

それは、私が老年になって、男の子を穫たということと、無関係ではないように、思われる。

私は、きっと、〝男好き〟なのだろう。

男のくせに、男好きというと、すぐ、同性愛の嫌疑がかかるが、女の方も、決して、嫌いではない。そのために、長い一生を、ずいぶん苦労してきた。また、かりに、私が同性愛の傾向があるとしても、〝男好き〟が顕著に表われる、受動者側ではないようである。青年時代に、美少年に魅力を感じた経験は、絶無でもなかったが、胸毛の生えた大人を、歓迎したことは、一度もなかった。

だから、この問題は、セックスを離れて考えた方が、穏当と思われるのだが、しかもなお、私は、男好きなのである。私の〝父恋い〟は、すでに述べたとおりであり、また、私は、男の子を穫たことで、娘を持った時と比べられない、喜びを知った。

そういう意味で、〝男好き〟なのである。

きっと、私には、封建時代の男性尊重の思想が、多分に、残ってるのだろう。また、生理学的知識も未開で、男性の精子のみによって、単性生殖が行われるかのように（腹は借り物という考えが、江戸時代まであった）思ってるのかも知れない。

確かに、私には、〝種を持つ人〟としての男性、父というものに、愛着がある。亡父の種から私が生まれ、私の種から息子が生まれ、そして、息子の種から孫が生まれてくだろうが、その縦糸の父というものに、私は、大きい意味を感じる。それは、男性として、父親としての私のエゴイズムに、過ぎないかもしれない。しかし、どうしようもない。私は、人間に生まれたことを、必ずしも、感謝してないが、それでも、女に生まれるよりは、男と生まれて、よかったと、思ってる。そして、生きるからには、男らしく生きたいという考えもある。

それはともかく、私が、しきりに亡父のことを、想うようになったのは、長男が生まれてからであるのは、明らかだが、これは、前に述べた心理学者の分類からいうと、四十歳から五十歳の父親の心理に、当るのだろう。わが子を持って、わが父を顧みるのである。ただ、私は、晩《おそ》く男子を穫たので、その時期も遅れたのだろう。ただ、心理学者は、単に子供を持って後に、父への回顧が始まるというが、私の場合には、長女が生まれた時には、その現象は、特に見られなかった。男子を穫た時に、始めて起ったのである。そのことを、私は、重視するのである。

父を想うことが、しきりとなると共に、もっと父を知りたい希《ねが》いが、起きてきた。父が、どういう人間であったかということは、不思議と、私は熟知していて、人格の点で、人に教わりたく思わないが、その生来や、生涯の細部にわたることを、知りたくて堪らなかった。

それをよく知ってるのは、母親だろうが、もう在世しないし、父の一番下の妹が、わずかに生きていて、鵠沼《くげぬま》に住んでたが、先年、世を去ってしまった。父の友人で、ただ一人の生存者の野村洋三翁も、九十余歳の長命だったが、ついに病死した。

もう、誰も、父の話をしてくれる人は、いなくなったのである。そうなると、かえって、私は、父のことを知りたくて、堪《たま》らなくなった。でも、私は、自分の持ってる父の記憶や知識を、もう一度、噛《か》み返して見る外はなかった。

そういうことをいえば、私がこの作品を書く気になった、最初の動機も、おのずからわかってくるのだが、執筆がきまった時に、私は、父の生まれた豊前中津（大分県中津市）へ行って、もしかしたら、父を知る生存者はないか、探して見たかった。ところが、どうしても、体の都合がつかないので、知人のT女史に、代りに行って貰った。

T女史は、以前、〝主婦の友〟に勤めて、敏腕で鳴る人だったし、私も、よく、調査の仕事を頼んだ。その関係で、今度もお願いしたのだが、彼女は、一週間ほど、中津へ行って、実によく調べてくれた。

中津の昔の地図（その中に、父の生家も書いてあった）や、横浜ではもう調べようがなくなった旧戸籍謄本や、古い文献や、土地の昔話を語る故老の談話筆記まで、持ち帰ってくれた。その中に、〝田口チョウの談話〟というものがあった。チョウは、明治三年生まれの老女で、士族の娘で、T女史が会った昭和三十五年（その頃から、私は、この作品を書く準備を、始めたのである）には、九十三歳で、だいぶモーロクしてたらしく、話もボンヤリしてるが、彼女の少女時代の追憶の中に、紛れもない亡父の姿が出てきたことに、私は狂喜した。

「茂穂（亡父の名）さんの家から三軒目が、わたしの家じゃった。あのお家には、子供衆が四人あって、一番上が茂穂さん、そん弟が吉さん（この叔父が、父を頼って横浜へ出て、歯科医になったことは、前に書いた。既歿）、そん妹がハルさん（この叔母も、東京へ嫁して、早く死んだ）、そん次ぎがヨシさん（この叔母も、鵠沼で死んだ）じゃ。そんハルさんちゅうが、わたしと同い年で、こまい（小さい）時、行ったり来たり、しちょった。お母さんも、ええお人でな。遊びに行くと、豆煎りども、煎《い》っちおいち（煎って置いて）出しちおくれた。わたしがハルさんと、手マリついて、歌うとると、お母さんは機織（はた）を織りながら、ニコニコ見てお出でた。一遍でん、叱られたこたなかった（祖母のイメージを、私に与えらえれたのは、これが最初で最後だった）。あのお家は、ほん穏《おだや》かな、ええお家じゃった。

そんでも、茂穂さんは、そん頃（明治十年頃らしい。父は渡米中か）、家にお出でんじゃった。茂穂さんにお目にかかったのは、わたしが末広会社（士族の家庭の貧窮を救うために、福沢諭吉が起した生糸製糸工場。父もその事業を手伝った）へ、女工に出てからじゃ。

そん頃、茂穂さんは、二十六、七じゃったろうか。体格がようて、色が白うち（白くて）、ほん、役者ンごつ（如く）あった。顔は、中高ちゅうじゃないが、ゆったりと、リーパ（立派）な、息子さんじゃった。木綿の着物に、木綿羽織着て、白い、太い紐つけてお出でたが、そいを結んで、首へかけるんが、流行じゃったが、茂穂さんだけは、そげんこつ（そんなこと）一つもしなさりゃせん。そして、いつでん、必ず袴《はかま》をはいとられた。

そげん男振りじゃったけん、わたしンども女工が、茂穂さんのことを、騒ぎよった。すると、茂穂さんも、やっぱ、悪い気はせんきに（から）、頰を赤うして、ニコニコしとんなさった。そんでん、女子《おなご》にベチョベチョいうごつお人じゃなかった。

そんうちに、茂穂さんは、会社へは来られごつなっしもうた。おハルさんに聞くと、

『兄さん、横浜へ出て行った』

と、いうことじゃった。

それぎり、茂穂さんは、中津へ戻られん（そんなことはない。時々、帰省してる）、どげん、しなはったろうか。お元気じゃろか。へーえ、もう、亡くなられて、六十年にもなるとな。やれ、ちこなっちん（やれ、やれ）。まア、たまがっち（魂消えて）しもた。みーんな、死んじしまいなはる……」

以上が、田口チョウの談話筆記を、要約したものである。いろいろ、中津の昔話が出て、四百字詰め十五枚ほどの長さなので、全部の採用を、避けねばならない。

しかし、私は、これを読んで、ずいぶん感動した。他人には、何の興味もないことだろうが、私にとって、父の若い時の話（母だって、その時代のことは、知らないのである）を、聞くのは、とても、うれしいのである。そして、父を知ってる人が、まだ、この世に生きてるということも、大きな喜びだったのである。

もっとも、田口チョウの談話に出てくる父は、謹厳な好男子で、女にモテた様子だが、反対に、父が破廉恥《はれんち》な男で、誰からも嫌われたという事実を、聞かされたとしても、私は、決して、苦《にが》い顔をしなかったろう。

どんな父でもいい。私は、父のことなら、何でも知りたかった。

そして、私は、一昨年（昭和四十年）の初夏に、やっと、中津を訪ねる機会を、見出した。もう〝父の乳〟の連載は、始まってたが、取材の役に立っても、立たなくても、とにかく、私は、その地を、踏んで見たかった。

といって、私は、始めて、その地を訪れるのではない。中学生の頃も、渡仏の前にも、そして、戦時中に鹿児島へ行った帰りにも、寄っているのである。その時は、まだ、父の縁辺の人も、生き残っていて、私は、彼等を招いて、父や先祖の法要を営んだ。でも、それから二十数年たって、その時の客たちも、全部、死んでしまった。

今度の旅は、飛行機で、梅雨空を、大分まで飛んだ。私一人ではなく、主婦の友社からS記者と、Yカメラマンを、付けてくれた。着いたのは、夕方だったので、中津へ行く途中の日出《ひじ》町で泊り、名物の城下鰈《しろしたがれい》を味わった。

翌朝は、晴れ模様なので、勇んで、宿を出た。宿の人が、自動車をすすめるので、汽車をやめて、それにしたが、なるほど、立派な鋪装道路ができていた。途中、宇佐神宮に参拝したが、中学生の頃、一度、叔父に連れられてきたのに、ほとんど、記憶を失ってた。しかし、この神社と英彦山《ひこさん》は、この地方の徽章《きしょう》のようなものだから、父も、若い頃に、何度か、足を運んだことだろう。でも、英彦山は、雲に隠れて、見えなかった。

八面山という、隆起の多い山は、低いので、全姿を現わしてたが、それが見えれば、中津が近い証拠だった。その山と、耶馬渓から流れてくる山国川が、中津の自然として、忘れ難かった。

「どうです、ちょっと、風情《ふぜい》のある城下町でしょう」

中津の入口へかかると、私は、少し昂奮して、記者たちに、叫んだ。若い頃、暑中休暇の大半を、ここで送って、土地の風物や地理にも、よく通じてるから、予約した旅館へ行く道も、私が案内するつもりだった。

ところが、中津の国鉄駅前広場へ出ると、私は、狐につままれたように、呆然とした。空襲も受けなかった都市なのに、すべてが、全く変ってしまった。やたらに繁華になり、やたらに商店や、喫茶店や、パチンコ屋が殖《ふ》えて、あのもの静かだった城下町の面影は、どこにもないのである。

私は、面目を失ったが、いさぎよく降参して、旅館へ行く道も、交番で聞いてもらった。

その旅館というのも、ポーチに赤いジュータンを敷いた、ホテル式の入口であり、昔の中津には、想像もできない建築だった。

午飯後、すぐに、父の生家のある金谷界隈を、訪ねることにしたが、私は、もう自信を失って、案内役を辞退した。でも、土地の図書館長や、観光協会の人が、その役を買ってくれたから、安心だった。

金谷というのは、中津市の西北で、山国川に近く、今は住宅地だが、昔は、貧乏武士が、集まってたらしい。父の家は、二十人扶持《ぶち》とかいう話だから、無論、小身である。もっとも、祖父は、大変、温順な武士で、そこを見込まれて、黒沢という家老格の家の娘が、嫁にきて、その細君の尻に敷かれたということも、亡母の口から聞いたが、中津城旧地図を見ると、黒沢の邸宅も、父の家から、数軒目のところにある。だから、小身武士ばかり住んでたのでもないのだろう。

その金谷の上ノ丁というところに、父の生家が現存してることを、案内の人が教えてくれた。私も、中学生時代に来た頃に、亡き叔父に伴なわれ、その家の前で、

「こ、ここが、い、岩田の家じゃったんよ」

と、持ち前の吃音《きつおん》で、知らされた記憶がある。

その時は、祖父が住み、父が生まれた家と聞いても、特に感慨も催さなかったが、築地《ついじ》の土塀の中に、格子戸のはまった小さな玄関があったことは、よく覚えてる。

まず、その家の前へ行って、写真でもとって貰おうと、思ったのだが、生憎《あいにく》、雨が降り出

してきた。梅雨明《つゆあ》けの頃だが、やはり、九州の雨であって、降り方が強い。レーン・コートを着て、傘をさしても、濡れ鼠の感じだった。

上ノ丁へ曲る角に、水島鉄也誕生の地という碑が立ってた。〝水島の鉄つァん〟と、亡母なぞも呼んでた人だが、父の従弟であり、神戸商大の前身、神戸高商の初代校長で、関西の教育界で、聞えた人だった。私が中学一年生の時の単独旅行で、この人の家に泊って、神戸見物をしたことは、前にも書いたとおりである。色の黒い、明治風のヒゲを生やした、気品のある人だった。

その碑を見て、私は、父の生地へ来た気持が、グッと、迫ってきた。

「この寺が、昔は寺子屋で、あなたのお父さんも、水島さんも、通われたことでしょう。金谷の武士の子供は、皆、ここで、最初の教育を、受けたのですから……」

案内の人が、指さすところに、寺院とは思えないほど、小ぢんまりした、庵室風の建物があった。光明院という寺で、住職が読み書きを、教えてくれたのだという。

父がこの寺で、素読《そどく》や手習いを学んだ頃には、まだ、前髪のついたチョン髷《まげ》を、結ってたろう。私は、その姿を想像したが、眼に浮かべるのは、困難だった。そして、やがて、一刀を腰にするようになって、町の中心に近い、渡辺重石丸《いかしまる》の塾や、白石塾に通うようになり、国学に進むようになったのだろう。国学に励んだことは、恐らく、父の尊皇攘夷思想の表われであり、明治維新への反抗であり、神官にでもなって、一生を送るつもりだったかも知れない。田舎の若侍《ざむらい》として、そんな考えになるのも、当然だったろう。もし福沢諭吉が、中津の人でなかったら、父の転向もなく、私という人間も、神官の息子にでもなってたか知れない。

烈しい雨の中を、私たちは、上ノ丁の細い横町に曲った。両側に続いてた土塀は、大半、コンクリートに変り、中の家も、昔ながらの建築は、二、三軒に過ぎなかったが、私は、以前に来た記憶を頼りに、山側の家並みを、物色してると、

「そっちじゃありません。反対側です」

と、案内者に、注意された。

人間の記憶なんて、曖昧《あいまい》なもので、中津城旧地図を開いて、場所を検討して見ると、やはり、反対の海側である。そこに、小さな区劃《くかく》で、岩田と記されてある。黒沢の家も、同列にある。

その家の跡は、戦後に手入れをしたらしく、材木も、新しかった。私は、失望して、家の中へ入る気も失い、門の庇《ひさし》の下で、雨を避けてると、家の人が出てきて、中を見てもいいと、告げた。

京都の家屋のように、細長い土間があり、庭への通路と、炊事場を、兼ねていた。殿町というところにある叔父の家も、大体、そんな構造だった。庭へ出る時に、横眼で、家の中を見ると、材木は新しくなっても、襖《ふすま》で仕切られた四つの部屋は、昔の形なのだろう。祖父母は、どの部屋に住み、父はどこで起臥したかと、考えて見たが、見当もつかなかった。

庭は、かなり、旧態を存してた。武士の家らしく、石や松もあったが、それよりも、軒に

いと、思った。

近い一隅に、石で囲んだ古井戸があった。中津市も、水道があるから、今は、使用してない様子だが、その井戸の水は、きっと、父も飲み、ことによったら、産湯《うぶゆ》に使ったかも知れないと、思った。

しかし、父の生まれた家という感慨は、容易に湧いて来なかった。家の中も、付近も、あまりに、空気が変ってるからだろう。私は、連れの人に合図して、まっ先きに、外へ出た。いい塩梅《あんばい》に、雨がやんでいた。近くの貴船神社というのへ、足を運んで見た。その社は、金谷の子供が椎《しい》の実拾いに、よく来たそうだが、今でも、椎の大木があった。そして、神殿は、朽ちかけたように古く、父の幼年時代から建ってるのかも、知れなかった。でも、境内は狭く、こんなところが遊び場としたら、金谷の武士の子たちも、可哀そうだった。

そこから、僅かな距離で、山国川の堤防に出た。コンクリートの護岸工事が施され、昔をしのぶ由もなかったが、川は雨季の水を集めて、滔々《とうとう》と、流れてた。これだけ川が近いので、金谷の子供は、皆、泳ぎが達者だったそうだから、父も、カナヅチではなかったろう。でも、私は、父に連れられて、横浜の山下海水浴場へ行っても、一度も、彼の泳いだ姿を、見たことはなかった。

その帰りに、吉蔵叔父の旧宅に、寄って見たが、ここも、まるで、昔の面影がなかった。叔父の住んでた頃は、純然たる武家屋敷を、表通りに面した座敷だけ、板敷きにして、歯科医を営んでたが、その家の跡形もなく、二軒の近代風な家屋に、分割され、一軒は、皮膚科の医院になってた。仏手柑《ぶしゅかん》や橙《だいだい》の植わっていた庭も、建物の下になってしまった。

（中津も、変ったな。父の古跡を訪ねるのも、時期を失したな）

そして、父を知る唯一の生存者だった田口チョウも、すでに歿したということだった。私は、失望したが、私の〝父恋い〟が熾烈《しれつ》になったのが、遅かったのだから、どうしようもなかった。

翌日は、もう、一人の観光客になって、中津を見物してやろうと、考えた。昔の中津は、耶馬渓見物の人の足溜りだけで、観光なぞと、およそ縁がない町だったが、現在は、再築の中津城と、福沢諭吉の生家を、看板にして、中津自身が、観光地の名乗りを、上げたらしい。福沢の名が、戦後に、急に、もてはやされたからだろう。でも、中津の空気が変ったのは、観光地に転身したことと、無関係とは思われなかった。

昨日と同じ人の案内で、私は、中津城へ登った。私は、再築の城というのを、あまり好かないのだが、観光客になった以上、案内を断れなかった。それでも、城の中の一部に、古文書を保存した部屋があり、そこで、武士分限帳という、ボロボロの和紙の帳面を見ると、祖父の名や、禄高なぞが、ハッキリ記されていた。

それから、福沢旧宅へ回った。ここも、以前、訪れたことがあったが、少年時代の私には、何の感銘もなかった。というのは、私は、慶応義塾に学んだために、かえって、福沢の名や、独立自尊の標語が、耳にタコができて、ありがたみが、薄かったのである。

今度来て見ると、福沢旧宅は、まるで神社のように、柵をめぐらし、付近に、宝物殿のような、記念館が建ち、観光客向けの場所になってた。独立自尊の主唱者は、恐らく、こういう扱いを、喜ばぬだろうと思ったが、私は、修学旅行の中学生と混じって、旧宅の中を、仔《し》細《さい》に覗き込んだ。

家の中は、大体、父の生家と同じような規模で、小身武士の住居は、そのようなものと、思われたが、私が、その建物に心を惹《ひ》かれたのは、福沢諭吉に、更《あら》たな関心ができたからだった。それは、福沢の偉大さと、直接の関係のないことだった。私が〝父恋い〟を始めてから、父と福沢との因縁を、いろいろと思い返したばかりでなく、母の家が、福沢と無関係でなかったことも、知るようになったからである。父と母との結婚が、福沢の縁によったことも、私には、思い当るからである。

そんなわけで、私は、旧宅見物に、時を費やしたのだが、それから、車を走らせて、中津から、かなりの距離にある、宇ノ島という港へも、行って見た。

そこは、古い港町で、大阪行きの便船《びんせん》は、ここから出たのである。中津も海岸だが、遠浅で、大きな船は着かなかった。それで、福沢諭吉も、ここの船宿に泊って、便船を待ち、東上するのが、例だったらしい。その時を狙って、中津の勤王派の青年が、福沢の暗殺を企《くわだ》てたのである。そして、その一味に、私の父も加わってたことを、母が生きてる頃に、聞いたことがある。

当時の中津に、増田宋太郎という青年武士がいて、父の親戚だったが、秀才で、熱血漢で、攘夷論者だった。父はその感化を、多分に受けたのだろう。後に福沢門下となった朝吹英二も、福沢暗殺の謀議に加わり、剣を携えて、福沢のいる座敷の床下に、忍び込んだという。

「お父つぁんは、朝吹さんと一緒に、福沢先生を殺しに、行ったんだって……」

と、母は語ったが、その頃は、朝吹が大実業家になってたから、増田宋太郎（彼は西南戦争で、西郷側に加わり、戦死した）を口にしなかったのだろう。

福沢暗殺は、度々企てられ、〝福翁自伝〟にも、〝朝吹英二君伝〟にも、そのことが出てるが、父が参加したのは、明治三年頃のことらしい。そのうちの一回は中津、もう一回は宇ノ島だったらしいが、いずれも、血気に逸《はや》る若侍が、先陣争いをして、失敗したらしい。でも、万一、成功してたら、明治の歴史が変るばかりでなく、父の生涯も、それぎりで、私というものも、この世に生まれなかったろう。その頃、父は、十八歳ぐらいと、思われる。

そんな由緒《ゆいしょ》を、尋ねるつもりで、私は、宇ノ島へ来て見たのだが、徒労に終った。福沢の泊った船宿というのは、同行の郷土史家にも、見当がつかず、また、この港町は繁栄の途上らしく、大半が、戦後の建築に変ってた。そして、埠頭《ふとう》の白いセメントが、日に輝き、新しい型の貨物船が、色とりどりに、海を埋めてた。

私の収穫は、その景色しかなかった。そういえば、私の中津訪問の全部が、ただの観光旅行に終ったようなものだった。

福沢諭吉のような人物なら、事蹟《じせき》も、生涯も、剰《あま》すところなく、調査されてるだろうが、父の場合は、そうはいかない。それに、父を知る人も、皆、死んでしまってる。父の故郷も、まるで、昔と変ってる。

私は、父の歴史を調べることに、絶望した。でも、こうなれば、私自身の知識や記憶が、一番頼りだと、気がついた。日本中で、私ほど、父のことを知ってる者は、誰もないと、思い当った。

その知識と記憶と、T女史の作製してくれた年譜を、辿《たど》って見ると、父は、福沢暗殺を企てた、僅か二年後に、上京して、芝の新銭座の慶応義塾に、入門してる。殺そうとした人の軍門に降って、その門下生となったのである。大変な逆転だが、その時代の日本は、耶馬渓の急流のようなもので、若い者は、泳いでるうちに、昨日の瀬から今日の淵へ、いつか、押し流されたのだろう。勿論、福沢の存在は、偉大だったが、彼が代表する〝西洋〟の力に、眼が開いたのだろう。朝吹英二は、もっと気が早く、父よりずっと前に、福沢門下となったが、父もその影響を、受けたにちがいない。

父の慶応義塾入学は、母から聞いただけで、証拠はなかったから、先年、福沢研究の第一人者の富田正文氏に、調べてもらったが、確かに、当時の入門帳に、父の名が載ってると、回答があった。

福沢塾に入る時は、父も、無論、チョン髷を切ってたろうが、それを機会に、一生のコースが、定まったらしい。つまり、〝西洋〟に学び、触れ、そして、先覚の日本人たらんとする道である。父は福沢塾で、初歩の経済学を教えられたろうが、一番熱心だったのは、英語の勉強だったろう。当時は、蘭学は廃《すた》れ、英学の時代だった。

二年間の在学で、父は渡米し、ニューヨーク近郊のイーストマン・カレッジというのに、学んだ。日本人が多く入学したらしく、十数人ほど、内外の学生が列《なら》んで、撮影した写真が、黄色く変色して、横浜の家にあったが、もう、見当らなくなった。

それにしても、東京留学から、更に渡米というのは、費用も要したろうが、貧乏武士の家で、よく、その負担に耐えたと、思われる。恐らく、中津藩の進貢生にでもなったか、それとも、祖父が財産でも手放したのか。

母の話によると、父は、二回渡米したとのことだが、最初は留学、次ぎは、横浜の生糸同伸会社に入社して、その出張旅行かと思われるが、年月は、不詳である。

最初の渡米から帰った父は、明治十一年に、伊勢皇大神の分霊を、中津に勧請《かんじょう》したということだが、まだ、神主志望の根が、残ってたのか。それとも、私がフランスへ行って、かえって、愛国心が強化されたように、海外に出て、日本人意識が、目覚めたのか。

とにかく、父は、その後数年を、中津に送って、田口チョウの談話に出てくる、末広会社(製糸工場)を起したり、大分県士族の生活救済金を穫るために、上京、運動したりしてる。

明治十七年に、祖父が歿して、父は家督を相続したが、その翌年に、横浜で、母と結婚してる。父は三十三歳、母は二十三歳で、当時としては、晩婚というべきだろう。

なぜ、父が横浜にいたかというと、生糸同伸会社に、就職したからにちがいない。そして、当時の横浜は、東京よりも、進歩的な都会で、福沢諭吉の勢力に掩われ、今の〝丸善〟の丸屋や、現・東京銀行の横浜正金銀行も、福沢の指導によって、開業したものである。生糸同伸会社も、彼のイキが掛ってたと、思われる。

父は、福沢の傘下《さんか》にある横浜へきたのだろうが、一商人として、独立の道を進みたいという希望は、かねがね持ってたらしい。明らかに、福沢思想の感化である。そして、渡米中に、外人がいかに絹布を愛するかを知り、郷里で生糸工場を起したのも、横浜で、生糸の会社へ入ったのも、貿易のことを考えた結果にちがいない。

そして、父は、自分で、外人のいうシルク・ストア（絹物店）を、横浜に開業したかったのだが、資金も乏しいので、まず、会社勤めをしてたのだろう。そして、明治十九年頃に、新婚匆々に、横浜市弁天通三丁目に、念願のシルク・ストアを開き、朝日屋絹物店と、店号を定めた。〝朝日〟というのは、日本を意味するらしく、父の愛国心が、読みとれる。その店で、姉のヨネ子が、誕生した。

それより先き、父と母との出会いというものに、私は、興味をそそられる。

独身の父が、横浜へ出てきて、よく泊った旅館があった。今の中区太田町五丁目にあった、いとう屋という家である。この家は、横浜浮世絵にも出てくる、有名な旅館で、私も、幼時、その家の外観を知ってる。日本旅館のくせに、ホテルと称し、福沢関係者の定宿《じょうやど》だった。

なぜかというと、その旅館の経営者、平山甚太が、福沢崇拝者だったからである。また、彼の実兄の中村道太は、福沢の協力者として、世に聞えた人で、福沢の発案で創業した、横浜正金銀行の初代頭取だった。一体、道太・甚太の兄弟は、三河の吉田（今の豊橋）藩士で、小身ではあるが、お勘定方を勤め、計数の才に長じてたらしく、維新後は、道太は東京で実業家となり、甚太は商人として、横浜で活動した。そして、後者は、いろいろの商売に手を出したが、旅館いとう屋も、その一つだった。

その甚太は、私の祖父であり、母は、その長女なのである。祖父は、私の八つの時に、死んだから、その面影を知ってるが、酒が好き、女が好きの道楽者だったのに、一生、安穏な生活を送ることができた。私の記憶は、祖父が郷里隠退後に始まるが、中風で臥床《がしょう》してても、料理人を置くほどの生活をしてた。商才に富んでたのだろうが、女道楽をしても、家庭を乱さないだけの分別が、あったらしい。祖母はもとより、数多い娘たちが、ひどく、祖父を敬慕してた。

ことに、私の母は、祖父を崇拝し、祖父もまた、長女である母を、鍾愛《しょうあい》したらしい。そして、その鍾愛が、かえって母を不幸にしたことがあり、一層、愛情が募ったらしい。

というのは、母が二十にならぬ頃に、祖父は、自分の気に入った番頭に、母を娶合《めあわ》せたのである。養子同様の婿《むこ》だから、母も苦労をしないで済むという、親ごころだったのだろう。また、婿を、商売の後継者にする目算でもあったろう。

しかし、この結婚は、みごとに失敗したのである。母が、その婿さんを、嫌ったのである。父の命で、嫁しては見たものの、始めから嫌いだった男に、どうしても我慢ができず、ついに、逃げて帰ったのである。

祖父は、その失敗を、自分の責任と感じたらしく、その後は、輪をかけて、母を可愛がったそうである。母も、実家へ帰ってから、父の手助けがしたくなって、旅館の帳場に坐ることを、志願した。母も祖父に似て、算盤《そろばん》が達者であり、娘時代に、横浜のミッション・スクールに入れられて、少しは、英語もできたから、外人の客の来た時に、役に立つと、思われたのだろう。

その時分に、父が宿泊客として、いとう屋に出入りしてるうちに、帳場に坐ってる娘に、目をつけたというわけなのだろう。無論、父のような、口の重い、謹厳家が、直接、口説《くど》いたとは、思われない。でも、結婚を希望したのは、父の方からだったと、推測される。なぜといって、母は自分が初婚ではないから、当時の娘として、積極的態度は、とれなかったろう。二度目ということを、知りながら、結婚にまで発展したのは、どうも、父の希望が、尋常でなかったように、思われる。母も、その頃の写真を見ると、ちょっと、イキな、婀娜《あだ》ッぽいところのある女だった。

無論、その縁談の橋渡しをする人はあったろうが、表面の媒酌人は、中津の出身で、福沢諭吉の片腕であり、〝学問のすすめ〟の共著者である、小幡篤次郎だった。父は、小幡という人を、非常に、崇拝してた。福沢諭吉も敬慕してたが、人格的には、小幡の方に、傾倒したらしい。それだけ小幡は純粋で、人格者的要素に、富んでたのだろう。私の慶応幼稚舎生時代には、小幡先生も、まだ在世で、その好々爺《こうこうや》振りを、知ってる。先生は、両親の媒酌人《ばいしやくにん》だったのみならず、私と弟の名づけ親にも、なってくれた。私の名の豊雄というのは、豊前の国、弟の彦二郎は、英彦山に因んだのだそうで、中津との因縁によるものである。

序《ついで》に、母の名だが、戸籍面では、アサシといってるが、祖父は、麻二という男名前を、与えたらしい。母は、常に、その漢字の印鑑を、使用してた。母の妹も、房次といったが、その頃、男名前をつけると、女の子が丈夫に育つという迷信があったらしい。

そんなことは、別として、私は、父と母との出会いが、福沢という糸につながれたことを、看過できないのである。父が、いとう屋旅館の客となったのも、福沢に関係があるが、そもそも、横浜に出てきたことも、貿易商人たらんとしたことも、あの先覚者の示唆がなかったら、実現しなかったろう。

そして、母の父や伯父が、福沢との関係がなかったら、父との縁談も、そう易々と、進行しなかったろう。祖父も、最初の失敗があるから、母の縁談には、慎重だったろうが、父の経歴と人物に、一番惚れ込んだのは、祖父だったという。福沢の同郷者で、福沢塾に学んだというだけでも、祖父は、父を信用すること、多大だったのだろう。

そして、祖父は、婿としての父に、常に、一目《もく》を置き、結婚後、母が愛犬から伝染した皮膚病に罹り、鼻の下に、赤い斑点《はんてん》（皮膚結核らしい）を生じた時にも、お気の毒だから、遠慮なく、離縁してくれと、いったそうである。父のアメリカ的人道主義は、無論、そんな申し出に、耳を貸さなかったろう。そのことを、母は老後になって、ノロケのつもりだろうか、よく私に語って聞かせたから、記憶してるのである。

とにかく、父と母との横浜の出会いによって、私というものが、この世に誕生したことを、考えると、福沢との因縁を、度外視するわけにいかないではないか。福沢という存在がなかったら、私の人生もなかったことになるのかと、疑われてくるのである。そして、父の歿後、私が慶応義塾幼稚舎へ入れられ、それから、他の学校の味を知らずに、社会へ出ることになったのも、因縁の糸の続きであるように、考えられる。また、私は、福沢思想の遵奉者《じゅんぽうしゃ》でもないのに、それと似たものが、私の生活信条の中に、入り込んでる事実に、驚くことがある。

そして、今度、わが子の入る小学校を、選ぶ時に、私は、

「そんなら、慶応幼稚舎だって、いいわけだ……」

と、反射的にいってしまったことにも、驚くのである。

私は、自分の入った学校へ、子供も入れたいなぞとは、少しも、考えていなかった。私の母校愛なんて、怪しいもので、慶応の学生の常識的で、利己的な気風は、決して、好きではないのである。

それなのに、極めて自然に、スラスラと、そんな選択が、生まれたのである。そして、妻も、反対しなかったから、まるで、既定方針のように、その準備を進めた。

慶応のように、小学校から大学までの課程があるところは、入ったとなれば、子供の一生の運命に、響くのだが、私は、べつに、沈思熟考もしないで、そこに、決めてしまった。私の性格としては、不思議なことなのである。

（きっと、因縁なのだろう）

私は、そう考えないでいられなかった。そして、因縁というものは、環境が生むのだろうと、思った。福沢に影響された父の環境が、まだ、私にも続いてるのだろう。そして、わが子にまで、続くのか――

東京の赤坂新坂町に、家ができて、私たちが、移転したのは、昭和三十三年の十二月だった。

よもや、再び東京へ住むとは、思わなかったのだが、わが子が生まれたということが、一つの意外なのだから、彼の入学のために、こんなことになったのも、当然の成り行きだろう。でも、久し振りの東京生活は、私にとって、ひどく、工合が悪かった。新居は、わりと閑静な場所だったが、それでも、慣れない物音が、耳について、眠りを妨げた。ことに、消防車や救急車のサイレンが、神経に障った。また、昼間でも、一歩外へ出れば、自動車の洪水《こうずい》で、好きな散歩も、危険を感じた。東京という人口集中地に住むことが、何かにつけて、不安で、不愉快だった。

その頃、新しい週刊雑誌ができて、連載の随筆を頼まれたから、私は〝東京の悪口〟という題で、あらゆる不愉快な事象を、輪をかけて、羅列した。

でも、新しい年が明けると、妻は、私の不平には頓着《とんちゃく》なく、子供の入学準備を、セカセカと、開始した。慶応幼稚舎の入学は、来春なのだが、入学試験は、今年の秋に行われるというのだ。

「引越し騒ぎで、準備がおくれてるのよ。ノンキなこと、いってられないわ」

彼女は、一人で、昂奮してた。そして、いろいろ世間の話を聞いてきて、あの学校の入学がどんなに困難だか、どんな勉強を子供に課さねばならぬか、というようなことを、うるさく、私に話した。

とにかく、優秀幼稚園（つまり、優秀小学校への入学率が、高いということらしい）へ、入れねばならぬというので、霞町の方にあるカトリック関係の幼稚園を、きめてきたようだった。そこなら、六本木まで電車に乗れば、通うのにも、便利だった。

毎朝、妻が付いて通園し、午後にも、また迎えに行った。小学校の入学準備なら、それ以上、何が必要かと、思われたが、妻は、二度ほど、模擬《もぎ》試験というのを受けに、子供を、そんな施設へ、連れてった。

「つまり、試験の度胸を、つけさせるのよ。それだけだって、得じゃないの」

その頃になると、妻は私に相談せず、何事でも、決行するようになった。

ただ、事前運動だけは、私が動かないと困るので、三田関係の私の先輩や友人の家を、訪問することを、せっついた。

「そんな連中に、頼んだって、効き目があるか、どうか……」

私は妻よりも、学校の内情を、知ってた。

「何でもいいのよ。とにかく、頭を下げてきて頂戴……」

結局、私は、青山にいる友人の家と、麻布《あざぶ》の小泉信三氏の家とを、妻子を連れて、訪れることになった。小泉氏は、私にとって、学校関係の唯一人の先輩だから、久闊《きゅうかつ》を叙《じょ》しがてら、そんな頼みに出かけても、そう心苦しくはなかった。私は世間話に、時間を費やし、帰りが

けに、

「子供を、幼稚舎へ入れたいと思いますから、どうぞ、よろしく……」

と、挨拶した。

子供は、行った時から、一向、神経質にならず、小泉令嬢と庭で遊んでたが、帰りがけに外へ出ると、すぐに、

「パパ、あの人の顔、メチャメチャだね」

と、真剣な目つきをした。

小泉氏は、美男で有名だったが、戦災で無残な火傷を受けた痕《あと》が、顔や手に、著《いちじる》しかった。子供は、まるで、それに気づかぬ様子だったのに、やはり、観察していたのだろう。

私は、子供が、小泉氏に恐怖心を起さないように、軽く、事情を説明してやったが、子供というものは、大人の考えるより、注意深いことを知り、そのつもりにならなければと、考えた。

私の事前運動は、それくらいのものだったが、妻は、八方の縁故を求めて、人に会いに出かけた。例えば、私の友人の息子が、幼稚舎卒業生だったりすると、すぐ、その男のところへ行って、彼の旧師にとりなしを、頼むというようなことをした。彼女は、ワラでも摑《つか》みたいという心理に、なってるらしかった。

「あなたの知ってる、大学の先生だって、あるでしょう。頼んで見てよ」

妻は、私に催促した。大学部の文科の教師に、昔の知人がいることは、確かだが、その連

中に頼んだところで、幼稚舎の問題に、口出しできるわけもなかった。それでも、一人の教授に、電話してみると、果して、

「ちょっと、なア……。でも、心がけては見るよ」

と、気休めのような、返事だった。

もし、私が、心から、事前運動ができるのだったら、そうしたい人が、一人いた。それは、幼稚舎の前舎長で、今は一教師として、教鞭をとってる、Y先生という人だった。この人は、私よりちょっと年下だが、昔の文科卒業生で、実に、立派な人柄だった。まだ、わが子が乳児だった頃に、大磯の家を訪ねられ、幼稚舎発行の〝仔馬〟という雑誌に、寄稿を頼まれた。私は、喜んで、承諾した。それは、私が古い卒業生として、そんな協力は当然と、思ったばかりではなかった。Y先生の人柄が、一見して、私を魅したからだった。こんな清浄な、誠実な人は、ちょっと珍らしいと、思ったからだった。

「無論、書きます。でも、うちの赤ン坊が、将来、幼稚舎へでも入る時は、よろしくお願いしますよ」

といって、私は笑った。ほんとに、冗談のつもりだった。まだ、歩けもしない赤ン坊の小学入学なんて、夢の中でも考えてはいなかった。

それが、いつの間にか、現実の問題になったのである。そして、もし、運動するなら、Y先生に対して、行いたかった。あの先生なら、心から、わが子を託する気になれた。あの先生が、わが子の受持ちだったら、どんなに、安心できるだろう。どうぞ、お願いしますと、

平身低頭することも、できるのである。

それなのに、私は、まったく躊躇した。あんな、立派な人に、そんなことを頼んではならないと、思った。その上、小泉信三氏のように、学校の現役を、退いてる人ならいいが、Y先生の方は、当の幼稚舎で、教鞭をとってる人なのである。事前運動なぞされれば、迷惑にきまってる。子供のことを、お願いするにしても、入学が決定した後にすべきことだと、考えた。

そのうちに、夏が去り、秋がきた。

試験は十一月だというが、十月の始めに、幼稚舎の舎長が、入学志願者と父兄とに、面会するというので、妻が、同行を迫った。午前に来いとのことで、私は、執筆時間を棒に振っても、天現寺の校舎へ、出かけなければならなかった。

私の在学当時は、幼稚舎は、三田の山の下にあって、この新校舎へくるのは、最初のことだった。昔よりも、大きくなってるが、建物も近代風で、追憶の種に乏しかった。そして、今日の面会を約束されてる父兄も、多いらしく、玄関から舎長室のあたりに、親子連れの姿が、往来してた。

「おや、あんな美人のお母さんがいる……」

私は、妻にささやいた。まだ、二十代らしく、和服を着飾って、暗い廊下を、明るくさせてた。私は、彼女が美人ということよりも、若さの点で、一本参った気持だった。学齢に達した子供の母親は、あれくらい若いのが当然で、父親だって、私のように、シワだらけなのは、一人もないだろう。その異例さが、子供の将来に、何かの障害にならないかと、気になった。

やがて、私たちの番がきて、舎長室に呼ばれた。初対面の舎長だったが、事務家の印象の強い人だった。べつに、話すこともないので、私は、昔の幼稚舎の思い出なぞ語ってるうちに、妻が、眼の色を変えて、ハラハラする様子を見せた。

子供が、ソファの上に寝転んだり、その背に跨《また》がったり、そうかと思うと、私や妻の頭を突きにきたり、故意としか思われないような不行儀を、始めたからだった。

(ははア、反抗だな)

私は、そう思って、おかしくなった。子供は、何かの空気を感じて、その束縛を脱れようとしたのだろう。小泉氏の家へ行った時には、あんなに自然だった子供が、一種のスネを始めたのだと、私は観察した。

五分間ほどの面会で、私たちは、舎長室を去り、ちょうど、昼食時だったので、六本木へ出て、洋食屋に入った。

「まア、何てこと。あんな、お行儀の悪いところを、舎長先生に見せて……。あんた、きっと、落第よ」

妻は、泣き出しそうな顔をして、子供を責めた。

「心配するなよ。あれくらいのこと、どこの子供だって、やるだろう。専門家の舎長先生だもの、もっと外のことに、注意してるよ」

「いいえ、ダメ。不行儀にも、程があるわ」

私が何といっても、妻は、耳を貸さなかった。そして、出がけに、あんなに、行儀を教えて置いたのに、それを守らなかったと、子供を叱った。私は、それで、謎が解けた。妻が、心理的な束縛を与え、それに、子供が反抗したに過ぎなかった。

その日から、五日ほどして、子供の入学問題も忘れさせるような、事件が起きた。私の弟が、慶応病院へ再入院して、また手術を受けた知らせがきたのである。弟は、今春、肺ガンの疑いで、慶応病院で、大きな手術を受けた。その後、非常に経過がよく、夏には、北海道旅行もしたほどで、きっと、ガンではなかったのだと、私も思ったほどだった。それが、今度、リンパ腺が膨《は》れてきて、病院へ行くと、すぐ、再手術されたと、いうのである。

私は、凶兆だと思い、病院へ駆けつけた。弟は、強がりをいう性質で、前の入院の時なぞ、しきりに虚勢を示したが、今度は、その元気もなかった。

主治医の部屋へ行って、病状を聞くと、やはり、私の憂慮が、当ってた。前の手術で、ガンがとりきれず、再発したので、首のリンパ腺の切除をしたが、放射線で、今後の治療をしても、

「まア、二、三年というところじゃないでしょうか」

という話だった。

打撃だった。

私は、戦時中に、姉を脳溢血で喪《うしな》い、弟だけが残った。彼は、私より若いし、体もいいし、無論、私より長生きすると、思ってたのである。若い時は、ずいぶん殴り合いをした弟だったが、年をとってからは、仲がよくなった。姉が死んでから、ことに、そうだった。

（弟が死ねば、おれ一人になる……）

姉が死んだ時と、比較にならぬ打撃だった。同胞《きょうだい》がなくなるという寂寥感が、とても、堪らなかった。

それでも、すぐ死ぬわけでもないし、弟も、一旦、退院して、時々通院するというので、一縷《る》の望みを賭ける、余裕がないでもなかった。

ところが、十一月になって、弟は、自宅で痙攣《けいれん》の発作のようなものを起して、また、慶応病院へ入った。私は、毎日、見舞いに行ったが、今度は、ガンが脳へ転移したらしく、絶望的だった。そして、半身不随を起したが、病人自身は、それを中気症状と思い、ガンと考えないのが、むしろ、救いだった。しかし、じきに涙を浮かべるような、精神状態になり、私の見舞いを、待ちかねた。廊下を通る靴音《くつおと》で、私の来たことを判別した。

そんな最中に、子供の試験日が、回《めぐ》ってきた。試験といっても、極く簡単なことらしいが、それと、体格検査と、正式な父兄の面接とが、同じ日だった。

私は、また、午前の執筆を犠牲にして、親子三人で、天現寺へ出かけた。今度は、子供が先きに呼ばれ、私たち夫婦は、だいぶ待たされたが、面接の部屋へ行くと、顔見知りのY先生と、もう一人の教師がいて、

「お宅のことは、よくわかってますから、お尋ねすることもありません。でも、形式ですから、お出でを願いました」

と、簡単に、済んでしまった。普通、家庭の事情とか、入学志望の理由とか、質問されるらしいが、私の職業は知れてるし、亡父から三代目の縁で、この学校を志したことも、すでに、先方にわかってた。

そのうちに、子供も、試験場から出てきた。

「どうだった？」

妻が、すぐ、訊いた。

「カンタンなんだよ」

子供は、質問を煩《うるさ》がる、表情だった。

「カンタンて、どんなことだったのよ？」

「だから、カンタンだってば……」

そして、出口の方へ、どんどん、歩いて行った。

それから、六日目の十一月三十日の朝になって、諸方から、電話が、かかってきた。

「お坊ちゃん、ご入学よ。おめでとう」

妻の親戚で、いろいろ心配してくれた夫人からの知らせが、最初だった。

息子の映画俳優が、幼稚舎卒業生で、先生たちに馴染みが深く、妻を紹介してくれた、三益愛子からも、電話がきた。

「よかったわね。ご安心ね」

もう一軒からも、電話を受けた。

「ほんとかな」

私は、半信半疑だった。その日が、発表日だということは、わかってたが、こんな早い時刻に、それらの人々が、すでに知ってるということが、不思議だった。

「とにかく、行って来なければ、ダメだよ。わが子の入学なんじゃないか」

私は妻に、きびしく、伝えた。

彼女も、すぐ、飛び出して、学校へ行ったが、暫《しば》らくして、どこかから、電話をかけてきた。

「名前、ありました。大丈夫……」

声が潤《うる》んで、弾《はず》んでた。

「そうか、よかったな……」

私も、その時に、やっと、大きな荷をおろした気になった。子供に教えてやりたかったが、まだ、幼稚園から、帰っていなかった。

妻が、呼吸《いき》を切らして、帰ってきて、改めて、報告を聞いたが、結局、私たちは、ノンキ過ぎたことが、わかった。世間の親たちは、校門の開く前から、行列して、発表を見に行ってたらしかった。今朝の電話も、そういう人々の口から、伝えられた話を、教えてくれたのだろうか。

「あたし、ほんとは、学習院へも、入学願書、出しといたの」

妻は、その時になって、白状した。でも、それを叱る気も、もう、なかった。

「晩には、何か、お祝い料理を、つくってやるんだな」

私は、ある週刊雑誌の連載があって、その日も、記者と、調査に出なければならなかった。そして、用事を終って、夕刻になって、慶応病院へ回った。日に一度は、顔を出すことになってた。

病人に、なるべく、明るい話をしたい気持からいっても、私は、子供の入学を、まっ先きに、伝えた。

ベッドの上の弟は、顔をクシャクシャにして、喜んだ。彼は子供がなく、甥《おい》といっても、うちの子供だけなので、平素から、可愛がっていたとはいうものの、その喜び方は、尋常でなかった。ひどく、感じやすくなり、その波が、大きいらしかった。

「お、お、お……」

と、何か、わからぬことをいった。半身不随で、舌がよく回らないのだが、看護してる彼の妻には、意味が通じるらしかった。

「お祝いに、何か買ってやりたいと、いってるんですよ」

と、彼女が伝えた。すると、弱々しく、頷《うなず》いて、また、何かいった。

「腕時計はどうだと、いってますよ」

と、彼の妻がいった。

考えた。

それから、判読の困難な文字で、どうやら、「小学一年生に、腕時計は、まだ、早いだろう」

私は、玩具の腕時計で、まだ満足してる子供のことを、考えた。

しかし、弟は、どうしても肯《き》かず、明日、すぐ買いに行くことを、妻に命じ、それから、赤鉛筆を、麻痺してない方の手で握って、洋罫紙に、何やら、書き始めた。極めて、判読のむつかしい文字だったが、小さな甥に対して、祝いの言葉を、連ねてることが、どうやら、わかった。これで、安心して死ねる、というようなことも、書いてあった。

それが、弟の絶筆となった。その日から、十四日目に、彼は、危篤状態となった。

一時、小康を得ていたので、私も、毎日、病院へ行ったが、急変を予想しなかった。そして、その日も、病院から家へ帰ると、子供の誕生日なので、娘夫婦や、三人の孫たちも、来合わせて、賑やかな食事となった。娘の一家も、バンコックから、本省勤務となり、男一人、女一人を、東京で生んでいた。娘も、時々、弟の病院を見舞い、やはり、靴音で、それとわかると、病人が喜んでた。

バース・デー・ケーキの蠟燭《ろうそく》を消す時に、どう思ったか、敦夫《あつお》が演説を始めたのは、滑稽だった。皆が、大声で、笑った。そして、その食事が、終るか、終らないかの時に、病院から、電話がかかり、急変を告げた。

私は、すぐ、駆けつけた。タクシーなら、五分で行ける道程だった。病院の自動エレベーターも、もう乗り慣れたが、今夜は、その速度の緩《ゆる》さが、苛立《いらだ》たしかった。

弟は、コンコンと、眠ってた。痙攣《けいれん》が起きたので、医師が、私に電話したそうだが、注射のために、安静になったということだった。二度目の脳内の異変があったらしく、顔つきが変り、口が歪《ゆが》んでた。

「よほど、苦しみましたか」

私は、医師に訊いた。

脳にガンが転移すると、激痛を伴なう話を聞いてた。どうせ、生命が助からないのなら、その苦痛を免れる処置を、講じて欲しかった。

「いや、痙攣も、反射的なもので、ご当人は、それほど……」

と、医師の返事が、多少の慰めになった。

それから、三日間、危篤状態が続いた。私は、毎日、病院へ詰めてたが、最後の日に、午飯を食べるために、見舞いの人を連れて、病院の近所のすし屋へ行った。それから、私の気分が悪くなった。病院へ戻ったが、腹工合がおかしくなったばかりでなく、寒む気を催してきた。

それでも、病人の臨終が、迫ってるので、夜まで、我慢した。そして、十時頃に、何の苦悶もなく、脈が絶えたことを、医師が告げた。

それと同時に、私は、立っていられないほどの眩暈《めまい》を感じた。後の始末を、弟嫁や友人たちに頼んで、家へ帰ったが、すぐ、下痢が起り、嘔気《はきけ》も感じた。終夜、下痢に悩まされた。

翌朝、検温すると、八度ほど、発熱してた。下痢も、止まなかった。医師は、食物中毒か、ことによったら、軽い赤痢ではないかと、いった。

弟の葬儀は、死後四日目だったが、その日には、どうしても、参列したかった。まだ、少し熱はあったが、私は黒い服の下に、厚着をし、マフラもしたままで、谷中《やなか》の菩提《ぼだい》寺の本堂へ、坐った。歩くと、フラフラするので、ただ、ジッとしてた。

私の様子を見て、親戚や、弟の友人たちは、

（これア、兄貴の方も、葬式を出すんじゃないか）

と、いうような、顔つきだった。

私は、ただ寒く、寂しく、人と口をきく、勇気がなかった。式が終ると、会葬者への礼もそこそこに、待たした車に乗って、家へ帰った。そして、すぐ、寝床へもぐり込んだ。

弟の死は、応《こた》えた。

（あいつ、もう、生きてないのだ）

何かにつけて、それを考え、気が滅入った。

弟は、幼少の時に、素直で、温和な性質で、私の方が、厄介な子供だった。大人になってからは、社会的地位も、私より早く獲得し、小憎らしいところも出てきたが、彼の死後、私の頭に浮かんでくるのは、幼時の彼の面影が多く、なぜ、もっと、可愛がってやらなかったのかと、後悔した。

子供の時は、私の方が我儘だったが、成人してからは、逆になり、私が係累に苦しんでる間に、彼は勝手な女と結婚し、どの妻にも子がなく、亭主関白で、一生を通した。

（あいつは、おれより、幸福な生まれだったんだな……）

そう考えることが、彼の死の打撃を、いくらか、救ってくれた。

でも、年が明けて、わが子の小学入学が近づくことがなかったら、私は、弟の死によって、もっと、悩まされたろう。幼稚舎出入りの洋服屋がきて、校服の註文するとか、靴だの、帽子だの、校章のついたランドセルだのの用意とか、そういうことで、私の気が紛《まぎ》れた。

弟は六十四で死に、もう老樹であり、それが枯れても、わが子が、青い芽立ちを見せたのだから、私の家の運命は、増減なしだと、思うことができた。もっとも、私自身は、弟より、もっと老樹だが、枯れないうちに、やれることを、やって置け、という気持が、強まった。

そのうちに、妻が、子供の通学のことで、私に相談を、持ちかけてきた。

「困ったわ、朝の電車が、とても、大変なの……」

幼稚舎に用があって、彼女は、一、二度、青山斎場前から、通学の順路である都電に乗ったが、非常な混雑で、とても、子供の体力では、人を掻《か》きわけて、乗車できないと、いうのだった。

「それなら、当分、お前が付いて、通ったらいい」

「それができない、規則なのよ」

幼稚舎では、一年生でも、単独通学の規定で、付添いを認めるのは、入学後一週間だけだという。

「だって、他の家では、どうするんだ。あの線へ来る、新入学生が、二、三人いるっていうじゃないか」

「そのお母さまたちも、困ってらっしゃるのよ。自動車のあるお家は、平気らしいけど……」

「車で通学すれば、いいっていうのか」

私は、そんな、バカなことはないと、思った。

「無論、学校に内証でやるのよ。それでなけれア、危《あぶな》くって、とても……」

「賛成できないな。毎日、タクシーで学校へ通うというのは……」

私の家には、車がなかった。文士のうちには、運転手を置き、自家用車を持ってる者もあるが、そういう生活態度を、私は好まなかった。一生、自動車を持たぬ男として、送りたいと、考えてた。そして、わが子が、タクシーで通学することも、悪天候とか、特別の混雑とかの日を除き、通例にはしたくなかった。私の幼稚舎生時代は、都電はおろか、横浜までの汽車も、一人で乗った。

「その時分と、今と、まるで、交通事情がちがうのよ」

そういわれれば、一言もないが、学校の規則の有無にかかわらず、私は、都電で登校させたかった。

だが、妻は、思い切ったことをいった。

「車を、買って下さいよ。あたしが、運転を習いますから……」

「え、その年で？」

私は、笑ってしまった。

「できますよ、誰でも、教習所へ入って、稽古すれば……」

妻は、大真面目だった。彼女の嫂《あによめ》が、運転を始め、混雑する都心を、自由に乗り回してることを、例証にあげた。

「まア、考えて置こう」

私は、即答を避けたが、実行させる気はなかった。事故でも起きて、母子諸共――などと考えると、ゾッとした。

私の家と同じ町に、吉川英治が住んでた。彼の末娘が、やはり、幼稚舎へ通学し、もう上級生だったが、彼と会った時に、その問題を、訊いて見た。彼の家には、運転手がいて、車は、二台もあった。

「最初はね、車で通わせて見たんだが、そのうちに、娘の方が、嫌がってね。友達が電車で通うから、自分も、電車にするといって、ずっと、そうしてるよ」

「結構、電車で、通えるんだろう」

「大丈夫。三年生ぐらいになればね」

その返事で、私は、また迷った。

三年生までは、電車通学は無理だと、いうことになる。もっとも、それは、女の子の場合で、うちは男の子だから、もっと早く、混雑と闘うことができるのではないか。大人の体を、押し分けて、乗車するのは、困難だとしても、案外、小さな体を利用して、間隙を縫うことも、できるのではないか。私自身が、子供の時に、そんな芸当を、やってのけた記憶もある――

私は、どうも、自動車通学をやらせる気に、ならなかった。幼い時から、中流生活者として、習慣づけられてるので、その埒《らち》を超えるようなことは、したくなかった。

そのうちに、その年の春がきて、隣家の桜の蕾《つぼみ》が、ふくらんできた。入学期が、近づいて、始業式が四月八日だと、知らされた。

「あたし、どうしても、自動車習いますよ。赤坂に、教習所があるんだから……」

妻は、よほど決心をしたらしく、もう、承諾を求めるというような、態度ではなかった。

「まア、好きなようにするさ」

そんなことをいったって、そう簡単に、運転免許がとれるわけもなく、きっと、諦《あきら》めるだろうと、思ってた。しかし、いつもの多言不実行とちがって、ポツポツ、近所の教習所へ、通い出したようだった。よほど、都電の混雑が身に沁《し》みたらしく、子供が、必ず踏み殺されるようなことを、いっていた。

ある日の午後に、洋服屋から、制服その他一式が、届いた。

「寸法が合うか、着てご覧」

ほんとは、それを着た姿を、私は、早く見たかった。

子供も、うれしがって、すぐ、着換えを始めた。小さなワイ・シャツを着て、黒い長靴下を履いて、その上に、白の広いカラのついた紺の上着と、半ズボン――順々に、妻が着せて行った。そして、広ツバの黒の帽子をかぶると、世間でいう幼稚舎ボーイの姿が、完全に、でき上った。そして、何か、一、二歳、大きくなったように、見えた。

「ほウ、ずいぶん、昔の制服と、変ったな」

私の在学当時は、海軍兵学校式の七ツボタンで、半ズボンではあったが、帽子も、普通の学帽で、正面に、ペンの徽章がついてた。今の帽子は、横に小さく校章がついてるだけだが、校服と共に、特色が強くて、すぐ、幼稚舎生とわかるところがあった。そして、着心地がラクなのも、現在の方が、優ってた。新制服になって、ずいぶん経つらしいが、その様式からいって、昔、寄宿生に限って着せられた、運動服という平常着の変形のように、思われた。

「幼稚舎ボーイ君、ちょっと、歩いてくれ」

私は、子供を歩かせて見た。更に、ランドセルを背負わせ、登校の時のとそっくりの姿で、庭に立たせ、妻に写真をとらせた。

私の眼に、長女が小学入学を迎えた日のことが、浮かんできた。三十年近い前に、彼女が白百合女学校の小学部へ入るので、やはり、四月の初旬に、洋服屋から制服が届き、すぐ、着せたことがあった。

その頃は、最初の妻が死に、長女と二人で、東中野の伯母の家の階下を借りて、住んでた。私の原稿は、まだ売れず、貧乏の盛りだった。その制服の支払いも、学校の授業料も、私には、辛かった。公立の学校へやれば、制服の必要もなかったが、それでも、私は、何とか、娘をフランスに関係のある学校へ、入れてやりたかった。

娘が、試《ため》しに、制服を着た日に、従弟が遊びにきて、その姿を写真にとったが、彼女は、その夜から発熱して、悪性の感冒にかかったらしく、始業式にも行かれず、一カ月近く、学校を休んだ。

(ほんとに、あの時分は……)

私は、感慨が湧いてきたが、誰にもいわなかった。そして、長女より長男の方が、恵まれてると、思った。

(そういえば、娘は、何に乗って、小学校へ通ったかな)

ちょっと、思い出せなかったが、じきに、セーラー服を着た姿が、毎朝、東中野の国鉄駅へ歩いていったことを、眼に浮かべた。東中野から飯田橋まで、定期を買って、国電に乗り、それから、九段の学校まで、歩いて行ったのだ。

「自動車を、気をつけろよ」

あの頃でも、私は、よく、娘の出がけに、そういった。でも、車の数は、比較にならないほど、今よりも少なかった。国電も、そんなに混んではいなかった。最初の一週間ほどは、老婢が学校まで、送って行ったが、後は、ずっと、一人で、通学した。もっとも、近所に、同級生の女の子がいて、連れ立って、通ってはいたが――

(自動車で、通わせるなんて、思いも寄らないことだったな)

私は、もう一度、あの時代と、あの頃の私の生活を、追想して見た。

四月七日に入学式があって、八日に始業式があって、わが子は、正式に、幼稚舎生徒となった。

でも、ランドセルを背負って、八時頃に、家を出たのは、九日からだった。その日は、鉛筆や、ノートや、消しゴムまで、学校で貰って、空のランドセルを、ゴトゴト音を立てながら、家へ帰ってきた。

登校には、妻が付いて行った。乗物は、当時、私が関係してた、文学座の運転手が、往路だけ、車を持ってきてくれた。劇団は、朝の用事がないから、その時間だけ、私の方で雇うことにした。そして、帰途は、妻が迎えに行って、都電に乗った。その時間なら、電車も、空いてた。

「どんな、先生だった？」

私は、一番、それが訊きたかった。

「お兄さんみたいな、先生だよ。学校出たばかりなんだってさ」

そんなことは、既に、私も知ってた。受持ちの高橋先生というのは、慶大の文科を出て、すぐ、幼稚舎の教師となり、教鞭をとるのは、今度が最初らしかった。幼稚舎は、受持ちの先生は、一年から卒業まで、持ち上りで、先生との関係が、他校よりも、深かった。生徒が成人しても、受持ちの先生と、往来を続ける例は、稀《ま》れでなかった。わが子に兄がなく、叔父も遂に死んで、目上の男性がいないから、将来、受持ちの先生が、その役になってくれれば、幸福だと思った。それには、私の信頼できる青年であって、欲しかった。

でも、子供の口から、私の満足できる答えを、引き出せる筈もなかった。ただ、受持ちの先生が、年若く、始めて子供を教えるということが、頼もしかった。

「どんな先生も、最初の生徒には、全力を献《ささ》げますし、また、いつまで経っても、その生徒たちを、忘れがたいもんでしてね」

と、経験の長いY先生が、私に語ったことがあったからだった。

「どんな友達が、できた？」

それも、私の関心の的だった。

「女の生徒のTさんだとか、そいから、帰りの電車で、一緒になったのは、I君だとか、S君だとか……」

子供は、ただ姓名を羅列するだけの返事しかしなかった。でも、女の同級生は〝さん〟と呼び、男は〝君〟という区別は、幼稚園時代には、なかったようだ。そして、都電の7番線に乗る仲間が、案外に多いようで、それなら、帰途も、心配がないと、思われた。

「でも、大変よ。電車の中で、大騒ぎ……」

妻は、もう、彼等が座席を離れて、ふざけ回る様子を、語った。幼稚舎生は、私の在学の頃から、大人を恐れず、放恣《ほうし》にふるまう気風があった。ナマイキな幼稚舎ボーイという世評が、よく聞かれるが、その欠点も、別なところでは、長所となってることを、私は知ってた。

やはり、子供が単独で、登校してる例は、ほとんど、ないらしかった。学校でも、最初のうちは、父兄同伴を、大目に見るらしかった。そして、送りの場合は、すぐ帰っても、迎えの時は、校舎の中で、子供と待ち合わせるらしかった。

「それがね、案外、お年寄りのお母さんが、多いと思ったら、お祖母《ばあ》さまだったのよ」

といって、妻が笑った。妻は、若い母親と祖母との、中間の年齢だったのだろう。そして、もし私が出かけたら、祖父のうちでも、年長者にちがいなかった。

子供の通学が、始まってから、家の者は早起きになり、私は、午前の執筆時間が、延長したような気がした。幼稚園時代でも、午前中は、子供は家にいなかったわけだが、今度は、何か、ほんとに、自分の時間を、所有できたような、気持になった。

そのうちに、学校給食というものが、始まった。午飯を学校でこしらえてくれるなんて、私の小学生時代には、考えもつかぬことだったが、今日では、普通の習慣らしい。でも、我儘なわが子は、きっと、食物の好き嫌いをいって、食べ残しをするかと、思ったら、反対だった。

「ソーセージだって、うちより、よっぽど、うまいんだよ。みんな食べて、先生に、賞《ほ》められちゃった……」

それは、好奇心の満足ばかりでもないようだった。その後も、彼は、学校給食を、喜んでた。魚料理の時でも、家では、横を向くくせに、学校では、とにかく、食べてくるらしかった。

「きっと、大勢で、食事するからだよ」

私は、妻にいった。

一人息子で、自宅では、〝食を争う〟対手《あいて》がいないからだろう。食物に対する、動物の本能が、給食の場合に、始めて現われるのだろう。私も、幼稚舎の寄宿舎へ入って、食物の好き嫌いがなくなったことを、思い出した。

やがて、妻は、子供の迎えに、学校まで行かずに、都電の停留所で、待つようになった。帰りは、友達が一緒に乗るから、心配ないと、思われたからだ。

ところが、ある日、妻が、キチキチの時間に、家を出ようとする前に、玄関のベルが鳴り、

「ただ今ア……」

と、子供が、一人で、帰ってきた。

いつもは、乗車前に、遊んでくるところを、その日は、友達と喧嘩でもしたのか、すぐ、帰ってきた、というだけの理由だった。

「まア、危《あぶな》い。あんな、電車道を渡って……」

妻は、ハラハラ声を出したが、

「平気だよ。よく見て、渡るから……」

子供は、ひどく、自信を示した。

「大丈夫だな。もう、一人で、学校から、帰れるさ」

その習慣をつける方が、私は、賛成だった。子供は、案外、注意深いことも、私は、知っ

てた。

それでも、妻は、迎えをやめるとは、いわなかった。

そのうちに、初夏になった。

五月のある日の新聞が、子供を持つ家庭——ことに、幼稚舎生徒の父兄にとって、戦慄的な報道を、伝えた。〝雅樹《まさき》ちゃん殺し〟と呼ばれる、誘拐《ゆうかい》事件だった。幼稚舎二年生の尾関雅樹君が、世田谷の自宅から、天現寺へ通ってくる途中で、誘拐され、犯人は両親に、大金を強要した。そして、数日後に、少年の屍体《したい》が、乗り捨てられた自動車のトランクの中から、発見された——

日本じゅうが、その犯人を憎んだが、年の近い男の子を持つ家では、特別だった。その後も、類似の誘拐事件が起ったが、これは一回目であり、衝撃は大きかった。幼稚舎も、父兄も沸き立ち、父兄と学校側の会合が催され、妻も出席したが、すすり泣く母親が、多かったそうだ。そして、生徒の登退時の注意が、やかましくいわれ、電話で、生徒の早退《はやび》けを求めることは、厳禁された。偽電話の予防と、いうことだった。

私もまた、友人の新聞記者から、注意された。

「こういう事件は、模倣者を生みますからね。気をおつけなさい。犯人は、虚栄心があるから、お宅の坊ちゃんだの、吉川（英治）さんのお嬢さんなぞは、狙われやすいですよ」

そういわれると、わりと、冷静だった私も、ゾッとしてきた。子供が、一人で帰宅できるようになったことを、喜んでばかりもいられなくなった。

そして、その事件の副産物が、生まれた。学校では、母親なぞが、送り迎えすることを、嫌っていたが、態度が変ってきた。また、雅樹ちゃんが、電車に乗って、通学する途中で、誘拐されたためか、従来、やかましかった、自動車の登校も、大目で見られてきた。

「あたし、本気で、車の稽古、始めるわよ。ほかのお母さんたちも、教習所へ入るって方が、沢山出てきたわ」

妻は、断乎たる調子で、私に宣言した。もう、今度は、私も、反対の気力を、失ってしまった。

子供は、幼稚舎入学の前から、カナの読み書きは、知ってたが、ある日、私が外出から帰ってくると、妻がゲラゲラ笑って、

「敦夫が、今日、書置きを、書きましたよ」

と、いった。

彼は、母親と喧嘩して、自分の部屋に行き、鉛筆で、何か書き、それを母親に渡し、スタスタ、門を出て行ったそうである。もっとも、追い駆けてくと、案外、素直に、家へ帰ってきたそうだが、

——ママ、ぼくはいえでします。サヨナラ。

と、歴然たる、書置き状だった。

「家出なんて、文句を、よく知ってたな」

私は、おかしかった。

「漫画よ。そんなこと、みんな、漫画で覚えるのよ」

妻は、忌々《いまいま》しそうにいった。彼女は、ひどく、近頃の児童漫画に、反感を持ってた。しかし、子供は、漫画となると、まったく夢中で、説明の文句を読みながら、いかにも愉《たの》しそうに、独《ひと》り笑いの声をあげた。

いくら、妻が漫画が嫌いでも、児童雑誌は、それを満載してた。昔の〝読む児童雑誌〟は、影をひそめてしまった。

私は、児童漫画そのものに、どうという考えもなかった。むしろ、私は、感傷的な読物なぞより、快活な笑いを教える漫画の方を、子供に与えたかった。でも、実物の漫画を、手にとって眺《なが》めると、いかにもガサガサとして、粗雑で、快活な空想に乏しかった。それでも、子供は、喜んで見るが、好もしい情操教育には、なるまいと、思った。

そんな気持を、ある出版社の人に話すと、

「どうですか、一つ、うちの児童雑誌に、子供の読物を、書いてくれませんか」

と、もちかけられた。

私は、自分の仕事が、溜ってるくせに、その薦《すす》めに、動かされた。もっとも、ずっと以前に、年をとったら、子供の読物を書いて見たいと考え、飜訳《ほんやく》の児童文学なぞ、かなり集めたことがあったが、どうせやるなら、本腰を入れてやりたいと、考えてた。今度は、その覚悟はできてないが、わが子のために、読ませるものを、書いて見ようか、という気になった。

一年間、連載の読物で、毎月の分量は、少なかったから、安易な気持で、構想を立てた。しかし、その構想の土台は、後で気がついたことだが、私自身の幼なかった頃に読んだ、世界お伽話《とぎばなし》や、日本お伽話に、非常に多く、支配されてた。自分の子供の時に、面白かったことは、わが子にとっても、面白いだろうと、考えてた。

それは、〝ほうじろ・あっちゃん〟という題で、小学一年生の男の子が、小遣銭を貯めて、一羽の頬白《ほおじろ》を飼った話である。私も、子供の時に、頬白という小鳥を飼い、粟《あわ》の餌《え》や水を、毎日、自分で与えたことがあった。

そのせいもあって、私は、小鳥と少年の物語を、書き出したのだが、主人公の名を〝あっちゃん〟としたのは、無論、わが子がそれを読んで、親しみを持つだろうと、考えたからだった。

私は、童話というものを、書いたことがなく、今、どんな傾向のものが、主流なのか、まるで、知らなかった。結局、自分流に、書く外なかったが、それでも、わが子という読者が、興味を持ちそうな題材と、書き方が、自然と、頭の中に生まれた。

その頃、敦夫が、九段かどこかの小鳥屋の前を通って、籠に飼われたカナリヤを見て、ひどく欲しがった事実があった。鳥を飼うのは、面倒なことを、知ってたから、

「お前、自分で世話をするなら、いいよ」

と、いった。しかし、わが子の性質からいって、そんなことは、三日と続かないことも、わかってた。私が子供の時に、頬白を飼い、あの鳥の餌は簡単で、大した手数もかからなか

ったのに、長続きがしなかったことを、思い出した。

「ぼく、自分でやるよ、きっと……」

「ダメ、ダメ。この忙がしいのに、鳥の世話まで、あたしがさせられちゃ、大変……」

妻は、即座に、反対した。

その頃のわが子は、まだ、そう強情を知らなかったので、日が経つと、小鳥のことを、いわなくなった。

そのこともあって、私は、そんな題材を選んだのだが、童話の主人公の方は、学校の行きかえりに、ほんとに、一心になって、小鳥の世話をする少年に、仕立てた。あまり、頬白を可愛がるので、両親から、〝ほうじろ・あっちゃん〟と呼ばれることになり、それを題名としたが、私は、わが子も、その子と同じように、移り気のない、一筋のものを求める気性であって、欲しかった。

私は、書き方も、読者のわが子のことを、考えた。昔の西洋おとぎ話の調子では、わが子が蹤《つ》いて来ないだろうと思った。それで、現代のサラリーマンの家庭の一人息子として、写実風に扱った。でも、それだけでは、私自身が不満だった。私は、夢幻《むげん》が欲しかった。

私が学齢頃に、巌谷《いわや》小波《さざなみ》の〝世界お伽噺〟を読み、その一つを、ずいぶん長いこと、忘れられなかった。それは、少年が蟻《あり》を可愛がり、そのために、一疋の蟻が、地下の世界へ、彼を案内する童話だった。恐らく、昆虫学的興味を養わせる、外国童話だったかも知れない。

でも、私は、その幻想の魅力の方に、囚《とら》われた。地面の下に、一つの世界があるのが、とても面白く、そこへ導かれた少年が、羨ましかった。昆虫に歓迎されて、遊んだり、ご馳走を食べたりする彼は、どんなに幸福だったかと、思われた。

まだ、横浜の月岡町の家にいた頃だったが、私は庭に出て、蟻の穴を探した。地面に小さな穴が、沢山あって、そこから、蟻が這《は》い出したり、潜《もぐ》り込んだりしてた。土の中の世界が、実在しているにちがいなかった。私は、土を掘り返して、その秘密を見てやりたくてならなかった。でも、そんなことをすれば、あの童話に書いてあったような宮殿や花園は、きっと、消滅してしまうだろうと、思われた。だから、自分も、蟻と同じような小さな姿になり、あの小さな穴へ、もぐり込まなければならないと思った。しかし、小さな体になるためには、蟻の魔術が必要だった。そして、蟻は、その少年が〝よい子〟だったから、魔術をかけてくれたので、私はダメだと思った。私は、その頃から、自分を〝よい子〟の仲間だとは、思ってなかった。

とにかく、その童話の幻想は、不思議な魅力があり、それから六十余年後の今日でも、記憶が残ってる。私は、わが子に読ませるために、どうしても、そのような幻想を、織り込みたかった。

それで、私の童話も、主人公の少年が、頬白の国へ案内されるところを書き、彼の体も、一羽の頬白と同じ小ささに、変身することにして、そのために、一疋の猫が現われると、彼には、虎に見えるようなことも書いた。そして、頬白の国で、大変、歓待を受けることは、蟻の童話と同じことだったが、私は、その夢幻を、最後まで、持ちこたえる勇気がなかった。

そこが、私がほんとの童話作家になりきれず、また、わが子に夢幻を語る、ほんとの自信に、欠けてたからだろう。結局、私は、頬白の国への旅行を、夢の話にした。主人公が眼をさますと、わが家の寝床の中にいて、同じ部屋で、籠の中の頬白が、鳴いていたという風にしか、書けなかった。大変、恥かしいことである。

しかし、私は、ずいぶん気を入れて、その作品を書いた。雑誌社の方でも、特別に扱ってくれて、小磯良平画伯の色刷り挿絵で、作品が飾られた。連載が進むと、一部の児童作家から、注目されてるという話も聞いた。私も気をよくして、毎月、原稿を書いた。

ところが、私の全然予期しない結果が、起きた。わが子が、それを、読もうとしないのである。私が彼のために書いたことを、妻も知ってるから、

「ほら、〝ほうじろ・あっちゃん〟だよ。今月は、どうなったかな」

と、彼女は、着いたばかりの雑誌を、子供の前に展《ひろ》げて、見せるのだが、

「そんなの、面白くねえや」

と、わが子は、見向きもしなかった。

「だって、あんたのことが、書いてるんだよ」

「ウソだよ。ぼく、頬白なんか、飼ってやしないもん……」

といっても、子供は、全然、それを読まないわけではなかった。最初のうちは、少くとも、声を出して、読んでたようである。しかし、いつか、雑誌がきても、漫画だけしか、見なくなった。〝ほうじろ・あっちゃん〟のページは、淡彩の色刷りで、漫画の部分のような、強

い原色は、使われてなかったが、そんな刺戟がないから読まないわけでも、ないらしかった。

要するに、ストーリーそのものに、興味がないらしいのである。小鳥の国という幻想が、わが子には、もう何物も喚起しないらしいのである。空を飛ぶスーパー・マンになら、空想力を湧かせても、子供が小鳥に変身する話なぞ、どうだっていいのである。

「ほんとに、この子ったら、ヘソ曲りね」

妻は、しきりに、慨嘆したが、私には、その成り行きが、滑稽《こっけい》になってきた。わが子に与えるつもりで、親父が、精出して書いた童話を、子供の方では、一向に顧みないというのは、骨折り損のくたびれ儲けを、絵にかいたようなものだった。

しかし、そう笑ってもいられなかった。

(今の子供の気持が、わからなくなってるのだな。それはいいが、わが子の気持がわからなくなっては、困るな)

私に、童話作家の資格がなくても、我慢するが、父として、子供の興味の在り場所を、手探りするようでは、情けなかった。小学一年生に過ぎないわが子だが、もう、彼の心の隅から隅までわかる、という時期は、過ぎたのか。

(後、十年もすると、わが家でも、父と子の新旧思想衝突というやつが、始まるのか。やれ、やれ……)

やがて、〝ほうじろ・あっちゃん〟は、きれいな単行本になって、書店に現われたが、私は、それほど、うれしくなかった。わが子を喜ばさなかった童話が、今の世の子供たちを、喜ばすはずがないからである。

妻が自動車運転の稽古を、始めたといっても、私は、何の期待も、持たなかった。〝雅樹ちゃん殺し〟の恐怖から、子供の通学を守るための動機だったにしろ、観念的な処置のように、思われた。

（いくら防御《ぼうぎょ》をしたって、やられる時は、やられちまうんだ）

もっとも、雅樹ちゃん殺しの犯人が、大阪でつかまって、私も、多少、安心したのかも知れなかった。その犯人が、同じ犯行を重ねるわけもなく、第二、第三の誘拐事件が、起らない保証は、一つもなかったのに――

私は、自動車を持つことを、好かなかったので、もし妻に、多少でも、カー・ファンの気持が見えたら、真向《まっこう》から、反対するところだったが、彼女には、あの事件以前に、そんな興味もなかったのが、明らかだった。女性が運転する流行が、兆《きざ》し始めた頃だったが、妻にその心理がなかったのは、私にも、わかってた。

第一、彼女は、もう、五十歳の声を、聞いていた。そして、生来、決して、器用な方ではなく、綿密な性格でもなく、機械操縦には、不向きだった。目的が、子供のためだから、私も、正面から反対しなかったものの、

（なアに、免許試験なんて、受かるものか。一度、落第すれば、諦《あきら》めちまうよ）

と、腹の中で、思ってた。

彼女は、最初、近くの赤坂の教習所へ、通い始めた。倖《さいわ》い、そこに、新劇俳優で、アルバイトの指導員をやってる男がいて、私の名を知り、親切に、彼女を教えてくれたらしかった。そのうちに、その男が教習所をやめてしまい、鬼軍曹のような指導員に代り、ひどくシゴかれて、彼女も音《ね》をあげてしまった。それで、レッスンをやめてしまって、それで、沙汰やみかと、思ったら、私は、その翌年の朝日新聞に〝箱根山〟という小説を書く予定で、私の係りの記者が、よく家へやってきた。彼は、車好きで、自分で運転して、社へ通っていたので、妻を教えると、いい出した。

しかし、彼も忙がしいので、長続きはしなかった。やがて、妻は、目黒の教習所というのへ、通い始めたらしかった。毎朝、子供を、電車かバスで、天現寺まで送ると、その足で、目黒へ回り、今までとちがった熱心さで、教習を受けてる様子だった。

「もう、ずいぶん、上達したわよ。今日は、指導員についてもらって、駒場の方まで、運転してきたの」

彼女は、得々として、私に話した。

「そうか、そうか」

私は、本気に聞いていては、いなかった。

そのうちに、夏がきた。子供は、白いピケ帽をかぶり、グレーの半袖シャツの夏の制服を着て、通学し始めた。そして、間もなく、最初の暑中休暇を、迎えることになった。

「夏休み、どこ行くの」

子供は、友だちから、いろいろ計画を聞いてるらしく、自分の暑中休暇の過ごし方を、早く聞きたがった。

「どこへも、行かないよ。大磯へ、行くんだよ」

私は、東京生活が、どうしてもピッタリしないので、大磯の旧宅を、処分する気になれなかった。当分、留守番を置いて、私の臨時の仕事場に使い、また、夏には、わが子や、娘の子供たちの保健のために、利用すればいいと、考えてた。

「大磯？　つまんねえや。I君は、赤倉へ行くんだし、B君は、パパと九州へ旅行するし……みんな、遠くへ、行くんだぜ」

子供は、不服そうだった。でも、私は、大磯の家の利用法を、変更する気はないし、暑い時の旅行なぞ、まっぴらだった。

「でも、大磯へ行けば、泳いだり、蟬《せみ》とったり……」

妻も、側から、誘いにかかった。

いつもなら、そんなことで、おとなしく、親のいうことに従う子供ではなかった。私は、一悶着《ひともんちゃく》あることを、覚悟してると、ところが、子供は、意外に、翻心した。

「そうだなア。大磯へ行くか。第一、大磯なら、自分の家だから、タダだもん……」

私は、妻と顔見合わせ、吹き出したいのを、我慢した。

それには、理由があった。

妻が、自動車運転の稽古を始める前に、よほど迷ったらしく、彼女が信じてる易者《えきしや》のとこ

ろへ、相談に行った。その時、子供も一緒に連れて行ったのだが、易者は、子供の顔を見て、

「これア、大した人相だ」

と、いったそうである。

妻は、易者が、何か、うれしいことをいってくれるかと、期待してると、

「この子は、転んでも、タダは起きないという、人間になるね。将来、高利貸しになったら、いいだろう。きっと、日本の財閥になれるよ」

と、飛んだ予言をしたそうである。そして、妻の自動車運転については、反対しなかったらしい。

妻が帰ってきて、その話を聞いて、私は、ずいぶん笑った。

「敦夫は、高利貸しか」

偉大な政治家になるとか、優秀な学者になるとか、いわれるよりも、私には、痛快な感じがした。

「財閥とは、頼もしいわね」

妻も、笑った。

その時のことがあったので、子供が、大磯へ行けば、タダだなぞと、算盤《そろばん》をはじいたのが、

(そら、高利貸しだ)

と、笑いの種になったのである。

しかし、易者に何かいわれなくても、私は、わが子の性格の小さな芽生えを、常に、観察

しないでいられなかった。

物慾や占有慾が、強いのか、弱いのか、私は、ソッと、わが子を眺めてるのだが、どうも、ハッキリわからなかった。赤ン坊の時から、贈物に恵まれた子で、オモチャ類は、山のように、持ってた。一つのオモチャに熱中するところがあり、他のものは顧みないから、それを、娘の家の子供たちにやれというと、〝イヤ！〟と、強く首を振った。

それは、物慾と占有慾の表われだと、見てると、忘れた頃になって、

「これ、泰子《ひろこ》にやるんだよ」

と、娘の長女に与えるものを、自分で持ち出してくる。その品物は、必ずしも、使い古しではない。

（これは、慾深じゃなくて、一人ッ子の我儘かな）

と、見てると、やはり、〝気前のいい子〟ともいえない所業は、沢山あった。

それなら、物を惜しみ、大切にするかというと、反対だった。学用品なぞも、私の小学生時代とちがって、上等品を、豊富に与える習慣らしいが、わが子の使用法は、まるで、濫費だった。鉛筆は、少し短くなると捨て、画用紙は、ちょっと書き損《そこな》うと、二つに裂いた。古新聞紙を、習字の紙に使わされた、私の小学生時代と、大変な相違だった。それだけ、日本が富んできたのだろうが、私の家庭は、父の生きてた頃と比べて、経済的には、現在の方が、貧しいといえた。

まだ、小遣銭をもらう年齢でないので、金銭に対する慾は、測《はか》りようがないが、それでも、

金を使う愉《たの》しみは、知り始めた。近くの一ツ木地蔵の縁日や、山王神社の祭礼には、うるさく母親に迫って、連れ出した。やまぶき鉄砲や、綿菓子を買うのが、愉しみなのである。

「もう、自分で金を使うことを、覚えさした方がいいな」

私が同行した時は、子供の手に硬貨を握らせ、自分で夜店のオジさんに、話しかけるようにさせた。始めは、ハニかんだが、小学生になってからは、すっかり平気になった。私も、横浜の伊勢山大神宮の祭礼で、金を使うことを覚え、それが、どんなに愉しかったか、忘れられないからだった。

幼稚舎へ通学するようになってから、妻は、毎朝、小銭を与え、帰途の交通費や、急用のできた場合の電話料に、当てさせることにした。すると、赤電話をかけることを、いつか、覚えたらしく、

「これから、うちへ帰ります」

と、用事でもない電話を、かけてきた。

また、弟の未亡人などが、年始にきて、年玉をくれると、ひどく、喜ぶようになった。それらは、小遣銭には多い額だから、妻が、銀行預金にしてやると、

「貯金があるんだ、ぼく……」

と、威張るだけで、金額がいくらか、興味がないらしく、金を引き出す要求もしなかった。

結局、金銭に対する慾は、まだ兆《きざ》していないらしかった。

でも、もし、彼が高利貸しになる素質があるとすれば、計数の才と、勤勉さは、ほのめい

てなければならぬが、そのどちらも、不毛に見えた。

算術の授業は、すでに始まってたが、一学期の成績は、これが一番悪かった。そして、母親に強《し》いられて、自宅で勉強する時でも、算術を、最も嫌った。

そして、勤勉という性質は、カケラもなかった。甘やかされて育った子供に、忍耐力があるわけがなかった。持続的に行い得ることは、漫画雑誌を読むことと、テレビの漫画を見ることだけで、これなら、何時間でも飽きないが、机に向う時間は、三十分もむつかしかった。プラモデルというものが、流行し始めて、よく買ってくるが、でき上りばかり急ぎ、粗雑な組立てをして、平気だった。勤勉家の面影は、どこにも求められなかった。

（慾が深いだけじゃ、高利貸しになれないな）

私は、そう結論する外はなかった。

でも、学校では、作文の点がよかった。〝仔馬〟という学校の雑誌にも、すぐ、わが子の作文が、とりあげられた。それを読んで見ると、文章の巧拙よりも、自由な考えで、ものが書いてあった。優等生の作文よりも、その点は、優《まさ》ってた。しかし、作文が得意とも、いいきれなかった。父が作家ということを、友達や教師も知っていて、オダてるらしいところがあった。

私自身は、作文が巧《うま》くなったのは、小学上級生になってからで、それまでは、画と音楽（といっても、銀笛やハーモニカ）が、好きだったが、わが子のクレイヨン画は、まるで、素質がなかった。音楽も、入学の頃から、妻が、ヴァイオリンの稽古を始めさせ、週一度ぐらい、学校の帰りに、教師のところへ、通わせたが、自宅で、弾いてるのを聞くと、カンのよさは、一つも発見できなかった。その上、当人も、音を出す愉しみがないらしく、半年も通った末に、やめてしまった。

スポーツにも、素質があるのか、ないのか。わが子は、小学校へ行き始めてから、急に、キャッチ・ボール好きになり、グローブを買え、野球帽が欲しいとおネダリが始まった。学校で、野球のマネゴトをしてくるらしいが、家へ帰ると、私に対手《あいて》をさせた。私も、野球だけは、学生時代に、かなり身につけたので、ただ、子供のお対手をするのでなく、正しい捕球、投球を、教え込もうとしたのだが、上《うわ》の空でしか、聞いてなかった。そして〝片手取り〟のような、不正則なことばかり、早く覚えた。もっとも、私が野球に上達したのは、中学下級生の頃からで、小学生の頃は、球が怖《こわ》く（当時は、硬球ばかりだったので）、それほど、好きではなかった。わが子の野球も、今の状態で、判断できなかったが、学校の運動会で、ランニング競技に出ても、一着になったことはなかった。私も、子供の時に、走り出すと、体のバランスがとれず、頭ばかり前へ出て、足は遅かった。そして、スポーツにかけては、他の子供に劣等感を持ってたが、中学時代から、やっと、人並みになった。わが子も、どう変るか、知れないと思ったが、今のところ、知育、体育ともに、人に秀れたところは、一つもなかった。

しかし、ある日、学校から帰ってきて、

「今日は、相談会があったんだ」

と、少し誇らしげにいうから、聞いて見ると、相談会というのは、授業時間中に、ディスカッションのようなことをするらしかった。民主主義教育の一端なのだろう。教師が議題を出し、生徒側から、議長、司会者、記録係りが出て、他の者が、討論をするらしかった。

その日の問題は、〝一人の善い国民と、多数の国民とが、対立した場合に、君は、どちらの味方をするか〟というようなものだったらしい。私は、教師も、小学一年生に、ずいぶん難問を出すものだと、思った。いや、難問ではないかも知れない。この民主主義時代には、そういう問いに対する答えは、一つだけなのかも知れない。

「お前は、何といったんだ」

私は、わが子の返事に、かなり興味をかけた。

「それア、一人の善い国民さ。いくら大勢の人だって、まちがってるかも、知れないじゃないか」

彼は、満々たる自信で、そう答えた。

「そうだな。パパも、賛成だな」

この年になる私も、考えは、似たものだった。それよりも、わが子が、自分の判断で、恐らく、優等生の答えと、反対なことを、勇んで発言したろうことを、想像すると、ちょっと、うれしかった。

私の家の界隈《かいわい》は、坂の上の袋小路なのに、どういうものか、外人の邸宅が、多かった。日本人の家と、半々ぐらいだったかも知れない。その上、外人の経営する、大きな女子修道院の建物が、広い空間を占め、奥の方には、一時、インドネシア大使館があった。

外人邸宅の一つに、ワードさんの家があった。英国人らしかったが、私は、主人も、奥さんも、顔を見たことがなく、ただ、女の子のエリザベスと、男の子のクリスティは、人見知りをしない子で、平気で、私の家の庭へ、入ってきた。

クリスティは、ちょうど、わが子の同年配らしく、じきに、友達になった。といっても、わが子は、ほとんど英語を知らず（英語の授業は、もう始まってたが）、クリスティの日本語も、似たものだった。しかし、二疋の犬が、言語を用いないで、親しみ合うような経過が、自然と、起きてきた。

「ア・チャン！」

そう叫んで、クリスティは、庭先きへ入ってくるのが、常だった。〝あっちゃん〟という発音ではなかった。外人の子としては、小柄な方だったが、灰黄色の髪と、クリクリした青い眼が、愛らしさのうちに、精悍《せいかん》の気を、感じさせた。

二人は、足踏み自動車に乗ったり、キャッチ・ボールをしたりして、遊んだ。足踏み自動車の運転は、わが子が慣れてるから、急カーブや小回りをやるのも、手際がよかった。少し、鼻にかけて、小憎らしいほどだった。

しかし、キャッチ・ボールの方は、段ちがいに、クリスティが上だった。英国人で、野球はやらぬと、思ってたのに、日本へきて覚えたのか、巧みなものだった。投球、捕球の姿勢が、型に入ってるし、従って、球の勢いがよく、正確だった。そして、動作が、ひどく、キビキビしてた。

さすがに、スポーツ国の子供だと、私は、感心したが、わが子も、あんな素質を持てばいいと、思った。

しかし、二人は、最後になると、いつも、ケンカした。どうも、わが子の方が我儘で、怒りやすいようだった。

「もう、遊ばないよ」

と、彼は、家の中へ入って、ガラス戸を、閉めてしまう。私の幼い頃にも、そういうことをする子供が、よくいたが、それは、卑怯《ひきよう》な振舞いと、なっていた。

「ア・チャン、ア・チャン……」

クリスティの方は、ちっとも、感情的にならないで、ニコニコして、外で呼んでいた。

「クリスティが、呼んでるよ。早く、行ってやれ」

私がそういっても、わが子は、物蔭に隠れて、出て来ようとしなかった。そういうわが子を、私は、好まなかった。

それでも、翌日になると、二人はまた、仲よく、遊び始めた。そして、ある日、クリスティは、小さな封筒に入れた手紙を持ってきて、妻に渡した。

それは、彼の誕生日祝いの招待状だった。母親が書いたらしく、簡単な英文だったが、宛名は〝Achan〟と、彼女の子供が発音するように、ローマ字で書いてあった。

わが子は、ひどく、喜んだ。

「西洋人のとこへいくんだ……」

彼は、クリスティのところへ、遊びに行っても、家へ上ったことはないらしかった。

その日がきて、学校から帰ってきたわが子は、すぐ、クリスティの家へ出かけた。妻が玄関まで同行して、祝いのケーキを届けた。

「外人の子ばかり、四人ぐらい来てましたよ」

妻が、帰ってきて、そういった。

そして、一時間ほどすると、わが子がションボリして、帰ってきた。

「みんな、英語でばかり、話しをするんだもん。つまんねえや」

それぱかりではない、例によって、わが子が我儘をいって、仲間外れにされたのだと、私は思った。

でも、寂しそうな顔をしてるので、私は、青山一丁目に、その頃あった汁粉屋《しるこや》へ、彼を連れてって、ミツマメを食べさせてやった。それで、気分が変れば、一人で、家で遊ぶだろうと、考えた。

しかし、再び、わが家の前まで、帰ってくると、

「パパ、やっぱり、クリスティのところへ、行ってくるよ」

と、いって、疾風のような勢いで、門を出て行った。

私は、呆気《あっけ》にとられたが、子供の心理は、そういうものだと、思い直した。ひねくれてる

ようでも、根は素直なのだと、微笑したくなった。

でも、ちょっとしたヒネクレは、容易に、癒《なお》らなかった。娘のうちの子供たちが、遊びにきて、最初は、キャアキャアと、一緒に騒いでいたと思うと、姿が見えなくなった。どこへ行ったかと、探し回ると、裏の物置小屋の前で、木箱に腰かけ、漫画の本を読んでたりすることもあった。

わが子に自閉児的な傾向があるのかと、私は、気になった。私自身に、同じ性癖があり、子供の時から今日まで、私を不幸にしてるからである。しかし、幼稚舎へ通学を始めてから、それとは別の明るさや、逞《たくま》しさも、出てきたようなので、気休めの種がないでもなかった。

秋の学期が始まって、暫らくした頃だった。妻が外出から帰ってきて、妙に、ニヤニヤして、私に話しかけた。

「やっと、免許がとれましたよ」

「何の免許？」

「車の免許よ。きまってるじゃないの」

私は、そのことを、すっかり忘れてた。妻が、目黒だとか、府中だとか、鮫洲《さめず》だとかいう場所へ、自動車のことで、出かけるらしかったが、気にも留めてなかったのである。

「そうか、へえ……」

内心では、よく免許証をくれたものだと、おかしかった。

しかし、免許証がとれたら、車を買うことは、かねての約束だった。

「国産でいいわよ。早く、買って……」

それを、拒むことはできなかった。

私は、自動車のことは、何も知らないので、よく家へくる、ある雑誌社の運転手に、相談した。彼の語る諸車の特長も、私にはわからなかったから、女の運転しやすい車という条件だけ出した。妻の方は、もう多少の知識があるらしく、その運転手に、いろいろ註文を出してるようだった。

ヒルマンという車が、運ばれてきたのは、十一月初旬になってからだった。淡青色に塗った新車で、妻は、

「これなら、色に特徴があるから、駐車した時に、探し易いわ」

と、喜んでた。

庭の片隅に、軽便な車庫ができ、そこに納まった車を見ると、私は、

（おれの家にも、自動車があるのか）

と、不思議な気分になった。〝雅樹ちゃん殺し〟事件の結果だと思っても、割り切れなかった。

妻は、毎日、一人で試乗して、家から幼稚舎までの道を、往復し始めた。一週間ほどして、やっと、実用に立てる時がきた。

「気をつけろよ」

その朝、私は、特に、妻に注意した。誘拐魔《ゆうかいま》を恐れたって、事故で、子供がやられたら、

何にもならないからである。

妻は、子供を送り届けると、すぐ、帰ってきた。二十分ほどの時間だった。そして、他の用事には、決して、車を用いなかった。

無事な日が、続いた。私は、少しは、安心する理由を、見出した。女性ドライバーは、車の持ち立てに、運転を愉しんで、遠出をするらしいが、妻はドライブはおろか、混雑する銀座や新宿へは、絶対に、車を走らせなかった。極端な臆病で、幼稚舎往復の道以外に、自信がないらしかった。

「天現寺まで、レールが敷いてあるようなもんだな」

と、私はひやかしたが、その方針が、安全にちがいなかった。

しかし、私は、妻の運転する車に、乗らなかった。危険だというよりも、体裁が悪いからだった。私が運転して、妻を乗せるなら、話は別だが――

子供の方は、母親の運転が、何よりうれしいらしく、車の上で、いろいろ話しかけて困ると、妻がいってた。ギアを入れるとか、セコンドで行くとか、そんな言葉を、すぐ覚えた。

その時分、私は、妻と大ゲンカをしたことがあった。原因は、些細《ささい》なことにきまってるが、晩酌の後で、抑制心が弱ってたせいか、私は、久し振りに、腕力を用いたのである。若い時は、手が早くて困ったが、近年は、滅多に、そういうことがなかったのに――

すると、その晩の妻は、ひどく昂奮して、私の手の甲へ、牝《めす》の狂犬のように、噛みついてきた。皮が破れて、血が出た。私は、赤チンを塗って、繃帯《ほうたい》をした。

翌朝になって、怒りは跡形もなく消えたが、赤チンの浸《し》みた、手の繃帯が残った。私は、寝床の中で、それを眺めた。そして、昨夜の両親の醜態が、わが子の眼にどう映ったか、心配になってきた。大きなショックを、与えはしなかったかと――

すると、私の寝所へ、学校服に着替えたわが子が、入ってきた。登校の前に、何か、いいにきたらしかった。

「パパ、ゆんべのケンカ、面白かったね」

彼は、ほんとに愉快そうな、顔と声で、私を覗き込んだ。

私は、返事ができなかった。

「ママの方が、強いんじゃないかな。やっぱり、自動車の運転が、できるようになったからだね」

それだけのことをいうと、子供は、サッサと、階下へ降りて行ってしまった。

私は、長いこと、苦笑を続けた。

(まだ、ほんとに、子供なんだな)

と思い、ショックを受けてないことに、安心した気持と、少し発育が遅れてるのか、という不満と、両方を味わった。でも、性質のヒネクレは、案じたことはないと、思った。あんなことを、わざわざいいにくるのは、素直な明るさがあるためだと、思って見た。

私は一人で、二階の書斎で眠り、妻と子は、階下の妻の居間で、床を列《なら》べるのが、東京へ移ってからの習慣だったが、その頃は、朝早く、子供が階段を、荒々しく踏み鳴らして、障子を開け、私の寝床へ飛び込んでくるのが、例になった。

学校へ行くのが、まだ、もの珍らしく、早く眼が覚めるのだろうが、母親が起き出して、朝の支度を始めると、ひとり部屋へ残されるのが、寂しいのだろう。

乱暴に、私の寝床へ潜《もぐ》り込んで、すぐ、おシャベリを始めるのだが、

「さ、もう、お時間よ」

と、妻の声が、聞えるまでは、出て行こうとしなかった。

冬の朝なぞは、私の寝床の方が暖かくて、コタツにでも入る気で、やってくるのかも知れないが、私自身が、どうも、小学一年生の頃に、同じ所業をやったような気がした。私の父は、別室で寝なかったから、一層、寝床へ飛び込むのに、便利だったろう。

父は、無論、それを拒《こば》むような人ではなかった。私は、父の体臭をよく覚えてるが、その石鹸くさい匂いは、彼が浴衣を着てる時に、胸のあたりから、よく発散したが、寝床の中でも、私の鼻に、馴染んだのかも知れない。

私も、自分に体臭のあるのを、知ってる。私は、父ほど潔癖家でなく、体の脂や汗の酸化したような、悪臭がするらしい。

「あなたのシーツは、臭《にお》いで、すぐわかる……」

妻が、よく、そういう。

私は、わが子が、知らずして、私の体臭を記憶し、六十年後になっても、私を追想するか、どうかと、考えて見た。それとも、嗅覚《きゆうかく》が記憶と結びつくのは、私だけの癖なのか——

それよりも、私は、子供が私の寝所へ入ってくる時に、障子へ映る影法師の大きさに、驚いた。

(おや、あんなに、背が伸びたのか)

それは、私が臥《ね》ながら、見上げる結果と、気がついても、何か、頼もしかった。心の底では、まだ、抱きかかえのできる子供と、思ってたのだろう。

私は、子供が、少年らしくなったことで、急に、愛情を増したことに、気がついた。それは、父親の気持にちがいなかった。一方で、男の子は、幼いうちの方が、扱いよくて、少年から青年と、大きくなるに連れて、父と遠ざかり、ヘタをすると、大きな衝突も免れないと、知ってるくせに、男の子らしく、体が育ってくれるのが、うれしいのである。

「なアに、今のうちでございますよ。小学校も、上級生になると、ナマイキにばかりなって、可愛いどころか……」

大学生の息子を持つ母親が、先輩らしく、述懐したことがあったが、私は、頷《うなず》きながら、別なことを、考えてた。

(そんなら、可愛いうちに、可愛がってやれ……)

そして、私は、わが子との接触を、なるべく、多くした。子供の方も、その頃が、一番、私を求めてる、様子を見せた。毎朝、私の寝床の中へ、飛び込んでくるのも、その表われだろう。

「パパ、後楽園へ、連れてってよ」

そんなネダリゴトを、される時もあった。一度、親子三人で、後楽園へ行ったのに、味をしめたのだろう。

「二人で、行こうよ」

以前は、そんなことを、いわなかった。外出は、母の同伴と、きまってた。

もう、抱いたり、手を曳いたりする、必要もないから、私も、わが子と外出は嫌わないが、神経を使わされて、ヘトヘトになって、帰ってくる経験は、ありがたくなかった。

それでも、私は、わが子と二人で、後楽園へ、よく、出かけた。

子供の目的は、ゴー・カアトへ、乗ることだった。足踏み自動車で覚えた、ハンドルさばきを、モーターのついた車で、行うのは、一層、愉《たの》しかったのだろう。事実、他の子供たちより、上手だった。その代り、コースを何周しても、降りると、いわなかった。

「もう、やめて、他のものへ、乗ろうよ」

私が、声をかけても、耳にかけなかった。

しかし、ゴー・カアトには夢中でも、他のことだと、私のいうことを、よく頷《き》いた。ゲームの器械の列んでる室でも、自動車操縦の遊びを好んだが、

「もう、止めろよ」

というと、すぐ、やめた。私は、妻を同伴しない方が、子供が、いうことを、よくきくという事実を、発見した。

そして、売店で、コーラとホット・ドッグの立食いをさせると、子供は、ひどく、ニコニコした。妻は、立食いなぞ、させないらしかった。

（これア、父親と男の子の交際というものが、あるらしいぞ）

私は、心の中で、微笑した。

家へ帰ると、子供は、立食いのことを、得意になって、母親に報告した。

「うまかったね、パパ」

彼は、私に同意を求めた。

「まア、いやだ……」

「パパと行くと、面白いんだ。ねえ、パパ？」

「じゃア、いつも、パパと行ったら、いいわ。こっちは、助かるわ」

その頃は、子供が私を慕うので、妻は、イヤミをいった。軽い気持ではあっても、一種の嫉妬なのだろう。

「大学へでも行くようになったら、思いやられるわね。きっと、パパと二人で、飲みに出かけるんじゃない？　だから、男の子は、嫌いなんだわ」

妻は、本気で、そんな想像をしてるらしいので、私は、笑い出した。彼女は、父親の気持を、知らないのである。戦後は、世間の風潮が変って、父と子が友人関係に近くなることが、理想とされてるらしいが、私には、できない相談だった。息子を連れて、バーに出かける父親の話なぞ、聞いても、反感が先立った。私は、保守的な父親で、結構である。息子の友人にならなくても、父として、息子のために役立つ機会は、いくらもあるだろう。また、父として、息子にいうべき言葉を、失ってはならない。息子も、たぶん、それを求めてるだろう。父親とバーへ行くことを、喜んでる息子は、私には、頼もしく、思えなかった。

（それに、わが子が、酒の味を知る頃には、こっちは、墓の下か、外出もできないオイボレになってるだろう）

ところが、それから間もない時に、わが子と私が、バーの軒をくぐる運命が、起きてきた。新聞社の連中に、わが子も一緒に、銀座で晩飯の馳走になり、その帰りに、彼等の馴染みのバーへ、ちょっと、寄ることになったのである。子供がいるので、私も、少し躊躇したが、バーの何物であるかを知らぬ年齢だから、まアいいだろうと、妥協したのは、私も、きっと、酔ってたのだろう。

薄暗い照明の部屋に、時間が早かったので、手の明いたホステスたちが、大勢いたが、彼女等は、子供の客が、珍らしかったのだろう。

「これア、坊ちゃんが、一番モテますね」

と、新聞の人が、笑ったほど、サービスを受けた。

でも、やはり、つまらなくなったのだろう。子供は、ホステスの側を離れて、カウンターの高いイスへ、腰をかけたのには、私も、ハラハラした。バーテンが、気をきかして、コーラのようなものを、コップに注いだ。そして、何か、バーテンと話を始めたのは、一人前の酔客のようだと、皆が笑った。

しかし、長いこと、子供を調子に乗らせて置くのは、よくないので、私は、帰り支度を始めた。

送られた車の中で、私は、子供に訊いた。

「バーテンと、何を話してたんだい」

「何って、野球のことさ。あのオジさんも、長嶋が好きなんだ」

「あの家、面白かったのかい」

「とても、面白かった。また、行こうよ」

でも、翌日になると、子供は、その夜のことを、忘れたように、口に出さなかった。従って、若旦那《わかだんな》のバー通いは、実現しなかった。

しかし、私は、古い記憶を、そのことのために、掘り起した。

私も、父に連れられて、大人ばかりの宴会の席に、出たことがあった。小学校へ行く、もっと前のことだったろう。

横浜に〝千登勢〟という料亭があり、父は、そこで、よく客を招いたが、その夜は、どういうものか、私を同伴したのである。客は、皆、大人で、広い座敷に、十人ほど列《なら》んでいた。

私が、そんな席へ、連れて行かれた訳が、わからない。明治の家庭は、大人と子供の区別がやかましく、ことに、わが家では、母がその点に、厳格だった。家へ客がきても、私が顔を出すと、叱られた。そして、〝千登勢〟なぞで、宴会があれば、芸妓がくるにきまってるから、母が許容するはずがなかった。恐らく、その晩は、何かの理由で、母が家を明けていたと、推測する外はない。

父は、紋つきを着て、主人だから、末席に坐ってた。私は、その隣りに坐って、父の膳にあるものを、食べたように思う。芸妓や女中が、私にチヤホヤしてくれたが、べつに、うれしかった記憶はない。ただ、わが家とちがって、料亭の空気が、ひどく明るく、賑やかなのが、魅力的だった。でも、どっちを向いても、大人ばかりで、遊ぶ対手《あいて》がないから、しまいに、退屈を感じた。

私は、きっと、退屈を露骨に、顔に出したのだろう。芸妓だか、女中だかが、私に、

「坊ちゃん、蓄音機を、聞かしてあげましょう」

と、いった。

私は、蓄音機というものを、知らなかった。まだ、それほど、珍らしい、発明品だった。そして、〝千登勢〟では、その文明の利器を、所蔵してるのが、自慢でもあったのだろう。やがて、蓄音機が、持ち出され、芸妓が踊るために敷いた、赤い毛氈《もうせん》の上に、置かれた。そして、蓄音機を操作することを、命じられたのは、せいぜい、十二ぐらいの雛妓《おしやく》だった。彼女は、私よりも年上だったが、お客さまは大人ときめてるのか、子供の私を、明らかに、軽蔑した。そして、いつも、蓄音機係りを、命じられるのか、手慣れた様子で、機械をいじ

くるのだが、それだけ、まだ蓄音機を知らない私が、幼稚に見えたにちがいない。ひどく、高慢そうに、冷たい口調で、説明をした。

しかし、私は、年齢の近い彼女に、親愛を感じ、また、きらびやかな衣裳を着た彼女の側にいるのは、悪い気持でなかった。

勿論、一方では、小さな箱と、大きなラッパのついた機械に、好奇心を湧かせられた。彼女は、ハンドルでゼンマイを巻き、それから、灰青色の円筒を、回転させた。それは、レコードのできる前の録音盤であり、蠟管と呼ばれた。後には、縁日にも、蓄音機を聞かせる商人が、現われたが、その時代は、全部、蠟管だった。

やがて、音が聞えたが、ザーザーという、雑音ばかりだった。〝千登勢〟では、一本だけの蠟管を、酷使したと見えて、ひどく、損傷してた。

「よく聞いてれば、今に、声が、聞えるわ」

と、雛妓が、冷然といった。

そのうちに、雑音の中から、やっと、聞きとれるほどの声で、唄が浮き上ってきた。日本の唄で、明らかに、人間がうたってるのである。私は、驚倒した。函《はこ》の中に、小さな人間が隠れてるとしか、思われなかった。

私は、家へ帰ってから、誇らしく、蓄音機のことを、姉や弟に語ったにちがいない。それが、母に伝わって、彼女は、そういう席へ、私を同伴した父を、責めた。ことに、私が雛妓と遊んだということは、母にとって、看過できぬ事件だったらしい。

（なぜ、悪いんだろう。何にも、悪いことをしなかったのに……）

私は、母に叱られても、理由がわからなかったから、そんな、うるさいことをいう母に反感を持ち、父を慕う気持が、強くなった。

それでも、母の権威は、支配的であり、学童になった後でも、雛妓はタブーだと、思うようになった。

月岡町の家の前は、みごとな桜の大木の並木で、春になると、下町から、数台の人力車に、着飾った雛妓を乗せ、花の下に、一列になって、写真をとった。観光外人向けの彩色絵ハガキにして、売出すのである。その人力車がくると、家の者も、近所の人も、外へ飛び出すのであるが、その時、母は留守だったのに、私は、そのマネができなかった。見てはならぬものだと、思ったのである。それでも、見たくてたまらなかった。仕方がないから、塀《へい》の下にしゃがんで、わずかな間隙《かんげき》から、雛妓たちの顔を覗いた。胸がドキドキして、すべてが、眩《まぶ》しかった。

そんな、卑屈な行為をしたのも、母が、そのようなことに限って、過度に厳格だったからだと、考えるのだが、その時の窃視《せつし》の心理の中に、性の芽生えがなかったとはいえない。それが恥かしくて、もの蔭にかくれ、ノゾキをやったのかも知れない。

しかし、父は、常に、寛大だった。母と反対だった。芸妓の出る宴会に、私を連れていってくれたばかりでなく、横浜公園にある〝クラブ〟（横浜の実業家の社交クラブ）へも、洋食の午飯を食いに、私を同伴した。そういう場所は、すべて、大人の世界で、子供は足を踏み入れなかったのに、父は、何か、自由な考えを、持ってたのだろう。或いは、わが子に甘くて、見境《みさかい》がなかったのかも知れない。

どっちでも、いいのである。私としては、自分が老年に達した今日でも、父に対して、愛慕を忘れないのは、父が寛大だったということが、理由らしい。

(子供には、寛大にしなければ、いけない)

私は、その信条で、わが子に対してるのである。人から、招待を受けた場合にも、対手の迷惑でない限り、わが子を、連れて行きたかった。

「ダメよ、大人ばかりの会に、子供を連れてくなんて……」

そういう場合に、妻は、強硬に反対した。恐らく、彼女は、幼少の時に、大人と子供を、厳格に区別する習慣の下に、育ったのだろう。私は、そういう父を持ったから、その点は、ノンキだった。

「そうか。ダメなら、おれは、子供と留守番するから、お前だけ行け」

私は、幼い子供を、孤独で捨てとくのが、忍びなかった。父親譲りの甘さからなのだろう。

それでも、結婚式の披露の時には、夫婦だけで、出席する外はなかったが、いつか、子供も、留守番を甘受する、年齢になってきた。

「その代り、チャーシュー・メン、とってね」

代償として、彼の要求するのは、いつも、シナ・ソバだった。どういうものか、シナ・ソバが好きで、箱根宮ノ下のフジヤ・ホテルで、食事した時でも、チャーシュー・メンを、要求して、母親を、慌《あわ》てさせた。

外国の家庭では、大人と子供の区別がきびしく、ことに、フランスでは、その傾向が強い。よほどの貧窮者でない限り、両親と子供の寝室は、別であり、夜も、食事が済むと、間もなく、子供は、寝室に追い立てられてしまう。両親が、パーティーへ招かれる時も、無論、子供は、連れて行かない。劇場やキャフェも、子供の立ち寄る場所ではない。公園にだって、両親が散歩に行っても、子供は留守番させる家もある。

すべて、夫婦本位であり、両親が中心である。そこから、家庭の秩序を、生み出そうとするのだろう。また、その方が、子供の正しいシツケだと、考えられてるのだろう。

それを、悪いというのではない。私も、若い頃は、フランス方式を学ぼうと、考えてた。そして、

「うちは、子供本位でして……」

そんな、アメリカかぶれの奥さんを、軽蔑した。

しかし、私が年とってから、男の子の親となって見ると、どこの国の方式も、問題でなくなった。自分の考えで、子供を育てて行きたくなった。もっとも、自分の教育方針というものが、ずいぶん怪しげであることを、後に、思い知らされたが、とにかく、自分の経験を、土台にする考えだった。

すると、私が幼時に、父から受けた扱いが、一番いいように、思われた。この年になって、私が〝父恋い〟を持ってる――つまり、父への感謝が、未だに一ぱいなのだから、あのよう

な行き方で、私もわが子を育てたいと、思った。

（寛大が、一番いいのだ）

私は、それを、疑わなかった。

父の叱言《こごと》というものを、私は、思い出すことができなかった。いつも、母が、叱言係りだった。父は、寡黙な人だったが、それでも、私には、賞《ほ》め言葉を、口外してくれた。習字の清書を、父に示すと、

「うん、これなら、二重丸だ」

と、いつも、いってくれた。習字の点は、朱書きで、丸や二重丸がつくのだが、私は、丸だけの時が、多かった。

父は、寛大教育主義を持ってたというよりも、わが子に叱言をいうのが、面倒で、不愉快だったのだろう。その気持は、今の私に、よくわかるのである。私も、何とかして、わが子に叱言をいわずに、済ませたいのである。私の精神衛生上、子供を叱ると、予後《よご》がよくないのである。

母は、自然と、叱言係りを、引き受けたが、それで、よかったのかも知れない。母が、敵《かたき》役《やく》に回って、気の毒だけれど、両親のどちらかが、厳格であることは、必要なのだろう。子供にとって、両親が揃ってることが、幸福であるというのは、父と母の愛が、斉唱でなくて、合唱の調和を、齎《もたら》すからだろう。普通、父が厳格で、母が寛大なことになってるが、わが家の家風は、逆だった。

ところが、今のわが家は、そういう調和が、保たれてると、自慢できなくなってきた。妻が、叱言係りの資格に、欠けてるのである。彼女は、初婚の時に子がなく、私の家へきて、高年者分娩のただ一回の経験を得たせいか、わが子に盲愛の傾きを、免れない。つまり、甘い親が、二人、揃ったことになる。

私は、母のように、妻が叱言係りを、引き受けてくれることを、希望するのだが、彼女は、それを放棄してる。私は、それを、不幸と考えるが、どうにもならない。私の親類で、両親とも、子供に厳格な家があり、父と母とが協同して、男の子を折檻《せっかん》してる現場を、よく見せられたが、その子は暗く、ヒネくれて育った。両親揃って、甘いのと、どちらが優ってるのか——

〝七つ八つは、憎まれ盛り〟という諺《ことわざ》があるが、わが子も、その年齢に達した。幼児期の終りで、一応、口も達者にきけるようになり、生《なま》もの知りで、大人を怖れなくなり、無邪気さを、失ってくる。

私も、ずいぶん、その例を見てる。私は、若い頃から、子供が好きで、幼い従弟《いとこ》たちを、何人も可愛がったが、五つぐらいの時に、天真さに溢れた子が、学齢になって、急に、小憎らしくなるのが、例だった。もっとも、小憎らしくなる子の方が、頭がよく、学校の成績もいい、傾向があった。

ところで、私は、わが子も、追い追い、小憎らしくなるだろうと、秘《ひそ》かに、様子を見るのだが、一向、その兆《きざ》しがないのである。

慶応幼稚舎というところは、私の在学した昔から、大人を怖れない、小ナマイキな気風があって、教師に対する気持も、他校の小学生とちがい、形式的な尊敬を、示さなかった。

うちの子供も、受持教師のことを、親に話す時に、〝タカ・セン〟と、呼んでた。

「何だ、タカ・センて？　渾名《あだな》か」

「渾名じゃないよ。高橋先生だから、タカ・センなんだよ」

彼は、当然のことのようにいった。

「じゃア、中村先生なら、ナカ・センか」

「そうだよ。みんな、そういってるんだよ」

教師の名を、そんな風に省略するのが、近頃の幼稚舎生の習慣らしかった。

「先生は、知ってるのか」

「それア、知ってるさ」

「知ってれば、怒るだろう」

「怒るもんか。自分だって、タカ・センて、いうよ……」

それを聞いて、驚いた。やはり、時代が、変ったのである。私が幼稚舎生だった頃には、蔭では、無礼至極な渾名で、教師を呼んでも、表面は、戦々兢々《せんせんきょうきょう》としてた。〝何セン〟というのは、渾名でなくても、その省略法は、師に対する礼ではないだろう。

しかし、その〝タカ・セン〟は、大学部を出て、すぐ教師になった若い先生で、恐らく、教師のうちの最年少者で、いかにも若々しい、青年だった。下町の商家の息子で、ノビノビと育った人らしく、新参ではあっても、独自の方針で、進む考えらしかった。受持教師は、卒業まで、持ち上りだから、一貫した設計を、立てる、必要があるのだろう。

「一年生の一年間は、ノンビリ遊ばせますよ。あまり、勉強させません。その代り、二年生になったら、ギュッと、締め上げますから……」

父兄会の時にも、〝タカ・セン〟は、そう宣言したそうだが、実際にも、授業は、きびしくなかったようである。

そして、土曜の午後とか、日曜日でさえも、先生は学校へきて、受持ちの生徒と、ソフト・ボールなぞをやった。わが子は、それが、いかにも、うれしいらしかった。

「今日も、〝タカ・セン〟と、野球やるんだ。また、きっと、アイスクリーム、おごってくれるぜ」

子供の話を聞くと、試合の後で、先生は、近所の店へ電話をかけ、アイスクリームとか、ラーメンなぞを、取り寄せて、運動場で、生徒に食べさせるらしかった。家で食べるお八つよりも、子供にとっては、よほど、愉しいらしかった。

「そうか、いい先生だな」

私は、そういう受持先生に当ったことを、喜んだ。とはいっても、二十人以上も集まる生徒に、その度にご馳走しては、先生のポケット・マネーも、大変だろうと、思った。何か、返礼の道を考えたが、妻は、生徒の母たちの慣例で、盆や暮れに、ちょいとした物を贈ることになってると、答えた。何だか、それだけでは、悪い気もした。

とにかく、気前のいい先生で、坊ちゃん育ちらしかった。そして、職業的でないところが、青年教師らしく、気持がよかった。

ある日曜に、子供は、〝タカ・セン〟の集まりに出かけようとして、何か、元気がなく、行き渋った。私は、彼の額に、手を当てて、熱でもあるかと、思った。突発的に、高熱を出す癖があり、この頃も、絶えなかった。

しかし、その心配はなかった。

「どうしたんだ？」

「ほんとはね、ぼく、人のバット借りるのが、いやなんだ。ぼくのバット、子供用で、短いんだよ」

「何だ、そんなことか。じゃあ、青山一丁目の運動具屋で、買ってけばいいじゃないか」

平素は、ネダリゴトが得意なのに、ガラにない遠慮をしたのが、おかしかった。それでも、妻が一緒に、運動具屋へ行って、バットを買ってやると、大喜びで出かけた、ということだった。

それから、間もなく、子供は、風邪をひいた。いつもほど、高熱を出さなかった。そして、平熱に下った日に、ある雑誌から、吉川英治一家と、私の一家とを、横浜に招く会があった。吉川英治も、私も、横浜出身なので、故郷を歩く会というような、催しだった。

「子供を、どうする？」

私は、発熱の後だから、多少の危惧を、感じた。

「もう、平熱ですもの。大丈夫ですよ」

妻は、遊び好きだし、子供が行けなければ、自分も留守番と、思ったのだろう。じきに、外出の支度を始めた。

横浜では、旧居の月岡町の方まで、行って見たが、すっかり地形が変って、見当もつかなかった。元町や、港の方へも行き、子供は、マリン・タワーというのに昇って、ご機嫌だった。帰りに、〝太田の縄のれん〟といって、明治初年からある、ブツギリの牛鍋を食わせる店へ寄って、晩飯を食べた。

しかし、その翌日は、子供の元気がなくなった。通学させるどころではなかった。体温を計ると、七度三分ほどあった。

「それ、見ろ、横浜へなんか、連れて行くからだ」

私は、妻に文句をいった。

そして、子供の熱は、どんどん、上り始めた。きっと、風邪をコジらせたのだろうと、思った。そして、いつも診察して貰う、赤十字の小児科の先生に、来て貰った。

医者は、妻の書いて置いた熱の表を見て、

「ははア、これは、典型的な、ハシカの熱ですね」

と、いった。そして、口腔や背に、もう、発疹が始まってる、ということだった。

「ハシカですか」

そういったものの、私は、安心していいか、心配していいか、わからなかった。子供は誰でも、一度はやる病気であり、わが子も、ある程度の体力を、備えてきたのだから、大したこともなく、パスするだろうと思われ、また、余病を併発して、虚弱になりはしないかと、案じられた。そして、参考に、長女や私自身のハシカに罹った記憶を、辿《たど》って見たが、不思議なように、両方とも、思い出せなかった。自分が幼なかった時のことは、よく覚えてるのに、実に、きれいに、忘れてた。

子供の熱は、医者が帰った後で、急速に、上り始めた。正午には、九度七分という、高熱になった。瞼《まぶた》が、赤く腫れ上り、顔にも発疹が始まり、人相が変ってきた。

(これア、いけない。死ぬんじゃないか)

ハシカは、生命に関係ないといっても、わが子の場合に、例外が現われない保証はなかった。

長女が幼なかった時に、重い病気にかかると、私は、すぐ、死ぬのではないかと、思った。私は、少し、慌て者なのだろう。その頃は、娘と二人きりの生活で、苦境時代だったが、それでも、私は若く、もし、彼女が死んだとしても、私の打撃は、決定的ではなかったろう。でも、今は、そうはいかない。私は老い、余力を失ってる。わが子を奪われたら、私の生活も、どういうことになるのか。それは、私自身の老後の毎日を、まるで、変ったものにしてしまうだろう。

私は、度々、病室を覗きに行き、枕もとに坐るが、何か、切なくなってきて、長くはいられなかった。

　そこへ行くと、女は大胆であり、

「大丈夫よ。ハシカじゃありませんか。じきに、癒《なお》りますよ」

と、妻は、ひどく、落ちつき払ってた。

その日が、峠《とうげ》らしく、夜になると、子供は、半睡半醒で、脳症らしいものを、起した。

「ママ、壁の中に、一つ目小僧がいるんだよ。そいから、機関車も、走ってるんだよ……」

　弱々しい、シャガれた声で、そんなことをいった。私は、もう、絶望的ではないのかと、居たたまれない気持になった。

　翌朝になると、熱が、八度五分に下った。その代り、顔も、手肢も、すっかり発疹して、赤いシャツを着たようなことになった。カブキ芝居に出てくる、俊徳丸という少年の人相に、似てきた。そして、方々が、痒《かゆ》い、痒いと、訴えた。医者は、順当な経過だというけれど、私は、まだ、安心ができなかった。

　その頃、私は、去年約束した、朝日新聞の小説の掲載期がきて、毎朝、机に向ったが、階下の寝てる病人が、気になってならなかった。もし、病状が悪化したら、とても、執筆はむつかしいが、こんなに時期が迫って、別な作家を立てることは、新聞社としても、不可能だと考えられ、頭を抱える外はなかった。

　しかし、翌日になると、病児の熱は、七度になり、また、一日経つと、六度三分になった。まだ、眼が少し赤いが、急に元気になり、ジッと、寝ていなかった。

「来週になったら、学校へ行ってもいいでしょう」

医者が、そういうのを、私は、唖然《あぜん》として、聞いた。

まるで、台風が、一過したようなものだった。ハシカとは、そんなものなのかと、心配した自分が、バカらしくなった。

その日は、春が近くても、まだ寒く、晴れた空が、薄暗くなる頃に、私は、散歩に出た。動揺の後の安心で、何か、外の空気が吸いたくなった。

凍るような夕風が、吹いていた。外套を着ても、寒さが、身に滲《し》みた。

そして、歩みを速めて、家へ帰ってきたのだが、ストーブで暖められた室内へ入ると、頭が重くなり、思考の回転が、正常でなかった。そして、妻に話しかける言葉が、もつれて、舌に鉛でも結びつけられたようだった。

(来たかな?)

私は、脳出血の症状かと思い、ソファで、暫らく、横になった。でも、それ以上に、異変はなかった。

子供の病気の心労が、響いたのかと、思ったが、私の体の老化は、どっちにしても、明瞭な事実だった。

(もう、老人なんだぞ、長生きは、望まれないんだぞ……)

わかりきったことを、私は、自分にいい聞かせた。

やがて、春がきて、子供は、三年生になった。

二年を終る時の成績は、よくなかった。Aが、一つもなかった。Aというのは、通信簿へ載る採点で、最高だったが、Bが多く、次ぎはCで、最下のDは、一つもなかったにしても、せいぜい、中位の成績だった。

「いやだわ、Aが一つもなくなって……」

妻は、ひどく、不満そうだった。

二年生になってから、受持教師は、宣言どおりに、急に、宿題を多く課し始め、授業の態度も、きびしくなったらしかった。その変化に、子供は、蹤《つ》いて行けないようだった。一年生の時の寛大さに、慣れてしまって、学校とはそういうものと、思ってたのだろう。

数学や英語や、唱歌や体操の点が、悪かった。

でも、私は妻と反対に、好成績でなくても、ちっとも、苦にならなかった。

「学校なんて、中位で、結構なんだぜ。ビリだって、かまわないんだけれど、劣等感を持たされると、後まで祟《たた》るが、まん中あたりなら、心配することないよ」

それは、私自身の小、中学時代の経験から、生まれた判断に過ぎなかった。私の成績は、いつも、中位だった。中学三年の時に、落第したのは、前に述べたような、不測の理由があったからだった。人間は、学校の成績が優秀でなくても、自分の心がけ次第で、知識人になれるし、幸福な家庭も、営まれるはずだ。

「そうか知ら。でも、成績がよくなければ、慶応のように、自然に上の学校へ行けるところでも、転校させられることがあるんですって……」

妻は、どこで聞いてきたのか、成績不良の幼稚舎生や普通部生は、諭旨《ゆし》転学を命じられるということに、怯《おび》えていた。

「でも、普通の成績なら、そんなことはなかろう」

「それにしても、少しでも成績が上る方がいいわ。就職の時だって……」

「ずいぶん、先きのことを、考えてるんだな」

「お嫁さんだって、成績のいいお婿さんでなければ、いい人はきてくれないわ」

そこまでいわれると、私は、笑い出す外はなかった。

女というものは、それほど、秀才好きなのだろうか。私は、秀才といわれても、ずいぶん、つまらない人間を、見てるから、考えはちがうが、妻だって、わが子を秀才に育てたい、遠大な志を、持ってるか、どうか。それよりも、P・T・A的心理で、よその子供よりも、わが子の通信簿に、少しでもAの多いことを、望んでるだけではないか。それは、母親の虚栄心に過ぎず、捨てて置けば、〝教育ママ〟に移行する、危険があった。

私は、戦後に生まれた〝教育ママ〟というものを、好まなかった。教育ということを、どう考えてるのか。学校でいい点をとることだけを、教育の目的と、考えてるのではないか。そして、優良校をよい成績で、卒業できれば、理想が達成するのではないか。

母親が、わが子の教育に熱中するのは、当然のことにしても、考え方が、あまりに功利的で、狭小過ぎはせぬか。

そういう教育観のもとには、小学校時代から、わが子を、絶間《たえま》ない、勉強の地獄へ、追い込まなければならない。学校から帰ってきた子供に、呼吸《いき》つく間もなく、予習や復習を課さなければならない。

「さ、勉強おしなさい」

晩飯まで、机に対《むか》わせ、また、食後も、督励が続く。子供の休息は、睡眠時間以外にないわけである。

　べんきょう

がっこうからかえると

おかあさんは　すぐ

「べんきょうしなさい」

という

　ぼくは

さんすうドリルをやる

ぼくがまちがうと

おかあさんは

ものさしで　ぼくをぶつ
だから　ぼくは
べんきょうが
だいきらいだ

ある新聞に、都内のある小学校二年生の子供が書いた詩が、出ていた。それを読んで、私は、涙が出そうになった。子供の叫びに、と、声援を送りたかった。私はその〝教育ママ〟を憎み、入学難という現象をひき起させた、日本政府を憎んだ。
「もっともだ、もっともだ」

あのバカバカしい、日本名物の入学難ということさえなければ、〝教育ママ〟の数も、半減するだろう。だから、直ちに彼女等を責めるのは酷だが、それにしても、少し、調子に乗り過ぎたところがある。平気で、劇薬をわが子に服用させてるではないか。それを、少しも反省しないではないか。私はそれを、女の浅知恵《ぢえ》と呼ぶ。

しかし、他人のことは、どうでもいい。私の妻が、ややともすれば、〝教育ママ〟の方向へ傾こうとするのは、何としても、防がなければならない。

「幸いにして、進学エスカレーターのある学校にはいれたんだから、その恩典を活用すべきだよ。あんまりムリな勉強は、させないでくれ。幼稚舎生というのは、ノンビリしてるのが、昔からの特色なんだから……」

私は、学校の成績は、無論のことだが、頭脳の問題も、子供にとって、絶対の重要事とは、思えなかった。頭なんか、よくなくてもいい。体と、それから、性根をよくすれば、大抵のことは、切り抜けて行けると、考えてた。それには、不自然なことを、なるべく、強いてはならないと、考えてた。

「そうおっしゃるけど、捨てとけば、子供なんて、いやなことは、何一つしやアしませんよ——勉強だって……」

妻は、納得しなかった。

「それア、知ってるよ。勉強だって、させるがいいさ。だけど、不自然な勉強を、させることはないよ。学校から帰った子供に、すぐ勉強というのは、まちがってるよ。遊ぶ本能を、全部、抑圧しちまったら、不自然だよ。勉強は、まア、一時間ぐらいで、いいんじゃないのかな」

「一時間ぐらいじゃ、とても、追いつかないわ。お宿題だって、とても、大変なんですもの……」

妻は、なかなか、頑強だった。

「だけどね、子供をムリに勉強させようとすると、当然、勉強すまいとする抵抗が、起ってくるぜ。勉強ぎらいの子というのは、みんな、それなんだ。それだと、アブハチとらずになっちまう……」

「そうね。それは、確かにあるわ。うちでも、現に、始まりかけてるのよ」

長く話してれば、妻も、私の説に、耳を傾けるようになるが、二、三日すると、また、疑似〝教育ママ〟に、返ってしまって、私を落胆させた。

それは、父兄会の集まりなぞがあって、他の生徒の母親と、会うからだった。その中には、真症の〝教育ママ〟もいるようだし、残りの全部も、疑似患者ばかりで、互いに、自分の子の勉強について、語り合うのである。といって、自分の子が、どれだけよく勉強してるかという、率直な自慢競べではないらしい。逆に、うちの子は遊んでばかりいるが、お宅さまはどんな勉強をやらしてるかと、探り合いをやるらしい。場合によっては、抜け駆けを試みる腹でもあるのか。

とにかく、母親の競争心が、かなり熾烈《しれつ》らしく、そういう集まりから帰ってくると、妻は、元のモクアミに戻ってた。

そして、学校から宿題でも出ると、夢中になって、手伝ってた。いや、手伝うというよりも、彼女自身で、全部やることさえあった。ある時は、立体地図をつくる宿題で、わが子は、箱根山付近の山岳の多い場所を、受持った。ピンセットなぞを使って、山の起伏をつくり、色彩を塗り、ニスで仕上げをする仕事だった。無論、子供はお手上げで、妻が、それをやった。

「母親がやったんじゃ、宿題の意味がないじゃないか」

私は、妻を詰《なじ》った。

「でも、こうしなけれア、間に合やしませんもの。どこのお母さまも、手伝ってらっしゃるわ」

私は、その矛盾《むじゅん》に驚いたが、更に驚かされることを、聞いた。

「こんな宿題は、三年生には、手にあまると、思うんだが、学校では、どういう考えなんだろうな」

「それア、お母さま方が手伝うことを、先生も、知ってらっしゃるのよ」

「そんな、バカなことはあるまい。母親に宿題を課す権利も、責任も、先生にはないはずだよ」

「それが、あるのよ。そうやって、母親が、自分の子供の勉強に、関心を持って欲しいと、先生がおっしゃるのよ」

それを聞いて、私は、啞然としてしまった。

今の学校の先生というものは、途方もないことを、考えてるらしい。私の小学生時代には、宿題を親に手伝わせるのは厳禁で、最も悪いこととされてたが、今では、逆になったらしい。宿題というものは、母親を目標にして、出されるらしい。

宿題に限らず、家庭へ帰ってからの子供の勉強は、母親が手伝わなければ、追いつかぬようにできてる。それが、普通事だと、されてるのである。母親は、そんなヒマなものだと、思ってるのだろうか。或いは、母親は、そんな全能なものだと、考えてるのだろうか。

明らかに、学校側が、まちがってる。母親は勇気をもって、その不当を鳴らせばいいのに、順応して、〝教育ママ〟の名に甘んじてしまうのは、情けないことだ。

(わが子にも、そろそろ、親友ができていい時なのではないか)

私は、ある日、ふと、そんなことを考えた。

女の子は、どうか知らないが、男の子にとって、親しい、一人の友達ができるのは、普通に考えられる以上に、重要なことを、私は知ってる。子供のうちのみならず、青年になっても、中年、老年に達しても、男というものは、友人が必要らしい。愛人を持ち、やがて、妻を娶《めと》っても、同性の親友の必要度は、少しも、変らないのである。親に語れないこと、妻に打ち明けられないことでも、親友に対しては、平気で口にできるというのは、考えれば、不思議なことである。

ことに、青年期には、親友が空気よりも、大切に思える。友情が、肉親に対する愛以上に、貴重と思える時がある。その頃は、友人を選択する能力が始まり、この男ならと思って、親友となるのである。ことによったら、結婚の予行演習のようなものかも知れないが、妻帯によって、親友は、一向、不要にならない。幸福な男性は、青年の時の親友と、生涯、友情を持ち続けるだろう。

親友を持つことで、男の生活は、どれだけ暖められるか、知れない。また、その影響も大きく、師以上の感化を受ける。

わが子は、まだ、小学三年生で、親友を選択する能力はなくても、親友を持ちたい要求は、すでに、始まってるだろう。男性である限り、その要求の芽は、小さな胸の底に、吹き出してるのである。

私が、生涯で最初の親友を見出したのも、三年生頃だった。私は、我儘に育てられたので、小学校へ入っても、友達が少く、お互いの家へ往来するほどの仲間は、一人もなかった。ことに、老松《おいまつ》小学校というのは、下町の生徒が大部分で、山の手住いの私には、気分も合わず、第一、近所に住んでる同級生は、誰もいなかった。

でも、私は、友達が欲しかった。今とちがって、学校から帰れば、遊ぶ以外に、することはなかったので、弟対手では、もの足りなかった。また、弟は、私と反対に、友達交際《づきあい》がよく、勝手に、遊びに出かけた。

その頃、私は、同級生の中尾の進《しん》ちゃんと、ふと、仲よくなったのである。仲よくなったということは、その前提として、何となく、進ちゃんが好きになったのだが、そのことは、軽視すべきでない。やはり、幼い者として、一つの選択行為を働かせてるのだろう。

中尾の進ちゃんは、ひどく素直で、温和な子だった。といって、弱虫で、卑怯者ということはなかった。ただ、あまり、目立たない同級生であることは、確かだった。

そういう進ちゃんが、ふと好きになった理由は、学校の運動場あたりで、遊んでる時に、私の我儘な態度を、容認してくれる対手だと、発見したせいかも知れない。

「おれん家《ち》へ、遊びに来ないか」

と、私が誘った。

彼は、学校の帰りに、私の家へきたが、私の母も、彼の姿を見て、満足そうだった。というのは、進ちゃんが、小ざっぱりした、紺がすりを着、小倉《こくら》の袴をはき、一見して、山の手の子供らしかったからだろう。当時の小学生は、和服に袴が通常だったが、下町の生徒には、着流しで登校する者もあった。

事実、進ちゃんは、山の手の子で、同じ野毛山の北端に、家があった。往来から、長い石段を登ったところに、広く生垣を回《めぐ》らした家で、そこへ、私も、度々、遊びに行くようになり、時には、泊ってくることさえあった。

進ちゃんの父親は、貨物船の船長で、ほとんど家にいず、私が顔を見たのも、ただ一度だけだった。進ちゃんによく眼つきの似た人で、濃いヒゲを生やしてた。母親の方は、いつも丸髷に結い、色の白い、甲高《かんだか》い声を出す人だった。進ちゃんの兄がいて、二つちがいぐらいだったが、顔つきは、母親そっくりだった。他に、妹が二人いた。

進ちゃんの家の人は、皆、いい人だった。母親は、丁寧な言葉使いをする人だったが、ほんとに親切に、私を扱ってくれた。兄の竹ちゃんも、兄貴ぶらないで、一緒に私たちと遊び、私が帰る時に、

「もっと、遊んどいでよ。泊ればいいじゃないか」

というのは、きまって、彼だった。そして、進ちゃんの妹も、人懐っこい子だった。家じゅうで、私を迎えてくれるから、私もうれしくなり、彼の家へ行くのが、愉《たの》しみだったが、一度だけ、怖い光景を見た。

きっと、夏休みの一日だったろう。私は、進ちゃんの家へ遊びに行き、彼と二人で、客座

敷で、遊んでた。二間《ふたま》続《つづ》きの部屋があって、裏の方が父親の居室らしかったが、その時は、留守だった。そして、客間の方は、庭に面し、大きな百日紅《さるすべり》の木があり、赤い花が咲いてた。奥の方から、ドタバタと足音が聞え、兄さんの竹ちゃんが、飛び出してきた。その後から、お母さんが、大きな声を出しながら、追ってきた。でも、駆足《かけあし》ではなく、堂々とした歩き方だった。ただ、驚いたことに、お母さんは、抜き身の日本刀を、提げてるのである。

「さ、お出で。斬ってやるから……」

そういって、彼女は、竹ちゃんを、追ってきた。

何か、竹ちゃんが、よくないことをしたのだろう。私の母親も、指尺《ものさし》ぐらいを持って、私を追うのは、屢々《しばしば》だった。その時分の母親は、男の子に対しても、威嚇教育を行った。それにしても、日本刀を用いるのは、異例であり、ことに、態度の優しい、進ちゃんの母親の所業として、意外だった。私は、怖くなり、小さくなって、丸髷に結った彼女の立ち姿を、見上げた。でも、よく見ると、その日本刀は、錆《さび》だらけだった。私の父の遺品の居合刀《いあいとう》だって、もっと、光ってた。

竹ちゃんは、庭へ飛び出し、花の咲いてる百日紅の木に登って、太い枝に腰かけた。そこまでは、母が追って来ないことを、知ってたのだろう。

「ご免よ。もう、しないから……」

彼は、そこから、哀願の声を出した。

「いいえ、勘弁しないよ。今日は、どうしても、斬ってやるから……」

母親は、縁側に立って、持ち前の高い声を、一層、高くした。その気勢に怯《おび》えて、何も関係のない進ちゃんまで、庭へ駆け降りて、別な木の上に登った。

私一人になって、なお怖くなったが、それでも、腹の底では、彼女が威嚇を行ってるので、ほんとに、子供を斬りはしないのだとも、考えてた。母親というものは、好んで〝オドカシ〟をやるものである。ことに、刀が赤く錆びてる点が、危険性を減殺するのである。恐らく、木の上に逃げてる竹ちゃんにしても、全身の恐怖は、味わわなかったかも知れない。

それでも、進ちゃんの母親は、ずいぶん執拗に、縁側へ長く立ってた。そして、木の上の竹ちゃんを、威嚇し続けたが、やがて、根《こん》が尽きたのか、それとも、威嚇の目的を、充分に果したからか、奥の方へ、引き揚げて行った。

安全を見届けてから、竹ちゃんも、木から降りてきた。そして、キマリ悪そうに、私を見て、

「こういう時ア、家にいねえ方が、いいんだよ。ちょいと、外へ遊びに行ってくるよ」

と、ハダシで、裏木戸へ回って行った。彼の態度は、もの慣れていたし、恐らく、日本刀の威嚇も、今日が始めてではなかったのだろう。

しかし、それは、明治の一風景として、今でも、私の眼に灼《や》きついてる。恐らく、進ちゃんの父親は士族で、母親も、武士の娘だったのだろう。それで、刀剣が家に残ってたのだろうが、子供の威嚇に、それを用いたというのは、封建の母の遺風を、そのまま行ってたのだろう。維新から、まだ三十数年後で、明治とは、そんな時代だったのである。

次ぎに、私が進ちゃんの家へ行った時には、彼の母親も、いつもの柔和で、親切な態度に、返ってた。あの日のことは、ケロリと忘れた顔つきだった。つまり、あの種の威嚇は、当然なすべきことで、気にしてないという証拠だった。

私は、進ちゃんと、いよいよ仲よくなり、私が慶応幼稚舎へ入るまで、毎日のように、遊んでた。彼の方からも、度々、私の家へ泊りにきた。彼の母親も、訪ねてきて、家と家との交際が、始まった。

横浜の小学校時代のことを、考えて見ると、進ちゃんとの交際だけが、明るく、懐かしい。今もって、私は、彼の温和な顔や、声や、態度を、アリアリと、思い浮かべることができる。彼と遊んでると、何か愉しく、一度だって、喧嘩をしなかったことを、想起することができる。幼くても、気の合う友達というのは、存在するので、私は、幸運にも、進ちゃんに、行き当ったのだろう。彼との交際期間は、ほんとに幸福だったし、それによって、私の自閉児的傾向は、どれだけ救われたか知れないと、考えてる。

だから、わが子にも、最初の親友を、与えたいのである。私が進ちゃんと、仲よくなったのは、小学三年頃からだから、わが子も、もう、その幸福を享受できる、年齢なのである。そして、わが子は、私とちがって、兄弟がないのだから、一層、親友の必要があるわけである。

「おい、誰か、子供が仲のいい友達って、ないのかい」

私は、妻に訊いて見た。

「そうね、I君なんかとは、親しいらしいわね」

妻のいうI君という同級生は、家が信濃町にあるせいか、帰校の時に、よく、電車が一緒で、時には、家へ遊びにくることもあった。顔も、体も、細長い、都会児風な子供で、学校の成績がよく、神経質そうでいて、ノンビリしたところもあった。その上、彼の母親も、〝雅樹ちゃん殺し〟事件で、私の家と同じように、車を買い、母親が運転して、通学してたので、妻との交際も、一番、親しいらしかった。

「I君と、もっと、遊ばしたら、どうだ。気が合うんじゃないのかね」

私は、何度も、妻にいった。もっとも、少年にとって、どういう理由で、親友が必要かということまでは、いわなかった。

そのうちに、わが子とI君の交際は、次第に、伸展してきた。先方が、わが家へ遊びにくるばかりでなく、わが子の方から、出向くことも、多くなった。食事時間になっても、まだ、帰って来ないので、妻がI君の家へ、電話をかけると、わが子が出てきて、

「今、とても面白くて、帰れません」

と、切り口上で答えたといった。そして、夜食のご馳走になって、九時頃になって、I君のお母さんの車で、送られてくることが、よくあったが、その車にI君も乗っていて、また、わが家で、遊びの続きを行い、キャアキャアと、騒ぎ回った。

(これで、うちの子にも、親友ができたかな)

私は、一安心した。

しかし、その後の様子を、注意してると、昔、私と中尾の進ちゃんとの友情のようなものは、どうも、生まれてないようだった。第一、わが子が、我儘だった。I君が来ると、ひどく喜んで、昂奮するくせに、急に、ツムジを曲げることが、よくあった。

「もう、あんな奴と、遊ぶもんか」

I君が帰ってから、そんなことを、いう時もあった。もっとも、一週間もたつと、再び、旧《もと》のような交際を、始めるのだが、私と進ちゃんは、そんな断絶が、起ったことがなかった。I君は、末ッ子で、甘ッたれのところもあるが、ノンキな一面もあった。そこが、神経的なわが子と、調和するだろうと、思ったのだが、我儘という点で、変りがなかったのだろう。私と進ちゃんのように、日増しに、友情が濃くなって行く、様子はなかった。

(今の子供は、昔のように、友情の要求がなくなってきたのかな)

私は、そうも思って見た。要求があるにしても、瞬間的、衝動的なのではないか。大人の間でも、その傾向があるが、子供の世界に、影響するのか。親友なんてものは、時代おくれの産物になったのかも、知れなかった。

(でも、男の子にとって、親友は必要なんだがな)

私は、どうしても、諦めきれなかった。

そのI君のところで、家庭教師をつけてるということを、妻が聞き込んできて、

「I君なんか、よくできるのに、先生にきてもらってるんですよ。うちでも、何とかしなく

ちゃア……」

と、私に、せっついてきた。

私は、気が乗らなかった。第一に、わが子が、そんなに成績がよくならなくてもいい、という腹があり、また、家庭教師を雇うというのは、富豪か何かの所業だと、考えてた。私が横浜の小学校にいた頃に、平沼という富豪の息子が、通ってきたが、いかにも無気力な子供で、その上、家庭教師（その時分には、まだない語だったが）に付き添われ、登校してきた。私たちは、平沼を、ずいぶん軽蔑した。

「でも、あたし、子供の復習を見てると、とても、家のことやっていけないわ。それに、学科だって、だんだん、むつかしくなるし……」

妻は、承知しなかった。

「小学生に、家庭教師の必要があるのかな。装飾品じゃないのか」

「何でもいいから、うちでも、そうして頂戴。パパは、時代おくれで、今の小学校を、ご存じないのよ」

私は、いい加減に、聞き流してたが、ある日、友人の画家、益田義信から、驚くべきことを聞いた。

「君、大変な世の中に、なったもんだねえ。うちの通勤お手伝いさんは、中年の女だが、働きに出た理由というのを聞いたら、自分の子に、家庭教師をつけるためなんだ……」

最初は、よく意味がわからなかったが、よく聞いて見ると、彼女の良人というのは、職人であって、高収入もないところへ、一人の男の子が、小学上級生になり、中学入学が近づいてきた。しかし、優秀中学受験の自信がないので、学校の先生に相談に行くと、それは、家庭教師を雇って、学力をつける以外に、方法がないと、いわれた。昔の先生だったら、受持ち生徒の学力は、自分の責任だから、そんなことはいわなかったと思う。

彼女は、家庭教師を探し当てたが、その給料を払う収入がないので、通勤家政婦を志し、始めて、私の友人の家へ、働きに出たのだそうである。

「なるほど、大変な世の中に、なったもんだ……」

私は、同感の嘆声を、発した。子供の家庭教師を雇うために、母親が働きに出るというのは、バランスのある社会の現象ではない。病気の親のために、娘が吉原へ身を売った時代と、あまり変ってない。とても、野蛮の臭《にお》いがする。その母親が、野蛮というより、そんなことを実行させる世の中が、野蛮なのである。

私は、それを痛感したが、その後、妻から家庭教師の問題を、うるさく迫られると、考えが変ってきた。妻も、〝大変な世の中〟の母親の一人であり、自分が通勤家政婦をやっても、家庭教師が欲しい組だろうと、思った。それが、野蛮な考えだといっても、通じるものではないと、思った。

「あたし、I君のお母さんと、話をつけてきたわ。I君のところへきてる先生が、とてもいい人らしいから、家へもお願いするように、いって頂いたの」

そこまで、話を進めたのなら、私は、反対することはないと、思った。しかし、どう考えても、小学生に家庭教師が必要とは、思えなかった。そして、私も、〝大変な世の中〟へ巻き込まれるのが、口惜しかった。このことに限らず、わが子の教育について、私の考えてることは、一つも通らず、いつも、世の中と同調する結果に、なってしまうのである。

結局、一週置きに、家庭教師が、I君の家と、私の家と、交互に来てくれることになった。そして、わが子がI君の家へ行ったり、I君がうちへ来たりして、一緒に教わった。子供たちは、それを喜び、その代り、勉強を忘れて、騒ぎ回った。

しかし、家庭教師のM青年を、私は一目見て、好感を持った。東大工学部の大学院にいるそうだが、品位があり、落ちついて、温和な印象だった。才気走ったところも、偏執《へんしつ》的な点もなさそうだった。この時勢でも、技術家畑の学生には、この種の青年が多いのかとも、思った。

M青年は、一週二回ほど、夕食後にきて、すぐ、子供の部屋へ入ってしまうから、私と話し合うこともなかったが、その人柄は、私の第一印象を、裏切らないようだった。私は、子供の勉強の補導ということよりも、べつな期待を、彼にかけるようになった。

(子供の伯父さんというには、少し若いが、従兄の代用ぐらいには、なるだろう。いい従兄は、いい先輩になってくれるものだ)

母の妹の長男で、Kちゃんと呼ぶ青年がいた。四つちがいの従兄だが、小学生から優良児で、一高、東大と進み、電気の技師になったが、私の青年時代に、よく人生問題を論じた。私は、彼の品行方正振りを、軽蔑しながら、結局、彼の真摯《しんし》さや、科学的思考を、尊敬した。

Kと比べると、M青年は、ちょっと烈しさが足りないが、技術家の卵らしい良識や、東大生らしい品格は、変らなかった。そういう人が、わが子の身辺にいてくれることが、私には、頼もしかった。まだ、わが子は、人生問題を論じる年でなくても、知的ムードを持つ先輩とは、接触するだけで、何かの感化を受けるのである。

それに、私の親類には、大学生の青年が、一人もいなかった。妻の血縁には、少しはいるようだったが、往来が少なかった。私の家へくる青年は、ジャーナリストか、俳優ばかりで、人物の型が、偏《かたよ》ってた。私は、その点でも、M青年の出現を、喜んだ。そして、たまたま、彼と言葉を交わす時でも、単なる家庭教師として、対するよりも、親類の青年であるかのような親しみを、示すことに努めた。

そのうちに、I君の家では、別な家庭教師を雇うことになって、M青年は、私の子供だけを、見てくれた。その方が、結果として、よかった。I君と一緒だと、半分は、遊びになってしまうからだった。

子供は、M青年のことを、〝Mセン〟と呼んだ。そして、私たちの前では、ずいぶん狎《な》れ狎れしく、先生と思わないような口をきくが、二人きりになって、勉強を始める時に、私が子供部屋の外を通り、聞き耳を立てると、

「先生、すると、ここんところは、この計算でいくのが、正しいんですか」

なぞと、学校の先生にいうであろうような、切り口上の言葉使いが、洩れてきた。私は微笑した。

しかし、せっかく、いい家庭教師がきてくれても、子供の学校の成績は、別に、好転しなかった。

それで、M青年の来ない日には、妻の勉強催促が、烈しくなった。夕飯が済むと、彼女は、強慾な借金取りのような、口調になった。

「さ、お勉強よ。どうしたの？」

自発的に勉強するような、子供ではないので、妻が一緒に、子供部屋へ行くのが、常だった。母親が側にいないと、机に向わない習慣が、いつか、ついていた。

「もう少しね。このテレビが、終ってから……」

子供の方でも、一寸延ばしの術を、心得ていて、決して、即座には、立たなかった。

「じゃア、いつするのよ」

「この漫画、七時半までなんだ」

「それが済んだら、きっとよ」

「ああ、きっと……」

毎夜、晩飯が終る頃から始まる、漫画テレビに、子供は、夢中だった。よほど、面白いものと見えて、食いつくように、画面を眺め、体を揺《ゆす》って、笑い声を立てた。クツ・クツ・クッと笑ったり、アハハと哄笑《こうしょう》したり、その愉快そうな声は、テレビ漫画を見る以外に、絶対に、家では、聞かれなかった。

「あんなに、面白いもんかなア。あれだけ面白がってれア、何か、いい影響があるんじゃないかな」

私は、世間でいうほど、漫画の害毒を、考えてなかった。

「いいえ、悪いことばかり、覚えるのよ。それに、テレビ漫画のせいで、勉強をしないんだわ。どこのお母さまも、皆さん、そうおっしゃるわ」

妻は、漫画が、大嫌いだった。蛇蝎《だかつ》を見るような、嫌い方だった。

「おれの子供の時だって、うつし絵というものがあってね」

私が、そんな話を持ち出しても、妻は、耳を傾けなかった。

うつし絵は、紙芝居の現われる、ずっと前の形態だった。恐らく、江戸時代の遺物だろう。人物の画き方も、純然たる末期浮世絵風であり、セリフも、カブキ芝居と、そっくりだった。まだ、父の生きてた頃、月岡町の家の遠くから、拍子木とドラの音が、聞えてくれば、

「あ、うつし絵だ！」

私は、飛び立つ思いになった。母親に、金をねだって、すぐ、外へ行き、うつし絵屋を、呼んできた。

紙芝居とちがって、街頭で、子供を集めてから、やるのではなく、呼ばれた家の門口へ、背負った舞台を、降ろすのである。私の家では、いつも、玄関の土間の中へ、入ってきた。

うつし絵のオジさんは、痩せた老人で、下町の言葉を使った。カブキ芝居の黒子《くろご》のような、衣裳をきてた。舞台も、黒い背景で、黒い紙の上に、彩色した人物や、簡単な樹木や垣根を画いてあるのだが、黒色が吸収されて、絵が浮き出す仕組みになってた。場面転換でも、人物の状態の変化でも、裏に画いてある絵を、クルリと回して、処理した。また、人物が寄ったり、離れたり、立回りをしたり、絶えず、活動するのである。その点、紙芝居とは異質のもので、人形芝居に近かった。

「今日は、何をやります?」

うつし絵のオジさんは、始める前に、きっと、私たちに聞いた。うつし絵というものは、一人で見ることはなく、姉や弟や、近所の友だちを、呼んでくるのが、常だった。

「孫悟空!」

私たちは、一つ覚えで、いつも、西遊記を望んだが、他にも、オジさんは、演目を沢山《たくさん》持ってた。

西遊記は、長篇であり、とても、一度では、見切れなかった。それに、一幕に一銭を、オジさんに支払わねばならず、母親から渡されるのは、せいぜい、五銭に過ぎなかった。

しかし、その五幕分の見物を、私たちは、実に愉《たの》しんだ。悟空でも、八戒でも、皆、その時に名を覚えたのだが、彼等が妖怪と悪戦苦闘する場面に、すべてを忘れる陶酔を味わった。武勇伝ばかりでなく、滑稽があり、エロがあった。鯉に化けた八戒が、池で沐浴《もくよく》してる仙女の赤い腰巻きの中に、首をつっこむという場面があり、幕末の遺物だから、そういう点は、ノンキだった。もっとも、私たちに、エロはわからず、滑稽として、ゲラゲラ笑った。うつし絵を見る間は、時のたつのを忘れ、五銭を使い終って、オジさんが帰る時は、ほんとに、悲しかった。日曜で、父が在宅だと、十銭分見れることもあったが、大享楽をした気分になった。

しかし、今考えて、興味が深いのは、うつし絵の浮世絵風の絵を、紙芝居のように、問屋で買ってくるのでは、なかったらしい。つまり、うつし絵屋のオジさんが、自身で画き、且《か》つ、演ずるのである。オジさんが、そういう絵を画くのを知って、私は、無性に欲しくなり、私にも画いてくれと、頼んだ。

「いいとも、だけど、十銭もらうよ」

それで、遂に、私は望みを果すことが、できなかった。

とにかく、うつし絵に対する、私たちの熱中は、一通りのものではなかった。毎日、うつし絵を見ることができたら、どんなに幸福かと、思った。それに比べると、今の子供は、毎日、テレビ漫画が見れるのだから、恵まれてる。もっとも、テレビ漫画より、うつし絵の方が、芸術的に優《すぐ》れ、また、子供の想像力に訴える点が大きく、愉しさからいったら、格段だったが、今も昔も、子供にとって、あの種のものは、欠かせないのだろう。

大人の考えで、テレビ漫画を見るなといっても、ムリだと、考えるから、私は、わが子と妻の争いに、子供側に立つことになりがちだったが、約束の七時半が来ても、テレビの前を離れず、次ぎの大人向きの探偵物なぞを、ズルズルと、見始める場合には、容《ゆる》さなかった。

テレビのスイッチを、切りに行かずにいられなかった。

「約束じゃないか。約束を守らなくて、どうするんだ」

もしも、わが子が、そういう場合に、素直だったら、私は、何の文句もなかったろう。しかし、彼は、しぶしぶ、テレビの前から、立ち上っても、必ず、反抗した。フテクサレ女のように、暴《あら》い音を立てて、自分の部屋へ行っても、故意に、勉強をしない態度を、示した。そして、母親との諍《いさか》いになり、昂奮して、ものを投げたりした。結局、その晩の勉強は、空白になることが、多かった。

勉強嫌いは、どの子供にもあると思うが、学習を嫌うというよりも、勉強の強制に対する、本能的な抵抗の形をとることの方が、私には、恐ろしかった。それは、勉強の問題以外にも、親への不信や、反抗となって、表われるからだ。

「オダてて、勉強させなさいよ。ムリ強《じ》いは、いけないよ」

私は、よく、妻に注意するのだが、子供に限らず、そういう人の使い方は、彼女に、最も不得手らしかった。彼女としては、自分が、子供の机に付き切りで、側から、居催促《いざいそく》をするのが、精一杯だった。

時には、子供が、泣き出すことがあった。

「勉強、いやだよウ。勉強したくないよウ」

まるで、幼児が医者の注射を、拒《こば》む時のように、大声をあげ、顔じゅうを、涙で濡らして、叫んだ。反抗が、甘えの形になって、表われてきたのが、私には、よくわかった。

どうも、子供というものは、オモチャの汽車のようなところがあった。レールの上に、正しく置いてやっても、うまく走るのは、僅かな時間で、すぐ、脱線して、腹を空に向けてしまう。それを、いちいち、拾い上げて、何度となく、レールの上に乗せてやるのが、親の仕事らしい。眼が離せないというのは、歩き始めた赤ン坊の時だけではなく、小学生になっても、中学生になっても、変らないのではないか。そして、そのような親の注意が、不断で、周到であればあるほど、子供は、自主性を失い、いわゆる過保護の状態になるのではないか。

（大変だな、親という役目も……）

私は、ひそかに、嘆息することがあった。親のすべきことと、すべからざることが、いかに多端で、重大であるかを考えると、父親というものは、とても、自分の職業に専念できるはずはなかった。子供の教育専門を、志す必要があるが、それでも、成功するか、どうか、疑問だった。それほど、親の役目は、大変であることが、わかった。

わが子は、いろいろの悪癖を、見せ始めたが、朝の起きしぶりも、その一つだった。七時になって、妻が起しに行っても、一度で起きた験《ため》しはなく、毎朝の諍《いさか》いが、通例になった。早く眼をさまし、二階の私の寝所へ、遊びにくるようなことは、まったく、見られなくなった。もっとも、イヤイヤの勉強を、夜半近くまで、強《し》いられるから、睡眠時間も、足りなくなったのだろう。

そして、ギリギリの時間まで寝ていて、顔も洗わず、朝飯も食べず、家を飛び出して行く時が、多かった。そんな風だから、ランドセルへ入れる学用品なぞも、間際になって、気がつくようなことがあった。

「何だよウ、なぜ、入れといてくんないんだよウ」

子供は、自分の罪なのに、逆に、母親に食ってかかった。

「ごめんよ、つい、忘れちゃって……」

それを、妻は、子供にあやまるのだから、ダラシがなかった。明らかな、過保護の状態だった。

「少くとも、学用品の始末ぐらいは、自分でさせなくちゃいけないよ」

妻が子供を送って、帰ってきてから、私は、文句をいった。私の幼時だって、それほどの我儘《わがまま》は、いわなかった。教科書や学用品は、風呂敷に包んで、登校するのだが、それぐらいのことは、自分でした。もし、母親の手を煩《わずら》わしでもしたら、ひどい叱言《こごと》を食ったろう。〝自分のことは、自分でせよ〟というのは、その頃すでに使われた、格言だったが、ことに、学校のことには、きびしかった。従って、母親が、宿題の手助けをするなんてことは、あり得なかった。妻なぞは、子供の勉強を督励したり、宿題を引き受けたりしてるうちに、自分も、一緒に、小学校へ通ってる気持になるのだろう。そして、つい、学校の時間割りを見て、その日に必要な本なぞを、ランドセルに詰めてやる習慣が、できてしまったのだろう。どっちにしても、昔には見られないことだった。

学校のことを、別にすれば、昔でも、過保護の子供はいた。私なぞも、その一人か知れないが、でも、私の母親は、厳格な一面があり、埒《らち》を超えはしなかった。近所に、熊倉という子がいて、母がいないのか、祖母に育てられてた。彼は、完全な〝おばあさん子〟であり、服装も、女の子に近いものを着せられ、男の子は乱暴を教えるからといって、一切、遊ばせなかった。学校の成績はよかったが、誰からも、嫌われた。そういう子供は、仲間から〝甘えッ子〟とか、〝家《うち》ッ子〟とか呼ばれ、軽蔑の的になった。子供の世界には、彼等だけの価値判断があるので、過保護の子は、意気地なしで、非友情的であることを、よく知っていた。

私は、わが子を、熊倉少年のようにしたくなかった。それで、あまり世話をしてやらぬよう、妻に注意するのだが、彼女は、そういう私を、嘲笑《あざわら》って、

「何よ、ご自分こそ、甘パパのくせに……」

と、耳にかけなかった。

私は、甘い父親にちがいないだろう。亡父が私に、寛大だったので、私もわが子に、同じようにしてやりたいのである。でも、わが子が、軌道を外れることをすれば、矯正したくなる。亡父が私に、叱言《こごと》をいったことを、記憶しないのは、一日の大部分を、彼が店へ出て、家にいなかったからだろう。私の悪癖を、眼にすることが、少なかったからだろう。

その代役を、亡母がやってくれたのである。叱言ばかりいう人だと、母は私に印象を残してるけれど、母としては、子供を軌道に乗せる役を、一手に引き受けたわけである。いわば、父は儲け役で、母は損な役回りだった。

私も、儲け役になりたいのだけれど、職業上、一日家にいるので、わが子の言動を、見る

機会が多く、寛大でばかりもいられなくなる。しかし、叱言をいうと、後が不愉快なので、なるべく、妻の受持ちに回したいのだが、妻の叱言と、私の叱言とは、まるで、性質がちがった。私が子供を叱りたい時には、妻はその必要を感じないらしく、その食いちがいに、溜息をつくことが、多かった。単なる夫婦の不調和なら、我慢するが、子供に及ぼす影響を考えると、黙っていられなくなった。

私の亡き両親は、夫婦として、どれだけ幸福だったか、知らないが、子供を育てることにかけては、各自の受持ちがきまり、バランスを保った夫婦だったろう。父が甘く、母が厳しく、それで、うまく行ってたのだろう。

今の私の家庭は、その点、まったくダラシがない。私は、妻の子供教育に不満を持ってるが、彼女の方でも、私に対して、そう思ってるだろう。少くとも、車の両輪のように、うまく回ってないことは、確かである。

わが子の欠点が、だんだん眼につくようになってきた——

幼稚舎では、級友を自分の家に招き合う習慣があり、わが子の親しい仲間を、三、四人、家に呼ぶのが、例だった。学校の休日の十一時頃から、彼等が集まってきて、一緒に午食をして、後は、家の中だの庭を、暴れ回るのである。

そういう日は、私も仕事どころでないので、なるべく、外出するのだが、その日は、家にいた。

家鳴《やな》り震動するような騒ぎが、始まったが、私は、苦にならなかった。男の子らしくて、爽快だと思った。長女が小学生時代にも、よく友達を家に連れてきたが、静かな代りに、スネたり、泣いたりする女の子が、必ずあり、私は、面倒だと思った。

そのうちに、彼等は、家の中の遊びに飽きて、庭へ出た。私は居間のガラス戸越しに、彼等の遊ぶ姿を、眺めた。自然に、級友を観察する私の眼が働き、わが子との比較を、求めた。三角ベースという野球を、始めると、わが子が、一番ヘタだった。これは、前に、外人の子のクリスティと、キャッチ・ボールをした時にも、気のついたことだった。きっと、野球は、向かないだろうと、考えた。

やがて、わが子は、野球をやめて、コンクリートの塀《へい》の上を、歩き始めた。ブロックの狭い幅を、交互に足を運ばせて、歩き回るのである。これは、わが子の得意な芸当で、妻は、いつも、危険がるが、私は、制止しなかった。それぐらいの冒険は、私も、子供の時に、よくやったからである。

今日のわが子は、野球がヘタでも、この方は上手だと、級友に見せびらかしたかったのだろう。

「うめえ、うめえ！」

「もっと、速く歩けよ！」

友達は、下で、はやし立てた。

そのうちに、わが子は、重心を失って、塀から、落ちかけた。落ちても、塀添いに植えてある木斛《もっこく》の樹に、縋《すが》りつけば、地面に衝突することはないのである。いつも、わが子はそうして、危難を免れてるのである。

今日は、彼は、その手段を用いた。それなのに、ワアと、大声をあげて、家へ駆け込んできた。

「そんなことで、泣く奴があるか」

私は、叱ったが、私には見向きもせず、母の部屋へ、飛んで行った。

「塀から、落ちたア……」

「だから、いわないこっちゃないでしょう。あんなところへ、登るからよ……。どこを、怪我したのよ」

二人の声が、聞えた。

私には、わが子が、痛くて泣いてるのではないことが、よくわかった。級友の前で、失敗して、キマリが悪いから、泣いたのである。それにしても、母親のところへ、訴えに行くのは、甘えッ子の証拠だと、腹が立った。

「いい加減にしとけよ」

私は、妻の部屋へ行き、赤チンなぞ塗ってやってる彼女に、文句をいった。わが子は、妻の膝の上に乗って、私に、アカンベーをした。

わが子は、その外にも、もう一度、泣いた。友達と喧嘩《けんか》して、泣き出し、やはり、母のところへ、甘えにきた。

（いけないな、あの調子では……）

私は、首を振った。しかし、それを矯正する叱言は、子供にいうより、妻にいうべきことだと、思った。

やがて、夏が近づき、幼稚舎では、プールが開かれ、水泳の訓練が始まった。わが子は、大磯の海で、犬掻きぐらいは、覚えたらしいが、その訓練では、正式の泳法を、教えるらしかった。彼は、大喜びで、水泳帽やパンツを、ランドセルの中に詰めた。

しかし、一日か二日で、彼は、何となく、水泳訓練に出たがらない、様子を見せた。

「どうだ、ちっとは、体が浮くようになったか」

私が訊いても、プールの水が冷たいとか、大磯の海の方が、泳ぎいいとか、否定的なことばかり、答えた。

そのうちに、水泳訓練が終った頃になって、妻が、同級生の母親から、聞いてきたといって、ひどく憤慨して、私に訴えた。

「ずいぶん、ひどいことを、なさるじゃありませんか。あの子が水を呑んで、泣き出したのもかまわず、タカ・セン（受持教師が、水泳を教えるらしかった）たら、抱《かか》えて、また、水の中へ、抛《ほう》り込んだり、なさるんですって。ほんとに、見ていられなかったって、そのお母さまが、おっしゃったわ」

それを聞いて、私も、ちょっと衝動を感じたが、すぐ、水泳の訓練とは、そういうものだと、思い返した。一度は、水を呑まなければ、泳ぎは覚えないのである。私だって、いつか書いたように、横浜の山下水泳場で、溺《おぼ》れかかり、それから、泳げるようになったのである。

「ねえ、あの子、先生に憎まれてるんじゃない？　それで、そんな目に……」

妻の憤りは、そういうところにあるらしかった。

「それア、わからんな。泳ぎの稽古は、そんなものなんだから……」

しかし、私も腹の底では、わが子が、教師から可愛がられる生徒か、どうか、疑問に思った。塀から落ちて、泣いて、母に訴えるような児童は、教師から、好かれないのである。私も、きっと、その傾向があって、横浜の小学校時代に、〝ヒゲ・ダルマ〟先生から、憎まれたのだろう。

でも、私は、ふと、気づいたことがあった。

「水泳で、そんな目に遭ったってことを、そのお母さんに聞くまでは、お前は、知らなかったんだね」

「そうよ」

「あの子は、ちっとも、お前に話さなかったんだね」

「ええ、一言《ひとこと》も……」

「感心だな。さすが、男の子だよ」

「まア、どうして？」

妻には、解《げ》せないことらしかった。

私も、〝ヒゲ・ダルマ〟先生に、憎まれたことを、あまり、母にいわなかった。そういうことは、何だか、恥かしいのである。そして、子供の世界の出来事を、ムヤミに、大人に告げ口するのは、男の子の仁義に、反するのである。男の子というものは、母親にいおうとしないことを、沢山、持ってるのである。そこが、男の子なのである。

それにしても、私は〝ヒゲ・ダルマ〟先生を、絶対に、好きになれなかったが、わが子の場合は、だいぶ、ちがってた。彼は、一度だって、〝タカ・セン〟の悪口を、いったことがなかった。むしろ、〝タカ・セン〟を慕う口吻《こうふん》を、よく洩らした。水泳訓練の終った後でも、その態度は、変らなかった。

「べつに、憎まれてるわけじゃ、ないんだよ。きっと、そうだよ」

私は、そう判断して、気持が軽くなった。

そして、やがて、暑中休暇になった。私たちは、大磯の家へ行った。東京に家ができても、私は、自分の仕事場として、また、家族の夏の家として、旧居を残して置いた。妻子ばかりでなく、娘や孫たちのためにも、役立つからだった。

しかし、その年は、娘や孫は、来なかった。婿がアルゼンチン・日本大使館に、転勤したので、一家をあげて、ブエノスアイレスへ、出かけてしまったからである。今年は、こんな海岸で泳いでます、という絵ハガキが、日本の夏とちがった季節に、届いていた。

孫たちが、来ないとなると、わが子は、遊び対手《あいて》がなかった。隣家の武田さんには、わが子と同年の女の子がいて、海岸へ泳ぎに、同行することもあるが、そこの奥さんか、私の妻かが、監督に蹤《つ》いてく、必要があった。大磯の海は、浪が高く、岸深で、危険だった。

「子供たちだけじゃ、ダメよ」

妻は、キマリ文句のように、わが子に、繰り返した。

ある暑い日の午後に、わが子が、いかにも神妙な声を出して、ねだり始めた。何か、ムリなねだりごとをする時には、そんな声を出すのである。

「お隣りのアヤちゃんと、海へ行っちゃいけない？」

その日は、隣家の奥さんも、妻も、用事があって、家にいなければならなかった。

「子供だけじゃいけないって、いってあるでしょう」

そして、妻と押し問答が、始まった。私が同行してやれば、いいのだが、この数年来、海水パンツを穿《は》いて、若い人たちの群がる砂浜へ出るのが、すっかり億劫《おっくう》になってしまった。去年も、一昨年も、私は、潮水《しおみず》の感触を、知らなかった。

「な、明日まで、待てよ。ママが、きっと、連れてってくれるから……」

私が口を出しても、わが子は、いよいよ、我《が》を張るだけだった。

そのうちに、彼は、ワッと、泣き出した。そして、裏の座敷へ行ったと思うと、黄色いクレイヨンを持ち出して、腹癒《はらい》せをした。

ママとパパ、大大大大バカバカバカ
一枚の襖《ふすま》の全紙にわたる、大楽書きだった。そして、畳の上に、仰向けになって、足をドタバタさせた。

「悪い奴だ」

私は、頰《ほお》を打ってやった。こういう時には、体罰がいい。体罰のいけないのは、親が感情の俘《とりこ》となった時だけである。しかし、後の大泣きは、閉口だと思ってると、案外の結果が起きた。

「パパ、ごめんなさい」

わが子は、素直に、謝《あやま》った。

今まで、これほど、思い切ったイタズラは、やったことがないから、自分でも、後ろめたかったのだろう。そして、思い切ったことを、やったがために、胸のモヤモヤが、吹き飛んで、大泣きをする必要がなくなったのだろう。

(おれも、子供の時に、同じことをやったな)

着物をきたまま、風呂へ入ったり、午睡《ひるね》してる寅さんの顔へ、小便をかけたり、法外なことをやったが、そういう血が、わが子に流れてるのかと思った。ただ、私のイタズラは、何の理由もなく、ムラムラと、やってしまうのだが、わが子の場合は、腹癒せだから、私よりも、報復感情が強いのかと、気になった。

それにしても、大バカの楽書きを、そのままにもして置けぬから、襖を裏返しにして、嵌《は》め変えた。

大磯へくると、子供がグズり出すことが、多くなった。結局、遊び対手のないことが、原因らしかった。兄弟の多い家では、喧嘩はしても、子供だけの世界を、形づくっていくが、一人ッ子では、どうにもならなかった。この頃になって、私は、子供はつくれるうちに、沢山つくって置くのだったなぞと、考えることがあった。若いうちには、思いも寄らなかった考えである。少くとも、五人の子供を持つことは、一人の子供の五倍の苦労を、要するものではないことが、わかってきた。といって、もう子供を殖《ふ》やす能力は、私になかった。

夏の大磯にいる間に、箱根の山の上に、一週間ぐらい、出かけるのは、わが子の生まれない前から習慣になってた。距離も近いし、山の空気を吸うのには、軽井沢嫌いの私にとって、箱根あたりが好適だった。芦ノ湯に、戦後の箱根に珍らしい、家族連れ向きの湯治宿があって、わが子も、まだオムツを当てる頃から、厄介になった。その旅館の浴場へ、降りるには、いくつもの階段があったが、最初は、妻に抱えられ、やがて、私に手をひかれて、そこを昇降してた。数年前からは、私たちを捨てて、駆け降りたり、跳び昇ったりするようになった。

去年あたりから、わが子は、その旅館へ行っても、朝飯が済むと、もう、部屋にいなかった。妻は、朝のうちに、宿題をやらせようと、躍起《やっき》となるが、摑《つか》まえた験《ため》しがなかった。どこへ行くかというと、旅館の帳場なのである。帳場で、遊ぶのではない。電話交換手の娘だの、番頭だのの仕事を、手伝うのである。玄関のスリッパを揃えたり、時には、電話口に出て、客の註文を取次いだり、するらしい。

妻も、最初は、帳場の人の邪魔になると思って、連れ帰りに行くと、

「お坊ちゃん、とても、よく働いて下さいます。ご心配なく……」

と、番頭に、お世辞をいわれて、本気にしないまでも、当人が絶対に、動こうとしないから、捨てて置くことになった。

その年に行った時には、わが子は、帳場の手伝いが、唯一の目的のように、着いた日から、入り浸《びた》った。朝も、帳場の人が出てくる前から、中へ入って、動き回ってた。

「何が面白くて、あんなところへ……」

妻は、笑ったが、私には、子供の気持が、少しは、理解できた。

帳場の空気が、忙がしく動き、働く人が、交換手のお姉さんや、若い番頭や、夏期アルバイトの大学生や、そういう連中なので、明るく、陽気なのである。つまり、わが家と、反対なのである。わが家は、私が家で仕事するから、静かさを保ちたく、そして、すでに老いてる私が、活気のある哄笑《こうしょう》なぞ、立てないのである。妻だって、わが子の母であるには、普通以上に年をとってるし、心から、子供と一緒になって、遊んでやることもないだろう。そして、子供は一人きりで、遊び対手がなく、わが家の毎日に、欲求不満があるにきまってる。

その上、親の過保護で、必要を越した子供扱いを、受けてるのである。子供に、家事を手伝わしたり、使いに出したりすることも、ないのである。しかし、ここへくれば、若い人たちが、チヤホヤしてくれるばかりでなく、たとえ、スリッパを整えることだけにしても、自分が人の役に立った意識で、満足感があるのだろう。それに、午後三時ごろ、皆でアミダをして、売店で甘味を買う愉しみなぞは、わが家で味わうことの不可能なものに、ちがいない。

「この間は、あの子がお茶をいれて、みんなに、配ったんですって……。まるで、小僧さんのようなことして、喜んでるのよ」

妻は、知合いの宿泊客から、聞いたことを、私に告げた。

家では、自分の部屋の整理すら、母任せにしてるわが子が、そんな、立ち働きをするのが、滑稽にも思えた。

でも、私は、笑ったままでは、済まされず、チョコマカと、小才覚をするわが子を、不快にも感じた。茶をいれることを、命じられるはずもなく、彼が自発的にやり、

「坊ちゃん、よく、気が利《き》きますね」

とでもいわれて、うれしがってるわが子を、想像するのは、愉快でなかった。

そういえば、その年の夏に、友人の益田義信夫妻が、大磯の家へ遊びにきた時に、わが子は、ひどく、心得た顔をして、グラスやウイスキーの壜を持ち出して、二人の前に、列《なら》べた。しかし、生憎《あいにく》、彼等は下戸で、

「せっかくですが、お酒は頂きませんので……」

と、わざと、鄭重な言葉を使って、笑った。

その時も、私は、愉快でなかった。そんな、小才覚を働かせるよりも、オットリしたわが子であって、欲しかった。

「アッちゃんも、これア、ホテル・マン向きかね」

と、益田が笑ったのは、彼の長男が慶大を出て、アメリカのホテル学校に学び、現在は、帝国ホテルで、働いてるからだった。

私は、わが子が、将来、ホテル・マンとして、身を立てることに、少しも、反対でなかった。しかし、今のうちから、チョコマカした才覚なぞ、働かせて、貰いたくなかった。そう

いう子供を、私は、嫌いだった。

そして、もう一つ、不愉快な種は、私自身が、どうも、幼い時に、そんな子供だったと、思える節があったからである。何か、子供らしくない、気働きを見せて、賞《ほ》められるつもりで、両親の顔を見たというような、記憶がある。こんな老人になっても、私には、多分に、オッチョコチョイの性質があり、よく自己嫌悪に墜《お》ち入《い》るが、わが子は、そんな人間になって欲しくなかった。

（わが子は、〝私〟であっても、〝新しい私〟でなければ……）

父親が、男の子に対する、その願望は、本能なのだろう。腹の底からのものだった。

昭和三十八年の元日は、晴天だった。

正月の三ガ日に限って、階下の和室で、朝食の膳に対《むか》うのが、わが家の習慣だった。屠蘇《とそ》を祝うのに、イス・テーブルでは、改まった気持がしないからだろう。

障子に、明るく日が射し、電気ストーブで、部屋は暖かだった。餉台《ちゃぶだい》の上に、赤い屠蘇盃や、黒地の蒔絵重箱《まきえじゅうばこ》が、光ってた。

「おめでとうございます。今年も、よろしく……」

妻も、普段着ではない装いで、お辞儀をした。

「おめでとう……。敦夫《あつお》君は、どうした？」

私は、わが子に、新年の挨拶の催促をした。もう、〝アッタンベー〟というような愛称では、彼を呼ばなくなっていた。わが子は、面倒くさそうな速口《はやくち》で、〝おめでとう〟をいったと思うと、すぐに、

「早く、お屠蘇、飲ましてよ」

と、せびった。

妙な子供で、お屠蘇と、黒豆に入ってる赤いチョーロゲだけが、正月の好物で、キントンとか、伊達巻《だてまき》のようなものには、眼をくれなかった。私の幼い頃と、まったく、ちがってた。そのお屠蘇は、年少の者から飲むのが順で、彼が最初に、朱塗りの盃をとりあげた。妻は、ほんのマネゴトしか、注がなかった。

「ちぇッ、これッぽっち……」

子供は、口を尖《とが》らせた。

「大丈夫だよ、お屠蘇ぐらい……」

私は、フランス人が、平気で、子供にブドー酒を飲ませる例を、見てるせいか、あまり、気にならなかった。

それでも、妻は、微量を追加しただけだったが、子供は、いかにも美味《うま》そうに、わざと、舌を鳴らし、しまいには、ベロリと、盃を舐めた。

「まア、汚《きたな》い。おやめなさい」

と叱って、妻は、

「今からこれじゃ、先きが、思いやられるわ。やっぱり、あなたに似たのね」

私は飲酒家で、そのために、体を壊《こわ》したし、人生の失敗も重ねたが、禁酒しようと思ったことは、あまりなかった。妻も、洋酒の味ぐらい、少しはわかり、その間に生まれた子供が、酒嫌いというはずもなかった。わが子も、いずれは、飲酒家になるだろうが、それも、仕方がないだろう。人生の失敗を味わって、驕慢の角《つの》を折られるのも、悪くないだろう。でも、タバコの方は、単なる悪癖だから、わが子に伝えたくなかった。

やがて、妻が屠蘇を飲み、私の番になった。私も、中年の頃までは、甘い屠蘇は苦手で、すぐ、熱燗《あつかん》を要求したが、近頃は、正月でも、朝酒は、控えるようになった。それで、屠蘇を味わう気分を、知ったのだが、木盃を口にしながら、ふと、

「この子は、一体、いくつになったのかな」

と、訊きたくなった。

「まア、自分の子の年を、ご存じないの」

「いや、こっちの年だって、怪しいんだ」

私は、妻の笑い声に、誘われなかった。ほんとに、自分の年齢を、忘れてしまうのである。無論、全然、忘れてしまうのではない。一歳だけ、多いのか、少いのかが、不確かになるのだが——

それは、私が外国生活の時と、戦後の日本と、二度も、満算《まんかぞ》えで、年齢をいう習慣を迎え

たので、混乱するのである。外国にいた時は、わりと早く、馴染んだが、日本へ帰って、また、数え年に戻り、そして、戦後の外国流と、応接に遑《いとま》がなかった。やはり、私なぞは、数え年の習慣が、身に浸みてるので、この作品を書くのにも、遠い過去のことだと、つい、数え年で、書いてしまう。そして、気がついて、満数えに直すのが、厄介でならない。しかし、妻の方は、そんな混乱はないらしく、〝満〟と〝数え〟を、正確に知ってる。女は、〝満〟で算える方が、得をするので、早く順応するのだろう。

「今年の十二月で、十歳《とお》になるのよ」

彼女は、事もなげに、答えた。

「まだ、そんなか」

私としては、何か、不満だった。わが子は、もっと、育ってくれて、いいはずだった。しかし、十歳と聞いて、私は、ある重大なことを、思い当った。

「すると、数え年なら、この正月で、いくつだ」

「十二月生まれだから、十二になるんじゃない？　少し、インチキみたいだけど……」

「そうか……」

私は、私の父が、私の十歳（数え年で）の年に、死んだということを、考えたのである。考えただけで、口には出さなかったが、大きな感慨が、湧いてきた。

この作品の冒頭は、私が東京の日本橋の叔母の家へ、遊びに行ってる時に、父が歿したことから、始まるのだが、十歳で、父を失ったということは、終生、私の頭に、コビりついてた。それで、私は、この作品を書くにも、そこから、始めたくなったのである。もし父が、私の成年後に死んだら、私の〝父恋い〟は、こうまで昂《たか》まらなかったかも、知れない。

とにかく、私は、十歳以後、〝父なし子〟として、育った。どんな風に育ったか、今まで書いた通りだが、それを不幸だとか、天を恨むとかという気持は、少しも、持ってない。といって、無論、感謝なんかしていない。ただ、今日の私は、私の十歳の時から始まった、という気がしてならないのである。

（わが子も、満十歳を迎えるんだ……）

私は、そのことが、ひどく、感動的だった。ということは、私が十歳で、父を失っても、どうやら、今日まで、生きて来られたように、わが子も、もう、同じ運命を迎えても、何とかやっていけるだろう、という安心感のようなものだった。

わが子の十歳ということを、考えたのは、今日始めてではない。わが子が、まだ乳児だった頃に、

（せめて、こいつが十歳になるまで、生きていてやらなければ……）

と、よく、考えた。近頃、それを忘れてたのは、彼が小学生になって以来、毎日、学校の目前の問題に、追われてたからだろう。

人間は、いくつまで生きたいと念じても、どうにもならないが、とにかく、私は、わが子が十歳になるまで、生きていて、やりたかったのである。その理由は、繰り返していうまでもない。そして、私は、どうやら、念願を果したのである。

私の一生は、人に誇れることは、一つもない。ものを書くのだって、自分の生活に資したのであって、世の中に役立とうと、考えたわけではない。善行を働いた覚えもなければ、成功者になった記憶もない。人間に生まれて、幸福だったとか、この人生を、もう一度、繰返したいと、思ったこともない。私の過去は、失敗や汚辱に、満ちてる。つらいこと、堪え難かったことの記憶が、胸の底に、堆積《たいせき》してる。

それでも、こんな長い生涯を、何とか、生きてきたのである。何とか、世の中へ出て、仕事をし、家庭も築いたのである。そして、晩年になり、三度目の結婚で、長男が生まれたのである。

わが子が、私とそっくりの一生を、送るわけもないだろう。いや、私の生涯なんか、マネしてもらいたくない。それでも、とにかく、生きていける可能性だけは、もう十歳の彼に、備わったのである。

人生の目的は、何であるか。この年になって、恥かしいことであるが、私には、サッパリわからない。ずいぶん、いろいろ考えたつもりだが、結局、わからずじまいである。でも、生きてくことが大切なことぐらいは、判断がつく。生きることの目的は、生きることだ、という愚劣な判断を、長い年月を費やして、獲得したに過ぎない。

(わが子も、父親なしで、生きていける年齢に、達したのだ)

私は、それを、大発見のように感じた。

もっとも、見たところ、頼りない、顔つきをしてる。紺地に、赤筋の入った、慶応ボーイのスエーターを着て、この頃、体つきがガッチリしてきたと、思われるにしても、一心に、お節《せち》の黒豆の中から、赤いチョーロゲを、拾い出してる姿は、生きていくという大目的を担《にな》う力があるとは、思われない。でも、私だって、十歳の時には、こんなに、頼りなかったのだろう。それでも、何とか、生きてきたのである。

（すると、今年、おれが死んでも、差支えないわけだな）

私は、論理的に、そう思ったら、少しおかしく、また寂しかったが、安らぎの気持もあった。といって、そんなことを、口に出したら、

「お正月匆々《そうそう》、何ですよ」

と、妻が、文句をいうにきまってる。

「そろそろ、お雑煮をもらおうか」

私は、思いつきをいった。

わが家の元日の雑煮は、芋と大根と青菜と、湯煮にした餅に、ダシを加えるだけだが、亡父の生きてた頃からの習慣が、何とはなしに、まだ、残ってた。そんな、単純な雑煮が、うまいわけはなく、若い頃の私は、迷惑だったが、年をとってからは、そのサッパリした味が、好きになった。三日の朝に食う鴨雑煮《かもぞうに》よりも、私は、その方を賞味した。だから、私は、雑煮の催促を、思いついたにちがいない。

その前年の秋に、

「君は、今年、古稀だろう」

と、私は、友人にいわれた。

「冗談いうな、まだ、そんな……」

「いや、何といっても、古稀だ」

友人は、綿密な勘定を始めた。そして、数え年七十に達した者が、古稀の寿を迎えることも、教えてくれた。私は、七十一が古稀だと、思ってた。友人は、教えた手前、黙っていられなかったのだろう。仲間たちを語らって、赤いスポーツ・シャツだの、イギリス製の膝掛けなぞを、贈って呉れた。親類の人からも、赤い座布団なぞを貰った。

「うちでも、お祝いをして、皆さんをお呼びしましょうよ」

と、妻がいった。

「何だか、面倒くさいな」

私の気持は、還暦を迎えた時と、まったく、ちがってた。還暦の時は、面白半分で、そんな祝宴を、やって見たかった。世間的に、老人の仲間入りをすることになっても、気力も、体力も、少しも衰えていない自覚が、あったからだろう。現に、その祝宴の時に、すでに妻は、わが子を妊《みごも》ってた。

それから、十年経つ間に、面白半分で迎えた老年が、いつか、ホンモノになってきた。六十五歳までは、それほどでもなかったが、その後に、顕著な変化を感じた。体に故障が、よく起きたばかりでなく、気分の積極性が、欠けてきた。

(遂に、お出でなすったかな)

私は、自分の老化を、認めざるを得なかった。それを悲しむというよりも、むしろ、当惑した。父が短命だったから、私には、長寿の自信がなく、従って、自分の老境を、期待しなかった。老人になるまで、生きててやるもんか、という気持さえあった。

それが、紛れもない老人に、なってきたのである。私は、わざと、モーロクとか、オイボレとかいう文字を、私自身に投げつけた。人から罵《ののし》られぬ前に、自身からいって置くのだという、負け惜しみ根性もあったろう。

しかし、そんなことのいえる間は、まだよかった。その前年あたりから、私は、どうも、生きる足どりの重くなったことを、意識した。何か、坂道にかかったような、歩き悪《にく》さを、感じてきた。

（これが、老いの坂っていうやつか）

昔から、東洋では、老年を坂に譬《たと》える慣わしがある。結局、人生を歩く脚の衰えを、いうのだろう。医者の友人に聞くと、人間の一生には、そういう坂がいくつもあり、死亡率の高い嬰児《えいじ》の時に、すでに始まるという。男や女の厄年というのも、大体、その坂に相当する。また、還暦とか、古稀とかも、そういう坂を、無事に越したことを、祝うためだという。

それにしても、私は曾《かつ》て、そんな坂を意識したことはなかった。運の悪い時というのを、痛感する時はあっても、肉体的な危機は、知らなかった。それが、今度は、ほんとに、エッチラ、オッチラと、喘《あえ》ぎながら、急坂を登る気持になったのである。これが、七十の坂であるのか。後に控えてる坂ほど、角度が急になってくるのか。とにかく、歩き悪くて、堪らなかった。

その頃から、私は、電車に乗っても、往来でも、老人の姿が、眼につき出した。婆さんは、それほどでもないが、爺さんに会うと、まず、その男と私は、どっちが老人かと、考えた。これは、若い女性が二人、遭遇すると、自分と対手《あいて》と、どっちが美人かと、考えるのと、似てるかも知れない。彼女等が、色の白さや、姿の美しさを、比較するように、私は、対手の腰つきや、歩き方を、注意するのである。皺《しわ》とか、髪の黒さとかは、人の眼を欺《あざむ》きがちで、信ずるに足りない。

もっとも、私は、対手が私よりも、ヨボヨボしてるのを、発見したからといって、優越感なぞは、味《あじ》わわなかった。といって、対手が私よりも、壮健そうであり、あの年で、まだ、セックスの余力を、蓄えてるのではないかと、鑑定しても、羨望に駆られることもなかった。それなら、私は、ただ平静に、仲間である老人たちを、観察してるのかというと、そうでもない。ヨボヨボしてる老人を見ても、脂《あぶら》ぎってる老人を見ても、それなりに、不愉快なのである。老醜という語があるが、それを、マザマザと、感じてしまうのである。

(老年って、実に、イヤなもんなのだな)

私は、きっと、老年が嫌いなのだろう。老年に達した自分が、嫌いなのだろう。老人のイヤらしさを、自分の心や体で、毎日、見せつけられるので、仲間の老人を見ても、イヤになるのだろう。老人のヒガミ、痩せ我慢、独断、盲信といったようなものは、私の心にも、頻繁に現われるが、私は、人に気づかれぬように、ソッと秘匿《ひとく》することに、努めてる。私のオシャレ根性が、そうさせるのだろう。しかし、慧眼《けいがん》なる老人は、私の苦策を見抜き、隠すより表わるるはなしと、嘲笑してるかも知れない。

老年というものが、醜悪であり、苦悩に充ちてることは、私にとって、まったく、意外だった。老年とは、秋から冬にかけての天候に似て、澄んで、晴れ渡ったものだと、信じてた。そこに、一年中で、最も安定した気象と自然があり、人に憩いを与えるものと、信じてた。事業を退いた老人が、隠栖《いんせい》生活に入って、花の栽培や、釣魚に専念してるのを見て、幸福な身分と、思ってたが、外観だけに、過ぎなかったのか。老人である限り、イヤらしさと悩みは、免れぬものなのか。

しかし、野村洋三翁のような、老人もいた。父の友人で、唯一の生き残りであることは、前にも書いたが、あの人は、いつも平和で、揺がない心境に、生きてるらしく、誰に対しても、微笑と、柔かい手を差し出して、握手を求めた。商人ながら、若い時から、禅門に入って、世間の老人と、ちがったところがあったのだろう。彼は、九十余歳で死んだが、彼の親友の鈴木大拙という人も、会ったことはないが、立派な老人だったらしい。彼も、禅の研究家、体得者であり、野村翁より、もっと長命して、歿したが、二人とも、老醜の感を、与えなかった。老人の生くべき道を、教えてるように見えた。或いは、それも外観だけで、老人である限り、免れないものを、持ってたかも知れないが、形態は、よほど、ちがってたろう。

禅宗でなくても、宗教に入ってる老人は、安穏に、生きてるように、見える。老いの坂を登るのに、信仰は、杖なのだろう。私も、杖が欲しいが、これぱかりは、間に合わせの品物では、役に立たない。私も、無宗教や無信仰を、自慢にする気はなく、自分が勝手に生まれたのでない以上、勝手にならぬものの支配の下に、置かれてることを、感じないでもないが、若い時からの怠慢で、いい加減に、ゴマかしてる。老いの悩みに襲われて、今更、念仏を唱えられない。それに、私の考えでは、信仰とは、必死の努力の継続と堆積《たいせき》によってのみ、生まれるのである。私に、何の資格が、あるというのか。

その方の杖は、絶望でも、老人を救うものは、他にもある。完成し、円熟した愛情で、老妻と助け合うことである。〝高砂〟の絵というのは、老いたる夫婦の幸福を、謡《うた》ってるのである。

しかし、私にとっては、それも、絵空《えそら》ごとだった。妻は、白髪が生えたの、腰が痛いのと、訴えはしても、まだ、老人意識は、持ってない。自分では、まだ、若いつもりでいる。一緒に、老いの坂を登ろうとしたって、どうぞお先きへと、いうにちがいない。それに、彼女には、子供を育てるという、大役がある。わが子は、まだ、小学生である。彼女の日常の関心が、いつも、私よりも、子供の方に注がれるのは、当然といえるだろう。こう見えて、私は、朝の溲瓶《しゅびん》の小便だって、自分で捨てるし、外出の着替えも、妻に手伝わしたことはない。女中の休暇の時には、戸も開け、郵便も出しに行き、パリ時代の独身生活の気分を、味わってる。世評の亭主関白とは、ほど遠いのである。しかし、べつに、それを不満とは、思わない。妻が、私に奉仕するよりも、子供専門に回ってくれる方を、私自身が、望んでるからである。従って、彼女を老いの坂道の同伴者にすることは、てんで、問題にならない。

つまり、私に、杖はないのである。しかし、私ばかりでなく、多くの老人は、どれだけ頼るべきものを持ってるのか。老人は、孤独が運命なのではないか。そして、孤独は、老苦の最大のものだろう。老いのあらゆる悩みも、ヒガミも、醜悪さも、皆、老人が孤独であることから、生まれるのだろう。

孤独というものが、こんなところに、待ち伏せしてるとは、知らなかった。いや、それまでに、私は、孤独そのものの実体を、よく知らなかったらしい。

青年の頃に、孤独を愛するとか、孤独に徹するとかいう言葉が、好きであり、孤独でいなければ、人生の真の姿は、わからぬように、思ってた。事実、私は、自分の部屋に、一人で籠って、ものを考えたり、本を読んだりすることが、好きだった。旅行をしても、一人旅だった。一人旅の時が、一番、旅情が湧いた。旅先きの印象も、深かった。

私は、肉親に対する愛情が、強い方だし、親友との友情も、ずいぶん純粋だったと思うが、それでも、周囲と隔絶する時間が、最も、幸福を意識した。

その習慣は、青年の頃ばかりでなく、長く続いた。今でも、残ってるかも知れない。今でも、私は会合が嫌いだし、人が大勢集まる場所を、好まない。家族の団欒《だんらん》ということだって、私は、人並みの努力をしない。子供を連れて、ピクニックということも、長女が幼い頃には、やらないでもなかったが、それを発起してくれた亡妻に対する、義理からであった。亡妻は、長女にとって、継母だったから、その気持を汲んだので、自分として、気は進まなかった。

今の子供が生まれてからも、彼を旅行に同伴するのに、私は、積極的だったことはない。

一昨年は、妻の家の郷里である岩国へ、昨年は、新聞社に誘われて、一家で北陸の旅をしたが、私としては、子供が汽車に乗れば、喜ぶだろうという程度の気持で、同伴するのだが、神経を使うことが多く、すぐ、旅行を後悔した。そして、子供ばかりでなく、妻を同伴するのさえ、面倒に感じ、旅の疲労を、倍加させた。

家にいる時でも、食事の団欒の空気は、容易に、生まれなかった。フランス人のように、食事と共に、談話を愉《たの》しむことは、まったく、私の不得手なのである。

「あたし、お嫁にきた時に、ここの家のお食事は、お通夜のようだと、思ったわ」

と、妻は、後年になって、白状したが、私は、不機嫌というのではなく、晩酌をやる時に、口をききたくないのである。酒を飲みながら、静かな気持で、ものを考えるのが、好きなので、何か話しかけられると、うるさいのである。これは、父の遺伝かも、知れない。父は〝沈黙院〟と渾名《あだな》されるくらい、寡言《かげん》の人だったそうだが、口をききたくない気分が、常に、彼を支配したのだろう。

私が、一室に一人で寝ることが、好きなのも、妻が同室だと、眠りを妨げられるからで、やはり、同じ性情の表われにちがいない。妻が側に寝ていたって、グー・グー眠る良人は、世間に多い。私も、妻と同室に寝たのは、最初の結婚時代で、その頃は、貧乏だったので、部屋数のある家に、住めなかったからに過ぎない。長年の習慣で、現在でも、私は、書斎で、一人で寝てる。

そんな私の日常は、孤独を求めてる人間ということに、帰着するだろう。妻から見たら、水臭い良人であり、世間からは、偏屈人と、いわれるのだろうが、そういう生き方をすると、心の平静が保たれるので、やむを得なかった。また、私自身で、孤独好きな人間と、自認しても、不幸な生まれつきとも考えなかった。

それも、その筈であって、それまでに、私の感じていた孤独は、日向水《ひなたみず》のような、生温《なまぬる》いものだった。いわば、臆病者が、周囲に牆壁《しょうへき》を設け、その中に安住することを、孤独の名で、呼んでたのだろう。その上、私は、まだ、若かった。自分を支える体力も、気力も、まだ、どこかの隅に、残ってた。

しかし、七十になって知る孤独の実感は、まったく、それと、異ってた。周囲の誰に、手をさしのべても、どうしようもないばかりか、頼る自分にも、見捨てられたような気分だった。暗く、冷たく、何の物音も聞えない、寂しい野原だった。

きっと、そんな気分を、孤独地獄と呼ぶのだろうと、思われた。そして、孤独を愛するなぞと、勝手放題なことをいった罰が、ようやく、回ってきたのだと、思う外はなかった。

元日の朝に、いろいろの想いに耽《ふけ》って、それから、六日経った、夜半のことだった。

その年の正月は、非常に寒く、その上、居間のストーブに、故障があって、私は、体が凍《こご》えるような感じで、早くから、寝床に入った。常の如く、私は、二階の書斎で、ひとり、寝に就いた。

ふと、眼が覚めると、布団が、ひどく重く感じられ、胸苦しかった。そんなことは、滅多にないので、じきに、癒《なお》るだろうと、タカをくってると、胸の重圧は、だんだん加わり、呼吸と脈が速くなってきた。そして、苦しくて、横臥していられなくなり、半身を起した。すると、いくらか、ラクになったが、この兆候は、危険ではないかと、不安になった。

私は、階下の妻を、呼んだ。

「どうなすったのよ」

彼女は、寝衣の上に、毛糸の羽織のようなものを着て、上ってきた。

「何だか、わからない。胸が、苦しいんだ」

「困ったわね。先生を呼ぶったって、まだ四時じゃ……」

私は、その時始めて、時間を知った。朝が近いということが、気丈夫だった。

「きっと、心臓の発作だと、思うんだが、何か、薬はなかったかな」

数年前から、私は、少し、心臓肥大があると、医師にいわれてたが、特に、薬も与えられてなかった。それで、有合せの売薬を、服用する外はなかった。

しかし、妻が側にいてくれる、心理的効果のためか、胸苦しさは、多少、収まってきた。五時半になった時に、私は、

「もう、大丈夫らしいから、階下へ行ってくれ」

と、妻に頼んだ。暁方《あけがた》のひどい寒気の中に、彼女を、長く置くのは、可哀そうと、思ったくらいだから、よほど、発作が鎮まったのだろう。やがて、一眠りすることができた。

朝になって、階下へ降りて行く頃には、体も、気分も、平常と変らなかった。しかし、あ

んな発作は、始めての経験なので、気になった。心臓が悪いのだと、素人判断をしたが、顔を洗う時に、ふと、鏡で舌を見ると、暗褐色の苔《こけ》に掩われてるので、胃の工合もよくないことを、知った。

とにかく、異状のあることは、確かなので、ある日、私は妻に伴なわれ、癌《がん》研究所の付属病院へ行った。十年前に、そこで、胃潰瘍の手術をして貰って以来、毎年、正月には、レントゲン検査に行く慣例だったが、この数年来、怠ってた。

胃潰瘍の時に、私を診察したT院長が、今度も、私を見てくれたが、彼自身が、上膊部のガンに罹ってる噂《うわさ》があり、平素のように、冗談をいったりするけれど、ひどく老《ふ》け込んだ感じで、私は、心細かった。

一週間後に、胃部レントゲン診察の結果を、聞きに行くと、T院長は、

「胃の方は、急性胃炎らしいから、心配ないでしょう。しかし、心臓は、要注意だね」

と、心電図の所見の悪いことを、告げられた。心筋梗塞《しんきんこうそく》をやった形跡があるといわれ、禁煙を、申し渡された。

私は、心ひそかに、胃ガンを怖れてたので、その憂いがないとなれば、安心という気持で、ウキウキと、帰宅した。

それでも、念のため、時々、健康診断をして貰う、慶大のH博士の来診を頼んだ。この人は、心臓専攻で、一年に数度、私の心電図をとってくれるのだが、軽度の心臓肥大はあるけれど、それは、年齢的に免れないものだと、いっていた。

私は、H博士に、癌研でいわれたことを告げ、また、この間の発作のことも、話した。その時も、H博士は、ポータブルの機械で、心電図をとったが、

「さア、心筋梗塞は、どうですかね」

と、否定的な返事だった。血圧も、計ってくれたが、最高一七〇で、私としては、普通だった。

それで、私は、少し、楽観を始めたが、それから三日後の夜に、また、発作が起きた。今度は、就寝しても、二時間ほど眠れず、そのうち、胸苦しくなってきたので、H医師から与えられた、ニトロ・グリセリンの錠剤をのんだ。狭心症の発作の時の抑え薬だが、一向、効き目がなかった。そして、睡眠剤も、のんで見た。睡眠剤や、鎮静剤の害は、聞いてるので、服用を避けてたのだが、苦しい時の神頼みのような、心理になった。それでも、胸苦しさは去らず、結局、妻を呼ぶことになった。

その翌晩も、同じようなことが、起きた。その時は遠慮して、妻を呼ばなかった。

私は、すっかり、自信を失った。どこかに、病気があり、医者にもわからないのだろう、というような気になった。その頃から、ノイローゼ的現象が、始まってきた。

外界の強い刺戟《しげき》が、一切、堪えられなくなった。わが子が、毎夕、テレビで、外国の漫画を見るのだが、その誇張した声や動作が、ひどく、私の神経にコタえた。

「おい、止めてくれ」

大きな声を出さずに、いられなかった。子供は、怪訝《けげん》な顔で、私の方を見た。

また、食卓に、赤いマグロの刺身でも出ると、見ただけで、ムカムカした。寒中のマグロは、好物だったし、せっかく、食卓に出されたものだから、強いて、一片を口にしても、ナマ臭さと、脂濃さが、堪えられず、嚥下《えんか》できなかった。マグロばかりでなく、すべて、カロリーの多そうな、肉料理や、ウナギのようなものまで、食慾を感じなくなった。

きっと、その頃は、胃病の潜在意識があって、重い、強い食物に、恐怖を持ったのだろうが、体力や気力の衰えは、新聞小説の執筆からも、来ていたのだろう。私は読売新聞に、〝可否道〟という小説を、執筆中だったが、一〇〇回を越した頃から、急に、疲れを感じ、毎朝、机に対《むか》うのが、苦痛だった。そういう経験は、曾てなかった。

(年をとったのだな)

病気意識の外に、私は、そのことを、痛切に考えた。新聞小説なんてものは、若い者のやる仕事で、せいぜい、六十歳までが限度だろうと、身に浸みて、考えた。といって、途中で止められぬ仕事なので、体を鞭打つようにして、毎日一回分を、書き続けた。しかし、新聞小説のベテランなぞと、自分のことをいわれると、いかにも、バカバカしく、空虚な気持になった。

(そうなんだ、おれは、七十になったんだ)

私は、自分の体の衰弱を、年齢に結びつけて考えるのが、最も妥当に、思えてきた。胃だって、心臓だって、長年、使い古してきたのだから、機能が悪くなるのに、驚くことはないのである。

元日の朝に、子供の年が、十歳になったことを考え、その方に気をとられ、自分が、七十になったことを、考えなかった。しかし、私が父を失ったのが、十歳であり、父は五十歳で、この世を去ったのである。父の歿年は、数え年で、私の今の年齢は、満数えの相違はあっても、五十と七十という、キチンとした数字が、意味ありげに、思えてきた。

(今年あたり、おれも、死ぬんじゃないかな)

そんな予感が、私の心をかすめた。

死の予感なんて、人間に、容易に捉《とら》えられるものではないが、もし、マグレ当りをしたと、考えても、打ちのめされる気にはならなかった。

(もう、いいや。子供は、十歳になったのだし……)

春の訪れが、感じられるようになっても、私の健康は、恢復しなかった。

たまたま、春めいた、暖かい日があると、かえって、頭が重く、気分が沈み、厭人癖が強まり、家の外へ出たくなかった。寝つきが悪くなり、夜半にも眼覚め、朝まで眠れなかった。疲労と、苛立《いらだ》ちとが、交互に襲ってきて、思考力が、衰えてきた。

(ずいぶん、頭が悪くなったな。これで、小説なんか書いては、世間に済まないようなもんだ)

新聞の連載は、まだ完結せず、筆が渋って、どうにもならなかった。取材のために、社の人と、車を走らせるような場合にも、半ば、夢うつつのような気分で、頭が働かなかった。そして、帰途につくと、かえって、心が安まり、自動車を降りるのが、いやだった。新聞社の車は、大型の外車で、乗り心地がよかったが、それとは別に、降りたくなかった。何か、暗い運命が待ってるようで、いつまでも、車の中にいたかった。そんな心理を、曾て、経験したことがなかった。

胃の悪いのは、確かなようで、食慾がなく、舌苔が厚かった。少し脂肪質のものを、食べると、胃か、腸かに、停滞感が起って、気分が悪かった。そして、よく、下痢に見舞われ、懐炉《かいろ》を抱いて、昼間から、臥床することが、多かった。また、唇の裏側から、いつとなしに、出血が始まり、容易に止まらない時もあった。医者に相談しても、首を傾《かし》げるだけだった。消化器の故障かと、思ってると、心臓の発作のようなものも、後を絶たなかった。ある日の午後、関係のある劇団のマチネーを、見に行ってると、急に、呼吸が速くなり、胸がドキドキして、座席を立たずにいられなかった。

しかし、座員の一人に送られて、帰宅して、すぐ、臥床すると、発作は鎮まり、一時間後には、自然と、起き上りたくなった。

(胃が悪いのか、心臓が悪いのか)

私は、判断に苦しんだが、結局、両方悪いのだと、考える外はなかった。でも、医師は、心臓の状態は、以前に変らないから、神経的なものではないかとしか、いわなかった。

体重が、次第に減ってきて、十六貫（六十キロ）余になった。昨年から見ると、二貫目（七・五キロ）以上、少くなったわけだった。それを、医師にいうと、

「あなたのお年では、体重が減る方が、好結果をもたらすのですよ」

と、取り合ってくれなかった。

私は不安で、雑誌社の人に誘われるまま、高円寺の方の食餌療法家を訪ねた。小柄で、巌《がん》丈《じよう》そうな老人が出てきて、私に、生《なま》のサツマイモのおろしたものと、レモン汁を飲むことを、奨《すす》めた。そんなものが、不思議な効能を、顕《あら》わすかも知れぬと思って、当分、服用して見たが、どうということもなかった。そして、主治医の顔を見ると、病苦を訴えるのが、オチだった。

「そんなに、おっしゃるのでしたら、一度、ドック入りをなさったら、どうですか。それが、一番ですよ」

しかし、医師にいわれても、すぐ、入院する決心がつかなかった。新聞小説が、完結するのは、五月に入ってからの予定で、それまでは、体が明かないという理由なのだが、内心、入院するのが、怖《こわ》かった。恐ろしい病気を、発見されて、それっきりになるような気がした。それほど、心が弱ってたのである。何事にも、危惧や躊躇がつきまとい、やがて妄想となり、自分でも、ノイローゼの徴候がわかるのだが、どうすることもできなかった。

その年の春は早く、四月に入って間もなく、門前の桜が、散り始めた。その落花を浴びて、外出から帰ってくると、門の中に、何台も、新聞社の車が、止まってた。家へ入ると、記者

やテレビ局の人が、待っていて、

「今回は、おめでとうございます。それについて、ご感想を……」

と、いうのである。

私が芸術院賞を受けたというのだが、まったく、意外だった。候補に上ってれば、どこから、伝わってくるはずなのに、何も知らなかった。それに、私は二十年も前に、朝日賞を貰ったのが、生涯一度のご褒美であって、そういうことに、縁のない人間と、思ってた。

その翌日も、祝いにくる人か、電報をくれる人が、多かった。その騒ぎで、私の気分が、紛《まぎ》れるとよかったが、疲労ばかりが、残った。栄誉心を、満足させるよりも、

（老人になったから、賞をくれたんだろう）

と、ヒネくれた考えが、湧いた。

胃の調子が、いよいよ、悪くなった。粥《かゆ》食にしても、腹に溜って困った。いつも、胃に鉛が詰ってるような感じで、萌《も》え始めた新緑を見ると、圧倒されるような嫌悪を、感じた。新聞社の自動車を、降りるのが、不安だった時のように、ただ、ジッとしていたく、季節の進行が、辛《つら》かった。

それでも、五月になって、新聞小説の仕事が、終ったのは、一つの救いだった。仕事の完結は、いつも、ホッとするが、この時ほど、肩の荷を降ろしたことはなかった。

（やれ、やれ、これで、ゆっくり、病気をすることができる）

そんなことを、マジメに、考えた。

そして、仕事が終ったら入院という、一寸延ばしの気持にも、踏切《ふんぎ》りをつけたくなった。ただ、芸術院賞の関係で、いろいろ儀式のようなものがあり、すぐ実行ができなかった。上野の芸術院で、陛下の前で、授賞式があり、その予行演習があり、また、その翌日には、宮中で、賜餐《しさん》があると、知らされてた。

その間に、私の友人の死が、相次いだ。親しかった報知新聞の竹内社長が、心筋梗塞で、急死し、私を診察してくれた、癌研院長のT博士自身が、ガンで斃《たお》れ、また、演劇の方の長い友人だった久保田万太郎が、意外にも、食物の誤嚥《ごえん》で、頓死した。そのうちでも、竹内社長は、私より若く、元気な男で、心臓に病気のあったことなぞ、自分でも知らず、突然の発作で、死んでしまった。気の合った友人だっただけに、彼の死に、一番、衝動を与えられた。

(皆、死んでいくんだ。おれだって、今年あたり……)

そして、それを証明するかのように、体の調子が、一層、悪化した。夜半や、早暁に、眼がさめると、胸がムカムカして、妻を呼ばずにいられなかった。事実、嘔吐《おうと》することもあった。

(胃ガンだろう、きっと……)

正月に、レントゲン検査を受けて、異状がなかったにしても、医師の見落しかも知れないし、その後に、発生したとも、考えられた。ガンの権威のT院長だって、自身がガンで斃れたのだから、アテになることは、一つもなかった。そして、今度、入院すれば、ガンは、すぐ発見され、手術をされ、その結果が不良で、病院で死ぬのだ、という風に、想像が働いた。

それなら、まだ、頭も働き、身体も自由なうちに、妻や子のために、遺書をつくってやるべきだと、考えた。私の家族は、複雑ではないが、妻とすれば、長女は実子ではなく、私の死後に、面倒なことを、予想するかも知れない。何か、私の遺志のようなものが、形になってれば、安心するだろう。

ある曇った日の午後に、私は、書斎の机に対《むか》って、墨を磨《す》った。遺書なんてものは、何も、筆で書かなくても、効力はあるだろうが、私は、姉の遺言状というのを見てるので、すべて、その形式に従った。

しかし、墨は濃く磨られ、それを、タップリと、筆に含ませても、

（さて、何を書くかな）

私は、思案に暮れた。まるで、腹案のない小説を、〆《しめ》切り日に追われて、原稿用紙に対するような気持だった。相続というようなことも、法律に従って、やればいいのだし、死後の細かいことを、いちいち指図するとなったら、キリがなかった。

結局、私は、長女と、長男と、妻とが、私が死んでも、仲よく暮せ、ということや、私の葬式は、できるだけ簡素に、ということ以外に、何も、書くことがなかった。

（こんな遺書なら、書く必要もないな）

と、思ったが、封をして、表に遺書という字を書いたら、一段落、ついた気持になった。

五月二十日の午前に、雨の中を、私は、慶応病院へ入院した。

家を出る時に、

（これで、もう、帰れぬかも知れないな）

と、足が重かったが、車に乗れば、諦めがついた。そして、距離が近いので、瞬《また》く間に、七号病棟の入口に着き、予約してあった五階の南側の病室へ、導かれた。

（弟が死んだ病室と、同じ部屋ではないか）

私は、すぐ、そう思ったが、送ってきた妻にも、そのことはいわなかった。同じ五階の南側であることは、確かだが、病室なんて、皆、似てるから、ちがうかも知れず、同じ部屋だとしても、どうしようもなかった。

「まア、鳩《はと》が、相変らず、窓へきてますね」

妻も、弟の病室を、よく見舞ったから、南の窓の狭い枠《わく》へ、鳩が、餌を貰いにくるのを、知ってた。でも、私は、鳩を見ても、一向、可憐さを、感じなかった。

付添いの看護婦が、少し遅れて、会から着いた。意地の悪そうな、痩せた、中年女だった。

「少し、おやすみになったら、いかがでしょう」

付添いが、私に、そういった。私は、家にいても、臥床してたわけではないので、イスに、腰かけていたのだが、そういわれると、病人は、ベッドへ行くより、仕方がないという、気分になった。そして、和服を着て、入院したので、そのまま、高いベッドへ登り、横臥して、白い天井を眺めた。すると、妙に、心が落ちついて、入院してよかった、という気になった。

若い、元気そうな医者がきて、ベッドの上の私を、診察した。型通りの打診や、聴診をするだけだったが、彼は、主治医——五階の患者の当面の受持ちの医者で、これから、一番世話になる人らしかった。

私は、どのくらいの期間で、検査を終るのか、一応、訊いて見た。もう、病院から帰れないのではないかと、覚悟してるのに、一方では、普通のドック入り患者のように、短い期間で、済むのではないかと、空頼みも、湧くのである。

「さア、今の予定ですと、二週間ぐらい見とくと、いいんじゃないですか」

事務的に、主治医はいったが、普通のドック入りは、一週間が例なのに、その倍もかかるというのは、私の容態が、普通でないからだと、思った。そして、検査の挙句《あげく》に、手術とくるのか——

（どうとも、勝手にするがいいや）

入院したら、患者というものは、手も足も、出ないので、薬くさい空気や、灰白色の箱のような病室の威圧に、服従の外はないのである。

そして、その日から、私の入院生活が始まった。

朝の六時ごろに、病院の看護婦が、部屋をノックして、体温や脈搏を、計りにくるのが、一日の始まりだが、私は、眼がさめるのが、早いから、その時分は、もう、タバコをふかしてた。日の永い盛りだから、灰色のカーテンを透して、二時間も前から、明るくなってるのである。そして、付添いの女が、やっと、起き出すのだが、私は、尿や便の世話をかけない患者だったから、彼女は、掃除をすませてから、廊下に出した、見舞いの花の鉢を、病室に運び込むのが、例だった。そして、それらの花の多いことが付添い看護婦には、手数となると、思われるのに、彼女たちは、かえって、それを誇ってる様子があった。病院の中にも、虚栄の市の風が、吹いてるらしいのである。

回診は、院長の時もあり、七号病棟の主任の時もあった。最初の院長回診に、若い医者や看護婦たちを連れて、ものものしい行列が、滑稽なほどだったが、顔見知りの院長は、厳粛な態度ながら、診察した後に、

「まア、心配あるまいと、思うんですがね」

と、私に話しかけた。

何が、心配ないのか、私には、わからなかったが、どうやら、胃ガンのことを、いってるらしかった。私には、それが、慰めの文句としか、聞えなかった。行列が去ってから、付添い看護婦は、

「院長先生は、滅多に、あんなことおっしゃらないし、それに、カンがいいので、評判の方ですから、ご安心ですよ」

と、いったが、それも、空々しく、聞えた。

入院して、最も、不満だったのは、食事だった。家にいる時には、胃に障らない、軽いものばかり食べてたのに、ここへきてから、しつこい副食物が、多いので、閉口した。最初は、医師の指示と思って、我慢してたが、ある日の午食に、エビ・フライと、ハンバーグ・ステーキが出た時には、呆れてしまった。看護婦に聞くと、私は、通常食というのを、与えられ

てるらしく、そんなものが食えるなら、何も、入院の必要はなかった。そして、全粥食というのに、変えてもらったが、それでも、私の胃には、負担の重いものが、多かった。しかし、患者自身が食事を選ぶなぞとは、おかしなことで、容態に最も適した食事を、病院が与えるべきだが、大ザッパな区別はあっても、細かい配慮は、無視されてた。一体、七号病棟の患者は、完全看護ということになってるのだが、付添い婦を雇わぬ患者はなく、食事だって、私の場合は、家が近いから、妻が副食物を運んで、間に合わせた。

しかし、そんな不満を感じるのも、私の自覚症状が、堪えられないものではなく、また、病名も、まだ不明で、中途半端な状態に、置かれてたからだろう。私の入院経験は、幼時の瘰癧《るいれき》手術を入れて、これで、三回目だが、十年前の胃潰瘍の時には、入院即日の手術で、ウンもスウもなく、その後は、毎日、目に見えて恢復するので、心が勇み、食事の不満はおろか、ものを考える暇もなかった。病院生活というものを、身に沁みて味わったのは、今度が最初だった。

今度は、治療の段階でなく、病気を探すのだから、毎日、検査の連続で、その不安と疲労に、苛《さいな》まれた。肉体よりも、精神の方が、参ってきた。入院前から兆《きざ》してた、ノイローゼ傾向は、かえって、ひどくなった。病室の窓へ、遊びにくる鳩が、逆光線を浴びて、黒い影となると、兇鳥として映り、鴉《からす》よりも、憎々しく、毎日、病棟で、一人や二人の死亡者が出るのを、迎えにくるように、思われた。また、見舞客にしても、私の死を期待して、様子を探りにきたような、気がした。

そんな、歪《ゆが》んだ心理が、自分でも気味悪く、そして、鉄の帽子でもかぶったように、いつも、頭に充塡《じゆうてん》する憂鬱が、堪え難くなり、私は、検査の合間に、精神科の診察を、受けに行った。科長の教授が、診察してくれたが、私が作家であるためか、医局員や看護婦たちが、もの見高い態度を、示したので、反感が起き、真面目に診察を受ける気持を、失った。

「まア、軽い老人性の憂鬱症でしょう。薬をのんで、時々、通院されたら、どうですか」

「薬って、何ですか」

「鎮静剤です」

教授の答えは、何の光明も、与えてくれなかった。鎮静剤は、だいぶ前から服用してるし、憂鬱症という診断も、お座なりのように、聞えた。

夜の九時になると、付添い婦は、窓のカーテンを引き、電燈を消し、畳敷きの副室へ入って、寝に就くのだが、その二時間も前から、ベッドに横たわってる私は、一向に、眠気を催さなかった。

それで、病院からくれる睡眠剤をのむのだが、その晩は、何の効き目もなかった。廊下を歩く足音も絶え、どこかで氷を砕く音だけが、耳立つような、夜半になっても、眠りは訪れず、二回目の睡眠剤も、無効だった。

(眠れなければ、眠らなくてもいい。考えなければならぬことが、沢山ある)

私の体の検査も、追々と進み、問題点が、浮き上ってきたようだ。それは、先年の手術で、胃と腸を繋いだところが、狭くなり、それで、消化障害を、起してるらしかった。その原因は、ストレスのためか、それとも、医師はハッキリいわぬけれど、潰瘍でもできているのか（つまり、ガンなのか）それを、つきとめるために、最後のレントゲン検査をすることに、きまった様子だった。場合によれば、手術の必要もあることを、医師も、仄《ほの》めかしてた。

　私の病気の正体も、そこまで、追い詰められたのである。もし、ガンと決まれば、病院では、私を手術するというだろう。私も、それを、拒み得ないだろう。そして、私は、悪い結果しか、考えられないのである。弟も、肺ガンの手術をして、結局、この五階の病室で、死んでしまったが、私の場合だけに、僥倖《ぎょうこう》を望むことも、ムリではないか――

（入院前に、覚悟してたことが、現実になったのだ。驚くことはない。今年の正月に考えた通り、父は五十、私は七十で、生涯を終るのだ）

　廊下の電燈が、内窓の曇りガラスを越して、室内に微光を漾《ただよ》わしてるが、私の生命も、消滅の寸前で、暗黒に吸い込まれる前に、弱々しく、呼吸してるのだろう。死とは、どういうものなのか。黒い帳《とばり》が、サッと、降りてくるのか。それとも、暗黒が、白々と、明けてきて、未知の世界の展望が、輝いてくるのか――

　そんな想いに、暮れてる私の頭に、まったく、想いもかけぬ懸念が、湧いてきた。

（それはそれとして、明日の天気は、どうなんだ）

　今日は、五月らしい南風が、次第に強くなって、砂塵が、病室の窓を打つ音が、聞えるほどだったが、夕方になって、パッタリ止み、その代り、厚い雲が拡がって、下り坂の天気になった。

明日は、降るかも知れない。

（しかし、雨でも、子供は、箱根へ行くだろう）

わが子の学校で、一週間ほどの予定で、高原学校という催しがあるのである。教師に引率されて、仙石原の旅館に泊り、山へ登ったり、植物や昆虫の採集をしたり、同時に、団体生活の訓練を、積ませるのだろう。

その箱根旅行は、私の入院前から、もう予定されてたし、今日も、妻が見舞いにきた時に、

「いよいよ、明日なんですよ。持たしてやるお菓子なんか、買わなくちゃならないし、今日は、早く帰りますよ」

と、告げて行った。

それにしても、生死の問題を考える側から、子供の旅行の天候が、心配になってくるというのは、おかしなことだが、その時には、気づかなかった。

（第一日が雨でも、後が晴れれば、文句はないが、一週間も、家を離れていられるかな）

それは、わが子にとって、始めての経験だった。日帰りの遠足は、度々あったが、それですら、家を出る時は、勇ましくても、駅まで見送りに行った母親と、別れ際に、涙ぐむような子供だった。

（まだ、まだ、赤ン坊なんだからな）

私は、彼が十歳になったことを、頼もしく思ったくせに、考えが、逆になってきた。

（後、十年、生きててやれば……）

そんな慾が、出てきた。せめて、子供が二十になり、体も、心も、自分の力が備わってくるまで、側にいてやりたい。後、十年、十年――

（そんなことといったって、ムダだよ。おれは、今、ガンの疑いを、かけられてるのだ。そして、かりに、助かったところで、後、十年なら、八十歳まで、生きなければならない。そんな自信が、どこにあるというのだ）

といって、十歳から二十歳までの男の子の人生は、天下分け目なのだ。この作品でも、私自身のその時代の悩みと、煩《わずら》いが、袋一ぱい、ギッシリと、詰ってる。思春期という、人生最初の波濤が、待ち構えていて、木の葉のように、わが子を飜弄《ほんろう》するだろう。私も、お琴の事件があって、まだ軟かい頭脳と、心臓を、どれだけ傷《いた》めたか知れない。わが子も、あんな経験をするのか。そして、動物として、性に眼覚めるだけなら、まだ、悩みは少いが、人間の魂も、同時に眼覚め、善だとか、美だとか、それを求める慾望と、桎梏《しっこく》の苦しみを、味わうのか。その苦しみで、人間は、成長するのだろうが、私は、自分の青春を、二度と経験したいと、思わない。わが子にも、あんな道を、通らせたくない。どうしても、避けがたい道なら、せめて、私が生きていて、経験者としての助言を、聞かせてやりたい――

その上、わが子の将来には、私のまったく知らない地獄の道が、待ち受けてるらしい。私の生きてきた、過去の日本は、何といっても、平調であり、安穏だったが、これからは、そういかない。もう日本は、自分の力で、立ってる国ではない。他所《よそ》からの風や波で、いつ、転覆するかも知れない船である。他国の力が、日本に革命を起すだろうし、原爆戦争も、いつかは、日本に波及してくるだろう。革命の方は、わが子にも、日本人の順応性があって、何とか、生きる道を、見出すかも知れぬが、原爆には、方途がない。広島の記録を読んで、私は、幼時に、横浜の赤門の寺で見た、地獄絵の恐怖（前に書いた）を、もう一度感じ、生きてるのが、イヤになったが、広島の何十倍の惨劇が、わが子を含めた日本国民に、襲いかかる日は、どうも、避けられないようだ。イヤだ、イヤだ。わが子よ、今のうちに、逃げろ。日本を脱出して、アフリカの奥地にでも、隠れるんだ――

（でも、箱根の遠足が、せいぜいのわが子に、何を望むんだ……）

私は、妄想の触手から、強いて、逃げ出そうとした。しかし、眠られぬ夜の頭の働きは、とりとめがなかった。

（おかしな関係だな、父と子というのは。おれとわが子、そして、死んだ父とおれ……）

亡父のことを考えると、私は、惚《ほ》れてるとしか、説明のしようのない気持だが、同時に、わが子に対する気持も惚れてると、いうのだろう。〝惚れる〟とは、無条件で、全身を持っていかれることで、女に対しては、私は、ほとんど、その経験がない。最初の妻のマリーに対して、少し、惚れたような気がするが、結ばれて、一カ月も経つと、彼女のアラが見えてきた。惚れるとは、そういうことではあるまい。私は、女に対する愛を、知らぬ男なのだろう。

私は、肉親愛のみが強く、それも、男性の肉親に、より強く、注がれるのだろう。孫に対しても、女の子より、男の子の方が、可愛い。私は、きっと、父系家族制の支持者なのだろう。卵子よりも精虫を、貴重だと、考えてるのだろう。父の精虫から出た私が、私の精虫から生まれ、やがて、彼自身の精虫を持つだろうわが子に、特別の愛着を感じてるに、ちがいない。これは、少し、異常ではないのか――

しかし、私がわが子を、こんなにも愛するのは、私が、曾て、父から、あのように愛されたことと、無関係ではあるまい。私は長男として、父から愛されたから、私もまた、わが子を、愛するのではないか。ことによったら、父自身も、長男として、彼の父から寵愛《ちょうあい》されたのではないのか。それは、わが家の家憲なのか――

何でもいい。私は、父から愛されたことで満足し、また、わが子を愛することで、満足してる。結構なことではないか。どこが、不幸だというのだ。誰が、孤独だというのだ。それを、老苦の最大といったのは、どこのどいつだ。私は、幸福な老人である。精虫万歳！

（おい、おい、少し、怪しくなってきたな）

眠られぬ夜の頭の働きは、やはり、正常ではないのだろう。私の考えが、急に、楽観的になってきたのに、われながら、驚いた。

しかし、ドスンと、その反動が、起きてきた。

（調子に乗るな。いくら、子供のことに、有頂天になっても、子供の方で、反逆してくるのは、もう、間もなくだぜ）

胸の底に潜んだ恐怖が、首をもちあげてきた。

男の子が、育ってくると、父親に反《そむ》くことは、世間の例でも、内外の文学でも、よく見せられてきた。新旧思想の衝突と呼ばれ、相互の理解が閉ざされ、仇敵のように、憎み合う父と子になるのである。私は、幸いにして、〝思想〟を持たない年齢のうちに、父を失ったから、その悲惨を、知らなかった。でも、昨今の日本では、父と子の思想の懸隔《けんかく》が、私の時代よりも大きく、衝突の可能性は、ずっと、高まってた。そして、父親は、憐れむべき敗北者と、きまってきた。

「パパやママなんかと、時代がちがうんだよ」

そういう言葉を、わが子も、すでに、口にしていた。無論、級友の誰かの口マネで、自分で、何を考えたわけでもなかったろう。

「ナマイキいってやがる……」

私は、そのナマイキを、可愛くさえ感じて、笑ってしまったが、笑って済ませなくなる日が、いつか、くるだろうと、その時だって、考えないではなかった。

そして、私は、入院前に、ある雑誌に出てた、短い実話を読み、強い衝動を受けた。或いは、その衝動が、まだ、尾を曳いてたのかも、知れなかった。

それは、ある実直な職人の家庭で、両親は、貧窮のうちに、二人の男子を儲け、今は、どうやら、一軒の店を持つまでに、生計の道が開けた。

しかし、その間に、二人の男の子は成長して、兄は高校を出、弟は、まだ、高校生だった。父親は、ずいぶん辛苦して、二人の学校教育を、続けさせたにちがいない。そして、職人のことだから、子供が従順でない時には、ゲンコの一つも、見舞ったにちがいないが、子供たちの体力は、日増しに強くなり、今では、父親を凌いでしまった。

そして、父と子の衝突が起ると、（それを、思想の衝突といえるか、どうか、疑問だが）二人の男の子が、共同して、父親を、叩きのめすのである。

「いいか、おれは、お前に、腕力で勝つ日のくるのを、待ってたのだ」

子供は、父に向って、凱歌をあげたそうである。

そして、また、

「おれの要求に従わなければ、屈伏させるまで、闘争を継続するぞ」

と、父親を威嚇するそうだが、これは、もう、口吻《こうふん》からいっても、親と子の関係でなく、労資の対立である。

私は、ずいぶん呆《あき》れたが、子供の暴状を、母親が、学校の教師のところへ、訴えに行って、教師から諭《さと》された言葉に、もっと、呆れ果てた。

「あなたがたは、新しい時代に、理解が足りません」

この教師にして、この生徒ありと、いうべきである。

戦後の日本が、ここまで崩れたことを、私は、知らなかった。こうなってくると、その子供たちや、教師の罪というより、新しい日本自身が、発狂してるのである。

（イヤだなア、何という時代だ……）

しかし、わが子も、そんな時代に呼吸し、成長するのである。そして、やがて、中学生となり、高校生となるのである——

突然、わが子の声が、聞えてきた。

「おやじ、おれは、この日のくるのを、待ってたのだ」

高校生の服を着たわが子が、逞《たくま》しい腕を振り上げて、私に殺到してくる幻影が、暗中に浮かんだ。顔の脂肪が、ギラギラと光り、脅迫する声も、憎々しい声変りをしてた。

私は〝来たな〟と、思ったが、どう受け応《こた》えていいか、わからなかった。しかし、わが子が悪いのではなく、時代が悪いのだから、ということを、必死になって、心に叫んだ。

「よし、よし。おやじを殴《なぐ》るほど、大きくなったんなら、その証拠を見せて見ろ」

そう答えた途端に、ガンガンと、拳が降ってきた。それは、脳震盪《のうしんとう》を起すほどの打撃だったのに、不思議と、痛さを感じなかった。

「平気だぞ、おれは……」

そう叫んでる時に、意識が覚めた。いつか眠ったのか、それとも、半ば夢うつつの幻覚だったのか、とにかく、私は、われに返った。胸部が重く、脈搏が速く、いつもの心臓発作が、始まりそうだった。

(心配ない。発作が起ったって、病院にいるんだ。それから、わが子のことだって、心配ない。あいつが、高校生になる時まで、おれは、生きてはいないからな。ガンの疑いで、このベッドに、臥《ね》てるんだからな)

私は、気休めをいって、寝返りを打った。枕もとの時計を見ると、午前三時を過ぎてた。

何という不快な夜かと思い、しかし、夜明けも、間近いから、もう眠るまいと思ったが、溝にでも落ちたように、急に、深い眠りが、襲ってきた――

あとがき

その夜から、三日ほどして、私は、病院を出ることになった。

最後のレントゲン検査で、私の患部の障害は、潰瘍のためではなく、ストレスの結果だと、診断されたのである。

（ガンではなかった！）

私は、安心のために、腰の抜けたような気持で、わが子と同じ屋根の下に、帰ったのだが、日が経つにつれて、その喜びを、忘れがちになったのも、やむを得なかった。なぜといって、私の自覚症状は、依然として去らず、胃の状態も、心臓の調子も、ノイローゼ傾向も、軽快しなかった。ストレスとは、何によって起るか、知らないが、病院では、

「まア、鎮静剤でものんで、気長に、養生するんですね」

としか、いってくれなかった。ガンなら、手を尽してやるが、ストレス患者の面倒なぞ、見ていられない、といった調子だった。

しかし、当人の私には、やりきれない毎日だった。気力も、体力も、どん底に落ちてしまった。ガンを免れたにしても、〝ストレス・じいさん〟として、悶々と、死を待つのかと、

情けなかった。

やがて、秋になって、私は、芸術院会員に推薦された。今度は、春の院賞を受けた時のような、行事もなく、ただ、家にいればよかった。しかし、気分が沈み、疲れ、遠くの空の花火でも、見てるようだった。

そのうちに、多事だった一年が、暮れかけた。十二月のわが子の誕生日も、過ぎた。

（とうとう、満十歳になったのか）

私は、微笑をもって、わが子の姿を眺めた。入院中の眠られぬ夜のように、後、十年生きたいという慾も、私から去ったようだった。一日でも、わが子の側にいてやれれば、儲けものだと、考えるようになった。

その頃から、まるで、冬至を過ぎた日々の日射時間が、ほんの少しずつ、延びていくように、私の健康も、上り坂になってきた。一つには、人に紹介されて、診察も、投薬も、風変りな医者の許に、通うようになったせいかも、知れなかった。

（何とか、七十の坂道を、歩き越したかな）

そう考えたのは、私が、七十一歳の誕生日を、迎えた時分だった。

それから、もう、三年間も経過したが、私は、どうやら、まだ、生きてるし、わが子は、中学二年生となって、長ズボンを穿き、日吉《ひよし》の学校へ、通ってる。身長も、母親より高くなり、私と取ッ組み合いをしても、彼の方が勝つだろう腕力を、備えてきた。そして、ギターというものを、うるさく掻き鳴らし、唄をうたい、ヘヤ・ドライヤーというものを、買ってきて、鏡の前で、何か、苦心してるようである。いうことも、だんだん、小憎らしくなり、理詰めで、母親を克服する術を、覚えてきた。わが子の思春期も、間近だと思われるが、不思議と、私は、焦躁を感じなくなった。

（どうも、仕方がない。おれの潜った門を、わが子も潜るのだ。大きな怪我なしで、通り抜けることを、祈るほかない。原爆の方も、それを無力にする、日本の科学の発明が、一日も早いことを、祈るほかない。帰するところ、南無阿弥陀仏だ）

私が、ノンキになったのは、老化が加わり、頭がボケてきたのだろう。

しかし、それは、後日物語であり、この長い記録は、入院中のところで、打ち切りにするのが、適当だろう。その直前に、私は、遺書を書いたのだから、その辺が、一区切りである。そして、私は七十歳、わが子は十歳を迎えたところで、この記録の意図も、大体、果したことに、なるだろう。

私は、三年がかりで、わが父と、男の子の父としての私を、書いてきたが、やがて、来るべきことを考えて、大きな感慨が浮かんでくる。

（わが子よ、次ぎは、君が父となる番だ）

『父の乳』刊行に際して

岩田敦夫

ちくま文庫から刊行された父・獅子文六の作品は、本作で十六冊目となりました。最初のちくま文庫の作品として『コーヒーと恋愛』の文庫化のお話をいただいたのは、二〇一二年が終わろうとしていた時でした。現代の読者に父の作品が受け入れられるのか半信半疑に思っていたところ、翌年の春には、表紙と帯がピンク色で、大きくキャッチコピーがデザインされた文庫本が送られてきて「これが獅子文六の小説か？」と驚かされました。

その驚きに相反して、それまで父の作品に触れることが無かった若い読者の方々にもSNSなどを通じて、その評判が広まったようで、『コーヒーと恋愛』は現在までに何度も版を重ねるヒット作となりました。

その後もちくま文庫から父の作品の刊行が続いたことで、ほかの出版社からも復刊していただき、しばらくの間途絶えていた父の本が、街の書店の棚にズラリと並ぶことになり、大変嬉しく眺めていたことを覚えています（ところが、近年そのような書店が姿を消していくというニュースがとても悲しい）。

中でもちくま文庫で五冊目に刊行された『悦ちゃん』は、書店店頭で平積みされていたものをNHKプロデューサー家冨未央さんの目に止まり、二〇一七年にテレビドラマ化されることにもなりました。

父の作品の魅力を再発見・再評価、新しい形で世に出していただいた編集部の窪拓哉さんをはじめ、筑摩書房の皆様、またこれまでかかわっていただいた方々に心から感謝を申し上げたいと思います。

さて、本作の『父の乳』は『コーヒーと恋愛』が発表されてから三年後の一九六五年から二年間「主婦の友」誌に連載された作品です。父はその四年後の一九六九年に亡くなるので、最晩年の作品ということになります。

先に発表されていた『娘と私』とともに、父の自伝的小説と位置付けられていますが、作中に「私は、自叙伝を書くつもりはなく、自分のうちにある〝父〟を、書きたいのである」と書いているように、生涯の記録というより、父親を慕う気持ちをテーマとしたものであります。

父は、依頼された原稿の締切日を必ず守ることを課していました。ところが『父の乳』連載中には、急性すい臓炎で入院を余儀なくされ、作家生活で初めて所定の枚数を満たすことが叶わぬ出来事がありました。

この連載が始まる前から、老いと病気に対する不安を強く感じるようになり「恋する」という表現を使うほど自分が大好きだった父親のこと、そして父親になった自分について何とか書き残しておきたいと思ったのが、本作を書くきっかけになったのだと思っています。

『父の乳』は、今まで父の作品を読んで来られた方にとっては、父の生い立ちを知り、どの様な人間であるかを知っていただける作品であるでしょう。また、驚くほどの記憶力で書かれた明治時代の横浜や慶應義塾についての描写は、これらを研究されている方にとっては、参考となる貴重な情報を提供するものでもあると思っています。

一方で、私や家族にとっては、祖父をはじめ岩田家の祖先のことを知る大切な情報が含まれています。

私は父が六十歳の時の生まれであり、父は祖父が四十歳の時の誕生なので、祖父は私の百歳も年上ということになります。そのため、父がこの作品に残してくれたファミリーヒストリーを聞けるような親族や関係者は周囲に誰も残っていませんでした。後に必要があって祖父のことを調べるのに、本作がとても役立ちました。大分県中津市を訪れたときは、作品に書かれた町名を頼りに、祖父の生家があった場所まで容易にたどり着くことができました。

私が父と一緒に暮らしていたのは、生まれてから父が亡くなるまでの十五年間なので比較的短い期間です。『父の乳』の中に書かれているように、早く成長することを期待していたのでしょう。夕食でワインを開けた時に、水で割って砂糖を入れたワインを「飲んでごらん」と分けてくれたり、入院した父を見舞いに行った際、中学生の私に「もう遅いからひとりでタクシー拾って帰ってみろよ」と唆《そそのか》したり、息子を早く大人扱いしたいと考えていたようです。

父は、私の十六歳の誕生日の夜に亡くなりました。弔問客でごった返す自宅で、新聞記者の方から「お父上からどんなことをもっと教えてもらいたかったですか?」と聞かれ、動転していた私は、咄嗟に「食べ物のこと」と答えてしまいました。相手は怪訝な表情をしていたので「しまった」と思ったのをよく憶えています。「小説のこと」「演劇のこと」「家のこと」等々と答えればよかったのでしょうが、その当時の未熟な私には考えが及びませんでした。

『父の乳』に書かれた岩田家に関する事柄は、本来は口頭で私に伝えられるべき内容かもしれませんが、父は元々口数が多い方ではなく、特に歳を取ってからは、声を出すことがつらい様子も窺えました。それに対して少年時代の私は、テレビや漫画に夢中で、〝話して聞かせる〟のは無理と諦めていたのかもしれません。そこで「息子におくる」という献辞で始まる小説の中に伝えたいことを残したのでしょう。父への感謝とともに、自分にとって宝物にするべき作品なのです。

そのような大切なものなのに、私が『父の乳』を最初から終わりまで読み通したのは、父が亡くなってからしばらく後のことでした。「主婦の友」誌連載の途中で、自分のことが細々《こまごま》と書かれていることを知って、その部分を読んだだけで嫌になってしまい、他のところは読む気になれなかったのです。

有名人の子供ということで、父の周囲の大人からチヤホヤされることはあっても、自分の学校生活では好奇の目で見られることも多く、算数で掛け算の九九を習っているときには「シシジュウロク、シシブンロク」と容赦なくからかわれたこともありました。そんな環境で自分の幼児期の変な性癖や出来事をよりによって父親に暴露されていることにショックを受けていました。

父は「私は、小説家が、家族のどんなことを書いてもいい権利があると、思わなかった」と述べています。読者の方からは「面白い」「可愛い」と思われるエピソードかもしれませんが、本人からすれば知られたくない事柄ばかりでした。

また『娘と私』では登場人物の名前をすべて変えて書かれていたのに、『父の乳』では私も、家族も、担任の先生までもが実際の名前がそのまま使われていることも不満でした。それなのに父本人は〝豊雄〟という本名を隠して〝T〟とイニシャルにしているのは謎です。そんな理由からしばらくの間、私はこの作品を遠ざけてきました。

しかし、時が経つにつれ、段々と考えが変わってきたのです。私に息子はおらず娘だけでしたが、還暦を迎えた年にその娘のところに男の子が生まれました。「父と息子」、「祖父と孫」と間柄は違いますが、六十歳違いの男の子と庭でキャッチボールをしていると、同じ場所で父と球を投げあっていたことを思い出します。私が投げた球が逸れて茂みの中に入ってしまった時、大柄な父は辛そうに腰を屈めて拾いに行ってくれました。子供心に申し訳ないと思ったことを今は自分がやらされています。

あの時、父はどんな気持ちで相手をしてくれていたのだろうか——。

父がこの作品を書いた歳に近づくにつれ、そして、孫とはいえ小さな男の子と身近に接するようになるにつれ、父への思いが深くなってきたようです。

獅子文六は没後五十年を過ぎましたが、ちくま文庫をはじめいくつかの出版社で復刊されることで、再評価され、新たな読者層も広がってきました。そんな今だからこそ、改めて父がどんな人間であったのかを知っていただきたい。自分の幼少期の恥ずかしい話には目をつぶって、かつては打診があっても断り続けたこともあった『父の乳』という作品の復刊をお願いしたというのがこの度の出版の経緯です。

父が最晩年に心血を注いで書き残した作品になります。獅子文六という作家の生きた時間をその人生とともに感じていただけたら幸いです。

二〇二四年十月

（いわた・あつお　獅子文六長男）

・本書『父の乳』は、一九六五年一月号から一九六七年十二月号まで「主婦の友」に連載されました。今回の文庫化にあたり『獅子文六全集』第十巻（朝日新聞社　一九六九年）を底本としました。

・本書のなかには、今日の人権感覚に照らして差別的ととられかねない箇所がありますが、作者が差別の助長を意図したのではなく、故人であること、執筆当時の時代背景を考え、該当箇所の削除や書き換えは行わず、原文のままとしました。

ねにもつタイプ 岸本佐知子

何となく気になることにこだわる、ねにもつ。思索、奇想、妄想はばたく脳内ワールドをリズミカルな名短文でつづる。第23回講談社エッセイ賞受賞。

TOKYO STYLE 都築響一

小さい部屋が、わが宇宙。ごちゃごちゃと、しかし快適に暮らす、僕らの本当のトウキョウ・スタイルはこんなものだ！　話題の写真集文庫化！

自分の仕事をつくる 西村佳哲

仕事をすることは会社に勤めること、ではない。仕事を「自分の仕事」にできた人たちに学ぶ、働き方のデザインの仕方とは。（稲本喜則）

世界がわかる宗教社会学入門 橋爪大三郎

宗教なんてうさんくさい!?　でも宗教は文化や価値観の骨格であり、それゆえ紛争のタネにもなる。世界宗教のエッセンスがわかる充実の入門書。

ハーメルンの笛吹き男 阿部謹也

「笛吹き男」伝説の裏に隠された謎はなにか？　十三世紀ヨーロッパの小さな村で起きた事件を手がかりに中世における「差別」を解明。（石牟礼道子）

増補　日本語が亡びるとき 水村美苗

明治以来豊かな近代文学を生み出してきた日本語が、いま、大きな岐路に立っている。我々にとって言語とは何なのか。第８回小林秀雄賞受賞作に大幅増補。

子は親を救うために「心の病」になる 高橋和巳

子は親が好きだからこそ「心の病」になり、親を救おうとしている。精神科医である著者が説く、親子という「生きづらさ」の原点とその解決法。

クマにあったらどうするか 姉崎等　片山龍峯

「クマは師匠」と語り遺した狩人が、アイヌ民族の知恵と自身の経験から導き出した超実践クマ対処法。クマと人間の共存する形が見えてくる。（遠藤ケイ）

脳はなぜ「心」を作ったのか 前野隆司

「意識」とは何か。どこまでが「私」なのか。死んだら「心」はどうなるのか。――「意識」と「心」の謎に挑んだ話題の本の文庫化。（夢枕獏）

しかもフタが無い ヨシタケシンスケ

「絵本の種」となるアイデアスケッチがそのまま本に。くすっと笑えて、なぜかほっとするイラスト集です。ヨシタケさんの「頭の中」に読者をご招待！

ちくま文庫

父《ちち》の乳《ちち》

二〇二四年十二月十日　第一刷発行

著　者　獅子文六（しし・ぶんろく）
発行者　増田健史
発行所　株式会社　筑摩書房
東京都台東区蔵前二―五―三　〒一一一―八七五五
電話番号　〇三―五六八七―二六〇一（代表）
装幀者　安野光雅
印刷所　中央精版印刷株式会社
製本所　中央精版印刷株式会社

ISBN978-4-480-43996-3　C0193